Émile Zola

# Bestie Mensch

D1732373

Leseklassiker

*Émile Zola*

**Bestie Mensch**

*ISBN/EAN: 9783955634131*

*Auflage: 1*

*Erscheinungsjahr: 2014*

*Erscheinungsort: Bremen, Deutschland*

*Émile Zola*

# Bestie Mensch

Leseklassiker

# Inhalt

# Erstes Kapitel

Roubaud war in das Zimmer getreten und stellte einen Laib Brot, die Fleischpastete und eine Flasche Weißwein auf den Tisch. Mutter Victoire hatte am Morgen, ehe sie sich auf ihren Posten begab, das Feuer im Ofen mit einer so dicken Kohlenstaubschicht belegen zu müssen geglaubt, dass jetzt die Hitze im Zimmer geradezu erdrückend war. Der Bahnhofs-Unterinspektor öffnete daher das Fenster und lehnte sich hinaus.

Das Haus, in welchem er sich befand, war ein hohes Gebäude, und zwar das letzte auf der rechten Seite in der Sackgasse Amsterdam. Es gehörte der Gesellschaft der Westbahn und wurde von bestimmten Beamten derselben bewohnt. Das Fenster befand sich im fünften Stockwerk, gerade an der Ecke des hier endigenden Mansardendaches und führte auf den Bahnhof, der ein breites Loch in das Quartier de l'Europe riss, sodass sich eine weite Fernsicht aufrollte, die an jenem Nachmittage ein nebliger Februarhimmel, von einem feuchtwarmen, vom Sonnenschein durchblitzten Grau noch gewaltiger erscheinen ließ.

Vor ihm drängten sich und verschwanden leichthin die Häuser der Rue de Rome. Zur Linken öffneten die bedeckten Hallen ihre angerauchten Riesenglasdächer, das Auge tauchte tief in die ungeheure Halle für den Fernverkehr, welche die Baulichkeiten für die Post und das Wärmrohrmagazin von den anderen kleineren Hallen für den Verkehr nach Argenteuil, Versailles und der Ringbahn trennten. Rechts dagegen überwölbte der Pont de l'Europe mit seinem eisernen Stern die tiefe Furche, die man jenseits wieder erscheinen und von dort bis zum Tunnel von Les Batignolles heranreichen sah. Gerade unter dem Fenster, welches dieses ganze, mächtige Feld beherrschte, teilten sich die drei doppelten Schienenstränge, die unter der Brücke hervorkamen, in zahlreiche andere, die fächerartig auseinander liefen, und ihre vervielfachten, zahllosen, metallenen Arme verloren sich sofort unter den Glasdächern der Hallen. Die drei Weichenstellerhäuschen diesseits der Brückenbogen zeigten ihre öden Gärtchen. Mitten in dem konfusen Gewirr der auf den Schienen umherstehenden Waggons und Maschinen schimmerte ein rotes Signallicht verletzend durch den bleichen Tag.

Einen Augenblick fesselte Roubaud dieses Bild; er stellte Vergleiche mit seinem Bahnhof in Havre an. Jedes Mal, wenn er einen Tag in Paris zubringen musste und bei Mutter Victoire abstieg, ergriff ihn von Neuem das Interesse an seinem Beruf. Unter dem Dache der Fernverkehrshalle hatte die Ankunft eines Zuges von Nantes den Bahnsteig belebt. Seine Blicke folgten der kleinen Rangiermaschine mit den drei niedrigen und gekoppelten Räderpaaren, welche mit der Ausrangierung des Zuges begann und flink und behutsam die Waggons auf die Remisenstränge führte und stieß. Eine andere, viel mächtigere Lokomotive als jene, eine Eilzuglokomotive mit zwei großen gefräßigen Rädern, stand wartend allein; dichter, schwarzer Rauch stieg aus ihrem Schornstein ruhig und kerzengerade in die Luft. Seine ganze Aufmerksamkeit aber wurde jetzt von dem nach Caen bestimmten 3 Uhr 25-Zug in Anspruch genommen, der schon mit Reisenden besetzt war und die Vorlegung der Lokomotive erwartete. Diese selbst konnte man noch nicht sehen, da sie jenseits des Pont de l'Europe festgehalten wurde, dagegen hörte man sie durch eiliges, halblautes Pfeifen ihrem Wunsche nach freier Fahrt Ausdruck geben, wie einer, den die Ungeduld treibt. Jetzt schrie jemand laut einen Befehl, sie antwortete durch einen kurzen Pfiff, dass sie verstanden hätte. Ehe sie sich in Bewegung setzte einen Augenblick Stille, dann aber wurden die Ventile geöffnet und mit betäubendem Zischen streifte der Dampf den Erdboden. Dann sah man unter der Brücke eine weiße Masse aufquellen, die erst sich aufblähte und dann wie schneeweiße Flaumfedern umhergewirbelt, unter den eisernen Rippen der Brücke in Nichts zerflatterte. Ein großer Teil der Strecke wurde plötzlich in weiße Wolken gehüllt, während die dichter gewordene Rauchsäule der anderen Lokomotive ihren schwarzen Schleier ebenfalls ausbreitete. Aus ihm heraus erschallten die lang gedehnten Töne des Signalhorns, Befehle, das Dröhnen der Drehscheiben. Der Rauchschleier zerriss und er unterschied einen Zug von Versailles und einen von Auteuil, die sich soeben bei der Ankunft des einen und der Abfahrt des andern gekreuzt hatten.

Roubaud wollte gerade das Fenster verlassen, als eine Stimme, die seinen Namen rief, ihn veranlasste, sich noch weiter hinauszubeugen. Er bemerkte unter sich, auf dem Balkone des vierten Stockwerkes einen jungen Mann von vielleicht dreißig Jahren, Henri Dauvergne. Dieser war Zugführer und wohnte dort mit seinem Vater, einem Assistenten für den Fernverkehr und mit seinen zwei Schwestern, Claire und Sophie, zwei reizenden Blondinen von achtzehn und zwanzig Jahren, welche mit den

Einkünften der beiden Männer im Betrage von sechstausend Franken, ewig heiter gelaunt die Wirtschaft führten. Man hörte soeben wieder die Ältere lachen, während die Jüngere sang und überseeische Vögel in ihrem Käfige um die Wette mit ihr ihre Triller und Läufe schmetterten. »Guten Tag, Herr Roubaud, Sie in Paris? ... Ganz recht, wegen des Vorfalls mit dem Unterpräfekten!«

Der Unterinspektor blieb deshalb in seiner Haltung und erzählte, dass er diesen Morgen mit dem Schnellzug um 6 Uhr 40 von Havre abgefahren sei. Ein Befehl des Vertriebsdirektors habe ihn nach Paris gerufen und er hätte sich soeben eine tüchtige Nase geholt. Er sei zufrieden, dass man ihm nicht gleich sein Amt genommen habe.

»Und wie geht es Madame?«

Seine Frau war ebenfalls mitgekommen, Einkäufe halber. Er erwartete sie jetzt hier in dem Zimmer der Mutter Victoire, die ihnen jedes Mal, wenn sie nach Paris kamen, den Schlüssel zu diesem Raume einhändigte, woselbst sie ungestört und unter vier Augen frühstücken konnten, während die brave Frau unten in den Bedürfnisanstalten ihr Amt versehen musste. Heute hatten sie schon in Mantes ein kleines Frühstück eingenommen, um zuerst ihre Besorgungen abmachen zu können. Jetzt aber war drei Uhr schon vorüber und er kam vor Hunger fast um.

Henri wollte sich von einer liebenswürdigen Seite zeigen und fragte lächelnd nach oben:

»Bleiben Sie über Nacht in Paris?«

Nein, keineswegs. Sie führen schon mit dem Schnellzug um 6 Uhr 30 nach Havre zurück. Urlaub, damit käme er schön an! Ja, wenn sie einem den Stuhl vor die Tür setzen wollen, da sind sie gleich bei der Hand!

Die beiden Männer nickten mit dem Kopf und blickten sich verständnisinnig an. Aber sie hörten sich nicht mehr, denn ein verteufeltes Piano setzte alle Register ein. Die beiden Schwestern paukten gemeinsam auf die Tasten, ihr Lachen aber übertönte das Instrument, wahrscheinlich wollten sie die Vögel im Käfig in noch größere Aufregung versetzen. Der junge Mann erheiterte sich ebenfalls, er grüßte und ging in das Zimmer hinein. Die Augen des allein gelassenen Unterinspektors hafteten eine Minute an dem Balkone, von welchem diese jugendliche Fröhlichkeit herauftönte. Dann erhob er die Blicke und sah, dass die Lokomotive ihre Ventile geschlossen hatte und der Weichensteller sie auf den Zug nach Caen dirigierte. Die letzten Flöckchen des weißen Rauches verflüchtigten sich unter den dicken Wirbeln des schwarzen

Qualms, der den Himmel besudelte. Und nun trat auch er in das Zimmer zurück.

Vor der Kuckucksuhr angelangt, die auf 3 Uhr 20 zeigte, machte Roubaud eine Bewegung verzweifelter Ungeduld. Wie, zum Teufel, konnte sich Séverine nur so lange aufhalten lassen? Wenn sie einmal in einem Laden war, konnte man sie gar nicht wieder herausbringen. Um sich selbst über den Hunger hinwegzutäuschen, der seinen Magen marterte, kam er auf den Einfall, den Tisch zu decken. Er war in dem mächtigen, zweifenstrigen Zimmer, das mit seinen Nussbaummöbeln, dem Bett mit den rotkattunenen Bezügen, dem Anrichteschrank und runden Tische, seinem normannischen Geschirrschrank gleichzeitig als Schlaf-, Speisezimmer und Küche diente, wie zu Hause. Er entnahm den Schränken Servietten, Teller, Gabeln und Messer und zwei Gläser. Das ganze Geschirr war von einer peinlichen Sauberkeit. Seine wirtschaftlichen Sorgen belustigten ihn und er fühlte sich glücklich über das Weiß des Leinens, bis über die Ohren verliebt in seine Frau. Er musste selbst laut lachen, dachte er an das schöne, frische Lachen, in das sie ausbrechen würde, wenn sie zur Tür hereinkäme. Als er die Fleischpastete auf den Teller gelegt und die Flasche Weißwein danebengestellt hatte, suchten seine Augen etwas. Dann zog er hastig zwei vergessene Päckchen aus der Tasche, eine kleine Büchse Sardinen und etwas Schweizerkäse.

Es schlug halb. Roubaud marschierte abwechselnd durch die Länge und Breite des Zimmers und lauschte bei dem geringsten Geräusch auf der Treppe. Als er während seines müßigen Wartens beim Spiegel vorüberkam, blieb er stehen, um sich zu betrachten. Er alterte nicht, er war schon der Vierzig nahe, ohne dass das brennende Rot seiner krausen Haare zu bleichen begonnen hätte. Sein sonnenblonder Bart blieb dicht. Seine Figur war nur mittelgroß, aber ließ außerordentliche Körperkräfte ahnen. Er gefiel sich, er schien von seinem ein wenig flachen Haupte, der niedrigen Stirn, dem Stiernacken und seinem runden, blutvollen Gesicht, welches zwei große, lebhafte Augen erhellten, sehr befriedigt. Seine Augenbrauen liefen ineinander.

Er hatte eine um fünfzehn Jahre jüngere Frau geheiratet. Es war ihm daher ein Bedürfnis, öfter den Spiegel zurate zu ziehen, und was er dort erblickte, gab ihm die Ruhe wieder zurück.

Man hörte das Geräusch nahender Schritte. Roubaud öffnete eilig die Tür etwas. Es war eine Zeitungsverkäuferin des Bahnhofs, die ihr nebenan gelegenes Zimmer aufsuchte. Er wandte sich in das Zimmer zurück und interessierte sich zunächst für eine auf dem Anrichteschrank stehende Muschelschachtel. Er kannte sie sehr gut, denn es war ein Geschenk von Séverine an die Mutter Victoire, ihre Amme. Dieser kleine Gegenstand rief ihm sofort die Geschichte seiner Heirat ins Gedächtnis. Bald war es drei Jahre her. Er selbst war im Süden, in Plassans, als Sohn eines Kärrners geboren. Aus dem Militärdienst schied er mit dem Grade eines Feldwebels. Dann war er lange Zeit Bahnpostbeamter auf dem Bahnhof zu Mantes, aus welcher Stellung er in die eines Oberbahnpostbeamten in Barentin überging. Hier hatte er seine teure Frau kennengelernt, als sie in Begleitung von Fräulein Berthe, der Tochter des Präsidenten Grandmorin von Doinville kam, um in Barentin den Zug zu besteigen. Séverine Aubry war allerdings nur das jüngste Kind eines im Dienste des Grandmorin gestorbenen Gärtners, aber der Präsident, ihr Pate und Vormund, bevorzugte sie in so auffälliger Weise – sie blieb die Gefährtin seiner Tochter, mit der zusammen sie in das Pensionat in Rouen geschickt wurde – und sie selbst war von solcher ihr angeborener Vornehmheit, dass Roubaud lange Zeit sich mit keinem Wörtchen ihr zu nahen wagte und sie mit der Leidenschaft eines Grobarbeiters, den ein zierliches, von ihm für kostbar gehaltenes Juwel lockt, aus der Entfernung anschmachtete. Das war der einzige Roman seines Lebens. Er würde sie geheiratet haben, auch wenn sie keinen Pfennig besessen hätte, lediglich aus Freude an ihrem Besitz, und als er sich endlich erkühnt hatte, übertraf die Verwirklichung weit den Traum: Außer Séverine und einer Mitgift von zehntausend Franken hatte der Präsident, der sich bereits zur Ruhe gesetzt und Mitglied des Aufsichtsrates der Westbahn-Gesellschaft war, ihn unter seine Protektion genommen. Auf diese Weise kam er am Tage nach seiner Hochzeit als Bahnhofs-Unterinspektor nach Havre. In ihm steckte jedenfalls das Zeug zu einem guten Beamten, er war solide, pünktlich, gewissenhaft, hatte einen etwas beschränkten, aber sehr rechtschaffen denkenden Geist, kurz, er besaß alle Eigenschaften, welche die sofortige Erfüllung seines Gesuches und die Schnelligkeit seiner Laufbahn erklärlich machten. Ihm war aber der Gedanke lieber, dass er alles seiner Frau zu verdanken habe. Er anbetete sie geradezu.

Nachdem Roubaud noch die Sardinenbüchse geöffnet, verlor er vollends die Geduld. Um drei Uhr hatte man sich treffen wollen. Wo nur konnte sie stecken? Sie sollte ihm nicht damit kommen, dass der Einkauf von einem Paar Schuhe und sechs Hemden den ganzen Tag koste. Als er sich von Neuem dem Spiegel gegenübersah, bemerkte er, dass seine

Augenbrauen sich sträubten und eine tiefe Falte die Stirn durchfurchte. In Havre war ihm nie ein Verdacht in den Sinn gekommen. In Paris aber schuf seine Einbildung alle möglichen Arten von Gefahren, Listen, Vergehen. Ein Blutstrom ergoss sich in sein Gehirn und die Fäuste des ehemaligen Bahnarbeiters ballten sich, wie zu jener Zeit, als er noch die Waggons rangieren half. Er wurde wieder zum Vieh, das seiner Kräfte nicht bewusst ist, er würde seine Frau in einem Anfall blinder Wut zermalmt haben.

Die Tür flog auf und Séverine betrat frisch und fröhlich das Zimmer. »Da bin ich ... Du hast gewiss geglaubt, ich bin verloren gegangen?«

In dem Jugendreiz ihrer fünfundzwanzig Jahre hielt man sie zuerst für groß, schlank und sehr geschmeidig, und doch war sie rund, denn ihre Knochen waren sehr zart. Auch war sie auf den ersten Blick nicht niedlich, denn sie hatte ein längliches Gesicht, einen stark entwickelten Mund, der indessen prächtige Zähne sehen ließ. Aber wenn man sie näher betrachtete, verführte sie durch einen eigentümlichen Reiz und auch durch den Blick ihrer großen blauen Augen unter ihrer vollen schwarzen Haarkrone.

Als ihr Gatte, ohne ein Wort zu erwidern, fortfuhr, sie mit dem wirren, unsteten Blick zu examiniren, den sie so gut kannte, setzte sie gleich hinzu:

»Oh, wie bin ich gelaufen ... stelle dir vor, dass kein Omnibus zu haben war. Für einen Wagen aber wollte ich kein Geld ausgeben und daher bin ich zu Fuß gekommen ... Sieh nur, wie heiß mir ist.«

»Du wirst mir doch nicht einreden wollen«, erwiderte er heftig, »dass du jetzt aus dem *Bon marché* kommst.«

Aber schon hing sie mit der schmeichlerischen Zärtlichkeit eines Kindes an seinem Halse und legte ihm ihre reizende, kleine, fleischige Hand an den Mund.

»Schweige, schweige. Du schlechter Mensch! ... Du weißt doch, wie lieb ich dich habe.«

Ihre Persönlichkeit strömte eine so ehrliche Aufrichtigkeit aus, er hatte ein so untrügliches Gefühl, dass sie rein und rechtschaffen geblieben war, dass er sie wie toll in seine Arme schloss. Das war das gewöhnliche Ende seiner Verdächtigungen. Sie wehrte ihm nicht, denn sie ließ sich gern hätscheln. Er bedeckte ihr Gesicht mit Küssen, die sie nicht zurückgab. Auch dieser Umstand, diese passive, töchterliche Neigung dieses großen Kindes, das sich nicht in die Liebende verwandelte, ließ eine dunkle Ungewissheit nicht von ihm weichen.

»Du hast den *Bon marché* also ausgeplündert?«

»Oh ja ... Ich erzähle dir alles ... Erst aber wollen mir essen ... Habe ich einen Hunger!.. Halt und höre, ich habe dir etwas mitgebracht. Du musst aber erst sagen: mein schönes Geschenk.«

Sie stand dicht vor ihm und lachte ihm ins Gesicht. Sie hatte ihre rechte Hand in die Tasche gesenkt und hielt in ihr einen Gegenstand, den sie aber nicht herauszog.

»Sage flink: mein schönes Geschenk.«

Er lachte ebenfalls und tat ihr als gutmütiger Kerl den Gefallen.

»Mein schönes Geschenk.«

Sie hatte als Ersatz für ein vor vierzehn Tagen verloren gegangenes und von ihm bejammertes Messer ihm ein neues gekauft. Er stieß einen Freudenschrei aus und erklärte dieses schöne neue Messer mit seinem Elfenbeinheft und der leuchtenden Klinge für vortrefflich. Er wollte es sofort in Gebrauch nehmen. Sie war entzückt von seiner Freude und bettelte ihm einen Sou ab, damit ihre Freundschaft nicht zerschnitten würde.

»Essen, essen«, rief sie. »Nein, nein, ich bitte dich, schließe das Fenster noch nicht. Mir ist noch zu warm.«

Sie war zu ihm an das Fenster getreten und betrachtete dort, an seine Schulter gelehnt, während einiger Minuten den mächtigen Bahnkörper. Die Rauchwolken hatten sich jetzt verzogen, die wie Kupfer erglühende Sonnenscheibe versank drüben hinter den Häusern der Rue de Rome im Nebel. Unten führte eine Rangiermaschine den Zug nach Mantes, der um 4 Uhr 25 abgehen sollte, schon fertig rangiert, herauf. Sie stieß ihn auf das Gleis neben dem Abfahrtsbahnsteig der Halle und wurde dann losgekoppelt. Das Zusammenstoßen der Puffer, das aus dem Waggonschuppen der Ringeisenbahn heraufschallte, belehrte, dass man vorsorglich mit der Ankoppelung von Waggons beschäftigt war. Einsam inmitten der Schienenstränge aber stand mit ihrem vom Staub der Fahrt geschwärzten Führer und Heizer eine schwerfällige Bummelzuglokomotive unbeweglich, als wäre ihr Atem und Kraft entschwunden, nur ein dünnes Rauchfädchen entströmte einem ihrer Ventile. Sie wartete, dass man ihr die Gleise zur Rückkehr in das Depot von Les Batignolles frei mache. Jetzt klappte ein rotes Signal auf und verschwand wieder. Die Lokomotive fuhr davon.

»Sind diese kleinen Dauvergnes vergnügt!«, fragte Roubaud beim Verlassen des Fensters. »Hörst du, wie sie auf dem Piano herumpauken? ... Ich sah vorhin Henri, der mir seine Empfehlungen an dich auftrug.«

»Zu Tisch, zu Tisch!«, rief Séverine.

Sie machte sich sofort an die Sardinen, die sie fast herunterschlang. Schon lange her, seit man in Mantes gefrühstückt! Wenn sie nach Paris kam, war sie wie berauscht. Jede ihrer Fiebern zuckte aus dem Glücksgefühl heraus, wieder über das Pariser Pflaster gelaufen zu sein und von ihren Einkaufen im *Bon marché* fieberte sie noch. Alles, was sie im Winter erübrigt hatte, gab sie dort im Frühjahr auf einmal wieder aus. Sie liebte es, alles dort zu kaufen, denn sie behauptete, dadurch schlüge sie die Reisekosten vollständig wieder heraus. Den Mund stets voll, konnte sie nicht genug davon schwatzen. Ein wenig verwirrt und rot geworden, gestand sie endlich die Totalziffer ihrer Einkäufe ein, über dreihundert Franken.

»Teufel!«, sagte Roubaud bestürzt, »du führst dich ja als Frau eines Unterinspektors recht gut auf ... Ich dachte, du hättest nur ein Paar Stiefel und sechs Hemden zu kaufen?«

»Aber diese nicht wiederkehrenden Gelegenheiten, mein Freund! ... Entzückender, gestreifter Seidenstoff, ein geschmackvoller Hut, der reine Traum! Fertige Unterröcke mit gestickten Volants! In Havre hätte ich das Doppelte bezahlen müssen ... Man war gerade dabei, es für mich zu expedieren. Du wirst ja sehen.«

Er zog es vor zu lachen; in ihrer Freude und ihrer Miene einer verwirrt nach Vergebung Haschenden sah sie zu niedlich aus. Und dann war auch dieses improvisierte kleine Diner in diesem Zimmer, in dem sie sich allein befanden und besser als im Restaurant aufgehoben waren, zu reizend. Sie trank gewöhnlich nur Wasser, heute aber ließ sie sich gehen und schlürfte, ohne es zu wissen, ihr Glas Weißwein. Die Sardinenbüchse war geleert und sie zerlegten nun die Fleischspeise mit dem schönen neuen Messer. Ein Triumph für Séverine, dass es so gut schnitt.

»Und du, wie steht es mit deiner Angelegenheit?«, fragte sie. »Du lässt mich schwatzen und erzählst mir gar nicht, wie deine Sache wegen des Unterpräfekten geendet hat?«

Er erzählte ihr nun die Einzelheiten seines Besuches beim Betriebsdirektor. Oh, man hätte ihm nach allen Regeln den Kopf gewaschen. Er hätte ihm die reine Wahrheit erzählt, wie diese Krabbe von Unterpräfekten mit seinem Hunde durchaus in ein Coupé erster Klasse gewollt habe, trotzdem ein Waggon zweiter Klasse, der nur für die Jäger und ihre Köter reserviert gewesen, im Zuge war, von dem entstandenen Streite und welche Worte gefallen wären. Der Chef gäbe ihm im Grunde genommen recht, denn auch ihm sei daran gelegen, dass der Beamte respektiert würde. Aber das Schreckliche an der Sache sei, dass der Direktor zu ihm gesagt habe: »Ihr werdet nicht immer die Herren bleiben!« Er stehe im Verdacht eines Republikaners. Die bemerkenswerten Reden bei Beginn der Session des Jahres 1869 und die dumpfe Furcht vor den nächsten allgemeinen Wahlen hätten die Regierung misstrauisch gemacht. Ohne die ausgezeichnete Empfehlung des Präsidenten Grandmorin würde man ihn zweifellos schon seines Amtes enthoben haben. Schließlich hätte er doch den von dem Letzteren geratenen und aufgesetzten Entschuldigungsbrief unterschreiben müssen.

»Also? Hatte ich nicht recht, ihm zu schreiben und ihm heute früh mit dir einen gemeinsamen Besuch zu machen, ehe du deine Wäsche erhieltest?«, unterbrach ihn lebhaft Séverine. »Ich wusste ganz genau, dass er uns aus der Klemme ziehen würde.«

»Ja, er liebt dich sehr«, antwortete Roubaud, »und sein Arm reicht weit in unserer Gesellschaft ... Was hat das nun für einen Nutzen, ein tüchtiger Beamter zu sein? Natürlich hat man mir auch Schmeicheleien gesagt: ich hätte zwar nicht genug Initiative, aber ich führte mich gut, sei gehorsam und entschlossen. Und trotzdem sage ich dir, meine Teure, wärest du nicht meine Frau und Grandmorin nicht aus Freundschaft für dich für mich eingetreten, so hätte ich meine Strafversetzung nach einer kleinen Station in der Tasche gehabt.«

»Zweifellos, sein Arm reicht weit«, wiederholte Séverine, als spräche sie zu sich selbst, während ihre Augen die Leere suchten.

Es herrschte Schweigen, Séverine verharrte mit ihren sich vergrößernden und wie abwesend starrenden Augen in derselben Stellung und hörte mit dem Essen auf. Sie rief sich jedenfalls die Tage ihrer Kindheit in die Erinnerung, die sie dort unten in Schloss Doinville, vier Meilen von Rouen entfernt, zugebracht hatte. Sie hatte nie ihre Mutter gekannt. Ihr Vater, der Gärtner Aubry, starb gerade, als sie ihr dreizehntes Lebensjahr begann. Schon damals hatte der Präsident, der Witwer war, sie seiner Tochter Berthe beigesellt und unter die Obhut seiner Schwester, Madame Bonnehon, der Gattin eines Kaufmannes und ebenfalls Witwe, heute Besitzerin des Schlosses, gestellt. Berthe, die zwei Jahre älter war als sie, hatte sechs Monate nach ihr einen Herrn von Lachesnaye, Rat beim Gerichtshof in Rouen, ein dürres, gelbes Männchen, geheiratet. Im vergangenen Jahre stand der Präsident noch diesem Gerichte vor. Dann hatte er sich nach einer brillanten Karriere in den Ruhestand zurückgezogen. Im Jahre 1804 geboren, Substitut in Digne zu Beginn des Jahres 1830, dann in Fontainebleau und Paris, später Procurator in Troyes, Generaladvokat in Rennes, wurde er schließlich erster Präsident in Rouen. Mehrfacher Millionär, gehörte er dem Generalrat seit 1855 an und war am Tage seines Abschieds zum Kommandeur der Ehrenlegion ernannt worden. Soweit sie zurückdenken konnte, sah sie ihn noch als untersetzten, kräftig gebauten Mann, dessen bürstenförmig stehende Haare schon frühzeitig eine weiße Färbung zeigten, und zwar dieses goldne Weiß, wie es aus dem einstigen Blond hervorgeht, den Backenbart glatt abrasiert bis auf die Fraise, ohne Schnurrbart, mit einem eckigen Gesicht, welches die ein hartes Blau weisenden Augen und die stark entwickelte Nase streng erscheinen ließen. Er machte alles um sich herum erzittern.

»He! An was denkst du?«, musste Roubaud zweimal laut fragen.

Sie fuhr zusammen und ein leiser Schauder überlief sie, als schüttele sie ein jäher Schrecken.

»Oh, an gar nichts.«

»Du isst nicht, hast du keinen Hunger mehr?«

»Oh doch ...Du sollst gleich sehen.«

Séverine lehrte ihr Glas Wein und vollendete dann die Zerlegung der Fleischspeise auf ihrem Teller. Jetzt gab es aber einen Aufstand: Sie hatten mit dem Laib Brot schon vollständig aufgeräumt und es blieb ihnen keine Krume mehr für den Käse. Erst Geschrei, dann Gelächter, als sie, nachdem sie alles durchsucht hatten, im Buffet der Mutter Victoire ein Stück altbackenes Brot entdeckten. Obgleich das Fenster offen stand, war es noch immer heiß im Zimmer und die junge Frau, welche gerade vor dem Ofen saß, kühlte sich kaum ab, sondern wurde immer roter und aufgeregter durch das Unerwartete dieses durchschwatzten Frühstücks in diesem Zimmer. Bei der Erwähnung der Mutter Victoire kam Roubaud nochmals auf Grandmorin zu sprechen: auch eine, die jenem ein freundliches Los verdankte! Sie war eine Verführte, deren Kind starb, dann Amme von Séverine, deren Geburt ihrer Mutter das Leben kostete; später, als Frau eines Heizers der Gesellschaft, ernährte sie sich in Paris elend mit Nähen, denn ihr Mann verzehrte die ganzen Einkünfte, bis die Wiederbegegnung mit ihrem Milchkinde die alten Bande aufs Neue knüpfte und Séverine auch jene zu einem Schützlinge des Präsidenten machte. Und heute hatte sie durch seine Vermittlung den Posten in der Bedürfnisanstalt, und zwar als Wärterin des Extrakabinetts in der Damenabteilung inne, die beste Stelle. Die Gesellschaft gab ihr nur hundert Franken jährlich, sie machte aber daraus mithilfe der Trinkgelder an vierzehnhundert, ohne ihre Wohnung, dieses Zimmer, zu rechnen, dessen Heizung sie sogar frei hatte. Alles in allem also eine sehr angenehme Situation. Und Roubaud rechnete aus, dass, wenn Pecqueux, ihr Gatte, seine zweitausendachthundert Franken Fixum und Prämien mit in die Wirtschaft stecken würde, anstatt sie auf beiden Endstationen der Linie in Flüssigkeiten umzusetzen, das Ehepaar mehr als viertausend Franken verdienen würde, das heißt also das Doppelte von seinem Einkommen als Unterinspektor des Bahnhofs in Havre.

»Selbstverständlich«, schloss er, »kann man nicht jeder Frau eine Dienstleistung in den Bedürfnisanstalten zumuten, aber gar so albern ist auch dieses Amt noch nicht.« Inzwischen hatten sie ihren mächtigsten Hunger bereits gestillt und sie aßen nur noch mechanisch; sie schnitten den Käse in kleine Stückchen, um das Mahl in die Länge zu ziehen. Auch ihre Worte flossen langsamer von ihren Lippen.

»Da fällt mir gerade ein«, rief er, »ich habe dich zu fragen vergessen, warum hast du die Einladung des Präsidenten zu einem zwei- oder dreitägigen Besuch in Doinville ausgeschlagen?«

Sein Geist führte in dem Wohlgefühle der Verdauung ihm soeben noch einmal den Besuch vor Augen, den sie heute früh dicht beim Bahnhof in dem Hotel der Rue du Nocher abgestattet hatten. Er sah sich wieder in dem großen ernsten Kabinett, er hörte den Präsident ihnen erzählen, dass er am nächsten Tage nach Doinville reisen würde. Dann hatte jener unter einer plötzlichen Eingebung ihnen angeboten, noch heute Abend mit ihnen gemeinsam den 6 Uhr 30-Zug zu benutzen, um in Person sein Patchen zu seiner Schwester zu bringen, die schon lange nach ihr Sehnsucht habe. Die junge Frau aber hatte alle möglichen Verhinderungsgründe vorgeschützt.

»Ich kann in diesem kleinen Ausfluge nichts Schlimmes finden«, fuhr Roubaud fort. »Du hättest bis zum Donnerstag dort bleiben können, ich würde mich schon bis dahin allein beholfen haben ... Du musst doch zugestehen, dass wir in unsrer Stellung jene nötig haben. Ich finde es nicht sehr geschickt, ihre Höflichkeiten abzuweisen, umsomehr als deine Weigerung ihm sichtlich nahe ging ... Ich habe auch erst aufgehört, in dich zu dringen, als du mich am Paletot zupftest. Dann stimmte ich dir bei, aber ohne zu begreifen ... Nun warum wolltest du nicht?«

Séverine, deren Augen unstet umherwanderten, machte eine Bewegung der Ungeduld.

»Kann ich dich denn so allein lassen?«

»Das ist kein Grund ... Seit unsrer Hochzeit vor drei Jahren warst du schon zweimal in Doinville und hast dort eine ganze Woche zugebracht. Ich sehe keinen Hinderungsgrund, auch zum dritten Male dorthin zu reisen.«

Die Verwirrung der jungen Frau wuchs, sie musste den Kopf abwenden.

»Es sagte mir nicht zu. Du wirst mich doch nicht zu Dingen zwingen wollen, die mir missfallen.«

Roubaud öffnete die Arme gleichsam als Zeichen dafür, dass er sie zu nichts zwänge, sagte aber dennoch:

»Halt! Du verbirgst mir etwas ... Hat dich Frau Bonnehon das letzte Mal nicht gut aufgenommen?«

Oh doch. Frau Bonnehon wäre stets die Güte selbst gewesen. Diese liebenswürdige, große, kräftige Dame mit herrlichen blonden Haaren war trotz ihrer fünfundfünfzig Jahre noch eine Schönheit. Seit ihrer Witwenschaft und selbst zu Lebzeiten ihres Mannes soll sie, wie man sich erzählte, ihr Herz oft verschenkt haben. In Doinville war sie der Abgott. Sie wandelte das Schloss in ein Paradies um. Die ganze Gesellschaft von Rouen, namentlich die Beamten waren dort ständige Besucher. Frau Bonnehon suchte ihre Freunde namentlich unter den Beamten.

»Dann gestehe, dass die Lachesnaye dich kühl behandelt haben.«

Seit ihrer Ehe mit Herrn von Lachesnaye war Berthe Séverine gegenüber zweifellos eine andere geworden. Diese arme, unbedeutende Berthe mit ihrer roten Nase wäre allerdings nicht mehr so gütig wie früher. Die Damen in Rouen lobten sie sehr ihrer Distinktion wegen. Ein so garstiger, trockener, geiziger Gatte wie der ihrige, schiene wirklich wie geschaffen, um seiner Frau seinen Charakter aufzuprägen und sie schlecht zu machen. Aber trotzdem, auch Berthes Benehmen ihrer ehemaligen Genossin gegenüber hatte nichts zu wünschen übrig gelassen, Séverine könnte auch ihr keinen direkten Vorwurf machen.

»Dann missfällt dir also der Präsident dort unten?«

Séverine, die bis dahin langsam und monoton geantwortet hatte, machte abermals eine ungeduldige Bewegung.

»Ei! Welch ein Einfall!«

Und sie sprach weiter in kurzen, nervös abgebrochenen Sätzen. Man bekäme ihn im Schlosse kaum zu Gesicht. Er hätte sich in Doinville einen Pavillon reservieren lassen, dessen Tür auf eine öde Landstraße führe. Er ginge und käme, ohne dass jemand es erführe. Seine Schwester wüsste nie genau zu sagen, wann er käme. In Barentin nähme er einen Wagen und ließe sich nachts bis Doinville fahren; dort lebe er, von niemandem gesehen, tagelang in seinem Pavillon. Oh, er würde dort am allerwenigsten jemand belästigen.

»Es fiel mir gerade ein, weil du mir gewiss an zwanzig Male schon erzählt hast, dass er dir in deiner Kindheit stets die blasse Furcht einflößte.«

»Die blasse Furcht! Du übertreibst wie gewöhnlich ... Gewiss, er lachte kaum. Er sah uns mit seinen großen Augen so durchdringend an, dass man sofort den Kopf senkte. Ich habe Leute vor ihm zittern und nicht ein Wort über die Lippen bringen gesehen, so sehr imponierte er ihnen durch den weitverbreiteten Ruf seiner Strenge und Weisheit ... Aber mich selbst zankte er nie aus, ich habe immer gefühlt, dass er eine Schwäche für mich hatte ...«

Ihre Stimme sank abermals zum Flüstern herab und ihre Augen suchten die Leere.

»Ich erinnere mich noch ganz gut ... Ich war noch ein kleines Ding und spielte mit meinen Freundinnen in den Alleen. Sobald er kam, versteckten sich alle, selbst seine Tochter Berthe, die unaufhörlich vor Furcht zitterte, eine Sünde begangen zu haben. Ich dagegen erwartete ihn ganz ruhig, und wenn er mich lächelnd mit verzogenem Mündchen dort stehen sah, gab er mir beim Vorübergehen einen kleinen Backenstreich ... Später, als ich sechzehn Jahre alt war, musste ich ihm stets die Bitte vortragen, wenn Berthe irgendeine Vergünstigung von ihm haben wollte. Ich sprach mit ihm, senkte aber nie die Blicke, sodass ich die seinen mir bis unter die Haut dringen fühlte. Ich machte mir aber nicht viel daraus, wusste ich doch, dass er mir alle Wünsche bewilligen würde ... Ja, ja, ich erinnere mich noch sehr gut daran! Dort unten gibt es kein Plätzchen im Park, keinen Korridor, kein Zimmer, das mir nicht wieder vor die Erinnerung tritt, sobald ich die Augen schließe.«

Sie schwieg, ihre Lider hatten sich gesenkt und über ihr gerötetes und aufgedunsenes Gesicht schien ein Schauer der Erinnerung an die Dinge von ehedem zu gleiten, Dinge, von denen sie nicht gesprochen hatte. Einen Augenblick blieb sie in dieser Haltung, ihre Lippen öffneten sich etwas, als verursachte das plötzliche Zucken eines Muskels ihr eine schmerzliche Empfindung am Mundwinkel.

»Er war gewiss sehr gütig zu dir«, begann Roubaud. der sich soeben eine Pfeife angezündet hatte, von Neuem, »er hat dich nicht nur als vornehmes Fräulein erziehen lassen, sondern auch deine paar Pfennige weise verwaltet, schließlich hat er auch noch die Summe abgerundet, als wir uns verheirateten ... Dabei rechne ich noch gar nicht, dass er dir etwas hinterlassen will, wie er mir selbst gesagt hat.«

»Ja«, sagte Séverine leise, »das Häuschen in la Croix-de-Maufras, den von der Eisenbahn durchschnittenen Besitz. Wir haben früher dort öfter eine ganze Woche zugebracht ... Ich rechne noch gar nicht darauf, denn die Lachesnaye werden doch die Erbschaft hintertreiben. Ich würde es auch vorziehen, nichts nehmen zu müssen!«

Sie hatte die letzten Worte so lebhaft hervorgestoßen, dass er mit seinen runden, sich vergrößernden Augen erstaunt die Sprecherin anblickte und die Pfeife aus dem Munde nahm.

»Bist du komisch! Man erzählt sich, dass der Präsident Millionär sei. Was ist also dabei so Schlimmes, wenn er auch seine Pflegetochter in seinem Testament bedenkt? Das würde niemand überraschen und unsern Verhältnissen käme es gut zustatten.«

Dann ließ ihn ein durch den Kopf gehender Gedanke laut auflachen.

»Du befürchtest doch nicht, für seine leibliche Tochter gehalten zu werden? ... Du weißt doch, dass man sich vom Präsidenten trotz seiner eisigen Miene nette Sachen erzählt? Selbst zu Lebzeiten seiner Frau soll kein Mädchen verschont geblieben sein. Das ist ein Spitzbube, der noch heute bei der Frau seinen Mann steht.. Großer Gott, wenn du wirklich seine Tochter wärest?«

Séverine war unwillig aufgesprungen, ihr Gesicht flammte und das Feuer ihrer blauen Augen unter dem schweren schwarzen Haar leuchtete unstet.

»Seine Tochter, seine Tochter! ... Ich will nicht, dass du mich damit neckst, verstanden? Wie könnte ich seine Tochter sein? Sehe ich ihm ähnlich? ... Genug davon, sprechen wir von etwas anderem. Ich will einfach deshalb nicht nach Doinville fahren, weil ich es vorziehe, mit dir nach Havre zurückzukehren.«

Er wiegte beruhigend den Kopf. Wie ihr das im Augenblick in die Nerven gefahren war! Er lächelte, denn er hatte sie noch nie so aufgeregt gesehen, das machte wahrscheinlich der Weißwein. Es lag ihm daran, sie wieder gut zu stimmen und so ergriff er abermals das Messer, wobei er nochmals seiner Bewunderung einen lauten Ausdruck gab und reinigte es sorgfältig. Dann verkürzte er sich die Nägel, um zu zeigen, dass es wie ein Rasiermesser schnitt.

»Schon Viertel nach vier«, bemerkte Séverine leise vor der Kuckucksuhr. »Ich habe noch einige Wege ... Wir müssen an unsern Zug denken.«

Doch ehe sie sich an die Ordnung des Zimmers machte, wollte sie sich erst noch etwas beruhigen und trat an das Fenster. Er ließ Messer Messer, Pfeife Pfeife sein, stand ebenfalls vom Tische auf, näherte sich ihr und nahm sie sanft in seine Arme. Er zog sie fest an seine Brust, drückte das Kinn auf ihre Schulter und presste seinen Kopf an den ihren. Keines von beiden rührte sich, ihre Augen suchten den Fernblick.

Zu ihren Füßen kamen und gingen die kleinen Rangierlokomotiven noch immer rastlos; man hörte sie, gerade wie gewandte und kluge Wirtschafterinnen, kaum bei ihrer Tätigkeit, ihre Räder schienen umwickelt, ihr Pfiff ertönte diskret. Die eine von ihnen verschwand jetzt unter dem Pont de l'Europe mit einem von Trouville gekommenen Zuge, dessen Waggons in die Schuppen gebracht wurden. Dort unten, jenseits der Brücke, kreuzte sie sich mit einer Lokomotive, die wie eine einsame Spaziergängerin, allein vom Depot kam; ihre Achsen und Kupferteile leuchteten, als hatte sie soeben frisch und keck sich zur Reise angekleidet. Die große Maschine hielt jetzt und forderte durch zwei kurze Pfiffe den Weichensteller auf, die Gleise passierbar zu machen; dieser tat es sofort und die Lokomotive rollte auf den in der Halle für den Fernverkehr abgangsbereit stehenden Zug zu. Es war der 4 Uhr 25-Zug nach Dieppe. Ein Strom von Reisenden drängte durcheinander. Man hörte das Rollen der mit Gepäck beladenen Karren, die Gepäckträger beförderten Stück für Stück in die Waggons. Inzwischen war die Lokomotive mit ihrem Tender auf den Stirnwagen des Zuges aufgefahren, was einen dumpfen Krach gab und man sah einen Arbeitsmann die Koppelung aufwinden. Gegen Batignolles hin hatte sich der Himmel umdüstert; ein aschfarbenes Halbdunkel tauchte die Umrisse der fernen Gebäude in seine Schatten und schien schon über den sich ausbreitenden Fächer der Schienen zu kriechen. Und in diesem Dunkel kreuzten sich unaufhörlich die ankommenden und abfahrenden Züge des Ring- und Vorortverkehrs. Hier die düsteren Reihen der großen Glashallen, dort über dem verschleierten Paris rötliche, viel gezackte Rauchwolken.

»Nein, nein, lasse mich«, sagte Séverine leise.

Sein Atem strömte ihr in den Nacken. Allmählich war seine Zärtlichkeit eine innigere geworden; die Wärme ihres jungen, von ihm so eng umschlungenen Körpers brachte sein Blut in Wallung. Der von ihr ausgehende Duft berauschte ihn und das abwehrende Drängen ihrer Glieder fachte seine Wünsche vollends an. Mit einem Ruck hatte er sie vom Fenster los, dessen Flügel er Schloss. Sein Mund fand den ihrigen, fast biss er ihre Lippen wund und mit unwiderstehlicher Gewalt drängte er sie zum Bett.

»Nein, nein, wir sind nicht zu Hause«, wiederholte sie. »Ich bitte dich, nicht hier in diesem Zimmer!«

Sie fühlte sich ebenfalls durch die reichliche Sättigung und das genossene Getränk wie berauscht und ihre Sinne waren von dem fieberhaften Sturmlauf nach Paris noch in Aufruhr. Dazu dieses überheizte Zimmer, diese überreiche Tafel, die Plötzlichkeit der Reise, die einen so guten Ausgang zu nehmen schien, alles das erhitzte ihr Blut und kitzelte ihre Nerven. Trotzdem weigerte sie sich, sie widerstand ihm und stemmte sich mit Leibeskräften gegen das Holzgestell des Bettes in einer Anwandlung von ihr selbst nicht erklärlicher Furcht.

»Nein, nein, ich will nicht.«

Er, das Blut im Gesicht, hielt sie mit seinen mächtigen brutalen Fäusten wie in einem Schraubstock.

»Dummes Ding! Wer weiß es? Wir bringen ja das Bett wieder in Ordnung!«

In Havre bildete, da er Nachtdienst hatte, die Zeit nach Tisch ihr gewöhnliches Kosestündchen, dem sie sich auch mit gefälliger Folgsamkeit nicht zu entziehen pflegte. Die Sache machte ihr zwar keinen Spaß, aber sie fühlte sich glücklich und behaglich bei dem Gedanken, auf ihr eigenes Vergnügen ihm zuliebe verzichten zu können. In diesem Augenblick aber machte es ihn toll, dass er sie so feurig, von Leidenschaft durchzittert fühlte, wie er sie nie zuvor gekannt hatte. Der dunkle Widerschein ihres Haares ließ die sonst so kühlen Augen unergründlich tief erscheinen, ihr stark entwickelter Mund schimmerte wie Blut in dem sanften

Oval ihres Gesichts. Er hatte mit einem Male eine Frau vor sich, die er noch nie gesehen. Warum willfahrte sie ihm nicht?

»Warum, sprich? Wir haben noch Zeit.«

In ihrer unerklärlichen Angst, in dem Kampf, der sie hinderte, die Dinge klar zu erkennen, als wenn sie selbst sich als eine andere erschiene, entfuhr ihr ein Schrei wirklichen Schmerzes, der ihn veranlasste, sich ruhiger zu verhalten.

»Ich beschwöre dich, lasse mich! ... Schon der bloße Gedanke, in diesem Augenblick, erwürgt mich ... Das würde zu nichts Gutem führen.«

Beide saßen jetzt auf dem Rande des Bettes. Er fuhr sich mit der Hand über das Gesicht, als wollte er das siedende Gefühl von dort verwischen. Als sie ihn wieder vernünftig geworden sah, beugte sie sich liebenswürdig zu ihm und gab ihm einen derben Kuss auf die Backe, als Beweis, dass sie ihn trotzdem lieb hätte. Sie blieben dann einen Augenblick unbeweglich und lautlos sitzen. Er hatte ihre rechte Hand ergriffen und spielte mit einem alten Goldreif einer Schlange mit einem Köpfchen von Rubinen, den sie seit ihrer Hochzeit stets an demselben Finger trug. Stets halte er ihn dort gesehen.

»Meine kleine Schlange«, sagte Séverine wie im Traume befangen; sie glaubte, er betrachte den Ring und sie empfand das dringende Bedürfnis zu reden. »In la Croix-de-Maufras wurde er mir geschenkt, als ich sechzehn Jahre alt war.«

Roubaud erhob überrascht den Kopf.

»Wer hat ihn dir geschenkt? Der Präsident?«

Als sie die Augen ihres Mannes auf sich ruhen fühlte, war es ihr, als würde sie plötzlich aus dem Traume gerissen. Ein kaltes, eisiges Gefühl überlief ihre Wangen. Sie wollte antworten, fand aber nicht gleich die Worte, ihr schien, als hätte eine jähe Lähmung sie ergriffen.

»Aber du hast mir doch immer erzählt«, fuhr er fort, »deine Mutter hätte dir den Ring hinterlassen?«

Noch in diesem Augenblick hätte sie den Eindruck der ihr in einem Moment völliger Geistesabwesenheit entschlüpften Äußerung wieder verwischen können, wenn sie gelacht oder die Zerstreute gespielt hätte. Aber nein, sie war wie verbohrt, als hätte sie keine Macht mehr über sich.

»Ich habe dir nie gesagt, mein Schatz, dass mir meine Mutter diesen Ring vermacht hat.«

Roubaud sah ihr scharf in das Gesicht, auch er wurde bleich.

»Nie? Du hast mir das nie gesagt? Nicht einmal sondern zwanzigmal! ... Warum sollte dir der Präsident auch keinen Ring schenken? Ich finde dabei nichts, er hat dir ja so manches geschenkt ... Aber warum hast du es mir verheimlicht? Warum logst du und schobst deine Mutter vor?«

»Ich habe meine Mutter nicht erwähnt, mein Lieber, du irrst dich.«

Dieses hartnäckige Leugnen war eine Dummheit, Sie sah, dass sie sich selbst auslieferte, dass er ihr die Wahrheit von der Stirn las; sie hätte jetzt gern ihre Worte wieder zurückgenommen oder ihre Bedeutung vermischt, aber jetzt war es zu spät. Sie fühlte, wie ihre Züge eine andere Gestaltung annahmen, das Geständnis ihrer Schuld offenbarte in diesem Augenblick gegen ihren Willen ihre ganze Persönlichkeit. Die Kälte in ihren Wangen hatte ihr ganzes Gesicht überzogen, ein nervöses Zucken zerrte an ihrem Munde. Ihm dagegen hatte das Entsetzen das Blut emporgetrieben, dass man fürchten musste, seine Adern würden platzen. Er hatte ihre Handgelenke umschlungen und stand dicht vor ihr, um aus dem Widerspiegeln des Schreckens in ihren Augen lesen zu können, was sie nicht laut gesagt hatte.

»Verflucht«, würgte er heraus, »verflucht!«

Sie drückte furchtsam das Gesicht unter ihren Arm, denn sie ahnte den Schlag mit der Faust schon, der kommen musste. Dieser kleine, elende, unbedeutende Umstand, das Vergessen einer an diesen Ring sich knüpfenden Lüge hatte nach wenigen Worten diese furchtbare Situation geschaffen. Nur eine Minute, dann warf er sie mit einem Stoß auf das Bett und bearbeitete sie auf das Geratewohl mit den Fäusten. Während dreier Jahre hatte er sie nicht ein Mal geschlagen, jetzt aber war die Brutalität Herrin über ihn geworden, blind und trunken vor Wut hieb er mit seinen groben Arbeiterfäusten, die früher die Waggons geschoben hatten, auf sie ein.

»Verfluchte Dirne! Du warst mit ihm zusammen ... mit ihm zusammen ... mit ihm zusammen!«

Die Wiederholung der Worte stachelte seine Wut noch mehr an; bei jeder Wiederholung sauste ein Faustschlag nieder, als wollte er ihr die Worte für immer einbläuen.

»Du die Geliebte eines Greises, du verfluchte Dirne! ... Du warst mit ihm zusammen ... mit ihm zusammen!«

Der Zorn erstickte seine Stimme, sie kam ihm schon pfeifend aus dem Munde und versagte schließlich ganz. Er hörte jetzt erst, wie sie, windelweich unter den Schlägen geworden, »nein« rief. Sie fand kein anderes Wort der Verteidigung, sie leugnete, um nicht von ihm getötet zu werden. Diese Ausrede, diese lügnerische Verbohrtheit machte ihn nur noch rasender.

»Gestehe, dass du mit ihm zusammen warst!«

»Nein und nein.«

Er hatte sie aufgerafft und sie zu sich emporgezogen; er verhinderte das arme Geschöpf, dass der Kopf sich in die Kissen vergrub, und zwang sie, ihm in das Gesicht zu sehen.

»Gestehe!«

Im Augenblick hatte sie sich gewandt seiner Umarmung entzogen und wollte zur Tür eilen. Doch ebenso schnell war er hinter ihr her und wieder schwebte seine Faust in der Luft; dicht neben dem Tisch streckte sein Schlag sie zu Boden. Er warf sich an ihre Seite und packte sie an den Haaren, sodass sie sich nicht rühren konnte. Ohne zu sprechen und ohne zu atmen, blieben sie so, Auge in Auge, auf dem Boden liegen. Und durch diese schreckensvolle Stille schallte das Singen und Lachen der Damen Dauvergne, deren Piano glücklicherweise einen solchen Lärm vollführte, dass man das Toben des sich über ihnen abspielenden Kampfes nicht vernahm. Claire sang Kinderlieder und Sophie spielte die Begleitung mit aller Macht.

»Gestehe!«

Sie wagte nicht nein zu sagen und schwieg.

»Gestehe, dass du mit ihm zusammen warst, oder ich schlage dich tot!«

Er würde sie getötet haben, sie las es in seinem Blick. Sie hatte beim Fallen das aufgeklappt auf dem Tisch liegende Messer gesehen. Das Schimmern der Klinge kam ihr in die Erinnerung, sie glaubte schon, dass er den Arm danach ausstrecke. Nun überkam sie ein Gefühl der Feigheit, eine Gleichgültigkeit gegen sich und alles, der Wunsch, endlich mit allem zurande zu kommen.

»Nun ja, es ist wahr, nun lasse mich aber gehen.«

Ein fürchterlicher Augenblick. Dieses Geständnis, von ihm in so grausamer Weise erpresst, es glich einem Schlag, den er mitten in das Gesicht erhielt; es schien ihm unmöglich, ungeheuerlich. Eine solche Schändlichkeit hätte er nie für möglich gehalten. Er packte ihren Kopf und schlug ihn gegen ein Tischbein. Als sie sich sträubte, schleifte er sie an den Haaren durch das Zimmer, wobei er mit ihrem Körper die Stühle anrannte. So oft sie den Versuch machte, sich aufzurichten, warf er sie durch einen Faustschlag wieder zu Boden. Sein Atem flog und mit zusammengepressten Zähnen tobte er wie ein Wilder und Tor zugleich in diesem Kampf. Der Tisch hätte beinahe den Ofen umgeworfen. Haare und Blut klebten an einer Ecke des Büffets. Als sie von diesem eklen Auftritt noch bebend wieder zu Atem kamen, müde vom Schlagen und der erhaltenen Prügel, befanden sie sich wieder neben dem Bett, sie noch immer in einem schweinartigen Zustande auf der Erde liegend, er auf ihr kauernd und sie an den Schultern gepackt haltend. Beide stöhnten. Unten ertönte noch immer die Musik und kräftiges, lustiges Lachen schallte herauf.

Mit einem Ruck hob Roubaud Séverine vom Boden und drängte sie gegen die Bettwand. Er blieb vor ihr auf den Knien liegen und stemmte sich mit der ganzen Kraft seines Oberkörpers gegen sie. Jetzt konnte er endlich sprechen. Er schlug sie nicht mehr, er quälte sie mit seinen Fragen, in der heißen Begier, alles wissen zu wollen.

»Du hast dich ihm also hingegeben, Dirne? ... Wiederhole es mir, dass du diesem alten Menschen gefällig warst ... Wie alt warst du, als es geschah? Ganz jung noch, nicht wahr, ganz jung?«

Ein plötzlicher Tränenausbruch ihrerseits, ein Schluchzen hinderten sie zu antworten.

»Himmel und Hölle, willst du sprechen? ... He? Noch nicht zehn Jahre alt warst du, als du den Alten schon amüsiertest? Deshalb also hat er dich wie eine vornehme Dame erziehen lassen, damit er unauffällig seine Schweinereien treiben konnte? Rede, sage ich, oder ich fange von vorn an!«

Sie weinte und brachte kein Wort über die Lippen. Er erhob die Hand und eine abermalige Ohrfeige betäubte sie. Das geschah dreimal, ebenso oft als er fragte und keine Antwort erhielt.

»Sprich, in welchem Alter geschah es?«

Warum den Kampf fortsetzen, sie fühlte ja ohnehin ihr ganzes Leben dahinschwinden. Er würde ihr mit seinen steifen Arbeiterfingern das Herz aus dem Leibe gerissen haben. Sein dringliches Fragen begann von Neuem und nun erzählte sie ihm in der Ohnmacht ihrer Schande und Furcht alles. Ihre Worte wurden so leise geflüstert, dass sie kaum ihm verständlich waren. Seine wilde Eifersucht sog neue Nahrung aus dem Leiden, welches ihm die ihr entlockten Bilder schufen: Er konnte nicht genug hören, er zwang sie, keine Einzelheit zur Vervollständigung der

Tatsachen zu übergehen. Das Ohr auf die Lippen der bedauernswerten Frau gepresst, lechzte er wie ein Fiebernder nach dieser Beichte, deren Abbrechen seine aufgehobene Faust verhinderte, die jeden Augenblick bereit zum Niederfahren war.

Ihr ganzes vergangenes Leben in Doinville zog so noch einmal an ihm vorüber, ihre Kindheit, ihre Jugend. War das Unerhörte im Dunkel der Baumgruppen des Parks oder in einem verlorenen Winkel eines Korridors im Schlosse geschehen? Hatte der Präsident es schon auf sie abgesehen, als er sie nach dem Tode seines Gärtners zu sich in sein Haus nahm und sie mit seiner Tochter erziehen ließ? Begonnen hatte die Geschichte zweifellos schon zu jener Zeit, als die anderen Mädchen aus ihren Spielen heraus vor ihm flüchteten, wenn er plötzlich auftauchte, sie dagegen mit verzogenem Mündchen lächelnd auf ihn wartete, um von ihm im Vorübergehen auf die Backe geklopft zu werden. Und später, wenn sie ohne die Augen niederzuschlagen mit ihm zu sprechen wagte und von ihm jede Vergünstigung bewilligt erhielt, hatte sie sich nicht damals schon als die Herrin über ihn gefühlt, der, anderen gegenüber so würdig und streng, durch seine Nachgiebigkeit von ihr sich das Anrecht auf alle Glückseligkeiten erwarb? Oh, über diesen schmutzigen Handel, diesen elenden Greis, der sich wie ein Großvater hätscheln ließ, das kleine Mädchen heranwachsen sah, fast stündlich dem Wachstum ihres Körpers nachfühlte und die Zeit nicht erwarten konnte, bis die Frucht reif war.

Roubaud stöhnte.

»Wiederhole, in welchem Alter geschah es?«

»Als ich sechzehn und ein halbes Jahr alt war.«

»Du lügst.«

Leugnen, mein Gott, warum jetzt noch? Ihre Schultern zuckten im Gefühl unermesslicher Öde und Schwäche.

»Und wo zum ersten Male?«

»In la Croix-de-Maufras.«

Er zögerte einen Augenblick, seine Lippen bewegten sich krampfhaft und ein gelblicher Schein flackerte in seinen Augen.

»Und es hatte Folgen?

Sie blieb stumm, doch als er die Faust schwang, sagte sie:

»Du würdest mir ja doch nicht glauben.«

»Sprich nur ... Also keine Folgen?«

Sie antwortete durch ein Schütteln mit dem Kopfe. So war es am besten. Er aber ließ nicht locker, er wollte die Szene bis in alle Einzelheiten kennenlernen. Aus anzüglichen Worten und gemeinen Redensarten bestand sein Fragen. Sie brachte die Zähne nicht mehr auseinander, sie blieb dabei, durch Zeichen mit dem Kopfe ja und nein zu sagen. Vielleicht hätte es beiden einige Linderung verschafft, wenn sie alles gestanden haben würde. Sie fürchtete aber durch Wiedergabe der Einzelheiten keine Erleichterung, sondern noch größeres Ungemach. Und auch ihn würden die haarsträubendsten Tatsachen nicht so gepeinigt haben, wie jetzt die Einbildung. Dieses wollüstige Wühlen aber nach der Wahrheit nährte und trieb die vergifteten Wogen der Eifersucht in seiner Brust wieder zur Empörung. Es war nun geschehen. Solange er lebte, konnte er jetzt nicht mehr diese abscheuliche Vorstellung aus seinen Gedanken bannen.

Das Schluchzen würgte sie fast.

»Ah, verflucht ... ah, verflucht ... nein, das kann nicht möglich sein, das ist zu viel, das kann nicht möglich sein!« Von Neuem schüttelte er sie.

»Warum hast du mich dann geheiratet. Du gottvergessene Dirne? ... Wie ehrlos, mich so hintergangen zu haben! Die Verbrecherinnen im Gefängnis sind nicht so schuldbelastet wie du ... du verachtetest mich also, du liebtest mich gar nicht? ... He, warum hast du mich geheiratet?«

Sie machte eine flüchtige Bewegung. Wusste sie es in diesem Augenblicke selber? Als sie ihn heiratete, fühlte sie sich glücklich, war es doch nun mit dem Andern zu Ende. Gibt es doch so viele Dinge, die man nicht tun möchte und doch tut, weil es noch das Vernünftigste ist. Nein, sie liebte ihn nicht. Sie hütete sich aber, ihm zu sagen, dass sie ihn nie geheiratet haben würde, wenn ihre Vergangenheit eine andere gewesen wäre.

»Ihm lag natürlich daran, dich zu versorgen, nicht? Er fand auch solch ein gutes Schaf ... Er wollte dich versorgen, um auch das Spiel fortzusetzen, nicht? ... Und Ihr habt es fortgesetzt – bei deinen zweimaligen Besuchen. Deshalb hat er dich damals eingeladen?«

Ein Nicken mit dem Kopfe bestätigte es.

»Und auch heute aus demselben Grunde? ... Bis in alle Ewigkeiten also dieses kotige Treiben! Und wenn ich dich nicht erwürge, geht die Geschichte weiter!«

Seine krampfhaft zuckenden Hände tasteten schon nach ihrer Kehle. Aber diesmal schwieg sie nicht.

»Da sieht man, wie ungerecht du bist. Ich war es, die sich weigerte, dorthin zu reisen. Du wolltest mich sogar schicken, worüber ich so ärgerlich war, wie du dich erinnern wirst ... Du siehst also, dass ich nicht mehr wollte, und nie wieder würde ich gewollt haben.«

Er fühlte, dass sie die Wahrheit sagte, aber eine Erleichterung verschaffte ihm dieses Geständnis nicht. Das Eisen saß zu fest in seiner Brust, das, was zwischen ihr und jenem Manne geschehen, war nicht mehr aus der Welt zu schaffen. Seine Ohnmacht, dass er nichts zur Ausmerzung des Geschehenen unternehmen konnte, peinigte ihn entsetzlich. Ohne sie freizulassen, näherte er sein Gesicht abermals dem ihrigen; er schien von ihrem Anblick wie behext, ihm war, als könnte er sich nicht eher losreißen, als bis er aus dem Blut ihrer blauen Äderchen ihr ganzes Geständnis herausgelesen hätte.

»In la Croix-de-Maufras, in dem roten Zimmer«, murmelte er wie von einer Vision gepackt. »Ich kenne es, das Fenster führt auf den Bahndamm, das Bett steht dem Fenster gegenüber ... Ich verstehe, warum du das Haus erben sollst. Du hast es dir ja verdient. Er hatte gut über deine Ersparnisse wachen und dir die Aussteuer bereiten – das war deine Gefälligkeit schon wert ... Er, ein Richter, ein Millionär, so geachtet, gebildet und so erhaben! Da soll einem nicht den Kopf drehen ... Und vielleicht ist er auch noch dein Vater?«

Séverine stand mit einem Sprunge auf den Füßen. Angesichts ihrer Schwäche als armes unterlegenes Wesen zeugte der Stoß, mit dem sie ihn zurückwarf, von einer außergewöhnlichen Kraft. Sie protestierte energisch.

»Nein, nein, das nicht! Alles, was du willst, nur das nicht. Schlage mich, töte mich ... Aber sage das nicht. Du lügst.«

Roubaud hielt noch eine ihrer Hände fest.

»Was weißt du davon? Du selbst zweifelst daran, das ist dein einziger Trost.«

Als sie ihm ihre Hand entziehen wollte, fühlte er den Ring, die kleine Schlange mit dem Rubinkopfe an ihrem Finger. Er entriss ihn ihr und zerstampfte ihn in einem abermaligen Wutanfalle mit dem Absatz auf der Diele. Dann schritt er stumm und aufgeregt durch das Zimmer.

Sie ließ sich, gleichfalls stumm, auf den Rand des Bettes fallen und blickte ihm mit ihren großen starren Augen nach. Das schreckliche Schweigen hielt an.

Die Wut Roubauds wollte sich nicht legen. Kaum schien sie etwas nachzulassen, gleich war sie wieder da, wie die Trunkenheit, und zwar in großen, noch einmal so ungestümen Wogen und ihr Wirbel riss ihn haltlos dahin. Er hatte keine Macht mehr über sich; der heftige Wind seiner ihn peitschenden Leidenschaft trieb ihn nach allen Richtungen durch die Leere seines Innern, in welchem kein andres Bedürfnis lebte und sich erneute, als die heulende Bestie in ihm zu stillen. Der Durst nach Rache war ihm ein physisches Bedürfnis, das seinen ganzen Körper marterte und sie ahnte, dass sie vor ihm nicht eher Ruhe finden würde, als bis dieses Rachegefühl befriedigt war.

Ohne in seinem Sturmmarsch innezuhalten, hämmerte er mit seinen Fäusten an die Schläfen.

»Was soll ich jetzt beginnen?«, stöhnte er mit angsterfüllter Stimme.

Hatte er seine Frau nicht sofort getötet, jetzt würde er es nicht mehr können, das fühlte er. Seine Feigheit, sie am Leben zu lassen, dämpfte seinen Zorn; es war feige, sie nicht erwürgt zu haben, als sie, die Dirne, vor ihm lag. Natürlich konnte sie nicht mehr bei ihm bleiben. Er würde sie also fort, auf die Straße jagen müssen und sie nie wiedersehen kön-nen. Ein neuer Strom tiefen Leides überflutete ihn, eine verwünschte Übelkeit stieg ihm in die Kehle bei dem Gedanken, dass er selbst das zu tun nicht imstande sei. Was also schließlich? Es erübrigte nur noch, den Schimpf auf sich zu nehmen, mit ihr noch Havre zurückzureisen und das ruhige Leben an ihrer Seite fortzusetzen, als wenn nichts geschehen wäre. Nein, nein, eher den Tod, beiden den Tod und sofort! Es überkam ihn eine so ungeheure Trostlosigkeit, dass er noch lauter schrie:

»Was soll ich jetzt tun?«

Séverine folgte vom Bette aus mit ihren großen Augen seinen Bewe-gungen. Sie hatte stets eine kameradschaftliche Neigung für ihn emp-funden und sein maßloser Schmerz tat ihr weh. Sie würde die Schimpf-worte und Schläge entschuldigt haben, aber dieser wahnsinnige Jähzorn kam ihr so überraschend, dass sie sich von dieser Überraschung noch immer nicht erholen konnte. Ihr, die in ihrer frühesten Jugend den Wün-schen eines Greises nachgegeben hatte, die sich später Heiraten ließ, einfach um den Dingen eine Wendung zum Bessern zu geben, war in ihrer Gleichgültigkeit und Folgsamkeit ein solcher Ausbruch von Eifersucht, längst verjährter Vergehen halber, die sie in der Tat bereute, durchaus unverständlich. Frei von irgendwelchem Laster oder fleischlicher Lust, in ihrer fast mädchenhaften unbewussten Handlungsweise, keusch trotz allem, verfolgte sie das Hin- und Herlaufen ihres Mannes, seine wilden Wendungen gerade so wie sie einen Wolf, ein Wesen einer andren Rasse betrachtet haben würde. Was in aller Welt lebte eigentlich in ihm? Sie fühlte mit Schrecken die Bestie in ihm; ihr Vorhandensein hatte sie innerhalb der drei Jahre schon öfter geahnt, ihr dumpfes Knurren von Zeit zu Zeit hatte es erraten lassen, heute aber sah sie die Bestie losgelassen und in ihrer Wut zum Beißen bereit. Was sollte sie ihm sagen, um ein Unglück zu verhüten?

Dicht beim Bett, vor ihr kehrte er regelmäßig um. Als er wieder in ihre Nähe kam, wagte sie ihn anzureden:

»Höre, mein Freund ...«

Aber er hörte nicht, sondern lief auf die andere Seite des Zimmers, wie ein vom Sturm fortgewehter Strohhalm.

»Was jetzt beginnen? Was soll ich tun?«

Endlich gelang es ihr, sein Handgelenk zu ergreifen und ihn einen Augenblick festzuhalten.

»Höre, mein Freund, war ich es nicht, die nicht mehr dorthin wollte? ... Ich würde nie, nie wieder dorthin gereist sein. Dich allein liebe ich.«

Sie zog ihn zärtlich zu sich herab und reichte ihm ihre Lippen zum Kusse. Er fiel neben sie auf das Bett, stieß sie aber sogleich mit einer Gebärde des Abscheus von sich.

»Oh du Dirne, jetzt möchtest du ... Vorhin wolltest du nicht, weil du kein Verlangen nach mir hattest ... Und jetzt willst du, um mich wieder zu versöhnen, he? Wenn man einen Mann dabei hat, dann hält man ihn fest, denkst du ... Verbrennen würde ich, wenn ich zu dir käme, ja, das Gift würde mir meine Eingeweide verzehren, ich fühle es!«

Ihn schauderte. Der Gedanke, sie in den Armen zu haben, das Bild ihrer beiden Körper in einem gemeinsamen Bette durchzuckte ihn wie eine Flamme. Und aus der wirren Nacht seiner Seele, aus seinem verletzten, beschmutzten Verlangen heraus wuchs plötzlich die Vorstellung von der Unvermeidlichkeit des Todes.

»Bevor ich dich umbringe, verstehst du, muss ich jenen umbringen ... Ich muss ihn umbringen, ich muss ihn umbringen!«

Seine Stimme kehrte wieder. Er wiederholte den Ausruf, während er, scheinbar noch größer geworden, wieder vor ihr stand. Es schien, als hätte ihm dieses Wort, das einem Entschluss gleich war, endlich seine Ruhe wiedergegeben. Weiter sagte er nichts. Dann schritt er langsam zum Tische und betrachtete dort das Messer, dessen große, offene Klinge ihm entgegenleuchtete. Mechanisch klappte er es zu und schob es in die Tasche. Mit herabhängenden Armen, mit den Augen in die Leere starrend, blieb er an derselben Stelle stehen. Er überlegte. Zwei große Falten zeigte seine Stirn, ein Zeichen, dass gewisse Hindernisse ihn keinen Entschluss fassen ließen. Um zu einem solchen zu kommen, trat er an das Fenster, er öffnete es und lehnte sich an das Fensterkreuz, um sein Gesicht dem kühlen Luftzuge der Dämmerung darzubieten. Seine Frau hatte sich nun ebenfalls erhoben und stand von Furcht gepackt, hinter ihm. Sie wagte nicht ihn zu fragen, sondern versuchte zu erraten, was in diesem harten Schädel vorging. So wartete sie stehend im Angesicht des weiten Himmels.

In dem herniedersinkenden Abend spiegelten sich die fernen Häuser nur noch in schwarzen Umrissen wieder; über den mächtigen Eisenbahndamm lag ein violetter, dichter Nebel. Namentlich nach Les Batignolles zu war die Strecke wie in Asche getaucht, durch welche die Eisenrippen des Pont de l'Europe nur noch undeutlich herüberschimmerten. Der über Paris noch schwebende letzte Widerschein des untergegangenen Tages reflektierte auf den Scheiben der großen Ankunftshallen, während sich unter ihnen die Finsternis; immer massiger ansammelte. Jetzt blitzten kleine Lichtpunkte auf, man zündete die Gaskörper längs der Bahnsteige an. Auch ein mächtiger, weißer Lichtschein war vorhanden, die Laterne der Lokomotive eines Zuges nach Dieppe, dessen Coupétüren schon geschlossen waren. Der Maschinenführer wartete nur noch auf das Zeichen des diensthabenden Unterinspektors. Es war da etwas nicht in Ordnung gewesen, der Weichensteller hatte durch ein rotes Signal mitgeteilt, dass der Fahrweg noch nicht offen sei; eine Rangiermaschine hatte erst einige Waggons fortholen müssen, welche durch ein schlecht ausgeführtes Manöver mitten auf der Hauptader stehen geblieben waren. Unaufhörlich sausten zwischen dem unentwirrbaren Knäuel von Rädern hindurch und an den auf den Wartegleisen unbeweglich stehenden Waggonreihen vorüber Eisenbahnzüge durch das starker und stärker werdende Dunkel. Einer ging nach Argenteuil, ein andrer nach Saint-Germain; nach langer Fahrt traf ein dritter von Cherbourg ein. Die Signale, das Gepfeife, die Töne der Signalhörner folgten sich ununterbrochen; von allen Seiten tauchten nacheinander rote, grüne, gelbe und weiße Lichter auf; es herrschte um diese unbehagliche Zeit ein Chaos im Bahnbetrieb, dass es aussah, als müsste alles aufeinanderrennen. Aber alles ging glatt vorüber, mit der stets gleichen sanften, in der Dämmerung nur halb erkennbaren Bewegung wickelte sich das Knäuel immer wieder auf. Das rote Signal des Weichenstellers erlosch jetzt, die Lokomotive pfiff und der Zug nach Dieppe setzte sich in Bewegung. Vom weiten, grauen Himmel begannen vereinzelte Regentropfen zu fallen. Es schien eine regnerische Nacht werden zu wollen.

Als Roubaud sein Gesicht zurückwandte, sah es finster und verbissen aus, als hätte die Nacht da draußen auch auf sein Antlitz ihre Schatten gesenkt. Er war mit sich einig, sein Plan gemacht. Durch das Halbdunkel spähte er nach der Kuckucksuhr.

»Fünf Uhr zwanzig Minuten«, sagte er.

Er war betroffen: in knapp einer Stunde hatten sich so viele Dinge abgespielt! Ihm kam es vor, als hätten sie sich hier seit Wochen gegenseitig aufgefressen.

»Fünf Uhr zwanzig Minuten. Wir haben also noch Zeit.«

Séverine wagte nicht ihn zu fragen, doch ihre angsterfüllten Blicke wichen nicht von ihm. Sie sah ihn im Schranke wühlen und Papier, ein Fläschchen Tinte und einen Federhalter hervorziehen.

»Du wirst jetzt schreiben.«

»Wem?«

»Ihm natürlich. – Setze dich.«

Sie hielt sich instinktiv von einem Stuhle fern, ohne recht zu wissen, was er wollte. Er aber packte sie, führte sie an den Tisch und drückte sie dort mit solcher Wucht auf den Stuhl nieder, dass sie sich nicht wieder erhob.

»Schreibe: Reisen Sie heute Abend mit dem Schnellzuge um 6 Uhr 30 und zeigen Sie sich erst in Rouen.«

Sie hielt wohl die Feder, aber ihre Hand zitterte, ihre Furcht vermehrte die unbekannte Absicht ihres Mannes. Was bezweckte er mit diesen beiden nichtssagenden Zeilen? Sie wagte sogar, fragend den Kopf zu ihm zu erheben.

»Was willst du beginnen? ... Ich bitte dich, erkläre mir ...« »Schreibe, schreibe«, wiederholte er mit seiner harten, befehlenden Stimme.

Dann tauchte er ohne Zorn, ohne Schimpfworte, aber mit einer so eisernen Nachdrücklichkeit, dass es sich wie eine Zentnerlast auf sie niedersenkte und ihre Sinne schwinden machte, seine Augen tief in die ihrigen.

»Was ich tun will, du wirst es bald sehen ... Und dass du mich nur verstehst, was ich beginne, das tun wir beide gemeinsam ... Wir bleiben später auch hübsch beieinander, es gibt nämlich dann so etwas Bindendes zwischen uns beiden.«

Er erschreckte sie so, dass sie es noch einmal wagte, sich zu widersetzen.

»Nein, nein, erst will ich wissen ... Ich schreibe nicht eher, bis ich weiß, um was es sich handelt.«

Er war des vielen Redens müde. Er nahm ihre zarte Kinderhand in die seine und presste sie in seiner eisernen Faust wie in einem Schraubstock, er hätte sie zerquetscht, wenn sie noch länger widerstrebt haben würde. Sie sollte unter Schmerzen seinen Willen kennenlernen. Sie schrie auf, alles brach in ihrem Innern und widersetzte sich nicht länger. Eine Ignorantin wie sie, die in ihrer passiven Milde nichts gelernt hatte, konnte nicht anders als gehorchen: ein williges Instrument für die Liebe wie für den Tod.

»Also schreibe, schreibe.«

Und sie schrieb mühsam mit ihrer armen gefolterten Hand, was er verlangte.

»Gut so, immer recht artig«, sagte er, als er den Brief in Händen hatte. »Inzwischen bringe hier alles wieder in Ordnung. Ich hole dich bald ab.«

Er war vollständig gelassen. Er brachte vor dem Spiegel den Knoten seiner Krawatte in Ordnung, nahm seinen Hut und ging. Sie hörte, wie er die Tür zweimal verschloss und den Schlüssel herauszog. Die Dunkelheit wuchs mehr und mehr. Séverine blieb noch einen Augenblick auf dem Stuhle sitzen und lauschte gespannt auf die von draußen hereindringenden Geräusche. Nebenan in dem Zimmer der Zeitungsverkäuferin ein beständiges Heulen und Winseln; wahrscheinlich war ein Hündchen dort eingesperrt. Bei den Dauvergne war das Piano verstummt. Dagegen hörte man ein Geklapper von Topfen und sonstigem Geschirr. Die beiden Wirtschschafterinnen hatten jetzt in der Küche zu tun. Claire bei einem Hammel-Ragout, Sophie bei einem Salatkopf. Und sie, allein, halb ohnmächtig hier oben in der schrecklichen Öde der hereinbrechenden Nacht, musste hören, wie jene heiter lachten.

34

Seit Viertel nach sechs stand die Lokomotive des Schnellzuges nach Havre bereits gekuppelt vor dem Zug. Die Halle war mit Waggons überfüllt. Daher hatte der Zug nicht in der Halle aufgestellt werden können. Er hielt draußen neben dem Bahnsteig, der in eine Art schmalen Defilées auslief, in dem Dunkel des tintenschwarzen Himmels, das von den wenigen längs des Fußsteiges aufgestellten Gaslaternen, die eher qualmigen Sternlein ähnelten, kaum notdürftig erhellt wurde. Der soeben vorübergegangene Platzregen hatte einen eisigkalten Windzug hinterlassen, den man hier auf dem freien, mächtigen Raume ganz besonders spürte. Dieser Windhauch drängte auch den Nebel zurück bis zu den spärlichen Lichterreihen der Häuser in der Rue de Rome. Ebenso ungeheuerlich als trostlos der Anblick dieses durchnässten, hier und dort von einem blutroten Lichte durchblitzten, mit undurchsichtigen Massen, einzeln stehenden Lokomotiven und Waggons, mit Unmengen von Zugteilen auf den Remisesträngen besetzten Terrains. Und aus diesem Schattensee heraus schallten Lärm, scheinbar von Riesen ausgestoßene, fieberhaft beschleunigte Atemzüge, das Kreischen der Dampfpfeifen, ähnlich dem Schreien einer vergewaltigten Frau, der Ton jammernder, seiner Signalhörner und daneben das Gebrause in den benachbarten Straßen. Befehle wurden laut erteilt, es sollte noch ein Waggon herangeschoben werden. Die Schnellzuglokomotive ließ aus einem Ventil einen mächtigen Dampfstrahl heraus. Der weiße Strahl stieg hinauf in all dieses Schwarz und zerstäubte dort in kleine Rauchwölkchen und diese betauten das so unsäglich weit am Himmel ausgespannte Kleid des Todes mit ihren heißen Tränen.

Um sechs Uhr zwanzig Minuten erschienen Roubaud und Séverine. Sie hatte soeben der Mutter Victoire in der Bedürfnisanstalt neben den Wartesälen den Schlüssel des Zimmers eingehändigt. Er drängte sie vorwärts mit der besorgten Miene eines von seiner Frau aufgehaltenen Gatten: er, den Hut im Genick, ungeduldig und unduldsam, sie mit dem Schleier vor dem Gesicht zögernd, wie gebrochen von Müdigkeit. Eine Flut von Reisenden wälzte sich über den Perron, sie mischten sich unter die anderen und eilten an der Reihe der Waggons entlang, um noch ein leeres Coupé erster Klasse erhaschen zu können. Und immer lebhafter wurde hier das Gewühl, die Gepäckträger rollten die vollen Karren zum Gepäckwagen hinter der Lokomotive, ein Beamter bemühte sich, eine zahlreiche Familie unterzubringen, der Unter-Inspektor im Dienst beleuchtete mit der Signallaterne die Kuppelungen der Wagen, um zu sehen, ob sie fest aufgeschraubt wären. Roubaud hatte soeben ein leeres Coupé entdeckt und wollte Séverine gerade beim Einsteigen behilflich sein, als ihn der Bahnhofsvorsteher Herr Vandorpe bemerkte, der gemeinsam mit seinem ersten Assistenten für den Fernverkehr, Herrn Dauvergne, beide Hände auf dem Rücken, den Veranstaltungen zur Anhängung des verlangten Waggons zusah. Man begrüßte sich und musste natürlich plaudern.

Zuerst sprach man über den Vorfall mit dem Unterpräfekten, der zu jedermanns Befriedigung nun beigelegt war. Dann war die Rede von einem frühmorgens in Havre geschehenen und telegrafisch mitgeteilten Unfall: Die Treibstange einer Lokomotive, der Lison, welche am Donnerstag und Sonnabend den um 6 Uhr 30 abgehenden Schnellzug zu führen hatte, war gebrochen, gerade als man in den Bahnhof einfuhr. Die notwendig gewordene Reparatur zwinge nun den Maschinenführer Jacques Lantier, einen Landsmann von Roubaud, und seinen Heizer Pecqueux, den Mann der Mutter Victoire, zu einer zweitägigen Untätigkeit. Vor der Waggontür stand Séverine, sie war noch nicht eingestiegen; ihr Gatte trug bei der Unterhaltung mit den Herren eine auffallende Heiterkeit zur Schau, auch sprach er sehr laut. Jetzt gab es einen Ruck, der Zug rollte um einige Meter weit zurück: die Lokomotive stieß die vorderen Waggons auf den zur Schaffung eines reservierten Coupés verlangten. Es war der Wagen Nummer 293. Henri Dauvergne *junior*, welcher in seiner Eigenschaft als Zugführer mitfuhr und Séverine durch den Schleier erkannt hatte, zog sie noch rechtzeitig zur Seite, sonst wäre sie von der offen stehenden Coupétür getroffen worden. Dann entschuldigte er sich lächelnd und erzählte in aufmerksamer Weise, dass jenes Coupé für einen der Verwaltungsräte der Gesellschaft reserviert werde, der es erst eine halbe Stunde vor Abgang des Zuges bestellt habe. Sie lächelte nervös, sie wusste eigentlich nicht warum, und er ging seinem Dienste wieder nach. Er war von ihr entzückt, er hatte bei sich schon oft gedacht, dass ein Verhältnis mit ihr keine unangenehme Sache sein müsste.

Die Uhr wies auf 6 Uhr 27. Noch drei Minuten Zeit. Roubaud, der selbst während seines Plauderns mit dem Vorsteher die Türen der Wartesäle nicht außer Augen gelassen hatte, verließ plötzlich diesen und trat zu Séverine. Der Waggon war inzwischen rückwärts gerollt, sie mussten also einige Schritte bis zu ihrem Coupé zurücklegen. Er stieß seine Frau in den Rücken, als sie vor ihm ging, und zwang sie durch einen Druck

36

am Handgelenk, einzusteigen, wobei sie es trotz ihrer angstvollen Folgsamkeit nicht unterließ, rückwärts zu blicken, um zu sehen, was hinter ihr vorging. Es kam noch ein verspäteter Reisender. Er hielt nur eine Reisedecke in der Hand, der breite Kragen seines dicken blauen Überziehers war so weit heraufgeklappt, der Rand seines runden Hutes so tief in das Gesicht heruntergezogen, dass man bei dem unsteten Flackern der Gasflammen von seinem Gesicht nur einen Teil des weißen Bartes erkennen konnte. Trotz des durchsichtigen Verlangens des Reisenden, nicht gesehen zu werden, konnten es die Herren Vandorpe und Dauvergne nicht unterlassen, ihm zu folgen. Erst als er vier Waggons weiter das reservierte Coupé bestieg, grüßte er sie. Er war es. Séverine zitterte am ganzen Körper und sank auf das Polster. Ihr Gatte brach ihr fast den nicht losgelassenen Arm, als wollte er ihr frohlockend zu verstehen geben, dass er seine Beute jetzt halte und seiner Sache nun gewiss sei.

In einer halben Minute musste es halb schlagen. Ein Zeitungsverkäufer bot die Abendblätter an, auf dem Perron wandelten noch einige Reisende umher, um ihre Zigaretten zu Ende zu rauchen. Jetzt stiegen alle ein: Man hörte von beiden Enden des Zuges her die Beamten die Türen zuschlagen. Roubaud war unangenehm überrascht, als er in der einen Ecke des Coupés, das er für leer gehalten hatte, stumm und unbeweglich eine dunkle Masse lehnen sah, eine Dame in Trauer, es entfuhr ihm aber ein lauter Ausdruck des Zornes, als die Tür plötzlich nochmals geöffnet wurde und ein Beamter ein Paar hereindrängte, einen dicken Mann und eine dicke Frau, die pustend auf die Sitze sanken. Der Zug musste sich sogleich in Bewegung setzen. Der Regen begann von Neuem fein zu fallen und durchnässte das wieder im Nebel verschwimmende Gelände; unaufhörlich kreuzten sich hier die Eisenbahnzüge, von denen man nur eine Reihe kleiner, erleuchteter Fenster im Vorüberfahren erkennen konnte. Grüne Lichter tauchten auf und zur ebenen Erde tanzten einige Laternen. Nichts zu sehen als eine unermessliche Dunkelheit, aus welcher nur die vom schwachen Widerschein des Gaslichts erhellten riesigen Glasdächer der Fernverkehrshallen auftauchten. Alles war düster, selbst die Geräusche klangen abgeschwächt; alles erstickte der Lärm von der Lokomotive, die jetzt ihre Ventile geöffnet hatte und zischende Wirbel von weißen Dämpfen hinausließ. Eine Wolke stieg herauf und schwebte wie ein Bahrtuch empor; dichte schwarze Rauchsäulen, von denen man nicht wusste, woher sie kamen, hoben sich von ihr ab. Und der Himmel schien sich noch mehr zu verdunkeln, ein Gewölk von Ruß schien sich über das nächtliche, von der eigenen Glut verzehrte Paris zu lagern.

Jetzt hob der Unter-Inspektor die Laterne empor, damit der Maschinist das Signal zur Abfahrt geben konnte. Zweimaliges Pfeifen und dort unten, wo der Weichensteller seinen Posten hatte, verschwand das rote Licht, um einem weißen Platz zu machen. An der Tür des Gepäckwagens stand der Zugführer und wartete auf den Befehl zur Abfahrt, welchen er weitergab. Abermals ein langgedehnter Pfiff, der Maschinist öffnete seinen Regulator und setzte die Lokomotive in Bewegung. Man fuhr, zuerst kaum merklich, dann ging es schneller und schneller. Der Zug fuhr unter dem Ponte de l'Europe hindurch und stürzte sich dem Tunnel von Les Batignolles entgegen. Man sah von ihm nur noch, wie blutende offene Wunden, die drei Schlusslaternen, das rote Dreieck. Einige Sekunden noch konnte man seinen Weg in dem schwarzen nächtlichen Schauer verfolgen. Jetzt flog er dahin und nichts konnte mehr seinen Lauf unter vollem Dampf aufhalten. Er verschwand.

# Zweites Kapitel

In einem von der Eisenbahn durchschnittenen Park und so nahe den Gleisen, dass alle vorüberfahrenden Züge es bis in seine Grundmauern erzittern machen, liegt in schräger Linie das Landhaus von la Croix-de-Maufras. Wen einmal die Reise an ihm vorübergeführt hat, der verliert es nicht mehr aus der Erinnerung, selbst wenn er nichts Näheres von ihm weiß. Es ist immer geschlossen und mit seinen grünen Fensterläden zum Schutze vor den westlichen Regengüssen macht es den Eindruck wüster Öde. Und diese Verlassenheit scheint die Einsamkeit dieses verlorenen Winkels noch zu erhöhen; auf eine Meile in der Runde begegnet man keiner menschlichen Ansiedlung.

Nur das Bahnwärterhäuschen steht in dem Winkel der Landstraße, die über den Eisenbahndamm fort nach dem fünf Kilometer entfernten Doinville führt. Niedrig, mit rissigen Mauern und von Schwamm angefressenen Dachziegeln kauert es wie ein armseliger Bettler inmitten des mit Gemüsebeeten bestellten, von einer lebendigen Hecke eingeschlossenen herrschaftlichen Gartens, in welchem sich auch ein tiefer Schöpfbrunnen vorfindet. Der auf gleichem Niveau mit der Bahnstrecke liegende Übergang befindet sich genau halbwegs zwischen Malaunay und Barentin, vier Kilometer von jeder Ortschaft entfernt. Er wird übrigens sehr wenig benutzt, die halb morsche Barriere öffnet sich fast nur für die Blockwagen der Kärrner aus dem in einer Entfernung von einer halben Meile mitten in der Forst gelegenen Bécourt. Man kann sich kein abseitigeres, von Menschen mehr gemiedenes Nest denken als dieses, denn der lange Tunnel nach Malaunay hin schneidet jeden Verkehr ab; so kann man zum Beispiel nach Barentin nur auf einem schlecht unterhaltenen Fußpfade gelangen, der längs der Bahnstrecke führt. Aber auch dort sieht man nur selten Leute.

An dem Abend aber, an welchem unsere Erzählung begann, sah man gegen Dunkelwerden bei einer milden, aber trüben Witterung einen Reisenden, der den Zug in Barentin verlassen hatte, mit lang ausholenden Schritten den Fußpfad nach la Croix-de-Maufras verfolgen. Das Gelände bildet hier eine ununterbrochene Folge von Tälern und Abhängen und durch dieses wellige Land führt die Eisenbahn abwechselnd auf künstlich aufgeschütteten Dämmen und in der Tiefe zwischen den Bergen. Dieser beständige Terrainwechsel, die Höhen und Tiefen zu beiden Seiten der Strecke, verhindern die Anlegung von Landstraßen. Das Gefühl großer Einsamkeit wird dadurch noch vermehrt; das dürre, weiß schimmernde Erdreich ist unbebaut geblieben; halbwüchsige Bäume krönen einige Schwellungen des Bodens, während tief unten durch die Täler von Weiden beschattete Bäche rieseln. Wieder andre, kreidige Anhöhen sind vollständig nackt und unfruchtbare Abhänge folgen sich; das Schweigen und die Bangigkeit des Todes lagert über der Gegend. Der junge, kräftige Reisende beschleunigte seinen Schritt, als wollte er der Traurigkeit dieses milden Halbdunkels über diesem einsamen Stückchen Erde entrinnen.

In dem Garten beim Bahnwärterhäuschen schöpfte eine große, kräftige Blondine, ein achtzehnjähriges junges Mädchen mit starken Lippen, grünlich schimmernden Augen und einer niederen Stirn unter den schweren Haarflechten Wasser aus dem Brunnen. Niedlich konnte man sie kaum nennen, denn sie hatte kräftige Hüften und muskulöse Arme wie ein Mann. Als sie eben den Fußpfad heruntersteigenden Fremden bemerkte, ließ sie den Eimer fallen und eilte vor die durchbrochene Tür, welche die lebendige Hecke abschloss.

»Oho! Jacques!«, rief sie.

Jener blickte auf. Er mochte sechsundzwanzig Jahre zählen und war ebenfalls groß gewachsen und sehr gebräunt, ein hübscher Bursche mit einem runden regelmäßigen Gesicht, das leider zu stark entwickelte Kinnbacken verunzierten. Seine dicht stehenden Haare, ebenso sein Schnurrbart lockten sich so tiefschwarz, dass dadurch das Fahle seiner Gesichtsfarbe noch verstärkt wurde. Die Feinheit seiner auf den Backen glatt rasierten Haut hätte auf einen Herrn der besseren Gesellschaft schließen lassen, wenn man nicht auf der andern Seite die untilgbaren Merkmale des Handwerkers erblickt haben würde: Die Schmiere, welche seine Mechanikerhände schon gelb zu färben begann; übrigens waren diese Hände trotzdem klein und geschmeidig.

»Guten Abend, Flore«, gab er zurück.

Aber seine Augen, die so lange groß und schwarz in die Welt geblickt hatten, schienen zu erbleichen, als blende sie ein rötlicher Dunst. Die Lider klappten auf und nieder und die Augäpfel wanderten zur Seite. Ein Gefühl unsäglicher Verlegenheit, ja des Übelseins ließ ihn furchtbar leiden; selbst der ganze Körper machte eine instinktive Rückwärtsbewegung.

Sie stand unbeweglich da. Ihre Blicke waren fest auf ihn gerichtet, sodass ihr das unfreiwillige Erzittern, dessen er vergebens Herr zu werden sich bemühte, nicht entgangen war. Sie kannte es bereits, es überfiel jenen jedes Mal, wenn er sich einem weiblichen Wesen näherte. Sie schien darüber ernst und traurig gestimmt. In seiner Verlegenheit, die er gern verborgen hätte, fragte er sie, ob ihre Mutter zu Hause wäre, obwohl er ganz genau wusste, dass diese leidend und nicht imstande war, fortzugehen. Sie antwortete durch ein bloßes Nicken mit dem Kopfe und trat zur Seite, damit jener sie beim Vorübergehen nicht zu streifen brauchte. Dann ging sie, ohne weiter ein Wort zu verlieren, stolz aufgerichtet zum Brunnen zurück.

Jacques durchschritt eilig den schmalen Garten und betrat das Haus. Im ersten Gemach, einer mächtigen Küche, die gleichzeitig Speise- und Wohnzimmer war, saß einsam am Tisch in einem Strohstuhle, die Füße mit einem alten Shawl umwickelt, Tante Phasie, wie man sie schon als er noch ein Kind nannte. Sie war eine Cousine seines Vaters, ebenfalls eine Lantier, die gleichzeitig seine Patin war und ihn im Alter von sechs Jahren zu sich genommen hatte, als seine Eltern plötzlich nach Paris ausgerückt waren und ihn in Plassans, woselbst er auch später die Gewerbeschule besuchte, zurückließen. Es war seit jener Zeit in ihm ein Gefühl lebhafter Erkenntlichkeit zurückgeblieben; dass er seinen Weg gemacht habe, dankte er nur ihr, behauptete er. Als er Lokomotivführer erster Klasse bei der Westbahngesellschaft geworden war, nachdem er zwei Jahre bei der Bahn in Orleans gearbeitet hatte, fand er seine Tante mit ihren beiden Töchtern erster Ehe an einen Bahnwärter namens Misard verheiratet in diesem verlorenen Winkel von la Croix-de-Maufras wieder. Heute sah die ehemals so große und kräftige Tante Phasie, trotzdem sie kaum fünfundvierzig Jahre zählte, abgemagert und eingeschrumpft, von fortwährenden Schauern durchschüttelt, wie eine Sechzigerin aus.

Sie stieß einen Ruf freudigen Erstaunens aus.

»Wie, du bist es, Jacques! ... Ach, welche Überraschung, mein großer Junge!«

Er küsste ihr die Wangen und erzählte ihr, dass er einen zweitägigen, unfreiwilligen Urlaub habe nehmen müssen: Seine Lokomotive, die Lison, habe des Morgens bei der Ankunft in Havre einen Bruch an der Treibstange erlitten; die Reparatur dauere vierundzwanzig Stunden, er trete also seinen Dienst erst am Abend des folgenden Tages, zum 6 Uhr 40-Schnellzug wieder an. Er habe die Gelegenheit benutzt, um sie umarmen zu können. Er wolle hier übernachten und erst morgen früh mit dem Zuge um 7 Uhr 26 von Barentin aus zurückkehren. Und während er ihre armen abgezehrten Hände umfasst hielt, erzählte er ihr, wie sehr ihn ihr letzter Brief beunruhigt habe.

»Ach ja, mein Junge, so geht es auch nicht mehr weiter. Wie nett von dir, dass du meinen Wunsch, dich zu sehen, erraten hast. Aber ich weiß, wie schwer du loskommen kannst, daher wagte ich es nicht, dich hierher zu bitten. Jetzt bist du da und ich habe so viel auf dem Herzen!«

Sie unterbrach sich und warf einen misstrauischen Blick durch das Fenster. In der fortschreitenden Dämmerung sah man jenseits der Strecke ihren Mann Misard auf seinem Posten in einer der Holzbuden, die alle fünf oder sechs Kilometer aufgestellt und zur Sicherstellung des Verkehrs untereinander telegrafisch verbunden sind. Während seine Frau und später Flore mit dem Dienst beim Bahnübergang betraut waren, musste er selbst das Amt eines Bahnwärters versehen.

Sie senkte sich schüttelnd die Stimme, als ob er sie hätte hören können.

»Ich glaube fest, er will mich vergiften!«

Jacques sprang bei dieser vertraulichen Mitteilung überrascht auf. Auch seine Augen wandten sich dem Fenster zu und er fühlte von Neuem, wie ein schwacher, roter, mit goldenen Punkten besäter Schleier den klaren Blick seiner schwarzen Augen verdunkelte.

»Aber welcher Gedanke, Tante Phasie!«, murmelte er. »Er sieht ja so sanft und nachgiebig aus.«

Ein Zug nach Havre musste im nächsten Augenblick vorüberkommen. Misard war aus dem Wachthäuschen getreten und hatte die Barriere hinter sich geschlossen. Während er durch einen Druck auf den Hebel das Signallicht sich in ein rotes verwandeln ließ, betrachtete ihn Jacques. Er war ein kleiner, abgezehrter Mann mit einem armseligen durchfurchten Gesicht und farblosem spärlichem Haarwuchs; augenscheinlich ein schweigsamer, sich beiseite drückender, geduldiger und vor seinen Vorgesetzten buckelnder Beamter. Inzwischen war er in die Bretterbude zurückgegangen, um in sein Wachtbuch die Zeit des Vorbeipassierens des Zuges zu vermerken und an zwei Knöpfen der elektrischen Leitung zu drücken. Der eine meldete dem rückwärts stationierten Wärter, dass der Weg frei sei, der andre dem nächsten, dass der Zug komme.

»Ach du kennst ihn eben nicht«, begann Tante Phasie von Neuem. »Ich sage dir, irgendeine Gemeinheit hat er mir angetan ... mir, die ich so stark war, dass ich diesen Menschen mit Haut und Haaren hätte essen können und nun frisst mich dieses Nichts, dieser Knopf von einem Manne bei lebendigem Leibe auf!«

Ihr dumpfer und scheuer Hass ließ sie sich ins Fieber reden. Sie leerte ihr Herz aus, entzückt, einen Zuhörer zu haben. Wo hatte sie nur ihren Kopf, als sie diesen Habenichts, diesen geizigen Duckmäuser heiratete, sie, die um fünf Jahre älter war als er und schon zwei Töchter, damals im Alter von sechs und acht Jahren besaß? Jetzt waren es bald zehn Jahre her, seit sie diesen Geniestreich ausgeführt und bisher hatte sie ihn noch in jeder Stunde zu bereuen gehabt: ein Leben voller Elend, wie verbannt in diesem eisigen Winkel des Nordens, der sie schaudern machte, langweilig zum Sterben und keinen Menschen, nicht einmal eine Nachbarin, mit der man hätte reden können. Er war ein früherer Steinsetzer, der jetzt als Bahnwärter zwölfhundert Franken verdiente. Sie erhielt fünfzig Franken für den Dienst an der Bahnschranke, den jetzt Flore versah. So sah ihre hoffnungslose Gegenwart, so ihre hoffnungslose Zukunft aus; keine Aussicht auf ein besseres Leben, als in diesem, tausend Meilen von jedem lebenden Wesen entfernten Loche sterben zu müssen. Davon erzählte sie Jacques aber nichts, welchen Trost sie gehabt, ehe sie erkrankte, als ihr Gatte noch als Streckenarbeiter tätig war und sie mit ihren beiden Töchtern den Dienst an der Barriere allein versehen musste. Ihr Ruf als der einer schönen Frau war damals ein so weitverbreiteter, dass die Strecken-Inspektoren nie an ihrem Häuschen vorübergingen, sie erweckte sogar Nebenbuhlerschaft, sodass selbst die abgelösten Aufseher mit verdoppelter Aufmerksamkeit stets unterwegs waren. Der Gatte genierte nicht; er war zu jedermann unterwürfig, glitt zur Tür hinaus, ging und kam, ohne etwas zu merken. Leider aber waren diese Vertröstungen nun vorüber. Jetzt war sie in dieser Einsamkeit wochen- und monatelang an diesen Stuhl gefesselt und fühlte von Stunde zu Stunde ihren Körper mehr und mehr abnehmen.

»Ich sage dir«, schloss sie, »er stellt mir nach und so klein er ist, er wird mit mir fertig werden.«

Ein plötzliches Anschlagen der Signalglocke ließ sie ihren unsteten Blick wieder nach draußen richten. Der weiter oben stationierte Wärter meldete Misard einen nach Paris gehenden Zug und der Zeiger des vor dem Fenster angebrachten Kantonnements-Apparates hatte sich gemäß der Richtung des Zuges geneigt. Misard stellte den Läuteapparat ab und trat ins Freie, um den Zug durch zweimaliges Tuten zu signalisieren. Flore zog in demselben Augenblick die Barriere nieder, dann präsentierte sie die in dem Lederfutteral steckende Fahne. Man hörte den hinter einer Kurve herannahenden Zug, einen Schnellzug, mit wachsendem Dröhnen sich nähern. Wie ein Blitz, der das erzitternde Häuschen bedrohte, fuhr er inmitten eines Orkans vorüber. Flore war inzwischen bereits zu ihren Gemüsebeeten zurückgekehrt, während Misard erst das Signal gab, dass die Strecke in der Richtung des soeben passierten Zuges gesperrt sei, und dann durch den Druck des Hebels das rote Licht verlöschen machte, als Zeichen, dass die entgegengesetzte Richtung frei sei. Ein abermaliges Läuten, verbunden mit einer entsprechenden Bewegung des zweiten Zeigers verkündeten ihm, dass der vor fünf Minuten vorübergekommene Zug bereits den nächsten Posten passiert habe. Er trat in die Bude, meldete es den beiden nächsten Wärtern, schrieb die Passagezeit ein und wartete. Immer der gleiche Dienst, den er durch zwölf Stunden täglich versah; in seiner Bude lebte er, aß er, ohne jemals drei Zeilen einer Zeitung zu lesen, ja selbst ohne einen Gedanken in seinem flachen Schädel zu fassen.

Jacques, der seine Patin ehedem mit den Verwüstungen neckte, die sie in dem Herzen der Weginspektoren anrichtete, konnte sich nicht enthalten, lächelnd zu sagen:

»Vielleicht ist er eifersüchtig.«

Phasie aber hatte nur ein mitleidiges Achselzucken, während sich ein Lächeln aus ihren armen gebleichten Augen drängte.

»Du, mein lieber Junge, sagst das? ... Er eifersüchtig! Er hat sich den Teufel um mich gekehrt, seit ich ihm nichts mehr einbrachte.«

»Nein, nein«, fuhr sie zitternd fort, er machte sich nichts daraus, er macht sich nur aus dem Gelde etwas ... Es hat ihn geärgert, dass ich ihm nicht die tausend Franken gab, die ich im vorigen Jahre von meinem Vater erbte. Er drohte mir, das brachte mir Unglück, ich erkrankte ... Ich bin seitdem nicht wieder gesund geworden, ja, seitdem nicht mehr.«

Der junge Mann verstand, er glaubte an schwarzseherische Gedanken der leidenden Frau und versuchte sie ihr auszureden. Aber ihr eifriges Kopfschütteln belehrte ihn, dass sie darüber ihre eigenen, unzerstörbaren Ansichten habe, sodass er schließlich sagte:

»Nichts ist einfacher, um der Geschichte ein Ende zu machen: Geben Sie ihm die tausend Franken.«

Wie von einer außergewöhnlichen Kraft getrieben, schnellte sie empor.

»Meine tausend Franken, niemals!«, rief sie aufgebracht heftig aus. »Eher will ich krepieren ... Ah, sie sind gut geborgen, gut versteckt. Das Haus kann man auf den Kopf stellen, man wird sie doch nicht finden ... Er hat genug gekramt, der Schuft! Ich habe es in der Nacht recht gut gehört, wie er an die Mauern klopfte. Such, such! Sehen möchte ich, wie er mit der langen Nase abzieht, das Vergnügen würde meine Geduld wieder stärken ... Möchte wissen, wer zuerst locker lassen wird, er oder ich. Ich bin misstrauisch, ich esse nur, was auch er verzehrt. Und selbst wenn ich zusammenbrechen sollte, so würde er die tausend Franken doch nicht bekommen. Lieber lasse ich sie in der Erde.«

Sie fiel erschöpft und von dem abermaligen Getute erschreckt in den Stuhl zurück. Misard war es, der auf der Schwelle seiner Wächterbude einen nach Havre gehenden Zug meldete. Trotz ihrer hartnäckigen Weigerung, ihm die Erbschaft anzuvertrauen, empfand sie dennoch eine heimliche, stetig zunehmende Angst vor ihm, die Furcht des Kolosses vor dem Insekt, von dem er sich angefressen fühlt. Der signalisierte Zug, ein Lokalzug, der Paris um 12 Uhr 45 verlassen hatte, meldete sich durch dumpfes Rollen. Man hörte ihn den Tunnel verlassen, sein lauteres Keuchen unter freiem Himmel. Unter dem Donner seiner Räder passierte er dann mit der ganzen Wucht seiner Waggons wie ein unwiderstehlicher Sturmwind.

Jacques erhobene Augen sahen die kleinen quadratförmigen Wagenscheiben vorüberfliegen, hinter welchen die Köpfe der Reisenden wie im Fluge sichtbar wurden. Er wollte Phasie von ihren düstern Gedanken abbringen und sagte:

»Sie beklagen sich, liebe Patin, nie eine Katze in diesem Loch zu sehen, und, blicken sie dorthin, haben doch da eine ganze Welt!«

»Wo? Eine Welt?«, fragte sie erstaunt, weil sie nicht gleich begriff.

»Ach so, vorüberfahrende Leute. Da habe ich etwas Rechtes! Ich kenne sie weder, noch kann ich mich mit ihnen unterhalten.«

»Aber mich kennen Sie doch«, meinte er, noch immer lächelnd, »ich komme doch oft genug hier vorüber?«

»Dich kenne ich allerdings; ich weiß, um wieviel Uhr dein Zug hier vorbeikommt und ich passe dir auf. Aber du jagst vorbei, vorbei! Gestern hast du so mit der Hand gemacht; ich konnte leider nicht antworten ... Nein, nein, auf diese Weise verkehre ich nicht gern mit der Welt.«

Allein die Vorstellung von der Menschenmenge, welche die hin und her verkehrenden Züge durch die schweigende Öde täglich an ihr vorüberschleppten, stimmte sie doch nachdenklich und so blieb ihr Auge auf den Gleisen haften, auf welche bereits die Nacht herniedersank. Als sie noch auf ihren Füßen stand und ab und zu ging, ja, selbst wenn sie mit der Fahne im Arm vor der Barriere stand, hatte sie an dergleichen nie gedacht. Aber wirre, ihr selbst nicht fassbare Träumereien summten ihr durch den Kopf, seit sie ihre Tage auf diesem Stuhle zubrachte und an nichts weiter zu denken hatte, als an ihren stumpfsinnigen Kampf mit ihrem Manne. Es erschien ihr drollig, so verlassen in dieser Einöde leben zu müssen und dabei täglich ununterbrochen einen Strom von Männern und Frauen im Sturmwind der dampfenden Eisenbahnzüge, die das Haus erzittern machten, vorüberflüchten zu sehen. Wohl möglich, dass dort die ganze Welt passierte, nicht nur Franzosen, auch Fremde, Leute aus fernen Gegenden. Heutzutage bleibt ja keiner mehr zu Hause hocken und, wie es hieß, würden ja alle Völker bald ein einziges bilden. Das heißt man Fortschritt. Alle sollen Brüder sein und gemeinsam in das Gelobte Land fahren. Sie versuchte sie zu zählen, einen Durchschnitt zu finden, so und so viel in jedem Waggon: Aber sie kam nicht weit, es wurden ihrer zu viele. Oft glaubte sie Physiognomien zu erkennen, die eines Herrn mit blondem Barte, gewiss ein Engländer, der in jeder Woche einmal nach Paris fuhr; oder die einer kleinen brünetten Dame, welche jeden Mittwoch und Sonnabend vorüberkam. Aber wie der Blitz waren sie wieder fort, sie war nicht einmal sicher, ob sie jene auch wirklich gesehen habe, denn die Gesichter tauchten ineinander, verwischten sich und verschwanden eins in das andere, als wären sie alle von einer Form und einem Aussehen. Der Strom flutete vorüber und hinterließ keine Spuren seines Daseins. Besonders aber stimmte es sie traurig, dass während dieses ewigen Vorbeirollens, inmitten dieses spazieren gefahrenen Wohllebens und Reichtums, diese fortwährend in Bewegung befindliche Menschenmenge von Phasies Dasein keine Ahnung hatte, nicht wusste, dass diese sich in Lebensgefahr befand, ja dass, wenn ihr Mann eines Abends sein Werk vollbracht haben würde, selbst dann die Eisenbahnzüge beständig sich neben ihrem Leichname kreuzen und nicht einmal das im Innern dieses einsamen Häuschens begangene Verbrechen beargwöhnen würden.

Phasies Augen blieben am Fenster haften. Ihre wirren Empfindungen zu erklären, dazu hätte es einer längeren Zeit bedurft, sie fasste daher ihre Gedanken kurz so zusammen:

»Solche Eisenbahn ist eine schöne Erfindung, darüber ist weiter kein Wort zu verlieren. Man reist schnell, man ist weiser geworden ... Aber wilde Tiere bleiben wilde Tiere, und wenn man selbst noch bessere Maschinen erfinden würde, wilde Tiere würde es immer geben.«

Jacques nickte bejahend mit dem Kopfe. Er sah soeben, dass Flore einem Karren, der zwei mächtige Steinblöcke führte, die Schranke öffnete. Die Landstraße wurde fast ausschließlich vor den Kärrnern aus Bécourt benutzt; es kam daher höchst selten vor, das Flore des Nachts aufstehen musste, um die mit einem Vorlegeschloss versehene Barriere zu öffnen. Als er das Mädchen vertraut mit dem Kärrner, einem jungen gebräunten Manne, plaudern sah, rief er aus:

»Oho! Cabuche ist wohl krank, sein Vetter Louis fährt ja sein Gespann? ... Der arme Cabuche, sehen Sie ihn oft, Patin?«

Sie hob die Hände, ohne zu antworten, und seufzte tief auf. Es hatte sich im vergangenen Herbst hier ein Drama abgespielt, das gewiss nicht geeignet war, ihr die Gesundheit wiederzugeben: Ihre jüngere Tochter Louisette, welche als Hausmädchen bei Frau Bonnehon in Doinville diente, hatte sich eines Abends, halb wahnsinnig, zu ihrem guten Freunde Cabuche geflüchtet, der mitten im Walde ein Häuschen besaß, und war in seinen Armen gestorben. Es liefen Gerüchte umher, die den Präsidenten Grandmorin eines Verbrechens gegen die Sittlichkeit beschuldigten, aber man wagte nicht, sie sich laut zu wiederholen. Die Mutter selbst, die wohl genau wusste, wie die Sache lag, vermied es, auf diesen dunklen Punkt zurückzukommen. Heute aber sagte sie doch:

»Nein, er kehrt nicht mehr bei uns ein. Er wird immer mehr zum bissigen Wolf ... Die arme Louisette, dieses liebe, zarte, sanfte Geschöpf! Sie würde mich gewiss geliebt und gepflegt haben, während Flore ... Du lieber Gott, ich will mich gewiss nicht beklagen, aber sie hat so etwas Störendes an sich, es muss alles nach ihrem Kopf gehen, hoch hinaus ist sie und heftig und manchmal bleibt sie stundenlang fort ... Alles das ist so traurig, so sehr traurig!«

Jacques Blicke folgten dem Wagen, der jetzt über die Schienen rollte, während er aufmerksam zuhörte. Die Räder blieben oft an den Gleisen hängen und der Fuhrmann musste mit der Peitsche knallen, während Flore durch Schreien die Pferde anfeuerte.

»Teufel auch«, meinte Jacques, »wenn jetzt ein Zug käme, das gebe einen netten Brei!«

»Keine Furcht«, antwortete Tante Phasie. »Flore ist mitunter höchst eigentümlich, aber sie kennt ihr Geschäft und ist sehr umsichtig ... Gott sei Dank, in den letzten fünf Jahren ist hier nichts vorgekommen. Vordem wurde ein Mann gerädert. Wir haben es nur mit einer Kuh zu tun gehabt, die beinahe den ganzen Zug zur Entgleisung brachte. Man hatte den Körper des armen Tieres hier und den Kopf dort unten, dicht beim Tunnel, gefunden ... Wenn Flore wacht, kann man auf beiden Ohren schlafen.«

Der Karren war glücklich hinüber, man hörte das Knirschen der Räder in den Gleisen ferner und ferner. Phasies Gedanken kehrten zu ihrer Lieblingsbeschäftigung, dem Kapitel des körperlichen Wohlbefindens von sich und anderen, zurück.

»Und dir geht es jetzt ganz gut? Erinnerst du dich noch an die Krankheit, an welcher du bei uns littest und für die selbst der Arzt keinen Namen fand?

Sein Blick flimmerte unstet.

»Mir geht es sehr gut, Pate.«

»Wirklich? Also der Schmerz hinter den Ohren, der dir das Gehirn zu durchbohren schien, die plötzlichen Fieberanfälle und die jähe Schwermut, die dich wie ein Tier in einen einsamen Winkel niederzukauern zwang, alles das hat aufgehört?«

Je mehr sie sprach, desto heftiger wurde in ihm das Gefühl der Übelkeit, sodass er sie schließlich kurz angebunden unterbrechen musste.

»Ich versichere Sie, es geht mir ausgezeichnet ... Mir fehlt gar nichts mehr.«

»Desto besser, mein Junge, desto besser ... Wenn es dir auch schlecht ginge, mit mir stände es deshalb doch nicht anders. In deinem Alter ist man auch immer gesund. Ach, die Gesundheit, es gibt nichts Schöneres ... Es ist jedenfalls hübsch von dir, dass du mich besuchst, anstatt dich sonst wo besser zu unterhalten. Du isst bei uns und schläfst oben in der Vorratskammer, neben Flores Zimmerchen.«

Noch einmal schnitt ihr das Signalhorn das Wort ab. Die Nacht war nun vollständig hereingebrochen. Als beide zum Fenster hinausblickten, unterschieden sie nur undeutlich die Umrisse von Misard und einem zweiten Manne. Es hatte soeben sechs geschlagen und Misard übergab den Dienst seinem Stellvertreter, der die Nachtwache hatte. Jetzt war er endlich frei, nachdem er zwölf Stunden in dieser nur mit einem Tisch unter der Apparatplatte, einem niedrigen Stuhl und einem Ofen ausgestatteten Bude zugebracht hatte, dessen zu starke Glut ein fortwährendes Offenhalten der Tür verlangte.

»Aha, da ist er, er wird gleich kommen«, murmelte Tante Phasie, von Furcht ergriffen, vor sich hin.

Der signalisierte Zug kam mit dem von Sekunde zu Sekunde lauter werdenden Getöse wuchtig näher. Der junge Mann musste, gerührt von dem elenden Zustande, in welchem er sie sah und bemüht, sie zu trösten, sich vorbeugen, um verständlich zu werden.

»Hören Sie, Pate, sollte er wirklich schlechte Gedanken haben, so lässt er sie vielleicht fallen, wenn er weiß, dass ich mich hineinmische ... Sie taten gut, mir die tausend Franken anzuvertrauen.«

»Meine tausend Franken?«, rief sie empört. »Weder dir noch ihm ... Lieber krepiere ich, sage ich dir!«

In diesem Augenblick sauste der Zug mit orkanartiger Gewalt vorüber, als hätte er alles, was ihm im Wege stand, zerschmettert. Vom Winde gefasst erbebte das Haus. Dieser nach Havre bestimmte Zug war sehr besetzt, denn am kommenden Sonntag sollte dort ein Fest, der Stapellauf eines Schiffes, gefeiert werden. Trotz der Schnelligkeit des Zuges hatte man das Gefühl, dass hinter den erleuchteten Scheiben die Coupés voller Menschen steckten, die Vision einer Reihe dicht gedrängter Köpfe, deren Profil man genau erkannte. Sie folgten sich und verschwanden. Welch eine Welt! Menge auf Menge, schier endlos inmitten des Rollens der Wagen, des Keuchens der Lokomotiven, des Anschlagens des Telegrafen und des Läutens der Glocken. Das Eisenbahnnetz, ein niedergekauertes riesenhaftes Wesen schien es zu sein, mit dem Kopfe in Paris, den Wirbelbeinen längs der ganzen Strecke der Linie, den Füßen und Händen in Havre und den andern Endpunkten. Und das zog und zog vorüber, mechanisch, triumphierend, der Zukunft entgegen mit einer mathematischen Genauigkeit, freiwillig verkennend, was ihm zu beiden Seiten, verborgen und doch lebendig im Menschen zurückgeblieben ist: die ewige Leidenschaft und das ewige Verbrechen.

Flore war die Erste, welche die Küche betrat. Sie zündete eine kleine Petroleumlampe an, die keinen Lichtschirm hatte, und stellte sie auf den Tisch. Kein Wort wurde gewechselt, kaum ein Blick glitt zu Jacques hinüber, der den Rücken ihr zugekehrt, am Fenster stand. Auf dem Herd hielt sich eine Kohlsuppe warm. Sie servierte sie gerade, als auch Misard erschien. Er bezeugte keine weitere Überraschung, den jungen Mann hier zu erblicken. Er hatte ihn vielleicht kommen gesehen, aber er fragte ihn nicht, er kannte eben keine Neugierde. Ein Händedruck, drei kurze Worte, nichts weiter. Jacques musste aus sich heraus die Geschichte von der gebrochenen Treibstange, seiner Absicht, seine Patin zu umarmen und hier zu übernachten nochmals wiederholen. Misard hatte durch ein sanftes Neigen des Hauptes sein Einverständnis mit alledem zu erkennen gegeben, man setzte sich und aß ohne Hast, zunächst schweigsam. Phasie, die schon seit dem Morgen den Napf nicht außer Acht gelassen hatte, in welchem die Krautsuppe kochte, ließ sich auch einen Teller voll reichen. Aber als sich ihr Mann erhoben hatte, um ihr das von Flore vergessene Eisenwasser zu reichen, eine Karaffe, in welcher Nägel schwammen, nahm sie nichts. Er, demütig und dienstbar, mit einem krankhaften Husten behaftet, sah nicht so aus, als ob er die ängstlichen Blicke bemerkte, mit denen sie seine geringsten Bewegungen verfolgte. Als sie Salz verlangte, welches auf dem Tische nicht zu sehen war, sagte er zu ihr, sie würde es noch einmal bereuen, so viel Salz zu essen, das mache sie gerade krank. Er erhob sich, um es zu holen und brachte ihr in einem Löffel ein paar Finger voll. Das Salz nahm sie voll Vertrauen; es reinige alles, meinte sie. Dann sprach man von der seit einigen Tagen eingetretenen wirklich warmen Witterung, von einem in Maromme vorgekommenen Unglücksfall. Jacques musste schließlich glauben, dass seine sonst so aufgeweckte Patin an Albdrücken leiden müsse, denn er konnte nichts in dem Benehmen des gefälligen Männchens mit den farblosen Augen entdecken, was zum Misstrauen herausforderte. Länger als eine Stunde saß man beisammen. Viermal war Flore beim Tönen des Signalhornes auf einen Augenblick verschwunden. Die Züge jagten vorüber und brachten die Gläser auf dem Tische zum Klirren, aber keiner der Tischgenossen schenkte ihnen irgendwelche Aufmerksamkeit.

Abermals ein Signal mit dem Horn, doch diesmal kam Flore, die soeben abgedeckt hatte, nicht zurück. Sie ließ ihre Mutter und die beiden Männer bei einer Flasche Apfelweinschnaps allein. Die Drei blieben noch eine halbe Stunde sitzen. Dann nahm Misard, der vorher seine Blicke einen Augenblick forschend auf eine Ecke des Gemaches gerichtet hatte, seine Mütze und schritt mit einem einfachen guten Abend zur Tür hinaus. Er wilddiebte in den Bächen der Nachbarschaft, in denen es prächtige Aale gab, und er ging nie eher schlafen, bis er seine Netze gründlich visitiert hatte.

Kaum war er fort, sah Phasie ihren Pflegesohn bedeutsam an.

»Glaubst du nun? Hast du gesehen, wie sich sein Blick dort in die Ecke wühlte? ... Es ist ihm nämlich gerade eingefallen, ich könnte meinen Schatz dort hinter dem Buttertopf verborgen haben ... Oh, ich kenne ihn, ich weiß genau, dass er heute Nacht den Topf von der Stelle rücken wird.«

Ein plötzlicher Schweiß drang durch die Poren ihres Körpers und ein heftiges Zittern schüttelte ihre Glieder.

»Da, sieh her, auch das noch! Er wird mir zu viel eingegeben haben, ich habe einen bitteren Geschmack im Munde, als ob ich alte Sousstücke verschluckt hätte. Gott weiß, warum ich durchaus nichts von ihm nehmen will. Man möchte am liebsten gleich ins Wasser gehen. Heute Abend geht es leider nicht mehr, weil ich jetzt zu Bett muss. Also lebe wohl, mein Junge, da du schon um sieben Uhr sechsundzwanzig Minuten abfährst, werde ich dich nicht mehr sehen können. Und du kommst bald wieder? Wir wollen hoffen, dass du mich hier noch vorfindest.«

Er half ihr in ihr Zimmer, wo sie sich hinlegte und auch sofort zusammengekauert einschlief. Allein geblieben zögerte er einen Augenblick und überlegte, ob er auch nach oben steigen und sich auf das Heu in der Vorratskammer strecken sollte. Die Uhr war aber jetzt erst dreiviertel auf acht, also es noch zu früh zum Schlafen. Er verließ das Gemach und ließ die kleine Petroleumlampe in dem leeren, träumenden Häuschen brennen, das von Zeit zu Zeit durch den jähen Donner eines vorüberfahrenden Zuges erschüttert wurde.

Draußen fühlte sich Jacques von der Milde der Luft angenehm überrascht, welche Regen zu verkünden schien. Eine gleichmäßige, milchartige Wolke hatte den ganzen Himmel überzogen und der hinter ihr verborgene unsichtbare Vollmond tauchte das Himmelsgewölbe in einen rötlichen Schimmer. Weit hinein sah er in das Land, dessen im friedlichen Schlummer ruhende Wiesen, Abhänge und Bäume sich in diesem gleichmäßigen toten Lichte dunkel abhoben. Er durchschritt den kleinen Küchengarten, dann wollte er nach Doinville zu spazieren gehen, weil die Straße nach jener Richtung weniger schroff aufstieg. Aber der Anblick des jenseits des Eisenbahndammes schräg aufsteigenden, einsamen Hauses zog ihn an; da die Barriere schon für die Nacht geschlossen war, überschritt er die Gleise bei dem Pförtchen. Er kannte dieses Haus sehr gut, denn er sah es ja auf jeder Fahrt beim Dröhnen seiner brummenden Maschine. Eine unklare Empfindung, die sein Anblick hervorrief, ärgerte ihn, er wusste selbst nicht, warum. Jedes Mal fürchtete er, es könnte verschwunden sein, und erboste sich, wenn er es noch an derselben Stelle vorfand. Noch nie hatte er die Türen oder Fenster offen gesehen. Er wusste nichts weiter, als dass es dem Präsidenten Grandmorin gehörte. An diesem Abend aber trieb ihn ein unstillbares Verlangen dorthin, um vielleicht mehr zu erfahren.

Lange stand Jacques auf der Landstraße vor der Pforte. Er trat einige Schritte zurück, reckte sich in die Höhe und versuchte, sich klar zu werden. Der den Garten teilende Bahndamm hatte vor dem Hause ein schmales, von Mauern umschlossenes Parterre übrig gelassen; weiter hinten dagegen weitete sich ein ziemlich ausgebreitetes Terrain, welches nur von einer lebenden Hecke eingefriedet war. Im rötlichen Widerschein dieser nebligen Nacht machte das Haus in seiner Verlassenheit einen unsäglich traurigen Eindruck. Jacques überlief es kalt und er wollte eben weiter gehen, als er ein Loch in der Hecke bemerkte. Der Gedanke, dass es feige wäre, nicht hineinzugehen, trieb ihn durch die Lücke. Sein Herz schlug zum Brechen. Doch gerade, als er an einem zerfallenen kleinen Gewächshause vorüberschreiten wollte, bannte ihn ein an der Tür desselben kauernder Schatten.

»Wie, du bist es?«, rief er erstaunt, er hatte Flore erkannt. »Was tust du hier?«

Auch sie war überrascht zusammengefahren.

»Du siehst«, sagte sie jedoch gleich gefasst, »ich hole mir Stricke. Es liegen hier so viele umher und faulen, ohne zu etwas zu nutzen. Daher hole ich sie mir, so oft ich welche gebrauche.«

In der Tat hockte sie mit einer starken Schere in der Hand am Boden. Sie entwickelte die Enden der Stricke und durchschnitt widerstrebende Knoten.

»Kommt der Eigentümer nie hierher?«, fragte der junge Mensch.

Sie lachte.

»Pah, seit der Geschichte mit Louisette hat es keine Gefahr. Der Präsident wird es nicht wagen, auch nur seine Nasenspitze in la Croix-de-Maufras hineinzustecken. Ich kann unbesorgt ihm seine Stricke nehmen.«

Er schwieg und sein Gesicht trübte sich bei der Erinnerung an jenen unglücklichen Vorfall, den Flore wachrief.

»Und glaubst du wirklich, was Louisette erzählte? Glaubst du, dass er ihr nachstellte und dass sie sich bei ihrer Verteidigung verletzte?«

Sie hörte auf zu lachen und rief heftig:

»Nie hat Louisette gelogen und Cabuche ebenso wenig ... Cabuche ist mein Freund.«

»Vielleicht jetzt auch dein Geliebter?«

»Er? Da müsste ich ja eine famose Dirne sein! ... Nein, er ist mein Freund, einen Liebhaber habe ich nicht und will auch keinen.« Sie hatte ihren mächtigen Kopf aufgerichtet, dessen schwere, blonde Flechten tief in die Stirn hingen. Ihre ganze kräftige und geschmeidige Persönlichkeit strömte eine ungezähmte Entschlossenheit aus. Es hatte sich schon ein Märchen um ihre Person in der Umgegend gebildet. Man erzählte von ihr die wildesten Sachen: Da hätte sie einen Wagen beim Herannahen eines Zuges mit einem Ruck von den Schienen gerissen, hier einen den Abhang von Barentin allein herunterlaufenden Waggon, dort einen wild gegen den Zug anstürmenden Stier aufgehalten. Diese Kraftproben machten kein geringes Aufsehen und natürlich waren alle Männer hinter ihr her. Da man sie stets auf den Feldern sah, sobald sie mit ihrer Arbeit fertig, oder in verborgenen Winkeln einsam, stumm und unbeweglich mit in die Luft starrenden Augen, so glaubte man zuerst, man würde mit ihr ein leichtes Spiel haben. Aber die Ersten, welche das Abenteuer gewagt hatten, wagten es nicht zum zweiten Male. Sie liebte es, stundenlang in einem Bache in der Nähe nackt zu baden. Eines Tages hatten ihr gleichaltrige junge Männer sie dabei belauscht; Flore aber hatte sie gesehen und ohne sich erst die Mühe zu nehmen, ihr Hemd überzustreifen, hatte sie sich einen gelangt und ihn so zugerichtet, dass man sie fortan unbehelligt ließ. Dann erzählte man sich auch noch eine Geschichte von ihr mit einem Weichensteller von der Gabelung bei Dieppe, jenseits des Tunnels: Ein gewisser Ozil, ein sehr ehrenhafter Mann von dreißig Jahren, dem sie Mut gemacht zu haben schien, versuchte es eines Abends auch, sie zu vergewaltigen. Er dachte sich die Sache sehr leicht, bekam aber einen Hieb mit dem Stock, dass er fast leblos liegen blieb. Ja, sie war eine kriegerische, jeder Gemeinheit abholde Jungfrau und bald hatten es die Leute in der Gegend weg, dass sie ihren Kopf auf der rechten Stelle habe.

Als Jacques hörte, dass sie keinen Gefallen an einem Liebhaber hätte, fuhr er fort sie zu sticheln.

»Also wird aus deiner Hochzeit mit Ozil nichts? Ich habe mir erzählen lassen, dass du alle Tage mit ihm im Tunnel zusammentriffst.«

Sie zuckte mit den Schultern.

»Pah, meine Hochzeit ... Im Tunnel, das wäre so ein Spaß! Zweiein-halb Kilometer im Dunkeln galoppiren in der steten Angst, von einem Zuge erfasst zu werden, wenn man nicht die Augen offen hat. Man muss den Lärm hören, den so ein Zug da unten vollführt! ... Der Ozil war ein langweiliger Kerl. Er war noch nicht der rechte.«

»Du willst also einen Andern?«

»Ich weiß nicht, ich weiß wirklich nicht.«

Während sie sich mit dem Aufknüpfen eines Gewirrs von Knoten ab-quälte, ohne damit fertig zu werden, schüttelte sie ein abermaliges Ge-lächter. Ohne den Kopf zu heben, als wäre sie ganz vertieft in ihre Ver-richtung, fragte sie:

»Und du, hast du schon eine Geliebte?«

Jacques wurde ernst. Seine Augen wandten sich zur Seite in die Nacht hinaus und flimmerten unstet.

»Nein«, antwortete er kurz.

»Es stimmt also«, meinte sie. »Man hat mir nämlich erzählt, dass du die Frauen hasstest. Und dann kenne ich dich auch nicht erst seit ges-tern. Etwas Liebenswürdiges bekommt man von dir überhaupt nicht zu hören ... Warum ist das so?«

Er schwieg, sie ließ die Knoten fahren und blickte zu ihm auf.

»Liebst du nur deine Lokomotive? Man macht sich darüber schon lustig, wie du weißt. Man behauptet, du putztest sie in einem fort, um sie recht leuchten zu lassen, als hättest du nur für sie deine Zärtlichkei-ten übrig. Ich darf dir das schon sagen als deine Freundin.«

Auch er betrachtete sie in der bleichen Helle des bedeckten Himmels. Er erinnerte sich, dass sie schon als kleines Kind heftig und eigensinnig gewesen war, aber so oft er kam, ihm mit der Leidenschaftlichkeit einer Wilden an den Hals sprang. Später verlor er sie mehrfach aus den Au-gen, jedes Mal aber, wenn er sie wiedersah, schien sie gewachsen; trotz-dem fiel sie auch dann noch ihm um den Hals, aber die Flammen in ihren großen, klaren Augen genierten ihn mehr und mehr. Jetzt war sie ein herrliches, begehrenswertes Weib, er war zweifellos noch immer ihre Jugendliebe. Sein Herz klopfte heftig, er hatte das plötzliche Gefühl, dass er der von ihr Erwartete sei. Mit dem Blut zugleich aber stieg eine wach-sende Verwirrung ihm zu Kopf, die ihn folternde Angst drängte ihn zunächst zur Flucht. Jedes Mal, wenn das Verlangen nach einem Weibe in ihm aufstieg, wurde er wie toll und sah alles rot.

»Was stehst du noch?«, begann Flore von Neuem, »so setze dich doch.«

Er zögerte abermals. Doch er fühlte seine Füße schwach werden und von dem Drange getrieben, es noch einmal mit der Liebe zu versuchen, ließ er sich neben sie auf den Haufen Stricke nieder. Er sagte nichts, da ihm die Kehle wie ausgedörrt schien. Sie, die Schweigsame, Stolze, schwatzte dagegen jetzt, dass sie kaum zu Atem kam. Sie schien sich betäuben zu wollen.

»Es war eine Dummheit von Mutter, Misard zu heiraten. Das wird ihr schlecht bekommen ... Mich geht es ja weiter nichts an, ich habe genug zu tun. Und will ich einmal dazwischen fahren, dann schickt mich Mutter zu Bett ... Mag sie sehen, wie sie mit ihm fertig wird. Ich lebe außerhalb des Hauses. Ich habe an zukünftige Dinge zu denken ... Ich habe dich heute früh von einem Strauch aus, unter welchem ich saß, auf deiner Lokomotive vorüberfahren sehen. Aber du siehst ja nie hin ... Ich werde dir auch sagen, woran ich immer denke, aber nicht jetzt, erst später, wenn wir erst vollständig gute Freunde geworden sind.«

Sie hatte die Schere fallen lassen und er hatte, noch immer stumm, sich ihrer beiden Hände bemächtigt. Entzückt ließ sie sie ihm. Trotzdem durchzuckte sie, als er jene an seine brennenden Lippen führte, ein jungfräulicher Schrecken, die Kriegerin in ihr erwachte und bäumte sich bei dieser ersten Annäherung des Bösen streitbar auf.

»Nein, nein, lasse mich, ich will nicht ... Verhalte dich hübsch ruhig, wir wollen plaudern ... Ihr Männer denkt nur an so etwas. Wenn ich dir wiederholen wollte, was mir Louisette an dem Tage, als sie bei Cabuche starb, erzählt hat! ... Übrigens wusste ich schon von der Unzucht des Präsidenten, denn er kam oft mit jungen Mädchen hierher ... Von einer vermutet das kein Mensch, weil er sie später verheiratet hat ...«

Er hörte nicht hin, er hörte nicht zu. Er umschlang sie und drückte bei der brutalen Umarmung seinen Mund heftig auf den ihren. Ein halbunterdrückter Schrei, nein, mehr ein sanfter, von Herzen kommender Klageruf entschlüpfte ihr, das Geständnis ihrer so lange unterdrückten Liebe. Aber sie kämpfte und wehrte sich halb unbewusst. Sie wünschte ihn sich, trotzdem rang sie mit ihm, sie wollte von ihm besiegt sein. Wortlos, Brust an Brust, mit fliegendem Atem, suchte eines das andere unterzubekommen. Einen Augenblick schien sie die Stärkere zu sein. Sie würde ihn wahrscheinlich geworfen haben, so sehr er sich auch sträubte, wenn sie ihn nicht an der Kehle gepackt hätte. Die Taille sprang auf und die beiden festen, von dem Ringen geschwollenen Brüste schimmerten wie flüssige Milch durch das Dunkel. Sie sank auf den Rücken, sie gab sich besiegt.

Anstatt seinen Sieg zu benutzen, kniete er, an allen Gliedern zitternd, atemlos vor ihr und starrte sie an. Dann schien ihn eine Wut, eine Wildheit zu packen, seine Augen suchten nach einer Waffe, einem Steine, nach irgendetwas, um sie zu töten. Seine Blicke entdeckten die aus dem Gewirr der Knoten hervorleuchtende Schere. Er griff nach ihr und war schon im Begriff, sie in den weißen Hals, zwischen die rosig schimmernden weißen Brüste zu tauchen, als ihn ein eisiger Schauder ernüchterte. Er warf die Schere von sich und entfloh wie wahnsinnig, während sie mit geschlossenen Augenlidern liegen blieb und nicht anders dachte, als dass er sie verschmähte, weil sie ihm widerstanden hatte.

Jacques floh durch die melancholische Nacht. Im Galopp rannte er den Fußsteig einer Anhöhe empor und taumelte auf der andern Seite in eine enge Schlucht hinunter. Unter seinen Schritten davonrollende Kieselsteine erschreckten ihn, er drang links durch die Gebüsche und auf einem Umweg nach derselben Seite wieder hinaus, wodurch er rechts auf ein leeres Plateau geriet. Er ließ sich herab und geriet gegen die den Bahndamm einfriedigende Hecke: Ein Zug kam schnaubend und dampfend vorüber. Er erschrak und begriff zuerst nicht recht. Ach, ganz recht, da fährt ja alle Welt vorüber, in einem Fort, während er hier mit fliegenden Pulsen fiebert! Er kletterte abermals hinauf und abermals hinunter. Immer wieder stieß er auf die Gleise, bald auf der Sohle tiefer Schluchten, an Abgründen entlang, bald auf Abhängen, deren riesige Barrikaden die Fernsicht abschnitten. Dieses wüste, von Anhöhen kupierte Gelände glich einem ausgangslosen Labyrinthe. Durch die gruftähnliche Trostlosigkeit dieser unbebauten Länderstrecken jagte ihn sein Wahnsinn. Schon lange war er auf den Höhen und Abhängen umhergeklettert, als er vor sich eine schwarze Öffnung, den offenen Schlund des Tunnels erblickte. Ein bergauf fahrender Zug stürzte sich heulend und pfeifend dort hinein und verschwand, als hätte ihn die Erde verschlungen, mit einem Gedröhne, von dem noch lange hernach der Boden erzitterte.

Jacques stürzte neben dem Eisenbahndamm zu Boden, seine Beine trugen ihn nicht weiter. Auf dem Bauch liegend und das Gesicht tief in den Rasen gedrückt schluchzte er krampfhaft. Das Übel, von dem er sich geheilt wähnte, war also wirklich wiedergekommen? Er hatte dieses Mädchen töten wollen! Ein Weib töten, ein Weib töten wollen! Von Jugend auf, je mehr das Fieber und die Sehnsucht nach dem Besitz eines Weibes in ihm wuchsen, desto stärker wurde auch dieses Verlangen. Andere träumen beim Erwachen der Mannbarkeit nur von dem Besitz des Weibes, in ihm aber gärte der Gedanke, dann eine zu töten! Er konnte es nicht leugnen, er hatte die Schere ergriffen, um sie ihr in das Fleisch zu stoßen, sobald sein Auge dieses gesehen, in dieses Fleisch, in diese warme weiße Brust. Und nicht in einem Anfalle von Wut, sondern lediglich aus dem Vergnügen an der Sache heraus. Dieses Vergnügen verlangte so mächtig seine Befriedigung, dass er am liebsten im Galopp zurückgelaufen wäre, um sie zu morden, hätten seine Hände sich nicht mit aller Gewalt in den Erdboden gekrampft. Und gerade sie, mein Gott, diese Flore, die er hatte aufwachsen sehen, dieses wilde Kind, von dem er sich so heiß geliebt fühlte! Seine gekrümmten Finger wühlten sich noch tiefer in das Erdreich, das Schluchzen zerriss ihm die Kehle, es war ein Röcheln fürchterlichster Verzweiflung.

Dann rang er nach Ruhe, er wollte klar sehen. Welch ein Unterschied war eigentlich zwischen ihm und den anderen? Er hatte es sich schon in seiner Jugend dort unten in Plassans gefragt. Seine Mutter Gervaise erhielt ihn allerdings etwas zeitig, sie zählte damals erst fünfzehn und ein halbes Jahr und er war noch dazu der zweite, denn Claude wurde ihr geboren, als sie knapp vierzehn alt war. Aber keiner seiner Brüder, weder Claude noch der nach ihm geborene Etienne litt unter der Jugend seiner Mutter und seines knabenhaften Vaters, des schönen Lantier, dessen schlechtes Herz Gervaise so viele Tränen kosten sollte. Vielleicht litt auch ein jeder seiner Brüder an irgendeinem Übel und gestand es nur nicht ein. Der Älteste namentlich, den es so heiß danach verlangte, ein Maler zu sein, dass man ihn und sein Genie für halb verrückt hielt. Mit seiner Familie war es entschieden nicht richtig, viele Mitglieder derselben hatten etwas weg. In gewissen Stunden fühlte er sehr wohl diesen erblichen Riss. Seine Gesundheit war keine schlechte, nur hatten ihn die Furcht und die Scham vor seinen Krisen etwas abmagern lassen. Aber von Zeit zu Zeit verlor er das Gleichgewicht seines Lebens und dann schien es, als zeigte sein Wesen Risse und Löcher, aus welchen sein eigenes Selbst inmitten einer dichten Rauchwolke entströmte, in welcher alles sich anders gestaltete. Er war dann nicht mehr Herr über sich, sondern gehorchte nur seinen Muskeln wie eine wütende Bestie. Dabei trank er nicht, er versagte sich selbst das kleinste Glas Branntwein, denn er hatte bemerkt, dass der unbedeutendste Tropfen Alkohol ihn verrückt machte. Er kam schließlich zu der Überzeugung, dass er die Schuld der anderen bezahlen müsste, der Väter und Großväter, die Trinker gewesen waren, der Generationen von Trunkenbolden, die sein Blut verdorben hatten. Was er fühlte, war eine schrittweise Vergiftung, eine Wildheit, die ihn mit dem im Dickicht lauernden Wolf, der auch Frauen frisst, auf eine Stufe stellte.

Jacques hockte jetzt auf einem Knie und blickte hinüber zum schwarzen Schlunde des Tunnels, aber ein erneutes Schluchzen fuhr ihm durch die Nerven in den Nacken, er fiel rücklings zur Erde und wälzte sich, vor Schmerz aufschreiend, auf dem Boden umher. Dieses Mädchen, dieses Mädchen hatte er töten wollen! Da kam es wieder, dieses spitzige, grässliche Gefühl, als hätte er die Schere sich selbst in die Brust gestoßen. Kein Vernunftgrund schaffte ihm Ruhe: Er hatte sie töten wollen, er würde sie töten, wenn sie noch mit geöffnetem Kleide und entblößter Brust vor ihm läge. Er war gerade sechzehn Jahre alt, er erinnerte sich dessen ganz genau, da hatte ihn das Übel zum ersten Male gepackt. Eines Abends hatte er mit einem um zwei Jahre jüngeren Mädchen, der Tochter eines Verwandten, gescherzt: Sie war gefallen, er hatte ihre Beine gesehen und war über sie hergefallen. Er erinnerte sich, im folgenden Jahre ein Messer geschärft zu haben, um es einer anderen, einer Blondine, die täglich an seiner Tür vorüberging, in die Kehle zu stoßen. Der Hals dieses Mädchens war sehr fett und rosig, er hatte sich bereits den Platz ausgesucht, wo er das Messer ansetzen wollte, nämlich bei einem kleinen braunen Zeichen unter dem Ohr. Und das waren nicht die Einzigen, deren Erinnerung ihm die Brust beengte, auf der Gasse hockende, zufällig zu Nachbarinnen gewordene Frauen, alle diese hatten die Mordlust in ihm entfacht; eine namentlich, eine jungverheiratete Frau, die im Theater neben ihm saß und außerordentlich laut lachte. Mitten in einem Act musste er aufstehen, um sie nicht anzufallen. Alle diese kannte er kaum, warum also dieser Zorn auf sie? Jedes Mal, wenn ihn diese blinde Wut befiel, schien es ihm ein brennender Durst nach Rache für verjährte längst vergessene Beleidigungen zu sein. Das Unheil also, welches die Frauen seinem Geschlecht gebracht, ihre von Mann zu Mann gesteigerte Schlechtigkeit, hatte seinen Ursprung wirklich in so ferner Zeit, vielleicht gar begann es mit dem ersten im Dunkel der Höhlen begangenen Betrug? Aus seinem Anfalle heraus fühlte er die Notwendigkeit, das Weib zu bekämpfen und zu bezwingen, es tot hinzustrecken wie eine anderen für immer abgejagte Beute. Sein Schädel barst unter der Anstrengung des Denkens, er war zu unwissend, um sich die rechte Antwort zu geben. In dem Angstgefühl, zu Taten gedrängt zu werden, denen gegenüber seine Willenskraft gleich null war und deren Grund er nicht einsehen konnte, stumpfte sich sein Gehirn ab.

Abermals stürzte sich beim Schimmer seiner Laternen ein Zug mit Getöse in den Tunnel, das, wie beim Donner allmählich erstarb. Jacques hatte sich aufgerichtet und sein Schluchzen eingestellt, als glaubte er, diese gleichgültige, zusammengepferchte, ihm unbekannte Menge könnte ihn hören. Er nahm jetzt eine unverdächtige Haltung an. Schon immer hatte er nach solchen Anfällen beim geringsten Geräusch die Gewissensbisse eines Schuldbehafteten empfunden! Ruhig, glücklich, fern von aller Welt lebte er nur auf seiner Lokomotive. Wenn sie ihn beim Erzittern ihrer Räder pfeilschnell davonführte, wenn er die Hand an der Kurbel seine ganze Wachsamkeit auf die Strecke und die Signale lenken musste, dachte er an nichts anderes, mit vollen Lungen atmete er die reine, ihm sturmwindartig zugewehte Luft ein. Aus diesem Grunde liebte er seine Maschine, als wäre sie eine friedfertige Geliebte, von der er nur Glückseligkeiten zu erwarten hätte. Nach Verlassen der Gewerbeschule hatte er trotz seiner großen Intelligenz sich die Laufbahn eines Lokomotivführers gewählt, um ein einsames, betäubendes Leben führen zu können. Auch war er nicht ehrgeizig. Nach vier Jahren war er bereits Lokomotivführer erster Klasse und bezog als solcher einen Gehalt von zweitausendachthundert Franken, der mit den Heiz- und Putzprämien auf über viertausend wuchs. Mehr verlangte er nicht. Er sah seine Kameraden der zweiten und dritten Klasse, welche die Gesellschaft selbst in solche einteilte, die Hilfsarbeiter, die sie als Lehrlinge annahm, fast immer Arbeiterinnen Heiraten, ausgemergelte Frauen, die man nur zur Zeit der Abfahrt sah, wenn sie ihren Männern die Vorratskörbchen brachten. Ehrgeizige Kameraden dagegen, namentlich solche, die eine Fachschule durchgemacht hatten, warteten mit ihrer Heirat, bis sie Depotchefs geworden, in der Hoffnung, eine Bürgerliche zu bekommen, eine Dame mit Hut. Ihm war alles das gleichgültig, er floh ja doch die Frauen. Er wollte nie heiraten, sondern stets allein und abermals allein rastlos dahinrollen. Seine Vorgesetzten stellten ihn daher auch als einen Musterlokomotivführer hin, weil er nicht trank und nicht davonlief. Die bummlerisch veranlagten Kameraden natürlich neckten ihn wegen seiner ausbündig guten Führung, die Solideren aber erschreckte er, wenn er stumm, mit farblosen Augen und schrecklich verzerrtem Gesicht in seine Traurigkeit verfiel. Er erinnerte sich nicht mehr, wie viele Stunden er in seinem Kämmerchen in der Rue Cardinet schon zugebracht haben mochte, von welchem aus er das Depot von Les Batignolles erblicken konnte, zu welchem seine Lokomotive gehörte. Er wusste nur, dass es so ziemlich seine sämtlichen Freistunden gewesen waren, die er wie ein in seiner Zelle eingeschlossener Mönch dort verlebte. Hier kämpfte er gegen den Aufruhr seiner begehrlichen Wünsche mithilfe des Schlafes an, den er nur auf dem Bauch liegend fand.

Jacques versuchte aufzustehen. Was machte er in dieser feuchten, nebligen Winternacht hier im Grase? Das Land blieb in Schatten gehüllt; nur am Himmel war es hell, dort ruhte noch der feine Dunst, die mächtige Kuppel aus unpoliertem Glas, vom dahinter verborgenen Monde mit einem fahlen, gelblichen Scheine durchleuchtet. Der düstere Horizont schlummerte in todesähnlicher Unbeweglichkeit. Auf! Es musste schon auf neun Uhr gehen und es war ratsamer, heimzugehen und sich aufs Ohr zu legen. Aber seine Beklemmung spiegelte ihm vor, wie er jetzt zu den Misard kommen, die Treppe zur Vorratskammer hinaufsteigen, sich auf das Heu werfen und im Raume nebenan, durch eine dünne Plankenwand nur von dem seinen getrennt, Flore atmen hören würde! Er wusste sogar, dass sie sich nie einschloss, dass er also ohne Umstände bei ihr würde eintreten können. Und wieder überlief ihn ein heftiger Schauder, dachte er an das entkleidete Mädchen mit den vom Schlafe widerstandslosen, heißen Gliedern. Noch einmal drückte ihn das Schluchzen zu Boden. Er hatte sie töten wollen, er wollte sie noch töten! Der Gedanke, dass er sich jetzt anschicken wollte, sie nach seiner Heimkehr in ihrem Bette zu töten, würgte und zerrte an ihm. Was half es ihm, dass er keine Waffe zur Hand haben, dass sie seinen Kopf mit ihren beiden Armen niederdrücken würde; er fühlte, das Übel würde ihn dennoch gegen seinen Willen antreiben, die Tür zu ihrer Kammer zu öffnen und sie zu erwürgen. Unter dem Geißelhieb des raubtierartigen Instinktes und unter dem Zwange, das alte Unrecht zu rächen, konnte er nicht anders. Nein, nein! Lieber wollte er die ganze Nacht im Freien zubringen, als dorthin zurückkehren! Mit einem Sprunge stand er auf den Beinen. Er entfloh.

Und abermals jagte er wohl eine halbe Stunde über das düstre Gefilde, als wollte ihn die losgelassene Meute aller Schrecken der Hölle zu Tode Hetzen. Er jagte die Anhöhen hinauf, er kroch in enge Schluchten. Hintereinander stellten sich ihm zwei Bäche entgegen, er durchschritt sie, wobei er bis zu den Hüften versank. Ein ihm den Weg verlegendes Gebüsch brachte ihn zur Verzweiflung. Sein einziger Gedanke war, immer geradeaus und so weit als möglich zu laufen, um der wütenden Bestie in seinem Innern zu entfliehen. Seit sieben Monaten schien sie ihm verjagt zu sein und er hatte sich wieder Mensch gefühlt; und jetzt heulte sie von Neuem, abermals musste er sie bekämpfen, um nicht von ihr auf die erste Frau, die ihm der Zufall in den Weg führen würde, gehetzt zu werden. Die große Stille, die mächtige Einsamkeit in der Runde beruhigten ihn indessen allmählich ein wenig und ließen ihn von einem stummen, einsiedlerischen Leben, ähnlich dieser Gegend, träumen, in welchem man auch abseits von den gebahnten Pfaden umherschweifen könnte, ohne einem menschlichen Wesen zu begegnen. Unbewusst war er im Kreise gegangen und im großen Bogen wieder an dem bebuschten Abhang des Eisenbahndammes, oberhalb des Tunnels gelangt. Er machte zornig kehrt, weil er fürchtete, auf Menschen zu stoßen. Um eine Anhöhe herum gedachte er den Weg abzuschneiden, verlief sich aber und stieß nun erst recht auf die Hecke längs der Gleise hart am Eingang zum Tunnel neben der Wiese, auf der er kurz zuvor sich in Schmerzen gekrümmt hatte. Da stand er nun besiegt, als ihn das noch ferne, von Sekunde zu Sekunde anschwellende, aus der Tiefe der Erde heraufschallende Dröhnen eines Zuges an diese Stelle bannte. Es war der Schnellzug nach Havre, der Paris um 6 Uhr 30 verlassen hatte und hier um 9 Uhr 25 vorüberkommen musste; diesen Zug führte Jacques einen Tag um den andern.

Er sah zunächst den dunklen Schlund sich erhellen, wie die Öffnung eines Backofens, in welchem das Reisig entzündet wird. Das Geräusch näherte sich, plötzlich sprang die Lokomotive daraus hervor mit ihrem großen runden, blendenden Auge, deren Licht die Gegend zu durchdringen suchte und auf den Schienen weit voraus schon ein zweites Feuer zu entzünden schien. Aber das Ganze war eine blitzartige Erscheinung, denn vorüber flüchtete die Reihe von Waggons mit ihren grell beleuchteten Coupéfenstern, vorüber sausten die mit Reisenden gefüllten Coupés mit einer so schwindelerregenden Schnelligkeit, dass das Auge unmittelbar an den gesehenen Bildern zweifelte. Aber Jacques hatte in dieser Viertelsekunde dennoch durch die hellerleuchteten Scheiben eines Coupés gesehen, wie ein Mann einen zweiten auf den Sitz niedergedrückt hielt und ihm ein Messer in den Hals stieß, während eine schwarze Masse, vielleicht eine dritte Person, vielleicht heruntergestürztes Gepäck, mit ihrem ganzen Gewicht auf den krampfhaft angezogenen Beinen des Opfers lastete. Schon entfloh der Zug und verschwand in der Richtung von la Croix-de-Maufras und man sah in der Dunkelheit nichts weiter mehr von ihm als die drei Schlusslaternen, das rote Dreieck.

Wie auf den Platz gebannt folgten die Blicke des jungen Mannes dem Zuge, dessen Brausen in dem großartigen Frieden des Todes, der auf der Gegend ruhte, erstarb. Hatte er wirklich richtig gesehen? Er zweifelte jetzt daran und wagte nicht mehr, die ihm wie vom Blitz zugetragene und von ihm entführte Begebenheit als eine Tatsache zu behaupten. Kein einziger Gesichtszug der beiden Hauptakteure dieses Dramas stand ihm lebendig vor der Erinnerung. Die dunkle Masse war vielleicht eine über den Körper des Opfers gefallene Reisedecke. Und doch war es ihm, als hätte er unter einer aufgelösten Menge dichten Haares ein feines, bleiches Profil erkannt. Aber alles mischte sich ineinander und verflog wie ein Traum. Noch einmal trat das vermeintliche Profil vor seine inneren Blick, dann verlor er es ganz und gar. Das Ganze war wahrscheinlich überhaupt nur eine Einbildung. Alles das aber machte sein Mark erstarren; er gab schließlich selbst zu, dass es eine Sinnestäuschung gewesen sein mochte, welche die schreckliche Krisis seines Zustandes heraufbeschworen hatte.

Fast eine ganze Stunde noch trieb sich Jacques, den Kopf mit wüsten Gedanken voll, auf den Feldern umher. Er war wie zerschlagen, eine Art Entnervung hatte ihn befallen, das eisige Gefühl in seinem Innern hatte das Fieber ausgelöscht. Er kam schließlich, ohne es gewollt zu haben, nach la Croix-de-Maufras zurück. Als er vor dem Bahnwärterhäuschen stand, überlegte er, dass es besser sei, nicht einzutreten, sondern in der kleinen Hütte neben dem Schuppen zu schlafen. Aber ein Lichtstrahl drang durch die Tür und mehr unbewusst als bewusst öffnete er. Ein unerwarteter Anblick bannte ihn auf die Schwelle.

Misard hatte in der Tat den in der Ecke stehenden Buttertopf von seinem Platze gerückt. Mit allen vieren lag er auf dem Boden, neben sich hatte er eine Laterne stehen und mit der Faust pochte er leise an verschiedene Stellen der Wand. Das Geräusch der aufgehenden Tür ließ ihn den Kopf zurückwenden. Er zeigte aber keine Spur von Verlegenheit und sagte höchst gelassen:

»Ich suche Streichhölzchen auf, die mir heruntergefallen sind.«

Als er nun den Buttertopf wieder an Ort und Stelle gebracht hatte, setzte er hinzu:

»Ich habe mir eben die Laterne geholt, weil ich beim Nachhausege-
hen ein Individuum habe auf den Schienen liegen sehen ... Ich glaube, er
ist tot.«

Jacques hatte der Gedanke, Misard beim Suchen nach Tante Phasies
Schatz ertappt zu haben, fast übermannt. Aber die jähe Gewissheit, dass
sein Zweifel grundlos und die Beschuldigungen der Tante berechtigte
waren, wurde durch die Neuigkeit von dem Funde eines Leichnams
sofort verdrängt. Er vergaß das zweite Drama, das sich hier in diesem
abseits von der Welt gelegenen Häuschen abspielte. Die Szene im
Coupé, die kurze Vision von der Ermordung eines Mannes durch einen
zweiten, tauchte mit blitzartiger Schnelligkeit wieder vor ihm auf.

»Ein Mensch auf der Strecke, wo denn?«, fragte er erbleichend.

Misard war nahe daran zu erzählen, dass sich zwei Aale in seinen
Netzen gefangen hätten, die er vorhin im Galopp nach Hause getragen
habe, um sie zu verstecken. Aber wozu sich diesem Knaben anvertrau-
en? Er machte daher nur eine unbestimmte Bewegung und erwiderte:

»Dort unten, vielleicht fünfhundert Meter von hier ... Weiter weiß ich
nichts, müssen mal erst die Sache bei Licht betrachten.«

Jacques hörte in diesem Augenblicke über sich eine dumpfe Erschütterung. Er war so verängstigt, dass er zusammenfuhr.

»Das ist nichts«, sagte der Vater, »Flore rumort wahrscheinlich.«

Der junge Mann hörte jetzt in der Tat das Umhertappen zweier nackter Füße auf dem Estrich. Sie hatte zweifellos auf ihn gewartet und durch
ihre nur halbgeschlossene Tür ihn kommen gehört.

»Ich begleite Euch«, sagte Jacques .. »Ihr glaubt wirklich, dass er tot
ist?«

»Zum Teufel auch, mir scheint es so. Die Laterne wird es ja zeigen.«

»Und was haltet Ihr davon? Ein Unfall wahrscheinlich?«

»Vielleicht. Irgendeinen Strick, der sich hat überfahren lassen, oder
vielleicht auch ein aus dem Coupé gesprungener Reisender.«

Jacques überlief es kalt.

»Kommt schnell, kommt schnell!«

Noch nie hatte ihn das Fieber, zu sehen und wissen zu wollen, so gepackt. Während sein Gefährte vollständig gleichgültig auf dem Eisenbahndamm dahinschritt, wobei die Laterne hin- und herschwenkte, deren runde Helle sanft an den Schienen entlang glitt, lief er voraus. Diese
Langsamkeit ärgerte ihn. Ihn trieb ein physisches Verlangen, dieselbe
Glut, welche den Gang der Liebenden zum Stelldichein beflügelt. Er

empfand Furcht vor dem ihn erwartenden Anblick und doch flog er mit gespannten Muskeln dorthin. Als er an Ort und Stelle anlangte, fiel er beinahe über die dicht neben den Schienen liegende dunkle Masse. In seiner Aufregung konnte er nichts deutlich erkennen. Fluchend rief er dem anderen zu, der noch mehr als dreißig Schritt zurück war:

»So beeilt Euch doch, in des Teufels Namen. Vielleicht kann man ihm noch helfen, wenn er noch lebt.«

Misard aber schwankte gemächlich weiter. Als er endlich seine Laterne über den Körper des Verunglückten hielt, sagte er:

»Oh je, der hat seinen Teil.«

Das zweifellos aus dem Waggon gestürzte Individuum war höchstens fünfzig Centimeter von den Schienen entfernt mit dem Gesicht nach dem Boden auf den Leib gefallen. Man sah von seinem Kopfe nur den mit dichten weißen Haaren bedeckten hintern Teil. Seine Beine lagen gespreizt. Sein rechter Arm schien wie ausgerenkt, der andere lag unter der Brust. Sein Anzug verriet einen Angehörigen der bessern Stände. Er trug einen weiten Paletot von blauem Tuch, elegante Stiefel und seine Wäsche. Der Körper zeigte keine Spuren der Vergewaltigung, nur war viel Blut aus einer Halswunde geronnen und hatte den Hemdkragen besudelt. »Ein Bürger, der sein Fett weghat«, bemerkte Misard nach einigen Minuten lautloser Prüfung.

»Fasst ihn nicht an, das ist verboten«, sagte er dann zu Jacques, der mit offenem Munde sich nicht zu rühren wagte. »Bewachen Sie ihn, ich will inzwischen nach Barentin laufen und den Bahnhofsinspektor benachrichtigen.«

Er hob seine Laterne in die Höhe und sah nach dem Kilometerpfahl.

»Schön, gerade bei Pfahl 153 also.«

Er stellte die Laterne auf den Boden neben die Leiche und entfernte sich schleppenden Schritts.

Jacques bewegte sich nicht, als er allein war. Er blickte unentwegt auf diese träge am Boden liegende Masse, deren Umrisse das flackernde Licht kaum erkennen ließ. Die Aufregung, die vorhin seine rasende Wanderung veranlasst, der fürchterliche Magnet, der ihn hier festbannte, sie weckten in ihm den gleichen scharfen, sein ganzes Wesen durchblitzenden Gedanken: der andere, der mit dem Messer zugestoßen, der hatte es gewagt! Der war bis ans Ziel gelangt, der hatte getötet! Oh nur nicht feige sein, seinen Sinn befriedigen und dann tief hinein das Messer! Seit zehn Jahren marterte ihn dieser Gedanke. Sein Fieber malte ihm eine

64

Verachtung seiner selbst, eine Bewunderung für den anderen vor, besonders aber das unstillbare Verlangen, zu sehen und die Augen zu weiden an diesem menschlichen Fetzen, diesem zerbrochenen Hanswurst, diesem Waschlappen, zu welchem ein einziger Messerstich ein menschliches Geschöpf umwandeln kann. Seinen Traum hatte der andere verwirklicht. Das war es also! Wenn er tötete, würde ihm dasselbe, was da vor ihm lag, bleiben. Sein Herz schlug zum Springen, seine lüsterne Mordlust machte ihn angesichts dieses tragischen Todes rasend. Ein Schritt brachte ihn näher an die Leiche heran; er glich jetzt einem nervösen Kinde, das sich die Furcht abgewöhnen will. – Ja, er würde es wagen, auch er würde es wagen!

Ein Schnauben hinter seinem Rücken zwang ihn, zur Seite zu springen. Von seinen Gedanken gepackt, hatte er das Kommen eines Zuges überhört. Fast wäre er zermalmt worden. Der heiße Atem, das fürchterliche Keuchen der Maschine warnten ihn noch rechtzeitig. Der Zug schoss in einem Orkan von Lärm, Rauch und Flammen vorüber. Er war ebenfalls sehr besetzt. Der Strom von Reisenden nach Havre zu dem Feste am nächsten Tage flutete noch immer. Ein Kind hatte sein Näschen gegen die Scheibe gedrückt und blickte in die dunkle Landschaft hinaus. Profile von Männern hoben sich ab und eine junge Frau ließ eine Fensterscheibe hinunter, um ein mit Butter und Zucker beschmiertes Stück Papier hinauszuwerfen. Lustig fuhr der Zug in die Ferne; er ahnte nicht, dass seine Räder fast einen Leichnam berührt hatten. Und der Körper ruhte noch immer auf dem Gesicht, umflackert von dem unsteten Licht der Laterne inmitten dieses überwältigenden Friedens der Nacht.

Jacques verlangte es, die Wunde zu sehen, solange er noch allein war. Aber die Furcht, man könnte vielleicht bemerken, dass er den Kopf berührt habe, hemmte sein Vorhaben. Er hatte sich ausgerechnet, dass Misard nicht vor dreiviertel Stunden mit dem Stationsvorsteher zurück sein könnte. Er zählte die Minuten, er dachte an Misard, diesen schleichenden, stillen Jammermenschen, der mit der ruhigsten Miene von der Welt mit kleinen Dosen Giftes ebenfalls mordete. Der Mord war also weiter kein Kunststück? Denn alle Welt mordete ja. Von Neuem beugte er sich über den Toten, das Verlangen kitzelte ihn so, dass ihm der ganze Körper juckte. Er wollte gar zu gern sehen, wie das gemacht worden, was da eigentlich ausgeflossen war, vor allem das rote Loch! Wenn er den Kopf vorsichtig anfasste, konnte kein Mensch etwas merken. Aber etwas anderes, eine sich selbst nicht eingestandene Furcht hielt ihn zurück, die Furcht vor dem Blut. Immer und überall gesellte sich in ihm zu dem Verlangen die Angst. Nur noch eine Viertelstunde musste er allein aushalten und trotz seiner Furcht würde er sein Vorhaben vielleicht gewagt haben, wenn nicht ein Rascheln an seiner Seite ihn hätte erschrecken lassen.

Es war Flore. Sie stand neben dem Leichnam und betrachtete ihn wie er. Sie musste überall sein, wo es ein Unglück gab; wenn man meldete, dass ein Tier von einem Zuge zermalmt oder ein Mensch überfahren worden sei, sah man sie sicher herbeigelaufen kommen. Sie hatte sich wieder angezogen, sie wollte den Toten sehen, von welchem ihr Vater gesprochen. Nachdem sie einen Blick darauf geworfen, zögerte sie keinen Augenblick. Sie bückte sich, hob mit der einen Hand die Laterne auf und mit der anderen drehte sie den Kopf herum.

»Achtsam, es ist verboten«, mahnte Jacques leise.

Sie zuckte mit den Schultern. Der Kopf zeigte sich jetzt in dem gelblichen Lichte, das Gesicht eines Greises mit einer großen Nase und den blauen Augen eines ehemals blonden Menschen, die weit offen standen. Unter dem Kinn klaffte die entsetzliche Wunde, ein tiefer und erweiterter Schnitt durch die Kehle, als wäre mit dem Messer suchend darin herumgewühlt worden. Die rechte Seite der Brust war vollständig mit Blut begossen. Auf der linken Seite schimmerte in dem Knopfloch des Überziehers die Rosette der Ehrenlegion wie ein vereinzelter, dorthin verirrter Blutstropfen.

Flore stieß einen leisen Schrei der Überraschung aus.

»Bei Gott, der Alte!«

Jacques beugte sich noch weiter hinunter, um besser sehen zu können, wobei sein Haar das ihrige streifte. Sein Atem ging ihm fast aus, so weidete er sich an dem Schauspiel.

»Der Alte, der Alte!«, wiederholte er, ohne zu wissen, was er sagte.

»Ja doch, der alte Grandmorin – der Präsident.«

Einen Augenblick noch sah sie prüfend in das bleiche Antlitz mit den zusammengebissenen Lippen und den unheimlich blickenden Augen. Schon begann die Todesstarre, den Körper steif zu machen. Sie ließ den Kopf fallen, der auf den Boden aufschlug und die Wunde verdeckte.

»Nun hört das Gescherze mit jungen Mädchen auf«, begann sie etwas leiser. »Das ist gewiss wegen einer so gekommen ... Oh meine arme Louisette! Oh dieses Schwein, so hat man es recht gemacht!«

Ein langes Schweigen trat ein. Flore hatte die Laterne wieder hingestellt und wartete. Verstohlene Blicke wanderten zu Jacques hinüber, der, durch den Toten von ihr getrennt, kaum noch atmete und wie kopflos von dem soeben Gesehenen, wie ohnmächtig dastand. Es musste bald elf Uhr sein. Sie geduldete sich noch einige Augenblicke, sie schien überrascht von seinem Schweigen. Eine nach den Vorgängen des Abends natürliche Verlegenheit hinderte sie, zuerst zu sprechen. Jetzt ließen sich aber Stimmen vernehmen, es war der Vater, der den Bahnhofsinspektor geholt hatte. Sie wollte nicht gesehen werden und entschloss sich daher, ihn anzureden.

»Du willst nicht bei uns schlafen?«

Er zitterte, ein innerer Kampf schien ihn erbeben zu lassen.

»Nein, nein!«, stieß er endlich mit der letzten Kraft der Verzweiflung hervor.

Sie rührte sich nicht, aber die glatt herniederfallende Linie ihrer kräftigen Mädchenarme drückte deutlich genug ihren Kummer aus. Sie wollte, dass er ihr ihr Widersetzen nicht nachtrage und fragte nochmals demütig:

»Du wirst also nicht zu uns kommen, ich soll dich nicht wiedersehen?«

»Nein, nein!«

Die Stimmen kamen näher. Ohne nach seiner Hand zu haschen, denn er schien absichtlich den Toten zwischen sich und ihr zu lassen, ja selbst ohne ihm das kameradschaftliche Lebewohl aus ihren Kindertagen zugerufen zu haben, ging sie davon und verlor sich in der Finsternis. Ihr Atem ging rau, als unterdrückte sie ein Schluchzen.

Gleich darauf war der Bahnhofsinspektor mit Misard und zwei Arbeitern zur Stelle. Er konstatierte ebenfalls sofort die Identität: Es war in der Tat der Präsident Grandmorin. Er kannte ihn sehr gut, denn er sah ihn oft genug auf seiner Station den Zug verlassen, wenn er sich nach Doinville zu seiner Schwester, Frau Bonnehon, begab. Der Körper konnte auf dem Platze bleiben, wo er lag, nur ließ er ihn mit einem von einem seiner Leute mitgebrachten Mantel bedecken. Ein Beamter sollte mit dem 11 Uhr-Zug von Barentin abreisen, um den kaiserlichen Prokurator in Rouen von dem Geschehenen zu benachrichtigen. Doch war auf das Erscheinen desselben vor fünf oder sechs Uhr morgens nicht zu rechnen, denn er musste gemeinsam mit dem Untersuchungsrichter, dem Gerichtsschreiber und einem Arzt an die Unglücksstätte kommen. Der

Bahnhofsvorsteher ließ also einen Mann, der sich während des übrigen Teiles der Nacht mit einem zweiten abzulösen hatte, mit der Laterne als Wache bei dem Toten zurück.

Ehe Jacques sich entschloss, in irgendeinem Schuppen der Station Barentin, von wo aus er erst um 7 Uhr 20 nach Havre zurückkehren konnte, seine müden Glieder auszustrecken, stand er dort noch lange unbeweglich, wie besessen. Der Gedanke, dass man den Untersuchungsrichter erwarte, verwirrte ihn, als wäre er selbst ein Mitschuldiger. Sollte er sagen, was er beim Vorüberjagen des Schnellzuges gesehen hatte? Er entschloss sich zunächst, es sagen zu wollen, denn was hatte er zu fürchten? Übrigens war es zweifellos seine Pflicht. Dann aber überlegte er sich, wozu würde das gut sein? Er konnte kein einziges tatsächliches Factum melden, er konnte keine einzige genaue Einzelheit von dem Mörder angeben. Er wäre ein Tor, sich da hineinzumischen, seine Zeit zu vergeuden und sich aufzuregen, ohne Nutzen für irgendjemand. Nein, nein, er wollte lieber nichts sagen! Er ging endlich davon, sah sich aber noch zweimal nach der düsteren Masse um, welche der vom gelblichen Scheine der Laterne beleuchtete Körper am Boden bildete. Eine empfindlichere Kälte sank vom nebligen Himmel auf die Trostlosigkeit dieser Einöde mit ihren dürren Anhöhen hernieder. Zug folgte noch immer auf Zug. Ein sehr langer ging nach Paris. Die unerbittliche mechanische Kraft trieb sie aneinander vorüber ihren fernen Zielen, der Zukunft entgegen. Sie achteten nicht darauf, dass sie das halb abgeschnittene Haupt dieses Menschen streiften, den ein andrer Mensch umgebracht hatte.

# Drittes Kapitel

Am folgenden Tag, einem Sonntag, um fünf Uhr morgens – es läuteten gerade alle Glocken von Havre – betrat Roubaud die Abfahrtshalle, um seinen Dienst anzutreten. Es war noch vollständig Nacht, aber der vom Meere herausstreichende Wind hatte zugenommen und vertrieb die Nebel von den Abhängen der Höhen, die sich von Saint-Adresse bis zum Fort von Tourneville erstrecken. Im Westen hellte sich der Himmel ein wenig auf, an einem Stückchen blauen Himmel blitzten die letzten Sterne. In der Halle brannten noch immer die Gaslampen, doch ihr Licht schien der frostige Morgenhauch zu bleichen. Arbeiter formierten unter der Aufsicht des Unter-Inspektors vom Nachtdienst den ersten Frühzug nach Montvilliers. Die Türen der Wartesäle waren noch geschlossen, verödet ruhten noch die Perrons beim starren Erwachen des Bahnhofs.

Als Roubaud seine über den Wartesälen gelegene Wohnung verließ, hatte er die Frau des Kassierers Lebleu wie eine Bildsäule im Hauptkorridor bemerkt, auf welchen die Wohnungen der Beamten sämtlich führten. Seit Wochen schon erhob sich diese Dame mitten in der Nacht, um Fräulein Guichon, der Billettverkäuferin aufzulauern, welche nach ihrer Meinung mit dem Bahnhofsvorsteher, Herrn Dabadie, verbotenen Umgang pflegte. Übrigens hatte sie nie etwas entdecken können, nicht einen Schatten, nicht einen Atemzug. An diesem Morgen aber kehrte sie schnurstracks zu ihrem Gatten zurück, denn sie hatte mit Erstaunen bemerkt, als Roubaud eine Sekunde nur die Tür öffnete, um fortzugehen, dass die schöne Séverine schon fertig angezogen, frisiert und gestiefelt im Esszimmer stand, sie, die sonst gewöhnlich bis neun Uhr im Bett lag. Frau Lebleu hatte sofort ihren Mann geweckt, um dieses außerordentliche Ereignis zu melden. Am Abend vorher hatten sie sich erst nach Ankunft des Pariser Schnellzuges um 11 Uhr 5 zur Ruhe begeben, weil sie vor Verlangen brannten, zu erfahren, was aus der Geschichte mit dem Unterpräfekten geworden war. Aus der Haltung der Roubauds halten sie indessen nichts zu entnehmen vermocht, die hatten eben ausgesehen wie alle Tage. Und bis nach Mitternacht hielten sie die Ohren gespitzt: Aber kein Geräusch drang aus der Wohnung ihrer Nachbarn, die waren jedenfalls sofort entschlummert. Ihre Reise hatte trotzdem wohl kein gutes Resultat gebracht, sonst wäre Séverine nicht so frühzeitig aufgestanden. Als der Kassierer fragte, was für ein Gesicht jene gemacht hätte, gab sich seine Frau alle Mühe, es zu schildern: sie hätte sehr starr und bleich geblickt mit ihren großen, blauen, unter den schwarzen Haaren hervorblitzenden Augen; auch hätte sie sich nicht gerührt, kurz wie eine Nachtwandlerin wäre sie ihr erschienen. Im Laufe des Tages würde man ja erfahren, was eigentlich los wäre.

Unten traf Roubaud seinen Kollegen Moulin, der Nachtdienst gehabt. Er übernahm von diesem den Dienst, während dieser einige Schritte mit ihm ging und ihm erzählte, was alles während der Nacht passiert war; man hatte Diebe abgefasst, gerade als sie sich in den Gepäckraum schleichen wollten. Drei Mann hätten wegen Ungehorsams fortgeschickt werden müssen, ein Kuppelgewinde sei während des Rangierens des Zuges nach Montvilliers gebrochen. Roubaud hörte schweigend mit ruhiger Miene zu. Er war ein wenig bleich, wahrscheinlich in Folge noch nicht überwundener Müdigkeit, worauf auch die gesenkten Augenlider schließen ließen. Er sah so aus, als hätte er seinen Kollegen noch fragen wollen, ob sonst etwas passiert wäre, als jener schwieg. Doch unterließ er es. Es war das wohl alles. Er senkte den Kopf und blickte einen Augenblick zu Boden.

Die beiden Männer waren auf dem Bahnsteig bis zum Ende der bedeckten Halle gelangt und standen jetzt da, wo rechter Hand sich eine Remise befand, in welcher die Waggons untergebracht waren, die am gestrigen Abend angekommen. Er erhob den Kopf und seine Augen hefteten sich auf einen Waggon erster Klasse, welcher nur ein Coupé hatte und die Nummer 293 zeigte, wie im flackernden Lichte einer Gaslaterne zu lesen war. In diesem Augenblick sagte der andere:

»Ah, ich vergaß ...«

Roubauds bleiches Gesicht färbte sich, er konnte eine leise Bewegung nicht unterdrücken.

»Ich vergaß«, wiederholte Moulin, »dieser Wagen soll hier bleiben, lassen Sie ihn also nicht in den Schnellzug um 6 Uhr 40 rangieren.«

Einen Augenblick herrschte Schweigen, dann fragte Roubaud in höchst natürlichem Tone:

»Warum das?«

»Weil ein reserviertes Coupé für den Abendschnellzug bestellt ist. Man weiß nicht, ob während des Tages eins eintrifft, daher soll dieses hierbehalten werden.«

Er blickte den Waggon noch immer an und sagte:

»Wohl möglich.«

Doch ein anderer Gedanke beschäftigte ihn bereits und diesem gab er sofort Worte:

»Das ist doch abscheulich! Sehen Sie nur, wie diese Hallunken waschen! Der Waggon sieht aus, als ob der Schmutz von acht Tagen noch nicht weggebracht ist.«

»Das will ich schon glauben«, erwiderte Moulin, »um die Züge, die nach 11 Uhr abends ankommen, kümmert sich keine Seele ... Man muss zufrieden sein, wenn sich die Kerle noch zu einer Visitation verstehen. Haben sie doch eines Abends einen Reisenden in seiner Ecke bis zum nächsten Morgen weiterschlafen lassen!«

Er unterdrückte ein Gähnen und meinte, er wollte sich noch ein wenig hinlegen. Er wollte schon gehen, als ihn die Neugier nochmals bleiben hieß.

»Nun, und Ihre Angelegenheiten mit dem Unterpräfekten, alles gut abgelaufen?«

»Ja, wir hatten eine glückliche Reise, ich bin zufrieden.«

»Desto besser ... Denken Sie daran, dass 293 hier bleibt.«

Als Roubaud sich allein befand, ging er langsam zum Zuge nach Montvilliers, der fertig wartete. Die Saaltüren waren schon geöffnet und Reisende erschienen, einige Jäger mit ihren Hunden, zwei oder drei Kleinbürgerfamilien, die den Sonntag benutzen wollten, im Ganzen nur wenige Menschen. War dieser Zug erst fort, dann war keine Zeit zu verlieren, denn er musste gleich darauf den Bummelzug um 5 Uhr 45 nach Rouen und Paris rangieren lassen. Um diese Tageszeit war das Betriebspersonal noch nicht in genügender Anzahl zur Stelle, der diensthabende Unter-Inspektor hatte dann alle möglichen Obliegenheiten. Kaum war er mit der Überwachung des Rangierens fertig – jeder Waggon musste einzeln aus der Remise geholt und von den Arbeitern auf den in der Halle rangierten Zug geschoben werden – hatte er nach dem Vestibül zu eilen, um bei der Billettausgabe und der Gepäckexpedition selbst nachzuschauen. Eine Streitigkeit war zwischen einem Beamten und einigen Soldaten entstanden, die er beilegen musste. Eine halbe Stunde hindurch hatte er inmitten des eisigen Zugwindes und der frierenden, noch halb schlafenden und infolge des Gedränges im Dunkeln in schlechter Laune befindlichen Fahrgäste keine Sekunde Zeit, an sich zu denken. Kaum war der Bummelzug aus dem Bahnhof, musste er den Weichensteller aufsuchen und sich selbst überzeugen, dass hier alles glattging, denn ein direkter Zug von Paris kam gleich mit Verspätung an. Er ging sofort zurück und überwachte das Aussteigen der Reisenden, wartete, bis der Strom der Reisenden die Billetts abgegeben hatte, und sah sich durch die Hotelwagen hart bedrängt, die in so früher Morgenstunde in der Halle warten durften und von den Schienen nur durch eine einfache Barriere getrennt waren. Dann erst, als der Bahnhof wieder einsam und verlassen dalag, konnte er etwas aufatmen.

Es schlug sechs Uhr. Roubaud verließ die bedeckte Halle wie ein müßiger Spaziergänger. Draußen, vor sich die freie Fernsicht, erhob er den Kopf und atmete auf. Endlich sah er den Morgen anbrechen, einen schönen, klaren Morgen, denn der Seewind hatte die Nebel ganz verjagt. Er sah im Norden sich die Küste von Ingouville bis zu den Bäumen des Kirchhofes als ein violetter Streifen vom erbleichenden Himmel abheben; sich nach Süden und Westen wendend, bemerkte er das letzte weißliche Gewölk davonschweben, als segle ein Geschwader in der Ferne. Der ganze Osten aber über dem mächtigen Plateau der Seinemündung flammte auf in Erwartung des baldigen Aufgehens der Sonne. Fast unbewusst nahm Roubaud die Dienstmütze mit dem Goldstreifen vom Kopfe, um seine Stirn in der frischen, reinen Luft zu kühlen. Dieser wohlbekannte Horizont, das mächtige Gebiet der Bahnhofsanlagen, links die Ankunftsseite, dann der Lokomotivenschuppen, rechts die Güterexpedition, eine ganze Stadt, schien ihm die Ruhe zurückzugeben und ihn zur Aufnahme seiner täglichen, stets gleichen Beschäftigung fähig zu machen. Jenseits der Mauer der Rue Charles Laffitte qualmten die Fabrikschornsteine, riesige Haufen von Kohlen sah man längs des Bassins Vauban lagern. Aus den anderen Bassins schallte schon Leben herauf. Das Pfeifen der Güterzüge, das Brausen und der Geruch der Wogen, das ihm der Wind zutrug, lenkten seine Gedanken auf das heutige Fest und das Schiff, zu dessen Stapellauf die Menge drängen würde.

Als Roubaud die bedeckte Halle wieder betrat, fand er das Personal mit der Zusammenstellung des 6 Uhr 40-Schnellzuges beschäftigt; er glaubte, dass man auch den Waggon 293 nähme, und ein jäher Zornesausbruch hob die Wirkung seiner Abkühlung in der frischen Morgenluft wieder auf.

»In des Teufels Namen, nicht den Waggon dort! Lasst ihn stehen! Er geht erst am Abend mit.«

Der Rangiermeister setzte ihm auseinander, dass man den Waggon nur fortschiebe, um zu einem hinter ihm stehenden zu gelangen. Aber er hörte nicht auf ihn in seiner außer Verhältnis zu dem Gegenstand stehenden Wut.

»Ungeschickte Kerle, ich habe Euch doch soeben gesagt. Ihr sollt ihn stehen lassen.«

Als er endlich begriff, um was es sich handle, verrauchte seine Wut auch noch nicht, er schimpfte auf die schlechte Anlage des Bahnhofs, die nicht einmal das Beiseiteschieben eines Waggons ermögliche. In der Tat war der Bahnhof, einer der ersten dieser Linie, vollständig unzureichend mit seiner alten Holzremise, seinem Dach aus Holz und Zink und schmalen Scheiben, seinen nackten und traurigen Gebäuden, an denen Risse an allen Enden klafften, und einer Stadt wie Havre unwürdig.

»Es ist eine Schande, es ist nur unklar, warum die Gesellschaft das hier noch nicht der Erde gleichgemacht hat.«

Die Arbeiter sahen ihn an, sie waren erstaunt, ihn so frei heraus reden zu hören, der sonst das Muster von Disziplin war. Er fühlte das und schwieg plötzlich. Innerlich sich bezwingend, überwachte er das Rangieren. Eine Falte der Unzufriedenheit zeigte sich auf seiner niedrigen Stirn, während sein gerötetes, rundes, von einem roten Barte umrahmtes Gesicht den Ausdruck fester Entschlossenheit annahm.

Von nun an hatte Roubaud sein kaltes Blut wieder. Er beschäftigte sich lebhaft mit dem Schnellzuge und prüfte jedes Detail. Die Koppelungen schienen ihm schlecht gemacht zu sein, er verlangte, dass sie nochmals vor seinen Augen gemacht würden. Eine Frau und deren beide Töchter, die häufig zu seiner Frau kamen, verlangten ein Damencoupé für sich. Ehe er mit der Pfeife das Signal zur Abfahrt gab, überzeugte er sich nochmals, dass am Zuge alles in Ordnung. Lange blickte er ihm nach mit dem klaren Blick des Mannes, dessen nur eine Minute lang gezeigte Unaufmerksamkeit vielen Menschen das Leben kosten kann. Gleich darauf musste er die Gleise überschreiten, um einen soeben einfahrenden Zug von Rouen zu empfangen. Er stieß hier auf einen Postbeamten, mit dem er täglich Neuigkeiten austauschte. Jetzt trat an dem arbeitsreichen Morgen eine kurze Ruhepause von einer Viertelstunde ein, während der er aufatmen konnte, weil kein unmittelbarer Dienst ihn abrief. Er drehte sich wie gewöhnlich eine Cigarette und plauderte sehr vergnügt. Der Tag nahm zu, man konnte die Gaslaternen auslöschen. Die Halle war so spärlich mit Fenstern versehen, dass ein grauer Schatten in ihr ruhte. Draußen aber hatten die Sonnenstrahlen das weite Himmelsgewölbe, auf welches sie eine Aussicht eröffneten, schon in Flammen getaucht. Der Horizont schwamm in Rosa und in der reinen Luft dieses Wintermorgens zeichneten sich alle Einzelheiten scharf und präzise ab.

Um acht Uhr pflegte der Bahnhofsvorsteher, Herr Dabadie ins Bureau zu kommen; der Unter-Inspektor trat dann zum Rapport an. Jener war ein schöner, sehr gebräunter, gut konservierter Mann, der das Benehmen eines ganz seinen Geschäften sich widmenden Großkaufmanns hatte. Er interessierte sich auch herzlich wenig für den Personenverkehr; er widmete seine Aufmerksamkeit mit Vorliebe dem Treiben in den Hafenbassins, dem enormen Transitverkehr und stand in ständiger Verbindung mit dem Großhandel Havres und der ganzen Welt. An diesem Morgen hatte er sich verspätet. Roubaud hatte schon zweimal die Tür zum Bureau geöffnet, ihn aber noch nicht anwesend gefunden. Die Post lag noch uneröffnet auf dem Tische. Die Augen des Unter-Inspektors hatten ein Telegramm unter den Briefen entdeckt. Ein Zauber schien ihn an den Ort zu bannen, denn er wich nicht mehr von der Tür des Bureaus, er kam immer wieder gegen seinen Willen dorthin zurück und seine Blicke schweiften verstohlen zum Tische hinüber.

Endlich, um Viertel nach acht, erschien Herr Dabadie. Roubaud, der sich gesetzt hatte, schwieg, um jenem Zeit zur Entfaltung der Depesche zu lassen. Doch der Chef hatte es nicht eilig, er wollte sich herablassend zeigen, denn er achtete seinen Untergebenen.

»Nun, ist in Paris alles gut gegangen?«

»Ja, Herr Vorsteher, ich danke für gütige Nachfrage.«

Er hatte endlich die Depesche geöffnet, las aber nicht, sondern lächelte immer noch den Andern an, dessen Stimme durch die Anstrengung, ein nervöses Zucken am Kinn zu unterdrücken, einen rauen Ton angenommen hatte.

»Wir sind also in der glücklichen Lage, Sie hier zu behalten?«

»Ich bin zufrieden, bei Ihnen bleiben zu können.« Endlich entschloss sich Herr Dabadie zur Lektüre der Depesche, Roubaud beobachtete ihn, er fühlte, dass ihm der Schweiß ins Gesicht trat. Aber das erwartete Erstaunen zeigte sich nicht. Der Chef las das Telegramm gelassen zu Ende und warf es dann auf seinen Schreibtisch: Wahrscheinlich enthielt es eine dienstliche Nachricht. Während er mit der Sichtung der Post fortfuhr, stattete Roubaud, wie üblich, seinen mündlichen Bericht über die

Vorgänge in der Nacht und am frühen Morgen ab. An diesem Morgen jedoch floss ihm nicht der Bericht so glatt von den Lippen, er musste sich erst auf die Diebe besinnen, die im Gepäckraum abgefasst worden waren. Man wechselte noch einige Worte, dann verabschiedete er ihn mit einer Handbewegung, als seine beiden Assistenten, der eine von den Hafenbassins und der andere vom Güterverkehr, zum Rapport erschienen. Sie überbrachten eine zweite Depesche, die ihnen soeben ein Beamter draußen eingehändigt hatte.

»Sie können gehen«, sagte Herr Dabadie laut, als er Roubaud an der Tür zögern sah. Doch dieser blieb und seine runden Augen spähten scharf hinüber. Er ging erst, als auch dieses Papier mit derselben gleichgültigen Bewegung auf den Tisch geworfen worden war. Einen Augenblick stand er verwirrt und betroffen in der Halle. Der Zeiger wies auf 8 Uhr 35, vor 9 Uhr 50 ging kein Zug ab. Gewöhnlich benutzte er die freie Stunde zu einem Rundgang durch den Bahnhof. Er wanderte einige Minuten, ohne zu wissen, wohin ihn seine Füße trugen. Als er den Kopf erhob und den Waggon 293 erblickte, wandte er sich ab und ging zum Maschinenschuppen, obgleich es dort nichts zu besichtigen gab. Die Sonne stieg jetzt am Horizont empor und ein goldiger Staub erfüllte die Luft. Er hatte keine Freude mehr an dem schönen Morgen, er beschleunigte seinen Schritt und seine geschäftig aussehende Miene suchte vergeblich die Ungeduld der Erwartung zu verbergen.

Ein Zuruf nötigte ihn zum Stillstehen.

»Guten Tag, Herr Roubaud ... Haben Sie meine Frau gesehen?«

Pecqueux war es, der Heizer, ein großer, magerer Bursche von dreiundvierzig Jahren mit kräftigen Knochen und von Feuer und Rauch geschwärztem Gesicht. Seine grauen Augen unter der niederen Stirn und sein breiter Mund mit stark hervorstehenden Backenknochen zeigten das ewige Grinsen des Trunkenboldes.

»Wie, Ihr seid es?«, sagte Roubaud erstaunt. »Ach so, ich erinnere mich. Ihr habt ja Pech mit der Lokomotive gehabt. – Ihr fahrt erst heute Abend? Eine angenehme Sache, so ein Urlaub von vierundzwanzig Stunden, was?

»Sehr angenehme Sache«, echote der andere, dessen Trunkenheit vom Abend vorher noch nicht gewichen war.

Aus einem Dorfe bei Rouen gebürtig, war er schon in jugendlichem Alter als Monteur in die Dienste der Gesellschaft getreten. Als er dreißig Jahre alt geworden, fing es an ihm in der Werkstatt langweilig zu werden; er wollte erst als Heizer fahren, um später Lokomotivführer zu werden. Damals hatte er Victoire, die aus demselben Dorfe stammte, geheiratet. Die Jahre vergingen, er blieb Heizer, ohne gute Führung und gutes Benehmen, als Trunkenbold und Frauenjäger hatte er jetzt keine Aussicht mehr auf Karriere. An zwanzig Male schon hätte er seinen Abschied erhalten, wenn er nicht unter dem Schutze des Präsidenten Grandmorin gestanden wäre und man sich an seine Sünden gewöhnt hätte, die er durch seine gute Laune und seine Erfahrungen als gewiegter Arbeiter stets wieder wettzumachen wusste. Er war nur zu fürchten, wenn er betrunken war, denn dann kam seine wahre Brutalität zum Vorschein, die ihn jeder schlechten Tat fähig machte.

»Haben Sie meine Frau wirklich gesehen?«, fragte er nochmals mit der Hartnäckigkeit des Gewohnheitstrinkers, während sich sein Mund zum Grinsen öffnete.

»Ja gewiss haben wir sie gesehen«, antwortete der Unter-Inspektor. »Wir haben sogar in Eurem Zimmer gespeist ... Ihr habt eine brave Frau, Pecqueux. Es ist sehr unrecht von Euch, ihr untreu zu sein.«

»Oh, wie kann man so etwas sagen«, sagte er unter noch lauterem Lachen. »Im Übrigen will sie ja, dass ich mich amüsieren soll.«

Pecqueux sagte die Wahrheit. Victoire, die um zwei Jahre älter als er, infolge ihres stattlichen Umfanges sehr bequem und schwerfällig geworden war, steckte ihm Fünffrancsstücke in die Taschen, damit er außerhalb des Hauses seinen Vergnügungen nachgehen konnte. Sie hatte nie unter seiner Untreue zu leiden gehabt; seine Natur zwang ihn, den Frauenzimmern nachzulaufen. Jetzt führte er übrigens ein regelmäßiges Leben mit zwei Frauen auf beiden Endstationen der Linie. In Paris hatte er seine eigene und in Havre eine zweite für die Zeit seines kurzen Aufenthaltes daselbst. Für ihre Person war Victoire genau, ja knauserig. Sie wusste alles, behandelte ihn wie eine Mutter und erzählte gern, sie leide es nicht, dass er sich mit der Andern überwerfe. Sie sorgte sogar für seine Wäsche, wenn er abfuhr; sie hätte es sich nie verzeihen können, wenn die andere sie beschuldigt haben würde, für ihren Mann schlecht zu sorgen.

»Ganz egal«, sagte Roubaud, »schön ist es nicht von Euch. Meine Frau, die ihre Amme verehrt, wird Euch einmal ordentlich den Kopf waschen.«

Er schwieg, denn er sah aus dem Schuppen, vor welchem sie standen, eine große, dürre Frau treten, Philomène Sauvagnat, die Schwester des

Depotchefs. Sie war Pecqueuxs Ersatzgattin seit einem Jahre. Beide plauderten wahrscheinlich gerade in dem Schuppen, als Pecqueux den Unter-Inspektor anrief. Sie sah trotz ihrer zweiunddreißig Jahre noch jugendlich aus. Schlank und knochig gewachsen, mit platter Brust und abgezehrt vor Leidenschaft, besaß sie den länglichen Kopf einer Stute mit wollüstigen, stechenden Augen. Man hatte sie im Verdacht, dass sie trinke. Es gab keinen Beamten auf dem Bahnhof, der sie nicht schon einmal in dem kleinen Hause neben dem Maschinenschuppen, das sie mit ihrem Bruder bewohnte und sehr unsauber hielt, besucht hätte. Dieser, ein starrköpfiger Beichtbruder, aber als Beamter streng auf Disziplin haltend und von seinen Vorgesetzten sehr geschätzt, hatte schon die größten Unannehmlichkeiten dieserhalb gehabt, mehrfach war ihm schon mit Versetzung gedroht worden. Und wenn man sie auch jetzt seinetwegen duldete, so behielt er sie nur noch aus Familienrücksichten bei sich, was ihn nicht hinderte, wenn er sie einmal mit einem Manne abfasste, so brutal zu schlagen, dass sie für tot auf der Erde liegen blieb. Zwischen ihr und Pecqueux war ein festes Verhältnis entstanden, mit welchem beide Teile zufrieden waren; sie hatte endlich jemand gefunden, in dessen Armen sie volle Befriedigung fand, er dagegen war seiner dicken Frau überdrüssig und glücklich, diese magere entdeckt zu haben. Er brauche sich jetzt nicht weiter umzusehen, pflegte er im Scherz zu sagen. Séverine hatte für ihre Person mit Philomène gebrochen, sie glaubte das Victoire schuldig zu sein. Ihr natürlicher Stolz hatte sie schon früher von jener etwas ferngehalten, jetzt aber grüßte sie sie gar nicht mehr.

»Meinethalben gleich, Pecqueux«, meinte Philomène frech. »Ich gehe, weil Herr Roubaud dir im Namen seiner Frau Moral predigen will.«

»Bleibe doch, er neckt mich nur«, antwortete der Heizer mit gutmütigem Lachen.

»Nein, ich danke. Ich muss Frau Lebleu die zwei frischen Eier bringen, die ich ihr versprochen habe.«

Sie sprach diesen Namen absichtlich aus, denn sie kannte die hartnäckige Rivalität zwischen der Frau des Kassierers und der des Unter-Inspektors. Sie hielt es für richtiger, sich mit der Ersteren gutzustehen, um so die andere noch mehr ärgern zu können. Aber sie blieb trotzdem, mit einem Male interessiert, als sie den Heizer nach dem Verlauf der Geschichte mit dem Unterpräfekten fragen hörte.

»Alles beigelegt? Sie sind also zufrieden, Herr Roubaud?«

»Sehr zufrieden.«

Pecqueux kniff seine Spitzbubenaugen zusammen.

»Sie brauchen doch nicht besorgt zu sein? Sie gewinnen Ihr Spiel ja doch immer ... Nicht? Sie verstehen mich? Auch meine Frau schuldet ihm vielen Dank.«

Der Unter-Inspektor unterbrach diese Erinnerung an den Präsidenten Grandmorin kurz mit der nochmaligen Frage:

»Ihr fahrt also heute Abend?«

»Ja, die Lison ist wieder hergestellt, man setzt ihr soeben die Triebstange an ... Ich erwarte meinen Lokomotivführer, der seinen freien Tag ebenfalls ausgenutzt hat. Sie kennen doch Jacques Lantier? Er ist ja Ihr Landsmann.«

Einen Augenblick schien es so, als wäre Roubaud mit seinen Gedanken Gott weiß wo gewesen. Dann aber sagte er, als besänne er sich jetzt plötzlich:

»Wie, Jacques Lantier, den Lokomotivführer? ... Gewiss kenne ich ihn. So auf guten Tag, guten Weg. Wir haben uns erst hier kennengelernt, in Plasans habe ich ihn nie gesehen, er ist ja auch jünger als ich ... Im letzten Herbst hat er meiner Frau einen kleinen Dienst erwiesen, er hat für sie eine Bestellung bei ihren Cousinen in Dieppe ausgerichtet ... Ein befähigter Mensch, wie man sich erzählt.«

Er sprach mehr als nötig ins Blaue hinein. Plötzlich ging er weiter.

»Auf Wiedersehen, Pecqueux ... Ich muss mal sehen, was hier los ist.«

Jetzt ging auch Philomène mit ihrem weit ausholenden Pferdetritt, während Pecqueux mit den Händen in den Hosentaschen und von dem schönen Morgen zu freundlichem Grinsen gereizt, erstaunt zurückblieb; denn schon kam der Unter-Inspektor wieder zurück, nachdem er nur um den Schuppen gegangen war. »Sein Visitieren hat nicht lange gedauert«, meinte Pecqueux bei sich, »möchte wissen, was er da zu schnüffeln hatte.«

Als Roubaud die Halle wieder betrat, schlug es gerade neun Uhr. Er ging bis ans Ende derselben, blickte in die Gepäckexpedition, ohne, wie es schien, das Gesuchte gefunden zu haben. Ebenso ungeduldig kam er zurück. Nacheinander suchten seine Blicke die verschiedenen Bureaus auf. Um diese Zeit lag der Bahnhof einsam und verlassen da. Außer ihm lief niemand dort umher. Dieser Frieden aber wirkte auf ihn nervtötend. Er fühlte die wachsende Unruhe eines Mannes, der eine Katastrophe kommen sieht und mit brennender Ungeduld ihren Ausbruch erwartet.

Seine Kaltblütigkeit war dahin, er hatte sie nicht bewahren gekonnt. Seine Augen verließen das Zifferblatt der Uhr nicht mehr. Neun Uhr, neun Uhr fünf Minuten. Gewöhnlich suchte er seine Wohnung erst um zehn Uhr auf, um zu frühstücken, wenn der Zug um 9 Uhr 50 fort war. Heute aber ging er jetzt schon nach oben, er dachte an Séverine, die dort oben ebenso ungeduldig wartete, wie er hier unten.

Im Korridor wurde genau um diese Zeit von Frau Lebleu Philomène, die als Nachbarin ohne Hut mit zwei Eiern in der Hand auf Besuch gekommen war, die Tür geöffnet. Sie gingen aber nicht hinein und so musste Roubaud sich entschließen, unter ihren beobachtenden Blicken seine Wohnung zu betreten. Er hatte den Schlüssel bei sich und eilte sich. Trotzdem sahen jene in der kurzen Zeit des Aufschließens und Zuwerfens der Tür Séverine auf einem Stuhl im Esszimmer mit müßigen Händen und bleichem Antlitz unbeweglich sitzen. Frau Lebleu zog nun Philomène in ihr Zimmer und erzählte ihr, was sie am frühen Morgen gesehen hatte: Jedenfalls war die Geschichte wegen des Unterpräfekten böse abgelaufen. Weit gefehlt, erklärte ihr Philomène, sie käme deshalb her, weil sie Neues wüsste, sie hätte es soeben aus dem Munde des Unter-Inspektors selbst gehört. Nun verloren sich beide Frauen in Vermutungen. So war es immer, wenn sie zusammentrafen, ein Klatschen ohne Ende.

»Man hat ihnen den Kopf gewaschen, meine Liebe, dafür lege ich meine Hände ins Feuer ...«

»Ach, liebe Dame, wenn wir sie doch los würden!«

Die mehr und mehr zugespitzte Feindseligkeit zwischen der Lebleu und den Roubaud war aus einer Wohnungsfrage entstanden. Die ganze erste Etage über den Wartesälen war zu Beamtenwohnungen hergerichtet. Der Hauptkorridor ein wahrer Hotelkorridor, mit gelb getünchten Wänden, der sein Licht von oben erhielt, teilte die Etage in zwei Flügel, rechts und links mündeten auf ihn braune Türen. Aber nur die auf der rechten Seite gelegenen Wohnungen hatten Fenster, welche auf den mit alten Ulmen bestandenen Bahnhofsplatz führten; über Letzteren fort hatte man einen herrlichen Blick auf die Küste von Ingouville; die links gelegenen Wohnungen dagegen hatten schmale, gewölbte Fenster, die sich direkt auf das Bahnhofsdach öffneten, so zwar, dass die hohe Wölbung, dieses Gerippe aus Zinn und schmutzigen Scheiben jeden Fernblick abschnitt. Die einen konnten sich keine bessere Unterhaltung wünschen als das fortwährende Treiben vor dem Bahnhof, das Grün der

Bäume, die mächtige Landschaft sie gewährte. Die anderen dagegen mussten in dem Halbdunkel ihrer Zimmer und angesichts der gefängnisartigen Vermauerung des Himmels von Langeweile umkommen. Nach vorn heraus wohnten der Bahnhofsvorsteher, der Unter-Inspektor Moulin und die Lebleu; nach hinten die Roubaud und die Billettverkäuferin, Fräulein Guichon; dann waren noch drei Zimmer vorhanden, die für die kontrollierenden Inspektoren reserviert wurden. Nun war es notorisch, dass die beiden Unter-Inspektoren stets nebeneinander gewohnt hatten. Dass aber neben Moulin jetzt die Lebleu wohnten, kam daher, weil der Vorgänger von Roubaud, ein kinderloser Witwer, Frau Lebleu zu Gefallen ihr seine Wohnung abgetreten hatte. War es in der Ordnung, dass sie nach seinem Abgange Roubaud nicht wieder zufiel, dass man sie nach hinten verwies, trotzdem sie ein Anrecht auf die vordere Wohnung hatten? So friedlich und einträchtig die beiden Familien vordem gelebt hatten, so umgekehrt war es jetzt. Séverine hatte sich von ihrer zwanzig Jahre älteren Nachbarin zurückgezogen, mit deren Gesundheit es übrigens schlecht stand. Sie war mächtig dick und litt an wassersüchtigen Fußanschwellungen. Der Krieg war aber erst offen erklärt worden, seit Philomène durch abscheuliche Klatschereien die beiden Frauen erst recht aufeinander gehetzt hatte.

»Die sind imstande«, begann sie jetzt von Neuem, »ihre Reise nach Paris benutzt zu haben, um Ihre Vertreibung durchzusetzen ... Man hat mir versichert, dass sie dem Direktor einen langen Brief geschrieben haben, worin sie auf ihr gutes Recht pochen.«

Frau Lebleu barst fast vor Wut.

»Die Elende! ... Ich glaube bestimmt, sie wollen die Billettverkäuferin auf ihre Seite ziehen, denn seit vierzehn Tagen grüßt mich das Fräulein kaum ... Auch ein sauberes Früchtchen! Ich werde ihr schon aufpassen ...«

Sie senkte die Stimme, um der anderen zu versichern, dass das Fräulein jede Nacht zum Bahnhofsvorsteher schleiche. Beide Türen lagen sich gegenüber. Herr Dabadie, der Witwer und Vater einer großen, stets in Pension befindlichen Tochter war, hatte jener die Stellung verschafft, die eine schon verwelkte, schlanke, schweigsame und reizbare Blondine von dreißig Jahren war, eine ehemalige Erzieherin. Es war unmöglich, sie abzufassen, denn sie verstand es, ohne jegliches Geräusch durch die schmalsten Öffnungen zu schlüpfen. Ihre Person als solche zahlte nichts. Aber da sie des Bahnhofsvorstehers Liebste war, war ihr Einfluss ein schwerwiegender; hatte man erst ihr Geheimnis entdeckt, dann hatte man sie auch in Händen.

»Und ich werde es schließlich herausbringen«, fuhr Frau Lebleu fort, »hier sind wir, hier bleiben wir, alle braven Leute stehen zu uns, nicht wahr, Liebe?«

In der Tat nahm der ganze Bahnhof einen leidenschaftlichen Anteil an diesem Kriege der beiden Familien.

Der Hauptkorridor namentlich war der Schauplatz heftigster Auftritte. Nur der Unter-Inspektor Moulin nahm nicht Teil daran; er war zufrieden, nach vorn heraus wohnen zu können und an eine furchtsame, spröde Frau verheiratet, die man nie sah, die ihm aber in jedem Sommer ein Kind schenkte.

»Und wenn sie auch wackeln, der eine Schlag streckt sie doch nicht nieder ... Vertrauen Sie nicht zu sehr, denn die kennen die Leute mit dem weitreichenden Arm.«

Sie hatte noch immer die beiden Eier in der Hand und bot sie jetzt Frau Lebleu an, es seien frische Eier von heute früh, sie hätte sie soeben ihren Hühnern fortgenommen. Die alte Dame erschöpfte sich in Danksagungen.

»Wie liebenswürdig, Sie beschämen mich. Kommen Sie doch öfter. Mein Mann ist, wie Sie wissen, stets an der Kasse und ich langweile mich so sehr. Meine Beine lassen mich leider nicht aus dem Zimmer. Was sollte aus mir werden, wenn mir jene Elenden die Aussicht nähmen?« Als sie die andere an die Tür begleitete und öffnete, legte sie den Finger an die Lippen.

»Pst! Wir wollen mal hören!«

Beide standen an fünf Minuten bewegungslos im Korridor. Man hörte nicht einmal ihren Atem. Sie neigten den Kopf nach dem Esszimmer der Roubaud und spitzten die Ohren. Aber es war nichts zu hören, es herrschte dort eine todesähnliche Stille. Sie fürchteten überrascht zu werden und trennten sich daher. Sie nickten sich mit dem Kopfe ein Lebewohl zu, sagten aber nichts. Die eine entfernte sich auf den Fußspitzen, die andere schloss die Tür so leise, dass man nicht einmal den Schnäpper ins Schloss fallen hörte.

Um neun Uhr zwanzig Minuten sah man Roubaud wieder in der Halle. Er überwachte das Rangieren des Bummelzuges um 9 Uhr 50. Trotz seiner Selbstbeherrschung gestikulierte er viel, er stampfte mit den Füßen und wandte fortwährend den Kopf, um die Halle von einem Ende bis zum anderen zu durchforschen. Nichts geschah, seine Hände zitterten.

Plötzlich, gerade als er einen flüchtigen Blick hinter sich warf, hörte er neben sich die Stimme eines Telegrafenboten, der atemlos fragte:

»Wissen Sie nicht, wo der Herr Bahnhofsvorsteher und der Polizeikommissär zu finden sind, Herr Roubaud? ... Ich habe hier zwei Depeschen für sie und suche sie schon zehn Minuten ...«

Er hatte sich umgedreht, kein Muskel zuckte in seinem Gesicht, so beherrschte er sein ganzes Wesen. Seine Augen hafteten auf den beiden Depeschen in der Hand des Austrägers. Angesichts der Aufregung des anderen war er jetzt seiner Sache sicher. Die Katastrophe war da.

»Herr Dabadie ist vor Kurzem hier vorbeigegangen«, sagte er gelassen.

Noch nie hatte er sich so kaltblütig, bei vollem Bewusstsein, so gewappnet für seine Verteidigung gefühlt, wie gerade jetzt.

»Da kommt Herr Dabadie«, setzte er gleich hinzu.

Der Bahnhofsvorsteher kam langsam näher. Kaum hatte er aber die Depesche gelesen, rief er laut aus: »Ein Mord auf unserer Strecke ... Der Inspektor von Rouen telegrafiert es mir.«

»Wie«, fragte Roubaud, »ein Mord unter unserem Personal?«

»Nein, nein, ein Reisender in seinem Coupé ... der Körper muss gleich hinter dem Tunnel von Malaunay bei Pfahl 153 aus dem Waggon geworfen sein. – Das Opfer ist einer unserer Verwaltungsräte, der Präsident Grandmorin.«

Jetzt schrie der Unter-Inspektor auf:

»Der Präsident! ... Oh, meine arme Frau, das wird ihr Kummer machen!«

Der Ausruf kam so passend und schmerzlich von seinen Lippen, dass Herr Dabadie stehen blieb:

»Ja, ganz recht. Sie kennen ihn ja. Ein braver Mann, nicht?«

Dann fiel ihm das zweite, an den Polizeikommissär gerichtete Telegramm ein:

»Das kommt gewiss vom Untersuchungsrichter, irgendeiner Formalität wegen ... Es ist erst fünf Minuten vor halb zehn, Herr Cauche natürlich noch nicht hier ... Es soll jemand schnell nach Café du Commerce am Napoleonsgraben laufen, dort wird er sicher zu finden sein.«

Fünf Minuten später kam Herr Cauche in der Begleitung des nach ihm gesandten Arbeiters. Ein ehemaliger Offizier, betrachtete er sein

Amt nur als einen Ruheposten; er erschien deshalb nie vor zehn Uhr im Bahnhof, flanierte dort etwas umher und ging dann wieder ins Café zurück. Dieses Drama, das gerade zwischen zwei Partien Piquet hinein-regnete, versetzte ihn zunächst in großes Erstaunen, denn für gewöhn-lich waren die Geschäfte, die er zu erledigen hatte, weniger bedenklicher Natur. Die Depesche kam in der Tat vom Untersuchungsrichter in Rouen. Der Umstand, dass sie erst zwölf Stunden nach Entdeckung des Leichnams eintraf, erklärte sich daraus, dass der Untersuchungsrichter zuvor an den Bahnhofsvorsteher in Paris depeschiert hatte, um zu erfah-ren, unter welchen Umständen das Opfer abgefahren war. Dadurch er-fuhr er auch die Nummer des Zuges und des Waggons und jetzt erging an den Polizeikommissär der Befehl, die Coupés in Waggon 293 zu visi-tieren, falls sich dieser Wagen noch in Havre befinden sollte. Schnell war die von Herrn Cauche gezeigte schlechte Laune über die Störung verflo-gen und machte einer strengen Amtsmiene Platz, ganz entsprechend der außergewöhnlichen Bedeutsamkeit des Vorfalles.

»Der Waggon wird aber nicht mehr hier sein«, rief er besorgt, er fürchtete, die Untersuchung könnte ihm entgehen, »er ist jedenfalls heu-te früh nach Paris zurückgegangen.«

»Bitte um Entschuldigung«, sagte Roubaud mit ruhiger Miene, »für heute Abend ist ein reserviertes Coupé bestellt, deshalb ist der Waggon zurückgehalten worden und steht dort in der Remise.«

Er ging voran, der Kommissär und der Bahnhofsvorsteher folgten ihm. Inzwischen hatte sich die Neuigkeit schon verbreitet, die Männer ließen ihre Arbeit ruhen und schlossen sich neugierig jenen an. In den Türen der verschiedenen Bureaus zeigten sich die Beamten und kamen einer nach dem andern näher. Bald war ein ganzer Auflauf fertig.

Als man bei dem Waggon anlangte, bemerkte Herr Dabadie laut:

»Der Wagen ist jedenfalls gestern Abend schon visitierte worden. Wenn etwas zu sehen gewesen wäre, hätte man es jedenfalls rappor-tiert.«

»Wir wollen trotzdem einmal nachsehen«, meinte Herr Cauche.

Er öffnete die Tür und betrat das Coupé. Im selben Augenblick schrie und fluchte er auch schon wie besessen.

»In des Teufels Namen! Das sieht ja aus, als hätte man hier ein Schwein abgestochen.«

Ein gelindes Frösteln überlief die Anwesenden, die Köpfe streckten sich vor. Herr Dabadie trat zunächst auf das Trittbrett. Hinter ihm reckten die Übrigen, auch Roubaud, die Hälse, um besser sehen zu können.

Das Innere des Coupés zeigte keine auffallende Unordnung. Die Fenster waren geschlossen geblieben, alles schien an seinem Platze. Aber ein ekler Geruch strömte durch die geöffnete Tür. Und dort mitten auf einem Polster war schwarzes Blut zu einer Lache geronnen und diese tiefe, breite Lache hat ein Bächlein von Blut entsendet, das über den Boden dahinfloss. Die Vorhänge zeigten ebenfalls Blutflecke, nichts anderes als dieses widerliche Blut war zu sehen.

»Wo sind die Leute, die gestern Abend den Waggon visitiere haben? Sie sollen sofort herkommen«, herrschte Herr Dabadie.

Sie waren schon zur Stelle und traten, Entschuldigungen stotternd, näher: Sie hätten bei Nacht nichts erkennen können, hatten aber alles gehörig nachgesehen, das könnten sie beschwören.

Herr Cauche blieb noch im Coupé und machte sich mit einem Bleistift Notizen für seinen Bericht. Er rief Roubaud heran, mit dem er gern verkehrte und auf dem Quai in dessen Freistunden, Zigaretten rauchend, umherschlenderte.

»Steigen Sie mal herauf, Herr Roubaud, und helfen Sie mir.«

Als der Unter-Inspektor behutsam über das Blut am Fußboden gestiegen war, rief Herr Cauche ihm zu:

»Sehen Sie unter dem andern Polster nach, ob da was zu finden ist.«

Roubaud hob das Kissen auf und suchte mit vorsichtig tastenden Händen und den Blicken eines Neugierigen.

»Nichts zu sehen.«

Aber ein Fleck auf dem Schoner des Rückenkissens zog seine Aufmerksamkeit auf sich; er zeigte ihn dem Kommissär. War es nicht der blutige Abdruck eines Fingers? Nein, man einigte sich, dass es ein Spritzer war. Die Menschen waren nahe herangedrängt, um dem Gange der Untersuchung besser folgen zu können und besprachen hinter dem Rücken des Stationsvorstehers das Verbrechen, der als feinfühliger Mann auf dem Trittbrett stehen geblieben war.

Plötzlich schien ihm etwas einzufallen.

»Sagen Sie mal, Herr Roubaud, befanden Sie sich nicht in demselben Zuge? ... Sie sind doch gestern Abend mit dem Schnellzuge zurückgekommen? ... Können Sie uns einige Aufschlüsse geben?«

»Ganz recht«, rief der Kommissär. »Haben Sie etwas gesehen?«

Drei oder vier Sekunden hindurch blieb Roubaud stumm. Er hielt den Kopf so lange etwas gesenkt und sondierte den Fußboden. Dann aber erhob er sofort das Gesicht und antwortete mit seiner natürlichen, etwas fetten Stimme:

»Gewiss, was ich weiß, will ich Ihnen gern erzählen ... Meine Frau war bei mir. Da meine Aussagen zu Protokoll genommen werden, möchte ich gern, dass meine Frau herkommt, um durch ihre Erinnerungen die meinen zu kontrollieren.«

Herrn Cauche erschien dieser Vorschlag sehr vernünftig und Pecqueux, der soeben hinzugekommen war, erbot sich, Séverine zu holen. Er rannte spornstreichs davon; man musste sich etwas gedulden. Philomène, die sich mit ihm zugleich eingefunden hatte, blickte ihm nach, sie verstand nicht recht, warum gerade er sich zu dieser Dienstleistung anbot. Als sie aber jetzt Frau Lebleu bemerkte, die sich mit der ganzen Kraft ihrer wassersüchtigen Beine vorwärts wälzte, lief sie ihr entgegen und unterstützte sie. Die beiden Frauen erhoben die Hände zum Himmel und stießen leidenschaftliche Beteuerungen angesichts des entdeckten Verbrechens aus. Obwohl niemand etwas Genaueres wissen konnte, behaupteten sie aus den Gesten und von den Gesichtern schon vieles abgelesen zu haben. Das Gewirr der Stimmen überschreiend, beteuerte Philomène, ohne dieses Factum von jemandem gehört zu haben, auf Ehrenwort, dass Frau Roubaud den Mörder gesehen habe. Erst als Pecqueux mit dieser zurückkehrte, trat Stillschweigen ein.

»Da sehen Sie nur«, murmelte Frau Lebleu. »Die Frau eines Unter-Inspektors mit der Miene einer Prinzessin! Ehe der heutige Tag anbrach, stand sie schon frisiert und geputzt da, als wollte sie gleich auf Besuch gehen.«

Séverine kam mit kleinen, regelmäßigen Schritten heran. Sie hatte unter den auf sie gerichteten Blicken eine hübsche Strecke auf dem Perron zurückzulegen. Aber sie wankte nicht, sie hielt nur das Taschentuch vor das Gesicht als Zeichen des großen Schmerzes über das Geschehene. Sie trug ein einfaches, aber elegantes Kleid, es schien, als hatte sie schon Trauer infolge des Todes ihres Wohltäters angelegt. Ihre schweren Flechten leuchteten in der Sonne, denn sie hatte sich nicht einmal Zeit genommen, ihr Haupt trotz der Kälte zu bedecken. Ihre sanften blauen, ängstlich blickenden Augen schwammen in Tränen, was sehr rührend aussah.

»Sie hat guten Grund zu weinen«, sagte Philomène halblaut, »nun man ihnen ihre Vorsehung getötet, sind sie aufgeschmissen.«

Als Séverine mitten unter den Leuten vor der offenen Coupétür stand, kletterten Herr Cauche und Roubaud heraus. Der Letztere begann sofort zu sagen, was er wusste.

»Wir sind gestern früh gleich nach unserer Ankunft in Paris zu Herrn Grandmorin gegangen, so war es doch, mein Herz? ... Es konnte ungefähr ein Viertel nach elf sein, nicht wahr?«

Er sah sie scharf an und sie plapperte gelehrig nach:

»Ja, ein Viertel nach elf.«

Ihre Blicke blieben auf dem vom Blute getränkten Polster haften. Ein krampfartiges Schluchzen hob ihre Brust. Der teilnahmsvolle gerührte Bahnhofsvorsteher legte sich ins Mittel.

»Wenn Sie diesen Anblick nicht ertragen können – wir begreifen Ihren Schmerz vollkommen, so ...«

»Oh, nur noch zwei Worte«, unterbrach ihn der Kommissär. »Wir entlassen Frau Roubaud dann sofort in ihre Wohnung.«

Roubaud beeilte sich mit seinem Bericht.

»Nachdem wir über verschiedene Angelegenheiten geplaudert, teilte Herr Grandmorin uns mit, dass er am folgenden Tage zu seiner Schwester nach Doinville reisen würde ... Ich sehe ihn noch vor seinem Schreibtische sitzen. Ich stand hier, meine Frau dort ... Nicht wahr, er sagte doch, dass er am nächsten Tage reisen wollte?«

»Ja, am nächsten Tage.«

Cauche, der unausgesetzt schrieb, sah auf.

»Wie, am nächsten Tage? Er ist ja aber noch am selben Abend gereist!«

»Warten Sie nur«, versetzte der Unter-Inspektor. »Erst als er hörte, dass wir noch am selben Abend zurückreisen würden, sprach er die Absicht aus, denselben Zug zu benutzen, wenn meine Frau ihn nach Doinville begleiten wollte, wo sie wie schon früher einige Tage bei seiner Schwester zubringen sollte. Aber meine Frau, die gerade sehr viel zu tun hat, lehnte sein Anerbieten ab ... So war es doch?«

»Ja, ich lehnte es ab.«

»Und dann wurde er sehr liebenswürdig. Er erzählte sich mit mir etwas und begleitete uns bis an die Tür seines Kabinetts. So war es, nicht wahr?«

»Ja, bis an die Tür.«

»Am Abend reisten wir ab ... Ehe wir in unser Coupé stiegen, habe ich mit Herrn Vandorpe, dem Bahnhofsvorsteher, geplaudert. Ich habe nichts weiter gesehen. Ich ärgerte mich sehr, weil ich mich zuerst allein mit meiner Frau glaubte, bei näherem Hinsehen aber in einer Ecke eine vorher nicht bemerkte Dame sah. Im letzten Augenblick sind dann noch zwei weitere Leute, ein Ehepaar, eingestiegen ... Bis Rouen ist mir nichts Außergewöhnliches aufgefallen ... In Rouen stiegen wir aus, um uns die Beine etwas zu vertreten. Wir waren aber nicht wenig erstaunt, drei oder vier Waggons von dem unsrigen entfernt Herrn Grandmorin an einer Coupétür stehen zu sehen. »Wie, Herr Präsident, Sie sind doch gereist? Daran haben wir, weiß Gott, nicht gedacht, noch mit Ihnen zusammen zu fahren!« Er erzählte uns, er habe eine Depesche erhalten ... Dann pfiff es, wir gingen schnell zu unserm Coupé zurück, welches jetzt nebenbei bemerkt, leer war, da unsere Reisegenossen in Rouen geblieben waren, worüber wir uns übrigens nicht grämten ... Das ist wohl alles, mein Herz, nicht wahr?«

»Ja, es ist wohl alles.«

Dieser Bericht, so einfach er lautete, hatte doch Eindruck auf das Auditorium gemacht. Alle lauschten mit offenem Munde auf das, was noch kommen sollte. Der Kommissär hörte auf zu schreiben und gab der allgemeinen Überraschung durch die Frage Ausdruck:

»Und Sie sind überzeugt, dass sich im Coupé des Herrn Grandmorin niemand befand?«

»Ich bin davon überzeugt.«

Ein Zittern durchlief die Menge. Diese geheimnisvolle Tat trug in ihren Fittichen die Furcht und jeder fühlte ein gelindes Frösteln über seinen Nacken kriechen. Wenn sich der Reisende in der Tat allein befand, wer konnte ihn ermordet und drei Meilen weiter noch vor der nächsten Station zum Fenster hinausgeworfen haben?

Die böswillige Stimme Philomènes brach zuerst das Schweigen.

»Eigentümlich bleibt die ganze Sache.«

Roubaud fühlte ihren Blick auf sich ruhen und sah sie, mit dem Kopfe zuckend, ebenfalls an, als wollte er damit ausdrücken, dass auch er die Sache eigentümlich fände. Neben jener standen Pecqueux und die Lebleu, die ebenfalls den Kopf schüttelten. Aller Augen hatten sich ihm zugewandt, man wartete noch auf etwas anderes, man suchte an ihm eine vergessene Einzelheit, die Licht in den Vorfall bringen konnte. In diesen gierigen Blicken lag keine Anklage. Trotzdem schienen sie ihm verdächtig, er las aus ihnen eine leise Verdächtigung, einen Zweifel, den die kleinste Ursache in Gewissheit verwandeln konnte.

»Außergewöhnlich«, murmelte Herr Cauche.

»Ganz außergewöhnlich«, wiederholte Herr Dabadie.

Roubaud hatte sich inzwischen zu etwas entschlossen.

»Ich weiß ferner noch ganz genau, dass der Eilzug, der zwischen Rouen und Barentin nicht hält, mit seiner regulären Schnelligkeit fuhr. Ich habe nichts Unregelmäßiges entdeckt. Ich sage das, weil ich die Scheibe heruntergelassen hatte, sobald wir uns allein befanden, um eine Zigarette zu rauchen. Ich blickte von Zeit zu Zeit hinaus und lauschte auf den Lärm, den der Zug machte. Nichts Verdächtiges war zu hören. In Barentin sah ich den Vorsteher, Herrn Bessière, meinen Nachfolger, auf dem Perron stehen; ich rief ihn heran und wir wechselten drei Worte. Er stieg sogar auf das Trittbrett, um mir die Hand zu schütteln ... So war es doch, Frau? Übrigens kann ja Herr Bessière gefragt werden, er wird es bestätigen.«

Séverine mit ihrem noch immer bleich und unbeweglich starrenden, in Kummer getauchten Antlitz bestätigte auch diesmal die Aussage ihres Gatten.

»Ja er wird es bestätigen.«

Jeder Schein von Verdacht war nun abgewendet, da die Roubaud in Rouen ihr Coupé wieder bestiegen hatten und in demselben in Barentin von einem Freunde angetroffen waren. Der Schatten von Argwohn, den Roubaud in den Blicken der Umstehenden zu lesen geglaubt hatte, war verflogen; das Erstaunen wuchs. Die Angelegenheit nahm eine immer geheimnisvollere Wendung.

»Und Sie wissen es genau«, fragte der Kommissär, »dass in Rouen niemand in das Coupé von Herrn Grandmorin gestiegen ist, nachdem Sie ihn verlassen hatten?«

Roubaud hatte ersichtlich diese Frage nicht vorausgesehen, denn zum ersten Male war er verwirrt, er hatte sich die Antwort hierauf vorher eben nicht zurechtlegen können. Er blickte zögernd seine Frau an.

»Ich glaube nicht ... Die Türen wurden geschlossen, die Maschine pfiff, mir hatten gerade noch Zeit zu unserm Coupé zu gelangen ... Übrigens war das Coupé des Herrn Grandmorin reserviert, wie mir scheint, es konnte also niemand dort einsteigen ...«

Die Augen seiner Frau veränderten sich und blickten fürchterlich groß, sie schien erschreckt über die Sicherheit seiner Behauptung.

»Im Übrigen weiß ich es nicht. – Ja, vielleicht ist noch jemand zu ihm eingestiegen. – Es war dort ein großes Gedränge ...«

Je länger er sprach, desto klarer wurde seine Stimme, diese neue Geschichte, die in ihm auftauchte, klang überzeugend.

»Infolge des Festtages in Havre war die Menge auf dem Perron eine gewaltige ... Wir mussten unser Coupé gegen Reisende der zweiten, selbst der dritten Klasse verteidigen ... Der Bahnhof ist auch so mangelhaft beleuchtet, dass man kaum etwas sehen konnte, man stieß sich und schrie durcheinander vor der Abfahrt ... Es ist ja in der Tat möglich, dass jemand, der nicht wusste, wo er unterkommen sollte oder jemand, der den Andrang benutzte, noch in der letzten Sekunde sich mit Gewalt Eintritt in das Coupé verschafft hat. So wird es wahrscheinlich auch gekommen sein, nicht wahr, mein Herz?«

Und Séverine, wie gebrochen, das Taschentuch vor den überfließenden Augen, wiederholte mechanisch:

»So wird es gewiss gewesen sein.«

Jetzt war eine Spur vorhanden. Ohne ein Wort zu wechseln, tauschten der Polizeikommissar und der Bahnhofsvorsteher einen Blick des Einverständnisses aus. In der Menge machte sich eine Bewegung kund, man fühlte, dass die Untersuchung beendet war und jeden kitzelte es, die Geschichte mit eigenen Kommentaren weiter zu verbreiten, jeder wusste eine andere Tatsache. Der Bahnhofsdienst war augenblicklich so gut wie eingestellt, das ganze Personal war, von dem Drama angelockt, hier versammelt. Man war überrascht, als man schon den 9 Uhr 38-Zug einfahren sah. Man eilte davon, die Coupétüren öffneten sich, der Strom der Passagiere ergoss sich über den Bahnsteig. Die meisten Neugierigen aber waren bei dem Kommissar geblieben, der als gewissenhafter Mann noch einmal das blutige Coupé durchsuchte.

Pecqueux, der zwischen Frau Lebleu und Philomène heftig gestikulierte, bemerkte in diesem Augenblick seinen Lokomotivführer Jacques Lantier, der soeben mit dem Zuge angekommen war und unbeweglich von fern den Auflauf beobachtete. Er winkte ihm eifrig mit der Hand herbei. Zunächst rührte sich Jacques nicht, dann aber entschloss er sich, langsam näher zu kommen.

»Was ist hier los?«, fragte er seinen Heizer.

Er kannte ja die Geschichte von dem Morde und hörte auf die Vermutungen nur mit halbem Ohr hin. Was ihn überraschte und fremd berührte, war der zufällige Umstand, dass gerade er in diese Untersuchung hineinplatzen, dass er dieses in der Dunkelheit mit rasender Schnelligkeit bei ihm vorübergeflogene Coupé hier wiederfinden sollte. Er streckte den Kopf vor und sah das geronnene Blut auf dem Polster. Die Totschlagsscene trat ihm wieder vor die Erinnerung, er sah im Geiste den Leichnam mit durchschnittenem Halse ausgestreckt neben dem Gleis liegen. Als er die Augen abwandte, bemerkte er die Roubaud, während Pecqueux fortfuhr zu erzählen, wie jene in die Geschichte verflochten worden seien, indem sie von Paris aus in demselben Zuge mit dem Ermordeten reisten und welches des Präsidenten letzte Worte in Rouen gewesen waren. Den Mann kannte er, er wechselte, seitdem er den Eilzug führte, fast täglich einen Händedruck mit ihm, die Frau hatte er schon von Weitem gesehen; sein krankhafter Zustand hatte ihn von ihr, wie von allen andern ferngehalten. Aber in dieser Minute, wie er sie so bleich und weinend, mit dem sanften Blick ihrer trauernden blauen Augen unter dem schwarzen Lockengewirr dort stehen sah, fühlte er sich tief ergriffen. Sein Auge verließ sie nicht mehr, er war wie abwesend, er fragte sich wie betäubt, warum die Roubaud und er eigentlich hier ständen, warum dieser Mord gerade sie vor diesem Waggon zusammenbrächte, sie, die am Abend vorher von Paris, er, der soeben erst aus Barentin gekommen war.

»Ich weiß, ich weiß«, unterbrach er laut den Heizer. »Ich stand gerade am Ausgange des Tunnels und glaube etwas gesehen zu haben, als der Zug vorüberfuhr.«

Das war ein Drängen, alle rückten ihm so dicht als möglich auf den Leib. Er selbst war der Erste, der erzitterte und sich erstaunt und bestürzt fragte, was er soeben gesagt hätte. Warum hatte er nun doch gesprochen, trotzdem er es sich so fest vorgenommen hatte, zu schweigen? Er hatte so viele gewichtige Gründe, die ihn schweigen hießen! Aber die Worte waren ihm wider seinen Willen entschlüpft, während er jene Frau ansah. Sie hatte ihr Taschentuch vom Gesicht entfernt und wandte ihm ihre starren, sich unheimlich vergrößernden Augen zu.

Der Kommissar war mit dem Bahnhofsvorsteher ebenfalls hart an ihn herangetreten.

»Was haben Sie gesehen?«

Und Jacques sagte unter dem Banne von Séverines durchbohrendem Blicke, was er gesehen hatte: das erleuchtete Coupé, das mit Sturmeseile durch die Nacht geführt wurde, die flüchtigen Profile der beiden Männer, der eine in die Ecke gedrückt, der andere mit dem Messer in der

Faust. Roubaud horte neben seiner Frau stehend zu und heftete ebenfalls seine großen, erbleichten Augen auf ihn.

»Würden Sie also den Mörder wiedererkennen?«, fragte der Kommissar.

»Nein, ich glaube nicht.«

»Trug er einen Überrock oder eine Bluse?«

»Ich kann es nicht mit Bestimmtheit sagen. Denken Sie doch, ein Zug, der mit einer Schnelligkeit von achtzig Kilometern fährt!«

Séverine tauschte gegen ihren Willen einen Blick mit Roubaud aus, der es über sich gewann zu sagen:

»In der Tat, der müsste gute Augen haben.«

»Tut nichts«, Schloss Herr Cauche, »hier haben wir eine wichtige Aussage. Der Untersuchungsrichter wird Ihnen helfen klar zu sehen ... Herr Lantier und Herr Roubaud nennen Sie mir Ihre genauen Namen wegen der Vorladung.«

Die Untersuchung war zu Ende, die Gruppe der Neugierigen zerstreute sich allmählich, der Bahnhofsdienst nahm wieder seinen regelmäßigen Verlauf. Rouboud eilte zu dem Bummelzuge um 9 Uhr 50, in welchem die Reisenden schon Platz nahmen. Er hatte mit Jacques einen kräftigeren Händedruck als gewöhnlich gewechselt. Dieser blieb allein mit Séverine hinter Frau Lebleu, Pecqueux und Philomène zurück, die tuschelnd davongingen. Er sah sich auf diese Weise gezwungen, die junge Frau durch die Halle bis zur Treppe zu den Beamtenwohnungen zu begleiten. Er hatte für sie keine Worte, konnte aber doch nicht von ihr fort, als hätte sich soeben ein geheimes Band um beide geschlungen. Die Heiterkeit des Tages war inzwischen gewachsen, die Sonne stieg siegreich aus den Nebeln des Morgens in die große Durchsichtigkeit des blauen Himmels auf, während der Seewind mit der Flut an Stärke zunahm und eine salzige Frische herbeiwehte. Als er sie endlich mit einem banalen Abschiedswort verließ, begegnete er abermals ihren großen Augen, deren schreckensvoller, flehender, sanfter Blick ihn so sehr gerührt hatte.

Ein leises Pfeifen. Roubaud gab das Zeichen zur Abfahrt. Die Lokomotive antwortete durch einen lang gedehnten Pfiff und der 9 Uhr 50-Zug rasselte hinaus, er fuhr schneller und schneller und verschwand in dem goldenen Geflimmer der Ferne.

# Viertes Kapitel

An einem Tage der zweiten Märzwoche hatte Herr Denizet, der Untersuchungsrichter, abermals gewisse wichtige Zeugen in der Sache Grandmorin in das Gerichtsgebäude von Rouen geladen.

Seit drei Wochen machte der Vorfall ungeheuren Lärm. Er hatte in Rouen alles auf den Kopf gestellt, beschäftigte Paris leidenschaftlich und die Oppositionsblätter benutzten ihn in ihrem Kampfe gegen des Kaisers Regiment als Angriffswaffe. Die Nähe der allgemeinen Wahlen, welche jedes andre politische Interesse in den Hintergrund drängte, entfachte den Streit um so heißer. In der Kammer hatte es sehr stürmische Sitzungen gegeben: In der einen hatte man außerordentlich heftig die Bestätigung der Machtvollkommenheit zweier an die Person des Kaisers attachierter Deputierter bestritten; in einer anderen hatte man die Finanzverwaltung des Seinepräfekten angegriffen und die Wahl eines Stadtrates beanstandet. Die Sache Grandmorin kam gerade zur rechten Zeit, um die Agitation fortzusetzen, man erzählte sich die ungeheuerlichsten Geschichten darüber und die Zeitungen stellten täglich neue, von Injurien gegen die Regierung strotzende Hypothesen auf. Die Einen wollten wissen, dass das Opfer, ein in den Tuilerien gern gesehener Mann, der Kommandeur der Ehrenlegion und mehrfacher Millionär war, sich den niedrigsten Ausschweifungen hingegeben hatte; die anderen, dass die Untersuchung nichts herausbringen könne; man begann sogar die Polizei und die Behörden käuflicher Bestechlichkeit zu zeihen und machte sich über den verschollen bleibenden, geheimnisvollen Mörder lustig. Es lag ja viel Wahres diesen Beschuldigungen zugrunde, um so unangenehmer war es, sie ertragen zu müssen.

Auch Herr Denizet fühlte sehr wohl, welche schwere Verantwortlichkeit auf ihm ruhte. Er nahm sich der Sache um so leidenschaftlicher an, als er sehr ehrgeizig war und sehnsüchtig eine Aufsehen machende Untersuchung herbeigewünscht hatte, um seine bisher nur von ihm sich selbst zugestandene hohe Begabung, was Energie und Scharfblick anbetraf, zur Kenntnis aller Welt zu bringen. Sohn eines normannischen reichen Züchters hatte er in Laon die Rechte studiert und war erst spät in den Richterstand eingetreten, wo seine bäurische Herkunft, verschlimmert durch das Fallissement seines Vaters, seinem Emporsteigen sehr hinderlich war. Zunächst Substitut in Bernay, Dieppe und Havre hatte er zehn Jahre gebraucht, um kaiserlicher Prokurator in Pont-Audemer zu werden. Dann wurde er nach Rouen abermals als Substitut versetzt, wo er jetzt in seinem fünfzigsten Lebensjahr seit achtzehn Monaten Untersuchungsrichter war. Ohne Vermögen, aber reich an Bedürfnissen, deren Befriedigung seine mageren Einkünfte nicht gestatteten, lebte er in der Abhängigkeit eines schlecht bezahlten, nur von kleinen Leuten aufgesuchten Beamten, in welcher selbst intelligente Menschen untergehen und darauf warten, dass man sie kauft. Seine Intelligenz zeugte von einem sehr lebendigen, aufgeknöpften Verstande; er war sogar ein ehrenhafter, von Liebe zu seinem Berufe erfüllter und von seiner Allmacht als absoluter Herr über die Freiheit anderer, in sein Arbeitskabinett getretener Menschen berauschter Herr. Lediglich sein Interesse hielt seine Leidenschaftlichkeit in Grenzen, er dürstete darnach, dekoriert und nach Paris versetzt zu werden. Und so ging er jetzt nur noch mit äußerster Vorsicht zu Werke, nachdem ihn am ersten Tage sein Eifer zu weit geführt hatte. Er ahnte die Abgründe, die ihn von allen Seiten umgaben und in die seine Zukunft für immer versinken konnte.

Es muss aber auch gesagt werden, dass Herr Denizet gleich bei Beginn der Untersuchung einen Wink erhalten hatte. Ein guter Freund riet ihm, das Justizministerium in Paris aufzusuchen. Dort hatte er lange mit dem Generalsekretär, Herrn Camy-Lamotte konferiert, einer hoch in Gunst stehenden Persönlichkeit, in deren Hand das Wohl aller Angestellten lag, insofern als er die Beförderungen besorgte und mit den Tuilerien in fortwährendem Verkehr stand. Herr Camy-Lamotte war ein schöner Mann, der seine Laufbahn ebenfalls als Substitut begonnen hatte; aber dank seiner Verbindungen und seiner Frau hatte er es verstanden, sich zum Deputierten wählen und zum Großoffizier der Ehrenlegion ernennen zu lassen. Die Sache Grandmorin war auf ganz natürliche Weise in seine Hände gelegt worden, denn der kaiserliche Prokurator in Rouen, besorgt ob dieses nicht ganz reinlichen Trauerspiels, dem ein einstiger Justizbeamter zum Opfer gefallen war, hatte die Vorsicht gebraucht, dem Minister darüber zu berichten, welcher seinerseits seinen Generalsekretär mit der Überwachung derselben betraut hatte. Es war das ein merkwürdiges Zusammentreffen der Umstände: Herr Camy-Lamotte war nämlich ein ehemaliger Mitschüler des Präsidenten Grandmorin, um einige Jahre jünger als dieser, aber mit ihm so eng befreundet, dass er ihn durch und durch kannte, selbst seine Laster. Er sprach deshalb von dem tragischen Tode seines Freundes mit großer Teilnahme und aus seiner Unterredung mit Herrn Denizet konnte dieser sein brennendes Verlangen, den Schuldigen zu erwischen, mehr als einmal heraushören. Er verbarg ihm aber auch nicht, dass man in den Tuilerien sehr ungehalten wäre über den unverhältnismäßigen Lärm, den die Angelegenheit machte, und empfahl ihm taktvoll vorzugehen. Kurz also, der Richter hatte eingesehen, dass er sich nicht übereilen und nichts ohne vorher eingeholte Genehmigung wagen dürfte. Er brachte nach Rouen die feste Überzeugung heim, dass der Generalsekretär seinerseits ebenfalls Agenten beauftragt habe, die ebenso begierig waren, Ruhm zu erwerben als er. Man wollte die Wahrheit wissen, um sie, wenn es nötig sein sollte, besser zu verbergen.

Die Tage verflossen und Herr Denizet ärgerte sich, trotzdem er sich mit Geduld zur Ruhe zwang, über die Sticheleien der Presse. Jetzt erschien auch der Polizist, die Nase im Winde wie ein guter Hund, auf der Bildfläche. Ihn trieb die Begier, die richtige Fährte zu finden, der Ruhm, der Erste zu sein, der den Mörder gewittert, aber auch die Bereitwilligkeit, ihn laufen zu lassen, wenn er Befehl bekam. Vergebens harrte Herr Denizet auf einen Brief, einen Rat, ein bloßes Zeichen aus dem Ministerium, nichts kam und so machte er sich denn eifrig wieder an die Untersuchung. Zwei oder drei Verhaftungen waren erfolgt, aber keine konnte aufrechterhalten werden. Aber die Eröffnung des Testamentes des Präsidenten bestärkte in ihm einen Verdacht, den er schon von Beginn der Untersuchung an, oberflächlich allerdings nur, empfunden hatte: Die Schuldigen waren möglicherweise die Roubaud. Dieses mit merkwürdigen Schenkungen bedachte Testament enthielt auch ein Legat für Séverine, die zur erblichen Eigentümerin des Landhauses von la Croix-de-Maufras bestimmt wurde. Damit schien ihm der bisher vergebens gesuchte Beweggrund des Mörders gefunden: Die Roubaud kannten die Bestimmung und hatten es sich über sich vermocht, ihren Wohltäter zu ermorden, um auf diese Weise den sofortigen Nießbrauch zu haben. Diese Möglichkeit wurde in ihm zu um so größerer Wahrscheinlichkeit, als er sich auch erinnerte, dass Herr Camy-Lamotte in eigentümlicher Weise von Frau Roubaud gesprochen hatte, der er einst bei dem Präsidenten noch vor ihrer Verheiratung begegnet war. Und doch wie viele Unwahrscheinlichkeiten, wie viele materielle und moralische Unmöglichkeiten auch hier! Seit er den Gang der Untersuchung in diesem Sinne leitete, stieß er bei jedem Schritt auf Tatsachen, die seinen Entwurf einer wahrhaft klassisch erdachten gerichtlichen Untersuchung wieder über den Haufen warfen. Alles blieb dunkel wie zuvor, die große, zugrunde zu liegende Klarheit, die Grundursache des Mordes, die, wenn gefunden, alles erhellen musste, fehlte.

Es gab allerdings auch noch eine zweite, von Roubaud selbst angelegte Fährte, die des Mannes, der in dem Gedränge möglicherweise ungesehen in das Coupé gelangt war; Herr Denizet hatte sie nicht außer Acht gelassen. Es war das der famose, nicht ausfindig zu machende, sagenhafte Mörder, den die Oppositionspartei als Trumpf ausspielte. Die Untersuchung machte alle Anstrengungen, das Signalement dieses Menschen zu erhalten, der von Rouen aus abgereist und in Barentin ausgestiegen sein musste. Aber es war nichts Genaues zu ermitteln gewesen, einige Zeugen leugneten selbst die Möglichkeit, dass ein reserviertes Coupé im Sturme genommen werden könne, andere machten die widersprechendsten Aussagen. Die Fährte schien zuerst nichts zu erbringen. Da stieß bei der Vernehmung des Bahnwärters Misard der Richter, ohne es gewollt zu haben, auf das tragische Abenteuer von Louisette und Cabuche, dieses Kindes, das, vom Präsidenten vergewaltigt, zu seinem guten Freunde sterben kam. Das war für ihn der Blitzstrahl der Erleuchtung, mit einem Schlage bildete sich in seinem Kopfe der Act einer klassischen Anklage. Da war ja, was er brauchte: die von dem Kärrner gegen das Opfer ausgestoßenen Drohungen, dass er ihn totschlagen wollte, klägliche Einwände, ein ungeschickt vorgebrachtes und unmöglich aufrechtzuerhaltendes Alibi. Er hatte in einer Anwandlung von willensstarker Inspiration am Abend vorher Cabuche in seinem Häuschen mitten im Walde, das mehr einer abseits gelegenen Höhle ähnelte, verhaften lassen. Man hatte dort auch einen blutigen Pantoffel gefunden. So sehr Herr Denizet sich auch vornahm, seine feste Überzeugung nicht fallen zu lassen, so fest er sich es auch versprach, die auf die Roubaud zielende Möglichkeit noch mehr zu kräftigen, so war er doch außer sich bei dem Gedanken, dass er die einzige feine Nase gewesen, die den wirklichen Schuldigen entdeckt hätte. Um sich Gewissheit zu verschaffen, hatte er mehrere schon am Tage nach dem Morde vernommene Zeugen an dem genannten Tage in sein Kabinett entboten.

Der Untersuchungsrichter hauste nach der Rue Jeanne d'Arc hinaus in dem alten verfallenen Gebäude neben dem alten Palast der Herzöge in der Normandie, welchen es verunstaltete. Heute steht dort ein palastartiges Gerichtsgebäude. Der im Erdgeschoss gelegene große Raum wurde vom Tageslicht nur so notdürftig erhellt, dass im Winter schon von drei Uhr an Licht gebrannt werden musste. Er war mit einer alten verblichenen Tapete, zwei Fauteuils, vier Stühlen, einem Arbeitstische des Richters und einem kleineren für den Schreiber ausstaffiert. Auf dem ungeheizten Kamin glänzten zwei Bronzekannen neben einer Uhr aus schwarzem Marmor. Hinter dem Schreibtische führte eine Tür in ein zweites Gemach, in welchem der Richter öfter zu seiner Disposition zurückgehaltene Personen verbarg. Die Entreetür öffnete sich dann auf den großen, mit Bänken für wartende Zeugen besetzten breiten Korridor.

Obgleich die Vorladung erst auf zwei Uhr lautete, warteten die Roubaud schon seit halb zwei. Sie kamen von Havre und hatten sich kaum die Zeit genommen, in einem kleinen Restaurant der Grande Rue zu frühstücken. Beide schwarz gekleidet, er im Überrock, sie in Seide wie eine große Dame trugen eine etwas lässige Würde und den Kummer von Leuten zur Schau, die einen Verwandten verloren haben. Sie saß unbeweglich und stumm auf einer Bank, wahrend er stehen geblieben war und mit auf den Rücken gefalteten Händen mit kleinen Schritten vor ihr auf und ab ging. Aber so oft er umkehrte, begegneten sich die Blicke beider und ihre heimliche Angst huschte dann wie ein Schatten über ihr stummes Gesicht. Die Erbschaft von la Croix-de-Maufras hatte sie sehr erfreut, machte sie aber zugleich auch sehr besorgt, denn die Familie des Präsidenten, vor allem seine Tochter war geradezu außer sich über diese befremdlichen Legate, die so zahlreich waren, dass sie fast die Hälfte des ganzen Vermögens beanspruchten. Sie sprach davon, dieses Testament angreifen zu wollen. Gegen ihre ehemalige Freundin Séverine benahm sich Frau von Lachesnaye, die von ihrem Gatten aufgehetzt wurde, ganz besonders hartherzig, sie überhäufte jene mit den schlimmsten Verdächtigungen. Außerdem jagte ihn der Gedanke an ein belastendes Moment, an das Roubaud zuerst gar nicht gedacht, unausgesetzt in Furcht: Es war das der Brief, den er seine Frau hatte schreiben lassen, um den Präsidenten Grandmorin zur Abreise zu veranlassen. Dieser Brief musste sich noch vorfinden, falls er nicht gleich vernichtet worden war und die Schreiberin konnte aus der Handschrift ermittelt werden.

Die Tage verstrichen, bis jetzt war glücklicherweise nichts entdeckt worden, der Brief schien in der Tat vom Präsidenten zerrissen worden zu sein. Aber jede neue Vorladung vor den Untersuchungsrichter war für das verbrecherische Ehepaar nichtsdestoweniger eine Ursache kalten Schweißes unter ihrer sonst korrekten Haltung als Zeugen und Erben.

Es schlug zwei Uhr, jetzt kam Jacques, und zwar von Paris. Sofort ging Roubaud ihm entgegen und streckte ihm die Hand hin.

»Sie auch hier, auch Sie hat man wieder belästigt? ... Ist diese traurige Geschichte langweilig. Man kommt damit nicht zustande.«

Als Jacques die noch immer unbeweglich dasitzende Séverine erblickte, blieb er stehen. Sei drei Wochen überhäufte ihn der Unter-Inspektor, so oft er an jedem zweiten Tage in Havre eintraf, mit Aufmerksamkeiten. Einmal hatte er sogar eine Einladung zum Mittagessen annehmen müssen. Und als er neben der jungen Frau saß, hatte er in wachsender Verwirrung wieder den alten Schauer gefühlt. Also auch sie wollte er morden? Sein Herz schlug, seine Hände brannten, als er nur die weiße Linie ihres Halses über dem Kragen des Kleides erblickte. Er war deshalb fest entschlossen, ihr aus dem Wege zu gehen.

»Was sagt man zu der Geschichte in Paris?«, fragte Roubaud. »Nichts Neues, nicht wahr? Man weiß eben nichts und wird nie etwas herausbekommen ... So sagen Sie doch meiner Frau wenigstens guten Tag!«

Er zog ihn zu ihr, Jacques musste sich ihr also nähern; er grüßte und Séverine lächelte geniert ihn nach Art scheuer Kinder an. Er zwang sich, von unbedeutenden Dingen zu sprechen, während die Augen von Mann und Frau auf ihm ruhten, als versuchten sie, hinter seinen Gedanken, in den wirren Träumen zu lesen, an die er selbst nicht zu denken wagte. Warum benahm er sich so kühl? Warum suchte er sie zu meiden? Waren seine Erinnerungen wieder wach geworden, hatte man sie zu einer Konfrontation mit ihm herbeigerufen? Er war der einzige Zeuge, den sie fürchteten, ihn mussten sie mit den Banden so enger Brüderschaft an sich zu fesseln suchen, dass er nicht mehr den Mut haben durfte, gegen sie zu zeugen.

Der gequälte Unter-Inspektor kam zuerst auf die Sache, selbst zurück.

»Sie wissen auch nicht, warum wir vorgeladen sind? Vielleicht hat man etwas Neues entdeckt?«

Jacques schien es gleichgültig.

»Als ich vorhin ankam, sprach man auf dem Bahnhofe von einer Verhaftung.«

Die Roubaud staunten, nicht wenig über diese Mitteilung betroffen. Wie, eine Verhaftung? Davon hätten sie nichts gehört! War dieselbe schon erfolgt oder sollte sie noch geschehen? Sie bestürmten ihn mit Fragen, auf die er keine Antwort zu geben wusste.

In diesem Augenblick hörte man im Korridor das Geräusch sich nähernder Schritte. Séverine wandte ihr Gesicht nach dieser Richtung.

»Berthe und ihr Mann«, sagte sie leise.

Es waren in der Tat die Lachesnaye. Sie gingen stolz an den Roubaud vorüber, die junge Frau hatte keinen einzigen Blick für ihre Genossin. Ein Gerichtsdiener führte sie sofort in das Zimmer des Untersuchungsrichters.

»Wir müssen uns noch in Geduld fassen«, meinte Roubaud. Wir sind schon gut zwei Stunden hier ... Setzen Sie sich doch.«

Er setzte sich links von Séverine und lud Jacques durch eine Handbewegung ein, auf der andern Seite seiner Frau Platz zu nehmen. Dieser folgte nicht sofort der Aufforderung. Als ihn aber ihre sanften, furchtsamen Blicke trafen, ließ er sich auch auf die Bank nieder. Wie zerbrechlich sie zwischen beiden aussah! Er witterte ihre unterwürfige Zärtlichkeit; die leichte Wärme, die diese Frau ausstrahlte, betäubte ihn während des langen Wartens mehr und mehr, schließlich gänzlich.

Inzwischen hatte im Zimmer des Richters die Verhandlung begonnen. Der Gang der Untersuchung hatte schon ein mächtiges Aktenbündel gezeitigt, mehrere in blaue Deckel geheftete Stöße Papier. Man hatte versucht, dem Opfer von Paris aus zu folgen. Der dortige Bahnhofsvorsteher, Herr Vandorpe, hatte ausgesagt, dass der Waggon 293 im letzten Augenblick dem Zug angehängt worden wäre, was er mit Roubaud gesprochen, dass dieser kurz vor Ankunft des Präsidenten in sein Coupé gestiegen sei und auch wie der Letztere seinen Platz gefunden hätte; das Coupé des Präsidenten sei zweifellos von keiner anderen Person betreten worden. Der Zugführer sollte aussagen, was während des zehnminütigen Aufenthalts in Rouen passiert wäre. Er konnte gar nichts fest behaupten. Er hatte die Roubaud plaudernd vor ihrem Coupé stehen gesehen und musste annehmen, dass sie dieses wieder bestiegen hatten, als der Beamte die Türen zuwarf. Aber auch das wollte er in dem herrschenden Halbdunkel und bei dem Gedränge der Menge dahingestellt sein lassen. Er glaubte nicht an die abenteuerlich klingende Vermutung, dass ein Mann, der famose unauffindbare Mörder, gerade als der Zug sich in Bewegung setzte, das Coupé habe öffnen können; aber es wäre ja trotzdem immerhin möglich. Soweit seine Kenntnisse reichten, war schon zweimal Ähnliches geschehen. Andere Beamte vom Bahnhof in

Rouen hatten durch ihre widersprechenden Aussagen über gewisse Punkte die Sache mehr verwickelt als erleuchtet. Eine beglaubigte Tatsache aber war der Händedruck, den Roubaud aus seinem Coupé heraus mit dem Bahnhofsvorsteher in Barentin, Herrn Bessière, wechselte, der zu diesem Zwecke auf das Trittbrett gestiegen war. Dieser hatte die Aussage Roubauds in allen Teilen bestätigt und hinzugefügt, dass sein Kollege sich mit seiner Frau allein im Coupé befunden habe, die, halb angelehnt, ruhig zu schlummern schien. Dann hatte man die Reisenden ausfindig zu machen gesucht, die von Paris aus mit den Roubaud in einem Coupé gefahren waren. Die dicke Frau und der dicke Mann, Bürger aus Petit-Couronne, die im letzten Augenblick gekommen waren, hatten ausgesagt, dass sie sofort eingeschlafen wären und daher von nichts wüssten. Die schwarze Frau, die stumm in ihrer Ecke gesessen hatte, war verschwunden wie ein Schatten, ganz unmöglich, ihrer wieder habhaft zu werden. Andere Zeugen hatten über die Identität der in Barentin ausgestiegenen Reisenden aussagen müssen, denn der Mörder musste dort den Zug verlassen haben: Man hatte die Billetts nachgezählt, man hatte sogar alle Reisenden wieder erkannt bis auf einen, einen großen Schlingel, der den Kopf mit einem blauen Tuche umwickelt getragen hatte und den die Einen mit einem Paletot, die anderen mit einer Bluse bekleidet gesehen haben wollten. Auch dieser, wie ein Traum verflogener Mann, war nicht wieder zu eruieren. Dreihundert Stücke enthielt bereits das Aktenbündel und nur diese unmäßige Menge hatte die Konfusion herbeigeführt, denn jedes neue Zeugnis hob ein anderes wieder auf.

Und das Aktenbündel erhielt auch noch andere Beläge: Das vom Schreiber aufgenommene Protokoll über den Tatbestand, wie er vom kaiserlichen Prokurator und dem Untersuchungsrichter an dem Fundort des Verbrechens festgestellt worden war; es war das eine umfangreiche Beschreibung der Stelle neben den Gleisen, wo das Opfer gelegen, der Lage des Körpers, der Kleidung, der in den Taschen gefundenen Gegenstände, durch welche die Identität des Ermordeten hatte festgestellt werden können; dann den Befund des gleichfalls an den Schauplatz mitgenommenen Arztes, ein Aktenstück, in welchem mit vielen medizinischen Ausdrücken die Wunde am Halse ausführlich beschrieben wurde, diese eine Wunde, ein fürchterlicher, zweifellos mit einem scharf schneidenden Instrument, wahrscheinlich einem Messer gemachter Stich; ferner noch Protokolle über die Überführung der Leiche in das

Hospital von Rouen, über die Zeit, die sie dort geblieben, bis die merkwürdige schnelle Zersetzung eine Auslieferung an die Familie notwendig machte. Aber in diesem ganzen Berg von Schriftstücken waren nur zwei oder drei Punkte ernstlich zu berücksichtigen. Erstens hatte man in den Taschen des Ermordeten weder die Uhr noch eine Geldbörse gefunden; Letzteres hatte zehntausend Franken enthalten, welche Summe der Präsident seiner Schwester, Frau Bonnehon schuldete und die sie erwartete. Man hätte also zweifellos sofort auf einen Raubmord geschlossen, wenn der Mörder nicht einen mit einem mächtigen Brillanten geschmückten Ring am Finger des Opfers gelassen hätte. Aus diesem Umstande ergab sich eine ganze Menge von Möglichkeiten. Auch besaß man unglücklicherweise nicht die Nummern der Banknoten, dagegen war die Uhr bekannt, eine sehr starke Remontoiruhr mit den verschlungenen Initialen des Namens des Präsidenten auf der äußeren Kapsel und auf der inneren Seite derselben mit der Chiffre des Fabrikanten und der Fabriknummer 2546. Der zweite bedeutsame Punkt war, dass die Waffe, das Messer, dessen sich der Mörder bedient hatte, zu umfassenden Recherchen längs der Strecke, in den Gebüschen, überall dort, wo er es möglicherweise hätte fortwerfen können, Veranlassung gegeben hatte. Aber sie waren vergeblich gewesen, der Mörder musste das Messer in demselben Loche versteckt haben wie die Uhr und das Geld. Man hatte nichts weiter aufgefunden als ungefähr hundert Meter vor der Station Barentin die Reisedecke des Opfers, die als ein kompromittierender Gegenstand dort zurückgelassen worden war. Sie figurierte jetzt unter dem Belastungsmaterial.

Als die Lachesnaye eintraten, las Herr Denizet vor seinem Schreibtische stehend gerade eines der ersten Untersuchungsprotokolle noch einmal durch, welches ihm der Schreiber soeben herausgesucht hatte. Herr Denizet war ein kleiner, untersetzter, schon ergrauender Mann, mit glatt rasiertem Gesicht. Die starken Backen, die quadratische Stirn, die kräftige Nase zeigten eine starre, bleiche Farbe, deren Eindruck die schweren, die klar blickenden, großen Augen halb verdeckenden Augenlider noch erhöhten. Seine ganze sich selbst zugeschriebene Weisheit und Geschicklichkeit verriet die Mundpartie; Herr Denizet besaß den Mund eines Schauspielers, der jedes Gefühl mit außerordentlicher Geschicklichkeit an dieser Stelle zum Ausdruck bringt, der ihn zuspitzt, so oft er etwas Feines sagen will. Meistens aber verleitete den Richter seine Finesse; er war zu schlau, er spielte mit der einfachen, gesunden Wahrheit viel zu viel Versteckens. Er hat sich von seinem Berufe ein Ideal gebildet, er führte seine Tätigkeit als eine Art moralischer Anatom aus, der mit einem hochgeistigen zweiten Gesicht begabt war. Er war im Übrigen aber nichts weniger als ein Dummkopf.

Er spielte sofort den Liebenswürdigen, denn auch er gehörte zu den Beamten, den die gute Gesellschaft von Rouen und Umgegend gern bei sich sah.

»Wollen Sie nicht Platz nehmen, gnädige Frau?«

Er rückte der jungen Frau selbst einen Stuhl hin. Frau von Lachesnaye war eine nüchterne, in Trauer gehüllte Blondine mit einem unangenehmen, hässlichen Gesicht. Auch zu Herrn von Lachesnaye, einem ebenfalls blonden, abgezehrten Herrn, war er sehr höflich, nur etwas mehr von oben herab. Denn dieses Männchen, der, erst sechsunddreißig Jahre alt, bereits Gerichtsrat und dekoriert war, dank dem Einflusse seines Schwiegervaters und Vaters, der, gleichfalls Gerichtsbeamter, früher in den gemischten Kommissionen gesessen hatte, stellte in seinen Augen den nach Gunst haschenden Beamten, das reiche Beamtentum, den mittelmäßigen Geist vor, der aber weiß, dass er mithilfe seiner Verwandten und seines Geldes Karriere machen wird; er dagegen, arm und ohne Protektion, musste unter dem unaufhörlich zurückfallenden Steine des Avancements für immer seinen Rechtspflegerrücken krümmen. Er war deshalb gar nicht so böse, Herrn von Lachesnaye seine Allmacht in diesem engen Kabinett, dass er hier der unumschränkte Gebieter über alle sei, fühlen zu lassen. Der Zeuge brauchte nur ein einziges verdächtiges Wort zu sagen und, wenn es ihm beliebte, wurde er unverzüglich festgenommen.

»Sie verzeihen, gnädige Frau, sagte er, »dass ich Sie noch einmal mit dieser schmerzlichen Geschichte quäle. Aber ich weiß, dass Sie ebenso lebhaft als ich Klarheit hierüber haben und den Schuldigen bestraft sehen wollen.«

Er gab dem Schreiber, einem großen, gelbgesichtigen, knochigen Menschen ein Zeichen und die Verhandlung begann.

Aber schon nach den ersten an seine Frau gerichteten Fragen bemühte sich Herr von Lachesnaye, der ebenfalls sich gesetzt hatte und sah, dass man seiner Person keine Achtung schenkte, an deren Stelle zu treten. Er freute sich, seine Galle über das Testament seines Schwiegervaters hier von sich geben zu können. War so etwas erhört! Was bedeuteten diese zahlreichen Legate, die fast die Hälfte der ganzen Hinterlassenschaft absorbierten, eines Vermögens von circa drei Millionen siebenmalhunderttausend Franken? Und diese Legate fielen Leuten zu, die man zum größten Teil gar nicht kannte, namentlich Frauen aus allen Klassen! Ja, selbst eine unter einem Torwege der Rue du Rocher gewöhnlich stehende kleine Veilchenverkäuferin befand sich unter ihnen. Ein solches Testament war unannehmbar, er wartete nur darauf, bis die kriminelle Untersuchung abgeschlossen, um zu sehen, ob dieses unmoralische Testament nicht umzustoßen wäre.

Während er sich so mit fest aufeinander gepressten Zähnen ereiferte und sich als den echten Trottel und querköpfigen, vor Geiz umkommenden Provinzialen hinstellte, beobachtete ihn Herr Denizet mit seinen großen, klaren, halb verdeckten Augen und sein Mund drückte die eifersüchtige Verachtung dieses Menschen aus, dem zwei Millionen noch nicht genug waren und den er wahrscheinlich eines schönen Tages noch mithilfe seines vielen Geldes den Purpur des Höchsten würde tragen sehen. »Ich glaube, Sie würden Unrecht daran tun, mein Herr«, sagte er endlich. »Das Testament könnte nur angefochten werden, wenn die Totalziffer der Legate die Hälfte des Vermögens überschreiten würde. Das ist aber nicht der Fall.«

Dann sich an seinen Schreiber wendend meinte er: »Laurent, Sie schreiben hoffentlich nicht meine persönlichen Ansichten nieder.«

Mit einem schwachen Lächeln und der Miene eines erfahrenen Mannes beruhigte ihn sein Gehilfe.

»Aber man bildet sich doch nicht etwa ein«, fing Herr von Lachesnaye von Neuem und noch spitziger an, »dass ich la Croix-de-Maufras diesen Roubaud lassen werde? Ein solches Geschenk macht man doch nicht der Tochter eines Bedienten! Und warum, unter welcher Bezeichnung? Wenn es erst bewiesen ist, dass sie unbeteiligt an dem Verbrechen ...«

»Sie glauben wirklich daran?«

»Nun, wenn sie Kenntnis von dem Testament besaßen, ist auch ihr Interesse an dem frühzeitigen Tode meines Schwiegervaters erwiesen, denke ich ... Bedenken Sie ferner, dass sie ihn zuletzt gesprochen haben ... Mir scheint alles das sehr verdächtig.«

Ungeduldig und wieder irre an seiner neuen Voraussetzung, wandte sich der Richter an Berthe.

»Und Sie, gnädige Frau, halten Sie Ihre einstige Genossin eines solchen Verbrechens für fähig?«

Sie blickte, ehe sie antwortete, auf ihren Gatten. Die Beiden angeborene Missgunst und Engherzigkeit hatten sich in den wenigen Monaten ihrer Ehe noch mehr entwickelt und verdoppelt. Die Schlechtigkeit war beiden gemeinsam. Er hatte sie auf Séverine gehetzt und ihr wäre es jetzt nicht darauf angekommen, diese ins Gefängnis zu bringen, wenn sie dadurch das Landgut für sich hätte retten können.

»Mein Gott«, sagte sie endlich, »die Person, von der Sie sprechen, hatte schon als Kind sehr schlechte Instinkte.«

»Und in wiefern? Hat sie sich in Doinville schlecht aufgeführt?«

»Oh nein, sonst würde mein Vater sie aus dem Hause gejagt haben.«

In diesem Ausruf lag die ganze Empörung einer ehrbaren Bürgersfrau die sich keinen Fehltritt zeit ihres Lebens hatte zuschulden kommen lassen und die ihren Ruhm darin suchte, eine unanfechtbar, von jedermann gegrüßte und empfangene Tugendheldin von Rouen zu sein.

»Sie hatte schlechte Eigenschaften«, fuhr sie fort, »vor allem Leichtsinn und Verschwendungssucht ... viele Dinge, die ich damals nimmermehr geglaubt haben würde, scheinen mir heute selbstverständlich.«

Abermals zeigte Herr Denizet etwas Ungeduld. Diese Fährte hatte er schon längst fallen gelassen, wer sie noch verfolgte, war sein Gegner und schien die Unfehlbarkeit seiner Intelligenz anzuzweifeln.

»Nun, das muss alles erst noch bewiesen werden«, sagte er. »Leute wie die Roubaud töten nicht einen Mann wie Ihren Herrn Vater, um schneller erben zu können. Ihre Hast könnte sich nur aus der Freude am Besitz und am Leben erklären; ist diese vorhanden, werde ich ihr auch auf die Spur kommen. Nein, das Mobilium ist kein ausreichender Beweis, ein andrer muss noch beigebracht werden, den aber gibt es nicht. Sie selbst könnten ihn nicht finden ... Denn, wenn Sie sich die Tatsachen vergegenwärtigen, müssen Sie nicht materielle Unmöglichkeiten konstatieren? Kein Mensch hat die Roubaud in das Coupé des Herrn Präsidenten steigen gesehen, ein Beamter behauptet sogar, dass sie ihr eigenes wieder bestiegen hätten. Und da man sie in Barentin noch in diesem eigenen Coupé gesehen und gesprochen hat, so müssten sie gerade ihren Waggon mit dem des Präsidenten, die drei andere Waggons voneinander trennten, gewechselt haben und das während der wenigen Minuten der Fahrt von Rouen nach Barentin, denn der Zug war ein Eilzug. Ist das anzunehmen? Ich habe Lokomotivführer und Zugführer gefragt. Alle sagten mir, nur die tägliche Gewohnheit allein könnte solche Kaltblütigkeit und Energie verleihen ... Die Frau wäre dann jedenfalls nicht bei der

Mordtat zugegen gewesen, der Mann müsste sie gerade ohne sie gewagt haben. Aber warum, warum einen Beschützer töten, der ihm soeben erst aus einer bedenklichen Klemme geholfen hatte? Nein, nein, entschieden nicht! Diese Voraussetzung lässt sich nicht aufrechterhalten, wir müssen an andrer Stelle suchen ... Es gibt vielleicht einen Mann, der in Rouen eingestiegen und auf der nächsten Station ausgestiegen ist, der vielleicht Drohungen gegen das Opfer ausgestoßen hat ...«

In seiner Leidenschaft hätte er fast zu viel von seinem neuen System gesagt, als plötzlich die Tür sich öffnete und sich der Kopf des Gerichtsdieners durch die Spalte drängte. Aber noch ehe dieser ein Wort gesprochen hatte, öffnete eine behandschuhte Frauenhand die Tür vollständig und eine Blondine in sehr eleganter Trauerkleidung trat ein, eine trotz ihrer fünfzig Jahre noch schöne Frau von der gesättigten und vollen Schönheit einer gealterten Göttin.

»Ich bin es, mein lieber Richter. Ich habe mich verspätet, doch werden Sie mich hoffentlich entschuldigen? Die Wege sind heute nicht zu passieren, aus den drei Meilen bis Doinville sind heute sechs geworden.«

Herr Denizet hatte sich galant erhoben.

»Sie befinden sich wohlauf seit dem letzten Sonntag verehrte Frau?«

»Sehr wohl. Und Sie, mein lieber Richter, haben Sie sich von dem Schrecken erholt, den Ihnen mein Kutscher bereitet hat? Der Bursche hat mir erzählt, dass er Sie auf der Rückkehr nur zwei Kilometer vom Schloss entfernt beinahe umgeworfen hätte.«

»Oh, nur ein bloßer Anprall, ich weiß gar nichts mehr davon ... Ich bitte, nehmen Sie Platz und verzeihen Sie mir, wie ich soeben auch zu Frau von Lachesnaye sagte, wenn ich Ihren Schmerz über diese abscheuliche Angelegenheit noch einmal wachrufen muss.«

»Mein Gott, wenn es sein muss ... guten Tag, Berthe, guten Tag, Lachesnaye.«

Das war Frau Bonnehon, die Schwester des Ermordeten. Sie umarmte ihre Nichte und drückte deren Mann die Hand. Seit dreißig Jahren war sie Witwe. Ihr Mann, ein Industrieller, hatte ihr zu ihrem eigenen Reichtum noch ein großes Vermögen hinterlassen. Bei der Teilung mit ihrem Bruder fiel ihr die Domaine Doinville zu. Dort führte sie ein angenehmes Leben voller Herzensromane, wie man sich erzählte, doch ihr Benehmen war ein so korrektes und ehrlich freimütiges, dass sie die Königin der Gesellschaft von Rouen geblieben war. Ihre Freunde erwählte sie sich, durch die Umstände, vielleicht auch durch den Zug des Herzens genötigt, aus dem Beamtenstand; in ihrem Schlosse empfing sie den gesamten Richterstand von Rouen und ihre Wagen führten ihr ununterbrochen Gäste aus diesen Kreisen zu. Selbst jetzt schlug ihr Herz noch immer stürmisch; man hatte sie im Verdacht mütterlicher Zuneigung zu einem jungen Substituten, dem Sohne eines Hofrates, Herrn Chaumette; sie arbeitete an der Beförderung des Sohnes und überhäufte den Vater mit Einladungen und Aufmerksamkeiten. Auch besaß sie noch von alten Zeiten her einen guten Freund, ebenfalls Gerichtsrat und Junggeselle, Herrn Desbazeilles, den literarischen Stolz von Rouen, dessen gedrechselte Sonette man allenthalben zitierte. Jahrelang hatte er in Doinville sein eigenes Zimmer gehabt. Jetzt, obwohl er die sechzig schon überschritten, erschien er noch immer als alter Kamerad zu den Diners, den die Gicht nur noch die Erinnerung an vergangene Freuden gestattete. Sie wahrte sich ihre königliche Herrschaft trotz des drohend herannahenden Alters durch ihre liebenswürdige Grazie und niemand dachte daran, ihr dieselbe streitig zu machen. Seit dem letzten Winter allerdings hatte sie eine Rivalin in Frau Leboucq, der Gattin eines Rates, einer großen, in der Tat sehr schönen brünetten Dame von zweiunddreißig Jahren, die viele Herren des Beamtenstandes zu fesseln verstand. Dieser Umstand allein konnte etwas Melancholie in ihre sonst ewig heitere Laune mischen.

»Wenn Sie also gestatten, meine verehrte Frau«, sagte Herr Denizet, »möchte ich auch Ihnen einige Fragen vorlegen.«

Das Verhör der Lachesnaye war beendet, doch er verabschiedete sie noch nicht; sein so ödes, frostiges Kabinett verwandelte sich in einen Salon der guten Gesellschaft. Der phlegmatische Schreiber bereitete sich von Neuem zum Protokollieren vor.

»Ein Zeuge hat von einer Depesche gesprochen, die Ihr Herr Bruder empfangen und die ihn sofort nach Doinville gerufen haben soll ... Wir haben eine solche Depesche nicht auffinden können. Haben Sie eine solche an Ihren Herrn Bruder gerichtet?«

Die sehr aufgeräumte, freundlich lächelnde Frau Bonnehon antwortete ganz im Tone freundschaftlichen Geplauders.

»Ich habe meinem Bruder nicht geschrieben, ich erwartete ihn allerdings, ich wusste, dass er kommen würde, aber ein bestimmter Tag war nicht festgesetzt worden. Gewöhnlich fiel er mir unvermutet ins Haus und meistens in der Nacht. Da er einen alleinstehenden Pavillon im Park bewohnte, der sich auf eine öde Landstraße öffnete, so haben wir ihn nie ankommen gehört. Er mietete in Barentin einen Wagen und zeigte sich mitunter erst sehr spät am nächsten Tage, wie wenn ein seit Langem bei mir heimischer Nachbar auf freundschaftlichen Besuch kommt ... Diesmal erwartete ich ihn deshalb, weil er mir behufs eines Ausgleichs unsres Kontos zehntausend Franken bringen wollte. Er hatte diese Summe jedenfalls bei sich. Aus diesem Grunde glaube ich auch noch immer, dass man ihn ermordete, um ihn berauben zu können.«

Der Richter erwiderte nicht gleich, dann sah er ihr scharf ins Gesicht und fragte:

»Was halten Sie von Frau Roubaud und ihrem Manne?«

Sie machte eine Bewegung heftiger Abwehr.

»Aber mein lieber Herr Denizet, Sie werden doch diesen braven Leuten nichts in die Schuhe schieben wollen ... Séverine war ein gutes, sehr sanftes, ja selbst sehr gelehriges, überaus entzückendes Kind, sie kann sich nicht verschlechtert haben. Da Sie es wünschen, so wiederhole ich nochmals ausdrücklich, dass ich die Beiden keiner ehrlosen Handlung für fähig halte.«

Der Richter nickte mit dem Kopfe, er warf einen triumphierenden Seitenblick auf Frau von Lachesnaye, die pikiert jetzt intervenierte.

»Ich finde. Du bist sehr leichtgläubig, liebe Tante.«

»So lasse mich nur Berthe, über diesen Punkt werden wir beide uns doch nie verständigen ... Sie war stets fröhlich und lachte gern, sie tat recht so ... Ich weiß genau, wie Ihr, du und dein Gatte, gesinnt seid. Aber jetzt muss das Geldinteresse Euch vollends den Kopf verdreht haben, sonst würdet Ihr nicht so erstaunt über das der guten Séverine seitens deines Vaters gemachte Legat von la Croix-de-Maufras sein. Er hat sie erziehen lassen, er hat sie ausgestattet, nichts natürlicher, als dass er sie auch in seinem Testament bedachte. Hat er sie nicht geradezu als seine leibliche Tochter angesehen? ... Oh, meine Liebe, das Geld ist doch ein so unbedeutender Faktor des Glücks!«

Ihr, die stets in größtem Überfluss gelebt, war jedes materielle Interesse völlig fremd. Mit dem Raffinement einer angebeteten Frau lehrte sie, dass das wahre Leben nur im Dienste der Schönheit und Liebe stehe.

»Roubaud gerade hat von dieser Depesche gesprochen«, bemerkte Herr von Lachesnaye trocken. »Wenn der Präsident keine Depesche empfangen hat, konnte er jenem auch nicht erzählen, dass er eine solche erhalten hätte. Warum also hat Roubaud gelogen?«

»Der Präsident kann sehr wohl«, eiferte sich jetzt auch Herr Denizet, »das Eintreffen der Depesche vorgeschützt haben, um den Roubaud seine plötzliche Abreise erklärlich zu machen. Nach ihrer eigenen Aussage wollte er erst am folgenden Tage fahren. Da sie ihn aber unerwartet in demselben Zuge antrafen, musste er schon eine Ausrede erfinden, um ihnen nicht den wahren Grund seiner Reise mitzuteilen, den wir alle übrigens nicht kennen ... Dieser Umstand ist völlig bedeutungslos und führt zu nichts.«

Abermaliges Schweigen. Als der Richter fortfuhr, ging er völlig beruhigt und vorsichtig zu Werke.

»Ich muss jetzt einen delikaten Gegenstand berühren, meine Gnädigste, ich bitte also schon im Voraus um Entschuldigung wegen der Natur meiner Fragen. Niemand respektiert mehr als ich das Andenken Ihres Herrn Bruders ... Man sagte ihm nach, dass er viele Liebschaften unterhalten habe. Ist dem so?«

Frau Bonnehon lächelte abermals, ihre Duldsamkeit schien unerschöpflich.

»In seinem Alter, mein werter Herr! ... Mein Bruder war schon frühzeitig Witwer, ich habe mir nie das Recht angemaßt zu tadeln, was er für gut fand. Er hat nach seinen Neigungen gelebt und ich habe mich in nichts hineingemischt. Ich weiß nur, dass er seinem Stande nichts vergeben hat und bis zu seinem Lebensende ein Mann der besten Gesellschaft geblieben ist.«

Berthe, empört, dass man vor ihr von den Liebschaften ihres Vaters sprach, hatte die Augen gesenkt, während ihr Gatte, ebenso geniert wie sie an das Fenster getreten war und den Anwesenden den Rücken kehrte.

»Verzeihen Sie, wenn ich diesen Gegenstand noch nicht fallen lasse«, beharrte Herr Denizet. »Ist im Schloss nicht etwas mit einem jungen Hausmädchen passiert?«

»Ach, Sie meinen Louisette? Ja, lieber Herr, dieses Kind steckte voller Laster. Schon zu vierzehn Jahren hatte sie ein Verhältnis mit einem schon vorbestraften Burschen. Man hat ihren Tod gegen meinen Bruder auszubeuten versucht. Das ist eine Gemeinheit; ich will Ihnen die Geschichte erklären.«

Sie sprach zweifellos im guten Glauben. Obwohl sie wusste, woran sie mit der Sittenlosigkeit ihres Bruders war, und obgleich sein tragischer Tod sie nicht im Geringsten überrascht hatte, fühlte sie doch die Notwendigkeit einer Verteidigung der hohen Stellung ihrer Familie. Was nun diese unglückselige Geschichte mit Louisette betraf, so war auch sie überzeugt, dass der Präsident jener nachgestellt habe, ebenso aber davon, dass jene bereits vorher Verkehr mit Männern gehabt.

»Stellen Sie sich ein junges Mädchen vor, klein, zierlich, blond und rosig wie ein Engelchen und dazu so sanft, so göttlich mild, dass man ihr den ganzen Himmel auch ohne Beichte vom Gesicht las ... Schön! Dieser Engel war schon im Alter von vierzehn Jahren die Busenfreundin eines brutalen Menschen, eines Karrenführers namens Cabuche, der wegen Totschlags erst kurz vorher fünf Jahre Gefängnis verbüßt hatte. Dieser Mensch hauste wie ein Wilder im Walde von Bécourt, wo ihm sein vor Kummer gestorbener Vater eine aus Baumstämmen und Erde geformte elende Hütte hinterlassen hatte. Dort beutete er die verlassenen Steinbrüche aus, die in früheren Zeiten gewiss die Hälfte der Steine, aus denen Rouen erbaut ist, hergegeben haben. Hier im Dunkel dieser Löcher suchte die Kleine ihren Werwolf auf, den das ganze Land fürchtet und wie einen Verpesteten flieht, sodass er einsam und abgeschlossen von der Welt leben muss. Oft begegnete man beiden, wenn sie Hand in Hand durch die Wälder streiften, sie so winzig, er dagegen wie ein Riese und wildes Tier zugleich. Ein unglaubliches Verhältnis! Ich habe natürlich diese Dinge erst später erfahren. Ich hatte Louisette fast nur aus Mitleid zu mir genommen, um ein gutes Werk zu tun. Ihre Eltern, die Misard, die mir als arme Leute bekannt waren, hatten sich natürlich schön gehütet, mir zu sagen, dass sie das Kind trotz aller Schläge nicht haben abhalten können, zu Cabuche zu laufen, sobald eine Tür im Hause offen stand ... Und dann passierte das Unglück. Mein Bruder hatte in Doinville keinen Diener um sich. Louisette und eine zweite Frau besorgten die Aufwartung in dem kleinen Pavillon, den er sich reserviert hatte. Eines schönen Morgens hatte sie sich allein dorthin begeben und kam nicht wieder. Nach meiner Meinung war ihre Flucht schon seit langer Zeit geplant worden, vielleicht hatte ihr Liebster sie erwartet und entführt ... Aber das Schreckliche war, dass fünf Tage später das Gerücht von dem Tode Louisettes infolge eines von meinem Bruder versuchten Unsittlichkeitsattentates umherlief. Die näheren Umstände sollten so ungeheuerliche gewesen sein, dass die Kleine halb wahnsinnig zu Cabuche gekommen, wie man erzählte, und bei ihm an einer Gehirnentzündung gestorben wäre. Was eigentlich vorgegangen, ist schwer zu enträtseln. Man horte zu widersprechende Gerüchte. Ich für meinen Teil glaube, dass Louisette an einem Fieber gestorben ist, das sie sich, so lautet auch die ärztliche Meinung, durch ihr nächtliches Umherstreifen in der

Nähe der Sümpfe geholt hat ... Ich hoffe. Sie sehen ein, mein werter Herr, dass nicht mein Bruder die Kleine gemordet hat. Das wäre zu hässlich, ja unmöglich.«

Herr Denizet hatte dieser Erzählung aufmerksam gelauscht und weder Billigung noch Missbilligung geäußert. Frau Bonnehon fühlte sich schließlich etwas verlegen und entschloss sich daher noch zu der Äußerung:

»Mein Gott, ich will nicht behaupten, dass mein Bruder nicht mit ihr gescherzt hätte. Er liebte die Jugend, trotz seiner strengen Amtsmiene war er stets ein Lebenslustiger. Nehmen wir sogar an, er hätte sie öfter in seine Arme geschlossen.«

Bei diesen Worten empörte sich das verletzte Schamgefühl der Lachesnaye.

»Aber Tante!«

Diese aber zuckte die Schultern: »Warum vor Gericht lügen?«

»Er hat sie umarmt, vielleicht auch gehätschelt. Das ist weiter kein Verbrechen ... Ich will diese Dinge zugeben, denn der Kärrner hat sie nicht erfunden. Louisette muss die Lügnerin und Lästerin gewesen sein, sie hat alles ins Ungeheuerliche gezogen, um bei ihrem Geliebten bleiben zu können, der als brutaler Mensch schließlich auf Treue und Glauben sich eingebildet hat, man habe ihm sein Verhältnis getötet ... Er war tatsächlich fast toll vor Wut und hat in allen Kneipen wiederholt, dass er den Präsidenten wie ein Schwein abstechen würde, wenn er ihm einmal in die Hände fallen sollte.«

Der bis dahin schweigsame Richter unterbrach sie lebhaft:

»Das hat er wirklich gesagt, sind Zeugen da, die es bestätigen können?«

»Sie werden mehr, als notwendig ist, finden, lieber Richter ... Es ist eine traurige Geschichte gewesen, der Verdruss wollte gar nicht aufhören. Glücklicherweise machte die Stellung, die mein Bruder einnahm, ihn über jeden Verdacht erhaben.«

Frau Bonnehon begriff jetzt, welche Spur Herr Denizet verfolgte. Es machte sie das besorgt, sie brach also lieber ab, um nicht noch mehr in die Sache verwickelt zu werden! Der Richter hatte sich erhoben, er wollte die schmerzliche Gefälligkeit der Familie nicht noch länger in Anspruch nehmen, meinte er. Der Schreiber las auf seine Anordnung hin die Protokolle vor, damit sie von den Anwesenden unterzeichnet werden konnten. Die Wiedergabe des Verhörs war eine tadellos korrekte, alle überflüssigen und kompromittierenden Worte waren fortgelassen, sodass Frau Bonnehon mit der Feder in der Hand es nicht unterlassen konnte, einen wohlwollenden Blick angenehmer Überraschung auf diesen knochigen, bleichen Herrn Laurent zu werfen, den sie vorher gar nicht beachtet hatte.

Als der Richter sie, wie auch ihre Nichte und deren Mann, zur Tür begleitete, drückte sie ihm die Hand.

»Auf baldiges Wiedersehen, nicht wahr? Sie wissen, dass Sie stets willkommen in Doinville sind ... Sind Sie doch einer meiner letzten Getreuen.«

Ein melancholischer Hauch umflorte ihr Lächeln, während ihre Nichte mit eisiger Miene und mit oberflächlichem Gruße zuerst das Zimmer verließ.

Als sich Herr Denizet allein befand, atmete er etwas auf. Er war nachdenklich stehen geblieben. Für ihn war die ganze Angelegenheit jetzt klar, zweifellos hatte Grandmorin, der dafür bekannt war, Gewalt angewendet. Dieser Umstand machte die Untersuchung kitzlig, er nahm sich deshalb vor, sehr vorsichtig zu sein, bis nähere Anweisungen aus dem Ministerium eingetroffen sein würden. Nichtsdestoweniger triumphierte er. Endlich hatte er den Schuldigen erfasst.

Als er seinen Platz hinter dem Schreibtische wieder eingenommen hatte, klingelte er dem Diener.

»Lassen Sie den Jacques Lantier eintreten.«

Auf der Bank im Korridor warteten die Roubaud mit ihren zugeknöpften, von der Ungeduld, die sie zeigen mussten, wie eingeschläferten und nur ab und zu von einem nervösen Zucken überhuschten Gesichtern noch immer. Die Stimme des Gerichtsdieners, der Jacques hereinrief, schien sie zu erwecken, ein flüchtiges Erzittern überlief sie. Sie folgten ihm mit ihren sich erweiternden Augen und sahen ihn bei dem Richter verschwinden. Dann versanken sie wieder in ihre schweigsame Haltung.

Diese ganze Geschichte machte Jacques schon seit drei Wochen krank, als müsste sie schließlich sich gegen ihn wenden. Das war zwar unvernünftig, denn ihm konnte nichts zur Last gelegt werden, nicht einmal, dass er Schweigen bewahrte; trotzdem betrat er das Zimmer des Untersuchungsrichters mit dem unbehaglichen Gefühl, als sei er der Schuldige und sähe sein Verbrechen entdeckt. Deshalb schützte er sich gegen die ihm vorgelegten Fragen und hütete sich, zu viel zu sagen. Las man es ihm nicht an den Augen ab, dass auch er zu morden fähig war? Nichts war ihm unangenehmer als gerichtliche Vorladungen. Er fühlte so etwas wie zornige Empörung darüber und erklärte stets, seine Zeit sei viel zu kostbar, als mit solchen ihn nichts angehenden Geschichten vertrödelt zu werden.

Herr Denizet verlangte diesmal von ihm nur ein Signalement des Mörders. Jacques war der einzige Zeuge, der jenen erblickt und genauere Aussagen in dieser Beziehung machen konnte. Aber auch diesmal ging er über seine erste Aussage nicht hinaus, er wiederholte, dass die Totschlagsscene für ihn nur eine in knapp einer Sekunde erblickte Vision, ein so flüchtiges Bild wäre, dass es völlig formlos und ganz losgelöst in seiner Erinnerung hafte. Es war eben ein Mann gewesen, der einen zweiten abschlachtete, nichts mehr. Eine halbe Stunde hindurch quälte ihn der Richter mit einer schleichenden Hartnäckigkeit und legte ihm die gleiche Frage in allen möglichen Variationen vor: War er groß, war er klein, hatte er einen Bart, hatte er lange oder kurze Haare, wie war er gekleidet, welcher Gesellschaftsklasse schien er anzugehören? Und Jacques konnte in seiner Verwirrung nur konfuse Antworten geben.

»Nun, würden Sie ihn wiedererkennen«, fragte schließlich Herr Denizet brüsk und sah ihn scharf an, »wenn man ihn Ihnen zeigte.«

Ein Angstgefühl, hervorgezaubert durch diesen sich in sein Gehirn bohrenden Blick ließ ihn die Augenlider niederschlagen. Er fragte sein Gewissen laut um Rat.

»Ihn wiedererkennen ... ja ... vielleicht.«

Aber schon trieb ihn seine befremdliche Furcht vor einer unbewussten Mitschuld wieder seinem Ausfluchtsystem in die Arme.

»Trotzdem, nein, ich glaube nicht, ich könnte meine Behauptung nie als feststehend betrachten. Bedenken Sie doch! Eine Schnelligkeit von achtzig Kilometern in der Stunde!«

Mit einer Bewegung der Entmutigung nötigte ihn der Richter zum Sitzen, um ihm Zeit zu lassen, sich eines Bessern zu besinnen.

»Bleiben Sie hier und setzen Sie sich.«

Er klingelte abermals dem Diener:

»Lassen Sie Herrn und Frau Roubaud eintreten.«

Gleich, als sie in die Tür traten, bemerkten sie Jacques, beunruhigt begegneten sich ihre Augen. Hatte er gesprochen, hielt man ihn zurück, um ihn mit ihnen zu konfrontieren? Alle ihre Sicherheit entfloh, als sie jenen noch anwesend fanden. Sie antworteten zuerst auch mit umflorter

Stimme. Der Richter aber ging nur ihr erstes Verhör nochmals durch, sie brauchten nur dieselben identischen Sätze zu wiederholen, während er mit gesenktem Haupt, ohne sie anzusehen, zuhörte.

Plötzlich wandte er sich an Séverine.

»Sie haben dem Polizeikommissar, der mir das Protokoll hier übersandt hat, erzählt, Madame, dass in Rouen ein Mann in das Coupé gestiegen sei, gerade als sich der Zug in Bewegung setzte.«

Sie war betroffen. Warum kam er darauf zurück? War das eine Falle? Wollte er sie zum Widerspruch gegen ihre erste Aussage verleiten? Sie blickte hilflos ihren Mann an und dieser kam ihrer Antwort klug zuvor.

»Ich glaube nicht, Herr Richter, dass sich meine Frau so bestimmt geäußert hat.«

»Bitte um Verzeihung ... Ihre Frau hat von der Möglichkeit dieses Faktums nichts gesagt, hingegen: ›Es muss als gewiss betrachtet werden, dass ...‹ Nun gut, Frau Roubaud, ich wünsche zu wissen, welch einen besonderen Grund Sie hatten, so zu sprechen.«

Sie wurde nun vollends wirr, sie fühlte, dass wenn sie sich jetzt widerspräche, er sie Antwort für Antwort widerlegen und ihr ein Geständnis entreißen würde. Aber antworten musste sie.

»Oh, Herr Richter, keinen besonderen Grund ... Ich habe das aufgrund bloßer Überlegung gesagt, weil es in der Tat schwierig ist, sich die ganze Sache anders zu denken.«

»Sie selbst haben also einen Mann nicht gesehen, Sie können uns über ihn keine Aufschlüsse geben?«

»Nein, durchaus keine!«

Herr Denizet schien diesen Punkt fallen zu lassen. Er kam aber, zu Roubaud gewandt, sofort darauf zurück.

»Und wie kommt es, dass Sie diesen Mann nicht gesehen haben, wenn er wirklich in das Coupé gestiegen ist? Aus Ihrer Aussage erhellt, dass Sie noch mit dem Opfer sprachen, als die Lokomotive schon zur Abfahrt pfiff?«

Dieses Drängen erschreckte den Unter-Inspektor vollends. Vor Angst wusste er nicht, was tun, sollte er den Strohmann fallen lassen oder ihn aufrechterhalten. Wenn man gegen ihn Beweise hatte, so war die Voraussetzung eines unbekannten Mörders kaum beizubehalten, sie konnte sogar den Fall verschlimmern. Vorläufig wollte er sich auf das Abwarten verlegen und gab deshalb konfuse Erklärungen ab.

»Es ist in der Tat ärgerlich«, meinte Herr Denizet, »dass Ihr Gedächtnis so schwach ist, denn Sie gerade könnten uns helfen, die Verdächtigung vieler Personen auf einen Einzigen zu konzentrieren.«

Das schien direkt auf Roubaud gemünzt, der sich sofort beeilte, sich reinzuwaschen. Er sah sich entdeckt und sein Entschluss stand nun fest.

»Sie werden doch begreifen, dass man, wo das Gewissen so sehr mitspricht, zögert, nichts natürlicher. Wenn ich Ihnen auch sage, ja, ich glaube wohl den Mann gesehen zu haben, so ...«

Der Richter konnte seinen Triumph nicht verbergen, glaubte er doch jenem durch seine Geschicklichkeit die Zunge gelöst zu haben. Er meinte die befremdliche Angst so mancher Zeugen, zu sagen, was sie wüssten, aus Erfahrung zu kennen und schmeichelte sich. Jene jetzt gegen ihren Willen zur Aussage gezwungen zu haben.

»So reden Sie ... Wie sieht er aus? Klein, groß, so von Ihrer Statur?«

»Bewahre, viel größer ... Ich habe wenigstens so die Empfindung, ich glaube dieses Individuum gestreift zu haben, als ich zu meinem Waggon zurückeilte.«

»Einen Augenblick«, sagte Herr Denizet.

Und sich an Jacques wendend, fragte er:

»Der Mann, den Sie mit dem Messer in der Hand gesehen haben, war er größer als Herr Roubaud?«

Der Lokomotivführer, der schon ungeduldig wurde, denn er fürchtete den 5 Uhr-Zug zu verpassen, erhob prüfend die Augen. Er schien Roubaud vorher nie so recht betrachtet zu haben, er war selbst erstaunt, ihn klein und gedrungen mit einem schon anderswo gesehenen, vielleicht geträumten eigentümlichen Profil zu erblicken.«

»Nein«, sagte er leise, »er war nicht viel größer, fast in gleicher Statur.«

Aber der Unter-Inspektor protestierte lebhaft.

»Oh, wenigstens um einen Kopf größer.«

Jacques' weit geöffnete Augen ruhten auf ihm und unter diesem, eine wachsende Überraschung verratenden Blick krümmte sich Roubaud, als wollte er vor seiner eigenen Ähnlichkeit fliehen. Auch seine Frau folgte stumm und wie zu Eis erstarrt der schwerfälligen Arbeit des Gedächtnisses, die sich auf dem Gesicht des jungen Mannes widerspiegelte. Dieser war erstaunt über gewisse Analogien zwischen Roubaud und dem Mörder und allmählich wurde es in ihm zur Gewissheit, dass dieser der Mörder sei, als solchen hatte ihn das Gerücht auch schon längst beargwöhnt. Diese Entdeckung nahm ihn jetzt vollends gefangen; mit offenem Munde saß er da. Keiner wusste, was jetzt kommen würde. Jacques selbst wusste es nicht einmal. Sprach er, war das Ehepaar verloren. Die Augen Roubauds waren den seinen begegnet, beide blickten sich auf den Grund ihrer Seelen. Es trat eine kleine Pause ein.

»Sie stimmen also nicht überein«, sagte Herr Denizet. »Haben Sie ihn nur klein gesehen, so mag das daher kommen, weil er im Kampfe mit seinem Opfer eine gebückte Stellung einnahm.«

Auch er beobachtete die beiden Männer. Er hatte gar nicht daran gedacht, diese Konfrontation auszunutzen; aber mit berufsmäßigen Instinkt fühlte er, dass in diesem Augenblick die Wahrheit in der Luft schwebte. Sogar sein Vertrauen zu der Fährte Cabuche geriet ins Wanken. Hatten die Lachesnaye wirklich recht? Waren gegen alle Wahrscheinlichkeit dieser achtbare Beamte und seine sanfte Frau wirklich die Täter?

»Hatte der Mann einen Vollbart wie Sie?«, fragte er Roubaud.

Dieser hatte die Kraft, zu antworten, ohne dass seine Stimme zitterte.

»Einen Vollbart? Nein! Soviel ich weiß, hatte er gar keinen Bart.«

Jacques fühlte, dass ihm dieselbe Frage vorgelegt werden würde. Was sollte er sagen? Er hätte darauf geschworen, dass der Mörder einen Vollbart getragen habe. Im Grunde genommen, was gingen ihn jene Leute an, warum sollte er nicht die volle Wahrheit sagen? Aber als er seine Augen von dem Manne abwandte, begegnete er denen der Frau. Und in deren Blick las er eine so glühende Bitte, die so völlige Hingabe ihrer ganzen Person, dass er sich wie umgewandelt fühlte. Sein alter Schauder überlief ihn wieder; liebte er jene, war sie es, die er lieben wollte, wahr lieben sollte, ohne den ungeheuerlichen Wunsch ihrer Vernichtung zu empfinden? Eine eigentümliche Rückwirkung seiner Verwirrung verdunkelte in diesem Augenblick sein Denken, er fand keine Ähnlichkeit mehr zwischen Roubaud und dem Mörder. Die Vision wurde undeutlich, ein so gewichtiger Zweifel beschlich ihn, dass er ewige Reue gefühlt haben würde, wenn er gesprochen hätte. »Hatte der Mann einen Vollbart wie Herr Roubaud?«, fragte ihn Herr Denizet.

»Ich kann es nicht mit Bestimmtheit sagen, Herr Richter. Es ging alles zu schnell vorüber. Ich weiß nichts und will nichts behaupten.«

Aber Herr Denizet ging von dem Thema nicht ab, denn er wollte mit dem auf dem Unter-Inspektor ruhenden Verdacht ein für alle Mal ins Reine kommen. Er drängte diesen, er drängte den Lokomotivführer und erhielt endlich von Ersterem ein dahin gehendes Signalement, dass der Mörder groß und stark gewesen sei, keinen Bart, aber eine Bluse getragen habe, kurz ganz das Gegenteil von Roubauds eigener äußerer Erscheinung. Vom Zweiten bekam er nur Ausflüchte heraus, welche die Behauptungen Roubauds erst recht bekräftigten. Der Richter kam zu seiner ersten Überzeugung zurück; er befand sich entschieden an der richtigen Fährte, das Porträt, welches der Zeuge von dem Mörder entwarf, war so exakt, dass jeder neue Zug die Gewissheit verstärken musste. Gerade dieses, so ungerechtfertigt verdächtige Ehepaar machte durch seine erdrückende Aussage den Kopf des Schuldigen fallen.

»Gehen Sie dort hinein«, sagte er zu den Roubaud und Jacques und ließ sie das nebenan gelegene Zimmer betreten, nachdem sie das Protokoll unterschrieben hatten. »Warten Sie, bis ich Sie rufe.«

Er gab unverzüglich den Befehl, den Gefangenen vorzuführen. Er war so glücklich, dass er sich gut gelaunt an seinen Schreiber mit den Worten wandte:

»Laurent, wir haben ihn.«

Die Tür sprang auf und zwei Gendarmen schoben einen großen Burschen im Alter von fünfundzwanzig bis dreißig Jahren in das Zimmer. Auf ein Zeichen des Richters zogen sie sich zurück und Cabuche blieb allein und eingeschüchtert, mit der verstörten Miene eines eingefangenen wilden Tieres mitten im Zimmer stehen. Er war ein blonder Kerl mit kraftstrotzendem Hals, mächtigen Fäusten einer überraschend weißen Haut und spärlichem Bart, ein goldener, wie Seide so weicher Flaum beschattete kaum seine Lippen. Das massige Gesicht, die niedere Stirn drückten die Heftigkeit eines bornierten Wesens aus, das nur nach der ersten Empfindung zu handeln pflegt; zugleich aber drückte sich in dem breiten Munde und der eckigen Nase die Bereitwilligkeit gutmütiger, hündischer Unterwürfigkeit aus. Am frühen Morgen aus seinem Loch im Forst geholt und mit ihm unverständlichen Anklagen überhäuft, glich er in seiner Bestürzung, mit der zerrissenen Bluse und seinem zweideutigen Blick ganz einem tückischen Banditen. Das Gefängnis gibt ja auch ehrenwerten Leuten solch ein Aussehen. Die Dämmerung brach herein, das Gemach hüllte sich in Dunkelheit. Der Diener brachte eine große Lampe herein, deren blendendes Licht ihm direkt ins Gesicht fiel. Er starrte unbeweglich in die Flamme, als wäre er schon überführt.

Herr Denizet hatte sofort seine großen, klaren Augen mit den schweren Lidern auf ihn geheftet. Er sagte noch nichts, der erste Versuch, seine

Macht auszuüben, war eine stumme Nötigung, dann erst sollte der wilde Kampf, dieser Krieg voller Listen, Fallen und moralischer Folterungen beginnen. Dieser Mann war der Schuldige, er war vogelfrei und brauchte nur das Geständnis seiner Schuld abzulegen.

Das Verhör begann sehr gelassen.

»Ihr wisst, wessen man Euch beschuldigt?«

»Man hat es mir nicht gesagt, aber ich glaube, es zu wissen«, antwortete Cabuche und seine Stimme grollte dumpf vor ohnmächtigem Zorn. »Man hat genug darüber geredet.«

»Sie kannten Herrn Grandmorin?«

»Ja, ich kannte ihn nur zu gut!«

»Ein Mädchen namens Louisette, Euer Verhältnis, war Hausmädchen bei Frau Bonnehon?«

Den Kärrner packte die Wut. In seinem Zorn schwamm ihm alles rot vor den Augen.

»In des Teufels Namen, die das sagen, sind infame Lügner. Louisette war nicht mein Verhältnis.«

Der Richter hatte neugierig diesem Aufruhr zugesehen. Er machte eine kleine Abschwenkung und sagte:

»Ihr seid etwas heftig. Ihr hattet schon einmal fünf Jahre abzumachen, weil Ihr im Streite einen Mann getötet habt.«

Cabuche senkte den Kopf. Diese Verurteilung war seine Schande.

»Er hatte zuerst geschlagen«, murmelte er, »ich habe nur vier Jahre gesessen, man hat mir das fünfte erlassen.«

»Ihr behauptet also, dass die Louisette nicht Euer Verhältnis war?«

Er ballte abermals die Fäuste. Dann sagte er mit gedämpfter Stimme und in abgebrochenen Sätzen:

»So begreifen Sie doch, sie war ja noch ein halbes Kind, erst vierzehn Jahre, als ich von dort zurückkehrte ... Damals floh mich alle Welt, man hatte mich gesteinigt. Nur sie, der ich im Walde täglich begegnete, näherte sich mir und sprach so lieb, so lieb mit mir ... So wurden wir Freunde. Gingen wir zusammen im Walde umher, war es immer Hand in Hand. Jene Zeit war so schön, so schön! Sie wurde größer und ich dachte wohl an sie. Wozu soll ich es leugnen, dass ich sie wie toll liebte. Auch sie liebte mich sehr und es wäre vielleicht so gekommen, wie Sie meinten, wenn man sie nicht von mir getrennt und nach Doinville zu jener Dame gebracht hätte ... Als ich eines Abends mit meinem Karren heimkam, fand ich sie halb wahnsinnig und vom Fieber verzehrt vor meiner Tür. Sie hatte sich nicht zu ihren Eltern zurückgewagt und kam zu mir – um zu sterben ... Oh, dieses Schwein! Am liebsten hätte ich ihn auf der Stelle abgestochen!«

Der Richter kniff seine feinen Lippen erstaunt über diesen aufrichtigen Accent des Mannes zusammen. Er hatte einen verschlossenen Menschen vor sich; dass er jetzt noch den schlimmsten Teil vor sich haben würde, hätte er nicht geglaubt.

»Ja, ich kenne die klägliche Geschichte, die Ihr und dieses Mädchen Euch zurechtgelegt habt. Bedenkt nur, dass das ganze Leben des Präsidenten Grandmorin ihn über solche Verdächtigung erhaben machte.«

Mit sich erweiternden Augen und zitternden Händen stotterte der Kärrner:

»Was, was haben wir erfunden? ... Die anderen lügen, die uns der Lüge beschuldigen.«

»Spielt nur nicht den Unschuldigen ... Ich habe bereits Misard, den Mann der Mutter Eurer Geliebten, vernommen. Wenn es nötig sein sollte, werde ich ihn Euch gegenüberstellen. Ihr sollt dann hören, was er von dem Märchen denkt ... Und überlegt ein wenig Eure Antworten. Wir haben Zeugen, wir wissen alles, Ihr tut am besten, gleich die Wahrheit zu sagen.« Herr Denizet wandte jetzt seine gewöhnliche Taktik der Einschüchterung an, denn er wusste nichts und hatte auch keine Zeugen.

»Leugnet Ihr es auch, dass Ihr öffentlich gedroht habt, den Herrn Grandmorin abzustechen?«

»Das habe ich gesagt, ganz gewiss. Ich habe es sogar aus voller Überzeugung gesagt, denn die Hand juckte mir verteufelt!«

Herr Denizet war nicht wenig überrascht, hatte er doch ein systematisches absolutes Ableugnen erwartet. Der Verhaftete gestand die Drohungen ein? Welche List verbarg sich dahinter? Er fürchtete, etwas zu schnell zu Werke gegangen zu sein, sammelte sich einen Augenblick, dann sah er ihn scharf an und fragte ihn ohne jeden Übergang:

»Was habt Ihr in der Nacht vom vierzehnten auf den fünfzehnten Februar gemacht?«

»Ich habe mich gegen sechs Uhr abends schlafen gelegt ... Ich fühlte mich nicht ganz wohl, deshalb tat mir mein Vetter Louis den Gefallen, eine Ladung Steine nach Doinville zu führen.«

»Ja, man hat Euren Vetter mit dem Wagen beim Niveauübergang über den Eisenbahndamm gesehen. Aber Euer Vetter hat weiter nichts aussagen können, als dass er Euch des Mittags zum letzten Male gesehen habe ... Beweist mir, dass Ihr Euch um sechs Uhr hingelegt habt.«

»Das ist zu dumm. Wie soll ich Ihnen das beweisen? Ich bewohne mein Haus im Walde ganz allein ... Ich befand mich dort, das ist alles, was ich sagen kann.«

Nun entschloss sich Herr Denizet zu dem großen Schlage. Vor dem Imposanten seiner Wissenschaft musste alles Leugnen verstummen. Sein Gesicht versteinerte sich unter der Spannung seines Willens, während sein Mund Komödie spielte.

»Ich will es Euch sagen, was Ihr am Abend des 14. Februar getan habt ... Um drei Uhr seid Ihr von Barentin aus nach Rouen gefahren, zu welchem Zweck hat die Untersuchung bisher noch nicht ergeben. Ihr musstet mit dem Pariser Zug, der um 9 Uhr 3 in Rouen eintrifft, zurückkehren. Ihr standet auf dem Perron mitten in der Menge, als Ihr Herrn Grandmorin in seinem Coupé bemerktet. Ich gebe zu, bemerkt es wohl, dass eine Absicht nicht vorgelegen hat, sondern dass der Gedanke an das Verbrechen Euch dann erst gekommen ist ... Infolge des Gedränges konntet Ihr unbemerkt zu ihm in das Coupé gelangen. Ihr musstet aber mit der Ausführung Eurer Tat bis zum Tunnel von Malaunay warten. Ihr habt jedoch die Zeit schlecht abgewogen, denn der Zug verließ bereits wieder den Tunnel, als Ihr den Mord vollführtet ... Ihr habt den Leichnam dann aus dem Coupé geworfen und seid in Barentin ausgestiegen, nachdem Ihr vorher auch noch die Reisedecke beseitigt habt ... Das habt Ihr getan.«

Er sondierte die geringsten Falten aus dem rosigen Antlitz Cabuches, war aber betroffen, als dieser, der zuerst aufmerksam zugehört hatte, schließlich in ein gutmütiges Lachen ausbrach.

»Was erzählen Sie da? ... Hätte ich den Mord vollführt, so würde ich es auch eingestehen. Ich habe ihn nicht auf dem Gewissen«, fuhr er wieder ruhig fort, »aber ich hätte es tun können. Ja, in des Teufels Namen, es tut mir leid, dass es ein anderer getan hat.«

Herr Denizet vermochte nichts anderes aus ihm herauszubringen. Vergebens wiederholte er seine Fragen, zehnmal kam er mit veränderter Taktik auf denselben Gegenstand zurück. Nein und immer nein, er sei es nicht gewesen. Er zuckte die Achseln und ärgerte sich über dieses Tier. Als man ihn festnahm, hatte man auch seine Hütte durchsucht, aber weder eine Waffe, noch die Banknoten, noch die Uhr gefunden, dagegen hatte man einen Blutflecke aufweisenden Pantoffel als schwerwiegendes

Indiz mitgenommen. Abermals lachte er: Er hatte einem Hasen das Genick umgedreht, daher stammten die Blutflecke auf dem Pantoffel. Der in seine fixe Idee, dass Cabuche der Mörder sei, verrannte Richter verlor jetzt jeden Halt. Er hatte zu viel der professionellen Finesse und Kombinationsgabe angewandt und war damit glücklich über die einfache Wahrheit hinausgeschossen. Dieser borniert Mensch von ungezähmter Kraft war gar nicht imstande, mit Listen zu fechten; dass er nein und immer wieder nein sagte, brachte den Richter ganz aus dem Konzept. Er wollte in ihm durchaus den Schuldigen sehen, und deshalb erbitterte ihn jedes erneute Abstreiten, er fasste es als eine Verbohrtheit in die Wildheit und Lüge auf. Und doch wollte er ihn noch zwingen, das Leugnen einzustellen. »Ihr leugnet also?«

»Entschieden, da ich es nicht gewesen bin ... Wäre ich es gewesen, ich hätte mich auch stolz dazu bekannt.«

Herr Denizet erhob sich hastig und öffnete selbst die Tür des benachbarten Zimmers. Er rief Jacques herein und fragte ihn:

»Erkennen sie diesen Menschen wieder?«

»Ich kenne ihn«, erwiderte der Lokomotivführer überrascht. »Ich habe ihn früher einmal bei Misard gesehen.«

»Nein, das meine ich nicht ... Erkennen Sie in diesem Menschen den Mörder wieder?«

Jetzt verstand Jacques. Nein, in ihm erkannte er den Mörder nicht wieder. Der andere hatte kürzer, dunkler ausgesehen. Schon wollte er es laut heraussagen, als er fand, dass er sich schon wieder zu weit vorwagte. Er antwortete daher ausweichend:

»Ich weiß es nicht, ich kann es nicht behaupten ... Ich versichere Sie, Herr Richter, ich kann es nicht mit Bestimmtheit sagen.«

Herr Denizet wartete nicht weiter und rief die Roubaud herein. Auch sie fragte er:

»Erkennen Sie diesen Menschen wieder?«

Cabuche lächelte noch immer. Er war nicht weiter erstaunt, sondern begrüßte Séverine, die er schon, als sie noch als Mädchen in la Croix-de-Maufras gewohnt, kannte, durch ein leichtes Nicken mit dem Kopfe. Aber sie und ihr Mann waren nicht wenig überrascht, als sie jenen an dieser Stelle erblickten. Sie begriffen: Das war also der Verhaftete, den Jacques erwähnt hatte, durch den ihre abermalige Vorladung veranlasst worden. Roubaud besonders staunte, ihn machte die Ähnlichkeit dieses Burschen mit dem sagenhaften Mörder, dessen Signalement er als das

Gegenteil von seiner eigenen Person erfunden hatte, fast bestürzt. Dass zufällig alles stimmte, konnte er gar nicht fassen, deshalb zögerte er auch mit der Antwort.

»Erkennen Sie ihn wieder?«

»Mein Gott, Herr Richter, ich wiederhole es Ihnen, ich habe ja nur eine bloße Empfindung von dem Individuum gehabt, das mich streifte ... Jedenfalls aber ist dieser so groß wie jener, auch ist er blond und ohne Bart ...«

»Also ist er es oder ist er es nicht?«

Der in die Enge getriebene Unter-Inspektor erzitterte infolge des inneren Kampfes. Mehr instinktiv als bewusst die Haltung, die man von ihm wünschte, erspähend, sagte er:

»Ich kann es nicht behaupten. Aber es scheint, ja, es scheint gewiss so zu sein.«

Jetzt begann Cabuche zu fluchen. Ihm schien es, als wollte man ihn mit dieser Geschichte direkt dumm machen. Er wäre es nicht gewesen, man solle ihn laufen lassen. Das Blut drängte sich ihm ins Gehirn, er begann mit den Fäusten zu fuchteln und wurde so fürchterlich, dass die hereingerufenen Gendarmen ihn abführen mussten. Aber gerade diese Heftigkeit, diese Empörung der angegriffenen und nun losgehenden Bestie erhöhte Herrn Denizets Triumph. Seine Überzeugung stand jetzt fest, er machte kein Hehl mehr daraus.

»Haben Sie seine Augen gesehen? In solchen Augen verstehe ich zu lesen ... Seine Rechnung ist richtig, er gehört uns!«

Die Roubaud sahen sich starr an. Es war also alles zu Ende und sie gerettet? Das Gericht hatte wirklich den Schuldigen entdeckt? Es war ihnen alles noch nicht so recht klar, sie hatten jedenfalls aber die schmerzliche Empfindung, dass, wie die Sache jetzt lag, sie eine böse Rolle spielten. Zunächst aber überwog die Freude und spülte ihre Gewissensbisse fort. Sie lächelten Jacques an und spürten erleichterten Herzens ein heftiges Verlangen nach Aufatmen in der freien Luft. Der Richter wollte sie gerade entlassen, als ein Gerichtsdiener ihm einen Brief behändigte.

Lebhaft trat Herr Denizet an seinen Schreibtisch, um mit Aufmerksamkeit zu lesen und vergaß ganz die drei Zeugen. Es war ein Brief aus dem Ministerium, der Bescheid, dass er sich noch etwas hätte gedulden sollen, ehe er die Untersuchung von Neuem weiterführte. Was er las, dämpfte seinen Triumph, denn sein Gesicht überzog nach und nach eine eisige Kälte und die an ihm sonst sichtbare stumpfe Unbeweglichkeit. Er erhob auch einmal den Kopf und blickte die Roubaud von der Seite an, als hätte eine Stelle im Briefe ihn wieder an sie erinnert. Auch deren Freude war schnell verflogen, sie fühlten sich wieder höchst unbehaglich und schuldbeladen. Warum hatte er sie angesehen? Hatte man in Paris dieses ungeschickte Billett mit drei Zeilen aufgefunden, das sie fürchten mussten? Séverine kannte Herrn Camy-Lamotte sehr gut, sie hatte ihn oft beim Präsidenten gesehen und wusste, dass er mit Ordnung der Papiere des Toten beauftragt war. Jetzt quälte Roubaud das Bedauern, seine Frau nicht nach Paris geschickt zu haben. Sie hätte mehrere, gewiss nützliche Besuche machen und sich der Protektion des Generalsekretärs versichern können, falls die Gesellschaft, durch die umlaufenden bösen Gerüchte beunruhigt, noch an seine Absetzung denken sollte. Beide wandten kein Auge von dem Richter; ihre Unruhe wuchs, je mehr sie sein Gesicht sich verfinstern sahen. Er war jedenfalls sehr deprimiert von diesem Brief, der die Arbeit eines ganzen Tages wieder zunichtemachte.

Endlich ließ Herr Denizet die Hand mit dem Brief sinken, er ließ noch einen Augenblick in Gedanken verloren seine Augen auf den Roubaud und Jacques haften. Dann aber raffte er sich auf und sagte laut:

»Es ist gut; wir werden ja sehen und alles nochmals durchgehen ... Sie können jetzt gehen.«

Doch als die Drei fort wollten, konnte er dem Verlangen nicht widerstehen, den bedeutsamen Punkt aufzuklären, der sein neues System durchquerte, obwohl man ihm anempfahl, nichts ohne vorhergegangene Anfrage zu tun.

»Nein, bleiben Sie noch einen Augenblick, Herr Lantier, ich habe Sie noch etwas zu fragen.«

Die Roubaud warteten im Korridor. Die Türen standen offen, aber sie konnten noch nicht hinaus: Ein Etwas hemmte ihren Schritt, die Angst vor dem, was sich in diesem Augenblick im Zimmer des Untersuchungsrichters abspielen mochte, die physische Unmöglichkeit, eher fortzugehen, bis sie von Jacques erfahren, was für eine Frage ihm vorgelegt worden sei. Sie gingen mit schlotternden Beinen auf und ab. Dann setzten sie sich wieder auf die Bank, wo sie schon vorher mehrere Stunden stumm vor sich hin gebrütet hatten.

Als der Lokomotivführer wieder erschien, erhob sich Roubaud schwerfällig.

»Wir haben Sie erwartet, um mit Ihnen nach dem Bahnhof zurückzu-kehren ... Nun?«

Jacques aber wendete verlegen den Kopf zur Seite, als wollte er dem auf ihn gerichteten Blick Séverines ausweichen.

»Er weiß nicht mehr wie vorher, er planscht umher«, sagte er endlich. »Jetzt hat er mich gefragt, ob nicht zwei den Mord begangen haben. Ich habe ihm dasselbe erwidert, was ich in Havre ausgesagt, nämlich, dass eine dunkle Masse auf den Beinen des Alten gelastet habe. Nun wollte er auch darüber noch Näheres wissen ... Er schien der Meinung, dass das keine Reisedecke war. Dann ließ er die Decke holen und ich musste nochmals meine Meinung sagen ... Mein Gott, ja, es war vielleicht die Reisedecke.«

Die Roubaud überlief es kalt. Man war ihnen auf der Spur, ein einzi-ges Wort dieses jungen Menschen konnte sie ins Verderben stürzen. Er wusste sicher alles und würde schließlich aussagen. Schweigend verlie-ßen die Drei, die Frau in der Mitte, das Gerichtsgebäude. Als sie sich auf der Straße befanden, meinte Roubaud plötzlich:

»Da fällt mir gerade ein, Kamerad, meine Frau wird einiger Geschäfte halber einen Tag in Paris zubringen müssen. Sie sind vielleicht so gut und stehen ihr mit Rat zur Seite, falls sie Hilfe braucht?«

# Fünftes Kapitel

Punkt 11 Uhr signalisierte der Wärter am Pont de l'Europe durch das vorgeschriebene zweimalige Tuten die Ankunft des Eilzuges von Havre, der soeben aus dem Tunnel von Les Batignolles auftauchte. Bald darauf erdröhnten die Drehscheiben und der Zug rollte mit einem kurzen Pfiff, sich stoßend, rauchend, triefend und durchnässt von dem seit Rouen unablässig strömenden Regen in den Bahnhof.

Die Beamten hatten noch nicht einmal Zeit gefunden, die Coupétüren zu öffnen, als eine derselben bereits von innen aufgestoßen wurde und Séverine auf den Perron sprang, noch ehe der Zug zum Halten gebracht war. Ihr Waggon war der letzte im Zuge, sie musste sich daher beeilen und drang mit dem sich plötzlich aus den Coupétüren ergießenden Strom der mit Sack und Pack angekommenen Reisenden zur Lokomotive vor. Jacques stand dort auf der Plattform und wartete auf die Rückfahrt in das Depot, während Pecqueux die Messingteile mit einem leinenen Tuche abrieb.

»Also abgemacht«, sagte sie und stellte sich dabei auf die Fußspitzen. »Ich werde um drei Uhr in der Rue Cardinet sein. Sie werden die Güte haben, mich Ihrem Chef vorzustellen, damit ich mich bei ihm bedanken kann.«

Dieser Dank für irgendeine unbedeutende Gefälligkeit an den Chef des Depots von Les Batignolles war ein von Roubaud erdachter Vorwand. Auf diese Weise musste sie die Freundschaft des Maschinenführers in Anspruch nehmen und konnte so am besten dessen Person fester an sie selbst knüpfen. Jacques, bis auf die Haut durchnässt vom Kampfe gegen Wetter und Wind und von der Kohle geschwärzt, sah sie stumm mit seinen harten Augen an. Er hatte ihrem Gatten in Havre den Gefallen nicht abschlagen können, aber der Gedanke, allein mit ihr zu sein, verdrehte ihm den Kopf, er fühlte sehr wohl, dass sie ihm begehrenswert erschien.

»Nicht wahr, ich darf auf Sie rechnen?«, wiederholte sie mit einem schmeichlerischen Blick ihrer Augen. Innerlich war sie nicht wenig überrascht und empört von einer so wenig entgegenkommenden, steifen Haltung.

Sie hatte sich höher gereckt und ihre behandschuhte Hand unwillkürlich auf eine Feuerzange gelegt.

»Vorsicht«, mahnte Pecqueux galant, »Sie werden sich beschmutzen.«

Jacques musste nun etwas sagen. Er tat es in sehr schroffem Tone.

»Ja, Rue Cardinet ... Vorausgesetzt, dass mich dieser verwünschte Regen nicht ganz fortschwemmt. Ein Hundewetter!«

Sie rührte sein erbärmlicher Zustand. Als hätte er nur für sie so gelitten, schmeichelte sie:

»Wie sehen Sie aus und ich war inzwischen so gut aufgehoben! ... Ich habe an Sie gedacht und fand dieses Unwetter empörend ... Der Gedanke, dass gerade Sie mich heute früh hierher gebracht haben und mich heute Abend mit dem Schnellzuge wieder zurückführen werden, macht mich sehr glücklich.«

Aber diese liebenswürdige, fast zärtliche Vertraulichkeit schien ihm noch mehr den Kopf zu verdrehen. Er sah sehr geängstigt aus. Da erlöste ihn der plötzliche Ruf: »Rückwärts!« Sofort zog er am Ventil der Dampfpfeife, während der Heizer die junge Frau mit der Hand zur Vorsicht mahnte.

»Um drei Uhr also!«

»Ja, um drei Uhr!«

Während sich die Lokomotive in Bewegung setzte, verließ Séverine als letzte den Bahnsteig. Als sie draußen in der Rue d'Amsterdam den Schirm öffnen wollte, bemerkte sie zu ihrer Zufriedenheit, dass der Regen aufgehört habe. Sie ging bis zur Place du Havre, überlegte dort einen Augenblick und entschloss sich, zunächst einen kleinen Imbiss zu nehmen. Es fehlten gerade fünf Minuten an halb zwölf, als sie ein kleines Restaurant an der Ecke der Rue Saint-Lazare betrat. Sie bestellte sich Spiegeleier und ein Kotelett. Sie speiste sehr langsam und versank dann in dasselbe Nachdenken, das sie schon seit Wochen quälte. Sie sah jetzt immer sehr bleich und abgespannt aus, ihr verführerisches, gern gezeigtes Lächeln war dahin.

Roubaud hatte es für sehr gefährlich gehalten, noch länger zu warten, und so hatte er zwei Tage nach dem letzten Verhör in Rouen beschlossen, dass sie Herrn Camy-Lamotte einen Besuch abstatten sollte, und zwar nicht im Ministerium, sondern in der Rue du Rocher, wo dessen eigenes Haus in der Nachbarschaft des Hotels Grandmorin zu finden war. Sie wusste, dass sie ihn um ein Uhr dort antreffen würde, deshalb beeilte sie sich nicht. Sie überlegte, was sie sagen wollte und was er wohl antworten würde, damit sie sich keine Blöße gab. Ein neuer Grund zur Unruhe hatte ihre Reise nach Paris übrigens beschleunigt: Sie hatte durch das Geschwätz der Bahnhofsleute erfahren, dass Frau Lebleu und Philomène überall aussprengten, Roubaud würde von der Gesellschaft entlassen werden, weil er durch die Untersuchung sehr belastet wäre. Das Schlimme war, dass Herr Dabadie, als man ihn hierüber befragte, die Wahrheit dieses Gerüchtes nicht direkt in Abrede gestellt hatte, was viel zu denken gab. Es war also höchste Zeit, nach Paris zu reisen, um persönlich für ihre Sache zu plädieren und vor allen Dingen die Protektion der mächtigen Persönlichkeit nachzusuchen, welche anstelle des Präsidenten getreten war. Aber mit diesem Wunsch, der allenfalls den Besuch erklärlich machte, ging ein weit zwingenderer Beweggrund Hand in Hand, das nicht zu sättigende und nicht zu befriedigende Bedürfnis, alles wissen zu wollen, dasselbe, welches den Verbrecher antreibt, sich lieber auszuliefern, als im Zweifel zu bleiben. Die Ungewissheit tötete sie; seit dem Augenblick, in welchem Jacques von der Verdächtigung eines zweiten Mörders gesprochen hatte, fühlten sie sich entdeckt. Sie marterten sich mit fatalen Entwicklungen, mit der Auffindung des Briefes, mit der Wiederaufnahme des Verfahrens. Sie warteten von Stunde zu Stunde auf eine Haussuchung oder Verhaftung. Ihre Marter stieg auf den Gipfel, als die einfachsten Tatsachen um sie herum ein so besorgniserregendes Aussehen anzunehmen schienen. Aus diesem Grunde zogen sie die eventuelle Katastrophe diesem ewigen Alarmieren vor. Sie wollten Gewissheit und keine weiteren Leiden.

Séverine verzehrte ihre Kotelette so in Gedanken, dass sie sich ermunternd zuerst gar nicht wusste, wie sie in dieses Restaurant gekommen war. Sie spürte einen bitteren Geschmack im Munde, die Bissen rutschten nicht herunter und sie brachte es nicht einmal über das Herz, sich Kaffee geben zu lassen. Trotzdem sie langsam gespeist hatte, war es doch erst knapp ein Viertel nach zwölf, als sie das Restaurant verließ. Noch volle dreiviertel Stunden waren totzuschlagen! Sie, die Paris so schwärmerisch liebte, die, so oft sie es konnte, mit erneutem Entzücken über das Pariser Pflaster lief, sie kam sich heute wie verloren, geängstigt vor. Sie konnte das Ende des Besuches nicht erwarten, am liebsten hätte sie sich irgendwo versteckt. Die Bürgersteige trockneten bereits ab, ein warmer Wind trieb die Wolken auseinander. Sie ging die Rue Tronchet hinab und stand plötzlich auf dem Blumenmarkt der Madeleine, einem jener Märzmärkte zu Ende des Winters, auf dem ein Blütenmeer von

Azaleen und Primeln wogt. Eine halbe Stunde lang wanderte sie in diesem vorzeitigen Frühling umher, unstete Träume peinigten sie, sie schilderten ihr Jacques als einen Feind, den sie wehrlos zu machen haben würde. Ihr schien es, als hätte sie den Besuch in der Rue du Rocher hinter sich, als wäre nach dieser Richtung alles gut abgelaufen, als hätte sie nur noch das Schweigen dieses jungen Menschen zu erkaufen. Das war aber ein verwickeltes Unterfangen, für seine Lösung arbeitete ihr Köpfchen allerlei romantische Pläne aus. Dieses Träumen deuchte ihr ein angenehmes, nicht ermüdendes, keine Schrecken zeitigendes Wiegen der Gedanken. Plötzlich fuhr sie zusammen, ihr Blick suchte die Uhr in dem Kiosk: ein Uhr zehn Minuten. Der Besuch war noch nicht gemacht, die Angst vor der Wirklichkeit packte sie von Neuem, sie eilte nach der Rue du Rocher.

Das Hotel des Herrn Camy-Lamotte bildete gerade die Ecke dieser Straße und der Rue de Naples. Séverine musste an dem stumm und öde, mit geschlossenen Fensterläden dastehenden Hotel Grandmorin vorüber. Sie erhob die Augen und beschleunigte ihre Schritte. Sie gedachte ihres letzten Besuches in diesem Hause und sah es groß und drohend vor sich stehen. Als sie einige Schritte weiter war, sah sie sich instinktiv um, wie jemand, der eine laute Stimme aus der ihn verfolgenden Menge vernimmt und bemerkte auf dem gegenübergelegenen Bürgersteig Herrn Denizet, den Untersuchungsrichter aus Rouen, der dieselbe Richtung wie sie verfolgte. Sie blieb betroffen zurück. Hatte er sie bemerkt, als er zum Hause des Präsidenten hinüberblickte? Er ging aber gelassen weiter, sie ließ ihn voraus schreiten und folgte ihm höchst beklommen. Und wie ein Stich ging es ihr durch das Herz, als sie ihn an der Ecke der Rue de Naples die Glocke am Hause des Herrn Camy-Lamotte ziehen sah.

Der Schreck übermannte sie. Jetzt einzutreten hätte sie nie gewagt. Sie machte kehrt und wanderte beschleunigten Schrittes durch die Rue d'Edinbourg bis zum Pont de l'Europe. Dort erst fühlte sie sich geborgen. Sie wusste nicht mehr, wohin gehen, was tun. Starr und unbeweglich lehnte sie gegen die Balustrade und sah hernieder auf das metallene Gerippe des mächtigen Bahnhofsfeldes, über das unaufhörlich die Züge rollten. Sie folgte ihnen mit ihren verschleierten Blicken, aber ihre Gedanken weilten im Hause des Herrn Camy-Lamotte. Sie fühlte, dass der Richter in ihrer Sache bei ihm war, dass die beiden Männer von ihr sprachen und sich in diesem Augenblick vielleicht ihr Schicksal entschied. In ihrer verzweiflungsvollen Stimmung kam ihr der Gedanke, sich lieber vor die Maschine eines Zuges zu werfen, als nach der Rue du Rocher zurückzukehren. Gerade verließ einer die Halle für den Fernverkehr. Sie sah ihn kommen und zu ihren Füßen verschwinden, während ein Wirbel lauen, weißen Dampfes ihr Gesicht anhauchte. Der Gedanke, dass sie die Reise umsonst gemacht haben, an die furchtbare Angst, die sie heimbringen würde, falls sie nicht mehr die Kraft hätte, sich Gewissheit zu verschaffen, stellte sich so lebhaft ihrem Geiste vor, dass sie sich selbst noch weitere fünf Minuten bestimmte, um ihren Mut wiederzufinden. Lokomotiven pfiffen, besonders eine kleine, welche das Ausrangieren eines Ringbahnzuges besorgte. Ihr Blick hatte sich nach links gewandt und erkannte hoch oben über dem Gepäckexpeditionshof das Haus in der Sackgasse der Rue d'Amsterdam und in diesem Hause das Fenster des Zimmers der Mutter Victoire, dieses Fenster, an welchem sie sich noch hinter ihrem Mann stehen sah vor jenem abscheulichen Auftritt, mit dem ihr Unglück begonnen hatte. Diese Erinnerung rief das Gefährliche ihrer Lage durch ein so spitziges Gefühl des Leidens wieder in ihr wach, dass sie sich entschlossen fühlte, allem ins Auge zu sehen, bloß um damit zu Ende zu kommen. Das Getute der Signalhörner, das ununterbrochene Rasseln betäubten sie. Dichte Rauchwolken versperrten den Horizont und bedeckten den großen klaren Himmel über Paris. Sie trat von Neuem den Weg nach der Rue du Rocher an, mit dem Gefühl, als wollte sie einen Selbstmord begehen; sie beschleunigte ihre Schritte in der jähen Furcht, vielleicht dort niemand mehr anzutreffen.

Als Séverine die Hausglocke zog, überlief es sie abermals eisig. Doch schon bat ein Diener sie in das Vorzimmer und fragte, wen er melden dürfte. Beim geräuschlosen Öffnen der Türflügel hörte sie die lebhafte Unterhaltung zweier Stimmen. Dann herrschte wieder tiefes, durch nichts gestörtes Schweigen um sie her. Sie unterschied nur das dumpfe Pochen ihrer Schläfen, sie redete sich ein, dass der Richter noch konferierte und man sie wahrscheinlich schon längst erwartet hatte. Dieses Warten schien ihr unerträglich. Plötzlich hörte sie den Diener ihren Namen nennen. Er geleitete sie in das Kabinett. Jedenfalls war der Richter noch da, sie vermutete ihn hinter einer Tür verborgen.

Dunkle Möbel, ein dicker Teppich, schwere, so dicht geschlossene Vorhänge, dass von draußen kein Ton hereindringen konnte, schmückten das ernst aussehende große Arbeitszimmer. Trotzdem sah man in einem Bronzegefäß herrliche Rosen blühen, ein Zeugnis dafür, dass sich hinter dieser würdigen Strenge eine Anmut und Freude an der Heiterkeit des Lebens verbarg. Der Herr des Hauses stand aufrecht hinter seinem Schreibtische. In seinem korrekt zugeknöpften Gehrocke und mit seinem feinen Gesicht, das seine schon ergrauenden Haare größer erscheinen ließen, als es war, sah er zwar streng, aber auch vornehm elegant und behäbig aus, wie einer jener alten Beaus von Distinktion, unter deren offizieller Haltung man stets ein gutmütiges Lächeln spürt. In dem im Gemache herrschenden Halbdunkel sah er sehr erhaben aus.

Séverine fühlte beim Eintritt, wie die laue dumpfe Luft dieses Zimmers sich schwer auf ihre Brust legte. Sie erblickte nur Herrn Camy-Lamotte, der ihrer Annäherung gespannt entgegensah. Er machte keine zum Sitzen einladende Bewegung, keine Anstalt zuerst zu reden; er wartete, bis sie von der Ursache ihres Besuches sprechen würde. Dadurch entstand ein längeres Schweigen. Séverine verspürte aber plötzlich die Wirkung einer sich in ihrem Innern vollziehenden heftigen Reaktion und wieder Herrin ihrer selbst sprach sie ruhig, sehr vorsichtig und sehr klug.

»Sie entschuldigen, mein Herr, dass ich es wage, mich in Ihr Gedächtnis zurückzurufen. Sie kennen den unersetzlichen Verlust, den ich erlitten habe, und in meiner Verlassenheit habe ich mich erkühnt, mich an Sie mit der Bitte zu wenden, unser Verteidiger zu sein und unser Beschützer an Stelle Ihres von mir so bedauerten Freundes.«

Herr Camy-Lamotte musste ihr jetzt wohl oder übel einen Stuhl anbieten – er tat es mit einer Handbewegung – denn was sie sagte, war tadellos gesprochen, der Kummer ebenso wie die Demut darin genau abgewägt, wie eben nur die unnachahmliche Kunst weiblicher Heuchelei es fertigbekommt. Aber er sprach noch immer nicht. Auch er hatte abwartend sich gesetzt. Sie fuhr daher fort in der richtigen Empfindung, dass sie deutlicher werden müsse.

»Gestatten Sie, dass ich Ihre Erinnerungen etwas unterstütze. Ich hatte die Ehre, Sie seiner Zeit in Doinville zu sehen. Ach, das waren noch glückliche Tage für mich! ... Jetzt ist eine schlechte Zeit für mich angebrochen und ich habe keinen weiteren Rückhalt als Sie, verehrter Herr. Ich flehe Sie deshalb an im Namen dessen, den wir verloren haben, führen Sie, da Sie ihn geliebt haben, das von ihm begonnene gute Werk weiter!«

Er hörte ihr zu, er sah sie an und sein Verdacht war fort. Er fand sie in ihrer Trauer und ihrem Flehen so natürlich und reizend. Das von ihm unter den Papieren Grandmorins aufgefundene Billett mit den beiden nicht unterschriebenen Zeilen konnte nach seiner Meinung nur von ihr herrühren, deren dem Präsidenten erwiesene Gefälligkeiten er kannte. Und jetzt hatte die bloße Ankündigung ihres Besuches ihn bereits zu bekehren vermocht. Er hatte seine Unterredung mit dem Richter lediglich unterbrochen, um sich Gewissheit zu verschaffen. Aber konnte er sie wirklich für schuldig halten, sie, die er so sanft und friedfertig vor sich sitzen sah? Er wollte jedenfalls ein klares Bild haben und unter voller Bewahrung seiner strengen Würde fragte er:

»Erklären Sie sich näher, Frau Roubaud ... Ich erinnere mich Ihrer ganz genau. Es soll mich freuen. Ihnen nützlich sein zu können, wenn dem nichts im Wege steht.«

Séverine erzählte nun sehr bedächtig, wie es kam, dass ihrem Gatten eine Entlassung drohe. Man beneide ihn vielfach wegen seiner Verdienste und der hohen Protektion, die er bis jetzt genossen hatte. Jetzt glaube man ihn schutzlos, man hoffe zu siegen und mache daher alle Anstrengungen, ihn zu stürzen. Sie nannte im Übrigen keinen Namen. Sie sprach in abgemessenen Sätzen trotz der über ihrem Haupte schwebenden Gefahr, sie hätte sich zu der Reise nach Paris schnell entschlossen, weil nach ihrer Überzeugung keine Zeit mehr zu verlieren wäre. Morgen wäre es vielleicht schon zu spät gewesen, sie bäte ihn deshalb um schleunige Hilfe und Unterstützung. Alles das brachte sie mit einer so großen Fülle von logischen Fakten und guten Gründen vor, dass man ihr in der Tat keine andre Absicht bei ihrem Besuch zu unterschieben vermochte.

Herr Camy-Lamotte sondierte sie bis in die kleinsten unmerklichen Regungen ihrer Mundwinkel. Er war es, der dann den ersten Hieb führte.

»Aber warum will die Gesellschaft Ihren Mann verabschieden? Ich denke, sie hat ihm nichts Bedenkliches vorzuwerfen?«

Auch sie wandte kein Auge von ihm, sie spürte die feinsten Falten seines Gesichtes aus, um sich klar zu werden, ob er im Besitz ihres Briefes sei. Trotz des unschuldigen Aussehens seiner Frage war sie sofort überzeugt, dass er den Brief dort, in seinem Schreibtische verborgen halte; sie merkte die Falle, die man ihr stellte, dass er hören wollte, ob sie sich scheuen würde, von den wahren Gründen der Entlassung zu sprechen. Er hatte übrigens den Ton viel zu sehr zugespitzt, als dass man seine wahre Absicht nicht hätte merken können, und bis in das Innerste ihrer Seele spürte sie die verblassten Augen dieses arbeitsmüden Mannes dringen. Aber sie marschierte tapfer in die Gefahr hinein.

»Mein Gott, verehrter Herr, es ist geradezu ungeheuerlich! Man hat uns im Verdacht, dieses unglückseligen Testamentes wegen unsern Wohltäter getötet zu haben! Wir haben unsere Unschuld ohne große Mühe nachgewiesen, aber etwas bleibt von solchen abscheulichen Verleumdungen stets zurück und die Gesellschaft fürchtet wahrscheinlich einen Skandal.«

Er war abermals überrascht und betroffen von diesem Freimut, namentlich von der Aufrichtigkeit des Accents. Im Übrigen hatte sein prüfendes Auge gleich bei ihrem Eintritt genau gesehen, er fand ihre Gestalt von Mittelgröße, die gefällige Unterwürfigkeit in dem Blick ihrer blauen Augen unter dem Willenskraft bezeugenden schwarzen Haare äußerst verführerisch. Er dachte an seinen Freund Grandmorin mit eifersüchtiger Bewunderung: wie hatte es dieser verteufelte Mensch, der doch zehn Jahre älter gewesen als er selbst, nur fertigbekommen, bis zu seinem Tode solche Geschöpfe zu erobern, in einem Alter, in welchem er eigentlich auf solch ein Spielzeug schon hätte Verzicht leisten müssen, wollte er nicht das letzte Mark sich aus den Knochen saugen lassen. Sie war in der Tat charmant. Das Lächeln des jetzt übrigens uninteressierten Liebhabers von solchen Dingen drang durch die vornehme Kälte seiner Beamtenmiene. Man merkte sein Bedauern, eine so ärgerliche Sache auf dem Halse zu haben.

Jetzt aber machte Séverine einen Fehler. Sie fühlte, dass sie Oberwasser hatte und im Gefühl ihres Sieges sagte sie:

»Leute wie wir morden nicht des Geldes wegen. Uns hätte ein andrer Beweggrund leiten müssen und ein solcher war eben nicht vorhanden.«

Er sah sie an und sah, wie ihre Mundmuskeln zuckten. Also sie war es doch gewesen, seine Gewissheit war von jetzt ab nicht mehr zu erschüttern. Und auch sie erkannte, dass sie sich ihm ausgeliefert habe an dem nervösen Zucken in ihrem Kinn, an dem Verschwinden seines Lächelns. Fast wurde sie ohnmächtig, sie fühlte, wie ihr ganzes Wesen dahinschwand. Trotzdem blieb sie aufrecht auf dem Stuhle sitzen, sie hörte ihn in demselben Tone wie vorher das sagen, was er zu sagen hatte. Die Unterhaltung nahm ihren Fortgang, aber beide konnten aus ihr nichts weiter lernen, als sie schon wussten. Mit gleichgültigen Worten sagten sie sich nur noch Dinge, die sie sich eigentlich gar nicht erzählen wollten. Er hatte den Brief und sie hatte ihn geschrieben. Das las man selbst aus ihrem Schweigen heraus.

»Frau Roubaud«, sagte er endlich, »ich will mich bei der Gesellschaft für Sie verwenden, wenn Sie in der Tat der Teilnahme wert sind. Ich erwarte gerade heute Abend den Betriebsdirektor in einer anderen Angelegenheit ... Ich bedarf aber einiger Notizen. Bitte, schreiben Sie mir doch Ihren Namen, die dienstliche Stellung Ihres Mannes und sonst noch auf, was mir sofort die ganze Angelegenheit in die Erinnerung rufen kann.«

Er rückte ein kleines Tischchen an sie heran und wandte seine Blicke ab, um sie nicht zu sehr in Furcht zu setzen. Sie hatte gebebt: Er wollte ihre Handschrift haben, um sie mit der des Billetts zu vergleichen. Sie suchte zunächst vergeblich nach einer Ausflucht, sie war entschlossen, nicht zu schreiben. Dann aber überlegte sie: Schlimmer konnte es nicht werden, wenn sie schrieb, da er doch bereits alles wusste; ihre Handschrift würde irgendwo doch zu finden sein. Ohne offenbare Verwirrung, mit der natürlichsten Miene von der Welt schrieb sie nieder, was er verlangte, er dagegen stellte sich hinter sie und erkannte sofort die Handschrift des Billetts wieder, deren Buchstaben hier nur etwas höher und fester aussahen. Er fand, dass diese kleine, schwächliche Frau sehr tapfer sei. Er lächelte abermals hinter ihrem Rücken, sodass sie es nicht sehen konnte, mit der Miene eines Mannes, der ein Vergnügen an ihren Reizen, ihrer vor ihm gespielten Sorglosigkeit empfand. Im Übrigen macht nichts so müde als gerecht zu sein. Er wachte lediglich über das Dekorum des Regimes, dem er diente:

»Geben Sie mir das, Frau Roubaud, ich werde mich erkundigen und mich, so gut es geht, für Sie verwenden.«

»Ich werde Ihnen sehr dankbar sein, mein Herr ... Jetzt, nun Sie das Verbleiben meines Mannes im Amte durchsetzen wollen, kann ich meine Angelegenheit wohl als erledigt betrachten?«

»Oh bitte, nein, ich verpflichte mich zu nichts ... Ich muss sehen, muss überlegen.«

Er zögerte wirklich, er wusste noch nicht, wie er jetzt, nun er das Ehepaar schuldig wusste, verfahren sollte. Das war ihre Angst, seit sie sich von seiner Gnade abhängig wusste: sein Zögern, der Zweifel, ob sie durch ihn gerettet oder von ihm ins Verderben gestürzt werden würde, ohne die Gründe durchschauen zu können, die schließlich den Ausschlag geben mussten, musste beseitigt werden.

»Oh, berücksichtigen Sie unsren Verdruss. Lassen Sie mich nicht ohne einen endgültigen Bescheid gehen.«

»Mein Gott, Frau Roubaud, ich vermag im Augenblick nichts. Warten Sie ab.«

Er drängte sie zur Tür. Sie ging, Verzweiflung im Herzen und war nahe daran, alles zu bekennen, unter dem unabweisbaren Zwange, ihn rund heraus reden zu machen, was er mit ihnen zu tun beabsichtige. Um nur noch eine Minute Zeit zu gewinnen und in der Hoffnung, es würde ihr noch etwas einfallen, fragte sie:

»Ich vergaß, ich wollte Sie noch betreffs des unglückseligen Testaments etwas fragen ... Sind Sie der Meinung, dass wir das Legat nicht antreten sollen?«

»Das Gesetz schützt Sie«, sagte er klug ausweichend. »Das ist eine Sache des eigenen Ermessens und der Umstände.«

Schon auf der Schwelle stehend, machte sie noch einen letzten Versuch.

»Ich flehe Sie an, lassen Sie mich nicht so abreisen, sagen Sie mir, ob ich hoffen darf?«

Sie hatte im Gefühl grenzenloser Verlassenheit seine Hand ergriffen. Er entzog sie ihr. Aber sie blickte ihn mit ihren schönen, so glühend bittenden Augen an, dass sein Herz schmolz.

»Gut, kommen Sie um fünf Uhr wieder, vielleicht kann ich Ihnen dann etwas sagen.«

Sie ging und verließ das Hotel noch mehr geängstigt, als zuvor. Die Situation hatte sich zugespitzt, ihr Schicksal blieb in der Schwebe, vielleicht drohte ihr eine sofortige Verhaftung. Wie das Leben ertragen bis fünf Uhr? Der Gedanke an Jacques, den sie ganz vergessen, drängte sich mit einem Male ihr wieder auf: das war auch einer der sie verderben konnte, wenn man sie verhaftete. Obwohl es erst ein Viertel nach zwei war, beeilte sie sich doch, die Rue du Rocher hinauf nach der Rue Cardinet zu kommen.

Herr Camy-Lamotte war sinnend an seinem Schreibtische stehen geblieben. Als Vertrauter der Tuilerien, wohin er in seiner Stellung als Generalsekretär des Justizministeriums fast täglich entboten wurde, ebenso mächtig als der Minister selbst und zu den intimsten Geschäften herangezogen, wusste er, wie sehr die Sache Grandmorin an hoher Stelle irritierte und beunruhigte. Die Organe der Opposition führten die lärmende Kampagne weiter, die einen warfen der Polizei vor, von der politischen Abteilung so in Anspruch genommen zu sein, dass sie keine Zeit übrig hätte zu der Verfolgung von Mördern, die anderen durchwühlten das Privatleben des Präsidenten und gaben zu verstehen, dass er auch zum Hofe gehörte, an dem die Gemeinheit zu Hause wäre. Dieser Feldzug wurde um so verderbenbringender, je näher die Wahlen heranrückten. Man hatte deshalb dem Generalsekretär den Wunsch nahegelegt, dass man mit der Sache, gleichviel wie, zurande kommen möge. Der Minister hatte sich die bedenkliche Angelegenheit vom Halse gewälzt, Herr Camy-Lamotte war also der unumschränkte und einzig verantwortliche Herr über die Entscheidung: Er musste genau prüfen, denn er war sich klar, dass er für alle anderen mit zu büßen haben würde, falls er sich ungeschickt zeigen sollte.

Noch nachdenklich öffnete Herr Camy-Lamotte die Tür zum nächsten Zimmer, in welchem Herr Denizet wartete. Dieser hatte natürlich gehorcht.

»Ich sagte es Ihnen gleich«, sagte er schon beim Hereintreten, »man verdächtigt diese Leute mit Unrecht ... Die Frau denkt ersichtlich nur daran, ihren Mann vor der möglichen Entlassung zu bewahren. Sie hat kein einziges verdächtiges Wort gesprochen.«

Der Generalsekretär antwortete nicht sofort. In Gedanken verloren ließ er seine Blicke auf dem Richter ruhen, dessen grobe Züge und seine Lippen ihn fesselten. Er dachte gerade an diese Kategorie von niederen Beamten, deren Wohl in seiner Hand als der ihres geheimen Chefs lag, und er war betroffen, dass sie noch trotz ihrer Armseligkeit so ehrlich, so intelligent trotz ihrer maschinellen Tätigkeit war. Doch dieser mit seinen von dicken Lidern beschatteten Augen war wirklich der feine Kopf, der zu sein er sich einbildete. Mit zäher Leidenschaftlichkeit hielt er an seiner Wahrheit fest.

»Sie bleiben also dabei«, fragte Herr Camy-Lamotte, »in diesem Cabuche den Täter zu sehen?«

»Aber gewiss«, antwortete Herr Denizet sehr erstaunt. »Nichts könnte ihn entlasten. Ich habe Ihnen die Indizien aufgezählt, die, ich wage es zu sagen, geradezu klassische sind, kaum dass eines fehlt ... Ich habe genau untersucht, ob er nicht doch einen Mitschuldigen, eine Frau vielleicht, in dem Coupé gehabt hat, wie Sie mir zu verstehen gaben. Das schien auch mit der Angabe eines Maschinenführers zu stimmen, der die Scene des Totschlages gesehen haben will: aber geschickt von mir ausgefragt konnte der Mann nicht bei seiner ersten Aussage bleiben, er hat

133

selbst zugegeben, dass die schwarze Masse, von der er gesprochen, eine Reisedecke gewesen sein muss ... Ja, Cabuche ist zweifellos der Täter, wenn wir ihn nicht hätten, hätten wir überhaupt keinen.«

Bisher hatte der Generalsekretär von dem in seinem Besitz befindlichen schriftlichen Beweisstück nichts erwähnt, jetzt, da seine eigene Überzeugung feststand, beeilte er sich umso weniger, dem Richter mit der Wahrheit zu kommen. Wozu den Gang der Untersuchung von der falschen Fährte abbringen, wenn die wahre Spur noch zu größeren Verlegenheiten führen konnte? Das war noch sehr zu überlegen.

»Mein Gott«, meinte er mit dem Lächeln eines müden Mannes, »ich will gern zugeben, dass Sie recht haben. Ich habe Sie nur hierher gebeten, um mit Ihnen gewisse gravierende Punkte zu besprechen. Die ganze Angelegenheit ist eine so außergewöhnliche, ja sogar politische geworden, – wie Sie wissen werden. Wir werden vielleicht gezwungen werden, als Männer der Regierung zu verfahren ... Sie glauben, ehrlich gesagt, aus Ihrem Verhör erkannt zu haben, dass dieses Mädchen, das Verhältnis dieses Cabuche, vergewaltigt worden ist?«

Der Richter spitzte die seinen Lippen, während seine Augen halb hinter den Lidern verschwanden.

»Ja, ich glaube, dass der Präsident sie böse zugerichtet hat, der Prozess wird es zweifellos erhellen ... Wenn die Verteidigung einem Advokaten der Opposition anvertraut wird, können wir uns auf einen ganzen Strauß von Skandalgeschichten gefasst machen, leider kommt so etwas in unserem Lande immer vor.«

Dieser Denizet war in der Tat kein Dummkopf, nur war er seiner Geschäftspraxis sklavisch ergeben und thronte dort in der absoluten Majestät seiner Umsicht und Allmacht. Er hatte begriffen, warum man ihn in die Privatwohnung des Generalsekretärs und nicht in das Justizministerium entboten hatte.

»Wir werden«, betonte er nochmals, als er Herrn Camy-Lamotte nicht reagieren sah, »eine sehr unsaubere Geschichte zu hören bekommen.«

Dieser begnügte sich mit einem Achselzucken als Antwort, er erwog gerade die Resultate des anderen Prozesses, des der Roubaud. Wenn der Gatte vor den Schranken erschien, verschwieg er sicher nichts; er würde erzählen, dass seine Frau schon als Mädchen entehrt worden sei, dass der Präsident den Ehebruch herbeigeführt und dass seine eifersüchtige Wut ihn zum Mord getrieben habe. Abgesehen davon handelte es sich dann nicht mehr um eine Dienstmagd und einen schon vorbestraften

Mann, sondern um einen, an eine hübsche junge Frau verheirateten Beamten; zu der Verhandlung würde ein gewisser Teil der bürgerlichen Kreise und die ganze Eisenbahnwelt herangezogen werden müssen. Wie konnte man angesichts des vom Präsidenten geführten Lebenswandels im Voraus wissen, zu was die Verhandlung noch führen würde? Vielleicht geriet man in nicht abzusehende Gräuel. Nein, die Sache Roubaud, die der wirklich Schuldigen, war zweifellos noch viel schmutziger als die andre. Er war mit sich einig, sie fallen zu lassen. Wollte man durchaus einen Prozess, so war er geneigt, der Gerechtigkeit betreffs des unschuldigen Cabuche freien Lauf zu lassen.

»Ich stimme Ihrem System bei«, sagte er endlich zu Herrn Denizet. »Der Kärrner, der eine gerechte Rache auszuüben glaubte, scheint in der Tat schwer belastet ... Aber alles das ist so unsäglich traurig und was für ein Schmutz muss erst aufgerührt werden ... Ich weiß wohl, dass die Gerechtigkeit keine Rücksicht auf die Folgen nehmen darf und über den Interessen stehen muss ...«

Er vollendete den Satz nicht, sondern Schloss mit einer Handbewegung, während der Richter mit stumpfsinnigem Gesicht auf die Befehle wartete, die er kommen fühlte. Von dem Augenblick an, in welchem man seine Wahrheit akzeptierte, dieses Geschöpf seiner Klugheit, war er geneigt, den gouvernementalen Interessen seine Ansicht von Gerechtigkeit zum Opfer zu bringen. Der Sekretär hatte es diesmal trotz seiner angeborenen Geschicklichkeit zu solchen Transaktionen merkwürdig eilig, er sprach zu schnell als absoluter Herr.

»Man wünscht mit einem Wort ein *non licet* ... Ordnen Sie die Sache, damit sie klassifiziert werden kann.«

»Verzeihung«, entgegnete Herr Denizet, »ich bin nicht mehr Herr über die Sache, mein Gewissen kommt dabei infrage.«

Herr Camy-Lamotte lächelte, er zeigte sofort wieder seine korrekte Haltung und seine höfliche, überlegene Miene, die der ganzen Welt zu spotten schien.

»Gewiss. Ich wende mich deshalb auch an Ihr Gewissen. Ich überlasse es Ihrem Gewissen, die richtige Entscheidung zu treffen. Ich bin überzeugt, dass Sie das Für und Gegen genau abwägen werden, damit die gesunde Doktrin und die öffentliche Moral den Sieg erhält ... Sie wissen, besser wie ich, dass man mitunter lieber heldenhaft ein Übel leidet, nur um nicht in ein schlimmeres zu geraten. Man appelliert im Übrigen an Sie als den guten Bürger und den ehrenhaften Mann. Niemand denkt daran, Ihrer Unabhängigkeit zu nahe zu treten. Deshalb wiederhole ich, Sie sind der absolute Herr in dieser Sache, wie es das Gesetz auch gewollt hat.«

Stolz auf diese unumschränkte Vollmacht, um so mehr, als er davon einen schlechten Gebrauch zu machen im Begriff stand, nahm der Richter jede dieser Phrasen mit einem Kopfnicken der Befriedigung entgegen.

»Übrigens«, fuhr der andere mit verdoppelter Huld fort, deren Übertreibung fast zur Satire wurde, »wissen wir, an wen wir uns wenden. Wir haben Ihre Tätigkeit schon seit langer Zeit beobachtet. Ich freue mich deshalb, Ihnen mitteilen zu können, dass Sie für die zunächst in Paris frei werdende Stelle in Aussicht genommen sind.«

Herr Denizet konnte eine Bewegung der Enttäuschung nicht unterdrücken. Wie? Man wollte den von ihm verlangten Dienst erst später durch die Erfüllung seines ehrgeizigen Traumes, nach Paris versetzt zu werden, vergelten? Herr Camy-Lamotte hatte begriffen und beeilte sich fortzufahren:

»Ihre Stellung hier ist vorgesehen, es ist nur noch eine Frage der Zeit. Da ich nun schon einmal indiskret geworden bin, so schätze ich mich glücklich, Ihnen mitteilen zu können, dass Sie für das Kreuz zum 15. August notiert sind.«

Eine Sekunde überlegte der Richter. Er hatte das Avancement vorgezogen, denn er rechnete aus, dass sein monatliches Einkommen dann um ungefähr hundertundsiebzig Franken stieg, das war gleichbedeutend mit einem Wohlleben seiner jetzigen, dezenten Armut gegenüber. Er konnte seine Garderobe in einen besseren Zustand versetzen und seine dürre Melanie besser ausfüttern. Aber auch das Kreuz war so unübel nicht; im Übrigen hatte er ja das Versprechen in der Hand. Und er, der sich nicht verkauft haben würde, der vollgesogen war mit den Anschauungen des ehrbaren mittleren Beamtenstandes, er gab auf die bloße Hoffnung und das Versprechen hin, von oben herab begünstigt zu meiden, sofort klein bei. Das Geschäft des Richters war eben ein Metier wie jedes andere auch. Auch er schleppte als ausgehungerter Sachwalter die Sträflingskugel am Bein herum und war jederzeit bereit, seinen Rücken vor den Befehlen der Obrigkeit zu beugen.

»Ich bin sehr gerührt«, murmelte er, »ich bitte Sie, dem Herrn Minister meinen Dank auszusprechen.«

Er hatte sich erhoben, er fühlte, dass alles, was sie sich noch zu sagen hatten, jeden von ihnen genieren würde.

»Ich werde also«, so Schloss er mit stumpfsinnig blickenden Augen und teilnahmslosem Gesicht, »meine Untersuchung zu Ende führen und Ihre Bedenken berücksichtigen. Da wir absolute Beweise gegen Cabuche noch nicht besitzen, so wird es wohl das Beste sein, nicht den unnützen Skandal eines Prozesses zu riskieren. Ich werde ihn laufen und weiter überwachen lassen.«

Der Generalsekretär war auch auf der Schwelle des Zimmers noch der liebenswürdigste Mann von der Welt.

»Wir verlassen uns vollständig auf Ihr großes Taktgefühl und Ihre große Ehrenhaftigkeit, Herr Denizet.«

Als sich Herr Camy-Lamotte allein befand, verglich er aus reiner Neugier das Geschreibsel von Séverine mit dem ununterschriebenen Billett, das er unter den Papieren des Präsidenten Grandmorin gefunden hatte. Die Ähnlichkeit sprang sofort in die Augen. Er faltete das Papier und verschloss es sorgfältig. Er hatte dem Untersuchungsrichter kein Wort davon gesagt, eine solche Waffe musste gut gehütet werden. Und als das Profil dieser kleinen, in ihrer nervösen Abwehr so behänden und so tapferen jungen Frau vor seiner Erinnerung stand, zuckte er nachsichtig und spöttisch mit den Achseln. Ach, wenn diese lieben Geschöpfe nur wollen!

Séverine war um kurz vor drei Uhr zwanzig die Erste beim Rendezvous mit Jacques in der Rue Cardinet. Er wohnte hier hoch oben in einem Hause in einem schmalen Kämmerchen, das er höchstens des Abends zum Schlafen aufsuchte. Zwei Nächte in der Woche schlief er überhaupt nicht zu Hause, sondern in Havre in der Zeit zwischen dem Eilzug des Abends und dem des Morgens. Aber an diesem Tage hatte er doch, bis auf die Knochen durchnässt und vor Müdigkeit wie gebrochen sein Zimmer aufgesucht und sich auf das Bett geworfen. Séverine würde deshalb wahrscheinlich vergeblich auf ihn gewartet haben, hätte ihn nicht der Zank eines benachbarten Ehepaares, das Heulen einer von ihrem Manne geprügelten Frau geweckt. Er rasierte sich. Als er aus dem Fenster seiner Mansardenstube blickte, erkannte er sie unten auf dem Bürgersteig. Seine Laune wurde durch ihren Anblick keine bessere.

»Da sind Sie endlich!«, rief sie, als sie ihn aus dem Einfahrtstor treten sah. »Ich fürchtete schon, mich verhört zu haben ... Sie hatten mir doch gesagt an der Ecke der Rue Saussure ...«

Ohne seine Antwort abzuwarten, fragte sie, die Augen auf das Haus gerichtet:

»Also hier wohnen Sie!«

Er hatte ihr, ohne es ihr weiter zu sagen, als Stelldichein sein Haus bezeichnet, weil das Depot, das sie gemeinsam aufsuchen wollten, sich fast gegenüber befand. Aber ihre Frage war ihm unbequem, er bildete sich ein, sie könnte die gute Kameradschaft soweit treiben, auch sein Zimmer sehen zu wollen. Dieses war aber so dürftig möbliert und so in Unordnung, dass er sich schämte.

»Oh, ich wohne hier nicht, ich schlafe hier nur«, antwortete er. »Wir wollen uns beeilen, ich fürchte, der Chef wird schon fort sein!«

Richtig, als sie vor dem kleinen Hause desselben innerhalb der Bahnhofsmauer hinter dem Depot standen, fanden sie ihn nicht mehr. Vergebens suchten sie ihn von Schuppen zu Schuppen; überall sagte man ihnen, er würde um halb fünf zurückkommen; sie würden ihn dann gewiss in den Reparaturwerkstätten treffen.

»Gut, so werden wir wiederkommen«, erklärte Séverine.

Als sie wieder draußen und mit Jacques allein war, meinte sie:

»Vorausgesetzt, dass Sie frei sind, haben Sie wohl nichts dagegen, wenn ich Ihnen Gesellschaft leiste?«

Er konnte nicht nein sagen, im Übrigen übte sie, trotz der betäubenden Unruhe, die er in ihrer Nähe fühlte, auf ihn einen immer stärkeren Reiz aus, sodass das freiwillige Maulen, das er sich vorgenommen hatte, vor ihren sanften Blicken sofort entschwand. Die dort mit ihrem zarten, schlanken und geschmeidigen Körper musste nach seiner Meinung lieben wie ein treuer Hund, den zu schlagen man auch nie den Mut hat.

»Natürlich, ich bleibe bei Ihnen«, erwiderte er noch etwas schroff. »Wir haben aber höchstens eine Stunde Zeit ... Wollen wir in ein Café gehen?«

Sie lächelte ihn an und freute sich, ihn endlich etwas auftauen zu sehen.

»Oh nein«, rief sie lebhaft aus, »ich will mich nicht einschließen ... Ich ziehe es vor, an Ihrem Arm durch die Straßen oder sonst wohin zu wandern.«

Sie nahm ohne Weiteres seinen Arm. Jetzt, ohne den Schmutz der Fahrt, fand sie ihn sehr nett mit seiner Miene eines beurlaubten Beamten, seinem bürgerlichen Aussehen, das er mit einer Art stolzer Freiheit, wie jeder, der an das Leben unter dem freien Himmel und voll täglich zu bestehender Gefahren gewöhnt ist, zur Schau trug. Es war ihr noch nie zuvor so aufgefallen, dass er mit seinem runden, regelmäßigen Gesicht, seinem dunklen Schnurrbart auf der weißen Haut ein hübscher Mensch war, nur seine unsteten, mit goldenen Punkten gesprenkelten Augen, die sie anzublicken vermieden, beunruhigten sie nach wie vor. Warum hütete er sich, ihr in das Gesicht zu blicken, wollte er sich selbst ihr gegenüber zu nichts verpflichten und Herr seiner Handlungsweise bleiben? Von diesem Augenblick an, während sie die Ungewissheit noch peinigte und sie jedes Mal mit Schaudern an das Kabinett in der Rue du Rocher denken musste, wo sich jetzt ihr Schicksal entschied, kannte sie nur ein Ziel, diesen Mann, der ihr den Arm gab, ganz zu ihrem Sklaven zu machen und durchzusetzen, dass, wenn sie den Kopf zu ihm erhob, er seine Augen tief in die ihrigen senken musste. Dann erst gehörte er ihr. Sie liebte ihn nicht, sie dachte nicht einmal an so etwas. Sie bemühte sich nur, ihn sich untertänig zu machen, um ihn nicht mehr fürchten zu müssen.

Sie spazierten durch die in diesem bevölkerten Stadtviertel unaufhörliche Flut von Menschen einige Minuten, ohne zu sprechen. Oftmals sahen sie sich genötigt, vom Bürgersteig herunterzutreten und zwischen Wagen hindurch den Damm zu überschreiten. Bald darauf standen sie vor dem Park von Les Batignolles, der um diese Jahreszeit fast verödet ist. Der von den Regengüssen am Morgen reingewaschene Himmel strahlte jetzt in sanftem Blau und unter den warmen Strahlen der Märzsonne schlugen bereits die Lilien aus.

»Gehen wir hinein?«, fragte Séverine, »das Gewühl betäubt mich.«

Jacques wollte auch aus eigenem Antrieb in den Park, er fühlte das Bedürfnis, sie mehr für sich allein zu haben.

»Hier oder anderswo«, meinte er. »Treten wir näher.«

Langsam wandelten sie unter den blätterlosen Bäumen an den Beeten entlang. Einige Frauen trugen ihre Wickelkinder in die Luft und Passanten eilten schnellen Schrittes, um Zeit zu sparen, durch den Park. Sie kamen an den Bach, wanderten zwischen den Felsen umher und schlenderten müßig zurück, bis sie bei einem Boskett von Tannen anlangten, deren dunkles Grün ihrer unvergänglichen Blätter in der Sonne glänzte. Hier in diesem abgeschlossenen Winkel, stand, den Blicken verborgen, eine Bank. Sie setzten sich, diesmal ohne zu sprechen, es war, als hätte sie der gleiche Wunsch an diese Stelle geführt.

»Es ist doch noch schön geworden«, sagte sie endlich nach längerer Pause.

»Ja«, erwiderte er, »die Sonne scheint wieder.«

Aber beider Gedanken weilten nicht bei ihren Worten. Er, der die Frauen floh, gedachte der Ereignisse, die ihn ihr nähergebracht hatten. Hier saß sie, sie streifte ihn, sie drohte seine Existenz aus dem Gleichgewicht zu bringen und das alles überraschte ihn ungemein. Seit dem letzten Verhör in Rouen zweifelte er nicht mehr daran, dass diese Frau an dem Morde von la Croix-de-Maufras beteiligt war. Warum aber? Aus welcher Veranlassung? Unter welchen Umständen? Durch ihre Leidenschaft oder aus welchem Interesse sonst dazu getrieben? Diese Fragen hatte er sich schon wiederholt vorgelegt, ohne eine Lösung dafür zu finden. Schließlich hatte er sich folgende Geschichte zurechtgelegt: Der interessierte, jähzornige Gatte hätte es eilig gehabt, die Erbschaft anzutreten, vielleicht aus Furcht, dass das Testament zu ihren Ungunsten umgestoßen werden könnte, vielleicht auch aus der Überlegung, seine Frau durch ein blutiges Band fester an sich knüpfen zu können. An dieser Fabel hielt er um so mehr fest, als ihre dunklen Punkte ihn ungemein anzogen und beschäftigten; es fiel ihm aber nicht ein, sie aufhellen zu wollen. Der Gedanke, dass es seine Pflicht gewesen wäre, dem Richter alles zu sagen, hatte ihn auch sehr gepeinigt. Und gerade jetzt wieder beschäftigte ihn derselbe Gedanke, während er auf dieser Bank so dicht neben ihr saß, dass er ihren warmen Hauch über sein Gesicht streifen fühlte.

»Es ist viel, dass man im März schon, gerade wie im Sommer, im Freien sitzen kann«, sagte er.

»Oh«, antwortete sie, »wenn erst die Sonne höher steigt, geht das schon.«

Sie dagegen sagte sich, was muss dieser Mensch für ein Tier sein, dass er in uns nicht sofort die Schuldigen erkannt hat, Sie hatten sich zu auffällig ihm aufgedrängt, selbst in diesem Augenblick drängte sie sich zu dicht an ihn heran. Die von nichtssagenden Redensarten unterbrochenen Pausen benutzte sie, um seinem Gedankengange zu folgen. Ihre Augen waren sich begegnet und sie hatte in ihnen gelesen, dass er sich gerade überlegte, ob sie es nicht war, die er mit ihrem ganzen Gewicht auf den Beinen des Opfers als dunkle Masse hatte lasten gesehen. Was tun, was sagen, um ihn mit einem unzerreißbaren Kitt an sich zu fesseln?

»Es war heute früh sehr kalt in Havre«, setzte sie hinzu. »Und dazu der Regen, den wir abbekommen haben.«

Séverine kam in diesem Augenblick ein glücklicher Gedanke. Sie überlegte und prüfte nicht weiter. Der Gedanke schoss wie eine instinktive Eingebung aus der dunklen Tiefe ihrer Klugheit und ihres Herzens auf. Hätte sie überlegt, würde sie wahrscheinlich nichts gesagt haben. Aber sie fühlte, dass es so ginge und dass sie ihn durch ihre Worte erobern würde.

Sie ergriff sanft seine Hand und blickte ihn an. Die Bäume verbargen sie vor den Blicken der Vorübergehenden, sie hörten nur ein fernes, wie gedämpft in die Einsamkeit der sonnigen Anlagen herüberdringendes Gerassel. Und oben an der Ecke der Allee sah man ein Kind, das lautlos mit seiner Schippe Sand in einen kleinen Eimer füllte. Ohne weiteren Übergang und ihre ganze Seele in den Ton ihrer Stimme legend, fragte sie:

»Halten Sie mich für schuldig?«

Er zitterte, seine Augen blieben in den ihren.

»Ja«, antwortete er mit demselben leisen, bewegten Tone.

Sie presste seine Hand, die sie nicht hatte fahren lassen, noch stärker. Sie fühlte, wie das Fieber in ihren Körpern ineinanderfloss, und fuhr sogleich fort:

»Sie täuschen sich, ich bin nicht schuldig.«

Sie sagte das nicht, um ihn zu überzeugen, sondern lediglich, um ihm zu verstehen zu geben, dass sie in den Augen anderer für unschuldig gelten wollte. Es war das Geständnis einer Frau, die nein sagt mit dem Wunsche, dass es nein sei und immer nein und nein bleiben muss.

»Ich bin nicht schuldig ... Peinigen Sie mich nicht länger, indem Sie mich für schuldig halten.«

Sie fühlte sich glücklich darüber, dass er seine Augen tief in den ihrigen ließ. Was sie tat, war zweifellos eine Opferung ihrer ganzen Person. Sie lieferte sich ihm aus, und wenn er später Ansprüche machen sollte, konnte sie ihm nichts mehr verweigern. Aber das Band war auch gleichzeitig unauflösbar zwischen ihnen beiden geknüpft: Jetzt misstraute sie ihm nicht mehr, er gehörte ihr wie sie ihm. Das Geständnis hatte sie geeint.

»Sie peinigen mich nicht länger, Sie glauben mir?«

»Ja, ich glaube Ihnen«, antwortete er lächelnd.

Warum sollte er sie jetzt gleich in brutaler Weise zu einer Schilderung der fürchterlichen Vorgänge nötigen? Später würde sie ihm alles so wie so freiwillig erzählen müssen. Diese Art, sich selbst durch ein ihm gemachtes Geständnis die Ruhe zurückzugeben, rührte ihn ebenso, wie die Gewähr ihrer unversiegbaren Zärtlichkeit. Sie war so zutraulich, so schmächtig mit ihren süßen Nixenaugen! Sie war so ganz Frau, so ganz für den Mann geschaffen, immer bereit zu gehorchen, um glücklich sein zu können. Ganz besonders entzückte ihn, während ihre Hände noch ineinander ruhten und ihre Augen sich nicht mehr abwandten, dass er sein Übel nicht mehr verspürte, kein Schauder überlief ihn bei dem Gedanken an die Nähe, an den Besitz einer Frau. Bei anderen hätte er nicht die Haut berühren dürfen, gleich war die Lust hineinzubeißen, der unstillbare Heißhunger nach Mord entfacht. Konnte er diese hier wirklich lieben, ohne sie töten zu wollen?

»Ich bin Ihr Freund und Sie haben von meiner Seite nichts zu fürchten«, flüsterte er ihr in das Ohr. »Ich will Ihre Angelegenheit nicht weiter kennenlernen, sie sei, wie sie wolle ... Sie verstehen mich? Verfügen Sie vollständig über meine Person.«

Er hatte sein Gesicht dem ihrigen so nahe gerückt, dass er ihren warmen Hauch in seinem Schnurrbart fühlte. Am Morgen hatte er noch gebebt aus Furcht vor dem Ausbruch einer Krisis. Was ging jetzt in ihm vor, dass er kaum ein leichtes Erzittern verspürte, dagegen das glückselige Schwächegefühl eines Genesenden? Der jetzt zur Gewissheit gewordene Gedanke, dass auch sie gemordet hatte, ließ sie ihm in einem viel großartigeren, ganz besonderen Lichte erscheinen. Vielleicht hatte sie sogar nicht nur dabei geholfen, sondern selbst zugestoßen. Er war sogar, selbst ohne Beweise zu haben, davon überzeugt. Von nun an erschien sie ihm über jedes Urteil erhaben, in dem bewussten, schreckenlosen Verlangen, das sie in ihm entfachte, wie ein geheiligtes Wesen.

Beide scherzten nun miteinander wie ein junges Pärchen im ersten Stadium beginnender Liebe.

»Sie sollten mir auch Ihre andere Hand zum Erwärmen geben.«

»Ich bitte Sie, nicht hier, man könnte uns sehen.« »Wer sollte? Wir sind ja ganz allein ... Und dann wäre auch noch nichts Schlimmes dabei. Kinder sitzen nicht so wie wir hier.«

»Ich glaube es auch.«

Sie lachte herzlich in ihrer Freude, gerettet zu sein. Sie liebte diesen Menschen nicht, sie glaubte sogar, ihrer Sache in dieser Beziehung sicher zu sein. Und als ob sie es sich vorgenommen hätte, träumte sie bereits von der Möglichkeit ihrer Verpflichtungen gegen ihn ledig zu werden. Er benahm sich sehr nett, er würde gewiss nicht in sie dringen und alles würde gut ablaufen.

»Wohl verstanden, wir sind gute Kameraden, so zwar, dass die andern, selbst mein Gatte, nichts Böses dahinter vermuten darf. Jetzt lassen Sie meine Hand los und sehen Sie mich nicht mehr so an. Sie werden sich die Augen verderben.«

Er behielt trotzdem ihre zarten Finger in seiner Hand und sagte stockend, sehr leise:

»Ich liebe Sie!«

Sie hatte sich ihm schnell entwunden und stand nun vor ihm aufgerichtet.

»Was reden Sie da für Dummheiten! Seien Sie vernünftig, man kommt.«

Es kam in der Tat eine Amme, mit einem in ihrem Arm schlummernden Säugling näher. Dann ging sehr geschäftig ein junges Mädchen vorüber. Die Sonne sank und badete sich in den violetten Dünsten des Horizontes. Ihre Strahlen verschwanden aus dem Tannendickicht und erstarben in den Spitzen der Tannen als goldener Staub. In dem nimmer rastenden Wagenverkehr schien eine plötzliche Pause eingetreten zu sein, man hörte es fünf Uhr in der Nähe schlagen.

»Mein Gott«, rief Séverine, »schon fünf Uhr. Ich muss um diese Zeit schon in der Rue du Rocher sein.«

Ihre Freude entschwand, die Angst vor dem Unbekannten, das sie dort unten erwartete, packte sie von Neuem. Ihr fiel wieder ein, dass sie noch nicht gerettet war. Sie erbleichte, ihre Lippen erzitterten.

»Aber Sie wollten doch den Depotchef sprechen?«, fragte Jacques, der ebenfalls aufgestanden war, um ihr wieder seinen Arm anzubieten. »Um so schlimmer. Ich werde ihn ein anderes Mal besuchen ... Hören Sie, lieber Freund, ich kann Sie jetzt nicht mehr gebrauchen, lassen Sie mich den Weg schleunigst allein machen. Und vielen Dank, nochmals herzlichen Dank.«

Sie drückte ihm die Hand und enteilte.

»Pünktlich zum Zuge!«

»Ganz pünktlich.«

Schon war sie schnellen Schrittes hinter den Gebüschen der Anlagen verschwunden, er dagegen schlenderte langsam der Rue Cardinet zu.

Herr Camy-Lamotte hatte inzwischen eine lange Unterredung mit dem Betriebsdirektor der Westbahn-Gesellschaft in seinem Kabinett gehabt. Er hatte ihn unter dem Vorwande, etwas mit ihm besprechen zu müssen, zu sich entboten und nach und nach ihm das Geständnis entlockt, wie sehr dieser Prozess Grandmorin die Gesellschaft ärgere. Da gäbe es Klagen in den Zeitungen darüber, wie schlecht es mit der Sicherheit der Reisenden erster Klasse bestellt wäre; das ganze Personal sei in die Sache verwickelt, mehrere Beamte verdächtigt worden außer dem am meisten beargwöhnten Roubaud, der jeden Augenblick eingelocht werden könnte. Die Gerüchte von der Sittenlosigkeit des Präsidenten, der ein Mitglied ihres Aufsichtsrates gewesen war, müssten naturgemäß auch auf die übrigen Mitglieder dieser Körperschaft ein schlechtes Licht werfen. Und so wäre es gekommen, dass ein vermutlich von dem unbedeutenden Unter-Inspektor begangenes geheimnisvolles Verbrechen niedrigster Art eine kolossale Störung in dem Räderwerk der mächtigen Eisenbahnbetriebsmaschine hervorzubringen drohe und auch die höchste Verwaltung darunter leiden mache. Diese Erschütterung ziehe ihre Kreise sogar noch höher hinauf, beschäftige das Ministerium und bedrohe angesichts der augenblicklichen unglücklichen politischen Konstellation die Regierung, in einer kritischen Stunde den großen sozialen Körper, dessen Zersetzung ein so unbedeutendes Fieber leicht herbeiführen und beschleunigen könnte. Als Herr Camy-Lamotte endlich von seinem Besuche erfuhr, dass die Gesellschaft gerade heute die Entlassung Roubauds beschlossen hätte, lehnte er sich eifrig gegen eine solche Maßregel auf. Nichts sei ungeschickter nach seiner Meinung, als dieses; der Lärm in der Presse würde sich sofort verdoppeln, jedes Oppositionsblatt würde sich ein besonderes Vergnügen daraus machen, Roubaud als ein Opfer der Politik hinzustellen. Der offenbare Riss wäre da und Gott weiß, was für unangenehme Entdeckungen dabei sowohl für die Einen wie für die Andern zutage kommen würden. Der Skandal hätte schon zu lange gedauert, es sei nunmehr die höchste Zeit, dass darüber geschwiegen würde. Und der bald überzeugte Betriebsdirektor verpflichtete sich, dafür zu sorgen, dass Roubaud im Amte belassen, ja selbst nicht einmal aus Havre versetzt werde. Man würde dann bald einsehen, dass es in ihrer Gesellschaft keine unlauteren Elemente gäbe. Damit würden die Akten über diese Geschichte geschlossen sein.

Als Séverine atemlos und heftig klopfenden Herzens wieder vor Herrn Camy-Lamotte in dem düsteren Kabinett stand, betrachtete dieser sie einen Augenblick schweigend. Ihn interessierte ihre außerordentliche Anstrengung, ruhig zu erscheinen. Diese zarte Verbrecherin mit ihren Nixenaugen war ihm entschieden eine sympathische Erscheinung.

»Ich habe soeben ...«

Er hielt inne, um sich noch einige Sekunden an ihrer Angst zu werden. Aber ihr Blick flog so eindringlich zu ihm hinüber, er fühlte ihr ganzes Wesen sich so leidenschaftlich zu ihm drängen, dass er sich ihrer erbarmte.

»Ich habe soeben den Betriebsdirektor gesprochen, Frau Roubaud, und von ihm die Zusicherung erhalten, dass Ihr Mann nicht entlassen wird ... Die Angelegenheit ist somit geordnet.«

Die Woge der übermäßigen Freude, die sich über sie in diesem Augenblick ergoss, machte sie fast taumeln. Ihre Augen füllten sich mit Tränen, sie konnte nichts sagen, nur lächeln.

Er wiederholte den letzten Satz, als wollte er ihr noch einmal seine Bedeutsamkeit so recht ans Herz legen:

»Die Angelegenheit ist somit geordnet ... Sie können unbesorgt nach Havre zurückreisen.«

Sie verstand ihn sehr wohl: Er meinte, man würde sie nicht verhaften, sie seien begnadigt worden. Aus seinen Worten ging hervor, nicht nur, dass ihr Mann im Amt verbleiben durfte, sondern dass auch dieses furchtbare Drama vergessen, begraben wäre. Wie ein dankbares, schmeichelndes Haustier beugte sie sich in dem instinktiven Gefühl überwallender Zärtlichkeit über seine Hände, sie küsste sie und legte sie sich an ihre Wangen. Und diesmal zog er seine Hände nicht zurück, er fühlte sich tief ergriffen von dem Reiz dieser innigen Dankbarkeit.

»Nun vergessen Sie auch nicht das Geschehene«, sagte er und versuchte, wieder Haltung zu gewinnen, »und führen Sie sich gut.«

»Oh, mein Herr!«

Ihm lag aber auch daran, sie und den Mann von sich abhängig zu wissen und daher erinnerte er sie an das Vorhandensein ihres Briefes mit den Worten:

»Denken Sie daran, dass die Akten in Verwahrung bleiben und bei dem geringsten Verstoß Ihrerseits wieder zur Hand genommen werden ... Empfehlen Sie namentlich Ihrem Manne, die Hand von der Politik zu lassen. In dieser Beziehung werden wir unerbittlich sein. Ich weiß wohl, dass er schon etwas auf dem Kerbholz hat, man hat mir von dem ärgerlichen Vorfalle mit dem Unterpräfekten erzählt ... Sie sorgen also dafür, dass er vernünftig ist, wir würden ihn sonst ohne alle Umstände beseitigen müssen.«

Sie hatte sich nicht gesetzt. Es drängte sie ins Freie, um ihrer sie fast erstickenden Freude freien Spielraum geben zu können.

»Wir werden gehorsam sein und ganz nach Ihrem Willen leben, mein Herr ... Sie haben nur zu befehlen, gleichviel wie, gleichviel wohin: Ich gehöre Ihnen.«

Er zeigte wieder dieses schlaffe, blasierte Lächeln eines Mannes, der alle Freuden des Lebens bis zum Überdruss durchkostet hat.

»Oh, ich werde mit dieser Bereitwilligkeit keinen Missbrauch treiben, Frau Roubaud, ich missbrauche nicht mehr.«

Er öffnete selbst die Tür des Kabinetts. Zweimal noch drehte sie sich auf der Schwelle nach ihm um und ihr strahlendes Gesicht dankte ihm aber- und abermals.

Séverine durcheilte die Rue du Rocher wie wahnsinnig. Sie bemerkte, dass sie die Straße ganz ohne Grund hinablief; sie kehrte um, sie lief über den Damm, ohne achtzugeben, ob sie überfahren würde. Sie fühlte das Bedürfnis, laufen und schreien zu müssen. Sie begriff bereits, warum man sie begnadigte und überraschte sich selbst beim lauten Sprechen der Worte:

»Sie haben Furcht und deshalb werden sie auch nicht diese Dinge wieder aufrühren wollen. Ich war ein Schaf, mich so zu foltern ... Das ist ganz klar. Oh, welch' Glück, gerettet, diesmal wirklich gerettet zu sein! ... Gleichviel, meinen Mann will ich doch erschrecken, damit er sich ruhig verhält ... Gerettet, gerettet, oh welches Glück!«

Als sie die Rue Saint-Lazare betrat, sah sie nach der Uhr eines Bijouterieladens, es fehlten noch zwanzig Minuten an sechs.

»Halt, ich habe noch Zeit, ich werde mir noch etwas zugutetun.«

Sie wählte sich das eleganteste Restaurant gegenüber dem Bahnhof und in diesem ein einladendes Tischchen direkt hinter der großen Spiegelscheibe aus, sodass sie vergnügt das bunte Treiben auf der Straße beobachten konnte. Dann bestellte sie sich ein feines Diner, bestehend aus Austern, einem Rostbraten und einem am Spieß gebratenen Huhn. Es war doch das Mindeste, dass sie sich für das schlechte Frühstück entschädigte. Sie kam vor Hunger fast um und aß daher hastig, sie fand das Schwarzbrot ausgezeichnet und ließ sich noch eine süße Speise bereiten. Dann schlürfte sie ihren Kaffee und stürmte fort. Denn es fehlten nur noch einige Minuten bis zum Abgange des Schnellzuges.

Als Jacques sie verlassen, hatte er sein Kämmerchen aufgesucht, um seine Arbeitskleider anzulegen, dann war er sofort in das Depot gegangen, wo er gewöhnlich erst eine halbe Stunde vor Abgang des Zuges zu erscheinen pflegte. Er hatte sich die Sorgen der Visitation der Maschine vom Halse geschafft und sie seinem Heizer Pecqueux aufgeladen, obwohl derselbe dreimal oder zweimal betrunken zu sein pflegte. Aber in der verliebten Erregung des heutigen Tages verspürte er doch so etwas wie Unruhe. Er wollte sich lieber persönlich von dem guten Funktionieren aller Teile seiner Maschine überzeugen, um so mehr, als er des Morgens in Havre bemerkt zu haben glaubte, dass die Lokomotive für eine geringe Arbeit unverhältnismäßig viel Kraft gebrauche.

In dem mächtigen geschlossenen, von der Kohle geschwärzten und von hohen, staubbedeckten Fenstern erhellten Schuppen stand unter anderen, in Ruhestand versetzten Lokomotiven auch die Jacques' als vorderste auf dem Ausgangsstrang. Ein Heizer des Depots füllte soeben die Feuerung auf, rot glühende Kohlen fielen durch die Roste und erloschen zischend in dem schmalen Graben, der eigens zu diesem Zweck durch das Depot gezogen ist. Seine Lokomotive war eine jener Eilzugmaschinen von vornehmer und doch riesenhafter Eleganz, mit doppelt gekoppelten Achsen, großen behänden, durch eherne Arme mit einander verbundenen Rädern, breitem Brustkasten und mit lang gestrecktem und mächtigem Rumpf, ganz die Eisen gewordene Logik und Sicherheit, durch welche die Lokomotive zur herrschenden Schönheit aller metallenen Wesen geworden ist, die Genauigkeit in Verbindung mit der Kraft. Sie trug ebenso wie die anderen Lokomotiven der Gesellschaft außer der Nummer, und zwar 214, den Namen eines Bahnhofes, und zwar von Lison, einer Station des Cotentin. Jacques aber hatte aus Liebe zu seiner Maschine und um ihr zu schmeicheln ihr einen weiblichen Namen gegeben, er nannte sie seine Lison.

Er liebte diese Lokomotive, die er seit vier Jahren führte. Er hatte vorher andre geführt, gelehrige und schwerfällige, mutige und feige. Er musste, dass jede von ihnen einen andern Charakter hatte, dass mit vielen von ihnen nichts los war, wie man von einer Frau aus Haut und Knochen sagt. Seine Lison aber liebte er, weil sie die seltenen Eigenschaften einer wirklichen braven Frau hatte. Sie war sanft, gehorsam, leicht in Gang zu bringen und machte, dank ihrer guten Röhrenanlage, eine ständige, regelmäßige Fahrt. Man behauptete, dass ihr flottes Losfahren von der ausgezeichneten Bandagierung ihrer Räder und namentlich von der exakten Regulierung ihrer Fächer herrührte; dass sie schon bei wenig Feuerung einen genügenden Dampf entwickele, schrieb man der Qualität des Kupfers ihrer Röhren und der glücklichen Wärmeverteilung zu. Aber Jacques wusste, dass sie noch eine Eigenschaft besaß, die ebenso konstruierte und ebenso sorgfältig montierte Lokomotiven wie die Lison nicht besaßen: Sie hatte eine Seele, jenes geheimnisvolle Etwas der Fabrikation, welches der Zufall bei der Hämmerung dem Metall einflößt, das die Hand des Monteurs den einzelnen Bestandteilen verleiht, das Menschliche, das Leben. Er liebte also die schnell flüchtige und ebenso schnell wie ein feuriges und gelehriges Pferd anzuhaltende Lison wie ein dankbarer Gatte. Er liebte sie, weil sie ihm außer dem festen Einkommen durch die Heizerprämien noch manchen Spargroschen in das Haus brachte. Sie heizte sich so vorzüglich, dass er in der Tat viel Kohlen sparen konnte. Er hatte ihr nur einen einzigen Vorwurf zu machen, den des zu großen Verbrauchs von Schmierfett: Was die Kolben namentlich an Schmiere auffraßen, glich keinem Sattessen mehr, das war schon eine wahre Orgie. Vergebens hatte er sie Mäßigung lehren wollen. Außer Atem war sie dann gleich, ihr Temperament verlangte nun einmal diese Libationen an Schmiere. Er hatte ihr schließlich diese Vielfraßleidenschaft zugutehalten müssen, wie man die Augen schließt vor dem Laster von sonst hochbegabten Personen. Er begnügte sich im Scherz zu seinem Heizer zu sagen, dass die Lison gerade wie andere schöne Frauen das Bedürfnis hätte, zu oft geschmiert zu werden.

Während der Kessel zischte und die Lison nach und nach unter Druck trat, wanderte Jacques um sie herum, besah jeden einzelnen Bestandteil und versuchte sich darüber klar zu werden, warum sie am Morgen mehr Schmiere als gewöhnlich begehrt hatte. Er fand indessen nichts Auffälliges, sie leuchtete wie immer sauber und eigen, ein Zeichen dafür, dass sie ein sorgsamer Führer pflegte. Man sah ihn immer putzen und scheuern; namentlich nach der Ankunft in der Endstation rieb er sie kräftig, wie man nach langem Laufe dampfende Pferde trocken zu reiben pflegt; er benutzte ihre Wärme, um die Griffe und Fugen besser rein zu bekommen. Er trieb sie nie an, hielt sie in regelmäßiger Fahrt, vermied jede Verspätung, welche dann mit Sprüngen von gefährlicher Eile wieder eingeholt werden muss. So lebten beide in einer verträglichen Gemeinschaft. Innerhalb der vier Jahre hatte er kein einziges Mal in dem Register des Depots Beschwerde zu führen gebraucht, in welchem die Lokomotivführer ihrem Verlangen nach Reparaturen Ausdruck zu geben haben. Faule, schlechte und trunkene Maschinisten liegen unaufhörlich mit ihren Lokomotiven im Streit. An jenem Tage aber machte ihn ihr Heißhunger auf Fett doch ängstlich. Es war aber noch etwas anderes, etwas Tiefes, Unfassbares und noch nie Gefühltes, was ihn unruhig, misstrauisch gegen sich selbst machte. Ihm war es, als hätte er Grund an ihrer ehelichen Treue zu zweifeln und daher wollte er sich überzeugen, ob sie ihm unterwegs nicht Geschichten machen würde.

Pecqueux war natürlich noch nicht da. Als er mit lallender Zunge infolge eines mit einem Freunde eingenommenen Frühstücks erschien, stellte ihn Jacques wütend zur Rede. Gewöhnlich vertrugen sich die beiden Männer sehr gut, eine Folge der langen Zusammenarbeit von dem einen Ende der Linie bis zum anderen, die sie schweigsam Seite an Seite, durch dasselbe Geschäft und dieselben Gefahren vereint, zubrachten. Obgleich der Maschinist zehn Jahre jünger war als sein Heizer, sorgte er für Letzteren väterlich, er bemäntelte seine Laster und ließ ihn eine Stunde schlafen, wenn er zu betrunken war. Dieser vergalt ihm dieses Wohlwollen durch hündische Ergebenheit, er war im Übrigen ein ausgezeichneter, in seinem Fache ergrauter Arbeiter, sah man von seiner leidenschaftlichen Trunksucht ab. Auch er liebte die Lison, ein Grund mehr für ihr gutes Einvernehmen. Die Beiden und die Lokomotive bildeten in der Tat ein friedfertiges, eheliches Trio. Pecqueux war überrascht von dem schlechten Empfang seitens Jacques', noch mehr erstaunte er aber, als er dessen Zweifel an der Lison vernahm.

»Aber sie läuft doch wie eine Fee!«

»Nein, ich bin besorgt.«

Und trotz des guten Zustandes, in welchem sich jeder einzelne Bestandteil befand, fuhr er mit Kopfschütteln fort. Er ließ die Griffe klappen und probierte die Ventile. Er stieg auf die Plattform und füllte selbst die Schmierkolben der Zylinder, während der Heizer den Dom putzte, an welchem noch leichte Rostflecke sichtbar waren. Er konnte wirklich beruhigt sein. Und der wahre Grund seiner Unruhe? In seinem Herzen thronte nicht mehr die Lison allein. Ein zweites zärtliches Gefühl wuchs dort auf für jenes schmächtige, zerbrechliche Geschöpf, das er noch immer auf der Bank in den Anlagen neben sich sitzen und in seiner trägen Schwäche seinem Verlangen nach Liebe und Schutz Ausdruck geben sah. Noch nie hatte er, wenn der Zug sich ohne sein Verschulden verspätete und er seiner Lokomotive eine Geschwindigkeit von achtzig Kilometern geben musste, an die Gefahren gedacht, welche die Reisenden möglicherweise liefen. Heute aber, nun er diese, am Morgen noch fast verabscheute und mit Widerwillen nach Paris gebrachte Frau nach Havre zurückführen sollte, peinigte ihn die Furcht vor einem Unfall, dass sie durch seine Schuld verwundet werden und in seinen Armen ihr Leben aushauchen könnte. Jetzt war er mit Liebe geladen. Die beargwöhnte Lison musste sich von nun an zusammennehmen, wollte sie ihren guten Ruf als zuverlässige Maschine in seinen Augen sich erhalten.

Es schlug sechs, Jacques und Pecqueux bestiegen die schmale Brücke aus Eisenblech, welche den Tender mit der Lokomotive verbindet; der Letztere öffnete auf einen Wink seines Vorgesetzten die Abzugsventile und ein Wirbel weißen Dampfes füllte zischend den Schuppen. Dann glitt die Lison gehorsam der Drehung des Regulators hervor aus dem Depot und pfiff, um sich das Gleis öffnen zu lassen. Gleich darauf verschwand sie im Tunnel von Les Batignolles. Am Pont de l'Europe musste sie sich etwas gedulden, bis es Zeit war, sie auf den 6 Uhr 30-Eilzug zu rangieren, mit welchem sie dann von zwei Arbeitern solide verbunden wurde.

Fünf Minuten fehlten nur noch bis zur Abfahrt. Jacques beugte sich über die Brüstung; er wunderte sich, Séverine in dem Strom der Reisenden nicht auftauchen zu sehen. Er war überzeugt, dass sie nicht eher einsteigen würde, bis sie ihn gesprochen hatte. Endlich erschien sie verspätet, fast laufend. Richtig, sie eilte am Zuge entlang und blieb mit lebhaft gerötetem Gesichte und glückselig bei der Lokomotive stehen.

Die kleinen Füße und das lachende Gesicht hoben sich zu ihm empor.

»Beunruhigen Sie sich nicht, da bin ich.«

Er lachte ebenfalls in dem Gefühl des Glücks, sie wiederzusehen.

»Es ist gerade noch Zeit.«

Sie reckte sich noch weiter empor und sagte, etwas leiser: »Ich bin zufrieden, sehr zufrieden, mein Freund ... Ich habe viel Glück gehabt ... Ich habe alles erreicht, was ich gewollt.«

Er begriff und zeigte sich sehr erfreut. Im Davoneilen wandte sie sich noch einmal nach ihm um und rief scherzend: »Sie werden mir doch hoffentlich nicht die Knochen zerbrechen?«

»Haben Sie keine Furcht«, gab er heiter zurück.

Die Türen klappten, Séverine hatte gerade noch Zeit, ein Coupé zu besteigen. Der Zugführer gab das Signal, Jacques pfiff und öffnete den Regulator. Man dampfte ab, in derselben Weise wie an jenem tragischen Februarabend, zu derselben Zeit, inmitten desselben lebhaften Treibens auf dem Bahnhofe, desselben Lärms, desselben Qualms. Nur war es diesmal noch Tag, ein durchsichtiges Halbdunkel von sommerlicher Milde. Den Kopf an dem Schlage blickte Séverine hinaus.

Und auf der Lison hoch aufgerichtet stand Jacques, warm eingehüllt in ein wollenes Beinkleid und eine Friesjacke, die am Hinterkopfe unter der Mütze zusammengebundene Brille mit Tuchlappen vor den Augen. Sein Blick verließ nicht mehr die Gleise und fast alle Sekunden beugte er sich aus dem Fenster des Schutzdaches hinaus, um besser sehen zu können. Er fühlte nicht, dass das Erzittern der Maschine ihn grausam durchrüttelte, seine Rechte hatte die Kurbel des Fahrtregulators erfasst, wie der Steuermann das Rad gepackt hält; unausgesetzt manövrierte er und unmerklich verstärkte oder schwächte er die Schnelligkeit, mit der linken Hand zog er fast unaufhörlich das Ventil der Dampfpfeife, denn die Ausfahrt aus Paris ist schwierig, man stößt leicht auf unvorherzusehende Hindernisse. Er pfiff bei den Niveauübergängen, bei den Bahnhöfen, bei den Tunnels, bei den großen Kurven. Fern in der beginnenden Dämmerung zeigte sich ein rotes Signal, er begehrte durch einen lang gedehnten Pfiff freie Fahrt und jagte wie ein Donner vorüber. Kaum gönnte er sich die Zeit, ab und zu einen Blick auf den Atmosphärenmesser zu werfen; sobald der Druck zehn Kilogramm erreichte, drehte er die kleine Injektionskurbel. Sein Blick weilte immer weit voraus auf den Gleisen und überwachte die kleinsten Einzelheiten mit einer solchen Aufmerksamkeit, dass er nichts anderes sah und nicht einmal den sturmwindartigen Wind spürte. Der Atmosphärenmesser fiel, er öffnete die Tür des Heizofens und stocherte mit der Kesselzange darin herum; Pecqueux, auf jeden Handgriff des Chefs geeicht, begriff, zerkleinerte mit dem Hammer die Kohle und warf sie mit der Schippe gleichmäßig verteilt über den ganzen Rost. Eine fürchterliche Glut sengte fast beider Beine, gleich darauf, als die Tür geschlossen war, bestrich sie wieder der eisige Luftstrom.

Die Nacht sank hernieder, Jacques' Vorsicht verdoppelte sich. Er hatte die Lison selten so gehorsam gesehen wie an diesem Abend; er fühlte sich als ihren Herrn, er zügelte sie nach Gefallen mit absoluter Machtvollkommenheit, und trotzdem ließ er nicht von seiner herben Strenge, er behandelte sie wie eine gefesselte Bestie, der man nicht trauen darf. Dort, hinter seinem Rücken, sah er in dem mit voller Fahrgeschwindigkeit dahinsausenden Zuge eine feine, sich hingebende, ihm vertrauende und zulächelnde Frauengestalt. Ein flüchtiger Schauder überlief ihn, er fasste die Kurbel noch fester und seine Blicke durchdrangen noch energischer die wachsende Finsternis, um sich über die Natur zweier roter Lichter klar zu werden. Nach dem Passieren der Abzweigungen bei Asnières und Colombes hatte er ein wenig aufgeatmet. Bis Nantes ging alles gut, die Strecke bildete bis dorthin eine glatte Bahn, über die der Zug gemächlich rollen konnte. Hinter Nantes musste er die Lison anfeuern, um eine fast eine halbe Meile lange Steigung zu nehmen. Dann drängte er sie, ohne sie verschnaufen zu lassen, die sanfte Steigung des zweieinhalb Kilometer langen Tunnels von Rollebrise hinauf, den er in knapp drei Minuten passierte. Dann kam ein zweiter Tunnel, der von Noule bei Gaillon, diesseits des Bahnhofs von Sotteville, eines wegen seiner vielen sich abzweigenden Gleise, des beständigen Rangierens und seiner steten Überfüllung sehr gefährlichen Durchfahrtspunktes. Alle Kräfte seines Wesens waren vereinigt in den wachenden Augen und der führenden Hand. Die pfeifende, fauchende Lison durchfuhr mit vollem Dampf Sotteville und hielt erst in Rouen an; von dort aus lief sie etwas beruhigt und gemächlicher die Rampe hinauf, die bis Malaunay führt.

Der Mond war klar und bleichschimmernd aufgegangen, sein Licht erlaubte Jacques das niedrigste Gebüsch, ja selbst die in ihrer schnellen Flucht unter ihm verschwindenden Kiesel zwischen den Schienen zu unterscheiden. Als er den Tunnel von Malaunay verließ, warf er einen Blick nach rechts; ihn beunruhigte der Schatten eines großen Baumes, der auf die Gleise fiel. Dabei erkannte er den verborgenen Winkel, das mit Dickicht bestellte Feld, von welchem aus er den Totschlag erblickt hatte. Die wüste, wilde Gegend mit ihren Abhängen, ihren schwarzen Waldparzellen und ihrer trostlosen Öde flog an ihm vorüber. Dann tauchte im Schimmer des unbeweglich scheinenden Mondes das Haus von la Croix-de-Maufras in seiner wüsten Verlassenheit mit den ewig geschlossenen Fensterläden und seiner abscheulichen Melancholie wie eine Vision vor ihm auf. Und ohne zu wissen, warum, fühlte er diesmal noch mehr als je seine Brust beengt, als streifte er hier hart an seinem Unglück vorüber.

Doch ebenso schnell erfassten seine Augen ein anderes Bild. Dort neben dem Bahnwärterhäuschen Misards, an die Barriere des Niveauüberganges gelehnt, stand Flore. Er sah sie, so oft er vorüberfuhr, an derselben Stelle auf ihn warten, Sie bewegte sich nie, sie erhob nur den Kopf und folgte so lange sie konnte mit ihren Blicken seiner blitzartigen Weiterfahrt. Ihre schwarze Silhouette hob sich haarscharf von dem hellen, mondbeschienenen Hintergrunde ab, nur ihre blonden Haare blitzten golden, wie das bleiche Gold des Gestirns.

Und abermals trieb Jacques die Lison an, um die Steigung von Motteville zu nehmen, dann ließ er sie ein wenig längs des Plateaus von Bolbec verschnaufen. Dann stieß er sie zwischen Saint Romain und Harfleur auf die stärkste, drei Meilen lange Steigung der Linie, welche die Lokomotiven wie den Stall witternde Tiere im Galopp zu nehmen pflegen. Fast umsinkend vor Müdigkeit erreichte er Havre und hier unter dem Glasdache der vom Lärm und Rauch der Ankunft erfüllten Halle näherte sich ihm Séverine, ehe sie ihre Wohnung aufsuchte. Freudig erregt und mit zärtlichem Lächeln sagte sie zu ihm:

»Besten Dank, bis auf morgen.«

# Sechstes Kapitel

Ein Monat verstrich. In der Wohnung der Roubaud in der ersten Etage des Bahnhofs über den Wartesälen herrschte tiefe Stille. Bei ihnen, wie bei ihren Flurnachbarn verlief das tägliche Leben wieder monoton, ganz nach dem Zeiger, der ihre Tätigkeit regelte und unerbittlich vorschrieb. Es schien nichts Außerordentliches oder gar Schreckliches geschehen zu sein.

Die skandalöse und lärmende Geschichte Grandmorin wurde allmählich vergessen; die Justiz schien nicht imstande zu sein, den wahren Schuldigen ausfindig zu machen und so wurden die Akten ohne Weiteres klassifiziert. Nach einem Arrest von noch vierzehn Tagen hatte Herr Denizet Cabuche wieder aus der Untersuchungshaft entlassen mit der Motivierung, dass gewichtige Beschuldigungen gegen ihn nicht vorlägen. Eine romantische Polizistenlegende begann sich herumzusprechen: die von dem unbekannten und unfassbaren Mörder, einem Abenteurer des Verbrechens, der bei jedem Verbrechen zugegen und desselben verdächtig war, aber sich in Nichts auflöste, sobald die Polizeiagenten in seine Nähe kamen. Selbst in der Oppositionspresse, die jetzt mit den nahe bevorstehenden allgemeinen Wahlen vollauf zu tun hatte, erschienen nur noch hin und wieder einige spitzige Sticheleien betreffs des nebelhaften Mörders. Der Druck der Gewalt, die Übergriffe der Präfekten versorgten sie täglich mit Material für empörte Artikel. Und seit die Zeitungen sich nicht mehr mit dem Vorfalle beschäftigten, war auch die leidenschaftliche Neugier des Publikums verraucht. Man sprach nicht einmal mehr davon.

Die glückliche Beseitigung der zweiten Befürchtung, dass das Testament des Präsidenten Grandmorin angegriffen werden könnte, hatte den Roubaud namentlich die Ruhe zurückgegeben. Auf den Rat der Frau Bonnehon hin waren die Lachesnaye endlich von der Anfechtung des Testaments abgestanden. War doch auch der Ausgang ein sehr Ungewisser. Und dann fürchteten sie besonders, dass der Skandal von Neuem losgehen würde. So kam es, dass seit einer Woche die Roubaud die Eigentümer von la Croix-de-Maufras waren, ein Besitz, der einschließlich Haus und Garten auf vierzigtausend Franken geschätzt wurde. Sie hatten sich unverzüglich entschlossen, dieses Sünden- und Mordhaus zu veräußern, das ihre Brust wie ein Albdrücken beengte, in dem sie nimmermehr zu schlafen gewagt haben würden, aus Furcht, die Gespenster der Vergangenheit erblicken zu müssen. Und mit dem ganzen Mobiliar, *en bloc* sollte es verkauft werden, so wie es da stand, ohne vorherige Reparatur, selbst ohne vorausgegangene Säuberung. Da sie bei einer öffentlichen Versteigerung zu viel verloren hätten, Liebhaber eines Ruhesitzes aber nur sehr spärlich gesät sind, so hatten sie sich entschlossen zu warten, bis sich ein Käufer finden würde. Alles, was sie taten, war, dass sie ein mächtiges Schild an dem Hause anbrachten, dessen Aufschrift von den Vorüberfahrenden ohne Schwierigkeit gelesen werden konnte. Diese Ankündigung in groben Buchstaben von dem Verkauf dieser Trostlosigkeit erhöhte noch den traurigen Eindruck der geschlossenen Fensterläden und des von Brombeergesträuchen überwucherten Parkes. Roubaud hatte sich entschieden geweigert, selbst auf eine Stunde dorthin zu reisen, und so hatte sich Séverine eines Nachmittags aufgemacht, um dort die nötigen Anordnungen zu treffen. Sie hatte Misard die Schlüssel eingehändigt und ihn beauftragt, das Besitztum zu zeigen, wenn sich Käufer einfinden sollten. Innerhalb zweier Stunden konnte man fix und fertig in la Croix-de-Maufras eingerichtet sein, denn selbst die Wäsche in den Schränken war vorhanden.

Jetzt beunruhigte die Roubaud nichts mehr. In stumpfsinniger Erwartung des kommenden Tages ließen sie Tag für Tag verstreichen. Schließlich musste doch einmal das Haus sich verkaufen lassen, das Geld wollten sie dann gut anlegen und alles würde glatt ablaufen. Gewöhnlich aber dachten sie gar nicht an das Haus, sie lebten, als hatten sie ihre drei Räume nie verlassen: das Esszimmer mit der sich auf den großen Korridor öffnenden Tür, rechts davon das große Schlafzimmer und links davon die ganz kleine, finstere Küche. Selbst das Bahnhofsdach, diese Zinkanhöhe, die ihnen wie eine Gefängnismauer jede Aussicht benahm, schien sie jetzt zu beruhigen, anstatt wie früher aufzuregen; das Dach erhöhte in ihnen das Gefühl unendlicher Ruhe und des stärkenden Friedens, der sie umfing. Jedenfalls wurde man von den Nachbarn nicht gesehen und man brauchte keine unbequemen Spione zu befürchten. Sie beklagten sich auch nicht mehr, war doch nun auch der Frühling, und zwar mit erdrückender Hitze ins Land gekommen; das schon von den ersten Sonnenstrahlen erhitzte Zinkdach warf jetzt blendende Reflexe. Nach der grässlichen Angst von fast zwei, in beständiger Furcht verlebten Monaten freuten sie sich fast andächtig der Gesundung von diesem, schier unendlich geschienenen Schrecken. Sie verlangten gar nicht darnach, von sich reden zu machen, sie wünschten sich nur, in bescheidenen, aber glücklichen Verhältnissen weiter leben zu dürfen, ohne zittern und zagen zu brauchen. Noch nie zuvor hatte sich Roubaud als ein so pünktlicher und gewissenhafter Beamter gezeigt wie gerade jetzt: In der Woche, in der er Dienst hatte, erschien er um fünf Uhr morgens auf dem Perron, um zehn Uhr erst begab er sich zum Frühstück wieder in seine Wohnung, von wo er um elf Uhr zurückkehrte, um bis fünf Uhr nachmittags ununterbrochen, also volle elf Stunden, tätig zu sein. In der Woche des Nachtdienstes, der von fünf Uhr abends bis fünf Uhr morgens angesetzt war, gönnte er sich nicht einmal eine kurze Pause, um in seiner Wohnung zu speisen, sondern ließ sich das Essen in das Bureau bringen. Er ertrug diesen schweren Dienst mit einer Art Genugtuung, er schien sich sogar darin zu gefallen, er kümmerte sich um alle Kleinigkeiten, er wollte alles sehen, kurz es war, als hoffte er in dieser ermüdenden Beschäftigung Vergessenheit des Geschehenen, den Beginn eines neuen gleichmäßigen, durch nichts zu störenden Lebens zu finden. Séverine dagegen, fast stets allein und alle vierzehn Tage Witwe, da ihr Mann dann nur zum Frühstück und Mittag erschien, schien neuerdings von einem außerordentlichen wirtschaftlichen Fieber ergriffen. Früher hatte sie sich um ihre Häuslichkeit blutwenig gekümmert und die Sorge um dieselbe einer alten Frau, der Mutter Simon, überlassen, die von neun Uhr morgens bis zum Mittag bei ihr arbeitete, während sie selbst saß und stickte. Seitdem jedoch die Ruhe wieder bei ihr eingekehrt war und sie die Gewissheit hatte, hier noch länger wohnen zu bleiben, beschäftigte sie sich unermüdlich mit dem Reinhalten und Arrangieren ihrer Wirtschaft. Sie setzte sich nicht eher, bis die Arbeit vollständig getan war. Der Schlaf beider war ebenfalls ein ausgezeichneter. In ihren seltenen Kosestündchen während der Mahlzeiten oder des Nachts in ihrem gemeinsamen Bette sprachen sie nie wieder von jener Geschichte. Und so durften sie sich endlich den Glauben hinneigen, dass der ganze Vorfall begraben und vergessen sei.

Séverine besonders führte jetzt ein sehr friedliches Dasein. Allmählich gewann doch die Bequemlichkeit wieder Macht über sie, sie überließ die Sorgen um die Wirtschaft abermals der Mutter Simon und beschäftigte sich wie eine vornehm erzogene junge Dame mit feinen Handarbeiten. Sie hatte eine unendliche Arbeit begonnen, eine gestickte vollstänge Fußdecke, die sie allem Anschein nach für ihr ganzes Leben zu beschäftigen drohte. Sie erhob sich ziemlich spät und fühlte sich unendlich glücklich, einsam im Bett zu bleiben, gewiegt von dem Lärm der ankommenden und abfahrenden Züge, die ihr wie eine Uhr so genau die Zeit anzeigten. In der ersten Zeit ihrer Ehe hatte dieser fürchterliche auf die Nerven wirkende Bahnhofslärm, das Pfeifen, das Anprallen der Puffer, das Donnerartige, die jähen, den Erdbeben gleichen Erschütterungen, die sie zugleich mit ihren Möbeln zittern machten, ihr gar nicht gefallen wollen. Allmählich aber hatte sie sich daran gewöhnt, dieser von sonoren Vibrationen heimgesuchte Bahnhof floss in ihr eigenes Leben über. Und jetzt schmeichelte ihr sogar dieses Leben und dieser Lärm desselben, er verschaffte ihr die Ruhe. Bis zum Frühstück trollte sie sich von einem Zimmer in das andere, ohne selbst zuzugreifen plauderte sie dabei mit der Aufwartefrau. Die langen Nachmittage brachte sie gewöhnlich auf einem Stuhle am Fenster des Esszimmers zu, meist aber ruhte ihre Arbeit müßig im Schoße, sie war glücklich, nichts tun zu brauchen. In den Wochen, in denen ihr Mann schon frühzeitig zu Bett ging, hörte sie bis zum Abend sein Schnarchen mit an; dann aber kamen für sie auch die guten Wochen, in denen sie lebte wie vor ihrer Verheiratung, in denen sie sich nach Gefallen in dem breiten Bett ausstrecken konnte und den ganzen Tag für sich hatte. Sie ging fast nie aus, von Havre sah sie nur die hohen Fabrikschornsteine, deren dicke schwarze Rauchwirbel oberhalb des einige Meter weit vor ihr jede Fernsicht abschneidenden Zinkdaches der Halle zum Himmel strebten. Dort hinter dieser ewigen Mauer lag die Stadt; sie spürte deren Nähe, aber dass sie sie nicht sehen konnte, hatte sie lange Zeit verdrießlich gestimmt. Fünf oder sechs Töpfe mit Nelken oder Eisenkraut, die sie in dem Abflussrohr des Daches aufzog, bildeten ihr kleines Gärtchen und verschönten ihre Einsamkeit. Sie verglich ihre Wohnung oft mit einer tief im Walde gelegenen Einsiedlerklause, Roubaud lehnte nur in den freien Viertelstunden aus dem Fenster. Hatte er länger Zeit, so stieg er auf das Dach, ging bis ans Ende desselben, stieg dort bis zur Kuppel empor und ließ sich in luftiger Höhe direkt über den Napoleonskanal nieder, um sein Pfeifchen zu rauchen. Tief unter ihm lag ausgebreitet die Stadt mit ihrem Mastenwald in den Bassins und sein Blick überflog das unermessliche, im fahlen Grün heraufschimmernde Meer.

So vergingen Wochen ungestörtester Ruhe, es schien, als ob derselbe Halbschlummer auch die anderen, den Roubauds benachbarten Ehepaare, gefangen hielt. Dieser Korridor, in welchem gewöhnlich ein so fürchterlicher Klatschwind pfiff, schlummerte ebenfalls. Wenn Philomène Frau Lebleu einen Besuch abstattete, hörte man kaum das leise Gemurmel ihrer Stimmen. Beide waren von der Wendung der Dinge nicht wenig überrascht und sprachen deshalb von dem Unter-Inspektor nur mit einem verächtlichen Achselzucken: Es war für sie eine ausgemachte Tatsache, dass seine Frau in Paris die Schöne gespielt habe, um ihres Mannes Stellung zu sichern, dem es im Übrigen schwer werden sollte, sich von dem auf ihm ruhenden Verdacht reinzuwaschen. Und da die Frau des Kassierers überzeugt war, dass es dem Roubaud jetzt nicht mehr möglich war, sie aus ihrer Wohnung zu vertreiben, so bezeugte sie diesen ihre volle Verachtung dadurch, dass sie ohne Gruß stolz an ihnen vorüberging. Dieser Stolz empörte sogar Philomène, dieser zu sehr zur Schau getragene Hochmut der Kassierersfrau beleidigte selbst sie. Frau Lebleus Hauptbeschäftigung nach wie vor war das Auflauern der Billettverkäuferin, Fräulein Guichon, deren Beziehungen zu Herrn Dabadie aufzudecken ihr indessen noch immer nicht gelang. Man hörte in dem ganzen großen Korridor nur noch das fast unvernehmbare Schlurfen ihrer weichen Pantoffeln. Und so verging ein voller Monat in diesem tiefen, allmächtigen Frieden, wie er nach großen Katastrophen ja meistens einzutreten pflegt.

Aber ein beunruhigendes, schmerzliches Etwas war den Roubauds doch geblieben. Und dieses Etwas war eine Stelle des Fußbodens im Esszimmer. Wenn ihre Blicke diese Stelle zufällig streiften, fühlten sie von Neuem eine üble Empfindung sie begleichen. Sie hatten links vom Fenster die eichene Scheuerleiste aufgehoben und unter ihr die dem Präsidenten abgenommene Uhr nebst den zehntausend Franken, außerdem dreihundert Franken in Gold, die in einem Portemonnaie enthalten waren, verborgen. Roubaud hatte alles das dem Ermordeten nur aus der Tasche gezogen, um den Verdacht auf einen Raubmord zu lenken. Er war kein Dieb. Wie er seiner Frau sagte, wollte er lieber Hungers sterben, als einen Centime von diesem Gelde für sich verwenden oder die Uhr verkaufen. Das Geld dieses alten Mannes, der seine Frau missbraucht hatte, an dem er nur Gerechtigkeit geübt, dieses von Kot und Blut besudelte Geld war nicht sauber genug, als dass es ein rechtschaffener Mann berühren durfte. Er dachte genau so über das zum Geschenk erhaltene Haus von la Croix-de-Maufras: Es ärgerte ihn und bedrückte sein Gewissen schon, dass er außer dieser gräulichen Mordtat auch sein

Opfer noch hatte berauben müssen. Und trotzdem hatte er es nicht über sich gewinnen können, die Scheine zu verbrennen und die Uhr und das Portemonnaie eines Abends in das Meer zu werfen. Die einfache Klugheit riet es ihm, sein Instinkt aber widersprach dieser Zerstörung. Unbewusst fühlte er Achtung vor einer solchen Summe, deshalb konnte er sich nicht zu ihrer Vernichtung entschließen. In der ersten Nacht hatte er alles unter sein Kopfkissen gepackt, denn kein Winkel schien ihm sicher genug. An den folgenden Tagen hatte er sich mit dem Auffinden von Verstecken abgemüht. Jeden Morgen vertauschte er es bei dem geringsten Lärm und der Furcht vor einer gerichtlichen Hausdurchsuchung mit einem neuen. Noch nie war er so erfindungsreich gewesen. Eines Tages aber war er der Listen müde geworden und zu faul, die am Abend vorher unter der Scheuerleiste versteckten Wertsachen wieder hervorzuholen. Seitdem lagen sie dort und nichts in der Welt hätte ihn bewegen können, dort herumzukramen: Er glaubte, in diesem Loche des Schreckens und Todes müssten Gespenster auf ihn lauern. Er vermied sogar beim Umhergehen im Zimmer mit dem Fuße dieser Stelle zu nahe zu kommen; es wäre ihm eine unangenehme Empfindung gewesen, er meinte, er müsste dann einen leisen Ruck in seinen Beinen fühlen. Wenn Séverine am Nachmittag am Fenster saß, rückte sie ihren Stuhl zurück, um nicht gerade über diesem in dem Fußboden ihres Zimmers aufbewahrten Leichnam zu sitzen. Sie sprachen nicht einmal unter vier Augen davon, sie bemühten sich zu glauben, dass sie sich daran gewöhnt hätten, ärgerten sich aber unaufhörlich, ihn noch vorzufinden und ihn stündlich unter ihren Sohlen zu spüren. Er wurde ihnen fast unerträglich. Diese Übelkeit war um so auffälliger, als sie angesichts des schönen, neuen, von der Frau gekauften und dem Liebhaber in die Gurgel gebohrten Messers gar nichts litten. Es war abgewaschen worden und ruhte jetzt in der Schublade. Mutter Simon benutzte es häufig zum Brotschneiden.

Roubaud war es, der in den Frieden seines Hauses eine neue Ursache der Unruhe dadurch brachte, dass er Jacques zu häufigen Besuchen nötigte. Der Turnus des Dienstes führte Jacques dreimal in der Woche nach Havre: am Montag von 10 Uhr 35 früh bis 6 Uhr 20 abends; am Donnerstag und Sonnabend von 11 Uhr 5 abends bis 6 Uhr 40 morgens. Am ersten Montag, der auf die Reise Séverines folgte, hatte sich der Unter-Inspektor an ihn herangemacht.

»Sie dürfen mir es nicht verweigern, Kamerad, einen Bissen bei uns zu essen ... Sie haben sich so liebenswürdig meiner Frau angenommen, ich muss mich Ihnen dafür doch erkenntlich zeigen.«

Jacques hatte auf diese Weise zweimal während eines Monats eine Einladung zum Frühstück angenommen. Roubaud schien eine Erleichterung darin zu finden, dass das unheimliche Schweigen, welches er und seine Frau bei den Mahlzeiten beobachteten, durch die Gegenwart eines Dritten unterbrochen wurde. Sofort konnte er allerlei erzählen, plaudern und scherzen.

»Kommen Sie, so oft es geht, wieder! Sie sehen, dass Sie uns in keiner Weise genieren.«

Als Jacques an einem Donnerstagabend, nachdem er sich rasiert hatte, zu Bette gehen wollte, begegnete er dem um das Depot herum flanierenden Unter-Inspektor. Trotz der vorgerückten Stunde hatte dieser, den es langweilte allein nach Hause gehen zu müssen, den jungen Mann zu sich mitgeschleppt. Séverine war noch wach und las. Man trank und spielte bis nach Mitternacht Karten.

Von diesem Abend an wurden die Frühstücksmahlzeiten am Montag, die kleinen Donnerstags- und Sonnabends-Gesellschaften ihnen zur Gewohnheit. Fehlte einmal der Kamerad, so war es Roubaud selbst, der ihm aufpasste und ihm seine Gleichgültigkeit vorhielt. Er verfiel mehr und mehr in Trübsinn und heiterte sich nur in der Gesellschaft seines neuen Freundes auf. Dieser Mensch, der ihn zuerst so fürchterlich beunruhigt hatte und den er eigentlich noch jetzt als den einzigen Zeugen, als die lebendige Erinnerung an jene abscheulichen Dinge hätte verwünschen müssen, die er so gerne vergessen hatte, dieser Mensch war ihm im Gegenteil unentbehrlich geworden, gerade deshalb wahrscheinlich, weil er, ein Wissender, nichts gesagt hatte. Auf diese Weise umschloss sie ein festes Band, eine Art Mitschuld. Oft blickte der Unter-Inspektor ihn mit einem verständnisinnigen Blick an und drückte ihm in einer plötzlichen Aufwallung mit einer Kraft die Hand, die als Ausdruck bloßen kameradschaftlichen Gefühles etwas befremden musste.

Jacques' Anwesenheit bildete zunächst eine angenehme Zerstreuung für das Ehepaar. Auch Séverine empfing ihn gern; wenn er eintrat, begrüßte ihn ein leiser Freudenruf, wie ihn jede Frau in Erwartung einer vergnügten Stunde ausstößt. Sie ließ ihre Stickerei, ihr Buch liegen und mit einem Male heiter und gesprächig, entfloh sie freudig der grauen Eintönigkeit ihres täglichen Lebens.

»Oh wie lieb von Ihnen, dass Sie gekommen sind! Als ich den Eilzug einfahren hörte, habe ich an Sie gedacht.«

Es war ein Festtag, wenn er bei ihnen frühstückte. Sie kannte schon seinen Geschmack und ging sogar selbst aus, um frische Eier zu kaufen, wie eine aufmerksame Hausfrau, die den Hausfreund empfängt, ohne darin etwas anderes zu erblicken als die Begehr, sich als die Liebenswürdige aufzuspielen und sich zerstreuen zu lassen.

»Wenn Sie am Montag wiederkommen, mache ich Ihnen auch eine Crème!«

Als dieser Verkehr einen Monat angedauert hatte, trat aber allmählich eine Entfremdung zwischen dem Ehepaar ein. Die Frau gefiel sich mehr und mehr allein im Bett und richtete sich so ein, dass sie so wenig wie möglich mit ihrem Manne zugleich schlief; und dieser, vordem so brutal sinnliche Mensch tat ebenfalls nichts, um sie an sich zu ziehen. Er hatte sie früher ohne jedes zärtliche Empfinden geliebt und sie hatte sich ihm als gefällige Frau hingegeben, sie glaubte, das wäre nicht anders und ginge auch ohne besonderes Vergnügen an der Sache. Aber seit dem Verbrechen war er ihr, sie wusste selbst nicht warum, im Grunde zuwider. Sie war durch dasselbe entnervt, in Angst versetzt. Als eines Abends das Licht noch nicht ausgelöscht war, schrie sie auf: Sie glaubte, in dem roten Gesicht mit den verzerrten Zügen über ihr das Antlitz des Ermordeten zu erblicken, und seitdem zitterte sie jedes Mal, wenn er ihr zu nahe kam, sie hatte das schreckliche Gefühl, als stürze sich das wiederauferstandene Opfer mit dem Messer in der Faust auf sie. Der Gedanke war wahnsinnig und doch schlug ihr Herz vor Angst. Übrigens verkehrte er geschlechtlich so wenig als möglich mit ihr, sie empfing ihn viel zu kalt und gleichgültig, als dass sie ihn hätte fesseln können. Eine Abspannung und Gleichgültigkeit, wie sie sonst nur das Alter hervorbringt, war zwischen ihnen eingetreten; es schien als hätte jene fürchterliche Krisis alles Blut aus ihren Adern verjagt. In den Nächten, in denen sie ein gemeinschaftliches Schlafen nicht vermeiden konnten, ließen sie die ganze Breite des Bettes zwischen sich. Jacques trug zu dieser Scheidung wesentlich bei, denn seine Gegenwart machte ihnen ihre gegenseitige Abneigung weniger fühlbar; er erlöste das eine von dem anderen.

Trotzdem fühlte Roubaud keinerlei Gewissensbisse. Er hatte nur Furcht vor den Folgen gehabt, ehe die Sache *ad acta* gelegt wurde; seine Hauptsorge war gewesen, dass er um seine Stellung kommen könnte. Jetzt bedauerte er das Geschehene in keiner Beziehung weiter. Vielleicht dass er, wäre diese Sache erst jetzt an ihn herangetreten, seine Frau aus dem Spiel gelassen hätte; denn die Frauen sind sofort hin, die seine entschlüpfte ihm immer mehr, er hatte auch eine zu schwere Last auf ihre Schultern gewälzt. Er wäre ihr Herr und Gebieter geblieben, hätte er sie nicht zu seiner Kameradin des Schreckens und zu seiner Anklägerin gemacht. Die Dinge lagen aber nun einmal so, man musste sich darin finden. Umsomehr musste er alles aufbieten, um die geistige Regsamkeit wieder zu erlangen, die er damals besaß, als er, wie er selbst eingestand, den Mord für notwendig für sein ferneres Leben erklärte. Hätte er damals den Mann nicht getötet, er hätte selbst nicht weiter zu leben vermocht. Heute, nun die Flamme seiner Eifersucht erloschen war, empfand er nur noch das unerträgliche, von der Erinnerung herrührende Brennen, als hätte sich sein Herzblut verdickt durch das vergossene. Deshalb war ihm die Notwendigkeit dieses Mordes heute nicht mehr so einleuchtend wie damals. Er fragte sich sogar öfters, ob der Totschlag wirklich der Mühe lohne. Es war das nicht der Ausdruck einer Reue, auch nicht der einer Enttäuschung, sondern lediglich des Gedankens, dass man oft unglaubliche Dinge tut, um glücklich zu sein und es doch nicht wird. Er, der sonst so geschwätzig war, gefiel sich oft in lang anhaltendem Schweigen und wirren Betrachtungen, aus denen er um so verdüsterter erwachte. Um das Alleinsein mit seiner Frau zu vermeiden, stieg er jetzt täglich nach den Mahlzeiten auf das Dach, um sich auf dem Giebel desselben niederzulassen. Dort in dem freien Luftzuge, von wirren Träumereien gewiegt, sah er über die Stadt fort die Paketboote sich am fernen Horizont nach fremden Meeren verlieren.

Eines Abends hatte Roubaud einen Rückfall in seine einstige wilde Eifersucht. Als er eines Abends Jacques vom Depot abgeholt hatte, um ihn mit zu sich zu nehmen, sah er Henri Dauvergne, den Zugführer, die Treppe herabkommen. Dieser schien etwas betroffen und redete sich damit aus, er hätte soeben Frau Roubaud im Auftrage seiner Schwestern besucht. In Wahrheit aber stellte er Séverine seit einiger Zeit in der Hoffnung nach, sie erobern zu können.

Kaum in die Tür getreten, fuhr der Unter-Inspektor seine Frau heftig an. »Was wollte der hier? Du weißt, dass der Mensch mir zuwider ist.«

»Aber, mein Freund, er kam wegen eines Stickmusters.«

»Ich pfeife auf Eure Stickereien! Hältst du mich für so dumm, dass ich nicht weiß, warum er kommt? Nur deinetwegen kommt er ... Nimm dich in acht!«

Er ging mit geballten Fäusten auf sie los. Sie wich, weiß wie die Wand, zurück. In der friedlichen Gleichgültigkeit, in der sie miteinander verkehrten, erschien ihr der Ausbruch einer solchen Wut doppelt merkwürdig. Roubaud beruhigte sich aber sofort und wandte sich an seinen Genossen.

»Das sind solche Kerle, die da glauben, dass ihnen die Frau sofort um den Hals fallen und der sehr ehrenwerte Gatte nichts sehen wird! So etwas lässt mein Blut kochen ... Passierte mir das, ich würde meine Frau auf der Stelle erwürgen. Der kleine Herr soll sich hüten, nochmals wiederzukommen oder ich rechne mit ihm ab ... Ist das nicht eklig?«

Jacques genierte dieser Auftritt sehr, er wusste nicht, woran er sich zu halten hatte. Galt ihm dieser Wutanfall? Wollte der Gatte ihm einen Fingerzeig geben? Er gewann erst seine Ruhe wieder, als er den Mann heiter sagen hörte:

»Was bin ich für ein großes Pferd! Ich weiß ja, dass du die Erste bist, die ihn zur Tür herausbefördert ... Geh, hieb uns etwas zu trinken und stoße mit uns an.«

Er klopfte Jacques auf die Schulter und Séverine lächelte, ebenfalls schnell wieder gefasst, die beiden Männer an. Dann tranken sie gemeinsam und verbrachten noch eine angenehme Stunde mitsammen.

Roubaud näherte auf diese Weise mit der Miene bester Freundschaft Séverine und Jacques, ohne, wie es schien, an die möglichen Folgen zu denken. Diese Eifersuchtsfrage gerade wurde ein Grund engerer Freundschaft, heimlicher, mit Vertraulichkeiten genährter Zärtlichkeit zwischen Jacques und Séverine. Als dieser sie am zweitnächsten Tage wiedersah, beklagte er sie, dass sie so brutal behandelt werde, sie dagegen beichtete mit feuchten Augen in einem unfreiwilligen Überfließen ihrer Klagen, wie wenig Glück sie in ihrer Ehe gefunden hätte. Von diesem Augenblick an hatten sie einen besonderen Gegenstand der Unterhaltung, eine freundschaftliche Mitschuld, wobei sie sich durch Zeichen verständlich machten. Bei jedem Besuch fragte er sie durch einen Blick, ob sie einen erneuten Grund zur Trauer hätte. Sie antwortete in derselben Weise durch bloßes Bewegen der Augenlider. Dann suchten sich ihre Hände hinter dem Rücken des Mannes, als sie kühner wurden, ein langer Druck derselben wurde ihnen verständlich und die Spitzen ihrer warmen Finger erzählten von dem wachsenden Interesse, das sie an den geringsten Ereignissen in ihrem Leben nahmen. Nur selten hatten sie das Glück, eine Minute ohne Roubaud zu sein. Immer saß er zwischen ihnen in diesem melancholischen Esszimmer, aber sie taten nichts, um ihm zu entschlüpfen, es kam ihnen nicht einmal der Gedanke, sich in irgendeinem verborgenen Winkel des Bahnhofes ein Stelldichein zu geben. Bisher war nur eine wirkliche Zuneigung, ein Hinneigen aus herzlicher Sympathie vorhanden gewesen, was kaum genierte, da ein Blick, ein Händedruck ihnen genügte, um die Sprache ihrer Herzen verständlich zu machen.

Als Jacques zum ersten Male Séverine in das Ohr flüsterte, dass er sie am kommenden Donnerstag um Mitternacht hinter dem Depot erwarten würde, war sie außer sich und entzog ihm heftig ihre Hand. Es geschah das in der Woche ihrer Freiheit, in welcher ihr Mann Nachtdienst hatte. Der Gedanke, ihre Wohnung verlassen und diesen Mann in der Dunkelheit der Bahnhofsanlagen aufsuchen zu sollen, verwirrte sie vollständig. Noch nie hatte sie so unklar empfunden, es war die Furcht unwissender Jungfrauen, die ihr Herz schlagen machte. Und sie gab auch nicht nach, vierzehn Tage hindurch musste er betteln trotz ihres eigenen glühenden Verlangens nach dieser nächtlichen Promenade, bis sie einwilligte. Es war Anfang Juni, die Abende waren schwül, kaum dass sie die frische Meeresbrise abkühlte. Auch an diesem Abend hatte sie sich geweigert, aber die Nacht war mondlos, der Himmel bedeckt und kein Stern leuchtete durch den gluthauchenden Nebel, welcher den Himmel verbarg. Er stand wartend im Schatten und da sah er sie endlich, in Schwarz gekleidet, mit kaum hörbaren Tritten kommen. Es war so dunkel, dass sie ruhig an ihm vorübergegangen wäre, wenn er sie nicht in seinen Armen aufgefangen und sie geküsst hätte. Ein leiser Aufschrei entschlüpfte ihr, sie zitterte, dann aber ließ sie lächelnd ihre Lippen auf den seinen ruhen. Das war aber auch alles, sie ließ sich nicht herbei, sich mit ihm in einem der sie umgebenden Schuppen niederzulassen. Dicht aneinander gedrängt gingen sie leise flüsternd auf und ab. Es breitet sich dort ein von dem Depot und seinen Dependenzen eingenommenes weites Terrain aus, von der Rue Verte und der Rue François-Mazeline begrenzt, die beide in gleichem Niveau über die Gleise führen. Dieses mächtige, fast endlose Terrain wird von Güterwagen, Reservoirs, Wasserpumpen, Baulichkeiten aller Art, von den beiden großen Lokomotivschuppen, dem von einem handbreiten Küchengarten umgebenen Häuschen der Sauvagnat, von baufälligen Hütten, in denen die Reparaturwerkstätten sich befanden, der Wachtstube, in der die Lokomotivführer und Heizer schliefen, okkupiert. Nichts war leichter, als hier sich zu verstecken. Im

Innern eines Waldes, zwischen verlassenen Gässchen, in unauffindbaren Labyrinthen hätte man sich nicht besser verbergen können. Eine volle Stunde hindurch kosteten sie diese entzückende Einsamkeit, das Vergnügen, mit den so lange zurückgehaltenen Freundesworten ihre Herzen zu erleichtern. Sie wollte nur von einer freundschaftlichen Zuneigung etwas wissen, sie hatte ihm sofort erklärt, dass sie ihm nie angehören würde, denn es wäre zu gemein, diese reine Freundschaft, auf die sie so stolz wäre, zu beflecken. Sie fühlte das Bedürfnis, vor sich selbst Achtung zu haben. Dann begleitete er sie bis an die Rue Verte, ihr beider Mund fand sich zu einem innigen Kuss. Sie kehrte heim.

Um dieselbe Zeit nickte in dem Bureau der Unter-Inspektoren in dem alten Ledersessel Roubaud ein wenig ein. An zwanzig Mal in einer Nacht erhob er sich wieder mit wie zerschlagenen Gliedern. Bis neun Uhr hatte er die Nachtzüge zu expedieren und zu empfangen. Dann, wenn der Pariser Eilzug glücklich hinein und ausrangiert war, nahm er im Bureau sein Abendbrot ein in Gestalt von kaltem Fleisch, das ihm, zwischen zwei Butterbrote geklemmt, von oben heruntergeschickt worden war. Der letzte Zug, ein Bummelzug ab Rouen, fuhr um 12 Uhr 30 in die Halle ein. Dann herrschte auf den öden Perrons tiefes Schweigen, man ließ nur die notwendigsten Gaslaternen brennen und der ganze Bahnhof versank beim Wehen dieses Halbdunkels in Schlaf. Von dem ganzen Personal wachten nur zwei Wagenmeister und vier oder fünf Arbeiter unter dem Befehle des Unter-Inspektors. Diese konnten wenigstens mit unter den Kopf geschobenen Fäusten auf den Dielen des Wachthauses ruhig schlafen, Roubaud dagegen, der jene bei dem geringsten Alarm wecken musste, konnte nur mit gespitzten Ohren schlummern. Aus Furcht, dass ihn gegen Morgen hin doch der Schlaf übermannen könnte, hatte er seine Weckuhr auf fünf gestellt, um welche Zeit er wach sein musste, um den ersten von Paris kommenden Zug zu empfangen. Doch seit jüngster Zeit namentlich plagte ihn eine große Schlaflosigkeit, sodass er sich unruhig in seinem Sessel hin- und herwälzte. Dann ging er hinaus, machte die Runde und drang bis zu dem Weichenstellerhäuschen vor, wo er ein wenig plauderte. Der mächtige, düstere Himmel, der überwältigende Friede der Nacht beruhigten etwas sein Fieber. Infolge eines Herumbalgens mit Dieben hatte man ihn mit einem Revolver bewaffnet, den er stets geladen in der Tasche trug. Oft promenierte er so bis zum Anbruch der Dämmerung umher; er blieb oft stehen, weil er glaubte, die Nacht weiche bereits, dann marschierte er weiter, wobei er bedauerte, dass keine Gelegenheit sich biete, um seine Waffe abfeuern zu können, und fühlte sich nicht eher erleichtert, bis der Himmel sich aufhellte und das große, bleiche Bahnhofsgespenst aus dem Schatten trat. Jetzt, wo der Tag bereits um drei Uhr anbrach, kehrte er um diese Zeit in das Bureau zurück und versank dort in einen bleiernen Schlaf, bis seine Weckuhr ihn verstört auffahren ließ.

Am Donnerstag und Sonnabend jeder zweiten Woche trafen sich Séverine und Jacques; als sie in einer Nacht ihm von dem Revolver ihres Gatten erzählte, fühlten sich beide nicht wenig beunruhigt. In Wahrheit ging Roubaud nie bis zum Depot. Nichtsdestoweniger gab der Umstand seiner Bewaffnung ihren nächtlichen Promenaden den Anstrich eines gefährlichen Unternehmens, was ihren Reiz verdoppelte. Sie hatten ein herrliches Plätzchen entdeckt: hinter dem Hause der Sauvagnat eine Art von Allee, die zwischen mächtigen Steinkohlenhaufen hindurchführte und einer einsamen Straße in einer befremdlichen Stadt mit Palästen aus mächtigen Quadratblöcken schwarzen Marmors glich. Dort war man gut geborgen und am Ende dieser Straße lag eine kleine Werkzeugremise, in welcher ein großer Haufen leerer Kohlensäcke ein molliges Lager bildete. Als eines Sonnabends ein plötzlicher Regenguss sie dorthin zu fliehen nötigte, weigerte sie sich durchaus, sich niederzulassen und überließ ihm nur ihre Lippen zu unendlichen Küssen. Hiergegen wehrte sich ihr Schamgefühl nicht, wie aus reinem Freundschaftsgefühl ließ sie ihn gierig ihren Atem trinken. Und als er, von diesem Feuer durchglüht, sie mit Gewalt sich zu eigen zu machen versuchte, hatte sie geweint und sich gewehrt. Jedes Mal wiederholte sie dieselben Gründe. Warum wollte er ihr so vielen Kummer machen? Es erschien ihr so süß, sich zu lieben ohne jede geschlechtliche Annäherung! Genotzüchtigt im Alter von sechzehn Jahren durch die Sinnlichkeit jenes Greises, dessen blutiges Gespenst sie noch verfolgte, vergewaltigt später durch die brutalen Neigungen ihres Gatten, hatte sie sich trotzdem eine kindliche Keuschheit, eine Jungfräulichkeit, die ganze holde Scham einer sich selbst nicht kennenden Leidenschaft bewahrt. Was ihr an Jacques gefiel, war sein Zartgefühl, sein Gehorsam, nicht seine Hände gleich über alle Stellen ihres Körpers gleiten zu lassen, sobald sie ihre so schwachen Hände in die seinen legte. Sie liebte wirklich zum ersten Male und eben deshalb gab sie sich ihm nicht hin; wäre sie ihm sogleich dasselbe gewesen, was sie jenen beiden anderen war, so hätte ihm das sofort ihre Liebe gekostet. Ihr unbewusstes Verlangen ging darauf hinaus, dieses entzückende Gefühl in alle Ewigkeit zu verlängern, wieder jung zu werden und einen lieben Freund zu haben, wie man ihm zu fünfzehn Jahren, heimlich hinter den Türen, die vollen Lippen zum Kusse reicht. Er, seines Fiebers jetzt ledig, forderte nichts und gab sich gern diesem aufgespalten, wollüstigen Glücke hin. Genau so wie sie schien auch er zu den Gefühlen der Kindheit zurückzukehren, mit der Liebe erst zu beginnen, die bis dahin für ihn ein Gefühl des Schreckens gewesen war. Er allerdings zeigte sich gehorsam und zog seine Hände zurück, sobald sie sie sanft beiseiteschob, weil eine geheime Furcht seine Zärtlichkeit zügelte, weil er fürchtete, das Verlangen nach ihrem Besitz nicht unterscheiden zu können von seiner einstigen Mordbegier. Diese, die doch getötet hatte, war der Traum seiner fleischlichen Lust. Seine Heilung aber wurde ihm mit jedem neuen Tage zu einer größeren Gewissheit, weil sie stundenlang an seinem Hals hängen, ihren Mund auf dem seinen fühlte, ihre Seele trank, ohne dass ihn die wahnsinnige Lust packte, Herr über sie dadurch zu werden, dass er sie erwürgte. Und trotzdem wagte er den letzten Schritt nicht; es war so schön, zu warten und ihre Vereinigung ihrer Liebe selbst zu überlassen, wenn, eines in dem Arm des Andern, die Minute gekommen sein würde in der Ohnmacht ihres Willens. So folgten einander diese glückseligen Stelldicheins, die beiden wurden nicht müde, sich zu finden, gemeinsam durch die Finsternis zwischen den großen Kohlenlagern zu promenieren, welche die sie umgebende Nacht noch vermehrten.

Eines Abends im Juli musste Jacques, um in Havre zur vorgeschriebenen Zeit, also um 11 Uhr 5, eintreffen zu können, die Lison antreiben, welche die erdrückende Hitze faul gemacht zu haben schien. Von Rouen an zog sich ihm zur Linken über dem Seinetal ein Unwetter zusammen, das schon grelle, blendende Blitze entsandte; von Zeit zu Zeit blickte er besorgt rückwärts, denn Séverine wollte ihn in dieser Nacht aufsuchen. Er fürchtete, das Gewitter könnte zu früh ausbrechen und sie am Kommen verhindern. Als es ihm gelang, noch vor dem Losbruch des Unwetters den Bahnhof zu erreichen, schimpfte er auf die Reisenden, die heute wie die Schnecken aus den Waggons zu kriechen schienen.

Roubaud stand auf dem Bahnsteig, er hatte Nachtdienst.

»Zum Teufel, habt Ihr es eilig, ins Bett zu kommen! Na, schlaft wohl!«

»Danke.«

Jacques pfiff, stieß den Zug aus der Halle und dampfte nach dem Depot. Die Flügel des mächtigen Tores standen weit offen und die Lison rollte in den rings geschlossenen Schuppen, eine Art zweigleisiger Galerie, in welcher sechs Maschinen Platz hatten. Es war drinnen fast dunkel, denn die vier Gaslaternen konnten die Finsternis nicht erhellen, sondern ließen die beweglichen Schatten um so schwärzer erscheinen. Ab und zu erhellten grelle Blitze das Gerippe des Daches und die hohen Fenster links und rechts: Man unterschied dann wie in einer Flammengarbe die gespaltenen Mauern, das von Kohlen geschwärzte Balkenwerk, kurz das ganze morsche Elend dieses schon längst unzureichend gewordenen Bauwerks.

Zwei Lokomotiven standen schon erkaltet, eingeschlafen da.

Pecqueux machte sich sofort daran, das Feuer des Heizofens zu löschen. Er stocherte wild in der Glut umher und glühende Kohlenstücke fielen aus dem Aschkasten in den Graben.

»Ich habe fürchterlichen Hunger, ich werde gleich meine Brotrinden aufknabbern«, meinte er. »Wie weit sind Sie?«

Jacques antwortete nicht. Trotz seiner Eile wollte er doch die Lison nicht eher verlassen, bis die Glut völlig gelöscht und die Kessel leer waren. Als tüchtiger Mechaniker machte er sich ein Gewissen daraus, so lange bei der Lokomotive zu bleiben. Wenn er Zeit hatte, so ging er sogar erst, nachdem sie sorgfältig besichtigt und geputzt war wie ein verhätscheltes Lieblingstier. Das Wasser lief in dicken Strahlen jetzt in den Graben und er sagte nichts weiter als:

»Schnell, schnell!«

Ein fürchterlicher Donnerschlag schnitt ihm das Wort ab. Dieses Mal zeichneten sich die hohen Fenster so deutlich vom aufflammenden Himmel ab, dass man die zahllosen kleinen Scheiben hätte zählen können. Zur Linken bei den Drehbänken, welche behufs vorzunehmender Reparaturen dort aufgestellt waren, rasselte eine aufrecht stehen gelassene Eisenblechplatte mit der nachhaltigen Vibration einer Glocke. Der alte Dachstuhl krachte in allen Fugen.

»Hu!«, machte der Heizer.

Der Maschinenführer machte eine verzweifelnde Gebärde. Aus der Zusammenkunft wurde heute nichts, um so weniger, als jetzt ein wolkenbruchartiger Regen auf den Schuppen niederprasselte, der die Dachscheiben zu durchschlagen drohte. Es mussten dort oben schon einige Scheiben zerbrochen sein, denn dicke Tropfen fielen strippenweise auf die Lison. Ein Sturmwind fuhr durch das offengebliebene Tor hinein, der den alten Bau über den Haufen rennen zu wollen schien.

Pecqueux hörte mit der Hantierung an der Lokomotive auf.

»Wir werden morgen besser sehen können ... Es hat keinen Zweck, noch weiter ihr Toilette zu machen.«

Und auf seinen ersten Gedanken zurückkommend:

»Ich muss etwas essen ... Es regnet zu stark, um schon jetzt seinen Strohsack aufzusuchen.«

Die Kantine grenzte direkt an das Depot; dagegen hatte die Direktion in der Rue François-Mazeline ein Haus gemietet, in welchem Betten für die in Havre übernachtenden Lokomotivführer und Heizer aufgestellt waren. Bei diesem Unwetter wäre man bis auf die Knochen durchnässt worden, ehe man dorthin gekommen.

Jacques musste wohl oder übel Pecqueux folgen, der bereits die kleine Tasche seines Vorgesetzten an sich genommen hatte, wie es schien, um ihm das Tragen derselben zu ersparen. Er wusste aber in Wahrheit, dass diese Tasche noch zwei Schnitte kaltes Kalbfleisch, Brot und eine kaum angebrochene Flasche enthielt. Daher sein Diensteifer. Der Regen fiel noch dichter, ein zweiter Donnerschlag machte den Schuppen abermals erzittern. Als die beiden Männer durch die nach der Kantine führende kleine Tür zur Linken fortgingen, erkaltete die Lison bereits. Verlassen versank sie in der durch grelle Blitze erhellten Finsternis in Schlaf, während dicke Regentropfen ihre Glieder netzten. Neben ihr rieselte ein Bächlein aus einem schlecht verwahrten Wasserbehälter und bildete einen Sumpf, der zwischen ihre Räder hindurch in den Graben abfloss.

Doch ehe Jacques in die Kantine ging, wollte er sich erst noch waschen. In einem nebenan gelegenen Raume war stets warmes Wasser in Kübeln vorrätig. Er zog ein Stück Seife aus seiner Tasche und seifte sich das von der Fahrt geschwärzte Gesicht und die Hände ab, und da er stets so vorsichtig war, wie den Lokomotivführern auch anempfohlen wird, einen zweiten Anzug bei sich zu haben, so konnte er sich von Kopf bis zu Fuß neu einkleiden, was er übrigens jedes Mal nach der Ankunft in Havre der Stelldicheins halber aus Koketterie tat. Pecqueux wartete in der Kantine bereits auf ihn; er hatte sich nur die Nasenspitze und die Fingerspitzen gewaschen.

Die Kantine war ein kleiner Saal mit leeren gelb getünchten Wänden, in welchem nur ein Ofen zum Wärmen der Speisen und ein am Boden befestigter Tisch zu sehen war, den anstelle eines Tischtuches eine Zinkplatte bedeckte. Zwei Bänke vervollständigten das Mobiliar. Die Leute mussten ihr Essen mitbringen und aßen mithilfe ihres Taschenmessers die Speisen vom Papier. Ein breites Fenster gab diesem Raume das Licht.

»Ein verteufelter Regen«, meinte Jacques und trat an das Fenster.

Pecqueux hatte sich auf die Bank vor dem Tisch gesetzt.

»Wollen Sie nicht essen?«

»Nein, mein Alter, esst nur mein Fleisch und Brot getrost auf, wenn Ihr Lust habt ... Ich habe keinen Hunger.«

Der andere ließ sich nicht weiter bitten, er machte sich über das Fleisch her und trank auch die Flasche leer. Er hatte oft Gelegenheit zu solchen Gelagen, denn sein Vorgesetzter war ein schlechter Esser; seine hündische Ergebenheit wurde durch solche Einladungen nichts weniger als abgeschwächt. Mit vollem Munde meinte er nach einer Pause:

»Was kümmert uns jetzt noch der Regen, nun wir geborgen sind? Allerdings, wenn das so weitergeht, muss ich Sie allein lassen und mich links in die Büsche schlagen.«

Er lachte, denn er machte sich nicht besser als er war. Er hatte ihm sein Verhältnis zu Philomène Sauvagnat mitgeteilt, damit dieser sich nicht wunderte, ihn so oft außerhalb schlafen zu sehen. Philomène bewohnte bei ihrem Bruder ein Zimmer im Erdgeschoss neben der Küche; er brauchte nur an die Fensterläden zu klopfen, dann öffnete sie und er stieg ganz bequem durch das Fenster zu ihr. Man erzählte sich, dass alle Angestellten des Bahnhofes schon denselben Hammelsprung gemacht hätten. Doch jetzt hielt sie es nur mit dem Heizer, wie es schien, genügte er ihr.

»Donnerwetter«, fluchte Jacques, als der Regen nach einer kleinen Pause abermals sündflutartig niederprasselte.

Pecqueux, der gerade den letzten Bissen auf der Messerspitze balancierte, lachte abermals gutmütig.

»Was hatten Sie denn heute Abend vor? Gelt, uns beiden kann man gewiss nicht vorwerfen, dass wir die Matratzen in der Rue François-Mazeline allzu sehr abnutzen?«

Jacques wandte sich ihm lebhaft zu.

»Wie meint Ihr das?«

»Nun seit diesem Frühjahr kommen wir beide gewöhnlich erst um zwei oder drei Uhr morgens heim.«

Er musste etwas wissen, vielleicht hatte er ein Stelldichein belauscht. In jedem Schlafraum des genannten Hauses standen die Betten paarweise, das des Heizers neben dem des Lokomotivführers. Man wollte das

Leben der beiden Männer, die in so enger Nachbarschaft miteinander zu arbeiten haben, auch so fest als möglich zusammenschmieden. Es war also nicht besonders merkwürdig, dass der Heizer das jetzt gegen früher so regellose Leben seines Vorgesetzten bemerkt hatte.

»Ich leide viel an Kopfschmerzen«, sagte der Letzter aufs Geratewohl. »Mir tut das Spazierengehen in der Nachtluft sehr wohl.«

Doch der Heizer verwahrte sich:

»Sie sind ja Ihr freier Herr, was wollen Sie? ... Ich sprach ja nur im Scherz so ... Sollten Sie aber eines Tages Langeweile haben, so wenden Sie sich nur an mich; ich bin zu allem zu gebrauchen.«

Ohne sich klarer auszudrücken, erlaubte er sich nach Jacques Hand zu langen und drückte diese kräftig als Zeichen der Unterwerfung seiner ganzen Person. Darauf zerknüllte er das fette Papier, in welches das Fleisch eingewickelt gewesen war, und warf es unter den Tisch. Die geleerte Flasche steckte er wieder in die Umhängetasche. Alles das tat er mit der Sorgfalt eines Dieners, der sein ganzes Leben hindurch Besen und Schwamm nicht aus der Hand legt. Und während der Regen weiterrauschte, auch nachdem das Gewitter sich verzogen hatte, meinte er:

»Ich drücke mich jetzt und überlasse Sie Ihrem Schicksal.«

»Wenn das so weitergeht«, erwiderte Jacques, »werfe ich mich auf das Feldbett.«

Neben dem Depot nämlich befand sich ein Saal mit Matratzen, die durch Leinwandüberzüge geschützt wurden. Auf diese warfen sich die Männer in ihren Arbeitsanzügen, wenn sie nur drei oder vier Stunden in Havre zu warten hatten. Als Jacques den Heizer in der Richtung nach dem Hause der Sauvagnat hatte verschwinden sehen, wagte auch er es, bis zur Wachtstube vorzudringen. Aber er legte sich nicht schlafen, sondern blieb auf der Schwelle der weit offen stehenden Tür; die in dem Raume herrschende, erdrückende Hitze schreckte ihn zurück. Drinnen lag ein Lokomotivführer auf dem Rücken und schnarchte mit weit geöffnetem Munde.

Einige weitere Minuten verstrichen. Es wurde Jacques schwer, die Hoffnung aufgeben zu müssen. Während sich seine Wut über diesen ungelegen kommenden Regen steigerte, wuchs in ihm der tolle Einfall, trotzdem zum Stelldichein zu gehen. Er hatte dann wenigstens die Freude, da gewesen zu sein; Séverine dort zu treffen, darauf rechnete er nicht mehr. Sein Inneres drängte ihn so gewaltig dorthin, dass er in der Tat in den strömenden Regen hinaustrat, durch die schwarze Allee der Kohlenhaufen eilte und zu ihrem Lieblingswinkel gelangte. Noch halb geblendet von den Regentropfen, die ihm über das Gesicht liefen, betrat er die Werkzeugremise, in die er schon einmal mit Séverine untergetreten war. Dort hoffte er, sich wenigstens nicht so einsam zu fühlen.

Als Jacques in die pechschwarze Finsternis dieses Versteckes trat, umschlangen ihn zwei Arme und heiße Lippen pressten sich auf die seinen. Séverine war doch gekommen.

»Mein Gott, Sie hier?«

»Ja, ich sah das Gewitter kommen und bin hierhergeeilt, noch ehe der Sturm losbrach ... Warum kommen Sie so spät?«

Sie atmete schwer, noch nie hatte er sie so willenlos an seinem Halse hängen gefühlt. Sie glitt zu Boden und saß nun auf den leeren Säcken auf diesem molligen Lager, das den ganzen Winkel der Remise ausfüllte. Er sank mit ihr, denn ihre Arme hatten sich nicht gelöst und kam so auf ihren Schoß zu sitzen. Sehen konnten sie sich nicht, aber ihr heißer Atem umgab sie wie mit einem Nebel, in welchem alles um sie her in nichts versank.

Unter der Glut ihrer verlangenden Küsse drängte sich die vertrauliche Anrede unwillkürlich auf ihre Lippen, als hätte sich das Blut ihrer Herzen bereits ineinander gemischt.

»Du erwartetest mich ...?«

»Ja, so sehnsüchtig erwartete ich dich!«

Und wiederum, wie vom ersten Augenblick an war sie es, die fast stumm ihn an sich presste und ihn zwang, sie ganz zu nehmen. Sie hatte das keineswegs vorausgesehen. Als er kam, hatte sie bereits gar nicht mehr auf sein Kommen gerechnet; in der unverhofften Freude des Wiedersehens aber, in dem plötzlichen, untilgbaren Bedürfnis ihm zu gehören, ergab sie sich ihm ohne weiteres Nachdenken, ohne weitere Überlegung. Es kam, wie es kommen musste. Der Regen rauschte mit verdoppelter Heftigkeit auf das Dach der Remise nieder und der letzte aus Paris kommende Zug fuhr donnernd und zischend in den Bahnhof, dass der Erdboden zu wanken schien.

Als sich Jacques erhob, lauschte er verwundert auf das Rauschen des Regens. Wo befand er sich eigentlich? Aber als er unter seiner Hand den Stiel eines Hammers wiederfühlte, den er schon vorher beim Niederlassen gespürt hatte, war seine Freude eine ungemessene. Es war also geschehen? Er hatte Séverine besessen, ohne die Lust zu verspüren, ihr mit diesem Hammer den Schädel zu zerschmettern? Sie hatte ihm ohne jeden vorausgegangenen Kampf angehört, ohne seine instinktive Neigung, sie tot auf den Rücken zu strecken, wie eine anderen abgejagte Beute? Ja, er fühlte nicht mehr den Durst nach Rache für die uralten Beleidigungen, deren Gedächtnis ihm entschwunden war, für jene von Geschlecht zu Geschlecht gesteigerte Gemeinheit, die mit dem ersten im Innern der Höhle begonnenen Betruge ihren Anfang nahm. Nein, der Besitz dieser dort war von einem allmächtigen Reiz, sie war es, die ihn geheilt hatte, weil er in ihr eine andre, eine gewalttätige in ihrer Schwachheit, sie mit dem Blute eines Menschen bedeckt sah, das sie wie mit einem Panzer des Schreckens umgab. Sie beherrschte ihn, denn er hatte solches noch nicht gewagt. Und im Gefühl leidenschaftlicher Dankbarkeit, eines zu sein mit ihr, schloss er sie von Neuem in seine Arme und bedeckte sie mit Küssen; sie war seine Gebieterin, sie konnte mit ihm machen, wonach immer sie verlangte.

Und auch Séverine fühlte sich glücklich über ihre Hingabe. Es war ihr das eine Befreiung, das Ende eines Kampfes, dessen Grund sie gar nicht mehr recht hatte einsehen können. Warum hatte sie sich so lange gesträubt? Sie hatte sich ihm versprochen gehabt, sie hätte sich ihm schon längst ausliefern müssen, denn nur hierin konnte sie wahres Vergnügen und alle Annehmlichkeiten finden. Jetzt begriff sie, dass sie die Lust hierzu schon lange gefühlt hatte, selbst damals, als es ihr noch so schön dünkte, damit zu warten. Ihr Zartgefühl hatte allerdings das Glücksgefühl ihres Falles erhöht. Sie war entschieden zu solcher Hingabe wie geschaffen. Sie kostete dabei die wirkliche Freude der Frau aus, die erst gehätschelt sein will, die dann aber eben so viel Vergnügen bereitet als empfängt. Ihr Herz, ihr Körper fühlten ein ausschließliches Bedürfnis nach Liebe, aber die schändliche, an ihr begangene Gewalttätigkeit sowohl wie die späteren Ereignisse hatten sie zur Entsagung gezwungen. Man hatte ihr bisheriges Leben missbraucht, mit Schmutz und Blut besudelt, sodass ihre blauen, so unschuldig blickenden Augen unter der düsteren Krone ihrer schwarzen Haare das schreckensvolle Starren bewahrt hatten. Trotz alledem war sie Jungfrau geblieben, erst diesem jungen Menschen gab sie sich zum ersten Male völlig hin. Sie betete ihn an, ihr verlangte, in ihm aufzugehen, seine Dienerin zu sein. Sie gehörte ihm an und er konnte über sie nach Gutdünken verfügen.

»Nimm mich, behalte mich, mein Geliebter, ich will nichts andres als du.«

»Nein, nein, Geliebte, du bist meine Herrin, ich bin nur da, um dich zu lieben und dir zu gehorchen.«

Die Stunden verflossen. Schon längst hatte der Regen aufgehört, tiefe Stille umgab den Bahnhof, unterbrochen nur von einer einzigen fernen, vom Meer undeutlich heraufschallenden Stimme. Sie hielten noch einander umschlungen, als ein Schuss sie zitternd auf die Füße brachte. Der Tag musste bald anbrechen, ein bleicher Schimmer färbte oberhalb der Seinemündung den Himmel. Was bedeutete der Schuss? Es war eine Unklugheit und Torheit, sich so lange verzögert zu haben. Die Einbildung spiegelte ihnen plötzlich vor, der Gatte verfolge sie mit Revolverschüssen.

»Tritt nicht hinaus, ich will nachsehen.«

Jacques schlich vorsichtig bis zur Tür. Durch die noch dichte Finsternis hörte er den Galopp von Menschen, er erkannte die Stimme Roubauds der die Männer antrieb; er rief ihnen zu, dass er drei Diebe beim Stehlen von Kohlen abgefasst hatte. Schon seit Wochen verging keine Nacht, in der er nicht solche Wahnvorstellungen von Räubern gehabt. Diesmal hatte er in der Einbildung eines jähen Schreckens auf gut Glück in die Finsternis hineingefeuert.

»Schnell, schnell, wir können nicht hierbleiben«, flüsterte der junge Mann. »Sie werden wahrscheinlich die Remise absuchen ... Rette dich!«

Noch einmal pressten sie sich an die Brust, saugten sich ihre Lippen aufeinander. Dann glitt Séverine wie ein Schatten am Depot entlang, wo die mächtige Mauer sie verbarg, während er inmitten eines Kohlenhaufens verschwand. Es war die höchste Zeit gewesen, denn Roubaud kam in der Tat hierher. Er schwor darauf, die Diebe müssten in der Remise stecken. Die Laternen der Beamten tanzten über dem Erdboden. Man stritt sich, dann schlugen alle, ärgerlich über diese unnütze Verfolgung, wieder den Weg nach dem Bahnhof ein.

Als Jacques beruhigt den Rückweg nach der Rue François-Mazeline antreten wollte, war er nicht wenig überrascht, auf Pecqueux zu stoßen, der wild fluchend seine Kleidungsstücke zusammenraffte.

»Was denn nun, Alter?«

»Reden Sie gar nicht davon! Diese Tölpel haben Sauvagnat aufgeweckt. Er hat mich bei seiner Schwester gehört, ist im Hemde heruntergekommen, sodass ich, so schnell ich konnte, durch das Fenster fliehen musste ... Hören Sie nur!«

Man vernahm das Gekreisch und das Schluchzen eines gemaßregelten Weibes, während eine tiefe Männerstimme Verwünschungen ausstieß.

»Das ist er, er macht ihr den Rücken etwas lose. Sie ist schon zweiunddreißig Jahre alt und bekommt immer noch die Knute, wie ein kleines Mädchen, wenn er sie abfasst ... Sehr schlimm, ich mische mich aber nicht hinein, er ist ja ihr Bruder!«

»Ich glaubte, er duldete Euch«, fragte Jacques, »und ärgerte sich nur, wenn er sie mit einem anderen abfasste?«

»Man weiß nie, woran man mit ihm ist. Sehr oft scheint er mich nicht zu bemerken, ebenso oft aber prügelt er sie auch, wie Sie jetzt eben hören. Trotzdem liebt er seine Schwester, er würde lieber alles aufgeben, ehe er sich von ihr trennte; nur will er, dass sie sich gut führt ... Alle Wetter, ich glaube, sie hat heute ihr Teil fort.«

Das Geschrei hörte auf und ging in heftiges Schluchzen über. Die beiden Männer entfernten sich. Zehn Minuten später schliefen sie fest, Seite an Seite, in dem kleinen Zimmer mit den gelb getünchten Wänden, dessen einfaches Mobiliar aus vier Betten, vier Stühlen und einem Tische bestand, auf dem eine einzige Waschschüssel aus Zink thronte.

Von nun an durchkosteten Jacques und Séverine bei jedem abermaligen Zusammentreffen alle Süßigkeiten. Nicht immer schützte sie das Wetter so wie in jener ersten Nacht. Sternklarer Himmel und Mondschein waren ihnen unbequem. Sie suchten dann den tiefsten Schatten, die dunkelsten Winkel auf, in denen sie sich so recht aneinanderpressen mussten. Viele Nächte im August und September waren noch von so herrlicher Milde, dass sie sich in ihrer sinnlichen Mattigkeit gewiss von der Sonne hätten überraschen lassen, wenn das Erwachen des Bahnhofes, das ferne Zischen der Lokomotiven sie nicht getrennt hätte. Selbst die erste Oktoberkühle missfiel ihnen nicht. Sie erschien wärmer eingehüllt, mit einem großen Mantel angetan, in welchem sie halb verschwand. Dann verbarrikadierten sie sich in der Werkzeugremise; er hatte in Gestalt einer Eisenstange ein Mittel gefunden, sie von innen zu verriegeln. Auf diese Weise waren sie gut aufgehoben, die Novemberstürme mochten nun das Dach aus seinen Fugen reißen, ihnen selbst kühlte kein Lüftchen den Nacken. Er hatte indessen von der ersten Nacht an das Begehren gefühlt, sie bei sich zu Hause in dem engen Kämmerchen zu besitzen, wo sie ihm stets ganz anders, viel begehrenswerter mit ihrem milden Lächeln einer ehrbaren Bürgersfrau erschien.

Sie hatte seine Bitte bisher nicht erfüllt, weniger aus Furcht vor den Spionen des Korridors als aus einem letzten Skrupel von Tugend, der das Ehebett rein wissen wollte. Aber als er eines Montags zum Frühstück bei ihr war und der Gatte unten vom Bahnhofsvorsteher noch aufgehalten wurde, schmeichelte er ihr erst und plötzlich trug er sie in einer tollkühnen Anwandlung, worüber beide lachen mussten, auf das Bett. Sie vergaßen sich ganz. Von nun an widerstand sie nicht weiter. Alle Donnerstage und Sonnabend nach Mitternacht kam er zu ihr. Es war das schrecklich gefährlich: Sie wagten aus Angst vor der Nachbarschaft nie zu atmen. Aus diesem Zusammensein aber erwuchsen ihnen neue Freuden, ein verdoppeltes Maß von Zärtlichkeit. Oft führte sie die Lust an dem nächtlichen Umherstreifen und das Bedürfnis, die Fesseln von sich zu werfen, wieder hinaus in die dunkle Einsamkeit der eisigen Nächte. Selbst im Dezember suchten sie trotz der furchtbaren Kälte noch ihre Remise auf.

Schon vier Monate liebten sich Jacques und Séverine so mit wachsender Leidenschaft. Sie waren beide in der Kindheit ihrer Herzen, in dieser süßen Unschuld erster Liebe, welche von den geringsten Zärtlichkeiten entzückt ist, noch wahre Neulinge. Der Kampf der größeren Unterwürfigkeit eines unter das andere ergötzte sich nach wie vor. Er zweifelte nicht mehr daran, von dem schrecklichen Erbübel geheilt zu sein, denn seit er sie besaß, war ihm nie wieder der Gedanke an einen Totschlag gekommen. War also mit dem physischen Besitz dieses Mordbedürfnis befriedigt? Besitz und Totschlag glichen sich also in dem düsteren Inneren der menschlichen Bestie aus? Er war zu unwissend, um weiter hierüber nachzudenken und versuchte es auch nicht, die Tür des Schreckens weiter zu öffnen. Oft, wenn sie in seinen Armen lag, kam ihm plötzlich die Erinnerung an das, was sie getan, an jenen Mord, den sie ihm mit einem einzigen Blick auf jener Bank in den Anlagen von Les Batignolles eingestanden hatte; aber er verspürte nicht die geringste Lust, die Einzelheiten jenes Vorfalles kennenzulernen. Sie dagegen schien mehr und mehr unter dem Bedürfnis, alles sagen zu sollen, zu leiden. Wenn sie ihn an sich presste, merkte er wohl, dass sie mit ihrem Geheimnis geladen war und unter ihm seufzte, dass sie völlig in ihn aufzugehen wünschte, um diese erstickende Last von sich werfen zu können. Ein mächtiger Schauder teilte sich dann allen ihren Gliedern mit und drängte sich durch ihre liebestolle Kehle in Gestalt einer wirren Flut von Seufzern auf ihre Lippen. Mit ersterbender Stimme, von einem

176

Krampf gepackt, begann sie zu sprechen. Er aber verschloss ihr schnell mit einem Kusse den Mund und siegelte dort, von einer Unruhe gefoltert, das Geständnis fest. Warum sollte sich dieses Unbekannte zwischen sie drängen? Wer konnte wissen, ob dasselbe nicht eine Umwälzung in ihrem Glück hervorbringen würde? Er witterte eine Gefahr, ein leises Erschaudern teilte sich ihm mit bei dem Gedanken, dass alle diese blutigen Dinge wieder zum Vorschein kommen würden. Und sie ahnte wohl, was in ihm vorging, sie wurde wieder das Geschöpf der Liebe, welches, wie es schien, nur geschaffen war, um zu lieben und geliebt zu werden, zärtlich und folgsam. Eine wahnsinnige Begier nach ihrem Besitze pflegte ihn dann zu packen und oft blieben sie wie ohnmächtig sich in den Armen liegen.

Roubaud hatte seit dem Sommer etwas gemagert; je mehr seine Frau sich aufheiterte und zur Frische ihrer zwanzig Jahre zurückkehrte, desto älter und verdüsterter wurde er. Er hatte sich innerhalb von vier Monaten, wie sie sagte, sehr verändert. Er drückte Jacques noch immer freundschaftlich die Hand, lud ihn noch ein und fühlte sich nur glücklich, wenn er ihn am Tische hatte. Aber diese Zerstreuung allein genügte ihm nicht mehr, er ging öfters aus, mitunter hatte er noch nicht den letzten Bissen heruntergeschluckt, als er schon aufsprang und unter dem Vorwande, dass er an die frische Luft müsse, seinen Kameraden mit seiner Frau allein ließ. In Wahrheit besuchte er jetzt häufig ein kleines Café am Napoleonsgraben, wo er mit Herrn Cauche, dem Polizeikommissar, zusammentraf. Er trank wenig, nur kleine Gläschen Rum; aber er hatte Geschmack am Spiel gefunden, das in eine Leidenschaft auszuarten drohte. Er belebte sich, er vergaß alles, sobald er die Karten in der Hand hatte und sich in eine unendliche Partie Piquet verlor. Herr Cabuche, ein fanatischer Kartenspieler, hatte vorgeschlagen, die Partien zu interessieren; man spielte sie jetzt schon zu hundert Sous. Roubaud kam sich erstaunt als ein neuer Mensch vor, er brannte vor Verlangen nach Gewinn, er fieberte nach gewonnenem Gelde, welche Krankheit gewöhnlich damit endet, dass man im Würfelspiel seine Lebensstellung und sein Leben zugleich wagt. Sein Dienst quälte ihn nicht allzu sehr, er drückte sich, sobald er frei war, und kehrte in den dienstfreien Nächten gewöhnlich erst um zwei oder drei Uhr morgens heim. Seine Frau grämte sich darüber nicht besonders, es ekelte sie nur an, dass er immer widerwärtiger nach Hause zurückkehrte. Er hatte nämlich ein unglaubliches Pech und stürzte sich in Schulden.

Eines Abends brach zum ersten Male ein offener Streit zwischen Séverine und Roubaud aus. Sie hasste ihn noch nicht, wohl aber ertrug sie seine Gegenwart nur mit Widerwillen; sie fühlte, wie er ihr Leben belastete, sie hätte so leicht, so glücklich leben können, wenn seine Gegenwart sie nicht beengte. Deshalb machte sie sich aus dem von ihr begangenen Betruge gar kein Gewissen; war es nicht seine Schuld, hatte er sie nicht erst zum Falle hingedrängt? In der langsamen Trennung, die sich zwischen ihnen vollzog, tröstete sich jeder von ihnen damit, dass er nur wegen der Heilung von dem sie verwirrenden Nebel vom rechten Wege abwich: Er spielte, warum sollte sie keinen Liebhaber besitzen? Aber was sie besonders ärgerte und sie empörte, war, dass sie seiner beständigen Verluste wegen in Verlegenheit geriet. Seit die Fünffrankenstücke in das Café am Napoleonsgraben wanderten, konnte sie öfters ihre Wäscherin nicht bezahlen. Alle Arten von Annehmlichkeiten, kleine Toilettengegenstände musste sie vollständig entbehren. An jenem Abend brach der Zank wegen eines Paares Stiefel aus, das sie notwendigerweise haben musste. Er war gerade im Begriff fortzugehen. Er fand nicht gleich das Tischmesser, um sich ein Stück Brot abzuschneiden und nahm das große Messer, die Waffe, welche in einer Schublade des Büffets ruhte. Sie sah ihn an, während er ihr die zehn Franken für die Stiefel verweigerte, denn er hatte sie nicht und wusste nicht, woher sie nehmen. Sie wiederholte eigensinnig ihr Verlangen und zwang ihn, der sich allmählich etwas aufregte, immer wieder seine Weigerung zu wiederholen. Plötzlich wies sie auf die Stelle des Fußbodens, wo die Gespenster schliefen; sie sagte ihm, dass dort Geld zu finden sei und dass er ihr von diesem geben sollte. Er wurde sehr bleich und ließ das Messer wieder in die Schublade fallen. Einen Augenblick glaubte sie, dass er sie schlagen wollte, denn er hatte sich ihr genähert und gedroht, dass das Geld lieber da verfaulen solle und er sich lieber die Hand abschneiden wolle, als etwas davon zu nehmen. Er ballte die Fäuste, er drohte, sie zu ermorden, wenn sie sich etwa einfallen ließe, in seiner Abwesenheit die Leiste zu entfernen und einen Centime zu entwenden. Nie und nie, das wäre tot und begraben! Sie hatte ebenfalls gezittert bei dem Gedanken, dort wühlen zu müssen. Dann sollte lieber das Elend kommen und beide verhungern. Sie sprachen auch nie wieder davon, selbst nicht an den Tagen fürchterlicher Verlegenheit. Wenn sie den Fuß auf diese Stelle setzten, wuchs das unerträgliche Gefühl, sodass sie lieber einen Umweg machten.

Ein zweiter Zank brach wegen la Croix-de-Maufras aus. Warum verkauften sie das Haus nicht? Sie warfen sich gegenseitig vor, dass keiner etwas zur Beschleunigung dieses Verkaufes beitrüge. Er weigerte sich noch immer mit aller Entschiedenheit sich damit abzugeben, während sie auf die wenigen Briefe, die sie an Misard dieserhalb richtete, nur ausweichende Antworten erhielt; es hätte sich noch kein Käufer eingefunden, die Früchte wären abgefault und das Gemüse mangels Pflege nicht gediehen. Auf diese Weise entfloh nach und nach die tiefe Ruhe, die über das Ehepaar nach jener Krisis gekommen war und neue Kämpfe schienen infolge dieses fieberhaften Beginns der Feindseligkeiten unausbleiblich. Alle die Keime des Nebels, das versteckte Gold, der eingeführte Liebhaber lagen offen da und trennten und hetzten eines auf das andere. In dieser wachsenden Unruhe musste das Leben zur Hölle werden.

Durch ein merkwürdiges Zusammentreffen von Umständen wuchs das Missgeschick Roubauds: Ein neuer Sturmwind von Klatschereien und Diskussionen pfiff durch den Hauptkorridor. Philomène hatte plötzlich mit Frau Lebleu gebrochen, weil Letztere sie verleumdet und ihr vorgeworfen, sie hätte ihr ein schon krepiertes Huhn verkauft. Die wahre Ursache des Bruches aber lag in der Annäherung von Philoméne an Séverine. Pecqueux hatte eines Nachts Letztere am Arme von Jacques erkannt und diese hatte klugerweise ihre Skrupel von ehedem schweigen geheißen und sich zur Geliebten des Heizers liebenswürdig gezeigt. Philomène aber, der die Verbindung mit der vornehmen Dame sehr schmeichelte, über deren Schönheit und Distinktion auf dem ganzen Bahnhof nur eine Stimme herrschte, hatte sich flugs von der Kassierersfrau, diesem alten Klatschmaul abgewandt, die nach ihrer Meinung die Berge aufeinander zu hetzen imstande war. Sie gab ihr jetzt völlig Unrecht und ließ jeden, der es hören wollte, wissen, dass es ganz abscheulich sei, den Roubaud die Wohnung nach der Straße, die ihnen zukäme, vorzubehalten. Die Dinge nahmen also für Frau Lebleu eine schlimme Wendung, wie es schien, um so mehr, als ihr Eigensinn, Fräulein Guichon durchaus bei einem Stelldichein mit dem Bahnhofsvorsteher überraschen zu wollen, ihr ernstliche Unannehmlichkeiten zuzuziehen drohte: Sie ertappte niemand, wohl aber hatte sie das Unglück, selbst abgefasst zu werden, als sie gerade das Ohr an eine Tür gelegt hatte, um zu lauschen. Herr Dabadie war über diese Spionage außer sich und hatte erklärt, dass, wenn Roubaud noch Ansprüche auf die Vorderwohnung mache, er gern den Brief mit unterzeichnen werde. Moulin hatte, trotzdem er für gewöhnlich sehr wenig gesprächig war, diese Äußerung sofort weitererzählt. Beinahe hätte man sich dieserhalb von Tür zu Tür, von einem Ende des Korridors bis zum andern eine Schlacht geliefert, so sehr waren die Leidenschaften plötzlich wieder entfacht worden.

Inmitten dieser sich mehrenden Erdbeben hatte Séverine nur einen guten Tag, den Freitag. Seit Oktober schon hatte sie mit aller Gemütsruhe einen Vorwand gefunden, einen Schmerz am Knie, der sie nötigte, einen Spezialisten aufzusuchen. Und so fuhr sie jeden Freitag mit dem von Jacques geführten Eilzug um 6 Uhr 40 morgens nach Paris, brachte den ganzen Tag dort mit Jacques zu und kehrte mit dem Zuge um 6 Uhr 30 nach Havre zurück. Zuerst hatte sie geglaubt, ihrem Gatten Bericht über den Verlauf der Krankheit am Knie abstatten zu müssen: Mal ginge es besser, mal schlechter; als sie aber sah, dass er gar nicht auf sie hörte, hatte sie klugerweise gar nicht weiter davon gesprochen. Oft sah sie ihn an und fragte sich, ob er etwas wisse. Wie kam es, dass dieser vor Eifersucht rasende Mann, der einen anderen in törichter Wut getötet hatte, jetzt einen Liebhaber duldete? Sie konnte es nicht glauben und meinte eher, sein Verstand müsse etwas gelitten haben.

In einer eiskalten Nacht während der ersten Dezembertage wartete Séverine noch spät in der Nacht auf ihren Gatten. Am nächsten Morgen, einem Freitag, noch vor Tagesanbruch wollte sie den Eilzug benutzen. An den Abenden vorher machte sie stets noch sorgfältig Toilette, legte ihre Kleider vor dem Bett zurecht, um sofort angezogen zu sein. Endlich legte sie sich hin und gegen ein Uhr schlief sie an diesem Abend ein. Roubaud war noch nicht heimgekehrt. Schon zweimal war er erst beim Morgengrauen zurückgekommen, seine wachsende Leidenschaft bannte ihn an das Café, dessen abseits gelegener kleiner Saal immer mehr zur Spielhölle wurde: Man spielte jetzt dort Ecarté um große Summen. Glücklich, allein schlafen zu können und von den Aussichten auf einen angenehmen Tag sanft gewiegt, schlief die junge Frau fest unter der angenehm durchwärmten Bettdecke.

Drei Uhr schlug es gerade, als ein merkwürdiges Geräusch sie weckte. Erst verstand sie es nicht recht, sie glaubte zu träumen und schlief wieder ein. Es klang wie dumpfes Bohren, wie Knacken von Holz, als versuchte man, eine Tür zu erbrechen. Ein etwas heftigerer Krach lieh sie plötzlich auffahren. Ein Gefühl der Furcht packte sie, gewiss versuchte jemand, das Schloss im Korridor zu sprengen. Eine Minute hindurch wagte sie nicht zu atmen, sie lauschte mit angestrengtem Gehör. Dann hatte sie doch den Mut aufzustehen, um nachzusehen. Leise ging sie mit nackten Füßen an die Tür, ebenso leise öffnete sie diese etwas und vor Frost zähneklappernd in ihrem dünnen Hemde erblickte sie in dem Esszimmer ein Schauspiel, das sie vor Schreck und Überraschung wie festgenagelt dastand.

Roubaud lag auf dem Bauch und hatte soeben die Scheuerleisten mithilfe einer Schere aufgebrochen. Ein Licht, das neben ihm stand, beleuchtete ihn und spiegelte seinen riesigen Schatten an der Decke wieder. Das Gesicht hatte er tief über das Loch gebeugt, das wie eine schwarze Spalte längs der Wand lief und mit weit geöffneten Augen starrte er dort hinein. Das Blut hatte seine Backen gefärbt, er sah wieder ganz so aus wie damals, wie der Mörder. Rasch tauchte er die Hand hinein, aber sie fand nichts, so sehr zitterte sie. Er rückte das Licht näher heran, ihr Schein traf das Portemonnaie, die Uhr, die Bankbilletts.

Séverine stieß unwillkürlich einen Schrei aus und Roubaud wandte sich erschrocken um. Zuerst erkannte er sie nicht, er glaubte, da sie ganz in Weiß gehüllt war und ihre Augen den Schrecken widerspiegelten, ein Gespenst vor sich zu haben.

»Was machst du da?«, fragte sie.

Jetzt merkte er, wer es war, er antwortete nicht, sondern stieß ein dumpfes Geknurr aus. Ihre Gegenwart genierte ihn, er sah sie an und hoffte sehnlichst, sie würde wieder zu Bett gehen. Aber ein vernünftiges Wort fiel ihm nicht ein, wie sie so nackt und zitternd dastand, hätte er sie am liebsten ohrfeigen mögen.

»War es nicht so, dass du mir Geld zu Stiefeln verweigertest, und jetzt nimmst du dir Geld, weil du verloren hast?«

Diese Worte versetzten ihn mit einem Male in Wut. Wollte sie ihm nun auch noch an das Leben, das letzte Vergnügen zerstören, diese Frau, nach der ihn nicht mehr verlangte, deren Besitz ihm nur noch eine unangenehme Empfindung schuf? Er amüsierte sich jetzt anderswo und bedurfte ihrer nicht mehr. Von Neuem suchte er und zog das Portemonnaie mit den dreihundert Franken in Gold aus dem Loch. Als er die Leiste wieder an Ort und Stelle gebracht hatte, schleuderte er ihr mit zusammengepressten Zähnen die Worte ins Gesicht:

»Du langweilst mich, ich tue, was ich will. Frage ich dich, was du noch jetzt in Paris zu suchen hast?«

Er zuckte heftig mit den Achseln und ging wieder in das Café. Das Licht ließ er am Boden stehen.

Séverine hob es auf und legte sich, halb erfroren, wieder zu Bett. Sie ließ das Licht brennen, denn sie konnte nicht wieder einschlafen und erwartete, mehr und mehr sich erwärmend, mit weit geöffneten Augen die Abgangszeit des Eilzuges. Jetzt wusste sie es, er litt an zunehmendem innerlichen Verfall, den das Verbrechen ihm eingeflößt zu haben schien. Das Verbrechen war es, welches diesen Mann zersetzte und jedes Band zwischen ihnen zerrissen hatte. Roubaud wusste offenbar alles.

# Siebentes Kapitel

Als an jenem Freitag die Passagiere, welche von Havre aus den Eilzug um 6 Uhr 40 nach Paris benutzen wollten, erwachten, waren sie nicht wenig überrascht: Seit Mitternacht fiel der Schnee in dichten, großen Flocken; in den Straßen lag er bereits dreißig Centimeter hoch.

In der bedeckten Halle dampfte und keuchte bereits die Lison vor drei Waggons zweiter und vier erster Klasse. Als um halb sechs Jacques und Pecqueux in das Depot gekommen waren, brummten sie nicht wenig ob dieses hartnäckigen Schneefalles vom düsteren Himmel. Während sie jetzt auf ihrem Posten das Abfahrtssignal erwarteten, schweiften ihre Augen über das gähnende Portal der Halle hinaus und beobachteten das lautlose und endlose Fallen der Flocken in der Finsternis.

»Der Teufel soll mich holen, wenn man auch nur ein Signal sieht«, meinte der Lokomotivführer.

»Wenn wir nur noch durchkommen«, sagte der Heizer.

Roubaud stand mit seiner Laterne auf dem Bahnsteig. Er hatte auf die Minute genau seinen Dienst angetreten. Manchmal schlossen sich seine von der Müdigkeit gequälten Augenlider, doch seine Wachsamkeit schlief nicht ein. Jacques hatte ihn gefragt, ob er etwas über die Passierbarkeit der Gleise wisse. Roubaud war deshalb auf ihn zugetreten, hatte ihm die Hand gedrückt und gesagt, dass bis jetzt noch keine Depesche da wäre. Als Séverine, in einen großen Mantel gehüllt, erschien, führte er sie selbst zu einem Coupé erster Klasse und half ihr dort sich einzurichten. Jedenfalls war ihm der besorgt zärtliche Blick der beiden Liebenden nicht entgangen, doch ließ er sich nichts merken. Er machte seiner Frau nur Vorwürfe, dass sie bei solchem Wetter die Reise unternehmen wolle, und riet ihr, sie aufzuschieben.

Warm eingehüllt und mit Gepäckstücken beladen drängten sich die Reisenden in der fürchterlichen Kälte dieses Morgens. Selbst der Schnee unter dem Schuhwerk taute nicht ab. Die Waggontüren schlossen sich schnell, ein jeder verbarrikadierte sich in seinem Coupé. Der Perron, von dem matten Licht einiger Gaslaternen schlecht beleuchtet, blieb leer; nur die am Bug der Lokomotive angebrachte Signallaterne flammte wie ein Riesenauge und warf ihren Feuerbrand durch das Dunkel in die Weite.

Roubaud hielt jetzt seine Laterne hoch und gab das Signal. Der Zugführer pfiff und Jacques antwortete, nachdem er den Regulator geöffnet und die kleine Kurbel des Fahrregulators gedreht hatte. Man fuhr ab. Der Unter-Inspektor blickte noch eine kleine Weile gelassen dem in dem Unwetter verschwindenden Zuge nach.

»Aufgepasst«, sagte Jacques zu Pecqueux. »Keine Dummheiten heute!«

Er hatte wohl bemerkt, dass sein Gefährte vor Schlafsucht umzusinken drohte, wahrscheinlich in Folge einer Orgie am verflossenen Abend.

»Oh, es hat damit keine Gefahr«, stotterte der Heizer.

Gleich nach dem Verlassen der bedeckten Halle steckten beide Männer in dem Schneefall. Der Wind pfiff von Osten, die Lokomotive wurde also direkt von vorn von dem Sturme gepeitscht. Da sie unter dem Schutzdach standen, in dicken wollenen Kleidern steckten und ihre Augen durch Brillen geschützt waren, hatten sie zunächst nicht viel zu leiden. Aber das Signallicht der Lokomotive war jetzt in der Dunkelheit durch die bleichen, dagegen anstürmenden Schneemassen wie fortgeweht. Während sich die Gleise sonst zwei bis drei Meter weit erhellten, schimmerten sie jetzt in einem milchigen Nebel, der traumhaft die Dinge nur in der allernächsten Nähe erkennen ließ. Die Unruhe des Lokomotivführers stieg auf den Gipfel, als er, wie auch von vornherein befürchtet, vom ersten Bahnwärtersignal ab konstatieren musste, dass er die roten, die Sperrung der Gleise ankündenden Laternen in der vorgeschriebenen Distanz nicht würde erkennen können. Deshalb fuhr er mit äußerster Vorsicht weiter, ohne indessen die Schnelligkeit vermindern zu können, denn der Wind setzte ihm einen mächtigen Widerstand entgegen und jede Verzögerung barg eine große Gefahr in sich.

Bis zur Station Harfleur legte die Lison eine gute Fahrt zurück. Die Höhe der Schneedecke beunruhigte Jacques noch nicht, denn sie betrug höchstens sechzig Centimeter, weil der Sturm gewiss an einen Meter wegfegte. Ihm musste vornehmlich daran gelegen sein, die Schnelligkeit inne zu halten; er wusste wohl, dass die Tüchtigkeit eines Maschinenführers, der seine Maschine wahrhaft lieb hat, darauf beruhte, eine regelmäßige Fahrt ohne jede Erschütterung unter einem möglichst hohen Druck zu machen. Sein einziger Fehler war die Missachtung der Signale; er lernte es absolut nicht, sich zu mäßigen, weil er nach seiner Meinung die Lison jeden Augenblick zügeln zu können sich vermaß: Er fuhr des Öfteren zu weit vor und zweimal schon hatte er acht Tage feiern müssen, weil er Prellböcke in Grund und Boden gefahren. Doch an jenem Morgen spürte er die drohende Gefahr und der Gedanke, dass er das teure Leben Séverines auf dem Gewissen hatte, verzehnfachte seine Willenskraft und hielt sie angesichts aller der auf der doppelten Flucht der Gleise bis nach Paris zu überwindenden Schwierigkeiten straff gespannt.

Auf der Brücke aus Eisenblech zwischen Lokomotive und Tender, nicht achtend der fortwährenden Erschütterungen und Stöße, stand Jacques aufrecht und beugte sich trotz des Schnees nach rechts weit hinaus, um besser sehen zu können. Durch die überlaufenen Scheiben des Schutzdaches sah er nichts, deshalb bot er sein von tausenden seiner Nadeln gegeißeltes und von der Kälte wie von den Schnittwunden eines Rasiermessers geschundenes Gesicht dem Sturm dar. Von Zeit zu Zeit zog er den Kopf zurück, um Atem zu holen, er nahm auch die Brille ab und putzte die Gläser; dann aber kehrte er wieder auf seinen Beobachtungsposten zurück und sah scharfen Auges nach etwaigen roten Signalen aus; seine Sinne waren so absorbiert von dieser Tätigkeit, dass er wiederholt blutrote Funken auf dem fahlen, vor ihm hin- und herwogenden Vorhange sprühen zu sehen glaubte. Plötzlich hatte er das dunkle Gefühl, dass sein Heizer verschwunden war. Eine kleine Laterne beleuchtete schwach den Wasserspiegel, damit der Lokomotivführer nicht durch ein grelleres Licht geblendet werden konnte. Auf dem Zifferblatt des Dichtigkeitsmessers, dessen Email ein eigenartiges Licht von sich gab, sah er die erzitternde blaue Nadel schnell sinken. Das Feuer ging aus. Der Heizer hatte sich, von Müdigkeit überwältigt, auf den Kohlenkasten ausgestreckt.

»Verfluchter Söffel!«, schrie Jacques wütend und schüttelte ihn derb.

Pecqueux raffte sich auf und entschuldigte sich mit unverständlichem Grunzen. Er hielt sich kaum aufrecht, aber die Macht der Gewohnheit trieb ihn wieder an sein Geschäft, er zerkleinerte die Kohlen mit dem Hammer und warf die Kohlen mit der Schippe regelrecht verteilt über die Glut; mit dem Besen fegte er den Schutt fort. Die Tür des Kessels blieb einen Augenblick offen und der rückwärts wie ein glühender Kometenschweif über den Zug flatternde Widerschein des Feuers schien den Schnee in Brand zu stecken, während das Wasser in großen goldnen Tropfen durchsickerte.

Hinter Harfleur begann die drei Meilen lange bis nach Saint-Romain reichende Steigung, die bedeutendste der ganzen Strecke. Der Lokomotivführer machte sich sehr aufmerksam an die Arbeit; er erwartete bei der Auffahrt auf dieses, selbst bei schönem Wetter sehr raue Terrain einen starken Windstoß. Die Hand am Hebel des Fahrtregulators sah er die Telegrafenstangen an sich vorüberfliegen; er versuchte an ihnen, sich über die Geschwindigkeit klar zu werden. Diese verminderte sich stark, die Lison ächzte unter dem Widerstand des mit wachsender Gewalt einherjagenden Schneesturmes. Mit der Fußspitze öffnete Jacques die Tür der Feuerung, der Heizer, halb im Schlaf, verstand und schürte das Feuer, um den Druck zu vermehren. Die Tür rötete sich jetzt und tauchte beider Beine in einen violetten Schimmer, doch fühlten sie in dem eisigen Luftstrome nicht die versengende Glut. Auf einen Wink seines Vorgesetzten hob Pecqueux den Schaft des Aschkastens aus, um den Zug besser durchzulassen. Sofort stieg die Nadel des Manometers auf zehn Atmosphären, die Lison arbeitete mit ihrer ganzen Kraft. Da der Lokomotivführer jedoch auch das Niveau des Wassers fallen sah, musste er die kleine Kurbel des Injektors in Bewegung setzen, wodurch sich der Druck verminderte. Bald hob er sich jedoch wieder, die Maschine keuchte und spuckte wie ein mit Flankenhieben angetriebenes Pferd, dessen Glieder man krachen zu hören glaubt. Er schnauzte sie an, als sei sie eine gealterte und nicht mehr kräftige Frau, für die man nicht mehr die Zärtlichkeit von ehedem empfindet.

»Diese faule Lise wird niemals hinaufkommen!«, murmelte er hinter den dicht geschlossenen Zähnen, er, der unterwegs sonst nie sprach.

Pecqueux sah ihn in seinem Halbschlaf erstaunt an. Was hatte er jetzt gegen die Lison. War sie nicht noch immer die brave, gehorsame Lokomotive mit der gefügigen Schnellfüßigkeit, dass es ein Vergnügen war, sie in Bewegung zu setzen, und mit der guten Dampfanlage, dass sie von Paris bis Havre den zehnten Teil an Kohlen ersparte? Der Lokomotive, die wie sie so vorzüglich eingestellt war, dass der Dampf wunderbar abschnitt, konnte man schon einige Unvollkommenheiten zugutehalten, ebenso wie man einer Wirtschafterin nicht zürnen wird, die sich gut führt und sparsam ist. Sie verbrauchte zweifellos zu viel Schmiere. Und wenn schon? Deshalb schmierte man sie eben und damit gut.

»Sie wird nicht hinaufkommen, wenn man sie nicht schmiert«, wiederholte Jacques in diesem Augenblick fast außer Atem.

Was er noch keine drei Male in seinem Leben getan hatte, tat er jetzt: Er ergriff die Kanone mit Schmieröl, um die Lokomotive während der Fahrt zu ölen. Er kletterte über den Steg und bestieg die Brüstung, um am Kessel entlang zu gehen. Das war ein überaus gefährliches Unterfangen: Seine Füße glitten von dem schmalen, durch den Schnee schlüpfrig gewordenen eisernen Streifen ab, der Schnee blendete ihn und der Sturm drohte ihn wie einen Strohhalm davon zu wehen. Die Lison mit dem an ihrer Flanke kauernden Manne verfolgte keuchend ihren Weg in der Dunkelheit und öffnete sich eine tiefe Bresche durch die ungeheure weiße Decke. Sie schüttelte ihn und trug ihn von dannen. Als er die vordere Querstange erreicht hatte, bückte er sich zu dem Schmierloch des rechtsseitigen Zylinders nieder; mit der einen Hand hielt er sich an der Brüstungsstange und unendliche Mühe kostete es ihn, sein Werk zu vollenden. Denselben Weg musste er wie ein schleichendes Insekt auf der andern Seite noch einmal machen, um den linken Kolben zu schmieren, er kam völlig erschöpft und bleich zurück, er hatte den Tod vorüberstreifen gefühlt.

»Verwünschte Schindmähre!«, murmelte er.

Von diesem ungewohnten Grimm über ihre Lison betroffen konnte sich Pecqueux nicht enthalten, seiner Gewohnheit nach scherzend zu sagen:

»Sie hätten mich das machen lassen sollen: Das Schmieren der Damen verstehe ich ausgezeichnet.«

Ein wenig munter geworden, stand er ebenfalls jetzt auf seinem Posten und überwachte die Gleise auf der linken Seite. Gewöhnlich konnte er besser sehen als sein Vorgesetzter. Aber in diesem Sturme war nichts zu erkennen, sie, denen doch jeder Kilometer dieser Strecke so vertraut war, vermochten kaum die Orte zu erkennen, die sie passierten: Die Gleise verschwanden in dem Schnee, die Hecken, selbst die Häuser schienen verschlungen zu sein, eine einzige, endlose Ebene, ein Chaos von unbestimmter Weiße schien vor ihnen ausgebreitet, in das die Lison, wie vom Wahnsinn gepackt, aufs Geratewohl hineinzugaloppieren schien. Noch nie hatten sich diese beiden Männer so brüderlich eng aneinander gekettet gefühlt wie jetzt; auf dieser durch alle möglichen Gefahren dahinrollenden Lokomotive fühlten sie sich einsamer und von aller Welt verlassener als in einem abgesperrten Zimmer. Und dazu diese erdrückende Verantwortlichkeit für die Menschenleben, die sie hinter sich herschleppten.

Jacques, den Pecqueuxs Neckerei zuerst wie vor den Kopf stieß, lächelte schließlich und unterdrückte den Zorn, der ihn zu übermannen drohte. Jetzt war nicht der richtige Augenblick, um zu streiten. Der Schnee fiel stärker, der Vorhang am Horizont verdichtete sich. Man fuhr noch immer die Höhe hinauf, als plötzlich der Heizer seinerseits in der Ferne ein rotes Signal zu entdecken glaubte. Er machte seinen Vorgesetzten darauf aufmerksam. Doch schon war es nicht mehr zu sehen, seine Augen hätten geträumt, so pflegte er in solchen Fällen zu sagen. Dem Lokomotivführer, der nichts gesehen hatte, klopfte das Herz; ihn beunruhigte diese Halluzination des anderen, er verlor das Vertrauen zu sich selbst. Er bildete sich ein, jenseits dieses bleichen Gewimmels von Flocken unendliche schwarze Formen und mächtige Massen gleich riesigen, nächtlichen Wolken unterscheiden zu können, die vor der Lokomotive wogten und herandrängten. Es war ihm, als ob eingestürzte Abhänge und Berge den Schienenweg sperrten, als ob der Zug an ihnen zerschellen müsste. Von Furcht gepackt, zog er am Ventil der Dampfpfeife und lange anhaltend, verzweiflungsvoll gellte ihr Pfiff. Wie ein Schrei der Klage übertönte er den Sturm. Und wie erstaunte er, dass er zur rechten Zeit gepfiffen hatte, denn mit voller Geschwindigkeit durchsauste der Zug den Bahnhof von Saint-Romain, von dem er sich noch zwei Kilometer entfernt geglaubt hatte.

Die Lison hatte jetzt die fürchterliche Steigung hinter sich und konnte nun ohne besondere Anstrengung weiterfahren. Jacques durfte etwas aufatmen. Von Saint Romain bis Bolbec steigt die Strecke fast unmerklich, bis an das andere Ende des Plateaus ging wahrscheinlich alles gut. Nichtsdestoweniger rief er in Beuzeville, wo er einen Aufenthalt von drei Minuten hatte, den Bahnhofsinspektor zu sich und verhehlte ihm nicht seine Befürchtungen angesichts der noch immer zunehmenden Schneedecke: Er würde sicherlich nicht bis Rouen kommen, er hielte es für geraten, eine zweite Maschine vorzulegen, in Beuzeville ständen ja so wie so stets Reservelokomotiven. Der Bahnhofsvorsteher meinte indessen, er hätte keine dahingehenden Befehle und glaubte nicht, diese Maßnahme verantworten zu dürfen. Was er tun konnte, war, dass er ihm fünf bis sechs hölzerne Schaufeln gab, um im Falle der Not die Schienen freizuschaufeln. Pecqueux nahm sie in Empfang und schichtete sie in einer Ecke des Tenders auf.

Auf dem Plateau setzte die Lison ihre Fahrt in der Tat mit der richtigen Schnelligkeit ohne große Mühe fort. Trotzdem arbeitete sie sich ab. Von Minute zu Minute musste der Lokomotivführer die Tür zur Feuerung öffnen und Kohlen auflegen lassen. Und jedes Mal flammte über dem düsteren Zug, dem einzigen schwarzen Punkt inmitten dieses weißen Bahrtuches, der feurige Kometenschweif in die Nacht hinaus. Die

Uhr zeigte ein Viertel vor acht, der Tag dämmerte herauf, aber man unterschied kaum in dem unendlichen weißen Wirbel, der von einem Horizont bis zum andern den Himmelsraum ausfüllte, seinen fahlen Widerschein. Diese trübe Klärung, in der sich noch immer nichts unterscheiden ließ, beunruhigte in noch weit höherem Maße die beiden Männer, welche, die Augen trotz ihrer Brillen voll Tränen, in die Weite zu sehen sich abmühten. Ohne die Kurbel des Fahrtregulators aus der Hand zu lassen, zog der Lokomotivführer vorsichtigerweise unaufhörlich das Ventil der Dampfpfeife und es klang wie schmerzliches Weinen durch diese Schneewüste.

Ohne Zwischenfall passierte man Bolbec, dann Yvetot. In Motteville machte Jacques dem Unter-Inspektor, der ihm keine zuverlässigen Nachrichten über die Beschaffenheit des Weges geben konnte, abermals Vorstellungen. Es war noch kein Zug hier eingetroffen, mittels Depesche war gemeldet worden, dass der Pariser Bummelzug in Rouen eingetroffen sei und dort festliege. Die Lison dampfte matt und müde über die drei Meilen sanfter Steigung bis Barentin. Jetzt erwachte bleich der Tag, aber es schien, als rührte dieser durchsichtige Schimmer nur vom Schnee her. Er fiel noch dichter, es war, als wäre der Himmel geborsten und seine Trümmer sänken im eisigen Grauen des Morgens auf die Erde. Der Wind nahm mit dem Tage an Heftigkeit zu, die Flocken wurden wie Kugeln dahingejagt, alle Augenblicke musste der Heizer zur Schaufel greifen, um die Kohlen des Tenders zwischen den Wänden des Wasserbehälters frei zu schippen. Rechts und links erschien die Landschaft den beiden Männern so undeutlich wie in einem flüchtigen Traum: Die meilenweiten flachen Felder, die von lebendigen Hecken eingefassten Weideplätze, die mit Obstbäumen eingehegten Chausseen waren ein einziges, kaum von niedrigen Schwellungen unterbrochenes weißes Meer, eine zitternde, blasse Unendlichkeit, in deren Weiß alles aufging. Der Lokomotivführer, das Gesicht gepeitscht von der Windsbraut, die Hand an der Kurbel, begann jetzt fürchterlich von der Kälte zu leiden.

Bei der Ankunft in Barentin näherte sich der Bahnhofsvorsteher, Herr Bessière, aus eigenem Antrieb der Lokomotive, um Jacques mitzuteilen, dass man von la Croix-de-Maufras her mächtige Schneemassen melde.

»Ich glaube, Sie werden noch passieren können«, setzte er hinzu, »aber Sie werden Arbeit haben.«

»Zum Donnerwetter!«, legte da der junge Mann los, »habe ich es nicht schon in Beuzeville gesagt! Was hätte das geschadet, wenn der

Vorspann verdoppelt worden wäre? ... Nun sitzen wir hübsch in der Patsche!«

Der Zugführer kroch aus seinem Gepäckwagen und gab seinem Ärger ebenfalls Ausdruck. Er war fast erstarrt in seiner Wachtkoje, erklärte er, nicht imstande zu sein, ein Signal an einer Telegrafenstange zu erkennen. Eine wahre Fahrt im Dunkel trotz aller dieser Helle!

»Sie sind also gewarnt«, schloss Herr Bessière.

Die Reisenden wunderten sich bereits über diesen verlängerten Aufenthalt auf der eingeschneiten Station, auf welcher man nicht einmal einen einzigen Ruf eines Beamten, noch ein Zuschlagen von Türen hörte. Einige Scheiben wurden heruntergelassen und Köpfe herausgesteckt, die einer sehr starkleibigen Dame und zweier reizender Blondköpfe, jedenfalls ihre Töchter und Engländerinnen; weiterhin der einer sehr hübschen, jungen brünetten Frau, die ihr viel älterer Gatte mit Gewalt zurückziehen wollte. Zwei Männer, ein junger und ein alter, hatten sich mit dem halben Körper hinausgelehnt und sprachen von einem Waggon zum andern. Als Jacques rückwärts blickte, sah er auch, dass Séverine sich hinausgebeugt hatte und mit angstvoller Miene ihn ansah. Oh, wie besorgt musste das liebe Geschöpf sein und wie blutete ihm das Herz, sie in solcher Gefahr zu wissen. Er würde sein ganzes Blut dafür gelassen haben, hätte er sie jetzt schon in Paris gesund und unverletzt abliefern können.

»Fahren Sie nur los«, meinte der Bahnhofsvorsteher. »Wozu erst alle Welt beunruhigen?«

Er selbst gab das Signal. Der Zugführer pfiff und sprang in den Gepäckwagen. Nachdem die Lison mit einem langen Klageschrei geantwortet, rollte sie davon.

Jacques fühlte sofort, dass der Zustand des Dammes sich verändert hatte. Hier gab es keine Ebene, keinen bis in die Unendlichkeit aufgerollten dicken Schneeteppich mehr, durch den die Lokomotive wie ein Dampfboot sich arbeiten konnte und eine Furche hinter sich zurückließ. Man kam jetzt in das wellige Gelände, zwischen die Berge und Täler, die gleich einer hohl gehenden See bis Malaunay den Erdboden aufbeulten. Hier hatte sich der Schnee ganz verschiedenartig aufgehäuft, stellenweise waren die Gleise vollständig frei, stellenweise hatten mächtige Massen einzelne Übergänge völlig verstopft. Der Wind, der die Höhen frei fegte, warf alles in die Schluchten. Es mussten daher die Hindernisse Schritt für Schritt genommen werden, denn die kleinen freien Strecken führten stets zu vollkommenen Wällen. Es war jetzt ganz hell geworden, die wüste Landschaft mit ihren schmalen Schluchten und ihren jähen Abhängen glich unter ihrer Schneedecke der Trostlosigkeit eines mitten im Sturme eingefrorenen Ozeans.

Noch nie hatte Jacques die Kälte so empfunden wie gerade jetzt. Die tausende von feinen Kristallnädelchen erweckten in ihm das Gefühl, als blute sein Gesicht; in seinen erstarrten Händen hatte er gar kein Gefühl mehr, er zitterte, als er bemerkte, dass er den Hebel des Fahrtregulators gar nicht mehr spüre. Als er den Ellbogen hob, um das Ventil der Dampfpfeife zu öffnen, meinte er, dass sein Arm wie abgestorben an seiner Schulter hängen müsste. Die fortwährenden Erschütterungen drohten, ihm die Eingeweide zu zerreißen, und ob seine Füße ihn noch trügen, vermochte er wirklich nicht zu sagen. Mit der Kälte zugleich peinigte ihn eine unüberwindliche Müdigkeit. Sein Hirn war wie eingefroren, er fürchtete, ohnmächtig zu werden, nicht mehr zu wissen, ob er noch führte, denn wie mechanisch und zähneklappernd sah er den Zeiger des Manometers bereits sinken. Alle die Geschichten bekannter Halluzinationen fuhren ihm durch den Kopf. Lag da vorn nicht ein abgehauener Baumstamm quer über den Schienen? Hatte er über jenem Gebüsch nicht eine rote Fahne flattern sehen? Hörte man nicht trotz des betäubenden Lärms der Räder in jedem Augenblick Petarden platzen? Er konnte nichts Bestimmtes versichern, er wiederholte sich, dass er eigentlich anhalten müsste, und konnte sich dennoch nicht dazu entschließen. Einige Minuten litt er unter dieser Tortur, doch der Anblick von Pecqueux, der wiederum schlafend auf den Kohlen lag und wahrscheinlich von der fürchterlich angewachsenen Kälte überwältigt worden war, brachte ihn so in Zorn, dass ihm warm wurde.

»Oh, du Hund!«

Er, der sonst den Lastern seines Untergebenen gegenüber so nachsichtig war, traktierte ihn mit Fußtritten so lange, bis er sich erhoben hatte. Der andere war so stumpfsinnig, dass er nur grunzte und zur Schaufel griff.

»Gut, gut, es ist genug!«

Der Ofen war frisch geheizt, der Druck stieg. Es war auch höchste Zeit, denn die Lison musste jetzt durch ein Tal, in welchem der Schnee über einen Meter hoch lag. Mit all ihr zu Gebote stehenden Kraft drang sie, in allen ihren Teilen erzitternd, vorwärts. Einen Augenblick war sie außer Atem und es schien, als wollte sie hier stehen bleiben, wie ein

Schiff, das eine Sandbank streift. Die hohe Schneedecke, welche bereits auf den Decken der Waggons lastete, erschwerte, ihr nicht wenig die Arbeit. Mit diesem weißen, über sie ausgebreiteten Tuche glitten sie schwarz durch dieses weiße Geflimmer. Und auch der Lokomotive Glieder waren von Streifen Hermelins eingefasst, dessen anschauende Flocken wie flüssiger Regen hernieder rieselten. Aber diesmal machte sie sich doch noch, trotz dieses kolossalen Gewichtes, frei und passierte diese schlimme Stelle. Und jetzt sah man den Zug hoch oben bequem über eine große Kurve in diesem losen, milchigen Treiben dahingleiten wie einen Schattenstreifen in einem von blendendem Weiß überquellenden Lande der Träume.

Dahinter begannen wieder die Schluchten. Jacques und Pecqueux, die das Husten der Lison wohl gehört hatten, wappneten sich gegen die Kälte und die Müdigkeit. Aufrecht standen sie auf ihrem Posten, den sie selbst sterbend nicht verlassen durften. Die Lokomotive büßte jetzt abermals etwas von ihrer Schnelligkeit ein. Zwischen zwei Böschungen vollzog sich langsam, ohne jede Erschütterung, der Stillstand. Als ob man alle ihre Räder zugleich mit Leim bestrichen hätte, blieb sie atemlos, eingepresst kleben. Sie rührte sich nicht mehr, ohnmächtig hielt sie der Schnee gefangen.

»Da haben wir es«, fluchte Jacques. »Heiliges Donnerwetter!«

Er blieb noch einige Sekunden auf seinem Platze und öffnete alle Ventile, um zu sehen, ob sich das Hindernis nicht bewältigen ließe. Als er die Lison jedoch ohne jeden Erfolg keuchen und sich abmühen sah, schloss er den Regulator und schimpfte wie toll darauf los.

Der Zugführer beugte sich aus der Tür des Gepäckwagens und Pecqueux rief ihm zu:

»Wir sitzen fest!«

Der Mann sprang in den Schnee, in welchem er bis über die Knie versank. Er näherte sich der Lokomotive und die Drei hielten Kriegsrat ab.

»Wir können nur versuchen, das Gleis freizuschaufeln«, sagte der Lokomotivführer. »Zum Glück haben wir Schippen mit. Rufen Sie Ihren Schlussschaffner her, wir vier werden bald die Räder frei haben.«

Man winkte dem Schlussschaffner, der bereits seinen Waggon verlassen hatte. Es wurde diesem das Durchwaten schwer, oftmals versank er vollständig. Dieser Aufenthalt auf freiem Felde inmitten dieser weißen Öde, der laute Schall der sich streitenden Stimmen, der sich durch den Schnee arbeitende Schaffner – alles das beunruhigte die Reisenden.

Abermals senkten sich die Fenster. Man rief, man fragte, ein allgemeines, schnell wachsendes Durcheinander wurde laut.

»Wo sind wir ... Warum fahren wir nicht weiter? ... Was ist los? ... Mein Gott, ist ein Unglück geschehen?«

Der Zugführer fühlte die Notwendigkeit, jedermann zu beruhigen. Gerade, als er sich den Waggons näherte, fragte ihn die Engländerin, deren rotes Antlitz von zwei reizenden Mädchengesichtern eingerahmt wurde, mit fremdländischem Accent:

»Es ist doch nicht gefährlich, mein Herr?«

»Nein, nein, meine Dame«, antwortete er. »Nur ein wenig Schnee. Wir fahren sofort weiter.«

Das Fenster hob sich wieder und man hörte von rosigen Lippen den lebhaften Tonfall englischer Worte dringen. Die beiden Mädchen lachten höchst vergnügt.

Weiter hinten rief der ältere Herr dem Zugführer zu, während seine junge Frau ihr niedliches Braunköpfchen zu zeigen wagte:

»Warum hat man keine Vorsichtsmaßregeln getroffen? Das ist unerträglich ... Ich komme von London und muss Geschäfte halber heute früh in Paris sein. Ich werde die Gesellschaft für jeden Verzug verantwortlich machen.«

»Ich kann nur wiederholen, mein Herr, dass wir in drei Minuten weiterfahren werden.«

Die Kälte war unerträglich, der Schnee flog in die offenen Coupés, die Köpfe verschwanden, die Scheiben wurden hochgezogen. Doch merkte man an dem dumpfen Gesumm, welche Angst und Bewegung in den geschlossenen Räumen herrschten. Nur zwei Scheiben blieben gesenkt. Ein Amerikaner von einigen vierzig Jahren lehnte aus einem Fenster und sprach mit einem von ihm durch drei Coupés getrennten jungen Menschen aus Havre sehr interessiert über die Befreiungsarbeiten.

»In Amerika steigt jedermann aus und greift zu den Schaufeln.«

»Oh, das hier hat nichts zu sagen. Im vorigen Jahre saß ich zweimal ebenso fest. Mein Beruf zwingt mich, alle acht Tage nach Paris zu reisen.«

»Und mich beinahe alle drei Wochen, mein Herr.«

»Wie, von New York?«

»Ja, mein Herr, von New York.«

Jacques leitete die Arbeit. Er hatte Séverine an der Tür des vordersten Waggons bemerkt, in welchem sie sich immer einquartierte, um ihm so nahe als möglich zu sein. Er hatte ihr einen bittenden Blick zugeworfen; sie verstand, dass sie sich nicht diesem eisigen Winde aussetzen sollte, der ihr in das Gesicht schnitt, und zog sich zurück. Er dachte nur an sie und arbeitete flott darauf los. Er bemerkte jetzt, dass der Grund des Stillstandes, das Festfahren im Schnee nicht von den Rädern herrührte – die hätten auch die dicksten Lagen durchschneiden können -, sondern von dem zwischen ihnen hängenden Aschkasten, vor welchem sich mächtige Schneebündel aufgesackt hatten. Es kam ihm ein Gedanke.

»Der Aschkasten muss abgeschraubt werden.«

Der Zugführer widersetzte sich zunächst. Der Lokomotivführer stand unter seinen Befehlen und er wollte nicht erlauben, dass etwas an der Maschine geändert würde. Schließlich ließ er sich überzeugen.

»Gut, aber Sie übernehmen die Verantwortlichkeit.«

Das war ein schwieriges Geschäft. Lang ausgestreckt unter der Lokomotive und mit dem Rücken tief im Schnee mussten Jacques und Pecqueux fast eine halbe Stunde lang fleißig arbeiten. Zum Glück waren im Werkzeugkasten auch Schraubenzieher vorrätig. Endlich, nachdem sie an zwanzig Male Gefahr gelaufen, sich zu verbrennen oder zerschmettert zu werden, hatten sie den Aschkasten losgeschraubt. Nun steckte er aber noch immer unter der Maschine fest. Er war von enormem Gewicht und aus den Rädern und Zylindern nicht herauszubekommen. Sie packten schließlich zu viert an und schleppten ihn über die Schienen fort bis auf die Böschung.

»Jetzt vorwärts mit Schaufeln!«, sagte der Zugführer.

Fast eine volle Stunde schon saß der Zug in dieser Einöde fest und die Angst der Reisenden war gestiegen. Alle Minuten senkte sich eine Scheibe und irgendwer fragte, warum man nicht weiterfahre? Unter Geschrei und Tränen brach eine wahre Panik aus, die Krisis der Angst stieg auf den Gipfel.

»Es ist jetzt genug fortgeschaufelt«, erklärte Jacques. »Steigen Sie nur ein, das Übrige werde ich besorgen.«

Er stand mit Pecqueux abermals auf seinem Posten, und als die beiden Schaffner ihre Plätze wieder eingenommen hatten, drehte er selbst den Hahn der Ableitungsröhren auf. Der mit Zischen herausfahrende heiße Dampf vernichtete vollends die noch an den Rädern hängenden Schneemassen. Er drehte dann die Kurbel und ließ die Lokomotive rückwärts fahren. Langsam rückte der Zug an dreihundert Meter zurück, um Spielraum zu haben. Das Feuer wurde so geschürt, dass der erlaubte Druck überschritten wurde, dann drängte er die Lison mit ihrem ganzen Gewicht und dem des an ihr hängenden Zuges gegen die den Weg sperrende Mauer. Es gab einen Krach, wie wenn ein Holzhauer seine Axt mit fürchterlicher Gewalt in einen Baum treibt, die eisernen und gusseisernen Glieder der Lokomotive schienen zu bersten. Und doch sprengte sie nicht das Hindernis, rauchend und von dem Stoß erbebend saß sie wieder fest. Noch zweimal musste das Manöver wiederholt werden, zweimal noch wich sie zurück und bohrte sie sich wieder in den Schnee. Und jedes Mal erzitterten ihre Glieder, wenn sie mit ihrem Atem eines wutschnaubenden Riesen die Brust auf das Hindernis drängte. Jetzt schien sie Luft zu schöpfen, ihre metallenen Muskeln spannten sich zu einer letzten Kraftanstrengung an und sie passierte die Stelle; schwerfällig schob sich der Zug hinterdrein durch die beiden durchfurchten Schneemauern.

»Ein gutes Tier trotz alledem!«, brummte Pecqueux.

Jacques nahm, halb geblendet, seine Brille ab und putzte ihre Gläser. Sein Herz schlug heftig, er spürte die Kälte nicht mehr; doch plötzlich erinnerte er sich der tiefen Schlucht, die sich ungefähr dreihundert Meter vor la Croix-de-Maufras befand; dieselbe öffnete sich genau in der Windrichtung, dort musste sich eine Unmasse Schnee aufgehäuft haben. Dort war die Klippe, an der er nach seiner Überzeugung zweifellos stranden musste. Er beugte sich hinaus. Hinter der nächsten Kurve erschien dieser Engpass wie ein mit Schnee gefüllter, geradliniger Graben. Es war jetzt heller Tag und fortwährend noch sanken die Flocken auf dieses grenzenlose, schimmernde Weiß hernieder.

Mit mittlerer Geschwindigkeit rollte jetzt die Lison dahin, da sie kein besonderes Hindernis vor sich hatte. Man hatte vorsichtigerweise die vorderen und die Schlusslaternen brennen lassen und das weiße Leuchtfeuer der Maschine schimmerte wie ein Zyklopenauge bleich in den Tag hinein. Mit diesem offenen Auge näherte sie sich jetzt jener Schlucht. Die Lison schien jetzt kurz und stoßweise zu atmen, wie ein sich fürchtendes Pferd. Starke Erschütterungen suchten sie heim, sie scheute und setzte ihre Fahrt nur unter der geschickten Hand ihres Führers fort. Dieser hatte abermals die Tür zur Feuerung öffnen lassen, damit der Heizer das Feuer lebhafter entfachen konnte. Und jetzt war es nicht mehr ein feuriger Sternschweif der Nacht, sondern ein Wirbel von dichtem, tiefschwarzem Rauch, der den bleichen Schauer am Himmel befleckte.

Die Lison fuhr weiter. Jetzt war sie am Eingang zur Schlucht. Links und rechts waren die Böschungen völlig vergraben und die Gleise vollständig verweht. Die Schlucht glich einem von einem milden Strome ausgehöhlten, bis an den Rand mit Schnee gefüllten Loche. Noch fünfzig Meter weit rollte die Maschine atemlos, langsamer und langsamer dort hinein. Der Schnee, den sie fortstieß, bildete bald eine Barrikade um sie her, eine empörte Flut, die sie zu verschlingen drohte. Einen Augenblick schien sie aus den Schienen gehoben, besiegt zu sein. Aber noch einmal strengte sie ihre Muskeln an und rollte noch dreißig Meter vorwärts. Doch das war das Ende, der letzte Todeskampf gewesen. Die Schneemassen fielen vornüber, begruben die Räder und alle Teile des Mechanismus, um die sich schon vorher Ketten von Eis geschlungen hatten. Jetzt hielt die Lison ganz still und hauchte in der großen Kälte ihren letzten Atem aus. Er erlosch und unbeweglich, tot stand sie da. »Da haben wir es«, meinte Jacques, »ich habe es ja vorausgesehen.«

Er wollte sofort die Lokomotive wieder rückwärts fahren lassen, um das Manöver noch einmal zu versuchen, aber diesmal rührte sich die Lison nicht mehr vom Fleck. Sie weigerte sich, vorwärts wie rückwärts zu fahren, von allen Seiten eingeschlossen blieb sie träge und stumpfsinnig, wie festgenagelt am Boden stehen. Auch der Zug hinter ihr, der bis an die Türen im Schnee steckte, schien wie ausgestorben. Der Schneefall hörte nicht auf, sondern trieb noch dichter als zuvor, in langen Streifen vom Sturme hier hereingepeitscht. Maschine und Waggons, die schon halb bedeckt waren, mussten bald ganz verschwinden, es war wie ein großes Einsargen in der überwältigenden Stille dieser weißen Einöde. Nichts rührte sich mehr, der Schnee breitete sein Leichentuch aus.

»Schon wieder?«, fragte der Zugführer und beugte sich aus dem Gepäckwagen.

»Futsch!«, erwiderte Pecqueux lakonisch.

Diesmal war die Lage in der Tat eine höchst kritische. Der Lokomotivführer pfiff in kurzen Intervallen den jämmerlichen Klageton der Einöde. Aber der Schnee fing den sich verlierenden Schall auf, der infolgedessen in Barentin nicht gehört werden konnte. Was tun? Sie waren nur vier Mann, wie hätten sie jemals solche Unmassen bewältigen können. Hier wäre ein ganzes Personal nötig gewesen. Es war eine dringende Notwendigkeit, Hilfe herbeizuschaffen. Das Schlimmste war, dass unter den Reisenden eine abermalige Panik ausbrach.

Ein Schlag öffnete sich, die hübsche Brünette sprang aus dem Waggon, denn sie glaubte, es wäre ein Unglück geschehen. Der ihr nachfolgende betagte Kaufmann schrie:

»Ich werde dem Minister schreiben. Es ist eine Schande!«

Das Jammern der Frauen, wütende Männerstimmen drangen aus allen Gelassen, deren Scheiben herunterrasselten. Nur die beiden kleinen Engländerinnen lächelten höchst vergnügt. Als der Zugführer alle Welt zu beruhigen suchte, fragte ihn die Jüngere auf Französisch, aber mit englischer Betonung:

»Hier halten wir also an, mein Herr?«

Mehrere Männer waren ausgestiegen, trotzdem sie bis an den Bauch einsanken. Der Amerikaner fand sich auf diese Weise mit dem jungen Mann aus Havre zusammen; beide tappten sich nach der Lokomotive durch, um besser sehen zu können. Sie wiegten die Köpfe.

»Vier bis fünf Stunden wird es dauern, bis das da weggeschafft ist.«

»Wenigstens, und dann gehören noch zwanzig Arbeiter dazu.«

Jacques bewog den Zugführer, den Schlussschaffner nach Barentin zu schicken, um Hilfe herbeizuholen. Weder er noch Pecqueux konnten die Lokomotive allein lassen. Der Beamte entfernte sich, man verlor ihn am Ende der Schlucht bald aus den Augen. Er musste vier Kilometer zurücklegen, konnte also vor zwei Stunden nicht wieder da sein. Jacques verließ in der Verzweiflung einen Augenblick seinen Posten und lief zum vordersten Waggon. Er bemerkte soeben Séverine, die das Fenster heruntergelassen hatte.

»Fürchten Sie nicht«, sagte er hastig. »Sie können unbesorgt sein.«

Sie antwortete ebenso, ohne ihn zu duzen, denn sie hätten möglicherweise gehört werden können.

»Ich habe keine Furcht. Ich bin nur Ihretwegen besorgt gewesen.«

Diese Worte taten ihnen wohl, sie waren wieder getröstet und lächelten sich an. Als Jacques sich umwandte, sah er zu seiner großen Überraschung Flore, dann Misard und noch zwei Männer, die er zuerst nicht erkannte, auf der Böschung erscheinen. Sie hatten das jämmerliche Pfeifen vernommen und waren herbeigeeilt. Misard, der dienstfrei war, hatte gerade den beiden Kameraden Weißwein aufgetischt. Es waren der Kärrner Cabuche, den der Schnee zu feiern zwang und der Weichensteller Ozil, der von Malaunay durch den Tunnel gekommen war und Flore trotz des schlechten Empfanges noch immer mit Anträgen verfolgte. Sie, die mutig und tapfer wie ein Mann war, begleitete jene wie eine wahre

Landstreicherin aus Neugierde. Dass der Zug dicht vor ihrer Tür stecken geblieben, war für ihren Vater wie für sie ein bedeutsames Ereignis, ein außerordentliches Abenteuer. In den fünf Jahren ihres dortigen Aufenthaltes hatten sie die Züge stündlich, Tag und Nacht, bei schönem Wetter wie beim Sturm, wie der Wind so schnell an sich vorüberfahren sehen. Der Wind, der sie herbeigeweht, entführte sie auch wieder, noch nie hatte ein einziger seine Fahrt verlangsamt, sie sahen ihn fliehen, sich verlieren, verschwinden, ohne weiter etwas von ihm zu wissen. Die ganze Welt zog an ihnen vorüber, auf Dampfesflügeln wurde die Masse der Menschheit vorbeigefahren, sie aber kannten nur die blitzartig gesehenen Gesichter, die sie nie wieder erblickten, höchstens, dass ihnen einige wenige Züge bekannt waren, weil sie sie an bestimmten Tagen immer wieder erblickten, und auch an ihnen vermissten sie die Namen. Und jetzt scheiterte auf einmal ein Zug mitten im Schnee bei ihnen: Die natürliche Ordnung der Dinge war mit einem Male umgekehrt, sie füllten jene unbekannte Welt, die ein Zufall hier festbannte, von Angesicht zu Angesicht, und sie blickten sie an mit den erstaunten Augen von Wilden, die an die Küste gekommen sind, an welcher Europäer Schiffbruch erlitten haben. Diese offenen Türen zeigten in Pelze gehüllte Frauen, die Männer in dicken Überröcken waren ausgestiegen – dieser ganze mit einem Male über dieses Eismeer ausgeschüttete Luxus machte sie starr vor Erstaunen.

Flore hatte Séverine sofort erkannt. Sie, die dem Zuge Jacques' stets auflauerte, hatte schon seit einigen Wochen die Anwesenheit dieser Frau in dem Eilzuge am Freitag früh bemerkt. Sie hatte diese Beobachtung um so bequemer gehabt, als Séverine jedes Mal beim Vorüberfahren an der Barriere den Kopf heraussteckte, um ihre Besitzung la Croix-de-Maufras zu besichtigen. Die Augen Flores färbten sich dunkel, als sie jene jetzt so vertraut mit dem Lokomotivführer sprechen sah.

»Da ist ja auch Frau Roubaud!«, rief Misard, der Séverine ebenfalls erkannt hatte und sofort seine unterwürfige Miene aufsteckte. »Das haben Sie schlecht getroffen! ... Sie dürfen dort nicht bleiben, Sie müssen zu uns kommen!«

Jacques hatte dem Bahnwärter die Hand gedrückt und unterstützte jetzt das Anerbieten.

»Er hat recht ... Wir werden vielleicht für einige Stunden hier festliegen. Sie würden inzwischen vor Kälte umkommen.«

Séverine weigerte sich, sie sei gut geschützt, meinte sie. Die dreihundert Meter durch den Schnee erschreckten sie ein wenig. Flore näherte sich jetzt ebenfalls, sie sah Séverine mit ihren großen Augen fest an und sagte endlich:

»Kommen Sie, ich werde Sie tragen.«

Ehe Séverine noch zugestimmt, hatte Flore sie bereits mit ihren kraftstrotzenden Männerarmen umfasst und wie ein kleines Kind hochgehoben. Sie setzte sie jenseits der Schienen auf einer frei gewehten Stelle ab, an der die Füße nicht versanken. Die Reisenden lachten höchst erstaunt über dieses Wunder. Das war ein Mädchen! Ein Dutzend solcher und der Weg wäre früher als in zwei Stunden frei gewesen.

Das Gerücht von dem Vorschlage Misards, dass man in das Haus des Bahnwärters flüchten konnte und dort voraussichtlich Feuer, vielleicht Brot und Wein finden würde, pflanzte sich von einem Waggon zum andern fort; die Panik hatte sich gelegt, als man begriff, dass eine unmittelbare Gefahr nicht vorläge. Nichtsdestoweniger blieb die Lage eine höchst kritische: Die Heizungen kühlten ab, es war neun Uhr, man bekam Hunger und Durst, auch ließ die Hilfe sehr auf sich warten. Das konnte ewig dauern, wer weiß, ob man nicht hier auch noch würde übernachten müssen. Es bildeten sich zwei Lager, die einen, die ganz verzweifelten, wollten ihre Coupés gar nicht verlassen, sondern sich mit verbissener Wut auf die Polster ausstrecken, sich fest einhüllen und so den Tod erwarten; die anderen wollten den Weg durch den Schnee wagen, in der Hoffnung, es dort besser zu finden und namentlich, um dem niederdrückenden Gefühl angesichts dieses gescheiterten, eingefrorenen Zuges zu entfliehen, es bildete sich eine Gruppe; zu ihr gehörten der alte Kaufmann mit seiner jungen Frau, die Engländerin mit ihren zwei Töchtern, der junge Mann aus Havre, der Amerikaner und vielleicht noch zehn andere. Sie machten sich marschfertig.

Jacques hatte Séverine ebenfalls zum Fortgehen bewogen. Ganz leise hatte er ihr versprochen, sobald er Zeit habe, ihr Nachricht zu geben. Als Flore sie noch immer mit ihren düstern Augen anstarrte, hatte er wie ein alter Freund gemütlich zu ihr gesagt:

»Also abgemacht. Du wirst diese Damen und Herren zu Euch führen ... Ich behalte Misard und die Übrigen hier. Wir wollen sehen, was wir schaffen können, bis die Andern kommen.«

Cabuche, Ozil und Misard griffen zu den Schaufeln und schlossen sich Pecqueux und dem Zugführer an, die bereits den Schnee bearbeiteten. Die kleine Mannschaft bemühte sich zunächst, die Lokomotive freizumachen, sie schaufelte den Schnee unter den Rädern hervor und warf ihn über die Böschung. Niemand sprach mehr, man hörte nur das schweigsame Hasten inmitten des düstern Schweigens der weißen Landschaft. Als der kleine Trupp der Reisenden abmarschierte, warf man noch einen letzten Blick auf den Zug, der wie ein dünner schwarzer Faden aus der dichten, ihn erstickenden weißen Hülle hervorragte. Man hatte die Türen geschlossen, die Scheiben hochgezogen. Stumm und bewegungslos stand er wie tot da. Noch immer fiel der Schnee mit einer stummen Hartnäckigkeit und hüllte ihn langsam und sicher ein.

Flore hatte Séverine abermals in ihre Arme nehmen wollen. Aber diese hatte es ausgeschlagen, sie wollte, wie die anderen, zu Fuß gehen. Die dreihundert Meter wurden nicht ohne Mühe zurückgelegt: in der Schlucht namentlich sank man mehrfach bis zu den Achselhöhlen ein, zweimal musste zur Rettung der halb untergegangenen dicken Engländerin geschritten werden. Ihre Töchter lachten unentwegt. Die junge Frau des alten Herrn musste sich bequemen, als sie ausglitt, die Hand des jungen Mannes aus Havre zu nehmen, während ihr Gatte mit dem Amerikaner über Frankreich herzog. Als man die Schlucht hinter sich hatte, wurde der Weg weniger beschwerlich. Man ging über eine Anhöhe, die kleine Gesellschaft schritt im Gänsemarsch. Der Wind drohte sie herunterzuwerfen und sie vermied sorgfältig die unter dem Schnee doppelt gefährlichen und trügerischen Kanten. Endlich war man zur Stelle, Flore brachte die Reisenden in der Küche unter; aber nicht jedem konnte ein Sitz eingeräumt werden, denn wohl an zwanzig Menschen bewegten sich in dem ziemlich geräumigen Gemach. Erfindungsreich holte sie Bretter herbei und formte mithilfe der Stühle schnell zwei Bänke zurecht. Einige Handvoll Holz warf sie auf das Feuer, dann machte sie eine Bewegung, die ausdrücken sollte, dass sie nun alles getan habe, was sie habe tun können. Sie hatte bei alledem kein Wort gesprochen, mit ihren grünlich schimmernden, weit geöffneten Augen und der kühnen Miene einer riesigen Wilden sah sie auf diese ihr fremde Welt. Nur zwei Gesichter waren ihr schon seit Monaten bekannt: die des Amerikaners und des jungen Mannes aus Havre; sie examinierte sie jetzt, wie man ein endlich gefangenes, brummendes Insekt anblickt, das nicht mehr weiterfliegen kann. Sie kamen ihr als etwas ganz Besonderes vor, denn genau so hatte sie sich jene doch nicht vorgestellt, von denen sie übrigens nichts weiter kannte als ihre Gesichtszüge. Die anderen Leute schienen nach ihrer Meinung von verschiedenen Rassen zu stammen, vom Himmel gefallene Bewohner einer unbekannten Welt zu sein, die sie mit zu sich in die Küche genommen und deren Kleidungen, Sitten, Gedanken sie nie für möglich gehalten hätte. Die englische Dame erzählte der jungen Kaufmannsfrau, dass sie nach Indien zu ihrem Sohne, einem hohen Würdenträger, reise, und diese scherzte, dass sie es das erste Mal, wo sie ihren Gatten nach London begleitet hatte, wohin sich derselbe zweimal im Jahre begab, so schlecht getroffen habe. Alle lamentierten bei dem Gedanken, in dieser Einöde gefangen zu sitzen; wie sollte man es anfangen, hier zu essen und zu schlafen! Flore hörte ihnen unbeweglich zu. Sie war dem Blick Séverines begegnet, die auf einem Stuhle vor dem Herd saß; sie winkte sie in das nebenan gelegene Zimmer.

»Mutter«, so meldete sie Séverine an, »hier ist Frau Roubaud ... Hast du ihr etwas zu sagen?«

Phasie lag mit gelbem Gesicht und geschwollenen Beinen im Bett, seit vierzehn Tagen schon war sie so krank, dass sie nicht mehr aufstehen konnte. In dem ärmlichen Zimmer, dessen gusseiserner Ofen eine fürchterliche Hitze ausstrahlte, verbrachte sie die Stunden damit, ihre fixe Idee in ihrem Kopfe hin- und herzuwälzen. Sie hatte keine andere Zerstreuung als das Dröhnen der mit voller Kraft vorübersausenden Eilzüge.

»Ah, Frau Roubaud«, murmelte sie, »gut, gut!«

Flore erzählte ihr von dem Unfall und von der Menge Menschen, die sich im Nebenzimmer befand. Aber alles das rührte sie nicht.

»Gut, gut«, wiederholt sie mit derselben müden Stimme.

Einen Augenblick wurde es in ihrem Kopf etwas lichter, sie richtete sich etwas auf und sagte: »Madame will vielleicht ihr Haus sehen, die Schlüssel hängen neben dem Schrank, wie du weißt.«

Séverine wollte nicht. Ein Schauer überlief sie bei dem Gedanken, nach la Croix-de-Maufras durch diesen Schnee in diesem bleichen Lichte zurückkehren zu sollen. Nein, nein, sie wollte nichts sehen und zog es vor, in dieser behaglichen Wärme zu bleiben und zu warten.

»So setzen Sie sich doch, Frau Roubaud«, bat Flore. »Hier ist es noch etwas besser als nebenan. Ich weiß nicht, woher wir das viele Brot für alle diese Leute nehmen sollen. Aber wenn Sie Hunger haben, für Sie ist immer ein Bissen da.«

Sie hatte ihr einen Stuhl hingeschoben und zeigte sich fortwährend aufmerksam gegen sie; sie kämpfte sichtbar gegen die angeborene Schroffheit an. Aber ihre Augen verließen die junge Frau nicht, als wollte sie in ihr lesen und sich Gewissheit verschaffen über eine Frage, die sie sich selbst schon seit einiger Zeit vorlegte. Und unter diesem Zwange fühlte sie das Bedürfnis, um Séverine herum zu sein, ihr in das Gesicht zu blicken, sie zu berühren, um endlich klar zu sehen.

Séverine dankte ihr und nahm neben dem Ofen Platz. Sie zog es in der Tat vor, mit dieser Kranken allein in einem Zimmer zu bleiben, denn hier, so hoffte sie, würde Jacques sich ihr am bequemsten nähern können. Zwei Stunden verstrichen, die große Hitze überwältigte sie, sie schlief ein, nachdem sie vom Landleben geplaudert. Plötzlich riss Flore, die alle Augenblicke in die Küche gerufen wurde, die Tür auf und sagte in ihrer rauen Stimme:

»Tritt hier herein, hier ist sie!«

Es war Jacques, der sich von der Arbeit weggestohlen hatte, um gute Nachrichten zu bringen. Der nach Barentin geschickte Schaffner hatte dreißig Soldaten mitgebracht, die von der Verwaltung in Erwartung irgendwelcher Unfälle an bedrohte Stellen dirigiert werden sollten. Alle diese waren mit Beilen und Schaufeln fleißig bei der Arbeit. Aber es würde noch lange dauern, vielleicht bis in die Nacht.

»Es geht Ihnen jedenfalls nicht zu schlecht, also haben Sie Geduld«, setzte er hinzu. »Nicht war, Tante Phasie, Sie werden Frau Roubaud nicht verhungern lassen?« Phasie hatte sich beim Anblick ihres großen Jungen, wie sie ihn nannte, mühsam aufgerichtet und sah ihn an, sie hörte ihn lebhaft und glücklich plaudern. Als er sich ihrem Bett näherte, meinte sie:

»Ganz gewiss, ganz gewiss! Oh, da bist du ja, mein großer Junge, dich also hat der Schnee festgehalten ... Und das sagt mir dieses Tier nicht!«

Sie wandte sich mit den letzten Worten an ihre Tochter.

»Sei wenigstens höflich, bleibe bei den fremden Damen und Herren, beschäftige dich mit ihnen ein wenig, damit sie der Verwaltung nicht erzählen, dass wir wie die Wilden sind.«

Flore hatte sich zwischen Séverine und Jacques aufgepflanzt. Einen Augenblick schien sie zu zögern und überlegte, ob sie nicht dem Befehl ihrer Mutter zum Trotz hier bleiben sollte. Aber sie sagte sich, dass sie doch nichts sehen, dass die Gegenwart der Mutter jenen Fesseln auferlegen würde! Und so ging sie ohne ein Wort zu erwidern fort, nachdem sie beiden noch einen langen Blick zugeworfen.

»Sie liegen, Tante Phasie«, fragte Jacques mit bekümmerter Miene, »ist die Krankheit schlimmer geworden?«

Sie zog ihn an sich, sie nötigte ihn, sich auf den Rand des Bettes zu setzen und ohne weitere Rücksicht auf die Gegenwart der jungen Frau, die aus Diskretion sich etwas aus der Nähe des Bettes entfernt hatte, beichtete sie ihm so leise sie konnte.

»Ja, ja, sehr schlimm, es ist ein wahres Wunder, dass du mich noch am Leben findest ... Ich wollte dir nicht schreiben, weil solche Dinge sich nicht so leicht beschreiben lassen ... Beinahe war es mit mir schon vorbei, jetzt geht es wieder etwas besser und ich glaube, dass ich dieses Mal noch davonkommen werde.«

Er sah sie prüfend an, ihn erschreckte der Fortschritt der Krankheit und er fand an ihr in der Tat nicht eine Spur ihrer einstigen Schönheit wieder.

»Also noch immer Krämpfe und Schwindel, arme Tante Phasie?«

Doch sie drückte ihm die Hand, dass sie ihn schmerzte, und fuhr mit noch gedämpfterer Stimme fort:

»Denke dir, ich habe ihn überrascht ... Du weißt ich hätte meine Zunge lieber den Hunden gegeben als nicht zu wissen, wo hinein der seine Arznei mischte. Ich trank und aß nur von dem, was er selbst nahm und trotzdem fühlte ich Abend für Abend das Brennen im Magen ... Hat er mir doch richtig Gift in das Salz gemischt! Eines Abends habe ich es gesehen ... Und ich habe Salz in Menge genommen, um alles zu reinigen!«

Seit der Besitz von Séverine Jacques geheilt zu haben schien, hatte er des Öfteren an diese Geschichte von der langsamen, aber stetigen Vergiftung gedacht, wie man an einen bösen Traum denkt. Er hatte nicht daran geglaubt. Er drückte zärtlich die Hand der Kranken, er wollte sie beruhigen.

»Ist es wohl möglich, ei so seht doch! ... Aber wenn man so etwas behauptet, muss man seiner Sache auch ganz sicher sein ... Und dann kann das viel nach sich ziehen ... Gehen Sie, Tante, ich glaube, Sie haben eine Krankheit, von der die Ärzte nichts verstehen.«

»Eine Krankheit«, wiederholte sie spöttisch, »ja, eine Krankheit, aber er hat sie mir eingeimpft ... Was die Ärzte anbetrifft, so magst du recht haben: Es sind zwei hier gewesen, aber beide verstanden nichts, sie waren nicht einmal unter sich einig. Ich will nicht, dass noch ein einziger von diesen Vögeln den Fuß über diese Schwelle setzt ... Hörst du, in das Salz hat er es mir getan ... Ich schwöre dir, ich habe es gesehen! Alles der tausend Franken, meiner vom Vater geerbten tausend Franken wegen. Er sagt sich, hat er mich erst beseitigt, dann wird er sie auch finden ... Da irrt er sich nun gewaltig, die liegen, wo sie niemand entdecken wird, niemals ... Ich kann sterben, darüber aber bin ich ruhig, dass niemand meine tausend Franken jemals besitzen wird.«

»Aber an Ihrer Stelle, Tante Phasie, würde ich die Gendarmen holen lassen, wenn Sie Ihrer Sache so sicher sind.«

Sie machte eine abweisende Gebärde.

»Nur keine Gendarmen ... die brauchen sich nicht in unsere Angelegenheit zu mischen, das geht nur ihn und mich an. In weiß, er will mich verschlingen und ich, natürlich, will mich nicht verschlingen lassen. Ich brauche mich also nur zu verteidigen und darf nicht wieder so ein Schaf sein wie mit dem Salz ... Wer hätte das wohl geglaubt? Solch eine Missgeburt, solch ein Fetzen von Mann, den man in die Tasche stecken kann, bringt mit seinen Rattenzähnen schließlich noch solche große Frauen wie mich um, wenn man ihm den Willen ließe!«

Sie zuckte wieder zusammen und ihr Atem ging schwer.

»Schadet nichts, diesmal ist es ihm noch nicht geglückt. Mir geht es besser und nach vierzehn Tagen werde ich wohl wieder stehen können ... Das nächste Mal soll es ihm wohl schwer werden, mich so zu kneifen. Ich bin neugierig, wie er das anfangen würde. Gelingt es ihm, mir wieder das Gift einzuflößen, dann ist es auch ein stärkeres und ich bin fertig ... Man darf gar nicht daran denken.«

Jacques war der Meinung, die Kranke plage ihr Gehirn viel zu sehr mit diesen schwarzen Vorstellungen. Um sie zu zerstreuen, wollte er sie etwas necken. Doch plötzlich begann sie, unter der Bettdecke heftig zu zittern.

»Er ist da«, flüsterte sie. »Ich fühle es sofort, wenn er kommt.«

Richtig, einige Sekunden später trat Misard in die Stube.

Sie war bleich geworden, eine Beute des unfreiwilligen Schreckens, den Riesen vor sie benagenden Insekten empfinden. Ihre Hartnäckigkeit, sich allein seiner zu erwehren, hatte in ihr eine wachsende von ihr aber nicht zugestandene Furcht gezeigt. Misard, welcher gleich beim Eintritt sie und Jacques mit einem aufleuchtenden Blick gestreift hatte, schien gleich darauf gar nicht zu bemerken, dass sie Seite an Seite saßen. Mit demütigen Blicken, den Mund eingekniffen und mit dem Ausdruck eines gehorsamen Knechtes erschöpfte er sich vor Séverine in Höflichkeiten.

»Ich habe geglaubt, die gnädige Frau wolle bei dieser Gelegenheit ihren Besitz ein wenig in Augenschein nehmen, deshalb bin ich auf einen Augenblick hierher gekommen ... Die gnädige Frau wünschen vielleicht, dass ich Sie begleite.«

Als die junge Frau abermals das Anerbieten ablehnte, fuhr er mit seiner Dulderstimme fort:

»Die gnädige Frau ist vielleicht erstaunt gewesen wegen der Früchte ... Sie waren alle wurmstichig, es hätte sich nicht gelohnt, sie zu verpacken ... Dann hat auch der Wind viele abgeworfen ... Schade, dass die gnädige Frau nicht verkaufen kann! Es war einmal ein Herr hier, der jedoch alles erst ausgebessert sehen wollte ... Ich stehe also der gnädigen Frau vollständig zur Verfügung, gnädige Frau können überzeugt sein, dass ich Ihre Interessen nach allen Richtungen wahre.«

Dann wollte er ihr durchaus Brot und Birnen, und zwar aus seinem eigenen Garten, die natürlich nicht wurmstichig waren, anbieten. Sie nahm sie an.

Als Misard durch die Küche schritt, hatte er den Reisenden gemeldet, dass die Arbeiten gut vonstattengingen, aber wohl noch vier bis fünf Stunden dauern würden. Es hatte eben zwölf geschlagen und das Lamento ging von Neuem los. Man fühlte starken Hunger. Flora erklärte, dass sie nicht genug Brot für alle im Hause hätte. Wein dagegen besaß sie. Sie hatte zehn Liter aus dem Keller geholt und auf den Tisch gestellt. Aber Gläser fehlten: Man musste gruppenweise trinken, die Engländerin mit ihren Töchtern, der alte Herr mit seiner jungen Frau. Diese hatte übrigens in dem jungen Herrn aus Havre einen aufmerksamen, erfindungsreichen Diener gefunden, der für ihr Wohl sorgte. Er verschwand und kehrte mit einem Brot und Äpfeln zurück, die er im Holzstall gefunden hatte. Flora ärgerte sich und sagte, das Brot wäre für ihre kranke Mutter bestimmt. Er aber zerschnitt es bereits und verteilte es unter die Damen; er begann natürlich bei der jungen Frau, die ihn geschmeichelt anlächelte. Ihr Gatte war darob nicht böse, er kümmerte sich gar nicht mehr um sie, sondern sprach angelegentlich mit dem Amerikaner über die kaufmännischen Sitten New Yorks. Noch nie hatten die jungen Engländerinnen so vergnügt in einen Apfel gebissen. Ihre sich sehr abgespannt fühlende Mutter war in einen Halbschlaf versunken. Zu ebener

Erde vor dem Herd kauerten noch zwei andere Frauen, sie waren ebenfalls von dem langen Warten überwältigt. Die Männer, die eine Viertelstunde vor der Tür geraucht hatten, um die Zeit totzuschlagen, kehrten gründlich durchfroren und zähneklappernd zurück. Allmählich steigerten sich das Übelbefinden, der ungenügend gestillte Hunger und die durch die unbequeme Lage und Ungeduld verstärkte Müdigkeit.

Durch das Kommen und Gehen Misards war die Tür offen geblieben und Tante Phasie konnte von ihrem Bett aus in das Nebenzimmer sehen. Das war also diese Welt, die sie wie einen Blitz schon seit einem Jahre an sich vorüberfliegen sah, seit sie ihr Bett mit dem Stuhl vertauschte. Nur höchst selten hatte sie bis zur Tür gehen können, für gewöhnlich war sie Tag und Nacht mutterseelenallein an das Zimmer gefesselt und ihre an das Fenster gebannten Augen hatten keine andre Zerstreuung, als das Vorüberjagen der Züge. Sie hatte sich immer über die Wolfsschlucht beklagt, in die niemand zu Besuch kam. Jetzt war mit einem Male ein ganzer Trupp aus dem unbekannten Lande angekommen. War es wohl zu glauben, dass kein Einziger dieser es so eilig habenden Leute eine Ahnung von diesem Gift hatte, das man ihr in das Salz getan? Diese Raffiniertheit drückte ihr das Herz ab, sie fragte sich, ob Gott solch eine naseweise Verschmitztheit zulassen könne, ohne dass jemand es bemerkte. Menschen genug zögen an ihr vorüber, tausende und abertausende. Aber alles das galoppierte davon, kein einziger würde geglaubt haben, dass man in diesem niedrigen Hause ganz nach Belieben, ohne jeden Lärm, einen Menschen tötete. Und Tante Phasie sah einen nach dem andern von diesen aus dem Monde gefallenen Menschen an, sie meinte, dass es kein Wunder sei, an unsauberen Dingen vorüberzugehen und nichts wissen zu können, wenn man es so eilig hat.

»Kommt Ihr mit zurück?«, fragte Misard Jacques.

»Ja«, erwiderte dieser, »ich folge Euch sofort.«

Misard ging und schloss die Tür. Phasie hatte die Hand des jungen Mannes ergriffen und sagte ihm in das Ohr:

»Sollte ich zusammenbrechen, dann sieh dir sein Gesicht an, wenn er nichts findet ... Das freut mich, wenn ich daran denke, deshalb werde ich auch zufrieden von dannen gehen.«

»Das Geld soll also für immer verloren sein, Tante Phasie? Sie werden es auch nicht Ihrer Tochter vermachen?«

»Flore? Damit er es ihr fortnimmt? Oh nein! ... Nicht einmal dir, mein großer Junge, weil auch du zu dumm bist: Er würde doch immer einen

Teil von dir erhalten ... Nein, niemandem, außer der Erde, in der es ruht!«

Sie war außer Atem. Jacques bettete sie wieder hin, beruhigte sie, umarmte sie und versprach, bald wieder zu kommen. Als sie einzuschlummern schien, trat er hinter Séverine, die wieder am Ofen saß. Er legte lächelnd einen Finger an den Mund, als Mahnung, vorsichtig zu sein. Dann bog er lautlos und zärtlich ihren Kopf nach hinten, bot ihr seine Lippen, beugte sich über sie und Schloss ihr mit einem tiefen, verstohlenen Kuss ihren Mund. Ihre Augen hatten sich geschlossen, sie saugten begierig ihren Atem ein. Doch als sie sie wieder, noch wie betäubt öffnete, stand Flore, die die Tür leise geöffnet hatte, hinter ihnen und fragte mit rauer Stimme:

»Bedürfen Sie etwas, Frau Roubaud?«

»Nein, nein, ich danke«, stotterte Séverine verwirrt und verlegen.

Jacques blickte Flore einen Augenblick mit flammenden Blicken an. Er zögerte, seine Lippen zitterten, als wollte er sprechen. Dann ging er mit einer sie bedrohenden Wutgebärde. Mit einem Knall fiel hinter ihm die Tür ins Schloss.

Flore mit ihrer hohen Büste einer kriegerischen Jungfrau und ihrer blonden schweren Haarkrone rührte sich nicht. Ihre Angst, diese Frau an jedem Freitag in dem von Jacques geführten Zuge zu erblicken, hatte sie also nicht getäuscht. Die von ihr gesuchte Gewissheit, seit sie beide in ihrer Nähe hatte, war endlich, unwiderruflich gekommen: Diese schmächtige Person, dieses Nichts von Frau, hatte er sich also erwählt. Noch immer peinigte sie der schmerzliche Gedanke, sich ihm in jener Nacht versagt zu haben. Sie hätte aufschluchzen mögen. Nach ihrem einfachen Gedankengange wäre sie es jetzt gewesen, die er umarmt, hätte sie sich ihm eher hingegeben wie jene. Oh wäre sie ihm jetzt allein begegnet! Sie würde sich ihm an den Hals geworfen und ihm gesagt haben: »Da nimm mich, ich war töricht gewesen, weil ich dich nicht besser verstand!« In ihrer Ohnmacht stieg eine fürchterliche Wut gegen dieses so zarte, genierte und verlegene Geschöpf in ihr auf. Wie einen Vogel hätte sie jene mit ihren harten kampfbereiten Armen erdrücken können. Warum wagte sie es nicht? Aber sie schwor, sich zu rächen, denn sie wusste Dinge von dieser Nebenbuhlerin, die genügt hätten, sie in das Gefängnis zu bringen, die man aber frei herumlaufen ließ wie alle Dirnen, die sich reichen und mächtigen Greisen verkaufen. Von Eifersucht gequält, vom Zorn übermannt raffte sie hastig mit den Gebärden einer Wilden die Überbleibsel von Brot und Birnen zusammen und sagte:

»Da Madame genug haben, kann ich dies ja den Andern geben.«

Es schlug drei, es schlug vier Uhr. Die Zeit schleppte sich hin, das Gefühl der Abspannung und der Verlegenheit wuchs. Die Nacht senkte sich bleich auf die weiße, wüste Landschaft nieder. Alle zehn Minuten gingen die Männer hinaus, um von fern zu sehen, wie weit die Arbeit vorgeschritten war. Sie kehrten zurück mit der Bemerkung, dass die Lokomotive noch immer nicht freigeschaufelt sei. Selbst die beiden kleinen Engländerinnen begannen entnervt zu weinen. In einer Ecke war die junge Frau an der Schulter des jungen Mannes aus Havre entschlummert, in der allgemeinen Niedergeschlagenheit rügte es ihr alter Mann nicht einmal als unschicklich. Das Zimmer kühlte aus, man fror, dachte aber nicht einmal daran, Holz aufzulegen, selbst der Amerikaner ging fort; er fand es jetzt angenehmer, sich auf das Polster seines Coupés auszustrecken. Es peinigte alle der Gedanke, dass es vielleicht doch besser gewesen wäre, in den Coupés zu bleiben, man hätte wenigstens alle Augenblicke gewusst, was vorging. Die Engländerin musste zurückgehalten werden, auch sie sprach davon, in ihrem Coupé übernachten zu wollen. Als man ein Licht auf den Tisch gestellt, damit die Gesellschaft in der düstern Küche wenigstens sich sehen konnte, bemerkte man erst recht die allgemeine Entmutigung, jeder starrte in stumpfsinniger Verzweiflung vor sich hin.

Auf dem Bahndamm nahte sich inzwischen die Schaufelei ihrem Ende. Die Soldaten hatten die Lokomotive freigemacht und reinigten jetzt die Gleise vor ihr, der Lokomotivführer und der Heizer konnten sich wieder auf ihren Posten begeben.

Jacques fasste wieder Vertrauen, als er den Schnee nicht mehr fallen sah. Der Weichensteller Ozil hatte ihm versichert, dass jenseits des Tunnels, nach Malaunay zu, die gefallenen Massen nicht so beträchtliche seien. Er fragte ihn nochmals:

»Sie sind zu Fuß durch den Tunnel gekommen. Sie konnten also bequem hinein und bequem hinaus?«

»Wie ich Ihnen sagte. Sie werden ohne Aufenthalt passieren können, ich garantiere es Ihnen.«

Cabuche hatte mit dem Eifer eines Riesen gearbeitet; furchtsam und verstört wich er zurück, seine letzten Begegnungen mit der Justiz hatten sein störrisches Wesen noch vermehrt. Jacques musste ihn erst zu sich rufen.

»Bitte, Kamerad, reicht uns doch einmal unsere Schaufeln, die da an der Böschung, damit wir sie im Notfall bei der Hand haben.«

Als ihm der Kärrner den Dienst geleistet, schüttelte Jacques ihm kräftig die Hand, um ihm dadurch seinen Dank für die wackere Arbeit und seine Achtung auszudrücken.

»Ihr seid ein braver Kerl!«

Cabuche rührte dieses freundschaftliche Lob außerordentlich.

»Danke«, sagte er nur und zerdrückte die Tränen, die ihm in den Augen standen.

Misard, der sich mit ihm wieder ausgesöhnt, nachdem er ihn erst vor dem Untersuchungsrichter beschuldigt hatte, billigte durch Nicken mit dem Kopfe diesen Dank, während ein schwaches Lächeln auf seinen dünnen Lippen zitterte. Schon seit längerer Zeit arbeitete er nicht mehr, die Hände in den Taschen schielte er auf die Coupés, um zu sehen, ob nicht ein unter den Rädern liegender, verlorener Gegenstand beiseite zu bringen wäre.

Der Zugführer kam endlich mit Jacques überein, dass man versuchen wolle, weiterzufahren. Pecqueux aber, der auf dem Gleis kauerte, rief den Lokomotivführer herbei:

»Sehen Sie doch mal nach, der eine Zylinder hat etwas abbekommen.«

Jacques trat näher und bückte sich. Er hatte schon vorhin bemerkt, dass die Lison verwundet war. Man hatte beim Schaufeln gefunden, dass die an der Böschung von den Bahnarbeitern zurückgelassenen eichenen Querschwellen durch die Einwirkung des Schnees und des Windes bis auf die Schienen gerutscht waren; selbst der Stillstand des Zuges war teilweise durch sie herbeigeführt worden, weil die Lokomotive gegen dieses Hindernis geraten war. Man bemerkte jetzt einen Riss auf dem Kolbenmantel, auch schien der Schaft etwas verbogen. Eine andre Verletzung war nicht zu entdecken, was Jacques sehr beruhigte. Möglicherweise waren noch innere Verletzungen da, denn nichts ist empfindlicher als der innere Mechanismus, das Herz, die lebendige Seele einer Lokomotive. Er stieg auf die Plattform, pfiff, öffnete den Regulator, um das Atmen der Lison zu beobachten. Lange dauerte es, bis sie zu neuem Leben erwachte, wie eine Person, die einen schweren Fall getan hat und ihre Glieder noch nicht wieder fühlt. Endlich entrang sich ihr ein schwerer Seufzer und noch wie betäubt und schwerfällig ließ sie ihre Räder einige Umdrehungen machen. Es ging, er konnte die Fahrt wagen. Aber er schüttelte trotzdem den Kopf. Er, der sie so genau kannte, fand sie unter seiner Hand so merkwürdig verändert, sie schien gealtert zu sein und einen tödlichen Stoß erhalten zu haben. Dieser Schnee hatte mit seiner mordsmäßigen Kälte ihr Herz gepackt, wie wenn junge, kräftige Frauen, die leicht angezogen ausgehen, des Abends bei eisigkaltem Regen heimkehren.

Abermals pfiff Jacques, nachdem Pecqueux die Ableitungsröhren geöffnet hatte. Die beiden Schaffner standen auf ihrem Posten. Misard, Ozil und Cabuche bestiegen das Trittbrett des Gepäckwagens. Sanft glitt der Zug aus der Schlucht zwischen den Soldaten hindurch, die sich mit ihren Schaufeln links und rechts an der Böschung aufgestellt hatten. Dann hielt er vor dem Bahnwärterhäuschen, um die Passagiere aufzunehmen.

Flore stand an der Tür. Ozil und Cabuche traten zu ihr. Misard aber war eifrig dabei, die blanken Geldstücke von den aus seinem Hause tretenden Damen und Herren einzusammeln. Endlich winkte die Befreiung! Aber man hatte zu lange warten müssen und litt furchtbar durch die Kälte, den Hunger und die Erschöpfung. Die Engländerin trug beinahe ihre beiden halb schlafenden Töchter, der junge Mann aus Havre stieg in das Coupé der hübschen brünetten Frau, die vollständig hin war, und stellte sich dem Gatten zur Verfügung. Man hätte meinen können, man wohne der Einschiffung einer versprengten, auf der Flucht sich drängenden und vorwärts hastenden Truppe im Kot des zerstampften Schnees bei, die alles verloren habe, selbst das Gefühl für Eigenheit. Hinter ihrem Kammerfenster erschien auf einen Augenblick Tante Phasie, die Neugier hatte sie aus ihrem Bett und bis dahin getrieben; auch sie wollte das mit ansehen. Ihre großen blassen Augen einer Kranken starrten auf diese fremden Menschen, diese Passanten der Welt auf Rädern, die sie nie wiedersehen sollte, denn vom Sturmwind wurden sie herbeigeführt und mit dem Sturmwind zogen sie von dannen.

Séverine trat als die Letzte aus dem Hause. Sie wandte den Kopf und lächelte Jacques zu, der sich weit vorbeugte, um ihr bis zu ihrem Coupé folgen zu können. Flore hatte auf sie gewartet und kochte jetzt vor Wut über diesen ruhigen Austausch ihrer Liebesgefühle. Hastig rückte sie Ozil näher, den sie bisher stets von sich gewiesen hatte, als bedürfte sie jetzt in ihrem Hasse eines Mannes.

Der Zugführer gab das Zeichen, die Lison antwortete mit einem kreischenden Pfiff und Jacques fuhr davon, diesmal ohne Aufenthalt bis Rouen. Es war gerade sechs Uhr, die Dunkelheit sank vollends vom schwarzen Himmel auf die weiße Landschaft hernieder, aber ein bleicher, unendlich trostloser Schimmer blieb über der Erde lagern und erhellte die fürchterliche Öde dieses unwirtlichen Geländes. Und in diesem fahlen Lichte machte das Landhaus von la Croix-de-Maufras als einziger schwarzer Punkt in all diesem Schnee mit seiner Aufschrift: »Zu verkaufen!« und seiner geschlossenen Fassade einen noch wüsteren Eindruck als je zuvor.

## Achtes Kapitel

Erst um 10 Uhr 40 nachts traf der Zug im Pariser Bahnhof ein. In Rouen musste ein Aufenthalt von zwanzig Minuten genommen werden, damit die Reisenden speisen konnten. Séverine hatte sofort ihrem Manne depeschiert, dass sie erst in der folgenden Nacht mit dem Eilzuge wieder einträfe. Sie hatte also eine ganze Nacht für sich. Zum ersten Male geschah es, dass sie die Nacht zusammen in einem verschlossenen Zimmer, ohne Furcht gestört zu werden, verbringen konnten.

Als man gerade Mantes verlassen wollte, kam Pecqueux ein guter Gedanke. Seit acht Tagen schon befand sich seine Frau, die Mutter Victoire, im Krankenhause; infolge eines Falles hatte sie eine bedenkliche Quetschung am Fuße erlitten. Er hätte ein anderes Bett in der Stadt, in welchem er schlafen könnte, sagte er lachend zu Jacques, und böte deshalb Frau Roubaud das seinige an: Dort würde sie besser aufgehoben sein als in einem Hotel in der Nachbarschaft und könnte bis zum nächsten Abend bleiben wie, wenn sie zu Hause wäre. Jacques hatte sofort dieses glückliche Arrangement eingeleuchtet, denn er hatte sich schon bisher vergebens den Kopf zerbrochen, wohin er die junge Frau führen sollte. Als sie sich in der Halle inmitten des Stromes der übrigen Reisenden der Lokomotive näherte, riet er, das Anerbieten anzunehmen und reichte ihr den ihm vom Heizer eingehändigten Schlüssel. Doch sie zögerte und weigerte sich, sie genierte das spitzbübische Lächeln des Heizers, der jedenfalls von allem wusste. »Nein, nein, ich habe hier eine Cousine. Sie wird wohl eine Matratze für mich übrig haben.«

»Nehmen Sie doch mein Anerbieten an«, meinte schließlich Pecqueux mit gutmütigem Lächeln. »Das Bett ist gut und so groß, dass man zu viert darin schlafen könnte.«

Jacques Augen sprachen eine so beredte Bitte, dass sie den Schlüssel nahm. Er beugte sich dabei zu ihr herunter und flüsterte ganz leise:

»Erwarte mich.«

Séverine brauchte nur ein Stückchen die Rue d'Amsterdam hinaufzugehen und in die Sackgasse einzubiegen. Der Schnee war so glatt gefroren, dass sie mit äußerster Vorsicht gehen musste. Sie fand die Haustür noch offen, sie stieg, ohne vom Portier gesehen zu sein, der mit einer

Nachbarin in eine Partie Domino vertieft war, die Treppe hinauf. Im vierten Stock angelangt öffnete sie die Tür und Schloss sie wieder so leise, dass kein Nachbar ihre Anwesenheit hätte ahnen können. Als sie die Treppe des dritten Stockwerkes passierte, vernahm sie deutlich Lachen und Singen bei den Fräulein Dauvergnet, wahrscheinlich hatten diese ihren musikalischen Abend, was einmal in der Woche vorkam. Als Séverine die Tür hinter sich geschlossen hatte, schallte in der tiefen Dunkelheit durch die Dielen noch immer die lebhafte Heiterkeit dieser Jugend zu ihr herauf. Einen Augenblick erschien ihr die Finsternis undurchdringlich und sie fuhr zusammen, als mitten im Dunkel der Kuckuck mit einem Male mit schnarrender ihr so gut bekannter Stimme elf Uhr zu rufen anhob. Allmählich gewöhnten sich ihre Augen an die Finsternis, die beiden Fenster hoben sich wie zwei fahle Quadrate aus derselben ab und an der Decke spiegelte sich der Widerschein des Schnees wieder. Jetzt orientierte sie sich schnell, sie erinnerte sich in einer Ecke des Büffets ein Paket Zündhölzer bemerkt zu haben und sie fand sie wirklich noch an derselben Stelle vor. Mehr Mühe machte es ihr ein Licht zu finden, endlich entdeckte sie eins in einer Schublade. Sie entzündete es und das Gemach war erleuchtet. Sie ließ ihren besorgten, unruhigen Blick in alle Ecken schweifen, um sich zu vergewissern, dass sie allein sei. Sie erkannte jeden einzelnen Gegenstand wieder, den runden Tisch, an welchem sie mit ihrem Manne gefrühstückt, das rot überzogene Bett, auf dessen Rand er sie mit einem Faustschlag hingestreckt hatte. Nichts hatte sich in den zehn Monaten, seit sie das Zimmer nicht mehr betreten, verändert.

Langsam nahm Séverine ihren Hut ab. Doch als sie auch ihren Mantel ablegen wollte, fröstelte es sie. Es war kalt in dem Zimmer. In der kleinen Kiste neben dem Ofen war noch Kohle und klein gemachtes Holz vorhanden. Ohne sich zu entkleiden, setzte sie sich hin, um Feuer anzumachen. Damit hatte sie eine Unterhaltung gefunden und eine Ablenkung des zuerst gefühlten üblen Empfindens. Diese häusliche Verrichtung für eine bevorstehende Liebesnacht, der Gedanke, wie warm sie beide es haben würden, gab ihr die Freude an ihrer Eskapade zurück: Wie lange hatten sie nicht schon von einer solchen Nacht geträumt, ohne Hoffnung, sie je zu genießen! Als das Feuer im Ofen brannte, beschäftigte sie sich mit andern Vorbereitungen, sie stellte die Stühle nach ihrem Geschmack, sie fand weiße Bezüge und überzog das Bett vollständig, das ihr übrigens nicht gefiel, weil es in der Tat sehr breit war. Dagegen verdross es sie, in dem Büffet nichts Genießbares vorzufinden: In den drei Tagen, seitdem Pecqeux hier allein wirtschaftete, hatte er zweifellos alles bis auf den letzten Bissen vertilgt. So war es auch mit dem Licht, es war nur dieses Stümpfchen vorhanden; doch wenn man schlafen geht, braucht man nichts zu sehen, Sie fühlte sich jetzt wieder erwärmt und aufgeräumt. Mitten im Zimmer stand sie jetzt, um zu sehen, ob irgendwo noch etwas fehlte.

Sie wunderte sich mit einem Male, dass Jacques noch nicht da war. Das Pfeifen einer Lokomotive lockte sie an das Fenster. Der direkte Zug nach Havre um 11 Uhr 20 ging soeben ab. Die riesige Bahnhofsanlage, die Furche, welche vom Bahnhof bis zum Tunnel von Les Batignolles reicht, bildete ein einziges Schneefeld, in welchem man nur die Glieder des Schienenfächers unterschied. Die Lokomotiven und Reservewaggons sahen wie weiße, unter einem Hermelinmantel schlummernde kleine Berge aus. Und zwischen den unbefleckten Glasdächern der großen Hallen und gegenüber dem von weißen Spitzen umsäumten Gliederwerk des Pont de l'Europe sah man trotz des nächtlichen Dunkels die Häuser der Rue de Rome sich schmutzig gelb aus diesem weißen abheben. Der direkte Zug nach Havre glitt jetzt schwarz aus der Halle hervor, sein großes Signallicht am Bug der Lokomotive durchbohrte die Finsternis mit seiner hell leuchtenden Flamme. Sie sah ihn unter der Brücke verschwinden und die drei Schlusslaternen den Schnee blutig färben. Als sie sich umwandte, überlief sie abermals ein Frösteln: War sie wirklich allein? Sie hatte einen warmen Hauch in ihrem Nacken, eine brutale Berührung durch ihre Glieder auf ihrem Körper zu fühlen gemeint. Ihre sich vergrößernden Augen durchforschten abermals den Raum. Nein, es war niemand da.

Warum zögerte Jacques nur so lange? Es verflossen weitere zehn Minuten. Ein leises Kratzen, das Streifen eines Fingernagels über das Holz beunruhigte sie plötzlich. Doch jetzt verstand sie, sie sollte öffnen. Er war es mit einer Flasche Malaga und einem Kuchen.

Sich schüttelnd vor Lachen, hing sie mit überquellender Zärtlichkeit an seinem Halse.

»Oh wie lieb, dass du an mich gedacht!«

»Pst, pst«, machte er und winkte ihr lebhaft zu schweigen.

Sie senkte schnell ihre Stimme, denn sie glaubte, der Portier wäre hinter ihm her. Aber nein, auch er hatte Glück gehabt; er hatte gerade klingeln wollen, als sich die Tür öffnete und eine Dame nebst Tochter auf die

Straße trat, die gewiss von den Dauvergne kamen. Er hatte also unbemerkt die Treppe passieren können. Nur auf dem obersten Flur hatte er durch eine etwas offen stehende Tür gesehen, dass die Zeitungsverkäuferin in einer Wanne ihre kleine Wäsche besorgte.

»Wir wollen also keinen Lärm machen und ganz, ganz leise sprechen!«

Sie antwortete ihm mit einer leidenschaftlichen Umarmung und bedeckte sein Gesicht mit stummen Küssen. Es stimmte sie heiter, alles geheimnisvoll machen zu sollen und nur ganz verstohlen tuscheln zu dürfen.

»Sei unbesorgt, man soll von uns nicht mehr hören als von zwei kleinen Mäuschen.«

Vorsichtig machte sie den Tisch zurecht, zwei Teller, zwei Gläser und zwei Messer stellte sie darauf. Sie musste gewaltsam das Lachen unterdrücken, als ein zu hastig hingesetzter Gegenstand klirrte. Er sah ihr ebenfalls belustigt zu und sagte leise:

»Ich habe mir gedacht, dass du Hunger haben würdest.«

»Oh, ich sterbe vor Hunger! Das Essen in Rouen war so schlecht!«

»Soll ich noch einmal heruntergehen und dir ein Huhn holen?«

»Oh, damit du nicht wieder heraufkommst? ... Nein, nein, ich werde von dem Kuchen satt.«

Sie setzten sich, Seite an Seite, fast auf einen Stuhl, der Kuchen wurde zerschnitten und unter verliebten Neckereien verzehrt. Sie klagte über Durst und trank Zug um Zug zwei Glas Malaga aus, was ihr vollends das Blut in die Wangen trieb. Der Ofen rötete sich, sie fühlten seinen glühenden Atem auf ihrem Rücken. Doch als er ihren Nacken mit zu geräuschvollen Küssen bedeckte, tat sie ihm Einhalt.

»Pst, pst!«

Sie gab ihm zu verstehen, dass er lauschen solle. Und durch die Stille hörten sie von den Dauvergne ein dumpfes, den Rhythmen der Musik sich anschließendes Gestampfe heraufschallen: die Fräulein hatten wahrscheinlich ein kleines Tanzvergnügen organisiert. Die Zeitungsverkäuferin von nebenan goss in das Wasserleitungsbecken auf dem Korridor das Seifenwasser aus. Sie Schloss ihre Tür, der Tanz verstummte für einen Augenblick und man hörte nur noch tief unten, durch den Schnee gedämpft ein unbestimmtes Dröhnen, die Abfahrt eines Zuges, dessen schwaches Pfeifen einem Weinen glich.

»Der Zug nach Auteuil«, flüsterte er, »zehn Minuten vor Mitternacht.« Dann mehr hauchend als sprechend:

»Willst du, Geliebte?«

Sie antwortete nicht. Die Vergangenheit drängte sich wieder in diesen Taumel des Glückes, gegen ihren Willen durchlebte sie jetzt noch einmal die mit ihrem Manne hier verbrachten Stunden. Setzte sich das Frühstück von ehedem nicht bei diesem Kuchen fort, den sie an demselben Tische, bei demselben Lärm verzehrten? Eine wachsende Aufregung lenkte sie immer mehr von anderen Dingen ab, immer heftiger drangen die Erinnerungen auf sie ein, noch nie zuvor hatte sie ein so brennendes Verlangen gefühlt, ihrem Geliebten alles zu sagen, sich ihm ganz auszuliefern. Das physische Verlangen vermochte sie nicht mehr von dem sensuellen zu unterscheiden. Sie hoffte ihm noch mehr als zuvor anzugehören, die Freude an seinem Besitz noch viel mehr auszukosten, wenn sie in seinen Armen, an seinem Ohre ihm alles beichten würde. Die Geschehnisse waren wieder lebendig, ihr Mann war zur Stelle, sie wandte den Kopf zurück, weil sie sich einbildete, dass seine raue, gedrungene Hand über ihre Schulter fort nach dem Messer langte.

»Willst du, Geliebte?«, wiederholte Jacques.

Sie schreckte zusammen, als sie die Lippen des jungen Mannes sich wieder fest an die ihrigen saugen fühlte, als wollte er auch diesmal ihr Geheimnis dort festsiegeln. Ohne ein Wort zu sprechen, erhob sie sich, schnell entkleidete sie sich und schlüpfte unter die Bettdecke, ohne erst ihre auf der Diele liegen gebliebenen Kleider aufzuheben. Auch er rührte an nichts, auf dem Tisch blieb das Geschirr unordentlich stehen und das Lichtstümpfchen war nahe am Erlöschen, schon flackerte die Flamme ersterbend auf. Als er entkleidet sich zu ihr legte, umschlangen ihn ihre Arme sofort und in leidenschaftlicher Hingabe verging ihnen fast der Atem. Kein leiser Schrei, kein Geräusch durchtönte das Zimmer, während unten die Musik von Neuem anhob, aber man fühlte durch die tote Luft des Zimmers das gewaltige Erzittern, den heißen Atem zweier einander völlig begehrender Menschen dringen.

Jacques erkannte in Séverine schon längst nicht mehr die sanfte, geduldige Frau des ersten Stelldicheins mit ihren feuchtblauen Augen wieder. Von Tag zu Tag schien unter dem düsteren Schmuck ihrer schwarzen Haare ihre Leidenschaftlichkeit gewachsen zu sein. Er hatte sie nach und nach in seinen Armen aus dieser langen, kalten Jungfräulichkeit erwachen gesehen, aus welcher sie weder die greisenhaften Neigungen des alten Grandmorin, noch die eheliche Brutalität des Gatten hatten locken können. Das einst so gefügige Geschöpf der Liebe liebte jetzt, es gab sich jetzt ohne jeden Rückhalt hin und bewahrte sich eine brennende Erkenntlichkeit für das ihr bereitete Vergnügen. Jetzt wohnte in ihr eine leidenschaftliche Neigung, eine Anbetung dieses Mannes, der ihre Sinnlichkeit geweckt hatte. Ihn endlich ohne Zwang ganz für sich zu haben, von seinen Armen umschlossen zu sein und ihren Mund an seinen Mund heften zu können, dass nicht ein Seufzer aus der Kehle dringen konnte, das war der Gipfelpunkt ihres Glückes.

Als sie wieder die Augen öffneten, staunte er.

»Du, das Licht ist aus.«

Sie machte eine leise Bewegung, die bedeuten sollte, dass sie sich wenig daraus mache. Dann fragte er mit unterdrücktem Lachen:

»Nun, war ich vernünftig?«

»Ja, niemand hat uns gehört ... Genau wie zwei Mäuschen.«

Als sie sich bequem nebeneinander ausgestreckt hatten, legte sie sofort ihre Arme um seinen Nacken, sie schmiegte sich dicht an ihn an und bettete ihr Näschen an seinen Hals.

»Mein Gott, wie schön ist das!«, seufzte sie so recht von Herzen.

Sie sagten zunächst nichts mehr, das Zimmer war wieder dunkel, man unterschied kaum die beiden bleichen Quadrate der Fenster; an der Decke spiegelte sich nur ein Strahl des Feuers im Ofen, ein runder, blutroter Fleck, wieder. Sie betrachteten ihn mit weit geöffneten Augen. Die Musik war verstummt, man hörte Türen klappen, dann versank das ganze Haus in einen dumpfen, friedlichen Schlummer. Der Zug von Cannes war soeben angekommen, man hörte das Zusammenschlagen der Puffer nur wie aus weiter Ferne heraufzönen.

Wie sie Jacques so bei sich fühlte, entbrannte ihr Verlangen von Neuem und mit dem Verlangen die Begier eines Geständnisses. Seit Wochen schon quälte sie sich damit ab! Der runde Fleck an der Decke wurde größer und glich immer mehr einem blutigen Male. Während ihre Augen ihn betrachteten, nahmen in ihrer Einbildung die Dinge um sie her Stimme an und erzählten ganz laut ihre Geschichte. Sie fühlte die Worte sich auf ihre Lippen drängen und eine nervöse Woge ihre Haut durchrieseln. Wie schön würde es sein, kein Geheimnis mehr vor ihm zu haben, ganz in ihn aufzugehen!

»Du weißt noch nicht, Geliebter ...«

Auch Jacques' Augen hafteten an dem blutigen Male. Er verstand sie recht gut. Er fühlte in diesem, so eng an den seinen geschmiegten, zarten Körper das Steigen der Flut dieses dunklen, ungeheuren Etwas, an das sie beide dachten, ohne je davon zu sprechen. Bis jetzt hatte er sie am Reden verhindert, er fürchtete sich vor dem ihn warnenden Schauer von ehedem und dass ihr bisheriges Leben eine andere Gestaltung annehmen würde, wenn zwischen ihnen von Blut die Rede sein würde. Aber diesmal fühlte er nicht mehr die Kraft, ihren Kopf zurückzubiegen und ihre Lippen mit einem Kuss zu verschließen. In diesem warmen Bett, in ihren weichen Frauenarmen überkam ihn eine entzückende Mattigkeit. Er glaubte schon, dass sie jetzt alles sagen würde. Er fühlte sich daher wie erleichtert durch ihre ängstliche Erwartung, als sie verwirrt zögern zu wollen schien und schließlich sagte:

»Du weißt noch nicht, Geliebter, mein Gatte ist fest überzeugt, dass ich heute Nacht bei dir bin.«

Ohne dass sie es gewollt, kam ihr die Erinnerung an die letzte Nacht in Havre anstatt ihres Geständnisses über die Lippen.

»Meinst du?«, fragte er ungläubig. »Er benimmt sich so nett gegen mich. Er hat mir noch heute früh die Hand gereicht.«

»Ich versichere dich, er weiß alles; er muss es sich selbst sagen, dass mir in diesem Augenblick zusammen sind. Ich habe Beweise!«

Sie schwieg und zog ihn dichter an sich. In die Freude an seinem Besitz mischte sich das Gefühl der Erbitterung.

»Oh, ich hasse ihn, ich hasse ihn.«

Jacques war betroffen. Er war Roubaud in keiner Weise böse. Er fand ihn sehr annehmbar.

»Warum?«, fragte er. »Er stört uns kaum.«

Sie gab darauf keine Antwort, sondern wiederholte:

»Ich hasse ... Es ist eine Qual, ihn jetzt noch an meiner Seite zu fühlen. Oh, wenn ich könnte, ich wollte mich schon freimachen, um für immer bei dir zu bleiben!«

Gerührt von dieser glühenden Zuneigung, zog er sie noch weiter zu sich herauf, sodass sie fast mit ihrem ganzen Körper an seinem Halse lag. Und abermals, fast ohne die Lippen von seinem Halse zu lösen, flüsterte sie sanft:

»Du weißt ja nicht, Geliebter ...«

Da war das Geständnis, unvermeidlich kam es wieder. Diesmal war es ihm klar, dass nichts in der Welt es aufhalten konnte. Man hörte keinen Hauch mehr in dem großen Hause, selbst die Zeitungsverkäuferin schien schon fest zu schlafen. Draußen in dem eingeschneiten, in Schweigen versunkenen Paris vernahm man kein Geräusch von Wagen; der um Mitternacht abgegangene letzte Zug nach Havre schien alles Leben mit sich entführt zu haben. Der Ofen pustete nicht mehr, das Feuer verzehrte sich unter der Asche, aber der rote Fleck an der Decke lebte noch und glich einem schreckensvoll starrenden Auge. Es war so heiß im Zimmer, dass ein erstickender Nebel über dem Bett zu lagern schien, in welchem sie ohnmächtig ihre Glieder mengten.

»Du weißt ja nicht, Geliebter ...«

»Ja, ja, ich weiß«, drängten sich auch ihm unwiderstehlich die Worte auf.

»Nein, du ahnst vielleicht, aber du kannst nicht alles wissen.«

»Er hat es der Erbschaft halber getan.«

Ein leises, nervöses Lachen entschlüpfte ihr unfreiwillig.

»Ja wohl, schön der Erbschaft wegen!«

Und ganz, ganz leise, so leise, dass ein an den Fenstern hinaufschwirrendes Insekt der Nacht ein größeres Geräusch gemacht haben würde, erzählte sie von ihrer Kindheit beim Präsidenten Grandmorin; erst wollte sie lügen und ihm ihre Beziehungen zu jenem verschweigen, dann aber wich sie dem Zwange des offenen Bekenntnisses und sie suchte eine Erleichterung, fast ein Vergnügen darin, ihm alles zu sagen. Ihr Geflüster strömte nun ohne Unterbrechung dahin.

»Hier, in diesem Zimmer, war es, im vergangenen Februar, als er, wie du dich erinnern wirst, eines Vorfalles mit einem Unterpräfekten wegen in Paris war ... Wir hatten an jenem Tische heiter gefrühstückt, so wie wir vorhin dort zur Nacht aßen. Natürlich wusste er von nichts, denn ich hatte ihn nie soweit in mein Vertrauen gezogen ... Es kam die Rede auf einen kleinen Ring, ein Geschenk des Präsidenten ohne jeden weiteren Wert, und, ich weiß nicht, wie es geschah, bei dieser Gelegenheit erfuhr er alles ... Oh mein Schatz, du kannst dir nicht vorstellen, wie er mich behandelt hat!«

Es fröstelte sie, er fühlte ihre kleinen Hände sich an seinem nackten Körper falten. »Ein Schlag mit der Faust streckte mich zu Boden ... Dann zerrte er mich an den Haaren durch die Stube ... Er hob seinen Absatz, als wollte er mir das Gesicht zertreten ... So lange ich lebe, wird mir die Erinnerung an diesen Auftritt nicht entschwinden ... Und dann, mein Gott, schlug er mich abermals. Ich kann dir nicht alles wiederholen, was er mich fragte, bis er mich so weit hatte. Alles zu sagen! Du siehst, ich bin sehr offen, denn ich erzähle dir Dinge, die ich dir gar nicht zu erzählen brauchte. Und trotzdem würde ich es nie wagen, dir jene schmutzigen Fragen zu wiederholen, auf die ich antworten musste, wollte ich mich nicht der Gefahr aussetzen, von ihm erwürgt zu werden. Er liebte mich, darüber war kein Zweifel, und sein Kummer muss ein gewaltiger gewesen sein, als er das vernahm. Ich gebe auch zu, dass ich ehrlicher gehandelt hätte, wenn ich ihm dies alles vor der Hochzeit gesagt haben würde. Doch alles das war ja verjährt, vergessen. Nur ein Wilder kann so toll vor Eifersucht sein wie er ... Wirst du, nun du alles das weißt, mich jetzt weniger lieben als früher, Schatz?«

Jacques hatte sich nicht gerührt, träge und nachdenklich lag er in den Armen dieser Frau, die er um seinen Hals, um seine Glieder sich ranken fühlte, wie die Leiber von lebendigen Nattern. Er war höchst überrascht, denn nie war ihm der Gedanke an eine solche Geschichte gekommen. Wie sich alles zuspitzte, während doch das Testament allein schon genügt hätte, die Dinge zu erklären. Übrigens gefiel ihm der Zusammenhang so besser, die Überzeugung, dass das Ehepaar nicht des Geldes wegen gemordet hatte, befreite ihn von dem verächtlichen Gefühl, mit welchem sein Gewissen sich selbst unter den Küssen Séverines beschwert gefühlt hatte.

»Warum sollte ich dich nicht mehr lieben? ... Was geht mich deine Vergangenheit an? ... Du bist die Frau von Roubaud, du hättest eben so gut die eines anderen sein können.«

Einen Augenblick herrschte Schweigen. Beide umarmten sich, dass ihnen der Atem ausging und er fühlte ihren runden, festen, geschwollenen Busen jetzt an seiner Brust.

»Du bist also die Geliebte jenes Alten gewesen. Wie komisch!«

Sie zog sich bis zu seinem Mund empor und sagte unter einem Kusse: »Ich liebe nur dich, ich habe nie einen anderen als dich geliebt ... Geh' mir mit den anderen! Ich habe bei ihnen nie empfinden gelernt, was Liebe ist, während du mich so glücklich machst, Geliebter!«

Ihre sich ihm anbietenden, fortdauernden Schmeicheleien, ihr Tasten nach ihm mit ihren zitternden Händen entflammte auch seine Sinne. Und trotzdem hielt er sie noch von sich ab.

»Nein, nein, warte noch ein wenig ... Und diesen Greis also? ...«

Fast lautlos, unter dem Erzittern ihres ganzen Seins hauchte sie: »Ja, wir haben ihn getötet!«

Der Schauer des Verlangens erstarb in dem in ihr erwachten Schauer des Todes. Es war, als entstände der Todeskampf noch einmal inmitten ihres sinnlichen Verlangens. Einen Augenblick lag sie wie von einem Schwindel befallen leblos da. Dann drückte sie abermals ihre Nase an den Hals des Geliebten und mehr hauchend als sprechend erzählte sie:

»Er ließ mich schreiben, damit der Präsident denselben Zug nähme wie wir, nicht dasselbe Coupé ... Ich zitterte in meiner Ecke aus Angst vor dem Unglück, in das zu rennen wir im Begriff standen. Mir gegenüber saß eine ganz in Schwarz gekleidete Frau; sie sagte nichts, aber ich fürchtete mich vor ihr. Ich sah sie nicht einmal, aber ich bildete mir ein, dass sie klar in meinen Gedanken las, dass sie sehr wohl wusste, was wir vorhatten ... So vergingen die zwei Stunden von Paris bis Rouen. Ich sagte kein Wort, ich bewegte mich kaum, ich Schloss die Augen, um den Anschein zu erwecken, als ob ich schliefe. Neben mir fühlte ich ihn, auch er bewegte sich nicht. Mich erschreckte, dass ich die fürchterlichen Dinge voraussah, die er in seinem Kopfe umherwälzte, ohne dass ich genau erraten konnte, wohin sein Entschluss zielte ... Oh, welche Fahrt, welche Flut von Gedanken im Kopf inmitten des Gepfeifes, der Erschütterungen und des Dröhnens der Räder!«

Jacques hatte seinen Mund dem Dickicht der duftenden Haare genähert, er bedeckte sie in regelmäßigen Pausen mit langen unbewussten Küssen. »Wenn Ihr nicht in demselben Coupé saßet, wie habt Ihr ihn da ermorden können?«

»Warte, du wirst gleich den Plan meines Mannes verstehen. Dass er glückte, ist wohl nur dem Zufall zu danken ... In Rouen gab es zehn Minuten Aufenthalt. Wir stiegen aus, er zwang mich, bis zum Coupé des Präsidenten zu gehen, wie Leute, die sich die Beine vertreten wollten. Dort heuchelte er Überraschung, als er plötzlich den Präsidenten in der Coupétür stehen sah, als wenn er nicht gewusst hätte, dass jener denselben Zug benutzte. Auf dem Perron stieß und drängte man sich. Eine Menge Menschen eroberte im Sturm die Coupés zweiter Klasse, weil am folgenden Tag in Havre ein Fest gefeiert werden sollte. Als man die Türen zu schließen begann, nötigte der Präsident selbst uns in sein Coupé. Ich weigerte mich und sprach von unserm Gepäck, doch er beruhigte mich, er meinte, man würde es uns gewiss nicht stehlen; in Barentin könnten wir ja in unser Coupé zurückkehren, da er doch dort ausstiege. Eine Sekunde schien mein Gatte besorgt nach unserm Coupé laufen zu wollen, um es zu holen. In diesem Augenblick pfiff der Zugführer, er entschloss sich, drängte mich in das Coupé, stieg hinter mir ein, warf die Coupétür zu und zog das Fenster hoch. Wie es kam, dass man uns nicht gesehen hat, begreife ich heute noch nicht. Es liefen viele Leute umher, die Beamten verloren den Kopf, kurz es hat sich kein Zeuge gefunden, der uns wirklich gesehen hat. Langsam rollte der Zug aus dem Bahnhof.«

Sie schwieg einige Sekunden bei der Erinnerung an diese Scene. Ohne eine Empfindung dafür zu haben, denn ihre Glieder waren wie abgestorben, spürte sie ein Zucken in ihrem linken Schenkel und rieb diesen mechanisch in rhythmischer Bewegung an dem Knie des jungen Mannes.

»Oh, welches Gefühl, als ich im ersten Augenblick in diesem Coupé den Boden unter mir schwinden glaubte! Ich war wie betäubt und mein erster Gedanke galt unserm Gepäck: Wie konnten wir es wieder erhalten? Würde man es uns nicht stehlen, nachdem wir es liegen gelassen? Der Mord erschien mir als etwas so Dummes, Unmögliches, als das geträumte Albdrücken eines Kindes, an dessen Ausführung zu denken heller Wahnsinn gewesen wäre. Schon am nächsten Tage mussten mir, so schien es mir, verhaftet und überführt werden können. Auf diese Weise suchte ich mich zu beruhigen; ich sagte mir, mein Gatte würde vor diesem letzten Schritt zurückscheuen, ein Mord würde nicht, könnte nie geschehen. Doch nein, als ich ihn mit dem Präsidenten sprechen hörte, fühlte ich, dass sein wilder Entschluss unbeugsam feststand. Trotzdem war er sehr gefasst und sprach sogar heiter, wie gewöhnlich. Nur aus seinem klaren, einen Augenblick scharf auf mich gerichteten Blick las ich die Hartnäckigkeit seines Willens. Er wollte ihn töten, ein, zwei Kilometer weiter, kurz an der von ihm ausgedachten Stelle, die mir unbekannt war: das war eine Gewissheit, das sprach aus den ruhigen Blicken, die den Andern, der bald nicht mehr sein sollte, maßen. Ich sprach kein Wort; meine furchtbare innere Erregung suchte ich unter einem Lächeln zu verstecken, sobald mich jemand ansah. Warum ich nicht daran gedacht habe, alles das zu verhüten? Erst später erstaunte ich, warum ich nicht gleich an die Tür geeilt bin oder das Lärmsignal gezogen habe. In jenem Augenblick war ich wie gelähmt, ich fühlte mich vollständig ohnmächtig. Mein Gatte schien zweifellos in seinem Recht. Da ich dir alles sage, Geliebter, muss ich dir auch Folgendes erzählen: Ich stand mit meinem ganzen Empfinden und gegen meinen Willen auf seiner Seite; beide zwar hatten mich besessen, aber mein Mann war noch jung, während der andere ... oh, diese entsetzlichen Zärtlichkeiten des anderen! ... Im Übrigen weiß man, wie es zugeht? Man tut Dinge, die man nie für möglich gehalten haben würde. Mit Überlegung kann ich kein Huhn abschlachten! Oh, wie diese Empfindung einer Sturmnacht, dieses fürchterliche schwarze Etwas in mir aufheulte!«

Jacques fand jetzt in diesem zarten, unbedeutenden Geschöpf in seinen Armen jene Undurchdringlichkeit, jene schwarze Tiefe heraus, von der Séverine sprach. Er hatte gut sie noch dichter als zuvor an sich heranzuziehen, er drang doch nicht in ihr Innerstes. Bei der unter ihrer Umarmung hervorgeflüsterten Erzählung von diesem Mord bemächtigte sich seiner eine fieberhafte Aufregung.

»Und, sage mir, hast du bei der Ermordung des Alten geholfen?«

»Ich saß in einer Ecke«, fuhr Séverine fort, ohne auf seine Frage zu antworten. »Mein Gatte trennte mich von dem Präsidenten, der in der andern Ecke lehnte. Sie sprachen von den bevorstehenden Wahlen ... Von Zeit zu Zeit sah ich meinen Gatten sich vorbeugen, wie von Ungeduld ergriffen warf er einen Blick nach draußen, um sich zu vergewissern, wo wir uns befänden ... Ich folgte jedes Mal seinem Blicke und orientierte mich auf diese Weise, wie weit wir schon gefahren waren. Die Nacht schimmerte bleich und wie rasend flogen die schwarzen Massen der Bäume an uns vorüber. Und immer wieder dieses Rasseln der Räder, das mir noch nie zuvor so aufgefallen war, dieser schreckliche Tumult stöhnender und wütender Stimmen, wie jämmerliches Schreien zu Tode getroffener Tiere. Mit voller Schnelligkeit raste der Zug dahin ... Plötzlich grelle Lichter, der Lärm des Zuges hallte zwischen den Gebäuden eines Bahnhofs wieder. Wir waren schon in Maromme, also zwei und eine halbe Meile von Rouen entfernt. Malaunay kam noch und dann Barentin. Wo sollte die Tat vor sich gehen? Wollte er bis auf die letzte Minute warten? Ich war mir der Zeit und der Entfernungen nicht mehr klar bewusst, ich hatte das Gefühl eines mit betäubender Schnelligkeit durch die Dunkelheit niederschießenden Steines. Aber als wir Malaunay passiert hatten, begriff ich mit einem Male alles: Die Sache sollte sich einen Kilometer weiter, im Tunnel, abspielen. Ich wandte mich zu meinem Manne, unsere Blicke begegneten sich: ja, richtig, im Tunnel in zwei Minuten. Und weiter rasselte der Zug, die Abzweigung nach Dieppe war passiert, ich sah den Weichensteller auf seinem Posten. Dort sind Hügel und auf diesen Hügeln glaubte ich Menschen mit gegen uns ausgestreckten Armen zu bemerken, die uns Schmähungen zuriefen. Jetzt

pfiff die Lokomotive lang anhaltend: Wir fuhren in den Tunnel ein ...
Oh, welch' Dröhnen unter dieser niedrigen Wölbung! Du kennst diesen
Lärm des von den Schallwellen getroffenen Eisens, der einem auf den
Amboss niedersausenden Hagel von Hammerschlägen gleicht. In die-
sem Augenblick der Furcht glaubte ich, das Rollen des Donners zu hö-
ren.«

Sie zitterte und unterbrach sich, um mit veränderter, fast lachender
Stimme zu sagen:

»Es ist doch zu dumm, Schatz, noch jetzt diese Kälte in den Knochen
zu fühlen. Dabei ist mir an deiner Seite so warm und ich bin so glücklich! ... Und jetzt ist doch auch nichts mehr zu fürchten: Die Untersuchung ist aufgehoben, denn die hohen Herren in der Regierung haben
ebenso wenig Lust wie wir, die Sache aufzudecken ... Ich habe wohl
verstanden und bin deshalb auch unbesorgt.«

Dann setzte sie noch stärker lachend hinzu:

»Du kannst dir schmeicheln, uns nett in Furcht gejagt zu haben! ...
Und sage mir – ich bin nämlich nie daraus klug geworden– was hast du
wirklich gesehen?«

»Was ich vor dem Richter ausgesagt habe, nicht mehr: einen Mann,
der einen zweiten erstach ... Ihr benahmt Euch so merkwürdig zu mir,
dass ich schließlich meiner Sache nicht mehr gewiss war. Einen Augenblick habe ich sogar deinen Mann wiedererkannt ... Erst später war jeder
Zweifel ausgeschlossen ...«

Sie unterbrach ihn heiter:

»Ja, ich weiß, es war das an dem Tage, an welchem ich nein zu dir
sagte, erinnerst du dich noch? Wir waren zum ersten Male allein in Paris ... Es ist doch merkwürdig! Ich sagte zu dir, wir sind es nicht gewesen
und wusste genau, dass du das Gegenteil verstandest. Nicht wahr. Dir
war es, als hätte ich dir alles gesagt? ... Oh Schatz, ich habe oft daran
gedacht und glaube, dass ich dich von jenem Tage an liebte.«

Und wieder hielten sie sich fest umschlungen. Dann fuhr sie fort:

»Der Zug passierte den Tunnel, der sehr lang ist. Man bleibt beinahe
drei Minuten in demselben. Mir war es, als wären wir schon eine Stunde
darin ... Der Präsident sprach nicht mehr, denn das Getöse war ein zu
lautes. Meinen Mann schien in diesem Augenblick eine Schwäche befallen zu haben, denn er rührte sich noch immer nicht. Ich sah nur beim
tanzenden Schein der Lampen seine Ohren sich violett färben ... Wollte
er erst wieder unter freiem Himmel sein? Die ganze Sache war für mich

von nun an eine so fatale, so unvermeidliche, dass ich nur einen Wunsch hatte, unter dieser Erwartung nicht mehr leiden zu müssen, ihrer überhoben zu sein. Warum mordete er nicht, wenn es sein musste? Fast hätte ich an seiner statt zum Messer gegriffen, so außer mir war ich vor Furcht und den vielen Leiden ... Er sah mich an. Mir stand das wahrscheinlich auf dem Gesicht geschrieben. Plötzlich sprang er auf und ergriff den Präsidenten, der sein Gesicht der Tür zugekehrt hatte, bei den Schultern. Dieser schüttelte erschrocken ihn sich mit einer instinktiven Bewegung ab und streckte den Arm nach dem über ihm befindlichen Alarmknopf aus. Schon berührte er ihn, doch wurde er von dem Andern zurückgerissen und mit einem so kräftigen Stoß auf das Polster geworfen, dass er wie gebrochen dalag. Während er mit vor Staunen und Furcht offenem Munde wirre Rufe ausstieß, die in dem Lärm des Zuges verhallten, hörte ich meinen Mann deutlich das Wort: Schwein! Schwein! mit einer pfeifenden, immer kreischenderen Stimme ausrufen. Der Lärm verstummte, der Zug verließ den Tunnel, die bleiche Landschaft erschien wieder mit den schwarzen, vorüberfliegenden Bäumen ... Ich war in meiner Ecke sitzen geblieben und drängte mich so weit ich konnte steif und starr in die Rückenkissen. Wie lange dauerte dieser Kampf schon? Gewiss nur einige Sekunden. Mir schien er nimmer enden zu wollen, ich glaubte, die Reisenden müssten das Geschrei hören, die Bäume uns sehen. Mein Mann hatte das geöffnete Messer in der Faust, konnte aber nicht zustoßen, denn er wurde mit Fußstößen abgewehrt und schwankte auf dem beweglichen Boden des Waggons hin und her. Des Präsidenten Knie mussten festgehalten werden, und dabei sauste der Zug mit voller Geschwindigkeit dahin und das Pfeifen der Lokomotive kündete bereits die Nähe des Überganges bei la Croix-de-Maufras an ... Da warf ich mich, ohne mich zu erinnern, wie es geschah, über die Beine des sich wehrenden Mannes. Wie ein Paket ließ ich mich niederfallen, ich drückte seine Beine mit meinem ganzen Gewicht nieder, sodass er sich nicht mehr rühren konnte. Weiter habe ich nichts gesehen, aber alles gefühlt: den Stoß des Messers in die Gurgel, den Krampf des Körpers, den Tod, der in drei Zügen kam, wie das Ablaufen einer zerbrochenen Uhr ... Noch fühl' ich das Echo dieses Todeskrampfes in meinen Gliedern!«

Jacques wollte sie gierig unterbrechen. Doch jetzt eilte sie, zu Ende zu kommen.

»Nein warte ... Als ich mich erhob, passierten wir mit vollem Dampf bei la Croix-de-Maufras. Ich habe genau die geschlossene Fassade des

Hauses gesehen, dann das Bahnwärterhäuschen. Es fehlten nur noch vier Kilometer, höchstens fünf Minuten, bis wir in Barentin eintrafen ... Der Körper lag auf dem Polster, das Blut sammelte sich zu einem trüben Sumpfe. Mein bebender Mann stand aufrecht und balancierte bei den Stößen des Waggons, er sah den Ermordeten an und wischte das Messer mit seinem Taschentuch ab. Das dauerte eine Minute, ohne dass einer von uns an die Rettung dachte. Behielten wir diesen Körper bei uns, blieben wir da, so war vielleicht schon in Barentin alles entdeckt ... Er hatte inzwischen das Messer in die Tasche geschoben, er schien aufzuwachen. Ich sah ihn dem Toten die Uhr, das Geld, alles, was er finden konnte, abnehmen. Dann öffnete er die Tür und versuchte, den Leichnam hinauszustoßen, doch nahm er ihn nicht in seine Arme, denn er fürchtete, sich blutig zu machen. »So helfe mir doch!« Ich rührte mich nicht, denn ich fühlte meine Glieder nicht mehr. »In des Teufels Namen, willst du mir wohl helfen!« Der zuerst hinausgeschobene Kopf hing über dem Trittbrett, wahrend der wie eine Kugel zusammengerollte Rumpf nicht hinaus wollte. Und der Zug flog dahin ... Endlich, nach einem stärkeren Ruck, überschlug sich der Körper und verschwand beim Dröhnen der Räder. »Oh, dieses Schwein, das wäre also geschehen!« Dann raffte er die Reisedecke auf und warf sie hinterher. Jetzt standen wir beide allein vor dem Blut auf dem Polster, auf das wir uns nicht zu setzen wagten ... Die weit offen stehende Tür schlug hin und her, fast ohnmächtig und wie betäubt, begriff ich zuerst nicht, als ich meinen Mann aussteigen und ebenfalls verschwinden sah. Gleich darauf kehrte er zurück. »Vorwärts beeile dich, wenn du nicht willst, dass man uns den Hals abschneidet!« Ich rührte mich nicht, er wurde ungeduldig. »Komm' in des Teufels Namen, unser Coupé ist leer, mir müssen zurück.« Leer unser Coupé, dorthin war er also gegangen? Wusste er auch genau, ob nicht die schwarze Dame, die nichts sagte, die man nicht erkannte, noch immer in ihrer Ecke saß? ... »Willst du kommen oder ich werfe dich jenem nach!« Er war wieder hinaufgestiegen und trieb mich brutal, wie wahnsinnig vor sich her. Schon stand ich draußen auf dem Trittbrett, meine beiden Hände krampften sich um die Messingstange. Er war hinter mir und Schloss vorsichtig die Coupétür. »Vorwärts doch!« Ich getraute mich nicht, denn mir schwindelte vor der rasenden Eile und der sturmwindartige Wind drohte mich fortzuwehen. Meine Haare lösten sich, ich glaubte schon, meine erstarrten Hände ließen die Messingstange fahren. »Vorwärts!« Er stieß mich, ich musste gehen, indem ich eine

Hand um die andere fahren ließ. Ich drängte mich an die Waggons heran, während meine Kleider wie rasend meine Beine umflogen und sich um sie wickelten. Schon sah man in der Ferne hinter einer Kurve die Bahnhofslichter von Barentin. Die Lokomotive pfiff. »So geh' doch in des Teufels Namen!« Oh, dieser Höllenlärm, diese heftigen Stöße! Trotzdem musste ich vorwärts. Mir schien, als hätte mich ein Orkan erfasst und wirbelte mich wie einen Strohhalm umher, um mich dort unten an einer Mauer zu zerschmettern. Hinter meinem Rücken floh die Landschaft, die Bäume folgten mir in einem wilden Galopp und drehten sich um sich selbst und jeder stieß einen Klageton beim Vorübergleiten aus. Am Ende des Waggons, als ich auf den nächsten hinüber und dessen Brüstung ergreifen musste, blieb ich stehen, mein Mut war zu Ende. Ich fand dazu nicht mehr die Kraft. »So beeile dich doch!« Er stand dicht hinter mir, er drängte mich, ich Schloss die Augen und wie ich weiter gekommen, weiß ich nicht, vermutlich aus reinem Instinkt, wie ein Tier, das seine Klauen einkrallt, um nicht zu stürzen. Wie kam es, dass man uns nicht gesehen hat? Drei Waggons mussten wir passieren, von denen einer zweiter Klasse überfüllt war. Ich erinnere mich noch der Reihe von der Lampe hell beschienener Köpfe; ich glaube, ich müsste sie wiedererkennen, wenn ich ihnen eines Tages wieder begegnen würde: den eines dicken Mannes mit rotem Backenbart, die zwei junger Mädchen, die sich lachend vorbeugten. »Willst du gehen, willst du gehen!« Weiter weiß ich nichts, die Lichter von Barentin näherten sich, die Lokomotive pfiff, meine letzte Empfindung war, an den Haaren emporgehoben und durch die Leere geschleppt, geschleift worden zu sein. Mein Mann hatte mich umfassen, über meine Schulter fort die Coupétür öffnen und mich direkt in das Innere werfen müssen. Bebend und halb ohnmächtig erwachte ich in einer Ecke wieder, gerade als wir anhielten. Ohne mich zu rühren, hörte ich ihn mit dem Bahnhofsvorsteher in Barentin einige Worte wechseln. Dann fuhr der Zug weiter, er sank ebenfalls, völlig fertig, auf einen Sitz. Bis Havre haben wir nicht mehr den Mund aufgetan ... Oh, ich hasse ihn, ich hasse ihn für diese Abscheulichkeiten, unter denen ich leiden musste. Und dich, mein Schatz, liebe ich für alles Glück, das du mir geschenkt hast.«

Séverine war erlöst von den Gräueln ihrer Erinnerungen und nun das brennende Verlangen nach dieser Beichte gestillt war, klang dieser Aufschrei wie ein Triumph ihrer Freude, Jacques, der sich ganz wirr im Kopfe fühlte und wie sie glühte, hielt sie noch einmal zurück.

»Nein, nein warte ... Du lagst also auf seinen Beinen und hast ihn sterben gefühlt?«

In ihm war das Unbekannte wieder wach geworden, eine wild sich bäumende Woge drängte aus den Eingeweiden und erfüllte seinen Kopf mit einer roten Vision. Die Neugier hatte ihn gepackt.

»Du hast das Messer in den Körper dringen gefühlt?«

»Ja mit einem dumpfen Schlag.«

»Ah, mit einem dumpfen Schlag ... Es klang nicht wie ein Zerreißen, du bist dessen gewiss?«

»Nein, es glich mehr einer Erschütterung.«

»Und dann zeigte sich ein Schauder?«

»Drei Schauder durch seinen ganzen Körper, ich habe sie in seinen Beinen fühlen können.«

»Diese Schauder ließen ihn in die Höhe fahren, nicht wahr?«

»Ja, der Erste war sehr stark, die beiden anderen schwächer.«

»Und was für eine Empfindung hattest du, als du ihn an dem Messerstich sterben fühltest?«

»Ich weiß es nicht.«

»Du weißt es nicht, warum lügst du? ... Sage mir, sage mir ganz offen, was du empfandest ... Qual?«

»Nein, keine Qual.«

»Vergnügen?«

»Oh, auch kein Vergnügen!«

»Was also, meine Liebe? Ich bitte dich, sage mir alles ... Wenn du wüsstest ... Sage mir, was man fühlt ...«

»Mein Gott, kann man denn das so ausdrücken? ... Es ist so schauderhaft und man fühlt sich so weit, weit fortgetragen! Ich habe in dieser einen Minute mehr gelebt, als in meinem ganzen voraufgegangenen Leben.«

Mit aufeinander gepressten Zähnen riss sie Jacques jetzt an sich und auch Séverine gab sich ihm willenlos hin. Ineinander wie unauflöslich verschlungen suchten sie im Reiche des Todes die Liebe mit derselben schmerzlichen Sinneslust wie die Tiere, die sich während der Brunst die Eingeweide zerreißen. Man vernahm nichts weiter als ihren keuchenden Atem. Der blutige Widerschein an der Decke war verschwunden. Der Ofen war ausgebrannt, in dem Zimmer begann als Folge der von draußen hereindringenden großen Kälte ebenfalls eine eisige Luft zu wehen. Kein Laut stieg aus dem vom Schnee wie auswattierten Paris herauf. Eine kurze Zeit hörte man das Schnarchen der Zeitungsverkäuferin nebenan, dann aber war wieder alles verschlungen von dem schwarzen Schlund des schlafenden Hauses.

Jacques hatte Séverine in seinen Armen behalten und fühlte jetzt, wie sie einer unwiderstehlichen Müdigkeit nachgab. Die Reise, der ausgedehnte Aufenthalt bei den Misard, das Fieber dieser Nacht, dem war sie nicht gewachsen. Halb im Schlaf schon wünschte sie ihm wie ein artiges Kind eine gute Nacht und schon schlief sie auch, ruhig atmend ein. Der Kuckuck meldete drei Uhr.

Eine Stunde noch ließ Jacques sie in seinem linken Arme ruhen, der allmählich abstarb. Er selbst konnte kein Auge schließen, eine unsichtbare Hand schien die Lider ihm eigensinnig in der Finsternis immer wieder aufzureihen. Er unterschied jetzt nichts mehr in dem völlig in Nacht getauchten Zimmer, alles, der Ofen, die Möbel, die Mauern bildete ein einziges schwarzes Schattenmeer. Er musste sich umdrehen, um die beiden starren, so bleich und luftig wie ein Traum schimmernden Fensterquadrate sehen zu können. Trotz seiner ihn marternden Müdigkeit hielt ihn eine merkwürdige zerebrale Tätigkeit wach und haspelte unaufhörlich denselben Schwall von Gedanken ab. Jedes Mal wenn er sich mühte einzuschlafen, begann dieselbe Qual von Neuem, dieselben Bilder zogen an ihm vorüber und weckten dieselben Gedanken. Und was mit mechanischer Regelmäßigkeit vor ihm sich abspielte, während seine starr blickenden und weit geöffneten Augen den Schatten aufsuchten, war Zug um Zug jener Mord. Immer wieder erstand er identisch schmerzlich vor ihm. Das Messer drang mit dumpfem Schlag in die Kehle, den Körper durchzog ein dreimaliger, lang anhaltender Krampf, das Leben entfloh in einem Strome warmen Blutes, eine rote Flut fühlte er über seine Hände gleiten. Zwanzig, dreißig Male drang das Messer in den Hals, kämpfte der Körper den Todeskampf. Das wurde ungeheuerlich, erstickte ihn, brachte ihn außer sich und machte die Nacht aufrührerisch. Oh, konnte er doch auch einen solchen Stoß führen, sein befremdliches Verlangen stillen und wissen, was man dabei empfindet, auskosten die Minuten, in denen man mehr lebt als in einem ganzen Leben. Als dieses Gefühl des Erstickens wuchs, vermutete Jacques, dass das Gewicht Séverines auf seinem Arm ihn am Einschlafen hindere. Sanft bettete er sie neben sich, ohne sie aufzuwecken. Zunächst fühlte er sich wirklich wie erleichtert und schon glaubte er, der Schlaf würde kommen. Aber trotz seiner Anstrengungen öffneten die unsichtbaren

Finger doch wieder seine Augenlider. Und in blutigen Umrissen tauchte auf dem dunklen Hintergrunde wieder der Totschlag auf, das Messer drang in den Hals, der Körper krümmte sich im Todeskampf. Ein roter Regen durchrieselte die Finsternis, das unverhältnismäßig große Loch in der Kehle klaffte wie ein mit der Axt gemachter Schnitt. Er kämpfte nun nicht weiter dagegen an, er lag auf dem Rücken, eine Beute dieser hartnäckigen Vision. Er vernahm in sich die verzehnfachte Tätigkeit des Gehirns, ein Brausen der ganzen Maschinerie. Und wieder war ihm zumute wie von Jugend auf. Er hatte sich geheilt geglaubt, denn dieses Verlangen war schon seit Monaten, seitdem er diese Frau besaß, in ihm erstorben. Und jetzt empfand er es unter dem Eindruck dieses Mordes, während sie seinem Körper nahe war und ihre Glieder mit den seinen sich mengten, stärker als je zuvor. Er hatte sich noch weiter von ihr zurückgezogen, er vermied jede Berührung mit ihr, denn er fieberte bei der geringsten Annäherung an ihre Haut. Eine unerträgliche Hitze kroch über sein Rückgrat, als hätte sich die Matratze unter seinem Körper in einen glühenden Rost verwandelt. Ein Prickeln, feurige Spitzen schienen ihm den Leib zu durchbohren. Er versuchte seine Hände unter der Decke vorzuziehen, aber sofort froren sie und erweckten in ihm ein Frösteln. Er fürchtete sich vor seinen Händen und zog sie schnell wieder zurück, er faltete sie zunächst auf seinem Bauch, dann schob er sie unter seinen Rücken und klemmte sie dort fest, als fürchtete er irgendeine abscheuliche Handlung von ihnen, eine Tat, die er nicht wollte und die er doch gegen seinen Willen begehen könnte.

Jedes Mal, wenn der Kuckuck rief, zählte Jacques. Vier Uhr, fünf Uhr, sechs Uhr. Er lechzte nach dem Tage, er hoffte, dass der junge Morgen dieses Albdrücken verscheuchen würde. Er wandte sich dem Fenster zu und beobachtete die Scheiben, aber noch immer war dort nichts weiter zu sehen, als der Widerschein des Schnees. Ein Viertel vor fünf Uhr, mit einer Verspätung von nur vierzig Minuten, hatte er den direkten Zug von Havre einfahren gehört, ein Beweis, dass die Gleise wieder passierbar waren. Erst nach sieben Uhr sah er einen milchigen, bleichen Schimmer langsam durch die Fenster schleichen. In diesem undeutlichen Licht, in welchem die Möbel umherzuschwimmen schienen, erhellte sich jetzt auch das Zimmer. Der Ofen tauchte auf, der Wandschrank, das Büffet. Er konnte noch immer nicht die Lider schließen, seine Augen irrten im Gegenteil unstet umher, als verlangten sie zu sehen. Trotzdem es noch nicht so hell war, ahnte er das am Abend vorher zum Zerschneiden des Kuchens benutzte Messer mehr auf dem Tisch, als er es sah. Er bemerkte nur noch dieses kleine Messer mit der scharfen Spitze. Der Tag nahm zu, das ganze, durch die beiden Fenster hereinströmende Licht schien sich auf diese dünne Klinge zu konzentrieren. Die Angst vor seinen Händen ließ ihn sie noch tiefer unter seinem Körper verbergen, denn er fühlte, wie sie aufgeregt und stärker als sein Wille zuckten. Waren sie nicht mehr ein Teil seiner selbst? Diese Hände gehörten nicht mehr ihm, einem Andern, sie waren von irgendeinem Vorfahren auf ihn überkommen, aus jener Zeit, in welcher der Mensch noch die wilden Tiere in den Wäldern würgte!

Um das Messer nicht mehr zu sehen, wandte sich Jacques Severine zu. Sie schlief bei ihrer großen Müdigkeit sehr ruhig mit dem Atem eines Kindes. Ihre aufgelösten, schweren, schwarzen Flechten bildeten bis zu ihren Schultern ein düstres Kissen; und unter dem Kinn tauchte zwischen den Locken ihr kaum rosig angehauchter, wie Milch so zarter Busen auf. Er betrachtete sie, als ob sie ihm etwas Neues wäre. Er betete sie an, ihr Bild verfolgte ihn, selbst wenn er seine Lokomotive führte, oft so begehrlich, dass ihm angst wurde. Daher kam es, dass er eines Tages, als ob er aus einem Traum aufwachte, mit voller Geschwindigkeit, trotz der Signale eine Station passierte. Jetzt rief der Anblick dieses weißen Busens eine plötzliche unvertreibbare Wahnvorstellung in ihm hervor. Mit wachsendem Entsetzen fühlte er den gebieterischen Zwang, das Messer zu holen und es der geliebten Frau bis zum Heft in die Brust zu stoßen. Er hörte den dumpfen Schlag des eindringenden Messers, er sah den Körper dreimal aufschnellen, dann den Tod ihn unter einem roten Strome krümmen. Er kämpfte gegen diesen Wahn an, aber mit jeder Sekunde verlor sein Wille mehr an Macht, als werde er untergetaucht in diese fixe Idee, als sei er an das Äußerste gelangt, wo man besiegt nur dem Drängen des Instinkts Folge leistet. Alles bäumte sich in ihm auf, die empörten Hände siegten über sein Bemühen, sie zu verbergen und entschlüpften ihm. Er sah ein, dass er jetzt nicht mehr Herr über sie sei und dass sie sich brutale Genugtuung verschaffen würden, wenn er Séverine noch länger anblickte. Er raffte daher seine letzte Kraft zusammen, er verließ das Bett und wälzte sich wie ein Trunkener auf der Diele umher. Dann sprang er auf, fiel aber beinahe wieder, denn seine Füße verwickelten sich in die dort liegenden Kleidungsstücke. Er wankte und suchte wirr tastend seine Kleider zusammen. Sein einziger Gedanke war, sich schnell anzukleiden, das Messer zu nehmen, auf die Straße zu gehen und die erste beste Frau niederzustechen. Diesmal peinigte ihn sein Verlangen zu mächtig, diesmal musste er eine töten. Er fand sein Beinkleid nicht, trotzdem er es dreimal anfasste und nicht wusste, dass er es schließlich schon in der Hand hielt. Das Anziehen der Schuhe bereitete ihm eine endlose Mühe. Obwohl es jetzt lichter Tag war, schien das Zimmer von einem weißen Rauche erfüllt, in einem eisigen Nebel zu schwimmen. Das Fieber schüttelte ihn, und als er endlich angekleidet war, ergriff er das Messer und verbarg es in seinem Ärmel. Er war seiner Sache gewiss, er würde eine töten, und zwar die Erstbeste, der er unten begegnete. Plötzlich rührte sich etwas im Bett, ein längerer Seufzer, der von dort kam, bannten ihn bleich auf die Stelle neben dem Tisch.

Séverine war erwacht.

»Du gehst schon, Schatz?«

Er antwortete nicht, er sah sie nicht an, er hoffte, sie würde wieder einschlafen.

»Wohin gehst du, Schatz?«

»Eine Dienstsache«, stotterte er, »schlaf, ich komme bald zurück.«

Ihre Augen waren schon wieder geschlossen und wirre Worte entschlüpften ihr, schon halb im Schlafe.

»Oh wie müde bin ich noch ... Umarme mich, Schatz.«

Er aber rührte sich nicht, er wusste, wenn er jetzt zu ihr trat mit dem Messer in der Hand und sie so fein, so bloß und aufgelöst daliegen sah, dass es mit seinem Willen ganz zu Ende war, der ihn schon vorhin neben ihr verlassen hatte. Seine Hand würde sich heben und ihr das Messer in den Hals jagen.

»Komm, Schatz, umarme mich ...«

Ihre Stimme versagte, sie schlief schon wieder sanft ein mit einem zärtlichen Flüstern. Er öffnete die Tür und enteilte wie kopflos.

Es war acht Uhr, als Jacques auf den Bürgersteig der Rue d'Amsterdam trat. Der Schnee war noch nicht fortgeschafft, man hörte kaum die Schritte der wenigen Passanten. Sogleich hatte er eine alte Frau bemerkt, sie ging der Rue de Londres zu, er folgte ihr nicht. Männer stießen ihn beim Vorübergehen an, er ging deshalb in der Richtung der Place du Havre und fasste fest das Messer, dessen nach oben gerichtete Spitze im Ärmel verschwand. Als ein kleines Mädchen von ungefähr vierzehn Jahren aus einem Hause gegenüber trat, ging er über den Damm. Als er hinkam, sah er sie in einen Bäckerladen gehen. Seine Ungeduld war so groß, dass er nicht warten wollte, sondern weiter schritt. Seit er das

Zimmer mit dem Messer in der Hand verlassen hatte, war er nicht mehr die handelnde Person, sondern jener andere, den er so oft in seinem Innern sich bewegen gefühlt hatte, jenen von fernher gekommenen Unbekannten, der den erblichen Durst nach Mord löschen wollte. Dieser hatte ehedem getötet, er wollte noch immer töten. Die Dinge um Jacques erschienen, wie im Traume, denn er sah sie nur durch seine fixe Idee. Sein tägliches Leben war wie versunken, er schritt wie ein Nachtwandler dahin, ohne Erinnerung an die Vergangenheit, ohne Gedanken an die Zukunft, lediglich unter dem Zwange seines Verlangens. Sein Körper bewegte sich, aber die Seele war entschwunden. Zwei Frauen streiften ihn beim Vorübergehen, er folgte ihnen schnell, doch jene trafen in diesem Augenblick einen bekannten Mann. Alle Drei schwatzten und lachten. Der Mann genierte ihn, er folgte deshalb einer andern, vorübergehenden Frau, einer schwarzhaarigen, blassen Person, die ihre Abgehärmtheit schlecht unter einem dünnen Umschlagetuch verbarg. Sie ging mit langsamen Schritten, wahrscheinlich einer verhassten, harten und schlecht bezahlten Arbeit entgegen, ihr Gesicht drückte hoffnungslose Verzweiflung aus. Jetzt, da er eine Einzelne vor sich hatte, beeilte er sich nicht mehr, er wartete nur noch die günstigste Gelegenheit ab, um zuzustoßen. Sie hatte zweifellos den sie verfolgenden Menschen bemerkt, denn sie drehte sich nach ihm um und ihre von unsäglichen Wunden erzählenden Augen schienen ihn zu fragen, was er eigentlich von ihr wolle. Sie waren schon die halbe Straße heruntergegangen; zweimal noch drehte sie sich zurück und hinderte ihn jedes Mal, ihr das Messer in den Nacken zu stoßen, das bereits aus dem Ärmel hervorlugte. Ihre Augen sprachen eine so beredte Sprache des Elends! Dort unten, wenn sie den Bürgersteig verlassen musste, wollte er sie niederstechen. Aber plötzlich machte er eine Wendung und folgte einer andern Frau, die in der entgegengesetzten Richtung ging. Er tat es ohne Überlegung, ohne eigenen Willen, nur weil sie zufällig in diesem Augenblick ihn streifte. Es war eben nicht anders.

Jacques gelangte hinter dieser wieder zum Bahnhof. Diese machte lebhafte feste Schritte, sie war auffallend hübsch, höchstens zwanzig Jahre alt, etwas stark, blond und hatte schöne Augen, die heiter in die Welt hineinlachten. Sie bemerkte nicht einmal, dass jemand sie verfolgte. Sie musste es eilig haben, denn sie hüpfte behände die Freitreppe hinauf, durcheilte das große Vestibül und drängte sich an den Schalter für den Ringbahnverkehr. Als sie ein Billett erster Klasse nach Auteuil nahm, tat

Jacques das gleiche, er folgte ihr durch die Wartesäle auf den Perron bis in das Coupé, wo er sich an ihre Seite setzte. Gleich darauf fuhr der Zug ab. »Ich habe Zeit«, sagte er zu sich, »ich werde sie im Tunnel töten.«

Ihnen gegenüber saß eine alte Dame, die Drei waren nur allein im Coupé. Diese Dame erkannte die junge Frau.

»Sie sind es? Wohin fahren Sie schon in aller Frühe?«

Die andere lachte hell auf mit einer komisch verzweifelnden Gebärde.

»Da sage man noch, dass man nichts tun kann, ohne jemandem zu begegnen. Ich hoffe aber, Sie werden mich nicht gleich verraten ... Mein Mann hat morgen Geburtstag. Sobald er fort war, ging auch ich. Ich will nach Auteuil zu einem Gärtner; dort hat er eine Orchidee gesehen, nach der er wie toll ist ... Ich will ihn damit überraschen.«

Die Dame nickte wohlwollend mit dem Kopf.

»Und wie geht es dem Kinde?«

»Die Kleine wird immer netter ... Vor acht Tagen habe ich sie erst entwöhnt, nun müssten Sie sie Suppe essen sehen ... Es ist skandalös, wie gut es uns Allen geht.«

Sie lachte noch herzlicher und dabei traten zwischen den blutroten, frischen Lippen ihre weißen Zähne hervor. Jacques saß rechts von ihr, das Messer in der unter den Schenkel geschobenen Faust, meinte er, dass sie ganz bequem niederzustechen sein würde. Er brauchte nur den Arm zu heben und damit einen Halbkreis zu beschreiben, um ihre Hand festzuhalten. Doch im Tunnel von Les Batignolles fielen ihm plötzlich die Hutbänder ein.

»Da ist eine Schleife, die mich stört«, überlegte er. »Ich muss erst meiner Sache gewiss sein.«

Die beiden Frauen schwatzten noch immer vergnügt weiter.

»Ich sehe also, dass Sie recht glücklich sind.«

»Glücklich ist gar kein Ausdruck dafür, ich lebe wie in einem Traume ... Vor zwei Jahren noch war ich gar nichts. Sie erinnern sich, wie wenig unterhaltsam es bei meiner Tante zuging, und keinen Pfennig Mitgift ... Als er kam, zitterte ich, denn ich konnte ihn zuerst nicht ausstehen. Aber er war schön und reich ... Und nun gehört er mir, er ist mein Gatte, wir haben unser Kind! Es ist fast zu viel des Guten!«

Jacques konstatierte, während er die Schleifen des Hutbandes prüfte, dass an einem schwarzsammtnen Bande ein schweres, goldenes Medaillon hing. Nun legte er sich seinen Plan zurecht:

»Mit deiner linken Hand würgst du sie am Halse, beim Zurückbiegen des Kopfes wird das Medaillon auf die Seite rutschen und die Kehle wird frei sein.«

Der Zug hielt mehrfach auf eine Minute an und dampfte dann weiter. Bei Courcelles und Neuilly waren kurze Tunnels gefolgt. Eine Sekunde und es war geschehen.

»Sie waren an diesem Sommer an der See?«, begann die alte Dame von Neuem.

»Ja, sechs Wochen in der Bretagne in einem ganz versteckten Winkel, einem Paradies. Den Herbst haben wir in Poitou bei meinem Schwiegervater zugebracht, der dort große Waldungen besitzt.«

»Und wollen Sie nicht während des Winters noch nach dem Süden?«

»Ja, wir wollen am 15. in Cannes sein ... Das Haus mit einem kleinen Gärtchen direkt am Meer ist bereits gemietet. Wir haben jemand hinuntergeschickt, der die ganze Einrichtung besorgt ... Weder mein Mann noch ich sind empfänglich für die Kälte, doch die Sonne ist doch etwas so Schönes. Im März wollen mir wieder zurück sein. Im nächsten Jahr bleiben wir ganz in Paris. In zwei Jahren, wenn unser Kind kräftig genug ist, wollen wir reisen. Was weiß ich, es ist ein stetes Fest.«

Ihre Glückseligkeit brauchte Raumund so wandte sie auch ihr lachendes Gesicht dem unbekannten Manne, Jacques, zu. Bei dieser Bewegung löste sich die Schleife der Hutbänder, das Medaillon rutschte herum und der warmblütige Hals mit einem kleinen, vom Schatten vergoldeten Grübchen kam zum Vorschein.

Jacques' Finger krampften sich um den Stiel des Messers, während er einen unwiderruflichen Entschluss fasste.

»Dort will ich zustechen. Und zwar gleich im Tunnel von Passy.«

Doch bei der Station des Trocadero stieg ein Beamter ein, der Jacques kannte. Er sprach mit ihm von Dienstangelegenheiten und erzählte ihm von einem durch einen Lokomotivführer und Heizer verübten Kohlendiebstahl. Von diesem Augenblick an ging alles in die Brüche. Er wusste sich später des Folgenden nicht mehr zu erinnern. Das Lachen hatte nicht aufgehört und dieser Strahl von Glück hatte auch ihn durchzuckt und betäubt. Vielleicht war er mit den beiden Frauen bis Auteuil gefahren: Aber er erinnerte sich nicht, dass sie dort ausgestiegen wären. Er selbst fand sich am Ufer der Seine wieder, ohne eigentlich zu wissen, wie er dorthin gekommen war. Das wusste er aber ganz genau, dass er das in seinem Ärmel in seiner Faust gebliebene Messer in das Wasser geschleudert hatte. Wohin der andere, der mit dem Messer, dann gegangen, war ihm fremd. Er dagegen musste stundenlang ohne Besinnung aufs Geratewohl durch Straßen und über Plätze marschiert sein. Menschen, Häuser waren an ihm in einem fahlen Nebel vorübergezogen. Er war auch jedenfalls irgendwo eingetreten und hatte in einem von Menschen überfüllten Saale gegessen, denn vor seiner Erinnerung standen noch deutlich die weißen Teller. Er hatte auch die Empfindung, dass er auf einer geschlossenen Kellertür ein rotes Plakat gesehen hatte. Alles andere aber war in einen tiefen Schlund in das Nichts versunken, das weder Zeit noch Raum kennt und vielleicht schon seit Jahrhunderten träge schlummert.

Jacques kam erst in seinem Kämmerchen in der Rue Cardinet zur Besinnung. Er hatte sich angekleidet auf sein Bett geworfen. Der Instinkt hatte ihn dorthin geführt wie einen verlaufenen Hund, der sein Heim wittert. Im Übrigen wusste er nicht, wie er die Treppe hinaufgekommen und wie er eingeschlafen war. Er erwachte aus einem bleiernen Schlummer wie aus einer tiefen Ohnmacht und fühlte sich plötzlich wieder Herr seiner selbst. Vielleicht hatte er drei Stunden geschlafen, vielleicht auch drei Tage. Mit einem Male stand ihm alles wieder vor der Erinnerung: die mit Séverine zugebrachte Nacht, das Geständnis des Mordes, seine Flucht als blutgierige Bestie. Erst jetzt fand er sich wieder allmählich zurecht, mit Schrecken dachte er an die Dinge, die er willenlos verübt. Die Erinnerung an die junge, ihn erwartende Frau brachte ihn mit einem Sprunge wieder auf die Füße. Er sah nach der Uhr, es war bereits vier. Mit ödem, ruhigen Kopf, wie nach einer starken Blutung, eilte er zur Sackgasse der Rue d'Amsterdam.

Séverine hatte bis Mittag fest geschlafen. Als sie aufwachte, wunderte sie sich, Jacques nicht zu sehen. Sie machte Feuer im Ofen an. Als sie sich fertig angekleidet hatte, trieb sie der Hunger gegen zwei Uhr in ein Restaurant der Nachbarschaft. Als Jacques kam, war sie gerade die Treppe hinaufgestiegen, nachdem sie noch einige Gänge erledigt hatte.

»Ich war so besorgt, mein Schatz!«

Sie hing sich an seinen Hals und sah ihm tief in die Augen.

»Was ist denn geschehen?«

Er beruhigte sie trotz seiner Erschöpfung und der eisigen Kälte in seinen Gliedern.

»Nichts, ein verwünschter Handlangerdienst. Wenn die erst einmal einen beim Wickel haben, ist es aus.«

Sie senkte die Stimme und sagte mit verschmitzter Demut:

»Denke dir, ich bildete mir ein ... ein dummer Gedanke, der mir große Sorge bereitete ... ja, ich glaubte, du würdest mir nach meinem Geständnis böse sein ... Ich dachte schon, du wärest fort auf Nimmerwiedersehen!«

Tränen traten ihr in die Augen, sie schluchzte laut auf und schloss ihn fest in ihre Arme.

»Ach, mein Liebling, wenn du wüsstest, wie not mir eine liebevolle Behandlung tut ... Liebe mich, liebe mich sehr, nur deine Liebe kann alles vergessen machen ... Jetzt, nun ich dir mein ganzes Unglück gebeichtet habe, jetzt darfst du mich nicht verlassen, schwöre es mir!«

Jacques fühlte sich gerührt durch dieses Geständnis. Eine unüberwindliche Abspannung machte ihn windelweich.

»Nein, nein, ich liebe dich, fürchte nichts«, stotterte er.

Auch er begann unter dem Drucke des abscheulichen Übels, das ihn vorhin wieder gepackt hatte und nie von ihm weichen zu wollen schien, zu weinen: oh, diese Schande, diese grenzenlose Verzweiflung!

»Liebe mich, liebe auch du mich mit deiner ganzen Kraft, du weißt nicht, wie notwendig du mir bist!«

Ihr schauderte, sie wollte alles wissen.

»Du hast Kummer, sprich, erzähle mir.«

»Nein, keinen Kummer. Dinge, die nicht existieren, traurige Gefühle, die mich unsäglich unglücklich machen, ohne dass ich sie näher bezeichnen kann, lassen mich so fürchterlich leiden.«

Beide hielten sich umschlungen und ließen ihre schreckliche, sie peinigende Niedergeschlagenheit ineinanderfließen. Ihr Leiden schien endlos, denn es gab kein Vergessen, kein Verzeihen. Sie weinten und fühlten die blinden Gewalten dieses aus Kampf und Tod bestehenden Lebens.

Jacques riss sich zuerst los. »Komm, wir müssen an die Abreise denken ... Du wirst heute Abend wieder in Havre sein.«

Séverine starrte düster vor sich hin und flüsterte nach einer kleinen Pause:

»Wie schön, wenn ich frei, wenn mein Mann nicht da wäre ... Oh, wie glücklich könnten wir sein, wie schnell würden wir vergessen können!«

Er machte eine heftige Bewegung, seine Gedanken sprachen für ihn:

»Wir können ihn doch nicht töten.«

Sie sah ihn scharf an, er zitterte, denn er hatte zu seinem großen Erstaunen etwas gesagt, woran er noch nie gedacht. Wenn er durchaus töten wollte, warum tötete er nicht diesen unbequemen Menschen? Als er endlich von ihr ging, um in das Depot zu eilen, schloss sie ihn noch einmal in ihre Arme und bedeckte sein Gesicht mit Küssen.

»Oh, liebe mich, mein Schatz ... Ich will dich auch noch viel, viel mehr lieben ... Geh, wir werden glücklich sein.«

# Neuntes Kapitel

In den folgenden Tagen benahmen sich Jacques und Séverine, von Unruhe gepeinigt, in Havre sehr vorsichtig. Wenn Roubaud alles wusste, warum belauschte, überraschte er sie nicht und rächte sich an ihnen eklatant? Sie erinnerten sich an seine eifersüchtigen Ausbrüche von ehedem, an seine Brutalitäten des einstigen, mit Fäusten um sich hauenden Arbeiters. Dass er so stumpfsinnig und schweigsam war, dass seine Augen so wirr umherblickten, war ihnen ein Beweis, dass er irgendeinen Hinterhalt erdacht hatte, in welchem er sie fangen wollte. Deshalb wandten sie bei ihren nächsten Stelldicheins tausend Vorsichtsmaßregeln an und waren stets auf der Lauer. Roubauds Abwesenheit aber wurde mit jedem Tage auffälliger. Vielleicht entfernte er sich absichtlich, nur, um plötzlich zurückzukehren und sie mitten in einer Umarmung zu überraschen. Allein diese Befürchtung verwirklichte sich nicht. Im Gegenteil, sein Fortbleiben dehnte sich so aus, dass er eigentlich niemals da war. Er entschlüpfte, sobald er frei war, und kehrte erst auf die Minute genau zurück, um seinen Dienst anzutreten. In den Wochen, in denen er am Tage Dienst hatte, frühstückte er um zehn Uhr in nur fünf Minuten, dann ging er fort und erschien erst wieder um halb zwölf. Sobald des Nachmittags um fünf Uhr sein Kollege ihn ablöste, war er sofort auf und davon und kehrte öfters erst am frühen Morgen wieder. Er genoss kaum einige Stunden Schlaf. Genau so geschah es, wenn er Nachtdienst hatte. Um fünf Uhr morgens war er frei, zurück aber kam er erst um fünf Uhr nachmittags, wahrscheinlich aß und schlief er außerhalb seines eigenen Hauses. Trotz dieser unsinnigen Wirtschaft war er noch eine lange Zeit hindurch die Pünktlichkeit eines Musterbeamten in Person; auf die Minute genau trat er seinen Dienst an; dabei war er oft so müde, dass ihn seine Füße nicht tragen konnten, trotzdem kam er gewissenhaft seinen Pflichten nach. In jüngster Zeit aber nahm er es nicht mehr so genau. Zweimal schon hatte Moulin, der andere Unter-Inspektor, eine volle Stunde auf ihn warten müssen; als er eines Vormittags nach dem Frühstück nicht wieder erschien, hatte ihn Moulin als wackerer Kamerad sofort vertreten, um ihm eine Rüge zu ersparen. Die ganze Dienstleistung Roubauds fiel auf diese Weise allmählich einer langsamen Desorganisation heim. Am Tage war er nicht mehr der tätige Mann, der die Züge expedierte und empfing, erst nachdem seine Augen überall hingewendet waren, um die geringsten Unregelmäßigkeiten dem Bahnhofsvorsteher zu melden, der unnachsichtlich den anderen und auch sich selbst gegenüber war. Nachts schlief er in dem großen Lehnsessel seines Bureaus einen bleiernen Schlaf. Selbst wenn er wach geworden, schien er noch weiter zu schlafen, denn er wanderte mit auf den Rücken gelegten Händen auf dem Bahnsteig auf und ab und gab die Befehle, deren Ausführung er nicht einmal prüfte, mit einer gleichgültigen Stimme. Durch die Macht der Gewohnheit ging trotzdem noch alles gut ab, nur einmal fuhr durch seine Nachlässigkeit ein Personenzug auf einen Remisestrang. Seine Kollegen lachten über ihn und erzählten, er sei ein Trinker geworden.

In Wahrheit lebte Roubaud jetzt nur im ersten Stockwerk des Café du Commerce, in dem kleinen abseits gelegenen Saal, der nach und nach zur Spielhölle geworden war. Man erzählte sich, dass sich dort auch allnächtlich Weiber einfänden, doch hatte man bisher in der Tat nur eine entdecken können, das Verhältnis eines in Ruhestand versetzten Kapitäns, die mindestens vierzig Jahre alt war und ohne jede geschlechtliche Neigung dem Spiele frönte. Dort huldigte der Unter-Inspektor der stumpfsinnigen Leidenschaft des Spieles, die nach dem Morde zufällig bei einer Partie Piquet in ihm erwacht war. Diese Leidenschaft war gewachsen und jetzt zur gebieterischen Gewohnheit geworden, sie zog ihn von allen anderen Gedanken ab und verschaffte ihm ein wohltuendes Vergessen. Sie besaß ihn soweit, dass er, dieser tierische Weiberfreund, jeden Gedanken an ein weibliches Wesen fahren ließ, dass das Spiel allein ihn vollständig befriedigen konnte. Die Gewissensbisse allein hätten ihn gewiss niemals so gepeinigt, dass er ein völliges Vergessen nötig gehabt hätte, aber die Erschütterung, die seine Ehe und damit seine Existenz erfahren, hatte ihn dieser Tröstung, diesem Strudel egoistischen Glücks, das er für sich allein auskosten konnte, in die Arme geführt. Diese an seinem Ruin arbeitende Gier erstickte in ihm alles andere. Der Schnaps würde ihm nicht schneller verfließende, freiere, leichtlebigere Stunden verschafft haben. Er kümmerte sich gar nicht mehr um die Sorgen der Alltäglichkeit, sein Dasein schien von einer außerordentlichen Spannkraft gehoben, vollständig uninteressiert rührte ihn gar nicht mehr ein Verdruss, über den er früher außer sich vor Wut hätte sein können. Mit seiner Gesundheit ging es, abgesehen von der Müdigkeit der durchlebten Nächte, nicht schlecht; er wurde sogar stärker, das heißt schwammiger, und seine Lider drückten schwer auf die wirr blickenden Augen. Wenn er halb verschlafen mit trägen Bewegungen heimkehrte, brachte er nur eine souveräne Verachtung aller Dinge um sich her mit. In der Nacht, in der Roubaud die dreihundert Franken in Gold dem Fußboden entnahm, hatte er bei Herrn Cauche, dem Polizeikommissär, eine durch mehrfache Verluste angehäufte Spielschuld abtragen wollen. Dieser war ein alter, kaltblütiger Spieler; das eben machte ihn gefährlich. Er sagte zwar, er spiele nur zu seinem Vergnügen, denn er war durch seine amtliche Eigenschaft genötigt, die Allüren des einstigen Militärs zu wahren und es war nicht weiter auffällig, dass er vollständig in dem Café zu Hause war, weil er Junggeselle; das hinderte ihn aber gar nicht, den ganzen Abend Bank zu halten und den anderen das Geld abzunehmen. Man erzählte sich sogar, er hätte sich einige Nachlässigkeiten als Polizeikommissär zuschulden kommen lassen und es sei ihm bereits nahe gelegt morden, zu demissionieren. Doch alles das hatte noch gute Weile; er hatte so wenig zu tun, warum größeren Eifer zeigen? Er begnügte sich damit, auf einen Augenblick auf den Perrons zu erscheinen, wo ihn jeder respektvoll grüßte. Drei Wochen später schuldete Roubaud fast vierhundert Franken an Herrn Cauche. Er hatte ihm erzählt, dass die von seiner Frau gemachte Erbschaft ihnen jede Annehmlichkeit gestatte, aber auch lachend hinzugefügt, dass seine Frau die Schlüssel zur Kasse habe und dass er aus diesem Grunde nur langsam seine Spielschulden abzahlen könne. Als er sich eines Vormittags allein in der Wohnung befand, hob er abermals die Scheuerleiste auf und holte einen Tausendfrancschein aus dem Versteck. Er zitterte an allen Gliedern, eine solche Furcht hatte er in jener Nacht, als er die dreihundert Franken in Gold nahm, nicht empfunden. Die erste Anleihe galt ihm nur als ein zufälliges Ereignis, während mit diesem Schein der Diebstahl begann. Eine fürchterliche Übelkeit durchschlich immer seinen ganzen Körper, sobald er an dieses verfluchte Geld dachte, das nie zu berühren er sich geschworen hatte. Einstmals hatte er eher Hungers sterben wollen und jetzt rührte er es doch an. Wie es kam, dass seine Gewissensbisse verflogen waren, konnte er nicht sagen, wahrscheinlich Tag für Tag ein wenig, seit der Mord nach und nach eingekapselt wurde. Unten am Boden des Loches hatte er etwas Feuchtes, Widriges zu fühlen gemeint, das ihm die Angst aus allen Poren trieb. Schnell brachte er die Leiste wieder an Ort und Stelle. Er schwor, sich eher die Faust abhauen zu wollen, als sie nochmals aufzuheben. Seine Frau hatte ihn nicht gesehen, er atmete erleichtert auf und trank zu seiner Erfrischung ein großes Glas Wasser aus. Sein Herz schlug freudig erregt, denn jetzt konnte er mit diesem Gelde seine Schulden bezahlen und behielt noch etwas Kapital zum Spielen übrig.

Der Gedanke indessen, dieses Geld wechseln lassen zu müssen, steigerte wieder seine Angst. Einst war er ein braver Mann, er hätte sich freiwillig den Gerichten gestellt, wenn er nicht die Dummheit begangen, seine Frau in die Sache zu verflechten; jetzt versetzte ihn der bloße Gedanke an die Gendarmen schon in Schweiß. Er wusste recht gut, dass das Gericht nicht die Nummern der verschwundenen Banknoten besaß und dass der Prozess für immer registriert und *ad acta* gelegt worden war, trotzdem fürchtete er sich, irgendwo das Geld wechseln zu lassen. Fünf Tage trug er den Schein mit sich herum. Gewohnheitsmäßig befühlte er ihn und gab ihm immer wieder einen neuen Platz, selbst nachts trennte er sich nicht von ihm. Er schmiedete die verwegensten Pläne und quälte sich mit der Befürchtung von plötzlichen Zwischenfällen ab. Zuerst hatte er im Bahnhof Umschau gehalten: War es nicht das Beste, den Schein einem Kollegen zum Wechseln zu geben, der eine Kasse unter sich hatte? Nein, es schien ihm zu gefährlich. Dann wollte er an das andere Ende von Havre, und zwar ohne Dienstmütze, gehen und dort irgendetwas Gleichgültiges kaufen. Aber würde man sich nicht wundern, dass er wegen eines so geringfügigen Gegenstandes eine so große Summe wechseln ließ? Endlich entschloss er sich, die Note in dem von ihm täglich aufgesuchten Tabakgeschäft am Napoleonsgraben wechseln zu lassen, das war wohl das Einfachste. Dort wusste man, dass er geerbt hatte, die Verkäuferin konnte also nicht weiter überrascht sein. Er ging bis an die Tür, hier aber sank ihm der Mut, er schritt deshalb vorüber und wanderte bis zum Bassin Vauban hinunter, um seinen Mut wiederzufinden. Nach einem halbstündigen Spaziergange kam er noch immer unentschlossen zurück. Aber noch an demselben Abend zog er im Café du Commerce selbst in Gegenwart des Herrn Cauche in einer plötzlichen Anwandlung von Verwegenheit den Schein aus der Tasche und bat die Wirtin, ihn ihm zu wechseln. Diese hatte jedoch nicht genügend kleineres Geld, sie schickte also den Kellner damit in den Tabakladen. Man scherzte über diesen Kassenschein, der, obgleich schon zehn Jahre alt, ganz wie neu aussah. Der Polizeikommissar hatte ihn an sich genommen, ihn hin- und hergewendet und gemeint, der hätte gewiss irgendwo in einem Versteck geruht. Diese Äußerung veranlasste die Geliebte des Kapitäns außer Diensten, eine unendliche Geschichte von einem Schatze zu erzählen, den man unter der Marmorplatte einer Kommode aufgefunden hatte.

Wochen verflossen. Das Geld, welches Roubaud jetzt in Händen hatte, stachelte seine Spielwut nur noch mehr an. Er spielte nicht um hohe Summen, aber er hatte ein so scheußliches Pech, dass die zusammenaddierten täglichen kleinen Verluste schließlich einen großen Betrag ausmachten. Gegen Ende des Monats besaß er keinen Sou mehr und hatte bereits einige Louis auf Ehrenwort verloren; nun fühlte er sich ganz krank, weil er keine Karte mehr anzurühren wagte. Er kämpfte mit sich und musste sich sogar zu Bett legen. Wie besessen kehrte der Gedanke an die noch in der Diele des Speisezimmers ruhenden neun Bankbilletts in jeder Minute zu ihm zurück: Er sah sie durch das Holz, er fühlte, wie sie ihm unter den Sohlen brannten. Er hätte sich ja noch einen Schein ohne Weiteres nehmen können! Aber diesmal hatte er es sich geschworen, eher seine Hand in das Feuer zu stecken, als von Neuem dort zu wühlen. Aber eines Abends, als Séverine eingeschlafen war, konnte er es nicht mehr ertragen; er fühlte sich so entsetzlich unglücklich, dass ihm die Tränen in die Augen traten; er entfernte abermals die Scheuerleiste. Wozu sich auch noch dagegen sperren. Dieses Leiden konnte er sich ersparen, denn er begriff vollständig, dass er doch einen Schein nach dem andern nehmen würde, bis keiner mehr da war.

Am folgenden Vormittag bemerkte Séverine ganz zufällig eine frische Schramme an der Leiste. Sie bückte sich und überzeugte sich von dem Vorhandensein neuer Druckspuren. Zweifellos setzte ihr Gatte das Geschäft fort. Sie war selbst betroffen von dem Zorn, der sie erfüllte, denn sie war für gewöhnlich in Geldangelegenheiten nichts weniger als interessiert und überdies glaubte auch sie sich entschlossen, eher Hungers zu sterben als diese mit Blut befleckten Banknoten anzutasten. Aber gehörten sie nicht ihr gerade so gut wie ihm? Warum verfügte er heimlich darüber und vermied es sogar, sie zu Rate zu ziehen? Bis zum Mittagessen quälte sie sich mit Gedanken darüber ab; sie würde wahrscheinlich ebenfalls die Leiste entfernt haben, wenn nicht bei dem Gedanken, dort allein suchen zu sollen, ein Gefühl der Kälte ihr Haar gestreift hätte. Konnte der Tod nicht aufs Neue aus tiefem Loche erstehen? Tiefe kindliche Furcht machte ihr den Aufenthalt in ihrem Wohnzimmer so unangenehm, dass sie ihre Arbeit zusammenraffte und sich in ihr Schlafzimmer einschloss.

Als beide am Nachmittag schweigend die Überbleibsel eines Ragouts verzehrten, kochte es in ihr heftig auf; ganz gegen ihren Willen fühlten sich ihre Augen zu der bewussten Stelle der Diele wiederholt hingezogen.

»Du hast schon wieder etwas genommen, nicht wahr?«, fragte sie plötzlich.

Er hob überrascht den Kopf. »Was meinst du?«

»Oh spiele nur nicht den Unschuldigen, du weißt ganz gut, was ich meine ... Aber höre mir gut zu: Ich will nicht, dass du das tust, denn es gehört mir ebenso gut wie dir und mich macht es krank, wenn ich weiß, dass du daran rührst.«

Er ging für gewöhnlich allen Streitigkeiten aus dem Wege. Ihr gemeinsames Leben war nur noch eine erzwungene Berührung zweier aneinander geketteter Wesen; sie sprachen tagelang kein Wort miteinander, sie kamen und gingen Seite an Seite, wie sich fremde, gleichgültige und in sich abgeschlossene Personen. Deshalb begnügte er sich auch, anstatt jeder Erklärung mit einem bloßen Achselzucken zu antworten.

Aber Severine war zu aufgeregt, sie wollte mit dieser Geldfrage endlich zurande kommen, worunter sie schon seit dem Tage des Verbrechens so entsetzlich litt.

»Ich verlange, dass du mir antwortest ... Wage es doch, mir zu sagen, dass du es nicht angerührt hast.«

»Was geht das dich an?«

»Das geht mich sehr viel an. Heute erst fürchtete ich mich so, dass ich nicht im Zimmer bleiben konnte. Immer wenn du dort nach Geld gesucht hast, habe ich drei Nächte hindurch die abscheulichsten Träume ... Wir sprechen nie davon. Lass also alles liegen und zwinge mich nicht, davon zu reden.«

Er betrachtete sie mit seinen großen starren Augen und wiederholte brummig:

»Was geht es dich an, wenn ich mir etwas nehme, ich zwinge dich doch nicht, dasselbe zu tun. Das geht nur mich allein etwas an.«

Sie wollte heftig auffahren, doch fasste sie sich schnell. Ihr Gesicht drückte ein Gefühl des Leidens und Ekels aus, während sie sagte:

»Ich verstehe dich nicht ... Du warst trotz alledem immer ein rechtschaffener Mann und würdest niemandem einen Sou genommen haben ... Was du getan hast, kann allenfalls noch entschuldigt werden, denn du wärest wahnsinnig und hast mich ebenfalls toll gemacht ... Jetzt aber stiehlst du dieses verfluchte Geld, das für dich gar nicht mehr existieren sollte, zu deinem Privatvergnügen ... Was ist denn geschehen, wie konntest du so tief sinken?« Er hörte ihr zu und war in diesem einen lichten Augenblicke nicht wenig betroffen, schon zum Dieb herabgesunken zu sein. Die Phasen der langsamen Demoralisation verschwanden, er konnte die Kluft nicht mehr überbrücken, welche der Mord um ihn gezogen hatte, sich nicht mehr erklären, warum eine andere Existenz, fast einem neuen Dasein gleichend begonnen hatte, während sein Haushalt zerfiel, sein Weib ihm abspenstig gemacht wurde und sich ihm feindlich gesinnt zeigte. Ebenso schnell aber fiel ihm ein, dass sich daran nichts mehr ändern ließe. Er machte eine Bewegung, als wollte er so ungelegene Reflexionen davonscheuchen.

»Wenn man sich zu Hause langweilt«, brummte er, »sucht man sich natürlich außerhalb zu zerstreuen. Da du mich nicht mehr liebst ...«

»Nein, ich liebe dich nicht mehr.«

Er sah sie an, seine Faust schlug auf den Tisch und ein Blutstrom färbte sein Gesicht.

»Also lass auch mich in Frieden! Hindere ich dich in deinem Vergnügen? Urteile ich über dich? ... Ein rechtschaffener Mann müsste manches an meiner Stelle tun, ich tue es aber nicht. Einen Fußstoß auf den Hintern müsstest du zunächst erhalten, dass du gleich zur Tür herausflögest. Dann werde ich vielleicht auch nicht mehr stehlen.«

Sie war bleich wie die Wand geworden. Sie hatte es sich schon oft gedacht, dass ihr Mann an einem inneren Übel kranken müsste, denn sonst hätte er, der Eifersüchtige, gewiss keinen Liebhaber seiner Frau geduldet. Das war das Anzeichen einer moralischen, unaufhaltsam fortschreitenden Gehirnerweichung, die jeden anderen Skrupel tötete und das ganze Gewissen verwirrte. Doch sie wehrte sich, sie wollte nicht die Schuldige sein. Bebend rief sie:

»Und ich verbiete dir, das Geld zu nehmen.«

Er hatte fertig gegessen. Er faltete ruhig seine Serviette zusammen, erhob sich und sagte:

»Nun, wenn du willst, können wir ja Teilen.«

Er bückte sich bereits, um die Leiste zu heben. Doch schon war sie aufgesprungen und hatte den Fuß auf die Stelle gesetzt.

»Nein, nein! Du weißt, ich will lieber sterben ... Öffne nicht. Nein, nein, nicht vor meinen Augen!« Séverine hatte für diesen Abend ein

Zusammentreffen hinter dem Bahnhof verabredet. Als sie nach Mitternacht heimkehrte, erinnerte sie sich wieder der Szene dieses Abends und Schloss sich in ihrem Schlafzimmer ein. Roubaud hatte Nachtdienst, sie hatte also nicht zu befürchten, dass er kommen würde, abgesehen davon, dass er überhaupt sehr selten zu Hause schlief. Sie hatte die Oberdecke bis zum Kinn heraufgezogen und die Lampe brennen lassen, sie konnte aber nicht einschlafen. Warum hatte sie nicht in die Teilung gewilligt? Bei dem Gedanken, aus diesem Gelde ebenfalls Nutzen ziehen zu können, fühlte sie bereits ihre Rechtschaffenheit nicht mehr so lebhaft protestieren. Hatte sie nicht auch das Vermächtnis von la Croix-de-Maufras angenommen? Sie konnte also auch das Geld sich aneignen. Dann aber schauderte sie wieder. Nein, niemals! Geld würde sie schon genommen haben, aber dieses Geld, dieses einem Toten entwendete, dieses verfluchte Mordgeld wagte sie nicht zu berühren, aus Furcht, sich daran die Finger zu verbrennen. Von Neuem beruhigte sie sich. Sie überlegte, dass sie es nicht nehmen wollte, um es zu vergeuden, sondern um es anderswo an einer nur ihr bekannten Stelle zu verstecken, wo es in alle Ewigkeit schlafen konnte. Dann wäre wenigstens die Hälfte der Summe aus den Händen ihres Mannes gerettet gewesen. Er hätte dann nicht mehr triumphieren und nicht auch den ihr gehörenden Teil verspielen können. Als der Kuckuck drei Uhr rief, bedauerte sie schon aufrichtig, nicht geteilt zu haben. Es kam ihr, wie aus weiter Ferne der Gedanke, aufzustehen, die Diele zu leeren, sodass ihm nichts mehr übrig blieb. Aber sie fühlte es sie so eisig überlaufen, dass sie nicht mehr daran denken wollte. Und doch schien es besser, alles zu nehmen und aufzubewahren, ohne dass er ein Recht hätte, sich zu beklagen! Dieser Gedanke trat ihr näher und näher, während gleichzeitig ein Wille, stärker als ihre Abwehr, die unbewussten Tiefen ihres Wesens aufwühlte. Ja, sie wollte es tun, mit einem Satz war sie aus dem Bett, sie konnte nicht anders, sie schraubte den Docht der Lampe höher und ging in das Speisezimmer.

Jetzt zitterte Séverine auch nicht mehr. Ihr Schrecken war verflogen. Sie ging kaltblütig mit den abgemessenen Bewegungen einer Somnambule zu Werke. Sie musste erst den Schürhaken suchen, der zum Heben der Leiste taugte. Als das Versteck geöffnet war, rückte sie die Lampe bis an den Rand des Tisches, denn sie glaubte schlecht gesehen zu haben. Aber nein, vornübergebeugt starrte sie wie entseelt hinein; das Loch war in der Tat leer. Jedenfalls war Roubaud zurückgekehrt, während sie zum Stelldichein gegangen war und hatte vor ihr, von denselben Gedanken geleitet, hier gearbeitet: Alle Kassenscheine hatte er an sich genommen, nicht ein einziger war zurückgeblieben. Nur Uhr und Kette ruhten noch in dem Versteck, deren Gold aus dem Schutt zwischen den Stützbalken heraufleuchtete. Ein Schüttelfrost befiel sie, nährend sie halb nackt auf dem Boden lag und wohl an zwanzig Male: »Dieb! Dieb!« kreischte.

Dann mit der Gebärde einer Wahnsinnigen riss sie die Uhr und Kette an sich, während eine aufgescheuchte, dicke, schwarze Spinne eilig davonkroch. Durch Klopfen mit dem Absatz des Pantoffels brachte sie die Leiste wieder an ihre Stelle, sie stellte die Lampe auf den Nachttisch und legte sich wieder zu Bett. Als sie sich erwärmt hatte, betrachtete sie aufmerksam die Uhr, welche sie nicht aus der Hand gelegt hatte und jetzt hin und her wendete. Auf dem Deckel interessierten sie die eingravierten Initialen des Namens des Präsidenten. Auf der Innenseite las sie die Nummer 2516, eine Fabrikationschiffre ... Diese Uhr war ein ganz gefährliches Spielzeug, denn das Gericht kannte diese Zahl. Doch in ihrem Zorn, nur das gerettet zu haben, kümmerte sie sich darum nicht. Es freute sie, dass nun wenigstens das Albdrücken aufhören musste, seit kein Leichnam mehr unter ihren Füßen zu fürchten war. Sie würde jetzt endlich in ihrer Wohnung gelassen den Fuß überall hinsetzen können. Sie ließ die Uhr unter ihr Kopfkissen gleiten, löschte die Lampe aus und schlief ein.

Am folgenden Tage hatte Jacques keinen Dienst. Er wartete, bis Roubaud in das Café du Commerce gegangen war, und kam dann hinauf, um bei Séverine zu frühstücken. So oft sie es ohne Gefahr konnten, waren sie von der Partie. Während der Mahlzeit erzählte sie ihm, noch zitternd vor Entrüstung, von dem Geld und dass sie das Versteck leer gefunden habe. Ihre Wut gegen ihren Mann war noch nicht erschöpft, auch jetzt kam ihr derselbe Schrei wieder über die Lippen:

»Dieb! Dieb! Dieb!« Dann brachte sie die Uhr herbei, sie wollte durchaus, dass Jacques sie nähme. Sie drängte sie ihm trotz seiner Abneigung förmlich auf.

»Begreife doch, Schatz, bei dir vermutet sie kein Mensch. Wenn ich sie behalte, nimmt er sie mir auch noch. Lieber ließe ich ihm ein Stück von meinem eigenen Fleische ... Nein, er hat schon mehr denn zu viel. Ich hatte kein Verlangen nach diesem Gelde. Es ängstigte mich, ich hätte keinen Sou davon für mich verwandt. Aber hat er das Recht, Nutzen aus ihm zu ziehen? Oh, ich hasse diesen Menschen!«

Sie weinte und bestand darauf, sie bettelte so lange, bis der junge Mann die Uhr endlich nahm und sie nebst Kette in die Tasche seiner Weste gleiten ließ.

Ein Stunde verrann, Séverine saß noch immer, nur halb angezogen, auf Jacques' Knien. Sie lehnte an seiner Schulter, einen Arm hatte sie zärtlich um seinen Hals geschlungen, als plötzlich Roubaud eintrat, der seinen eigenen Schlüssel besaß. Sie waren in flagranti ertappt, da half kein Leugnen. Der Gatte war regungslos stehen geblieben, während der Liebhaber ohne sich zu rühren auf dem Stuhl sitzen blieb. Séverine aber ließ sich nicht erst zu einer Erklärung herbei, sondern ging direkt auf ihn zu und wiederholte wütend:

»Dieb! Dieb! Dieb!«

Roubaud zögerte eine Sekunde. Dann trat er mit dem Achselzucken, mit welchem er jetzt alles abfertigte, weiter in das Zimmer hinein und griff nach der Dienstmütze, die er vergessen hatte. Sie aber verfolgte und beschuldigte ihn:

»Du hast dort gesucht, wage nicht, es zu leugnen! ... Und du hast alles genommen, du Dieb, du Dieb, du Dieb!«

Er durchschritt ohne ein Wort zu erwidern das Speisezimmer. An der Tür nur wandte er ihr seinen düsteren Blick zu:

»Bleibe mir gewogen, verstanden?«

Die Tür fiel geräuschvoll ins Schloss. Er war gegangen, er schien nichts gesehen zu haben, denn er hatte von dem Liebhaber gar keine Notiz genommen.

»Glaubst du?«, fragte Séverine nach einer längeren Pause. Dieser hatte kein Wort gesprochen, sondern sich stillschweigend erhoben. Jetzt sagte auch er seine Meinung.

»Er ist ein toter Mann.«

Sie hatten beide denselben Gedanken. Ihrer Überraschung, dass der zweite Liebhaber geduldet wurde, nachdem der erste Liebhaber ermordet war, folgte der Abscheu vor dem gefälligen Ehemann. Ist erst ein Mann an diesen Punkt gelangt, dann liegt er auch ganz im Kot der Gosse.

Von diesem Tage an genossen Jacques und Séverine völlige Freiheit. Sie nutzten sie nach Kräften aus und kümmerten sich gar nicht mehr um Roubaud. Je unbesorgter sie aber um den Gatten wurden, desto größer wurde auch ihre Furcht vor der Spionage der stets auf der Lauer liegenden Nachbarin, Frau Lebleu. Diese ahnte jedenfalls etwas. Jacques konnte noch so vorsichtig auftreten, er konnte es nicht verhindern, dass sich drüben lautlos die Tür ein wenig öffnete und durch diese schmale Ritze ein Auge ihn verfolgte. Das wurde auf die Dauer unerträglich, er wagte sich schon gar nicht mehr nach oben. Er riskierte es, dass sich ein Ohr an das Türschloss legte, wenn man ihn bei Séverine wusste. Auf diese Weise war jedes Kosen unmöglich, selbst das Plaudern. Séverine war außer sich über dieses Hindernis, ihrer Leidenschaft freien Lauf zu lassen. Von Neuem begann sie den alten Krieg gegen die Lebleu wegen deren Wohnung. Es war notorisch, dass sie zu allen Zeiten der Unter-Inspektor innegehabt hatte. Doch jetzt lockte sie nicht mehr der herrliche Blick auf den Bahnhofsplatz und die Höhen von Ingouville, den die Fenster boten. Der wahre Grund ihres Verlangens, den sie natürlich niemandem sagte, war der, dass jene Wohnung eine zweite Entreetür besaß, die zu einer Diensttreppe führte, Jacques hätte durch diese gehen und kommen können, ohne dass Frau Lebleu einen seiner Besuche zu ahnen brauchte. Dann endlich waren sie ganz frei.

Die Schlacht tobte fürchterlich. Diese Frage, die schon einmal den ganzen Korridor in Aufruhr versetzt hatte, kam von Neuem auf die Tagesordnung und spitzte sich von Stunde zu Stunde mehr zu. Die bedrohte Frau Lebleu wehrte sich mit dem Mute der Verzweiflung, der Tod war ihr gewiss, wie sie meinte, wenn man sie in die dunkle, verliesartige Hinterwohnung sperrte, die von dem hohen Zinkdach umzäunt wurde. Wie sollte sie, die an ihr helles, auf den weiten Horizont sich öffnendes, von dem lebhaften Treiben der Reisenden widerhallendes Zimmer gewöhnt war, dort hinten leben können? Da der Zustand ihrer Füße ihr jedes Ausgehen verwehrte, bedeutete, ihr den Ausblick auf das Zinkdach zu eröffnen, dasselbe, wie sie sofort töten. Unglücklicherweise nützten ihr diese sentimentalen Ausflüchte nichts, denn sie musste selbst gestehen, dass der unverheiratete Vorgänger Roubauds ihr seine Wohnung nur aus Galanterie überlassen hatte; es musste sogar ein Brief ihres Mannes existieren, in welchem derselbe sich zur Räumung dieser Wohnung verpflichtete, sobald der neue Unter-Inspektor sie für sich reklamieren sollte. Bis jetzt hatte sich dieser Brief nicht wieder vorgefunden, sie konnte also sein Vorhandensein leugnen. Je mehr sich die Angelegenheit zuspitzte, desto aggressiver und rücksichtsloser wurde sie geführt. Frau Lebleu versuchte sogar die Frau Moulins, des zweiten

Unter-Inspektors, mit in das Gerede zu bringen, die, wie sie behauptete, ebenfalls gesehen hätte, dass sich Frau Roubaud von fremden Männern im Korridor umarmen ließ. Moulin war wütend darüber, denn seine Frau, eine sanfte, höchst unbedeutende Person, die sich vor niemanden sehen ließ, beschwor weinend, nichts gesehen zu haben. Acht Tage lang pfiff dieser Sturmwind von einem Ende des Korridors bis zum andern. Der Kardinalfehler Frau Lebleus, der schließlich ihre Niederlage besiegeln musste, war die hartköpfige Spionage hinter Fräulein Guichon her, der Billettverkäuferin: Das Bedürfnis, sie bei einem nächtlichen Rendezvous mit dem Bahnhofsvorsteher abzufassen, war bei ihr immer mehr zu einer Manie, einer fixen Idee ausgeartet, trotzdem sie in den zwei Jahren ihres Spionierens noch nicht einmal einen Hauch hatte hören können. Dass sie trotzdem ihrer Sache gewiss war, machte sie geradezu toll. Fräulein Guichon, die wütend darüber war, dass sie weder heimkehren noch ausgehen konnte, ohne beobachtet zu werden, tat natürlich auch das Ihrige, dass jene in die Hofwohnung verwiesen wurde: Dann trennte sie eine Wohnung von der jener, sie hatte Frau Lebleu nicht mehr sich gegenüber und brauchte nicht an deren Wohnung vorüberzugehen. Der Bahnhofsvorsteher, Herr Dabadie, der sich bis jetzt in diesen Streit nicht gemischt hatte, nahm ganz auffällig von Tag zu Tag immer mehr Partei gegen die Lebleu. Das war ein bedenkliches Zeichen.

Andere Streitigkeiten machten die Situation noch verwickelter. Philomène trug ihre frischen Eier jetzt zu Séverine und benahm sich sehr frech gegen Frau Lebleu, wenn sie dieser begegnete; und da diese ihre Tür absichtlich offen ließ, um jeden Vorübergehenden zu ärgern, so waren die Schimpfereien der beiden Frauen nachgerade etwas Alltägliches. Diese Intimität Séverines mit Philomène war aus den vertraulichen Botschaften entstanden, die Jacques durch Letztere übermitteln ließ, seit er selbst nicht mehr zu kommen wagte. Die Eier bildeten nur den Vorwand ihrer Besuche, in Wahrheit überbrachte sie Jacques' Mitteilungen über die Verlegung des Stelldicheins, warum er am Abend vorher hatte vorsichtig sein müssen und wie lange er mit Philomène geplaudert habe. Wenn irgendein Hindernis Jacques vom Kommen abhielt, verweilte er gern in dem Häuschen Sauvagnats, des Depotchefs. Er begleitete seinen Heizer Pecqueux dorthin, wenn er sich zerstreuen und den Abend nicht allein verbringen wollte. Selbst wenn der Heizer es vorzog, die Matrosenkneipen aufzusuchen, ging er zu Philomène, erteilte ihr einen Auftrag für Séverine, setzte sich und blieb dort. So nach und nach in das

Geheimnis dieses Liebesverhältnisses eingeweiht, erwärmte sie sich immer mehr dafür, denn sie hatte bisher nur brutale Liebhaber kennengelernt. Die kleinen Hände und die höflichen Manieren dieses traurigen Menschen mit den sanften Mienen deuchten ihr noch nie gekostete Süßigkeiten. Von Pecqueuxs Liebeleien war sie nachgerade übersättigt, waren es doch mehr Rohheiten als Zärtlichkeiten, während ein vom Lokomotivführer an die Frau des Unter-Inspektors gerichtetes Wort ihr selbst wie eine verbotene Frucht schmeckte. Eines Tages vertraute sie sich Jacques an, sie beklagte sich über den Heizer, der nach ihrer Meinung trotz seines ewigen Grinsens ein heimtückischer Mensch und wenn er betrunken, jeder schlechten Tat fähig war. Es fiel Jacques auf, dass sie ihren mageren, brünstigen, trotz allem immer noch begehrenswerten Pferdekörper mit den leidenschaftlichen Augen jetzt mehr als früher pflegte, weniger trank und das Haus sauberer hielt. Als ihr Bruder eines Abends den Ton einer Männerstimme bei ihr vernahm, trat er mit erhobener Hand in ihr Zimmer, um sie zu züchtigen; als er jedoch den Besuch erkannte, hatte er ihm einen Schnaps angeboten. Jacques fühlte sich so gut aufgenommen, von seinem Schauer geheilt und schien sich aus diesem Grunde dort zu gefallen. Deshalb zeigte auch Philomène eine immer lebhaftere Freundschaft für Séverine und eine entsprechend größere Feindschaft gegen Frau Lebleu, die sie eine alte Gans nannte.

Als sie eines Nachts den beiden Liebenden hinter ihrem Gärtchen begegnete, begleitete sie dieselben im Dunkeln bis zur Remise, in der sie sich noch nach wie vor niederließen.

»Sie sind zu gut. Die Wohnung kommt Ihnen zu. Ich an Ihrer Stelle würde sie an den Haaren herausziehen ... Löschen Sie ihr eine!«

Aber Jacques war nicht für Gewalttätigkeiten.

»Nein, Herr Dabadie hat die Sache bereits in die Hand genommen, es ist besser zu warten, bis sich alles von selbst macht.«

»Noch ehe der Monat herum ist«, erklärte Séverine, »schlafe ich in ihrem Zimmer und wir können uns dort zu jeder Zeit sehen.«

Trotz der Dunkelheit fühlte Philomène, wie jene bei dieser Hoffnung den Arm des Geliebten zärtlich presste. Sie ließ sie allein, um in ihr Haus zurückzukehren. Aber als sie dreißig Schritt weit gegangen war, blieb sie, von der Dunkelheit begünstigt, stehen. Das Zusammensein der Beiden regte sie furchtbar auf. Sie fühlte keine Eifersucht, aber ohne es zu wissen das Bedürfnis, ebenso zu lieben und geliebt zu werden.

Jacques' Gemüt verdüsterte sich von Tag zu Tag; zweimal schon hatte er einen Vorwand erfunden, um Séverine nicht zu treffen; dass er jetzt häufiger bei den Sauvagnat verweilte, war auch ein Grund, um ihr aus dem Wege zu gehen. Trotzdem liebte er sie noch immer, ja sein Verlangen nach ihr war ein so glühendes, dass es kaum noch übertroffen werden konnte. Aber in ihren Armen überkam ihn wieder sein altes Übel und dieser fürchterliche Schwindel machte sein Blut erstarren; schnell und ängstlich musste er sie wieder verlassen, fühlte er doch die Bestie zum Beißen bereit. Er versuchte durch weite Spaziergänge sich müde zu machen, er versah Aushilfsdienste, er verbrachte zwölf volle Stunden mit durchgerütteltem Körper und von dem Winde ausgedörrten Lungen auf seiner Lokomotive. Seine Kameraden schalten auf diesen harten Beruf eines Lokomotivführers, der, wie sie sich ausdrückten, nach zwanzig Jahren einen Menschen mit Haut und Haaren aufgefressen hatte. Ihm wäre es am liebsten gewesen, gleich gefressen zu werden; er konnte nicht genug müde werden und fühlte sich nur glücklich, wenn ihn die Lison davontrug, er an nichts weiter zu denken und nur die Signale zu sehen brauchte. Kam er in der Endstation an, dann war er so todmüde, dass er sich nicht einmal mehr zum Rasieren die Zeit nahm. Aber beim Erwachen kam ihm derselbe quälende Gedanke wieder. Er hatte sich auch wieder für seine Lison zu erwärmen versucht, er konnte stundenlang an ihr herumputzen und verlangte von Pecqueux, dass die Achsen wie flüssiges Silber glänzten. Die Inspektoren, die unterwegs zu ihm stiegen, beglückwünschten ihn. Er aber schüttelte den Kopf und blieb unzufrieden, denn er wusste sehr wohl, dass die Lokomotive seit jenem Feststecken im Schnee nicht mehr so rührig und ausdauernd wie früher war. Bei der Ausbesserung der Kammern und Schäfte war ihr zweifellos ein Teil ihrer Seele, jenes Geheimnisvollen, lebensähnlichen Gleichgewichts abhandengekommen, das der Zufall in die Konstruktion webt. Jacques litt schmerzlich unter diesem Verfall der Lison, er brachte bei seinen Vorgesetzten ganz unvernünftige Beschuldigungen gegen sie vor, er verlangte ganz unnütze Ausbesserungen und klügelte gern unpraktische Verbesserungen aus. Da man sie ihm abschlug, wurde er nur noch verbitterter. Er war überzeugt, dass die Lison krankte und man in Zukunft keinen Staat mehr mit ihr machen konnte. Seiner Zärtlichkeit sank der Mut: Wozu noch jemand lieb haben, wenn er doch alles, was er liebte, töten musste? Und er übertrug auf seine Geliebte diese Erbitterung verzweifelter Liebe, die kein Leiden und keine Überanstrengung heilen konnte.

Séverine fühlte sehr wohl, dass Jacques wie ausgewechselt war. Diese Tatsache berührte sie sehr schmerzlich, denn sie musste annehmen, dass er ihr böse war, seit er alles wusste. Wenn sie ihn an ihrem Halse zittern fühlte und er vor ihrem Kuss jäh zurückwich, so geschah es nach ihrer Meinung, weil er sich plötzlich an alles erinnerte und sie ihm Entsetzen einflößte. Sie hätte es deshalb nimmermehr gewagt, das Gespräch auf diese Dinge zurückzuleiten. Sie bereute es, gesprochen zu haben, dass das Verlangen nach ihrem Geständnis unvermutet über sie gekommen war, in jenem fremden Bett, in welchem sie beide füreinander erglühten; sie erinnerte sich nicht einmal mehr daran, dass das Bedürfnis nach diesem Geständnis sie von jeher gequält hatte, sie wusste nur, dass sie sehr zufrieden darüber gewesen war, kein Geheimnis mehr vor ihm zu haben. Und sie liebte und begehrte ihn mehr als je, seitdem er alles kannte. Ihre Leidenschaft war unersättlich, das Weib war endlich in ihr erwacht, einem Geschöpf, das nur zum Lieben geschaffen schien und doch noch nicht Mutter war. Sie lebte nur durch Jacques und machte aus ihrem Begehr, ganz in ihn aufzugehen, kein Hehl; es war ihr einziger Traum, ein Teil von seinem Fleische zu sein. Sie war so sanft und duldsam wie früher und hätte es am liebsten gesehen, dass sie vom Morgen bis Abend wie eine Katze in seinem Schoß schlummerte. Heute staunte sie darüber, dass sie hatte teilnehmen können an jenem fürchterlichen Drama und dass sie aus dem Schmutz ihrer Jugend noch unbefleckt und jungfräulich hervorgegangen war. Wie lag alles das ihr heute so fern, sie lächelte sogar darüber und würde nicht einmal ihrem Manne mehr gezürnt haben, wenn er ihr nicht lästig gefallen wäre. So aber wuchs ihre Abneigung gegen diesen in demselben Maße, wie ihre Liebe und ihre Hingebung für den andern sich mehrten. Jacques, der von allem wusste, dem sie jetzt ganz allein angehörte, war ihr unumschränkter Gebieter, nur ihm wollte sie überallhin folgen, nur er hatte das Recht, über sie wie über jeden beliebigen Gegenstand nach Gutdünken zu verfügen. Sie hatte sich seine Fotografie erbeten, die Lippen auf das Bild gedrückt schlief sie ein, sehr unglücklich darüber, dass er so elend ausschaute, ohne das Richtige erraten zu können, was ihn so sehr quälte.

Solange sie sich noch nicht in der neuen, noch zu erobernden Wohnung in aller Ruhe sehen konnten, blieb es mit ihren Stelldicheins im Freien beim Alten. Der Winter ging zu Ende und der Monat Februar brachte sehr mildes Wetter. Sie dehnten ihre Spaziergänge aus und lustwandelten stundenlang durch die mächtige Bahnhofsanlage. Er vermied es, sich irgendwo aufzuhalten, hing sie sich ihm aber allzu schwer an den Hals und war er deshalb genötigt, sich niederzulassen und ihre Begier zu befriedigen, so verlangte er, dass es im Dunkeln geschähe, denn er fürchtete sie zu erwürgen, sobald er einen kleinen Streifen ihrer nackten Haut sähe: Solange er nichts erblickte, hoffte er noch der Bestie Widerstand zu leisten. In Paris, wohin sie ihm noch immer an jedem Freitag folgte, schloss er sorgfältig alle Vorhänge mit der Ausrede, dass das helle Licht sein Vergnügen beeinträchtige. Über diese allwöchentliche Reise sprach sie mit ihrem Manne kein Wort mehr. Den Nachbarn gegenüber galt das Übel am Knie nach wie vor als Vorwand, überdies hatte sie jetzt die Ausrede, dass sie ihre alte Amme, die Mutter Victoire, besuchen müsste, deren Heilung im Hospital sehr lange währte. Beiden bereitete diese Fahrt eine angenehme Abwechslung, er gab an diesen Tagen besonders Acht auf die gute Aufführung seiner Lokomotive, sie freute sich, ihn weniger umdüstert zu sehen und dann machte auch die Reise selbst ihr noch immer vielen Spaß, trotzdem sie die geringsten Bodenerhebungen, die geringsten Baumgruppen auswendig kannte. Von Havre bis Motteville reichte die weite, von lebendigen Hecken eingerahmte und mit Obstbäumen bestellte flache Ebene; bis Rouen hob und senkte sich die öde Gegend. Hinter Rouen rollte sich die Seine auf, die man bei Sotteville, Oissel und Pont-de-l'Arche passierte; dann sah man sie auf der weiten Ebene, sehr verbreitert, immerwährend wieder auftauchen. Von Gaillon ab hatte man sie beständig linker Hand, ihre flachen Ufer waren von Weiden und Ulmen eingerahmt. Der Bahndamm führte am Fuße der Hügel entlang; erst in Bonnieres verließ man sie, um sie plötzlich in Rosny, beim Verlassen des Tunnels von Rolleboise wiederzufinden. Sie glich einem trauten Reisegefährten. Noch dreimal passierte man sie, ehe man in Paris ankam. Es kamen Mantes mit seinem aus den Bäumen auftauchenden Kirchturm, Triel mit seinen, wie weiße Flecken erscheinenden Gipsgruben, Poissy, durch das man mitten hindurchfuhr, die beiden grünen Mauern des Waldes von Saint-Germain, die Lilienböschungen von Colombes, endlich tief unten das Weichbild des schon vom Pont d'Asnières erblickten Paris mit dem fernen Arc de Triomphe, mit seinen verpesteten, mit Fabrikschornsteinen gespickten Baulichkeiten.

Die Lokomotive bohrte sich in den Tunnel von Les Batignolles und gleich dahinter landete man in dem hallenden Bahnhof. Bis zum Abend gehörte der Tag ihnen. Auf der Rückfahrt war es schon Nacht, sie Schloss ihre Augen und durchlebte noch einmal das genossene Glück. Aber jedes Mal, am Morgen wie am Abend, beugte sie beim Vorüberfahren an la Croix-de-Maufras den Kopf vor und warf vorsichtig einen Blick hinaus, ohne sich selbst zu zeigen. Sie konnte darauf zählen, dass vor der Barriere Flore die umhüllte Fahne präsentierte und den Zug mit ihren flammenden Blicken musterte.

Seit das Mädchen die Umarmung der Beiden an jenem Schneetage belauscht, hatte Jacques Séverine vor Flore wiederholt gewarnt. Er kannte die ihm schon von Jugend auf nachstellende, leidenschaftliche Liebe dieses wilden Kindes und er ahnte, dass ihre jungfräulich energische Eifersucht einen tödlichen und zügellosen Hass ausbrütete. Andrerseits musste sie von vielem wissen, denn ihm fiel immer wieder ihre Bemerkung ein, dass der Präsident Beziehungen zu einer Dame hatte, die jetzt verheiratet sei und die niemand verdächtige. Wusste sie das, so konnte sie sich auch das Verbrechen zusammenreimen: Zweifellos hatte sie die Absicht, zu sprechen oder zu schreiben, kurz sich durch eine Denunziation zu rächen. Aber Tage und Wochen waren verflossen, ohne dass etwas Besonderes vorfiel, noch immer sah er sie stolz aufgerichtet auf ihrem Posten mit der Fahne in der Hand. Er hatte das Gefühl, als ob ihre glühenden Augen ihn schon träfen, sobald sie seine Lokomotive in der Ferne zu Gesicht bekam. Ihr Blick fand ihn durch den Qualm, nahm ihn völlig gefangen und begleitete ihn beim Getöse der Räder auf seiner blitzschnellen Fahrt. Und gleichzeitig mit ihm wurde der Zug selbst gemustert, durchbohrt, durchsucht vom ersten bis zum letzten Waggon. Und ihr Auge fand auch immer die Nebenbuhlerin, die jetzt jeden Freitag, wie sie wusste, mit Jacques fuhr. Was nützte es Séverine, dass sie, durch das Verlangen, jene sehen zu wollen, gebieterisch angespornt, ihren Kopf nur ein ganz klein wenig nach vorn beugte: Sie wurde gesehen und beider Blicke kreuzten sich wie Schwerter. Heißhungrig entfloh der Zug, nur sie blieb ohnmächtig am Boden kleben, wütend über das Glück, das er in sich barg. Sie schien zu wachsen, jedenfalls kam es Jacques so vor, so oft er sie wiedersah. Ihr Nichtstun in der ganzen Angelegenheit machte ihn sehr besorgt, er fragte sich vergebens, welcher Plan in diesem, so düster blickenden großen Mädchen reifte, deren marmorner Erscheinung er nicht aus dem Wege gehen konnte.

Auch der Zugführer, Henri Dauvergne, war beiden unbequem. Er hatte ebenfalls Dienst bei dem Zuge am Freitag und bewies der jungen Frau eine aufdringliche Liebenswürdigkeit. Ihr Verhältnis zu dem Lokomotivführer war ihm bekannt und er hoffte, dass auch an ihn vielleicht die Reihe kommen würde. Wenn Roubaud bei der Abfahrt von Havre gerade Dienst hatte, erboste er sich über die ihm nicht verborgen bleibenden Aufmerksamkeiten Henris: er reservierte ein Coupé für Séverine, half ihr beim Einsteigen und sah persönlich nach der Heizung. Eines Tages hatte sogar der eigene Gatte, der übrigens nach wie vor mit Jacques sprach, als wäre nichts vorgefallen, diesen durch ein Blinzeln mit den Augen auf das Gebaren des jungen Menschen aufmerksam gemacht, als wollte er Jacques fragen, ob er so etwas litte. Bei gelegentlichen Zänkereien mit seiner Frau ließ er es durchblicken, dass er sie im Verdacht habe, es mit beiden zu halten. Séverine bildete sich eine Zeit lang ein, dass auch Jacques das glaubte, und wurde sehr traurig gestimmt. Unter Schluchzen und Weinen beteuerte sie ihm ihre Unschuld und dass sie sich eher töten als ihm untreu sein würde. Er hatte sie, trotzdem er sehr bleich war, gehätschelt, umarmt und sie damit beruhigt, dass er sie immer für ehrbar gehalten hätte, er hoffte also, dass niemand deshalb zu sterben brauchte.

Die ersten Abende des März brachten so scheußliches Wetter, sodass sie ihre Stelldicheins aufgeben mussten; aber die Reisen nach Paris, diese wenigen Stunden der Freiheit genügten Séverine nicht mehr. Ihr verlangte danach, Jacques ganz für sich zu haben, mit ihm gemeinsam leben und Tag und Nacht bei ihm zubringen zu können. Ihre Abneigung gegen ihren Mann wuchs, das tägliche Gebundensein an diesen Menschen trieb sie in eine krankhafte, unerträgliche Aufregung hinein. So sanft und nachgiebig sie sonst als Frau auch war, sobald es sich um ihn handelte, fuhr sie aus der Haut, wenn er ihr nicht sofort ihren Willen ließ. In solchen Augenblicken schien es, als senkte sich der tiefe Schatten ihrer dunklen Haare auch auf das durchsichtige Blau ihrer Augen nieder. Sie wurde wild, sie warf ihm vor, ihre Existenz vergiftet zu haben, sodass ein ferneres Leben an seiner Seite unmöglich war. Hatte er nicht alles herbeigeführt? Dass ihr eheliches Leben in Trümmer gegangen war, dass sie einen Liebhaber hatte, war es nicht sein Verschulden? Seine schwerfällige Gelassenheit, der gleichgültige Blick, mit dem er ihrem Zorn begegnete, sein runder Rücken, sein aufgeblasener Bauch, diese ganze schwammige Fettmasse, die sich in behäbigem Glück gefiel, regte sie, die so furchtbar duldete, vollends auf. Mit ihm zu brechen, auf und davon zu gehen und irgendwo ein neues Leben zu beginnen, einen anderen Gedanken kannte sie nicht mehr. Oh wie schön, von vorn anzufangen, die Vergangenheit auszulöschen, wieder fünfzehn Jahre alt zu sein, zu lieben und geliebt zu werden, so zu leben, wie sie damals vom Leben träumte! Acht Tage lang trug sie einen Plan zur Flucht mit sich herum: Sie wollte mit Jacques nach Belgien fliehen und sich dort als junges, arbeitsames Paar niederlassen. Sie behielt aber diesen Gedanken für sich, denn es hatten sich ihrer Absicht sofort Hindernisse in den Weg gestellt; ihre Lage war dann eine höchst bedenkliche, die sie stets zittern machen würde, und vor allem verdross es sie, in diesem Falle ihrem Manne ihr Vermögen zurücklassen zu müssen, das bare Geld und la Croix-de-Maufras. Sie hatten das Ganze zugunsten des überlebenden Teiles testiert. Solange die Frau als gesetzliche Pflegerin darüber verfügen konnte, band ihre Macht ihm die Hände. Deshalb hätte sie es vorgezogen, lieber hier zu sterben, als sich durch ihre Flucht eines Sous zu berauben. Als er eines Abends totenblass nach oben kam und ihr erzählte, er sei so dicht vor einer Lokomotive über die Schienen gegangen, dass der Puffer ihn schon gestreift hatte, dachte sie daran, dass sie nach seinem Tode frei sein würde. Sie sah ihn mit ihren großen Augen starr an: Warum wollte er durchaus nicht sterben, nun sie ihn nicht mehr liebte und er aller Welt unbequem war?

Von nun an nahm Séverines Traum eine andere Gestaltung an. Sie stellte sich vor, dass Roubaud bei einem Unglücksfall um das Leben gekommen war und dass sie mit Jacques nach Amerika reiste. Sie waren bereits verheiratet, hatten la Croix-de-Maufras verkauft und ihren ganzen Besitz in bares Geld verwandelt. Hinter sich ließen sie keine Furcht zurück; sie verließen das Vaterland, um, Eines im Arme des anderen, neu geboren zu werden. Dort drüben gab es nichts, was sie vergessen wollte, sie könnte an den Beginn eines neuen Lebens glauben. Hier war sie um ihr Glück betrogen worden, dort wollte sie das Glück von Grund auf kennenlernen. Er würde gewiss bald eine Beschäftigung finden und auch sie könnte gewiss irgendetwas unternehmen, mit einem Worte, dort drüben winkte das mit Kindern gesegnete Glück, ein neues, arbeitsames, zufriedenes Leben. Des Morgens, wenn sie allein im Bett lag oder wenn sie bei ihrer Stickereiarbeit saß, suchte sie derselbe Traum heim, sie verbesserte ihn, malte ihn sich mehr und mehr aus und fügte unaufhörlich Glück verheißende Einzelheiten hinzu, sodass sie sich mit Freuden und Glücksgütern schließlich geradezu überbürdet sah. Sie, die früher so ungern ausging, sah jetzt mit Vorliebe der Abfahrt der großen Dampfschiffe zu: Sie ging zur Landungsbrücke hinunter, ließ sich dort nieder und folgte dem Rauch des Schiffes, bis er sich am Horizont mit den Nebeln der offenen See mischte; ihr zweites Gesicht spiegelte ihr dann vor, sie stände bereits mit Jacques auf Deck und sei, fern von Frankreich, auf dem Wege zu dem geträumten Paradies.

Eines Abends im März wagte sich der junge Mann zu ihr hinauf. Er erzählte ihr bei dieser Gelegenheit, dass mit seinem Zuge ein ehemaliger Schulgenosse von Paris gekommen sei, um nach New York zu fahren und dort eine neue Erfindung, eine Knopfmaschine, auszubeuten. Dieser brauchte einen Mechaniker als Teilnehmer und hatte ihm ein Anerbieten gemacht. Das wäre eine herrliche Gelegenheit, man brauchte nur dreißigtausend Franken einzuschießen und ein Gewinn von Millionen stände unter Umständen in Aussicht. Er sagte das nur gesprächsweise und fügte gleich hinzu, dass er das Anerbieten selbstverständlich ausgeschlagen habe. Trotzdem war ihm das Herz noch ein wenig schwer, denn es ist hart, auf ein Glück verzichten zu müssen, das man schon so gut wie in der Hand hat.

Séverine hörte wie abwesend zu. Verwirklichte sich jetzt ihr Traum?

»Oh, wir können morgen reisen«, flüsterte sie.

Er sah überrascht auf. »Wie, wir können reisen?«

»Ja, sobald er tot ist.«

Sie nannte Roubaud nicht, aber eine entsprechende Kopfbewegung hinterließ keinen Zweifel, wer der er war. Er hatte begriffen und machte eine unbestimmte Bewegung, als wollte er ausdrücken, dass er leider nicht tot wäre.

»Wir werden reisen«, sagte sie mit langsamer, tiefer Stimme, »und dort drüben glücklich sein! Die dreißigtausend Franken erhalten wir durch den Verkauf meines Besitztums und es würde noch etwas zu unserer Einrichtung übrig bleiben ... Du würdest zeigen, was du kannst, während ich ein trautes, kleines Heim einrichte, in welchem wir uns mit ganzer Seele lieben können ... Oh, wäre das schön, wäre das schön!«

Und leise fuhr sie fort:

»Fern von jeder Erinnerung, vor uns nur neue Tage.«

Er fühlte, wie ihn ein mächtiges Gefühl des Glückes durchzog, ihre Hände fanden und drückten sich instinktiv, keiner sprach mehr, von dieser schönen Hoffnung völlig in Anspruch genommen. Sie brach zuerst das Schweigen.

»Du solltest noch einmal zu deinem Freunde gehen, ehe er abreist und ihm sagen, dass er auf dich warten soll, ehe er einen Teilhaber nimmt.«

Er staunte abermals.

»Warum das?«

»Mein Gott, weiß man denn? Vor einigen Tagen – die Lokomotive – eine einzige Sekunde – und ich war frei ... Des Morgens kann man noch ganz vergnügt und am Abend schon tot sein.«

Sie sah ihn starr an und wiederholte:

»Oh, wäre er erst tot!«

»Du willst doch nicht, dass ich ihn töte?«, fragte er und versuchte zu lächeln.

Dreimal sagte sie nein, aber ihre Augen, diese Augen einer zärtlichen Frau, die mit grausamer Wollust alles ihrer Leidenschaft opfert, sagten ja. Er hatte einen Andern getötet, warum sollte ihm nicht Gleiches mit Gleichem vergolten werden? Dieser Gedanke keimte plötzlich in ihr als richtige Folge, als unumgängliches Ende auf. Ihn töten und auf und davon gehen, nichts einfacher als das. War er tot, war auch alle Qual zu Ende und alles konnte von Neuem begonnen werden. Eine andere Lösung war in ihren Augen nicht mehr möglich, ihr Entschluss stand durchaus fest, trotzdem sie mit einem leisen Erzittern ihrer Stimme nein sagte, weil ihrer Grausamkeit noch der Mut fehlte.

Er lehnte am Büffet und zwang sich noch immer zu einem Lächeln. Er hatte soeben das dort liegende Messer bemerkt.

»Wenn du willst, dass ich ihn töte, so musst du mir auch das Messer dazu reichen ... Die Uhr habe ich schon, ein kleines Museum wäre also fertig.«

Er lachte noch stärker. Sie aber entgegnete ernst:

»Nimm das Messer.«

Und als er es in die Tasche geschoben hatte, lediglich um den Scherz bis auf die Spitze zu treiben, umarmte er sie.

»Gute Nacht also ... Ich gehe sofort zu meinem Freunde und sage ihm, dass er mich erwarten soll ... Wenn es Sonnabend nicht regnet, wollen wir uns hinter dem Hause Sauvagnats treffen. Abgemacht? ... Nun sei hübsch ruhig, wir werden niemand töten, es ist zum Lachen.«

Trotz der vorgerückten Stunde ging Jacques zum Hafen hinunter, um das Hotel aufzusuchen, in welchem sein Freund, der am nächsten Tage abreiste, übernachten wollte. Er erzählte ihm von einer in Aussicht stehenden Erbschaft, erbat sich vierzehn Tage Bedenkzeit und wollte ihm dann endgültigen Bescheid zukommen lassen. Als er durch die großen, düsteren Alleen zum Bahnhof zurückging, überlegte er erst verwundert den soeben getanen Schritt. Der Entschluss, Roubaud zu töten, stand also schon völlig fest, da er bereits über dessen Frau und Geld verfügte? Nein, gewiss nicht, er hatte sich noch zu nichts entschlossen, er traf nur Vorsichtsmaßregeln, falls er sich noch entschließen sollte. Doch jetzt tauchte die Erinnerung an Séverine in ihm auf, an ihre heiße Hand, ihren starren Blick, der ja sprach, während ihr Mund nein sagte. Ohne Frage wünschte sie es, dass er jenen tötete. Ihm wurde ganz wirr, sollte er es wirklich tun wollen?

In der Rue François-Mazeline angelangt, konnte er neben dem bereits schnarchenden Pecqueux keinen Schlaf finden. Gegen seinen Willen arbeitete sein Gehirn diesen Mordplan aus, es legte die Fäden dieses Dramas zurecht und rechnete die entferntesten Folgen aus. Er suchte und erörterte in sich die Gründe für und die Gründe gegen. Bei näherem kaltblütigen Nachdenken waren die meisten für. War Roubaud nicht das einzige Hemmnis seines Glückes? War er tot, konnte er seine angebetete Séverine Heiraten, die, wie er sich nicht verhehlen konnte, schon jetzt ihm allein gehörte. Mit ihr erhielt er Geld, ein ganzes Vermögen. Er konnte seinen harten Beruf an den Nagel hängen, wurde selber Herr da drüben in Amerika, in welchen Lande, wie die Kameraden sagten, die Mechaniker das Gold mit Schaufeln einheimsen. Wie im Traume entrollte sich ihm das Bild eines neuen Lebens: ein leidenschaftlich geliebtes Weib, sofort zu gewinnende Millionen, ein Leben ohne jede Entbehrung, voll unbegrenzten Genießens. Und um diesen Traum zu verwirklichen, war nur eine Bewegung notwendig, einen Mann niederzuschlagen, eine Bestie, eine Pflanze, die den Weg versperrt und die man deshalb vernichtet. Und nicht einmal interessant war dieser fette, halb kopfschwache Kerl, dessen törichte Spielwut jede einstige Energie untergraben hatte. Warum ihn schonen? Kein einziger Umstand sprach zu seinen Gunsten. Alles verurteilte ihn, denn auf jede Frage gab es nur die eine Antwort, das Interesse der anderen forderte seinen Tod. Noch zu zögern wäre unklug und feige.

Jacques, dem der Rücken brannte, lag auf dem Bauch. Blitzschnell warf er sich plötzlich herum, als er einen so lange ihm noch unbestimmt vorschwebenden Gedanken wie eine scharfe Spitze sich in sein Gehirn bohren fühlte. Warum tötete er, der schon von Kindheit auf töten wollte, dem diese fixe Idee zu einer fürchterlichen Qual geworden war, diesen Roubaud nicht? Vielleicht würde dieses Opfer seiner Mordgier genügen und er nicht nur ein gutes Geschäft machen, sondern auch gleichzeitig geheilt werden. Welch ein Glück, geheilt zu sein, nicht mehr dieses Brennen im Blut zu fühlen, Séverine zu besitzen, ohne das fauchende Erwachen dieses Erbübels fürchten zu müssen, das ihm nur ausgeweidete Weiber an den Hals hängen wollte! Der Schweiß drang ihm aus den Poren, er sah sich mit dem Messer in der Faust Roubaud die Kehle durchbohren, wie jener es mit dem Präsidenten gehalten und fühlte befriedigt und gesättigt das warme Blut über seine Hände strömen. Er war entschlossen ihn zu töten, damit gewann er die Heilung, die angebetete Frau, ein Vermögen. War es ihm durchaus bestimmt, jemanden zu töten, so sollte es dieser sein, dann wusste er wenigstens, dass es eine durch das Interesse und die Logik gebotene Tat der Vernunft war.

Als sein Entschluss gefasst war, schlug es gerade drei Uhr. Jacques nickte bereits ein, als ein jäher Schauder ihn im Bett emporfahren ließ. Ja, mein Gott, hatte er denn das Recht, diesen Mann zu töten? Wenn ihn eine Fliege ärgerte, so konnte er sie mit einem Schlage zermalmen. Als ihm eines Tages eine Katze durch die Beine kroch, hatte er ihr mit einem Fußstoß, allerdings ohne es zu wollen, die Glieder zerbrochen. Aber diesen Mann, sein Ebenbild! Er musste nochmals alle Gründe hervorkramen, die ihm ein Recht auf den Mord zusprachen, das Recht der Starken, welche die Kleinen fressen, weil sie ihnen im Wege sind. Er liebte die Frau des anderen und diese Frau wollte frei sein, um ihn heiraten und ihm ihr Vermögen zuwenden zu können. Dieses Hindernis brauchte nur aus dem Wege geräumt zu werden. Wenn im Walde zwei Wölfe sich um eine Wölfin streiten, beißt nicht auch der stärkere den anderen zuschanden? Und als in früheren Zeiten die Menschen ebenso wie die Wölfe sich in den Höhlen verbargen, gehörte da nicht die begehrte Frau dem der Bande, der sie sich aus dem Blute des anderen zu erobern verstand? So lautete das Gesetz des Lebens, ihm musste man gehorchen, nicht den Skrupeln, die eine spätere Zeit erfunden hatte. Nach und nach schien ihm sein Recht ein unumstößliches und sein erster Entschluss stand wieder in allen Teilen fest: Schon vom nächsten Tage an wollte er Ort und Stunde festlegen, die Sache vorbereiten. Es war zweifellos das Beste, Roubaud des Nachts auf dem Bahnhofe während einer seiner Runden niederzustechen und damit gleichzeitig den Anschein zu erwecken, als ob überraschte Diebe ihn getötet hätten. Dort hinter den Kohlenhaufen wusste er einen geeigneten Platz, dorthin konnte man ihn locken. Trotz seines Versuches einzuschlafen, malte er sich die Szene vollständig aus, er überlegte, wo er sich aufstellen, wie er zustoßen sollte, um ihn auf der Stelle tot hinzustrecken. Und während er sich die kleinsten Einzelheiten vorstellte, tauchte stumm, aber unbeugsam der Widerwille, der innere Protest gegen das Verbrechen in ihm auf. Und dieser Zwiespalt seiner Gefühle ermunterte ihn wieder vollends. Nein, er wollte doch nicht töten! Es schien ihm ungeheuerlich, unausführbar, unmöglich. Der zivilisierte Mensch, die aus der Erziehung gewonnene Kraft, der langsame und unzerstörbare Aufbau der Überlieferungen empörten sich in ihm. Du sollst nicht töten, er hatte es mit der Milch der Generationen in sich eingesaugt, sein verfeinertes, mit Skrupeln ausstaffiertes Gehirn stieß den Mord mit Abscheu von sich, sobald er ihn zu begründen versuchte. Ja, töten aus Selbstschutz in einer instinktiven Anwandlung, das ginge noch an, aber töten mit Vorsatz, aus Interesse und Kalkül, das zu tun fühlte er sich nie, niemals imstande!

Der Tag brach bereits an, als Jacques ein wenig einschlummerte, aber sein Schlaf war ein so leichter, dass sich der abscheuliche Kampf in ihm fortsetzte. Die folgenden Tage waren die schmerzlichsten seines Lebens. Er ging Séverine aus dem Wege, er hatte ihr sagen lassen, dass er sie am Sonnabend nicht erwarten würde, denn er fürchtete sich vor ihren Blicken. Aber am Montag musste er sie wiedersehen, und wie er richtig befürchtet hatte, vermehrten ihre blauen, sanften, so unergründlich tiefen Augen wieder seine Angst. Sie sprach kein Wort von seinem Vorhaben, keine Bewegung, keine Silbe drängte ihn dazu. Aber aus ihren fragenden bittenden Augen sprach nichts anderes als dieses. Er wusste nicht, wie er sich vor ihrer Ungeduld und ihrem Vorwurf rechtfertigen sollte; immer wieder fand er sie auf sich gerichtet, immer wieder las er aus ihnen das Erstaunen, dass er noch zögern könnte, glücklich zu werden. Als er von ihr ging, zog er sie rasch und heftig an sich, um ihr verstehen zu geben, dass er entschlossen sei. Er war es in der Tat, er war es, bis er die letzte Stufe der Treppe hinter sich hatte. Dann begann von Neuem der Kampf seines Gewissens. Als er sie am übernächsten Tage wiedersah, stand ihm die Feigheit, dass er vor einer notwendigen Tat zurückschrecke, deutlich auf dem bleichen Gesicht mit den unstet blickenden Augen geschrieben. Sie hing wortlos schluchzend an seinem Halse und schien sich fürchterlich unglücklich zu fühlen; er war wie verdreht und glaubte sich selbst verachten zu müssen. So oder so musste er damit zu Ende kommen.

»Am Donnerstag dort unten, willst du?«, fragte er leise.

»Ja, am Donnerstag, ich werde auf dich warten.«

Die Nacht von Donnerstag zum Freitag war kohlrabenschwarz. Ein sternenloser, von den dichten, undurchsichtigen Nebeln des Meeres erfüllter Himmel spannte sich über Havre aus. Wie gewöhnlich war Jacques zuerst zur Stelle und wartete hinter dem Hause der Sauvagnat auf Séverine. Die Finsternis war eine so dicke, dass er ihr leichtfüßiges Kommen erst wahrnahm, als sie ihn bereits streifte, worüber er erschrak. Gleich lag sie in seinen Armen, nicht wenig beunruhigt, dass sie ihn zittern fühlte.

»Ich habe dir Furcht eingejagt«, flüsterte sie.

»Oh, nicht doch, ich habe dich ja erwartet ... Komm', es kann uns heute niemand sehen.«

Die Arme um die Hüften geschlungen, wanderten sie über das weite Terrain. Auf dieser Seite des Depots brannten nur sehr wenige Gaslaternen, an manchen, besonders dunklen Stellen fehlten sie vollständig, während sie vom Bahnhof her wie helle Sternchen herüberblinkten.

Lange wandelten sie wortlos dahin. Sie hatte den Kopf an seine Schulter gelehnt, hob ihn öfters und küsste ihm das Kinn; er beugte sich dann zu ihr hernieder und gab ihr als Erwiderung einen Kuss auf die Schläfe, auf die Wurzeln der Haare. Ein einziger, banger Ton von den fernen Kirchen kündigte die erste Morgenstunde an. Sie sprachen nicht und doch vernahmen sie ihre beiderseitigen Gedanken in ihrer Umarmung. Sie dachten nur an das Eine, so oft sie beisammen waren, wurden sie nur von diesem einen Gedanken beherrscht. Der Kampf tobte fort, warum noch darüber unnütze Worte verlieren, wo es allein zu handeln galt? Als sie sich zärtlich an ihm emporrichtete, fühlte sie in seiner Hosentasche das Messer. Er war also doch entschlossen?

Doch ihre Gedanken bewegten sie zu mächtig, um noch länger schweigen zu können, ihre Lippen öffneten sich und flüsterten kaum hörbar:

»Er kam eben nach oben, zuerst wusste ich nicht, was er wollte, dann sah ich ihn nach seinem Revolver langen, den er vergessen hatte ... Er wird jedenfalls eine Runde machen wollen.«

Wieder schwiegen sie, doch zwanzig Schritte weiter begann er zu sprechen:

»In der letzten Nacht ist hier Blei gestohlen worden ... Er wird zweifellos hierher kommen.«

Sie erzitterte. Beide verstummten und machten ganz kleine Schritte. Ein Zweifel war in ihr aufgestiegen: War es wirklich das Messer, das seine Tasche aufbauschte? Zweimal bückte sie sich, um ihrer Sache gewiss zu sein. Als aber ihr Reiben an seinem Beine ihr noch keine Gewissheit verschaffte, ließ sie die eine Hand sinken und fühlte. Ja, es war das Messer. Ihm war ihre Absicht nicht entgangen. Heftig zog er sie an seine Brust und flüsterte ihr ins Ohr:

»Er wird gleich kommen. Du wirst frei sein.«

Der Mord war beschlossen, sie meinten nicht mehr zu gehen, sondern von einer unbekannten Macht über den Erdboden getragen zu werden. Ihre Sinne hatten an Schärfe zugenommen, ihre Hände krampften sich schmerzhaft, der leiseste Hauch von ihren Lippen wurde mit einem Druck der Fingernägel erwidert. Sie vernahmen jedes fernhin durch die Finsternis verhallende Geräusch, das Keuchen der Lokomotiven, gedämpfte Stöße, hallende Schritte. Sie sahen die Nacht, die schwarzen Haufen von allen möglichen Gegenständen, als ob der Nebel vor ihren Blicken gefallen wäre. Eine Fledermaus strich vorüber, sie konnten ihrem Fluge kreuz und quer folgen. An der äußersten Ecke eines Kohlenhaufens blieben sie unbeweglich stehen, mit Augen und Ohren lauschten sie, ihr ganzes Wesen spannte sich. Jetzt flüsterten sie.

»Hast du nicht dort unten einen Alarmruf gehört?«

»Nein, es war ein in die Remise geführter Waggon.«

»Aber dort links geht jemand. Der Sand hat geknirscht.«

»Nein, es sind Ratten, die in dem Haufen wirtschaften, die Kohle bröckelt ab.«

Weitere Minuten vergingen. Plötzlich reckte sie sich an ihm empor.

»Da ist er.«

»Wo? Ich sehe nichts.«

»Er ist eben um den Frachtgüterschuppen herumgebogen und kommt direkt auf uns zu ... Da! Sein Schatten geht an der weißen Mauer entlang!«

»Du glaubst, dass dieser dunkle Punkt ... Er ist also allein?«

»Ja, allein, ganz allein.«

In diesem entscheidenden Augenblick warf sie sich ihm abermals wie toll um den Hals und ihre glühenden Lippen suchten die seinen. Es war das ein inniger Kuss lebendigen Fleisches, als wollte sie ihm Blut von ihrem Blut einflößen. Wie heiß sie doch ihn liebte und wie sehr sie jenen verfluchte!

Oh, sie hatte es an zwanzig Male schon wagen und selbst dieses Geschäft verrichten wollen, um ihm den Schrecken zu ersparen, aber ihre Hände waren hierzu zu schwach, sie fühlte sich hierzu viel zu sanft, so etwas bedurfte einer Männerfaust. Mit diesem langen Kuss gab sie ihm allen Mut, den sie besaß, das Versprechen ihm ganz zu dienen. Fleisch von ihrem Fleisch. Eine Lokomotive pfiff in der Ferne und klagte melancholisch durch die öde Nacht; mit regelmäßigen Stößen sauste irgendwo ein Riesenhammer auf ein Eisen nieder, während die vom Meere heraufgestiegenen Nebel wie ein wildes Heer am Himmel sich ballten und fortwälzten und von Zeit zu Zeit die funkelnden Zungen der Gaslaternen auszulöschen drohten. Als sie endlich seinen Mund freigab, fühlte sie nichts mehr in sich, sie glaubte, vollständig in ihn aufgegangen zu sein.

Er hatte mit einem Griff das Messer aufgeklappt, gleich darauf stieß er einen wilden Fluch aus.

»In des Teufels Namen, er geht wieder!«

In der Tat wandte sich der bewegliche Schatten, nachdem er sich ihnen bis auf fünfzig Schritte genähert hatte, nach links und entfernte sich mit dem ruhigen Schritte eines Nachtwächters, den nichts aus seiner Gelassenheit bringen kann.

Sie drängte ihn vorwärts.

»Komm', so komm doch.«

Beide glitten, er vorn, sie dicht hinter ihm, wie Jäger hinter dem Wilde lautlos dahin. An der Ecke der Reparaturwerkstätten verloren sie ihn einen Augenblick aus den Augen, dann fanden sie ihn höchstens zwanzig Schritte vor sich wieder, als sie behände einen Remisenstrang überschritten, um ihm den Weg abzuschneiden. Sie mussten die kleinsten Vorsprünge der Mauer als Versteck wählen, ein einziger falscher Schritt würde sie verraten haben.

»Wir werden ihn nicht fassen«, brummte er. »Wenn er den Weichensteller erreicht, entkommt er uns.«

Sie flüsterte ihm wieder in den Hals hinein:

»Geh, geh nur.«

In diesem Augenblick, inmitten dieses weiten, in Finsternis getauchten Terrains und der nächtlichen Trostlosigkeit des großen Bahnhofs war
er zu allem entschlossen, kam ihm doch diese Einsamkeit wie eine Mitschuldige vor. Seine Aufregung wuchs, während er seinen flüchtigen
Schritt beflügelte, nochmals hielt er sich die Gründe vor, die diesen
Mord als eine weise, berechtigte, logisch bekämpfte und logisch erklärli-
che Tat hinstellten. Er übte nur ein ihm zukommendes Recht aus, das
Urrecht alles Lebens, denn dieses Blut des anderen gebrauchte er unum-
gänglich für sein eigenes, ferneres Leben. Er brauchte nur dieses Messer
ihm in den Hals zu bohren und das Glück war sein.

»Wir werden ihn nicht bekommen, wir werden ihn nicht bekommen«, wiederholte er wütend, denn er sah den Schatten jetzt das Weichenstellerhäuschen passieren. »Verflucht, da geht er hin.«

Im selben Augenblick aber packte sie ihn mit ihrer nervigen Hand am
Arm und zog ihn an sich.

»Sieh nur, er kommt zurück.«

Roubaud war in der Tat umgekehrt. Er wandte sich nach rechts, dann
kam er wieder auf sie zu. Vielleicht hatte er auf seinem Rücken die
dunkle Empfindung von den seine Spur verfolgenden Mördern gehabt.
Er setzte seinen Weg ruhigen Schrittes fort, wie ein gewissenhafter
Wächter, der erst heimkehren will, nachdem er alles in Augenschein
genommen hat.

Jacques und Séverine rührten sich nicht mehr vom Flecke. Zufällig
waren sie gerade hinter der vorspringenden Ecke eines Kohlenhaufens
stehen geblieben. Sie drückten sich mit dem Rückgrat fest an ihn, als
wollten sie in ihn hineinkriechen und waren in dem Tintenmeer mit
einem Male völlig verschwunden. Sie hielten den Atem an.

Jacques sah Roubaud direkt auf sich zukommen. Noch trennten sie
dreißig Schritte, doch mit jedem Schritt verminderte sich regelmäßig der
Abstand, als schlüge das unerbittliche Metronom des Schicksals den
Takt. Zehn Schritt und nochmals zehn Schritt: Gleich hatte er ihn vor
sich, er brauchte nur den Arm zu erheben, ihm das Messer in den Hals
zu stoßen und ihn von rechts nach links zu ziehen, um den Schrei zu
ersticken. Die Sekunden deuchten ihm endlos; eine solche Flut von Gedanken durchtobte die Leere seines Schädels, dass ihm jede Zeitmessung
abhanden ging. Noch einmal zogen alle Gründe, die ihn zu dieser Tat

drängten, an ihm vorüber, er erlebte bereits den Mord, er wusste seine Ursachen und seine Folgen. Noch fünf Schritte. Sein bis zum Platzen angespannter Entschluss stand unerschütterlich fest. Er wollte töten, er wusste, warum er tötete.

Jetzt noch zwei Schritte, da mit einem Mal ging in ihm alles kopfunter, kopfüber. Nein, er konnte diesen wehrlosen Mann nicht heimtückisch morden. Das Grübeln konnte ihn nicht zum Mörder machen, er gebrauchte kein Instrument zum Mord, er musste ihn aus Hunger oder Leidenschaft zerfleischen können. Was konnte er dafür, dass das Gewissen aus den überlieferten Ansichten einer langsamen Gerechtigkeitsvererbung sich zusammensetzte! Er fühlte sich nicht berechtigt zu töten und was immer auch er sich einzureden suchte, dieses Recht konnte er nie in Anspruch nehmen.

Roubaud schritt gelassen vorüber. Sein Ellbogen streifte beinahe die gegen die Kohlen Lehnenden. Ein einziger Atemzug hätte sie verraten, aber sie blieben starr wie Tote. Kein Arm erhob sich, kein Messer blitzte. Nichts rührte sich in der Finsternis, nicht einmal ein Schauder. Roubaud war schon zehn Schritt weit entfernt und noch immer war ihr Rücken wie angenagelt an die Kohle; atemlos blieben sie stehen, als fürchteten sie den einsamen, wehrlosen Mann, der sie soeben fast berührt hatte und so friedlich seinen Weg fortsetzte.

Jacques stöhnte vor Wut und Schande.

»Ich kann nicht, ich kann nicht!«

Er wollte sich an Séverine lehnen, sich auf sie stützen, ihn verlangte es nach ihrer Entschuldigung, ihrer Tröstung. Aber ohne ein Wort zu verlieren, entwand sie sich ihm. Er streckte seine Hände nach ihr aus, doch ihre Kleider glitten ihm durch die Finger, er vernahm nur noch ihre flüchtigen Schritte. Vergebens folgte er ihr, denn dieses plötzliche Verschwinden nahm ihm vollends den Kopf. Hatte sie sich über seine Schwachheit geärgert? Verachtete sie ihn? Die Vorsicht empfahl ihm, ihr nicht nachzugehen. Doch als er sich allein in dieser mächtigen, nur von den gelblichen Tränen der Gaslaternen unterbrochenen Öde befand, befiel ihn eine grenzenlose Hoffnungslosigkeit. Er machte, dass er davonkam, und vergrub seinen Kopf tief in die Kissen, um den Fluch zu ersticken, der auf seinem Dasein ruhte.

Zehn Tage später, gegen Ende März triumphierten endlich die Roubaud über die Lebleu. Die Verwaltung hatte ihre, von Herrn Dabadie unterstützte Beschwerde berechtigt gefunden, denn auch der bewusste

Brief, in welchem sich der Kassierer verpflichtete, die Wohnung zu räumen, sobald ein neuer Unter-Inspektor sie reklamierte, war von Fräulein Guichon beim Durchsuchen alter Rechnungen in dem Bahnhofsarchiv gefunden worden. Frau Lebleu war außer sich über ihre Niederlage, sie erklärte sich sofort zum Ausziehen bereit; wenn man durchaus ihren Tod wollte, dann lieber gleich. Drei Tage lang hielt dieser denkwürdige Umzug den Korridor in Aufregung. Selbst die kleine, dünne Frau Moulin, die man nie kommen und gehen sah, beteiligte sich, indem sie Séverines Arbeitstisch von einer Wohnung in die andere trug. Philomène aber war ganz in ihrem Element. Sie hatte gleich in der ersten Minute ihre Hilfe angeboten, sie schnürte Bündel, schleppte und rückte die Möbel und besetzte die Vorderwohnung, noch ehe ihre Bewohnerin sie verlassen hatte. Sie war es, die Frau Lebleu aus ihrem Heim trieb, während beider Mobiliar noch einen unentwirrbaren Knäuel bildete, denn alles war untereinander gekommen. Sie entwickelte für Jacques und alles, was er liebte, einen so auffallenden Eifer, dass in dem erstaunten Pecqueur ein Verdacht aufstieg. Er fragte sie mit seiner rachsüchtigen Trunkenboldmiene, ob sie jetzt mit seinem Maschinenführer schliefe, er wolle sie nur warnen, sich nicht abfassen zu lassen, denn sonst würde er mit ihnen beiden abrechnen. Ihr Herz schlug noch stärker wie sonst für Jacques, sie wollte ihm und seiner Geliebten dienen in der stillen Hoffnung, dadurch, dass sie sich zwischen beide drängte, auch etwas von ihm zu haben. Als sie den letzten Stuhl herübergeschleppt hatte, flog die Tür zu. Plötzlich bemerkte sie noch einen von der Kassierersfrau vergessenen Puff, sie öffnete die Tür wieder und warf ihn auf den Korridor. Der Umzug war vorüber.

Nun nahm das Leben allmählich wieder seinen monotonen Verlauf. Während die Gicht Frau Lebleu in ihren Sessel in der Hofwohnung bannte, wo sie zu sterben glaubte und mit dicken Tränen in den Augen nichts weiter sah, als das den Himmel abschließende Zinkdach, saß Séverine an einem Fenster der schönen Vorderwohnung und stickte an ihrem nicht fertig werdenden Fußkissen. Unter ihr das fröhliche Leben des Auffahrtplatzes, der ununterbrochene Strom der Fußgänger und Wagen. Schon schmückte der vorzeitige Frühling die Spitzen der großen, die Bürgersteige umsäumenden Bäume mit jungem Grün. Darüber hinaus entrollten die fernen Ufer von Ingouville ihre buschigen, von weißen Landhäusern unterbrochenen Abhänge. Und doch war sie überrascht, so wenig Freude an der Erfüllung ihres Traumes, an ihrer so heiß begehrten Wohnung voller Licht, Leben und Sonne zu empfinden. Die Mutter Simon brummte, weil sie ärgerlich war, in ihren Gewohnheiten gestört zu sein und auch sie wurde zeitweilig ungeduldig und vermisste ihr einstiges Loch, in welchem man wenigstens den Schmutz weniger sah. Roubaud hatte ihr vollständig den Willen gelassen. Er schien mitunter gar nicht zu wissen, dass sein Nest ein anderes geworden war, oft irrte er sich und wunderte sich höchlichst, dass sein Schlüssel nicht in das alte Schloss passte. Im Übrigen nahm der Verfall der Wirtschaft seinen Fortgang, er erschien immer seltener in der Wohnung. Eine kurze Zeit schien er unter dem Erwachen seiner politischen Gedanken wieder aufzuleben; natürlich brannten sie ihn nicht, denn er vergaß keinen Augenblick die Geschichte mit dem Unterpräfekten, die ihm beinahe die Stellung gekostet hatte. Aber seit das durch die allgemeinen Wahlen erschütterte kaiserliche Regiment eine fürchterliche Krisis durchmachte, triumphierte er, er wiederholte gern, dass diese Leute glücklicherweise nicht immer die Herren bleiben würden. Übrigens genügte ein freundschaftlicher Wink von Herrn Dabadie, dem es durch Fräulein Guichon gesteckt worden war, ihn zu beruhigen. Jetzt, wo Frau Lebleu, von der Trauer getötet, täglich schwächer wurde und das Leben im Korridor ruhig und einträchtig dahinfloss, warum neue Verdrießlichkeiten heraufbeschwören, noch dazu der Regierung wegen. Roubaud mokierte sich im Grunde genommen über die Politik so gut wie über alles andere! Ohne Gewissensbisse zu empfinden und täglich fetter werdend, ging er mit gleichgültigem Rücken leisen Schrittes seinen eigenen Weg.

Seit Jacques und Séverine sich stündlich sehen konnten, war ihre beiderseitige Scham gewachsen. Jetzt hinderte nichts mehr ihr Glück; er konnte auf der anderen Treppe zu ihr gelangen, so oft es ihm beliebte und ohne Furcht belauscht zu werden. Die Wohnung gehörte ihnen, er hätte sogar dort schlafen können, wenn er die Kühnheit gehabt hätte, aber diese gewollte, von beiden gebilligte und trotzdem unerfüllte und nicht durchgeführte Tat hatte eine unüberschreitbare Mauer zwischen beiden aufgerichtet. Ihn drückte die Schande seiner Schwachheit, er fand sie jedes Mal verstimmter und unglücklicher über das unnütze Warten. Selbst ihre Lippen suchten sich nicht mehr, denn diesen halben Besitz hatten sie bis zur Hefe ausgekostet. Es gab für sie nur noch ein einziges Glück, die Abfahrt, die Heirat da drüben und ein neues Leben.

Eines Abends fand Jacques Séverine in Tränen. Als sie ihn sah, hing sie sich an seinen Hals und schluchzte noch stärker wie zuvor. Sie hatte schon öfter so geweint, doch hatte seine Umarmung sie bisher noch stets beruhigen können. Doch je stärker er sie diesmal an sein Herz drückte, um so stärker schien ihre Verzweiflung sich zu äußern. Er wusste nicht, was er mit ihr beginnen sollte und nahm ihren Kopf zwischen seine beiden Hände. Er sah ihr tief in die feuchten Augen und verstand, warum sie so verzweifelte. Sie bedauerte es, eine Frau zu sein und dass es ihre duldsame Milde nicht zuließ, selbst zu morden.

»Verzeihe mir und warte noch ein wenig. Ich schwöre dir, es soll bald geschehen, sobald ich kann.«

Sofort ruhte ihr Mund auf dem seinen, als wollte sie diesen Schwur dort besiegeln. Und wieder küssten sie sich so innig und so ewig, als flösse ihr ganzes Sein durch diese Brücke ihres Fleisches ineinander.

# Zehntes Kapitel

Tante Phasie war am Donnerstagabend um neun Uhr einem letzten Krampfanfalle erlegen. Vergebens hatte der an ihrem Bette wachende Misard versucht, ihr die Augen zu schließen: Sie blieben hartnäckig offen, der starre Kopf hatte sich ein wenig auf die Schulter geneigt, als beobachtete er die Vorgänge im Zimmer, während die etwas verzerrten Lippen ein schalkhaftes Lächeln heuchelten. Neben ihr brannte auf einer Tischecke ein einziges Licht. Und die seit neun Uhr mit voller Schnelligkeit vorüberfahrenden Züge ahnten nichts von dieser noch warmen Toten; während das Licht aufflackerte, machten sie sie eine Stunde hindurch erzittern.

Misard wollte Flore los sein und hatte sie deshalb sofort nach Doinville geschickt, um Anzeige von dem Ableben zu machen. Vor elf Uhr konnte sie nicht zurück sein, er hatte also zwei Stunden für sich. Er schnitt sich zunächst in aller Gemütsruhe eine Scheibe Brot ab, er hatte infolge des lange währenden Todeskampfes nichts essen können und fühlte jetzt in seinem Magen eine große Leere. Er aß, während er auf und ab ging und hier und dort die Sachen rückte. Plötzliche Hustenanfälle hemmten seinen Schritt, sodass er sich krümmte; er sah selbst aus wie ein halber Toter, so mager, so erbärmlich mit seinen farblosen unterlaufenen Augen, man sah, er würde sich nicht mehr lange seines Sieges freuen. Und doch hatte er dieses große, schöne Weib aufgegessen wie ein eichefressendes Insekt, sie lag jetzt auf dem Rücken, ein Nichts, und er war noch da. Er erinnerte sich plötzlich an etwas, er bückte sich und zog eine Schüssel unter dem Bett hervor, in welcher sich noch ein Rest von Kleiewasser befand, das man der Toten für eine Waschung zurecht gemacht hatte. Seit sie seinen Plan entdeckt hatte, mischte er das Gift nicht mehr unter das Salz, sondern in das Waschwasser. Sie war zu dumm, um nach dieser Seite Misstrauen zu hegen, und diesmal hatte das Gift sie richtig weggerafft. Er leerte draußen die Schüssel, und als er zurückgekehrt war, wusch er mit einem Schwamm die umhergespritzten Tropfen von der Diele. Warum hatte sie auch ihm nicht gewillfahrt? Sie wollte die Boshafte sein, um so schlimmer für sie. Wenn man innerhalb einer Ehe, ohne die übrige Welt in den Streit zu ziehen, darum spielt, wer den Andern einsargen wird, muss man die Augen offen halten. Er war stolz auf sein Werk und grinste wie über eine amüsante Geschichte, dass er ihr das Gift von unten eingegeben hatte, während sie so ängstlich alles prüfte, was sie oben zu sich nahm. In diesem Augenblick jagte ein Eilzug vorüber und wickelte das Häuschen in einen solchen Sturmwind ein, dass er, trotzdem er so etwas gewöhnt war, erschrocken nach dem Fenster blickte. Ach, da war ja diese beständige Flut wieder, diese Allerweltsmenschheit, die nicht wusste, was sie auf ihrer Fahrt zermalmte und sich auch blutwenig darum kümmerte, so eilig hatte sie es, selbst zum Teufel zu gehen! Und als der Zug vorüber und wieder tiefe Stille eingetreten war, begegnete sein Blick den großen, weit geöffneten Augen der Toten, deren unbewegliche Augäpfel jeder Bewegung von ihm beim höhnischen Lachen der verzerrten Lippen zu folgen schienen.

Der sonst so phlegmatische Misard konnte eine gelinde Bewegung des Zornes nicht unterdrücken. Er verstand wohl, was sie sagte: Such! Such! Nun, die tausend Franken nahm sie gewiss nicht mit in die Ewigkeit, und nun sie tot war, würde er sie schon finden. Warum hatte sie sie ihm nicht freiwillig gegeben, dann wäre jeder Verdruss vermieden worden. Überallhin verfolgten ihn ihre Augen. Such! Such! Sein Blick umfasste den ganzen Raum, in welchem er nie gesucht hatte, weil sie bei Lebzeiten fast stets dort sich aufhielt. Zuerst machte er sich an den Wäscheschrank: Er nahm die Schlüssel unter dem Kopfkissen vor, durchwühlte die mit Leinen bedeckten Bretter, leerte die zwei Schiebladen und stülpte sie sogar um, um zu sehen, ob kein geheimes Versteck darin wäre. Nein, nichts! Dann dachte er an den Nachttisch. Er hob die Marmorplatte ab und stellte den ganzen Tisch auf den Kopf, aber vergebens. Auch hinter dem Kaminspiegel, einem winzigen, von zwei Klammern gehaltenen Jahrmarktsspiegel, nahm er eine Musterung vor, er schob ein flaches Lineal zwischen Wand und Spiegel hindurch, holte aber nur ein schwärzliches Häuflein Staub hervor. Such! Such! Um den offenen Augen der Toten zu entgehen, legte er sich auf den Bauch und klopfte leise an verschiedene Stellen der Diele, um zu hören, ob ein hohler Ton ihm irgendein Versteck verraten würde. Mehrere Bretter waren lose, er riss sie ganz auf. Nichts, noch immer nichts! Als er sich wieder aufgerichtet hatte, nahmen ihn die Augen gleich wieder aufs Korn, er wendete sich der Toten zu und versuchte ihr in die starren Augen zu blicken, deren verzerrte Lippen das fürchterliche Lächeln sehen ließen. Kein Zweifel, dass sie sich über ihn lustig machte. Such! Such! Er fieberte bereits, er trat noch näher an das Bett, denn ein Verdacht, ein gotteslästerlicher Gedanke keimte in ihm auf, der zunächst die schon bleiche Farbe seines Gesichts in ein noch fahleres Grau verwandelte. Warum hatte er es so sicher angenommen, dass sie die tausend Franken nicht mitnahm in die Ewigkeit? Vielleicht tat sie es doch? Er wagte es, die Decke von ihr zu ziehen und sie zu entkleiden; er durchsuchte alles, selbst die geringste Falte an ihren Gliedern, hatte ihm doch die Tote geheißen zu suchen. Unter ihr, hinter ihrem Nacken, hinter ihrem Rücken suchte er. Er warf die Betten durcheinander und fuhr mit dem Arm bis zur Schulter in das Stroh hinein. Er fand nichts. Such! Such! Und ihr Kopf, der auf das unordentliche Kopfkissen zurückgesunken war, verfolgte ihn noch immer mit diesen spitzbübischen Blicken.

Als Misard, zitternd vor Wut, dabei war, das Bett wieder in Ordnung zu bringen, kam Flore von Doinville zurück.

»Sonnabend um elf Uhr«, sagte sie.

Sie meinte die Beerdigung. Ein einziger Blick belehrte sie, womit sich Misard während ihrer Abwesenheit beschäftigt hatte. Sie konnte eine verächtliche Bewegung nicht unterdrücken.

»Lasst doch das, Ihr werdet doch nichts finden.«

Er bildete sich ein, dass auch sie ihn verspotte. Er schritt mit aufeinandergepressten Zähnen auf sie zu und zischte:

»Sie hat sie dir gegeben, du weißt, wo sie sind.«

Der Gedanke, dass ihre Mutter überhaupt jemandem, selbst ihr, der Tochter, die tausend Franken gegeben haben sollte, ließ sie mit den Schultern zucken.

»Jawohl, mir gegeben! ... Der Erde hat sie sie gegeben! ... Dort irgendwo sind sie vergraben, Ihr könnt suchen.«

Mit einer weit ausholenden Handbewegung bezeichnete sie das ganze Haus, den Garten mit seinem Brunnen, die Gleise, das weite, weite Land. Ja, dort in irgendeinem Loche, das kein Mensch je entdecken konnte, ruhte das Geld. Während er außer sich, geängstigt, ohne Scheu vor der Gegenwart der Tochter fortfuhr, die Möbel fortzurücken und die Mauern zu beklopfen, trat das junge Mädchen an das Fenster und fuhr halblaut fort:

»Eine milde, schöne Nacht ... Ich bin schnell gegangen. Die Sterne strahlten, dass es hell war wie am Tage ... Morgen gibt es einen prächtigen Sonnenaufgang!«

Einen Augenblick noch blieb Flore am Fenster stehen; ihre Augen tauchten in die heitere, von der ersten Aprilwärme durchlaute Landschaft, die in ihr allerlei Träume hervorgezaubert und ihre Herzenswunde wieder aufgerissen hatte. Doch als Misard das Zimmer verlassen und sie ihn in den andern Räumen umherhantieren hörte, setzte sie sich an das Bett und richtete ihre Augen auf die tote Mutter. Das Licht auf der Tischkante zeigte noch immer eine hohe, unbewegliche Flamme. Ein Zug passierte und sein Dröhnen erschütterte das ganze Haus.

Flores Absicht war es, die ganze Nacht bei der Toten zu wachen. Sie dachte nach. Zunächst lenkte der Anblick der Toten sie von ihrer fixen Idee ab, die sie unter den Sternen, in dem Frieden der Nacht auf dem ganzen Wege nach Doinville gequält hatte. Jetzt schläferte eine Überraschung ihr Leiden ein: Warum war ihr Kummer durch den Tod ihrer Mutter nicht gewachsen, warum weinte sie auch jetzt nicht einmal? Trotzdem sie wie eine Wilde wortlos unentwegt auskniff und über die Felder streifte, sobald sie dienstfrei hatte, liebte sie doch ihre Mutter. Während der letzten Krisis, der Phasie erliegen sollte, war sie gewiss an zwanzig Mal an das Bett gekommen und hatte jene gebeten, einen Arzt holen zu dürfen; denn sie zweifelte nicht an Misards Täterschaft und hoffte, dass die Furcht ihm dann Einhalt tun würde. Aber sie hatte von der Kranken immer nur ein wütendes Nein als Antwort erhalten, als ob diese ihren Ehrgeiz darin setzte, den Kampf ohne jemandes Hilfe durchzufechten und ihres Sieges insofern sicher war, als sie am Ende doch das Geld behielt; deshalb mischte sich Flore schließlich nicht mehr hinein, sondern galoppierte wieder davon, von ihrer eigenen Krankheit gejagt. Das war, was ihr Herz gefühllos machte: Wenn man selbst einen zu schweren Kummer zu tragen hat, so ist für einen zweiten kein Platz mehr vorhanden. Ihre Mutter war von ihr gegangen, sie sah sie dort so bleich und zerstört liegen und doch litt sie selbst nicht mehr als vorher. Was hätte es genutzt, die Gendarmen herbeizuholen und Misard zu denunzieren, ging doch auch ohnehin schon alles in Trümmer. Und trotzdem ihr Blick noch immer auf der Toten ruhte, verlor sie diese nach und nach aus den Augen, sie fiel wieder ihrem eigenen inneren Kummer anheim, der Gedanke, der seinen Nagel in ihr Gehirn geschlagen hatte, nahm sie wieder völlig gefangen, sie hatte selbst kein Gefühl mehr für die nachzitternde Erschütterung der vorüberjagenden Züge, deren Vorbeikommen für sie die Uhr bedeutete.

Man hörte jetzt in der Ferne das näher kommende Dröhnen des Pariser Bummelzuges. Als die Lokomotive endlich mit ihrem Signallichte am Fenster vorüberfuhr, wurde das Zimmer wie von einem feurigen Blitze erhellt.

»Ein Uhr achtzehn Minuten«, dachte Flore. »Noch sieben Stunden. Um acht Uhr sechzehn Minuten werden sie hier vorüberkommen.«

Schon seit Monaten wartete sie Woche für Woche auf diesen Augenblick. Sie wusste, dass der von Jacques am Freitagmorgen geführte Eilzug auch Séverine nach Paris brachte. Sie lebte nur noch dieser Qual der Eifersucht, diesem Aufpassen, diesem Anblick, dieser Gewissheit, dass jene sich dort unten ungehindert einander hingeben durften. Der Zug entfloh und hinterließ in ihr das abscheuliche Gefühl, sich nicht an den letzten Waggon klammern und mit fortgeschleppt werden zu können! Alle diese Räder schienen den Weg über ihr Herz zu nehmen. Sie hatte schon soviel gelitten, dass sie sich eines Abends heimlich hinsetzen wollte, um dem Gericht zu schreiben; dann war alles zu Ende, denn in ihrer Hand lag es, jene Frau verhaften zu lassen. Sie hatte ehemals das unzüchtige Treiben jener mit dem Präsidenten Grandmorin wohl gesehen und zweifelte nicht daran, dass sie durch Mitteilung dieses Umstandes an das Gericht Séverine auslieferte. Doch als sie die Feder in der Hand hatte, wusste sie die Sache nicht zu drehen. Würde das Gericht ihr überhaupt Glauben schenken? Diese ganze saubere Gesellschaft verstand sich ja so gut untereinander. Vielleicht gar steckte man auch sie in das Gefängnis wie Cabuche. Nein, sie wollte sich rächen, aber ganz allein, ohne jede fremde Hilfe. Sie beherrschte nicht einmal, genau genommen, ein direkter Rachegedanken, sie wollte nicht Böses tun, um von ihrem Leiden geheilt zu werden, sondern empfand nur das Bedürfnis, mit allem zu Ende zu kommen, alles auf den Kopf zu stellen, als hätte der Donner dreingeschlagen. Sie war sehr stolz, viel schöner und kräftiger als die andere, und glaubte, es sei ihr gutes Recht, ebenso geliebt zu werden. Wenn sie auf den Fußsteigen jener Wolfsgegend mit ihren unbedeckten, blonden schweren Haarflechten einsam dahinwandelte, wünschte sie jene vor sich zu haben, um in einem Winkel wie zwei feindliche Amazonen ihren Streit mit der Faust austragen zu können. Noch nie hatte ein Mann sie berührt, denn sie schlug jeden Versucher in die Flucht; und darin lag ihre unbezwingliche Stärke, die Gewissheit ihres Sieges.

Seit einer Woche hatte sich der Gedanke in ihr festgesetzt, als hätte ein, Gott weiß woher gekommener Hammerschlag einen Keil in ihr Gehirn getrieben. Jene zu töten, damit sie nicht mehr vorüberkommen und nicht gemeinsam nach Paris reisen könnten. Sie überlegte nicht weiter und handelte ganz nach dem Zerstörungsinstinkt einer Wilden. Wenn ein Dorn in ihrer Haut stak, riss sie ihn heraus und hätte es einen Finger gekostet. Töten wollte sie sie, töten, sobald sie wieder einmal vorüberkämen; sie wollte einen Balken über das Gleis legen oder eine Schiene ausreißen, damit der Zug entgleiste und alles zerbrach und erstickte. Ihm, der seine Lokomotive sicher nicht verließ, würden die Glieder zerquetscht werden und sie, die immer in dem ersten Waggon saß, um ihm so nahe als möglich zu sein, würde gewiss nicht davon kommen; an die anderen, diese stete Flut der Menschheit, dachte sie gar nicht. Das war für sie niemand, denn sie kannte ja keinen. An diese Entgleisung des Zuges, an diese Opferung so vieler Menschenleben dachte sie Stunde für Stunde, diese eine Katastrophe voller Blut und menschlicher Schmerzensschreie war gerade groß genug, um ihr von Tränen geschwollenes, überlastetes Herz darin baden zu können.

Aber am vergangenen Freitagmorgen hatte sie sich zu schwach gefühlt, sie war auch noch nicht entschlossen, wo oder wie sie eine Schiene ausheben sollte. Aber am selben Abend noch, als ihr Dienst vorüber war, fiel es ihr ein, durch den Tunnel bis zur Abzweigung nach Dieppe zu streifen. Dieser unterirdische, über eine halbe Meile lange Weg durch diese gewölbte, gradlinige Allee, wo sie das Gefühl hatte, als rollten die Züge mit ihrem blendenden Signallicht über ihren Körper fort, bildete einen ihrer Lieblingsspaziergänge: Oft genug war sie nahe daran, von einer Maschine erfasst zu werden, und gerade diese Gefahr lockte sie, die gern die Heldenmütige spielte, immer von neuem an. Als sie aber an diesem Abend der Aufmerksamkeit des Bahnwärters entgangen war und sich auf der linken Seite bis zur Mitte des Tunnels vorgewagt hatte, sodass jeder ihr entgegenkommende Zug rechts an ihr vorüberfahren musste, beging sie die Unklugheit, sich umzusehen, um den Schlusslaternen eines nach Havre gehenden Zuges folgen zu können. Als sie weiter ging, tat sie einen falschen Schritt, sie dreht sich dabei um sich selbst und wusste nun nicht mehr, in welcher Richtung die roten Laternen verschwunden waren. Ihr von dem Donner der Räder ohnehin betäubter Mut schwand diesmal ganz, ihre Hände waren kalt wie Eis und ihre entblößten Haare sträubten sich vor Schreck. Wenn jetzt abermals ein

Zug vorüberkam, wusste sie nicht mehr, ob er hinauf oder hinunter fuhr, ob sie sich rechts oder links halten sollte und sie konnte im Handumdrehen überfahren werden. Mit Gewalt zwang sie sich, ihre Sinne zu sammeln, sich zu erinnern, zu überlegen. Plötzlich aber jagte sie der Schreck auf und davon und wie toll galoppierte sie in der Richtung ihrer Augen. Nein, sie wollte sich nicht töten lassen, wenigstens nicht eher, bis jene getötet waren! Ihre Füße verwickelten sich in die Schienen, sie glitt aus, fiel, sprang auf und rannte noch heftiger. Der Tunnelwahnsinn war über sie gekommen, die Mauern schienen auf sie einzudringen und sie zerquetschen zu wollen, die Wölbung hallte von einem unerklärlichen Getöse, Drohstimmen und fürchterlichem Brummen wieder. Alle Sekunden wandte sie den Kopf zurück, denn sie glaubte, in ihrem Nacken den glühenden Atem einer Lokomotive zu verspüren. Zweimal ließ eine plötzliche Gewissheit, dass sie sich täuschte und auf der Seite, wohin sie lief, getötet werden würde, sie mit einem Sprunge die Richtung ändern. Und sie lief und lief, bis vor ihr in der Ferne, wie ein Stern so winzig, ein rundes, sich schnell vergrößerndes, flammendes Auge auftauchte. Sie musste mit aller Mühe den Wunsch, abermals umzukehren und davonzulaufen, niederkämpfen. Das Auge wurde ein Glutmeer, der Schlund eines gefräßigen Ofens. Unbewusst und halb geblendet war sie nach rechts gesprungen. Der Zug rollte wie ein Donner vorüber und wickelte sie in den mit ihm kommenden Sturmwind ein. Fünf Minuten später kam sie auf der Seite nach Malaunay gesund und unversehrt aus dem Tunnel heraus.

Es war neun Uhr, einige Minuten später musste der Pariser Eilzug kommen. Sie war die zweihundert Meter bis zur Gabelung nach Dieppe in gewöhnlichem Schritt weitergegangen und prüfte die Gleise, ob ihr nicht irgendein Umstand zu Hilfe kommen konnte. Auf dem Gleis nach Dieppe, der ausgebessert wurde, stand ein Arbeitszug, den ihr Freund Ozil gerade dorthin gelenkt hatte. Wie eine plötzliche Erleuchtung kam ihr der Gedanke, den Weichensteller an der Umlegung der Weiche zu hindern, sodass der Eilzug nach Havre auf diesen Arbeitszug rennen musste. Dieser Ozil war von dem Tage, an welchem er, blind vor Verlangen nach ihr, einen Hieb über den Schädel erhalten hatte, der diesen beinahe gespalten, ihr Freund geworden. Sie liebte es, ihm plötzliche Besuche zu machen, wie eine von ihrem Berge abgeirrte Ziege. Ozil war ein früherer Militär, ein magerer, enthaltsamer Mann, der Tag und Nacht mit offenem Auge auf seinen Dienst passte und dem daher bisher noch kein Verschulden zur Last gelegt werden konnte. Nur dieses wie ein Mann so starke wilde Mädchen, das ihn zu Boden geschlagen hatte, entfachte sein Verlangen, sobald auch nur ihr kleiner Finger ihn berührte. Obwohl er gut vierzehn Jahre älter war als sie, wünschte er sie zu besitzen. Er hatte es sich geschworen und geduldete sich, indem er den Liebenswürdigen spielte, nachdem ihm sein rücksichtsloses Vorgehen nichts genützt hatte. Als sie an diesem Abend sich im Schatten seinem Häuschen genähert hatte und ihn beim Namen rief, dachte er an gar nichts weiter, als so schnell wie möglich zu ihr zu gelangen. Sie betörte ihn richtig, ihr auf das Feld zu folgen, erzählte ihm endlose Geschichten, dass die Mutter krank wäre und sie nicht mehr in la Croix-de-Maufras bleiben würde, sollte diese sterben. Ihr Ohr vernahm aus der Ferne das Brausen des Eilzuges, der Malaunay soeben verlassen hatte und sich mit vollem Dampf näherte. Und als sie ihn zur Stelle fühlte, sah sie sich um. Sie hatte aber die Rechnung ohne die neuen Bremsvorrichtungen gemacht. Als die Lokomotive auf das Gleis nach Dieppe fuhr, gab sie selbst das Haltesignal und der Lokomotivführer hatte noch gerade Zeit, den Zug wenige Schritte vor dem Lastzug zum Halten zu bringen. Ozil rannte mit dem Aufschrei eines Mannes, der unter dem Zusammenbruche seines Hauses erwacht, zur Weiche zurück, während sie starr und unbeweglich, vom Dunkel geborgen, das zur Zurückführung auf das richtige Gleis notwendige Manöver beobachtete. Zwei Tage später wurde der Weichensteller versetzt. Er kam ihr Lebewohl sagen; er ahnte nichts und bat sie, zu ihm zu kommen, sobald ihre Mutter gestorben sein würde. Ihr Plan war also fehlgeschlagen, sie musste nach einer anderen Möglichkeit suchen.

Der Nebel des Traumes, der bis jetzt Flores Blick getrübt hatte, verschwand in diesem Augenblick angesichts dieser Erinnerung. Von Neuem sah sie die von dem gelblichen Scheine der Kerze beleuchtete Tote. Ihre Mutter war nicht mehr, sollte sie jetzt wirklich Ozil Heiraten, der sie haben wollte und den sie vielleicht glücklich machen würde? Ihr ganzes Wesen empörte sich. Nein, wenn sie wirklich so feige sein sollte, die Beiden am Leben zu lassen und selbst am Leben zu bleiben, dann wollte sie lieber über Land gehen und sich irgendwo als Dienstmädchen vermieten, als einen Mann Heiraten, den sie nicht liebte. Ein ungewohntes Geräusch ließ sie das Ohr spitzen: Misard riss mit einer Spitzhacke den festgestampften Fußboden der Küche auf. Er suchte immer eifriger nach dem verborgenen Schatz, es wäre ihm nicht darauf angekommen, das ganze Haus umzustülpen. Mit diesem Menschen noch länger zusammenzuleben, war ihr nicht gegeben. Was also sollte sie tun? Ein Sturmwind erhob sich, die Mauern erzitterten und über das weiße Antlitz der Toten huschte ein Feuerstrahl, er tauchte die offenen Augen und den ironischen Zug um die Lippen in Blut. Es war der letzte Bummelzug aus Paris mit seiner schwerfälligen langsamen Lokomotive.

Flore hatte den Kopf gewandt und betrachtete die durch die Heiterkeit der Frühlingsnacht funkelnden Sterne.

»Drei Uhr zehn Minuten. In fünf Stunden kommen sie.«

Sie hätte zu viel unter der Fortsetzung dieses Spieles gelitten! Sie allwöchentlich zu sehen, zu wissen, dass sie der Liebe entgegenfuhr, das ging über ihre Kräfte. Jetzt, nun sie die Gewissheit hatte, dass Jacques nimmermehr ihr allein gehören würde, jetzt hätte sie es gewünscht, dass er nicht mehr am Leben wäre und keiner angehörte. Dieses düstere Zimmer, in welchem sie wachte, hüllte auch sie in Trauer, ihr Wunsch, dass alles vernichtet werden möge, wuchs. Da keiner mehr da war, der sie liebte, so konnten auch alle anderen der Mutter folgen. Es würde dann Tote in Masse geben und alle würde man auf einmal auf den Kirchhof bringen. Ihre Schwester war tot, ihre Mutter war tot, ihre Liebe war tot: Was tun also? Allein sein, bleiben oder gehen, immer allein, während die anderen zu zweien sein würden? Nein, eher sollte alles in Stücke gehen, der Tod, der augenblicklich in diesem dumpfen Zimmer hauste, sollte über die Gleise schweben und mit aller Welt Kehraus machen!

Nach langem inneren Kampf zur Tat entschlossen, überlegte sie, welches das beste Mittel zum Gelingen derselben sein würde. Sie blieb jetzt dabei, eine Schiene ausreißen zu wollen. Das war das sicherste und am leichtesten auszuführende Mittel: Man brauchte nur mit einem Hammer die Bolzen loszuschlagen und die Schiene sprang aus der Unterlage. Werkzeug hatte sie und sehen konnte sie in dieser öden Gegend niemand. Der geeignetste Ort war zweifellos die Kurve, die hier hinter dem Einschnitt nach Barentin zu über einen sieben oder acht Meter hohen Damm führt: Dort musste eine vollständige Zerschmetterung des Zuges, ein furchtbarer Sturz erfolgen. Doch die Berechnung der Zeit, mit der sie sich jetzt beschäftigte, machte sie ängstlich. In der Richtung nach Paris kam vor dem Eilzug, der um 8 Uhr 16 passierte, nur ein Bummelzug um 7 Uhr 55. Sie hatte also zur Ausführung der Arbeit nur zwanzig Minuten Zeit, doch das genügte. Allein zwischen die Personenzüge wurden häufig ohne vorherige Meldung Güterzüge eingeschoben, namentlich zur Zeit des starken Ankunftverkehrs. Wozu also unnütz Gefahr laufen? Wie konnte man im Voraus wissen, ob gerade der Eilzug dort zerschellen würde? Lange wälzte sie die Möglichkeiten hin und her im Kopfe. Noch war es Nacht, die Kerze verzehrte sich in einer Hochflut von Talg, ihr langer Docht kohlte, doch Flore schnäuzte ihn nicht mehr.

Es kam gerade ein Güterzug von Rouen. Misard trat gleichzeitig herein. Seine Hände klebten voller Erde, denn er hatte im Holzstall den Boden aufgewühlt. Er keuchte noch vor Anstrengung und war so fieberhaft aufgeregt über sein vergebliches Suchen, dass er in seiner ohnmächtigen Wut sofort wieder unter den Möbeln, im Ofen, überall seine Nachforschungen begann. Der Zug nahm kein Ende, seine schweren Räder klapperten in regelmäßigen Pausen und jeder Stoß erschütterte die Tote in ihrem Bett. Als er den Arm erhob, um ein kleines Bild von der Wand zu nehmen, begegnete er wieder den ihm überallhin folgenden Augen, während die Lippen das ewige Lächeln zu kräuseln schien.

Er wurde bleich, seine Zähne klapperten und bebend vor Zorn sagte er:

»Ja, ja, such, such! ... Und ich werde sie finden, sollte ich selbst jeden Stein im Hause und jeden Erdkloß draußen umkehren.«

Der schwarze Zug war mit einer zermalmenden Langsamkeit vorübergerasselt und die wieder erstarrte Tote blickte so spöttisch und siegesgewiss ihren Mann an, dass dieser es vorzog, zu verschwinden, wobei er die Tür offen ließ.

Flore, einen Augenblick von ihren Gedanken abgelenkt hatte sich erhoben. Sie verschloss die Tür, damit dieser Mensch die Mutter nicht noch einmal störte. Sie hörte sich erstaunt ganz laut sagen:

»Zehn Minuten genügen auch.«

Zehn Minuten genügten in der Tat. Wenn zehn Minuten vor Ankunft des Eilzuges kein Zug signalisiert war, konnte sie an das Geschäft gehen. Von nun an war die Angelegenheit für sie eine beschlossene Sache, ihre Angst verschwand und sie wurde ruhig.

Gegen fünf Uhr brach frisch und durchsichtig klar der junge Tag an. Trotz der fühlbaren Kälte öffnete Flore weit das Fenster und der entzückende Morgen drang in das qualmige, nach Tod riechende Gemach. Die Sonne stand noch hinter von Bäumen gekrönten Hügeln am Horizont; aber jetzt erschien sie und ihre warmen Strahlen rieselten über die Abhänge, überschwemmten die Kreuzwege und erweckten die Frühlingsfröhlichkeit der Erde zu neuem Leben. Sie hatte sich am Abend vorher nicht getäuscht, es wurde ein schöner Tag, einer jener Tage voll Jugend und strotzender Gesundheit, an denen man sich des Lebens freut. Wie schön wäre es jetzt gewesen, nach Gutdünken kreuz und quer über die von tiefen Schluchten unterbrochenen Höhen streifen zu können! Und als sie sich in das Zimmer zurückwandte, war sie überrascht, dass die Kerze wie erloschen aussah und in den hellen Tag nur wie eine bleiche Träne hineinschimmerte. Die Tote schien jetzt auf den Bahndamm zu blicken, auf welchem die Züge sich unaufhörlich begegneten, ohne selbst den bleichen Kerzenschimmer neben diesem Körper zu bemerken.

Mit dem anbrechenden Tage trat Flore auch ihren Dienst wieder an. Sie verließ das Zimmer erst zum Pariser Bummelzug um 6 Uhr 12. Auch Misard löste um sechs Uhr seinen Kollegen vom Nachtdienst ab. Auf sein Alarmtuten hin pflanzte sie sich mit der Fahne in der Hand vor der Barriere auf. Eine Sekunde blickte sie dem Zuge nach.

»Noch zwei Stunden«, dachte sie ganz laut.

Ihre Mutter hatte keine Bedienung mehr nötig. Sie fühlte jetzt eine förmliche Abneigung, das Zimmer wieder zu betreten. Das war vorüber, sie hatte sie noch einmal umarmt und konnte nun frei über ihr Leben und das der anderen verfügen. Gewöhnlich verschwand sie in den Pausen während des Passierens der Züge, aber an diesem Morgen fesselte sie ein eigenes Interesse an die Bank neben der Barriere, eine einfache Holzplanke. Die Sonne stieg am Horizont herauf, ein warmer Strom Goldes durchflutete die klare Luft. Sie rührte sich nicht, sie badete sich in dieser Milde inmitten der wüsten, von den Aprilsäften durchschauerten Landschaft. Einen Augenblick interessierte sie Misard, den man in seiner Holzbude jenseits der Gleise sichtlich aufgeregt, ganz gegen seine sonstige Gewohnheit umherlaufen sah: Er trat ins Freie, er zog sich wieder zurück und hantierte nervös an seinen Apparaten herum; seine Blicke streiften beständig zu dem Wohnhause hinüber, als wäre sein Geist dort noch immer auf der Suche. Dann vergaß sie ganz, dass er dort war. Die Erwartung nahm sie völlig gefangen, stumm und starr heftete sie ihre Blicke auf das Ende der Gleise nach Barentin hin. Dort unten im fröhlichen Glanze der Sonne musste sich eine Vision erhoben haben, von der ihr wilder Blick nicht zu weichen vermochte.

Minuten verflossen. Flore rührte sich nicht. Als endlich um 7 Uhr 55 Misard durch zwei Hornsignale den Bummelzug von Havre meldete, erhob sich Flore, sie Schloss die Barriere und pflanzte sich mit der Fahne im Arm vor ihr auf. Schon war der Zug vorüber und verlor sich in der Ferne, nachdem er den Erdboden erschüttert hatte; man hörte ihn sich in den Tunnel bohren und der Lärm verstummte. Sie war nicht zur Bank zurückgekehrt, sondern stehen geblieben und zählte die Minuten. Wenn innerhalb zehn Minuten kein Güterzug gemeldet war, lief sie zur Kurve hinter dem Einschnitt, um eine Schiene auszuheben. Sie war sehr ruhig, nur auf ihrer Brust schien das enorme Gewicht ihres Unternehmens zu lasten. Der Gedanke, dass Jacques und Séverine sich näherten, dass sie hier vorüberkommen würden, um ihrer Liebe zu leben, falls sie nicht sie aufhielte, genügte, um sie in diesem letzten Augenblicke taub und blind zu machen und fest in ihrem Entschlusse, ohne dass der Zwiespalt in ihrem Innern noch einmal ausbrach: Der Tatzenschlag der Wölfin, die den arglos Vorübergehenden niederstreckt, musste geführt werden. In der Selbstsucht ihrer Rache sah sie immer wieder nur die beiden ver- stümmelten Körper, die andere unbekannte Menge, der Strom der Menschheit, der seit Jahren an ihr vorüberflutete, beschäftigte ihre Ge- danken gar nicht. Die Sonne, diese Sonne, deren heiterer Schein sie irre- leiten wollte, sollte sich hinter Blut und Leichen verstecken.

»Noch zwei, noch eine Minute, sie wollte gerade gehen, als ein Äch- zen und Knarren auf der Landstraße von Becourt ihren Schritt hemmte. Wahrscheinlich ein Kärrner, dem man die Schranke öffnen, mit dem man sprechen, kurz dessentwegen man dableiben musste: Sie konnte dann nichts mehr unternehmen, der Anschlag war wieder einmal fehl- gegangen. Mit einer wütenden Gebärde wollte sie davonlaufen und Wagen und Kutscher ihrem eigenen Schicksal überlassen. Doch eine Peitsche knallte durch die frische Morgenluft und eine fröhliche Stimme rief:

»Heda! Flore!«

Es war Cabuche. Wie am Boden gebannt blieb sie vor der Barriere stehen.

»Nun?«, fragte er, »du schläfst noch bei diesem schönen Wetter? Öff- ne schnell, damit ich noch vor dem Eilzug hinüberkomme.«

In ihr flutete alles mild durcheinander. Der Schlag fiel nicht, die bei- den anderen konnten ruhig ihrem Glücke entgegenfahren, denn sie hatte keine Gelegenheit mehr. Jene zu zermalmen. Während sie langsam die alte, halb verfaulte Barriere öffnete, deren eingerostete Riegel kreischten, suchte sie wütend nach irgendetwas, das sie auf die Schienen werfen konnte; sie war so verzweifelt, dass sie sich sicher selbst auf die Gleise gelegt hätte, wenn ihre Knochen hart genug gewesen wären, um die Lokomotive aus den Schienen zu heben. Ihre Blicke fielen auf den Karren, ein schweres, niedriges, mit zwei Steinblöcken beladenes Gefährt, das fünf kräftige Pferde kaum zu ziehen vermochten. Diese riesigen, hohen und breiten Blöcke boten sich ihr als mächtiges Hemmnis geradezu an. Sie fühlte plötzlich eine Lüsternheit, ein wildes Verlangen, sie zu nehmen und auf die Schienen zu legen. Die Barriere stand weit offen; heftig schnaubend warteten die schwitzenden Pferde.

»Was hast du heute?«, fragte Cabuche. »Du siehst so merkwürdig aus.«

»Meine Mutter ist gestern Abend gestorben.«

Er stieß einen leisen Schrei freundschaftlichen Mitgefühles aus. Er legte seine Peitsche fort und drückte ihr beide Hände.

»Oh arme Flore! Man musste ja längst darauf gefasst sein, aber doch tut es weh ... Sie liegt ja wohl noch da, ich will sie sehen, wir hätten uns am Ende doch wieder ausgesöhnt, wenn dieses Unglück nicht gekommen wäre.«

Er schritt langsam mit ihr dem Hause zu. Auf der Schwelle drehte er sich nach seinen Pferden um. Sie beruhigte ihn schnell:

»Sie werden sich nicht rühren! Der Eilzug ist auch noch lange nicht da.«

Sie log. Ihr geübtes Ohr hatte durch den warmen Schauer der Landschaft bereits vernommen, dass der Zug Barentin verließ. Nach fünf Minuten musste er in einer Entfernung von hundert Metern aus der Schlucht herauskommen. Während der Kärrner in dem Zimmer der Toten sich vergaß und gerührt an Louisette dachte, blieb sie draußen vor dem Fenster und lauschte auf den regelmäßigen, von Sekunde zu Sekunde lauter werdenden Atem der Lokomotive. Plötzlich fiel ihr Misard ein: Er musste ja sehen, was vorging und sie hindern; es war ihr, als bekäme sie einen Schlag vor die Brust, als sie ihn nicht auf seinem Posten bemerkte. Dagegen sah sie ihn auf der andern Seite des Hauses unterhalb des Brunnenrandes die Erde aufwühlen; sein Wahnsinn hatte ihn also wieder gepackt und er plötzlich geglaubt, dass dort der Schatz ruhen müsste: ganz seiner Leidenschaft hingegeben, grub er blind und taub darauf los. Jetzt schwand auch der letzte Rest einer Aufregung von ihr. Die Umstände selbst wollten es so. Eins der Pferde wieherte, während die Lokomotive jenseits der Schlucht laut pustete, wie jemand, der es ganz besonders eilig hat.

»Ich werde die Pferde halten«, sagte Flore zu Cabuche, »sei unbesorgt.«

Sie lief davon, fasste das vorderste Pferd am Gebiss und zog mit aller Kraft an. Die Pferde drängten zurück und einen Augenblick knirschte der Karren unter seiner schweren Last, ohne sich von der Stelle zu bewegen. Aber sie zog, als wäre sie selbst als Reservepferd vorgespannt worden, der Karren schwankte und rollte auf die Schienen. Mitten auf den Gleisen war er gerade, als hundert Meter vor ihm der Eilzug aus der Schlucht kam. Um den Karren zum Stehen zu bringen, aus Furcht, dass er doch noch hinübergelangte, hielt sie das Gespann mit einem so übermenschlichen Ruck an, dass ihre Glieder krachten. Sie hatte ihre Legende, man erzählte von ihr die außerordentlichsten Kraftstücke, sie hatte einen den Abhang herunterrollenden Wagen aufgehalten, einen Karren vor einem Zuge gerettet, jetzt brachte sie mit eiserner Faust die fünf bäumenden und wiehernden, die Gefahr ahnenden Pferde zum Stehen.

Das waren zehn Sekunden endlosen Schreckens. Die beiden riesigen Blöcke schienen den Horizont zu versperren. Mit ihren blitzenden Kupferteilen und leuchtenden Achsen glitt die Lokomotive sanft und doch gewaltig in dem goldenen Strom des schönen Morgens dahin. Das Unvermeidliche war da, keine Macht der Welt konnte die Zerschmetterung abwenden. Aber dieses Warten war so unerträglich.

Misard war mit einem Sprunge wieder auf seinem Posten, mit den Händen und Fäusten fuchtelte er wild in der Luft herum, als hätte er den tollen Wunsch, der Maschine entgegenzulaufen und den Zug aufzuhalten. Auch Cabuche war beim Knarren der Räder und Wiehern der Pferde aus dem Hause getreten, er rannte davon und heulte ebenfalls, um die Pferde anzutreiben. Aber Flore war bereits zur Seite gesprungen und hatte ihn mit sich gezogen, wodurch er gerettet wurde. Er glaubte ja, sie hätte nicht die Kraft gehabt, die Pferde zu zügeln und sie hätten sie mit fortgerissen. Er klagte sich an und schluchzte verzweifelt, während sie hoch aufgerichtet, mit brennenden, weit geöffneten Lidern dem Kommenden entgegensah. Während der kaum auszudenkenden Zeit, in der die Maschine noch einen Meter von den Blöcken entfernt war, sah sie ganz deutlich Jacques, der die Kurbel des Fahrtregulators gepackt hielt. Er sah hinüber, ihre Augen tauschten einen einzigen Blick aus. Er deuchte Flore maßlos lang.

Jacques hatte Séverine an diesem Morgen freundlich zugelächelt, als sie wie jeden Freitag früh zum Eilzuge auf dem Perron erschienen war.

Warum sich auch das Leben durch Sorgen noch mehr verbittern? Warum nicht die Stunden des Glücks genießen, so oft sich eine darbot. Vielleicht machte sich schließlich noch alles. Er wenigstens war entschlossen, die Freude dieses Tages ganz auszukosten, er schmiedete allerlei Pläne und träumte bereits von einem gemeinsamen Frühstück in einem Restaurant. Als sie ihm einen trostlosen Blick zuwarf, weil an der Spitze des Zuges sich kein Waggon erster Klasse befand und sie gezwungen war, weit von ihm im hinteren Ende des Zuges Platz zu nehmen, hatte er sie durch einen fröhlichen Blick trösten wollen. Man kam ja doch zugleich an und die Wiedervereinigung war dann um so schöner. Als er sich vornüberbeugte, um sie in das Coupé steigen zu sehen, hatte ihn sogar seine gute Laune veranlasst, Henri Dauvergne, den Zugführer, der, wie er wusste, in sie verschossen war, mit ihr zu necken. In der vorigen Woche hatte er sich eingebildet, dass dieser kühner wurde und dass sie ihn, um sich zu zerstreuen und das elende Leben, das sie sich selbst bereitet, zu vergessen, ermutigte. Roubaud behauptete es als selbstverständlich, dass sie sich schließlich auch diesem jungen Menschen hingeben würde, und zwar ohne jedes Gefühl, lediglich, um etwas Neues kennenzulernen. Und Jacques fragte Henri nun, wem er denn eigentlich am verflossenen Abend, hinter einer der Ulmen des Bahnhofsplatzes verborgen, Kussfinger durch die Luft zugeworfen hätte. Pecqueux, der gerade Kohlen auflegte, platzte mit lautem Lachen heraus. Und dampfend stand die Lison fahrtbereit da.

Die Strecke von Havre nach Barentin hatte der Eilzug mit seiner gewöhnlichen Schnelligkeit ohne bemerkenswerten Zwischenfall zurückgelegt. Henri war der Erste, der von seiner hohen Wachtkabine aus beim Verlassen der Schlucht den die Gleise versperrenden Karren signalisierte. Der Gepäckwagen an der Spitze des Zuges war mit Gepäckstücken vollständig angefüllt, denn der sehr belastete Zug barg eine große Menge Reisender, die am Abend vorher mit einem Dampfer gelandet waren. Eingeklemmt von diesem Berg bei jedem Stoß tanzender und schwankender Koffer und Körbe stand der Zugführer in seiner Koje und schrieb; ein kleines Fläschchen Dinte hing an einem Nagel und pendelte ununterbrochen hin und her. Wenn in einer Station Gepäckstücke abgeladen worden waren, hatte er vier bis fünf Minuten zu schreiben. In Barentin waren zwei Reisende ausgestiegen, er war also noch dabei, seine Papiere in Ordnung zu bringen und wollte sich gerade in seine Koje begeben, wobei er, wie er es gewöhnlich tat, seinen Blick rückwärts und vorwärts über die Gleise streifen ließ. In diesem mit Fensterscheiben versehenen Käfig hielt er sich in allen freien Minuten auf und lugte umher. Der Tender verbarg ihm den Lokomotivführer, aber infolge seines höheren Standpunktes sah er oft weiter und schneller wie dieser. Der Zug war noch in der Schlucht, als er bereits das Hindernis vor ihm bemerkte. Seine Überraschung war eine so große, dass er einen Augenblick vor Schrecken starr war. Dadurch gingen einige Sekunden verloren, der Zug rollte schon aus dem Hohlweg heraus und ein lauter Aufschrei tönte von der Lokomotive herüber, als er sich erst entschloss, das Lärmsignal in Bewegung zu setzen, dessen Melder vor ihm hing.

Jacques hatte in diesem kritischen Augenblick die Kurbel des Fahrtregulators in der Hand und sah, ohne etwas zu sehen, denn seine Gedanken irrten anderswo. Er dachte an unklare und fernliegende Dinge, die selbst Séverines Bild verdrängt hatten. Das tolle Läuten der Glocke, das Aufkreischen Pecqueux' hinter ihm weckten ihn erst. Pecqueux war unzufrieden mit der Zugluft des Feuerkessels gewesen und hatte den Schaft des Aschkastens herausgezogen. In diesem Augenblick hatte er sich gerade hinausgebeugt, um sich von der Schnelligkeit der Lokomotive Rechenschaft zu geben. Jacques, totenbleich geworden, sah und begriff alles, vor ihm der Karren, die dahinrasende Lokomotive, der unvermeidliche Zusammenstoß, alles das, so klar und deutlich, dass er jedes Körnchen an den beiden Steinblöcken zu unterscheiden und schon die Erschütterung in seinen Knochen zu fühlen meinte. Da war nichts mehr zu machen. Er drehte heftig die Kurbel und Schloss den Regulator. Er gab Gegendampf, unbewusst zog er am Ventil der Dampfpfeife, als wolle er in ohnmächtiger Wut die Riesenbarrikade vor sich benachrichtigen und noch schnell beiseiteschieben. Ein Geheul der Klage durchschnitt die Luft, die Lison gehorchte nicht, ihre Geschwindigkeit verminderte sich kaum merklich. Sie war nicht mehr so folgsam wie einst, seit sie im Schnee etwas von ihrer guten Dampfverteilung, ihrer gefügigen Lauffähigkeit eingebüßt hatte, sie war jetzt wunderlich und launisch wie eine alternde Frau, deren Brust etwas von der Kälte abbekommen hat. Sie schnaufte und pustete unter der sie zügelnden Hand, lief aber doch weiter und weiter mit dem ihr teils nachschleppenden, anhängenden, teils sie schiebenden enormen Gewicht des Zuges. Pecqueux, fast toll vor Furcht, rettete sich durch einen Sprung. Jacques rührte sich auf seinem Posten nicht, seine rechte Hand klammerte sich an den Hebel, die andere hielt den Zug der Dampfpfeife, er wartete, ohne zu wissen, worauf. Und rauchend und fauchend stieß inmitten des sich immer mehr zuspitzenden Gebrülls die Lison mit dem Riesengewichte ihrer dreizehn Waggons auf den Karren.

Zwanzig Meter ab standen dicht am Damme Misard und Cabuche vom Schreck an die Stelle gebannt und streckten die Arme in die Luft, Flores weit aufgerissene Augen beobachteten das fürchterliche Schauspiel. Der Zug richtete sich auf, sieben Waggons kletterten übereinander und brachen mit donnerartigem Krachen zu einem unförmlichen Haufen von Trümmern zusammen. Die drei ersten waren vollständig zu Schutt zermalmt, die vier folgenden türmten sich zu einem Gebirge auf, einem Durcheinander von klaffenden Decken, zerbrochenen Rädern, Türen, Puffern, Ketten und gespaltenen Scheiben. Alles andere aber hatte der Anprall der Lokomotive an die Steine übertönt, es war ein dumpfer Schlag, der in einen einzigen Schrei des Todeskampfes auslief. Die Lison überschlug sich mit aufgerissenem Leibe nach links und begrub unter sich den Karren; die Steine flogen zertrümmert, wie von einer Mine in die Luft gesprengt, nach allen Richtungen auseinander und von den fünf Pferden waren vier auf der Stelle zu Boden geschmettert und getötet worden. Das aus sechs Waggons bestehende Ende des Zuges war völlig unversehrt auf den Schienen stehen geblieben.

Jetzt Rufen, Schreien, unartikuliertes, tierartiges Heulen.

»Zu Hilfe! Hierher! ... Oh mein Gott, ich sterbe! ... Zu Hilfe! Zu Hilfe!«

Man hörte, man sah nichts mehr. Aus den zerrissenen Eingeweiden der Lison entwich pfeifend und zischend der heiße Dampf, als läge eine Riesin in den letzten Zügen. Der weiße undurchdringliche Wirbel von Dämpfen tanzte über den Boden und ließ niemand nahe kommen, während die glühenden rot wie das Blut dieser Eingeweide schimmernden Kohlen ihre schwarzen Rauchwolken hineinmengten. Der Schornstein hatte sich durch die Wucht des Anpralles tief in die Erde gebohrt; der Rumpf war in Trümmer gegangen und streckte die geborstenen Achsen wie verzweifelnd von sich, die Räder starrten in die Luft. In dieser Lage, mit ihren gebrochenen, verbogenen Eingeweiden, mit dem schwarz gähnenden, mächtigen Loch im Bauch glich die Lison einem von einem fürchterlichen Hornstoß aufgeschlitzten und zu Boden geschmetterten Riesenpferd, das verzweiflungsvoll lärmend sein Leben entfliehen sah. Dicht neben ihr lag auch das fünfte Pferd, dem beide Vorderbeine weggerissen waren und die Eingeweide aus einer Brustwunde hingen; den Kopf hatte es aufgerichtet und wieherte entsetzlich, aber durch das Röcheln der im Todeskampf liegenden Maschine drang kein Ton zu jemandes Ohr.

Das Schreien der Menschen verhallte deshalb zunächst ebenfalls ungehört.

»Rettet mich, tötet mich! Ich leide, tötet mich, so tötet mich doch!«

Während der Tumult wuchs und der Dampf die Augen blendete, öffneten sich die Türen der unversehrt gebliebenen Coupés und ein wilder Strom von Reisenden ergoss sich aus den Waggons. Sie fielen zu Boden, rafften sich wieder auf, stießen sich mit den Füßen und schlugen sich mit den Fäusten. Sobald sie festen Boden unter sich fühlten und das freie Feld vor sich sahen, rasten sie davon, sie übersprangen die Hecken, galoppierten querfeldein, um instinktiv von der Gefahr so weit als möglich fern zu sein. Frauen, Männer verloren sich heulend und mit gesträubten Haaren in das Dickicht.

Zu Boden geworfen, getreten, mit in Fetzen herunterhängenden Kleidern stand Séverine endlich gerettet da. Sie floh nicht, sondern stürmte zur röchelnden Lokomotive, wo sie auf Pecqueux stieß.

»Jacques, wo ist er, ist er gerettet?«

Der Heizer, der durch ein wahres Wunder keinerlei Verletzung davongetragen hatte, war zu demselben Zwecke dorthin geeilt. Der Gedanke, dass sein Lokomotivführer unter den Trümmern liegen könnte, drückte ihm fast das Herz ab. War man doch nun schon so lange mitsammen gefahren und hatte man doch gemeinsam so vieles tragen und erdulden müssen. Und ihre Lokomotive, ihre so geliebte Freundin, die dritte in diesem Freundschaftsbunde, lag nun auch auf dem Rücken und gab aus ihren zerrissenen Lungen ihren letzten Atem von sich.

»Ich sprang«, stotterte er, »ich weiß nichts ... Kommen Sie schnell!«

Auf dem Damm stießen sie auf Flore, die sie kommen sah. Bis jetzt hatte sie sich vor Staunen über ihre vollbrachte Tat und über das von ihr angerichtete Gemetzel nicht gerührt. Es war also geschehen und gut so. Ihr Verlangen war nun befriedigt, Mitleid für die anderen, die sie gar nicht bemerkte, fühlte sie nicht. Doch als sie Séverine erkannte, riss sie ihre Augen fast widernatürlich weit auf und ein Schatten fürchterlichen Leidens huschte über ihr aschfarbenes Gesicht. Sie lebte wirklich, diese Frau, die sie bereits für tot gehalten hatte? Ein spitziges Gefühl hatte ihr bisher innegewohnt, weil man ihre Liebe gemordet hatte, jetzt war es ihr aber, als dränge ihr ein Messer in die Brust und mit einem Male wurde es ihr klar, welch ein Fluch auf ihrer Tat laste. Sie war es gewesen, sie hatte alles das da getötet! Ein Schrei der Verzweiflung entriss sich ihrer Kehle, sie rang die Arme und lief wie verrückt davon.

»Jacques! Jacques! ... Hier muss er sein, er ist nach hinten geschleudert worden, ich habe es deutlich gesehen ... Jacques! Jacques!«

Die Lison röchelte jetzt weniger laut, ihr Atem wurde schwächer und so hörte man jetzt auch das herzzerreißende Schreien und Wimmern der Verwundeten. Nur der Rauch wich noch nicht, der mächtige Trümmerhaufen, aus welchem diese Schreckensrufe und Schmerzensschreie drangen, schien von einer unbeweglich in der Sonne stehenden schwarzen Staubwolke umhüllt. Was tun? Was zuerst beginnen? Wie bis zu den Unglücklichen vordringen?

»Jacques!«, rief noch immer Flore. »Ich sage Ihnen, er hat mich noch angesehen und ist dann unter den Tender geraten. Herbei, so helfen Sie mir doch!«

Cabuche und Misard hatten soeben Henri, den Zugführer, aufgehoben, der im letzten Augenblick ebenfalls den Sprung gewagt hatte. Er hatte sich den Fuß verrenkt; sie setzten ihn am Boden nieder und lehnten ihn gegen die Hecke, von wo er stumm und zitternd das Bild der Zerstörung anstarrte, ohne anscheinend viel zu leiden.

»Helfe mir, Cabuche, Jacques muss hier drunter liegen!«

Der Kärrner hörte nicht, er lief zu andren Verwundeten und holte eine junge Frau, deren Beine, an den Schenkeln gebrochen, schlaff herunterhingen.

Séverine eilte auf Flores Ruf herbei.

»Jacques! Jacques! ... Wo ist er? Ich werde Ihnen helfen.«

»Gut, helfen Sie mir!«

Ihre Hände begegneten sich, sie zogen gemeinsam an einem zerbrochenen Rade. Aber die zarten Finger der einen schafften nichts, während die andere mit ihrer starken Hand alle Hindernisse forträumte.

»Aufgepasst!«, mahnte Pecqueux, der sich jetzt den Beiden anschloss.

Er riss rasch Séverine zurück, die gerade auf einen an der Schulter abgelösten, noch mit einem Fetzen blauen Tuches bekleideten Arm treten wollte. Sie wich erschrocken zurück. Dieses Tuch war ihr jedoch fremd, es war ein unbekannter Arm von einem wahrscheinlich irgendwo liegenden Körper, der dahin gerollt war. Sie zitterte aber so sehr infolge dieses Anblicks, dass sie zu weinen anfing und ohne sich rühren zu können, der Arbeit der anderen zusah; sie war nicht einmal imstande, die Glassplitter wegzuräumen, an denen sich die Hände schnitten.

Die Rettung der Sterbenden und die Wegräumung der Toten war nicht ohne Gefahr, denn das Feuer der Lokomotive hatte sich auf die Holzteile übertragen; um das Feuer im Keim zu ersticken, musste es erst mit Erde zugeschaufelt werden. Man schickte nach Barentin, um Hilfe herbeizuholen, eine Depesche ging nach Rouen, man schritt mutig und tätig an das Rettungswerk, an welchem sich alle Arme beteiligten. Viele der Flüchtlinge waren zurückgekehrt und schämten sich ihrer Feigheit. Aber man musste höchst vorsichtig zu Werke gehen, jedes Stück musste sehr sorgfältig abgeräumt werden, denn man fürchtete, die unter den Trümmern Begrabenen durch einen Nachsturz derselben noch mehr zu verletzen. Aus dem wüsten Haufen tauchten jammernde Verwundete auf, deren Unterkörper wie in einem Schraubstock eingeklemmt saßen. Eine volle Viertelstunde arbeitete man, um jemand freizubekommen, der, bleich wie weißes Leinen, sagte, dass ihm nichts fehle. Als man ihn aber heraus hatte, sah man, dass ihm die Beine fehlten. Er verschied auf der Stelle, ohne vorher von dieser fürchterlichen Verstümmelung etwas gewusst oder gefühlt zu haben, so sehr hatte der Schreck jedes andere Gefühl erstickt. Eine ganze Familie wurde aus einem Waggon zweiter Klasse gezogen, der bereits vom Feuer ergriffen worden war: Vater und Mutter hatten Verletzungen an den Knien davongetragen, die Großmutter einen Arm gebrochen; aber sie spürten ihr Leiden nicht, sondern riefen verzweiflungsvoll nach ihrem kleinen Töchterchen, einem dreijährigen Blondköpfchen, das bei der Entgleisung verschwunden war und bald unter dem Bruchstück einer Waggondecke gesund und mit fröhlich lächelndem Gesichtchen aufgefunden wurde. Ein andres mit Blut besudeltes kleines Mädchen hatte man mit zerquetschten Händchen beiseite getragen, bis sich ihre Eltern fanden; es saß nun stumm und unbekannt auf der Erde und sagte kein Wort, sobald sich aber jemand ihr näherte, nahmen ihre Züge den Ausdruck unsäglicher Angst an. Viele Türen ließen sich nicht öffnen, weil durch den Stoß ihre Schlösser verbogen worden waren, man musste durch die zerbrochenen Fensterscheiben in die Coupés dringen. Vier Leichname lagen bereits in einer Reihe neben dem Gleis. Ein Dutzend, Toten gleichende Verwundete warteten hilflos auf einen Arzt, um sich verbinden zu lassen. Unter jedem Trümmerstück beinahe wurde ein neues Opfer gefunden, der Haufen schien nicht kleiner zu werden, alles rieselte und dampfte von dieser menschlichen Schlächterei.

»Wie ich Ihnen sagte, Jacques liegt hier drunter!«, wiederholte Flore, als fände sie Trost in dieser hartnäckigen, immer von Neuem ausgesprochenen Behauptung. »Er ruft, still, still, so hört doch!«

Der Tender lag eingeklemmt unter den andren Waggons, die über ihn fort gestolpert und über ihm zusammengebrochen waren. Seit die Lokomotive nicht mehr so großen Lärm machte, hörte man in der Tat das Ächzen einer tiefen Männerstimme aus dem wüsten Chaos dringen. Je weiter man vordrang, desto lauter und schmerzlicher äußerte sich die Stimme dieses Sterbenden, sodass selbst die Arbeitenden sie nicht mehr ertragen konnten und laut zu schluchzen begannen. Als man endlich den Mann selbst an den Beinen hervorzog, verstummte das fürchterliche Klagegeschrei. Er war tot.

»Nein«, sagte Flore, »er ist es nicht. Er muss noch tiefer liegen.«

Mit ihren Soldatenarmen hob sie die Räder auf und warf sie auf die Seite, sie bog das Zink der Waggondächer mit Leichtigkeit, brach die Türen auf und riss ganze Stücke von eisernen Ketten ab. Sobald sie auf einen Toten oder Verwundeten stieß, rief sie, damit man ihn beiseite trug, sie selbst wollte keine Sekunde aufgehalten sein.

Cabuche, Pecqueux und Misard drängten ihr nach, während Séverine nicht helfen konnte und vor Schwäche fast ohnmächtig sich auf eine losgerissene Coupébank setzte. Misards Phlegma gewann allmählich wieder die Oberhand, er ging zu großen Anstrengungen aus dem Wege und beschränkte sich vornehmlich auf das Forttragen der Körper. Er und Flore sahen den Leichnamen in das Gesicht, als hofften sie, aus den Tausenden und Abertausenden von Menschen, die seit zehn Jahren an ihnen vorübergefahren waren und in ihnen nur eine wirre Erinnerung an eine wie vom Blitz gebrachte und von ihm entführte Menge hinterlassen hatte, Bekannte wiederzufinden. Aber nein, es war immer wieder nur diese unbekannte Flut der Welt auf Reisen. Dieser brutale, durch einen Eisenbahnunfall herbeigeführte Tod blieb ihnen etwas ebenso Unbekanntes, als das es eilig habende Leben selbst dessen Galopp hier vorbei der Zukunft entgegenführte. Sie konnten keinen bei Namen nennen, keine Auskunft geben über die vom Schreck entstellten Häupter der zu Boden geschleuderten, zertretenen, zermalmten Unglücklichen, Soldaten ähnlich, deren Körper nach der Salve einer zum Sturme anrückenden Armee die Löcher füllen. Und doch glaubte Flore, einen wieder zu erkennen, den sie am Tage des großen Schneefalles gesprochen hatte: den Amerikaner, dessen Gesicht ihr bekannt war, trotzdem sie weder seinen Namen noch sonst etwas von ihm und den Seinen kannte. Misard trug ihn mit den andren Toten fort, die Gott weiß woher gekommen waren und hier nun lagen, anstatt sich Gott weiß wohin zu begeben.

Ein weiteres herzzerreißendes Schauspiel. In dem umgestülpten Kasten eines Coupés erster Klasse fand man ein junges, wahrscheinlich soeben erst verheiratetes Paar. Beide waren so unglücklich aufeinander geworfen worden, dass die Frau auf ihrem Manne lag und ihn fast zerquetschte, ohne sich ein bisschen rühren und ihm eine Erleichterung verschaffen zu können. Er röchelte bereits halb erstickt, während sie mit ihrem frei gebliebenen Munde himmelhoch bat, man möchte sich doch beeilen; es riss ihr das Herz entzwei, fühlen zu müssen, dass sie es war, die ihn tötete. Als man sie endlich befreit hatte, hauchte sie plötzlich ihre Seele aus, denn ein Puffer hatte ihr die Seite eingedrückt. Der wieder zu sich gekommene Mann schrie laut auf vor Schmerz, er kniete neben ihr nieder, deren Augen noch voll Tränen standen.

Man zählte jetzt zwölf Tote und mehr als dreißig Verwundete. Endlich hatte man den Tender freigelegt. Flore hielt von Zeit zu Zeit inne und drängte ihren Kopf tief hinein zwischen das verbogene Eisen und zersplitterte Holzwerk; gierig durchforschten ihre Augen die Trümmer, um den Maschinenführer zu entdecken. Plötzlich stieß sie einen lauten Schrei aus.

»Ich sehe ihn, dort unten liegt er ... Halt, ja es ist sein Arm und die blauwollene Jacke ... Er rührt sich nicht, er atmet nicht ...«

Sie hatte sich aufgerichtet und fluchte wie ein Mann.

»So macht doch, zum Donnerwetter, beeilt Euch doch, ihn herauszubekommen!«

Mit beiden Händen versuchte sie eine Waggondecke hervorzuziehen, die ihr den Weg zu anderen Trümmern versperrte. Sie rannte fort und kehrte mit einer Spitzhacke zurück, die den Misards zum Holzhauen diente. Wie ein Holzhauer seine Axt in die Eiche des Waldes treibt, machte sie sich an das Holzgebälk. Man war beiseitegetreten und ließ sie allein arbeiten, man rief ihr nur zu, vorsichtig zu sein. Doch lag kein anderer Verwundeter mehr dort, als der Lokomotivführer, den ein Haufen von Rädern und Achsen schützte. Sie hörte übrigens auf nichts, Herrin über ihre Muskeln, fielen hageldicht ihre Schläge. Jeder Schlag räumte ein Hindernis fort. Mit ihren blonden, weit aufgelösten Haaren, ihren aus der zerrissenen Taille dringenden nackten Armen öffnete sie sich wie eine fürchterliche Mäherin einen Weg durch die Zerstörung, die sie selbst verursacht hatte. Ein letzter Schlag traf eine Achse und das Eisen der Hacke sprang entzwei. Mithilfe der anderen räumte sie die Räder fort, die den jungen Mann vor der sicheren Zerquetschung bewahrt hatten, und nahm ihn als Erste in ihre Arme, um ihn beiseite zu tragen.

»Jacques! Jacques! ... Er atmet, er lebt! Oh Gott, er lebt! ... Ich hatte doch recht, dass er dort lag, ich sah ihn ja fallen.«

Fast kopflos folgte ihr Séverine. Beide Frauen betteten ihn am Fuße der Hecke neben Henri, der noch immer vor sich hinstarrte, als begriffe er weder, wo er war, noch was um ihn her geschah. Pecqueux hatte sich ebenfalls genähert und stand jetzt vor seinem Lokomotivführer, es jammerte ihn, jenen so zugerichtet sehen zu müssen. Die beiden Frauen knieten rechts und links nieder, sie stützten den Kopf des Unglücklichen und beobachteten voller Angst die leisesten Zuckungen seines Gesichts.

Endlich schlug Jacques die Augen auf. Seine Blicke wanderten von einer zu anderen, augenscheinlich erkannte er niemand. Sie schienen ihn gar nicht zu kümmern. Aber als seine Augen die absterbende Lokomotive trafen, hefteten sie sich auf sie und man las in ihnen das wachsende Erstaunen. Jetzt erkannte er auch die Lison wieder und er erinnerte sich nun an alles: an die Steine auf den Gleisen, an den fürchterlichen Stoß, den Zusammenbruch, den er zugleich in ihr und in sich selbst empfunden, von dem er jetzt auferstand, während sie ihr Leben dabei gelassen hatte. Sie war nicht Schuld an ihrer Widerspenstigkeit; seit sie sich ihre Krankheit im Schnee geholt, konnte sie nicht dafür, dass sie jetzt weniger geschmeidig war als früher. Auch schwächte das Alter bereits ihre Glieder und machte ihre Bindungen ungelenk. Er verzieh ihr deshalb gern und fühlte tiefen Kummer, als er sie so im Todeskampf liegen sah. Die arme Lison hatte nur noch wenige Minuten zu leben. Sie erkaltete schon, die Kohlenglut verwandelte sich in Asche, der Atem, der vorher so heftig ihrer Brust entflohen war, lief in das leise Wimmern eines schluchzenden Kindes aus. Noch immer leuchteten ihre Glieder, trotzdem sie mit Erde und Schleim beschmutzt inmitten eines schwarzen Sumpfes von Kohlen ausgeweidet auf dem Rücken lag. Sie endete ebenso tragisch wie ein auf der Straße von einem Unfall betroffenes Luxuspferd. Einen kurzen Augenblick noch hatte man durch ihre zerbrochenen Rippen das Leben in ihr pulsieren sehen können, aber es war nur das letzte Zucken gewesen. Ihre Seele entfloh zugleich mit der Kraft, die ihr Leben gewesen war, mit dem mächtigen Atem, der gar nicht enden zu wollen schien. Immer stiller wurde die zu Tode getroffene Riesin, sanft schlummerte sie ein und schwieg. Sie war tot. Und das Gewirr von Eisen, Stahl und Kupfer, das sie als vergänglichen Teil zurückgelassen, dieser geborstene Koloss mit seinem gespaltenen Rumpf, seinen zerschmetterten Gliedern, seinen zerrissenen, an das Licht gezerrten Eingeweiden erinnerte an die traurigen Reste eines riesigen menschlichen Körpers, einer ganzen, von frischem Leben pulsierenden Welt, der man das Herz mit Gewalt herausgerissen hatte.

Als Jacques Lisons Dahinscheiden begriffen, schloss er wieder die Augen mit dem Wunsche, ebenfalls sterben zu können; er fühlte sich so schwach, dass er auch mit dem letzten leisen Atemzug der Lokomotive zu entschweben vermeinte. Unter den geschlossenen Lidern drängten sich jetzt die Tränen hervor und flossen über seine Wangen. Das war zu viel für Pecqueux, der noch immer unbeweglich mit zusammengepresster Kehle dastand. Ihre gute Freundin war hinüber und sein Lokomotivführer schien ihr folgen zu wollen. Ihre Ehe zu dreien war also wirklich für immer zerstört? Vorüber die Fahrten auf ihrem Rücken, bei denen sie hundert Meilen zurücklegten, ohne ein Wort zu sprechen und wobei sie sich doch verstanden, selbst ohne sich ein Zeichen zu geben? Die arme Lison, wie sanft war sie gewesen trotz ihrer Stärke und wie schön hatte sie in der Sonne geleuchtet! Und Pecqueux, der heute nicht getrunken hatte, brach in lautes, nicht niederzukämpfendes Schluchzen aus, das seinen ganzen Körper schüttelte.

Séverine und Flore waren in Verzweiflung über diese abermalige Ohnmacht Jacques'. Die Letztere lief ins Haus und holte Kampferspiritus, damit rieb sie ihn ein, um wenigstens etwas zu tun. Noch mehr aber litten die beiden Frauen in ihrer Angst unter dem endlosen Todeskampf des Pferdes, das allein von den Fünfen noch lebte und dem beide Vorderfüße abgerissen waren. Es lag neben ihnen und wieherte beständig; es war ein so fürchterliches Jammern wie aus menschlichem Munde, dass zwei der Verwundeten ebenfalls wie Tiere zu heulen begannen. Kein Todesschrei hatte die Luft mit einer so entsetzlichen, unvergesslichen Frage durchtönt, die das Blut zu Eis gefrieren machte. Die Qual wurde unerträglich, es wurden Stimmen des Mitleids und des Zornes laut, die baten, man möchte doch ein Ende mit dem Leiden des Pferdes machen, dessen endloses Wiehern, nun die Lokomotive tot war, wie der letzte Weheruf der Katastrophe klang, Pecqueux raffte, noch immer schluchzend, die Hacke mit dem zerbrochenen Eisen auf und ein einziger Schlag vor den Schädel erlöste das arme Tier. Und tiefe Stille senkte sich auf dieses Schlachtfeld hernieder.

Nach zweistündigem Warten traf Hilfe ein. Durch den Anprall hatten sich sämtliche Waggons nach links geworfen, sodass das andere Gleis in wenigen Stunden wieder fahrbar sein konnte. Ein Zug mit drei Waggons brachte aus Rouen den Kabinettschef des Präfekten, den kaiserlichen Procurator, Ingenieure und Ärzte der Gesellschaft, eine ganze Flut bestürzter und geschäftiger Persönlichkeiten herbei, während der Bahnhofsinspektor von Barentin, Herr Bessière, mit einer Arbeiterschaar unter den Trümmern aufzuräumen begann. Ein außergewöhnliches Leben und Treiben herrschte mit einem Male in diesem abseits gelegenen, gewöhnlich so stummen und öden Winkel. Die unverletzt gebliebenen Reisenden zitterten förmlich nach der Raserei ihrer Panik vor Verlangen nach Bewegung: Die Einen suchten nach Wagen, denn sie fürchteten sich, wieder in die Coupés zu steigen, die anderen beunruhigten sich schon, als sie sahen, dass nicht einmal eine Schubkarre aufzutreiben war, wo und wie sie essen und schlafen würden. Alle verlangten sie ein Telegrafenbüro zur Stelle, mehrere wanderten zu Fuß nach Barentin, um von dort zu depeschieren. Während die Herren der Behörde von denen der Verwaltung unterstützt die Untersuchung begannen, machten sich die Ärzte eilig an das Verbinden der Verwundeten. Viele lagen ohnmächtig in den Blutlachen. Andere klagten leise beim Ansetzen der Pinzetten und Nadeln. Im Ganzen zählte man fünfzehn Tote und zweiunddreißig Schwerverwundete. Bis die Identität der Letzteren festgestellt war, lagen sie alle nebeneinander längs der Hecke, das Gesicht dem Himmel zugewandt. Ein kleiner Substitut, ein junger, blonder, rosiger Mensch, der vor Eifer glühte, beschäftigte sich allein mit ihnen, er durchsuchte ihre Taschen, um aus Papieren, Karten, Briefen ihre Namen zu erkennen und an ihnen entsprechende Zettel zu befestigen. Um ihn bildete sich bald ein dichter Kreis; trotzdem fast auf eine Meile in der Runde kein Haus zu sehen war, hatten sich doch schnell an dreißig Menschen, Männer, Weiber, Kinder eingefunden, die nur im Wege standen, ohne helfen zu können. Der schwarze Staub, der Rauchschleier und der Dampf, der alles eingehüllt hatte, waren verflogen, der strahlende Aprilvormittag leuchtete triumphierend über dieser Stätte des Unheils und die Sonne badete in ihrem milden, fröhlichen Strahlenregen die Sterbenden und die Toten, die vernichtete Lison, das Chaos aufgehäufter Trümmer, das die Arbeiterschaar zusammentrug, Insekten gleich, welche die Rundung ihres durch den Fuß eines unachtsamen Wanderers zertretenen Loches wieder zu ergänzen bemüht sind.

Jacques war noch immer ohnmächtig. Séverine bat einen vorübereilenden Arzt, näher zu treten. Dieser untersuchte den jungen Mann, fand aber keine äußerliche Verwundung, er befürchtete aber, dass innerliche Verletzungen vorhanden wären, denn es zeigten sich schwache Blutfäden zwischen den Lippen. Er konnte noch nichts Bestimmtes sagen, riet aber, ihn sobald als möglich in ein Bett zu bringen und bei dem Transport jede Erschütterung zu vermeiden.

Jacques öffnete unter den ihn betastenden Händen abermals mit einem leisen Schmerzensruf die Augen. Diesmal erkannte er Séverine und nach wie vor bat er sie:

»Bringe mich fort, bringe mich fort!«

Flore beugte sich über ihn. Als er den Kopf wandte, erkannte er auch sie. Seine Blicke spiegelten die Furcht eines Kindes wieder, er drängte sich in dem Gefühl des Hasses und des Abscheus an Séverine und wiederholte:

»Bringe mich fort, gleich, gleich!«

Sie fragte ihn, wobei sie die vertrauliche Anrede gebrauchte, denn nur das junge Mädchen war zugegen, das nicht zählte:

»Willst du nach Croix-de-Maufras? ... Wir sind in allernächster Nähe und dort wie zu Hause. Hast du etwas dagegen?« Er stimmte ihr bei, noch immer unter den Blicken der anderen erzitternd.

»Wohin du willst, nur sofort!«

Flore war unter diesem ihr fluchenden Blicke erbleicht. In dieser Schlächterei Unbekannter und Unschuldiger waren weder er noch sie vom Tode ereilt worden: Die Frau hatte keine Schramme abbekommen und er kam auch vielleicht noch davon. Gerade ihr Verbrechen näherte die Beiden noch mehr als zuvor und verbannte sie in dieses einsame Haus, wo sie allein für sich leben konnten. Sie sah sie plötzlich dort wohnen, den Geliebten geheilt und sie ihn sorgsam pflegen und hätscheln, wenn er wach war, sie sah beide fern von der Welt in absoluter Freiheit den Honigmond in die Länge ziehen, den die Katastrophe herbeigeführt. Ein eisiger Schauer überrieselte sie, sie blickte die Toten an, für nichts und wieder nichts hatte sie jene gemordet.

Bei diesem Umherblicken sah sie, dass Misard und Cabuche von mehreren Herren ausgefragt wurden, wahrscheinlich von Herren des Gerichts. In der Tat versuchten der kaiserliche Procurator und der Kabinettschef des Präfekten soeben zu ergründen, wie der Karren auf die Gleise gekommen war. Misard blieb dabei, dass er seinen Posten nicht verlassen hätte und, dass er nichts auszusagen wüsste: Er hatte in der Tat keine Ahnung, wie alles das gekommen war, nur behauptet er, sich in diesem Augenblick mit den Apparaten beschäftigt und so dem Damm den Rücken zugekehrt zu haben. Cabuche, der noch wie dumm im Kopf war, erzählte eine lange, bunte Geschichte, warum er die Pferde allein gelassen hätte: Er hätte gern die Tote noch einmal sehen wollen, die Pferde seien durchgegangen und das junge Mädchen hätte sie nicht mehr halten können. Er verwickelte sich, begann von vorn, kurz man wurde nicht klug aus ihm.

Ein wilder Drang nach Freiheit tobte mit einem Male durch Flores eisiges Blut. Sie wollte frei sein, um nachzudenken und einen Entschluss zu fassen, hatte sie doch nie jemandes bedurft, um den richtigen Weg einzuschlagen. Wozu noch warten, bis man sie mit langweiligen Fragen belästigte und sie womöglich verhaftete? Sie hatte außer dem Verbrechen auch ein Versehen im Dienste begangen, für das sie verantwortlich gemacht werden musste. Trotzdem rührte sie sich nicht vom Fleck, solange Jacques noch da war.

Séverine hatte Pecqueux so lange gebeten, bis es diesem geglückt war, eine Tragbahre aufzutreiben. Er erschien mit einem Kameraden, um den Verwundeten fortzutragen. Der Arzt hatte die junge Frau bewogen, auch den Zugführer Henri in ihr Haus zu nehmen, der nur an einer starken Gehirnerschütterung zu leiden schien. Man wollte ihn nach Jacques fortschaffen.

Als Séverine sich niederbeugte, um den obersten Knopf der Jacke zu lüften, der Jacques am Halse würgte, küsste sie ihn vor aller Welt auf die Augen, sie wollte ihm dadurch Mut für den Transport einflößen.

»Fürchte nichts, wir werden glücklich sein.«

Er erwiderte lächelnd den Kuss. Das hatte noch gefehlt, um Flores Herz völlig zu zerfleischen, das riss jenen auf immer von ihr. Ihr schien es, als flösse auch ihr Blut in Strömen aus einer unheilbaren Wunde. Als man ihn wegtrug, ergriff sie die Flucht. Beim Vorübergehen an ihrem Häuschen sah sie durch die Scheiben das Totenzimmer, noch immer schimmerte die Kerze neben dem Körper ihrer Mutter bleich in das volle Tageslicht hinein. Während des Unglücks hatte die Tote allein gelegen, den Kopf zur Seite gewandt, ihre Augen waren weit offen, die Lippe verzerrt, als hätte sie diese ihr fremde Welt sich den Kopf einrennen und sterben gesehen.

Flore rannte davon, sie folgte zuerst der Biegung, welche die Straße nach Doinville macht, dann drang sie nach links durch das Gebüsch. Sie kannte jeden Winkel in dieser Gegend, sie fürchtete daher nicht, dass die Gendarmen sie so schnell finden würden, falls man sie ihr nachsandte. Sie hielt daher plötzlich in ihrem rasenden Lauf inne und ging langsam auf ein Versteck, eine Art Aushöhlung oberhalb des Tunnels zu, in welcher sie an traurigen Tagen gern zu verweilen pflegte. Sie sah empor, es war um die Mittagszeit. Als sie in ihrem Loche saß, streckte sie sich lang auf den harten Fels aus und blieb unbeweglich, die Hände unter den Nacken geschoben, liegen. Eine fürchterliche Leere gähnte in ihr, ein Gefühl, als sei sie schon gestorben, machte nach und nach ihre Glieder gefühllos. Sie empfand keine Gewissensbisse darüber, so viele Menschen unnütz abgeschlachtet zu haben, sie musste sich Gewalt antun, um ein Bedauern und Abscheu zu fühlen. Aber sie wusste genau, dass Jacques gesehen hatte, wie sie die Pferde zurückhielt; sie verstand daher sein Zurückweichen vor ihr, den schreckhaften Widerwillen, den man vor Ungeheuern empfindet. Das konnte er ihr nie vergessen. Wenn man übrigens die Leute fehlt, denen man auflauert, so braucht man sich darum noch nicht selbst verfehlen. Sie wollte sofort in den Tod gehen. Jede Hoffnung war ihr erstorben; seit sie hier war und ruhiger über alles nachdachte, fühlte sie immer deutlicher die Notwendigkeit des Selbstmordes. Nur die Müdigkeit, die Hinfälligkeit ihres ganzen Wesens hielten sie noch ab, aufzuspringen und eine Waffe zu suchen, um zu sterben. Und dennoch stieg aus der Tiefe ihres unüberwindlichen Halbschlummers die Liebe zum Leben, ein letzter Traum des Glücks, das Verlangen, auch so glücklich mitsammen leben zu können wie jene beiden verschont Gebliebenen, in ihr auf. Warum wollte sie die Nacht nicht abwarten, um zu Ozil zu eilen, der sie anbetete und sie gewiss verteidigen würde? Liebliche Gedanken flohen wirr durcheinander, sie sank in einen festen, traumlosen Schlaf.

Als Flore erwachte, war es tiefe Nacht. Wie betäubt tastete sie um sich, fühlte das kalte Gestein und erinnerte sich plötzlich, wo sie geschlafen hatte. Und wie ein Blitzstrahl leuchtete ihr jäh die unerbittliche Notwendigkeit wieder ein; jetzt musste gestorben sein.

Flore sprang auf und verließ ihr Felsenloch. Sie zauderte nicht, instinktiv fühlte sie, wohin sie sich zu wenden hatte. Sie überzeugte sich durch einen Blick nach dem besternten Himmel, dass es auf neun ging. Als sie an den Bahndamm kam, fuhr gerade ein Eilzug in der Richtung nach Havre vorüber. Es schien ihr das ein Vergnügen zu bereiten: Da der Zug so glatt vorüberfuhr, hatte man jedenfalls das eine Gleis bereits freigemacht, während das andere wahrscheinlich noch gesperrt war, denn der Verkehr nach Paris war, wie es schien, noch nicht wieder aufgenommen. Sie schritt durch das große Schweigen dieser wilden Gegend an der Hecke entlang, Sie beeilte sich nicht, denn der nächste Zug aus Paris kam erst um 9 Uhr 25 hier vorbei. Sehr gefasst ging sie Schritt für Schritt durch die tiefe Dunkelheit, als wenn sie einen ihrer gewöhnlichen Spaziergänge auf abgelegenen Pfaden machte. Um zum Tunnel zu gelangen, musste sie durch die Hecke. Sie tat es und schlenderte nun auf dem Gleis selbst ihrer Begegnung mit dem Eilzuge entgegen. Um von dem Wärter nicht gesehen zu werden, musste sie sich mit List an ihm vorbeischleichen, wie immer, wenn sie Ozil am anderen Ende des Tunnels einen Besuch abstatten wollte. Im Tunnel selbst schritt sie unentwegt geradeaus. Sie empfand diesmal nicht dieselbe Furcht wie eine Woche vorher, wo sie sich umgedreht hatte und nicht mehr wusste, in welcher Richtung sie gehen sollte. Der Tunnelwahnsinn tobte nicht wieder in ihrem Gehirn, dieser Wahnsinnstaumel, in welchem alle Dinge, Zeit und Raum inmitten des donnerartigen Lärms und unter der schweren Last der Wölbung wie umflort erscheinen. Alles das war überwunden. Sie überlegte nicht, sie dachte kaum, sie hatte nur die eine fixe Empfindung, geradeaus gehen zu müssen, bis der Zug ihr entgegen kam und dann immer weiter geradeaus zu schreiten, direkt in das Signallicht der Lokomotive hinein, wenn es vor ihr durch die Nacht flammte.

Flore fühlte aber etwas wie Überraschung, glaubte sie doch schon seit vielen Stunden so zu wandern. Wie fern war ihr doch der Tod, den sie herbeiwünschte! Der Gedanke, dass sie noch viele Meilen würde marschieren müssen, ohne ihm schließlich zu begegnen, brachte sie einen Augenblick zur Verzweiflung. Ihre Füße wankten, war es nicht besser sitzend zu warten und sich über die Schienen zu legen? Es schien ihr das zu unwürdig, sie hatte das Bedürfnis, wandern zu müssen, bis das Ende da war und dann aufrecht wie eine kriegerische Jungfrau zu sterben. Ihre Energie erwachte von Neuem, eine geheime Macht drängte sie instinktiv vorwärts. Jetzt sah sie in weiter Ferne das Signallicht der Lokomotive wie einen einzigen, winzigen Stern am tintenschwarzen Himmel funkeln. Noch befand sich der Zug außerhalb der Wölbung, kein

Geräusch verkündete sein Kommen, nur das lebhafte, fröhlich schimmernde Feuer breitete sich aus. Ihre geschmeidige Büste statuenhaft regend und auf ihren starken Beinen nicht wankend schritt sie jetzt etwas schneller aus, ohne indessen zu laufen, als könnte sie die Annäherung einer geliebten Freundin, der sie den Weg zu verkürzen wünschte, nicht erwarten. Der Zug fuhr jetzt in den Tunnel ein, das fürchterliche Donnern näherte sich und die Erde bebte vom Sturmwind gepackt; der kleine Stern war ein riesiges Auge geworden, das sich noch immer vergrößerte und wie ein Planet aus der Finsternis sprang. Unter der Herrschaft eines unerklärlichen Gefühles, vielleicht um ganz allein sterben zu wollen, leerte sie, während sie noch immer heldenhaft vorwärts strebte, ihre Taschen und warf ein ganzes Häufchen auf die Seite, ein Taschentuch, Schlüssel, zwei Messer, Bindfaden; sie löste sogar die Nadel, welche ihr Kleid am Halse zusammenhielt und ließ die schon halb zerrissene Gewandung auf der Brust aufklaffen. Das Auge verwandelte sich jetzt in einen Glutofen, feuchtwarm drang schon der Atem des Ungeheuers ihr entgegen, während der Donner immer betäubender schallte. Sie ging genau auf diese Glut zu, um die Lokomotive nicht zu verfehlen wie ein nächtliches, von der Flamme angelocktes Insekt. Der schreckliche Zusammenstoß erfolgte, sie drehte sich um sich selbst und streckte die Arme aus; noch im letzten Augenblick erwachte der Instinkt streitlustigen Gefühles in ihr, als wollte sie den Koloss in die Arme nehmen, um ihn zu bezwingen. Ihr Kopf hatte das Signallicht getroffen, dieses erlosch.

Erst eine Stunde später hob man Flores Leichnam auf. Wohl hatte der Lokomotivführer die befremdliche, hohe bleiche Schreckensgestalt in der Woge des sie jäh überflutenden Lichtes auf die Maschine zugehen gesehen. Als dann plötzlich die Laterne erlosch und der Zug mit donnerartigem Getöse durch das tiefe Dunkel rollte, hatte er gebebt, denn er hatte den Tod vorüberstreifen gefühlt. Als er den Tunnel verließ, bemühte er sich, dem Wärter die Mitteilung von dem Geschehnis zuzurufen. Allein erst in Barentin konnte er berichten, dass sich im Tunnel jemand, wahrscheinlich eine Frau, unter die Räder geworfen habe; Haare vermischt mit Gehirnteilen klebten noch an der zerbrochenen Scheibe des Signallichts. Als die ausgesandten Männer den Körper fanden, waren sie von seiner weißen, marmorhaften Erscheinung überrascht. Durch die Wucht des Stoßes war er auf das andere Gleis geschleudert worden, der Kopf war zu Brei zermalmt, die halb nackten, so herrlich in ihrer

Reinheit und Kraft schimmernden schönen Glieder aber waren unverletzt geblieben. Schweigend hüllten die Männer den Leichnam ein. Sie hatten Flore erkannt. Es war ihnen klar, dass sie sich hatte töten lassen, um sich der auf ihr lastenden fürchterlichen Verantwortung zu entziehen.

Seit Mitternacht ruhte Flore in dem niedrigen Häuschen neben der Leiche ihrer Mutter. Man hatte Matratzen auf die Erde gelegt, eine Kerze angezündet und diese zwischen beide gestellt, Phasies Kopf mit dem abscheulichen Lachen ihres verzerrten Mundes hing immer noch auf die Seite, sie schien mit ihren großen starren Augen jetzt ihre Tochter anzustarren. Durch das unheimliche Schweigen hörte man dumpfes Klopfen im ganzen Hause: Misard suchte noch immer atemlos nach dem Schatze und in regelmäßigen Pausen eilten die Züge nach beiden Richtungen vorüber, denn der Verkehr war wieder auf beiden Gleisen aufgenommen. Im Vollgefühl ihrer mechanischen Kraft jagten sie unerbittlich gleichgültig und ohne Kenntnis dieses Trauerspieles und dieser Verbrechen dahin. Was kümmerten sie die fremden Leute, die unterwegs zu Schaden kommen und von den Rädern zermalmt werden! Man hatte die Toten weggetragen, das Blut aufgewaschen und fuhr wieder der dunklen Zukunft entgegen!

# Elftes Kapitel

Die beiden hohen Fenster des großen, in rotem Damast gehaltenen Schlafzimmers in la Croix-de-Maufras führten direkt auf den nur einige Meter entfernt sich hinziehenden Bahndamm. Von dem Bett, einem altertümlichen Säulenbett an der Hinterwand aus, sah man die Züge vorbeifahren. Seit vielen Jahren war hier nichts geändert, kein Stück berührt oder entfernt worden.

Séverine hatte den verwundeten, ohnmächtigen Jacques in dieses Zimmer tragen lassen, während Henri Dauvergne in ein anderes, kleineres, im Erdgeschoss gelegenes Zimmer gebettet wurde. Sie selbst nahm von einem, nur durch den Treppenflur von Jacques getrennten Zimmer Besitz. Innerhalb zwei Stunden war man fix und fertig eingerichtet, denn das Haus war vollständig möbliert, selbst Wäsche war in den Schränken vorhanden. Séverine band sich eine Schürze vor und sah nun wie eine Krankenwärterin aus. Sie hatte an Roubaud telegrafiert, er möge sie nicht erwarten, sie bliebe einige Tage hier, um die in ihr Haus gebrachten Verwundeten zu pflegen.

Den nächsten Tag bereits hatte der Arzt erklärt, dass er Jacques innerhalb acht Tagen wieder herzustellen hoffe: Wunderbarerweise waren die inneren Verletzungen ganz unbedeutender Natur. Er empfahl die größte Pflege und ausschließliche Ruhe. Als der Kranke die Augen öffnete, bat ihn Séverine, die ihn wie ein Kind behandelte, sich ruhig zu verhalten und ihr in allem zu gehorchen. Er fühlte sich noch so schwach, dass er durch ein Nicken mit dem Kopfe ihr alles versprach. Seine Gedanken waren nun wieder völlig klar. Er erkannte sofort das Zimmer wieder, das sie ihm in der Nacht ihres Geständnisses beschrieben hatte, es war der Raum, in welchem sie zu sechzehn und einhalb Jahren vom Präsidenten Grandmorin vergewaltigt worden war. Es war jedenfalls auch dasselbe Bett, in welchem er jetzt lag, denn ohne den Kopf zu heben, konnte er die Züge vorüberfliegen sehen, wobei das ganze Haus ins Wanken geriet. Alles das erschien ihm so vertraut; wie oft wohl mochte er schon das Haus gesehen haben, wenn er auf seiner Lokomotive an ihm vorübersauste! Und er sah es jetzt wieder, wie es in schräger Linie vom Bahndamm mit seinen geschlossenen Fensterläden öde und verlassen da stand; wie es noch trübseliger und erbärmlicher ausschaute, seitdem das mächtige Schild mit der Aufschrift: Zu verkaufen! Die Melancholie des vom Gestrüpp durchwucherten Gartens noch erhöhte. Er gedachte der abscheulichen Traurigkeit, des üblen Empfindens, das ihn jedes Mal heimsuchte, als winkte ihm dort das Unglück seines Lebens. Jetzt, nun er so bleich in diesem Bett lag, glaubte er alles zu verstehen, denn es konnte nichts anderes sein: Hier würde er sterben müssen.

Sobald Séverine seinen Verstand so weit gekräftigt glaubte, dass er alles begreifen konnte, flüsterte sie ihm in das Ohr, während sie gleichzeitig das Oberbett heraufzog:

»Beunruhige dich nicht, ich habe deine Taschen ausgeleert und die Uhr an mich genommen.«

Er sah sie mit weit aufgerissenen Augen an, endlich verstand er:

»Die Uhr ... ganz recht, die Uhr.«

»Man hätte ja zufällig nachsuchen können. Ich habe sie unter meine Sachen versteckt. Fürchte also nichts.«

Er drückte ihr dankbar die Hand. Als er den Kopf wandte, sah er auf dem Tische das ebenfalls in seiner Tasche gefundene Messer liegen. Es war unnötig, es zu verbergen; dieses Messer sah genau so aus wie alle anderen Messer.

Am übernächsten Tage fühlte sich Jacques schon etwas kräftiger, er wagte sogar zu hoffen, dass er nicht sterben würde. Er empfand ein wirkliches Vergnügen, als er Cabuche sich anstrengen sah, mit seinen schwerfälligen Füßen so leise als möglich durch das Zimmer zu gehen. Seit dem Unglück hatte der Kärrner Séverine nicht wieder verlassen, als fühlte er ein brennendes Verlangen, ihr seine Ergebenheit zu beweisen: Er ließ seine Arbeit im Stich und kam jeden Morgen, um die groben Arbeiten im Hause zu verrichten; seine Augen verließen sie nicht, er gebärdete sich ganz wie ein treuer Hund. Er meinte, sie sei eine strenge Frau, trotzdem sie so schmächtig aussähe. Man könnte schon ein Übriges für sie tun, tat sie doch auch so viel für andere. Die beiden Liebenden gewöhnten sich bald an ihn, sie umarmten sich ohne Scheu, während er mit seinem großen Leibe so behände wie möglich durch das Zimmer schlich.

Jacques wunderte sich indessen über die häufige Abwesenheit Séverines. Am ersten Tage hatte sie dem Wunsche des Arztes gemäß die Anwesenheit Henris verheimlicht, denn sie fühlte selbst, welche wohltuende Wirkung die absoluteste Einsamkeit auf Jacques ausüben würde.

»Wir sind allein, nicht wahr?«

»Ja, Schatz, ganz allein ... Schlafe nur ruhig.«

Sie verschwand am folgenden Tage trotzdem alle Minuten, er hatte auch im Erdgeschoss das Geräusch von Tritten und Flüstern vernommen. Am nächsten Tage hörte er sogar unterdrückte Fröhlichkeit, helles Lachen, zwei junge, frische, unermüdlich plaudernde Stimmen.

»Was gibt es da unten, wer ist dort? ... Wir sind also nicht allein?«

»Nein, Schatz, gerade unter deinem Zimmer liegt noch ein zweiter Verwundeter, den ich auch bei mir aufnehmen musste.«

»Ah, wer ist das?«

»Henri, der Zugführer.«

»Henri ... Ah!«

»Heute früh sind seine Schwestern angekommen. Sie sind es, die du hörst, sie lachen über alles .. Es geht ihm schon besser, sie wollen daher heute Abend schon wieder fort, weil der Vater sie nicht entbehren kann. Henri wird noch zwei oder drei Tage bleiben müssen, bis er vollständig wieder hergestellt ist ... Denke dir, er sprang, hat aber kein Glied gebrochen, nur war er wie ein Idiot. Jetzt ist sein Verstand schon wieder zurückgekehrt.« Jacques schwieg und heftete einen langen Blick auf sie. Sie setzte daher hinzu:

»Du begreifst doch ... Wäre er nicht hier, wären wir beide schon wieder ins Gerede gekommen ... Da ich aber nun nicht mit dir allein hier bin, kann mein Mann nichts sagen und ich habe einen guten Vorwand, um bleiben zu können ...Begreifst du?«

»Ja, ja, sehr gut so.«

Jacques hörte bis zum Abend das Lachen der kleinen Dauvergne wieder heraufschallen, wie damals in dem Zimmer in Paris, in welchem Séverine in seinen Armen ihm beichtete. Dann wurde alles still, er vernahm kaum Séverines leisen Tritt, wenn sie von einem Verwundeten zu dem anderen ging. Die Tür unten fiel ins Schloss, tiefe Ruhe herrschte im ganzen Hause. Zweimal verspürte er einen brennenden Durst, er klopfte mit dem Stuhl auf die Diele, damit Séverine zu ihm käme. Sie erschien dann auch lächelnd und hatte es sehr eilig; sie erklärte ihm, dass sie gar nicht zur Ruhe käme, weil sie Henri fortwährend eiskalte Umschläge auf den Kopf legen müsste.

Am vierten Tage konnte Jacques aufstehen und zwei Stunden in einem Fauteuil am Fenster zubringen. Wenn er sich etwas vorbeugte, sah er den schmalen, von niedrigen Mauern umschlossenen, mit wilden, blass blühenden Rosensträuchern überwucherten Garten, durch den der Eisenbahndamm führte. Er erinnerte sich der Nacht, in der er sich auf die Fußspitzen gestellt hatte, um über die Mauer zu blicken, er sah das weite öde Terrain auf der anderen Seite des Hauses wieder, die lebendige Hecke, die es einschloss, durch die er geschlüpft war, dann Flore, die neben dem eingefallenen Gewächshaus gesessen hatte und mit einer großen Schere die Knoten der gestohlenen Stricke durchschnitt. Oh, das war eine fürchterliche, so ganz von seiner schrecklichen Krankheit beherrschte Nacht gewesen! Diese Flore mit ihrer hohen, geschmeidigen Büste einer blonden Kriegerin, die ihre flammenden Augen starr auf die seinen zu richten pflegte, sie beschäftigte seine Gedanken ausschließlich, seit mit der Gesundheit sich auch das Erinnerungsvermögen wieder einstellte. Bisher hatte er von dem Unglück noch nicht gesprochen und aus seiner Umgebung hatte aus Gründen der Vorsicht noch niemand davon zu sprechen begonnen. Jetzt aber erinnerte er sich wieder jeder Einzelheit, er ergänzte sich alles und gab sich, während er am Fenster saß, die größte Mühe, kleine Züge wiederzufinden und die Beteiligten zu entdecken. Warum sah er sie nicht mehr vor der Schranke mit der Fahne im Arm? Er wagte niemand zu fragen, dadurch wuchs aber die üble Empfindung, die ihm dieses traurige, wie ihm schien, von Gespenstern heimgesuchte Haus einflößte.

Eines Morgens jedoch, als Cabuche gerade Séverine half, konnte er nicht länger mit der Frage hinterm Berge halten.

»Ist Flore krank?«

Der Kärrner war so perplex, dass er das abwehrende Zeichen der jungen Frau nicht verstand und anstatt zu schweigen, alles gerade heraus sagte:

»Die arme Flore ist tot!«

Jacques sah ihn zitternd an, wohl oder übel musste ihm nun alles gesagt werden. Beide erzählten ihm also von dem Selbstmord des jungen Mädchens, das sich im Tunnel habe überfahren lassen. Man hatte die Beerdigung der Mutter bis zum Abend hinausgeschoben, um die Tochter gleichzeitig mit ihr bestatten zu können. Beide ruhten jetzt Seite an Seite auf dem kleinen Kirchhof von Dionville, wo sie die ihnen im Tode vorangegangene sanfte, unglückliche und vergewaltigte Louisette wiedergefunden hatten. Drei Unglückliche von jenen, die am Wege fallen und die man zertritt, die wie weggefegt waren von dem fürchterlichen Winde der vorüberjagenden Züge.

»Tot, mein Gott!«, wiederholte Jacques leise, »meine arme Tante Phasie, Flore und Louisette!«

Bei Nennung der Letzteren sah Cabuche, der Séverine das Bett machen half, instinktiv zu ihr auf: die Erinnerung an seine einstige Liebe kam ihm angesichts der neuen Leidenschaft ungelegen, die er ohne dagegen anzukämpfen als zärtlich veranlagtes, beschränktes Wesen in sich aufwachsen ließ wie ein guter Hund, den man mit der ersten Liebkosung für sich gewinnt. Aber die junge Frau, die über sein tragisches Liebesverhältnis vollständig orientiert war, blieb ernst und begegnete ihm mit teilnahmsvollen Blicken. Er war davon so gerührt, dass er, als ihre Hand ganz zufällig auf dem Kopfkissen die seine streifte, auf Jacques' Fragen nur stotternd antworten konnte.

»Sie soll also das Unglück absichtlich herbeigeführt haben?«

»Oh nein ... Es war aber ihre Schuld, wie man meint.«

In abgebrochenen Sätzen erzählte er, was er wusste. Er selbst hatte nichts gesehen, denn er befand sich im Hause, als die Pferde losgingen und den Karren auf die Schienen zogen. Allerdings lastete auch auf ihm diese Tatsache erschwerend und beschämend, denn die Herren vom Gericht hatten ihn hart zur Rede gestellt und gesagt, es sei ein Verbrechen, das Gespann ohne Aufsicht gelassen zu haben, das fürchterliche Unglück wäre gewiss nicht geschehen, wenn er bei den Pferden geblieben sein würde. Die Untersuchung hatte also nur ein leichtes Vergehen Flores ergeben, und da sie sich selbst schwer genug dafür bestraft hatte, so war damit die Sache abgetan. Man hatte nicht einmal Misard abgesetzt, der mit seiner unterwürfigen Miene sich dadurch aus der Klemme gezogen hatte, dass er alle Schuld auf die Tote wälzte: Sie wäre stets nur nach ihrem Kopfe gegangen, er hätte alle Augenblicke seinen Posten verlassen müssen, um die Barriere zu schließen. Die Gesellschaft konnte daher nicht anders, als bekunden, dass er an jenem Morgen seine Schuldigkeit getan habe. In der Erwartung, dass er sich noch einmal verheiraten würde, hatte sie ihm die Erlaubnis gegeben, eine alte Frau aus der Nachbarschaft, die Ducloux, mit dem Dienst an der Barriere zu beauftragen, eine alte Herbergsaufwärterin, die jetzt von den Ersparnissen eines schmutzigen Gewerbes lebte.

Als Cabuche das Zimmer verließ, nötigte ein Blick von ihm Séverine zum Bleiben. Er war sehr bleich.

»Flore war es gewesen. Sie hatte die Pferde aufgehalten, sodass das Gleis durch die Steinblöcke versperrt war.«

Jetzt erzitterte auch Séverine und erbleichte.

»Was erzählst du da, Schatz! – Du fieberst. Du musst dich wieder zu Bett legen.«

»Nein, nein, ich träume nicht .. Ich habe sie gesehen, wie ich dich hier sehe. Sie hielt die Tiere fest und verhinderte es mit ihrer starken Faust, dass der Karren hinüberkam.« Die junge Frau sank auf einen Stuhl, denn ihre Füße versagten ihr plötzlich den Dienst.

»Mein Gott, mein Gott, wie fürchte ich mich ... Das ist ungeheuerlich, ich werde keine Nacht mehr ruhig schlafen können.«

»Die Sache ist ganz klar«, fuhr er fort. »Sie hat eben versucht, uns beide durch den Anprall zu töten ... Seit Langem schon zürnte sie mir und war auf dich eifersüchtig. Sie hatte einen vertrackten Kopf mit ganz verrückten Ideen auf sich ... So viel Morde mit einem Schlage, eine ganze Menschenmenge in ihrem Blute! Oh dieses liederliche Frauenzimmer!«

Seine Augen vergrößerten sich, ein nervöses Zucken verzog seine Lippen. Er schwieg und sie blickten sich noch eine volle Minute starr an. Dann rissen sie sich mit Gewalt von den abscheulichen, auf sie eindringenden Vorstellungen los und er sagte halblaut:

»Sie ist nun tot und kommt doch wieder! Seit ich wieder meine Gedanken beisammenhabe, scheint sie fortwährend neben mir zu sein. Heute früh erst drehte ich mich um, weil ich glaubte, sie stehe am Kopfende meines Bettes. Sie ist tot und wir leben. Wenn sie sich nur nicht jetzt noch rächt!«

Séverine zuckte zusammen.

»Oh, so schweige doch. Du wirst mich noch toll machen.«

Sie ging und Jacques hörte sie zu dem andern Verwundeten heruntergehen. Er blieb am Fenster und vergaß sich ganz in dem Anblick der Gleise, des kleinen Bahnwärterhäuschens mit seinem großen Schöpfbrunnen, der Signalstange und der kleinen Bretterbude, in der Misard über seine regelmäßige, eintönige Beschäftigung wahrscheinlich gerade eingeschlummert war. Diese Dinge nahmen seine Gedanken ganze Stunden hindurch gefangen, als suchte er dort die Lösung eines Problems, ohne sie zu finden, und als hänge doch gerade von dieser Lösung sein eigenes Heil ab.

Er wurde nicht müde, diesen Misard zu beobachten, dieses sanfte, schmächtige, kriechende Wesen, der in einem Fort von Hustenanfällen geschüttelt wurde und doch wie ein hartnäckig nagendes Insekt, von seiner Leidenschaft ganz erfüllt, am Ende seine stramme Frau durch Gift

beiseitegeschafft hatte. Er hatte zweifellos schon seit Jahren keinen andren Gedanken gekannt als diesen und ihn Tag und Nacht während der
endlosen Stunden seines Dienstes erwogen. Bei jedem Anschlagen der
elektrischen, ihm einen Zug ankündenden Glocke ins Horn stoßen,
dann, wenn der Zug vorüber und das Gleis gesperrt war, einen Knopf
drücken, um den Zug dem nächsten Wärter anzuzeigen, und einen
zweiten, um den hinter ihm befindlichen Posten zu veranlassen, das
Gleis freizugeben: Das waren die einfachen mechanischen Bewegungen,
die schließlich zu körperlichen Eigenschaften geworden waren. Stumpfsinnig und der Buchstaben unkundig, las er natürlich nie, die Augen
ließ er gedankenlos umherschweifen, und wenn nichts zu tun war,
schlenkerte er mit den Armen. Fast immer saß er in seiner Cabuche, er
kannte keine andere Zerstreuung als die, seine Mahlzeiten möglichst in
die Länge zu ziehen. Dann versank er wieder, ohne einen Gedanken
fassen zu können, mit leerem Schädel in seine Dämlichkeit und wurde
von Schlafanfällen so fürchterlich gequält, dass er oftmals mit offenen
Augen schlief. Wollte er des Nachts nicht dieser unwiderstehlichen
Schlafsucht in die Arme fallen, musste er aufstehen und wie ein Trunkener auf seinen weichknochigen Beinen umherlaufen. Dieser Kampf mit
seiner Frau also, dieser heimliche Kampf um die verborgenen tausend
Franken, die dem Überlebenden gehörten, musste demnach Monate und
Monate hindurch das einzige Nachdenken in dem erschlafften Gehirn
dieses einsamen Menschen gebildet haben. Wenn er in das Horn stieß,
wenn er mit den Signalen hantierte und automatisch über die Sicherheit
der Gleise wachte, hatte er an das Gift gedacht; wenn er mit trägen Armen und vom Schlaf zufallenden Augen wartend dasaß, dachte er erst
recht daran. Nichts weiter als dieses: Er würde sie töten, suchen und das
Geld für sich allein haben können.

Jacques war erstaunt, ihn jetzt unverändert zu sehen. Man tötete also
ganz gemächlich und das frühere Leben nahm seinen Fortgang! Nachdem das erste Fieber sich gelegt, war Misard in der Tat in sein altes
Phlegma zurückgesunken; er schien wieder ganz das heimtückische,
sanfte, kraftlose Wesen, das jeder Erschütterung vorsichtig aus dem Wege geht. Was nützte es ihm nun, seine Frau verzehrt zu haben, sie triumphierte schließlich doch, denn er blieb geschlagen. Er stellte das ganze
Haus auf den Kopf, ohne einen Centime zu entdecken, und seine unruhig umherirrenden, suchenden Blicke allein verrieten, was für Gedanken
hinter seinen erdfahlen Zügen hausten. Noch immer sah er die weit of-

fen stehenden Augen der Toten, hörte er das schreckliche Lachen ihrer Lippen wiederholen: »Such! Such!« Er versuchte vergeblich, seinem Gehirn eine Minute Ruhe zu gönnen; unermüdlich arbeitete und arbeitete es weiter, immer war er auf der Suche nach dem Ort, wo der Schatz vergraben sein konnte. Er prüfte in Gedanken immer wieder alle möglichen Verstecke, er sonderte die aus, welche er schon abgesucht hatte und fieberte, wenn er einen neuen entdeckt zu haben glaubte. Dann wusste er sich vor Hast nicht zu lassen und ließ alles stehen und liegen, um dahin zu rennen: natürlich ohne jeden Erfolg. Es war das eine auf die Dauer unerträgliche Marter, eine rächerische Marter, eine Art zerebraler Schlaflosigkeit, die ihn unter dem uhrartigen Ticktack seiner fixen Idee fortwährend wach hielt, dumm machte und gegen seinen Willen auch nachdenkend. Während er tutete, einmal beim Herunterfahren eines Zuges, zweimal beim Herauffahren, wenn er an den Knöpfen der Apparate drückte, die Gleise schloss oder öffnete, suchte er; er suchte unaufhörlich, er suchte fast wahnsinnig den ganzen Tag während des langen Wartens, seine Untätigkeit war gestört, ebenso wie des Nachts sein Schlaf; wie ans Ende der Welt verbannt einsam hausend in dem Schweigen der weiten düstren Gegend, suchte und suchte er. Die Ducloux, die jetzige Barrierenwärterin, die gern von ihm geheiratet sein wollte und daher sehr um ihn war, beunruhigte sich schon darüber, dass er kein Auge schließen konnte.

Als Jacques, der bereits im Zimmer etwas auf und ab gehen durfte, eines Nachts aufgestanden und ans Fenster getreten war, sah er in Misards Haus eine Laterne aufblitzen und wieder verschwinden: Der Mann suchte zweifellos wieder. Als aber in der folgenden Nacht der Rekonvaleszent von Neuem ihn beobachtete, wunderte er sich nicht wenig, in einem dunklen, großen Schatten Cabuche zu erkennen, der auf der Landstraße unter dem Fenster des benachbarten Zimmers stand, in welchem Séverine schlief. Anstatt sich darüber zu ärgern, fühlte er sich von Mitleid und Traurigkeit tief bewegt: wieder ein Unglücklicher, dieser große, brutale Mensch, der sich wie ein betrübtes, treues Tier dort aufgepflanzt hatte. Diese schmächtige und bei näherem Hinsehen gewiss nicht schöne Séverine mit ihren tintenschwarzen Haaren und bleichen Nixenaugen musste doch einen mächtigen Reiz auszuüben imstande sein, wenn sie selbst die Wilden, die bornierten Riesen so bezaubern konnte, dass sie selbst die Nächte wie zitternde Schulbuben vor ihrer Tür zubrachten! Er erinnerte sich verschiedener Tatsachen, der großen

Hilfsbereitwilligkeit des Kärrners, der demütigen Blicke, mit denen er sie verfolgte. Zweifellos liebte und begehrte Cabuche sie. Als er ihn am folgenden Morgen beobachtete, sah er ihn eine beim Zurechtmachen des Bettes aus ihren Haaren geglittene Nadel schnell aufraffen und in seiner Hand verbergen, um sie nicht wiedergeben zu müssen. Jacques dachte an seine eigenen Qualen, wie sehr er ebenfalls unter dem Verlangen gelitten hatte, das jetzt zugleich mit der Gesundheit in schrecklicher, verwirrender Gestalt zu ihm zurückkehrte.

Zwei Tage noch und die Woche war um; die Verwundeten konnten dann, wie der Arzt vorausgesagt, ihren Dienst wieder antreten. Eines Morgens sah Jacques vom Fenster aus seinen Heizer Pecqueux auf einer ganz neuen Lokomotive vorüberfahren. Letzterer grüßte ihn mit der Hand, als riefe er ihn zu sich. Aber Jacques fühlte keine Eile, ein Wiedererwachen seiner Leidenschaft fesselte ihn an das Haus, eine Art ängstlicher Erwartung der kommenden Dinge. Am selben Tage hörte er unter sich abermals frisches, jugendliches Lachen, eine von großen Kindern ausgehende Fröhlichkeit erfüllte das öde Haus mit dem Lärm eines auf einer Landpartie befindlichen Pensionats. Er erkannte die kleinen Dauvergne wieder. Er sagte zu Séverine nichts davon, die übrigens während des ganzen Tages keine fünf Minuten bei ihm bleiben konnte. Am Abend versank das Haus wieder in ein Schweigen des Todes. Seine Miene war ernst und seine Züge etwas bleich, als sie sich längere Zeit in ihrem Zimmer aufgehalten hatte. Er sah sie wieder scharf an und fragte:

»Ist er jetzt fort, haben ihn seine Schwestern mitgenommen?«

»Ja«, antwortete sie kurz.

»Wir sind also endlich allein, ganz allein?«

»Ja, ganz allein ... Morgen müssen wir uns trennen, ich muss nach Havre zurück. Unser Feldlager in dieser Einöde ist dann zu Ende.«

Er betrachtete sie noch immer, sie lächelte irritiert.

»Es tut dir leid, dass er fort ist.«

Als sie erzitternd protestieren wollte, unterbrach er sie:

»Ich will keinen Zank herbeiführen. Du siehst, ich bin nicht eifersüchtig. Du hast mir einmal gesagt, ich sollte dich töten, wenn du mir untreu sein würdest, nicht wahr? Ich sehe aber gar nicht so aus wie ein Liebhaber, der sein Verhältnis zu töten gedenkt ... Aber du kamst ja schließlich gar nicht mehr herauf, ich konnte dich nicht eine Minute für mich haben. Ich habe mich jetzt daran erinnert, was dein Mann sagte, dass du eines

Abends doch noch bei diesem Burschen schlafen würdest, ohne Vergnügen an der Sache, nur der Neuheit halber.«

Sie hörte auf sich zu sträuben und wiederholte zweimal nachdenklich:

»Der Neuheit ... der Neuheit ...«

Dann sagte sie unter dem Zwange der sie plötzlich anwandelnden Freimütigkeit:

»Schön, es ist alles wahr ... Wir beide können uns ja alles sagen. Uns knüpfen genug Dinge aneinander ... Schon seit Monaten verfolgte mich dieser Mensch. Er wusste, dass ich dir gehörte und dachte, es würde mich nicht viel kosten, auch ihm dasselbe zu sein. Als ich ihn hier unten wiedersah, hat er mir wieder davon gesprochen und mir gesagt, dass er mich zum Sterben liebe; sein Gesicht drückte dabei eine so große Erkenntlichkeit für die ihm geleistete Hilfe aus, dass ich in der Tat mir einen Augenblick einbildete, dass auch ich ihn liebe, dass ich etwas Neues kennenlernen würde, vielleicht Besseres, Sanfteres ... kurz vielleicht etwas Freudeloses, aber doch Beruhigendes ...«

Sie unterbrach sich und zögerte etwas, ehe sie fortfuhr:

»Denn wir beide kommen nicht mehr weiter, vor uns steht ein unüberwindliches Hindernis ... Der Traum unserer Abreise, die Hoffnung, dort drüben in Amerika ein reiches und glückliches Leben führen zu können, diese ganze Glückseligkeit, die allein von dir abhing, ist nicht mehr möglich, weil du dich nicht getraut hast ... Oh, ich mache dir keine Vorwürfe, vielleicht war es besser, dass es so gekommen ist. Ich will dir nur zu verstehen geben, dass ich von dir nicht mehr, als ich bereits gehabt, erwarten kann: Morgen wird es sein wie gestern, dieselbe Langeweile, dieselben Verdrießlichkeiten.«

Er ließ sie sprechen und fragte erst, als sie schwieg:

»Und aus diesem Grunde hast du dich ihm hingegeben?«

Sie machte einige Schritte durch das Zimmer, dann trat sie wieder zu ihm und zuckte mit den Schultern.

»Nein, das habe ich nicht getan, ich sage es dir, wie es ist und ich weiß. Du wirst mir glauben, weil wir beide uns nichts vorzulügen brauchen ... Nein, ich war dessen nicht fähig, ebenso wenig, wie du jenes andere vollbringen konntest. Gelt, du erstaunst, dass eine Frau sich jemandem versagen kann, trotzdem sie bei näherem Überlegen findet, dass ihr Interesse darunter leidet? Ich selbst dachte nicht so lange darüber nach; mich hat es nie viel gekostet, gefällig zu sein, ich will sagen, meinem Manne oder dir ein Vergnügen zu bereiten, da ich sah, wie sehr Ihr beide mich liebtet. Aber diesmal konnte ich es nicht. Er hat mir die Hände geküsst, nicht einmal die Lippen, ich kann es dir zuschwören. Er erwartet mich später in Paris, ich sah, wie unglücklich er war, und wollte ihn nicht ganz verzweifeln lassen.«

Sie hatte Recht, Jacques glaubte ihr und sah, dass sie nicht log. Die Angst packte ihn von Neuem, der schreckliche Wirrwarr seines Verlangens wuchs wieder bei dem Gedanken, mit ihr allein, fern von aller Welt der wieder entfachten Flamme ihrer Leidenschaft leben zu können. Er wollte ihr entrinnen und rief:

»Und was hat es mit dem anderen, diesem Cabuche, für eine Bewandtnis?«

Sie trat hastig auf ihn zu:

»Du hast also auch das bemerkt? ... Ja, es ist wahr, auch er darf nicht vergessen werden. Ich frage mich immer wieder, was haben sie alle nur ... Dieser hat mir gegenüber niemals ein Wort von Liebe verlauten lassen. Aber ich bemerke wohl, dass er sich seine Arme verrenkt, wenn wir uns umarmen. Wenn er mich zu dir du sagen hört, stellt er sich in die Ecke und weint. Außerdem stiehlt er mir alles, meine Sachen, Handschuhe, ja selbst Taschentücher, die er wie Kostbarkeiten in seine Höhle schleppt ... Du wirst dir hoffentlich nicht einreden, dass ich jemals diesem Wilden gefällig sein könnte. Er ist zu riesig, er jagt mir Furcht ein. Er verlangt übrigens auch nichts ... Nein, nein, diese großen brutalen Menschen sterben lieber aus Liebe, wenn sie furchtsam sind, ehe sie etwas fordern. Du könntest mich ihm einen ganzen Monat anvertrauen, er würde mir nicht mit den Fingerspitzen zu nahe kommen, ebenso wenig wie er Luisette berührt hat, wofür ich heute einstehen kann.«

Ihre Blicke begegneten sich bei dieser Erinnerung und Schweigen trat ein. Sie gedachten vergangener Dinge, ihrer Begegnung bei dem Untersuchungsrichter in Rouen. Dann ihrer so süßen ersten Reise nach Paris, ihrer Stelldicheins in Havre und alles anderen, guten und schlechten, was darauf gefolgt war. Sie näherte sich ihm noch mehr, sie stand ihm jetzt so nahe, dass er die feuchte Wärme ihres Atems fühlte.

»Nein, nein, diesem würde ich mich noch weniger hingeben, als den andern. Überhaupt keinem, verstehst du, weil ich es nicht fertigbekäme ... Und willst du wissen, warum? Ich fühle es in dieser Stunde und glaube mich nicht zu täuschen: weil du mich ganz besitzest. Es gibt dafür keinen anderen Ausdruck: ja, besitzest, wie man etwas mit beiden

Händen ergreift und darüber in jeder Minute verfügt, als über einen leibeigenen Gegenstand. Vor dir habe ich niemandem angehört. Ich bin dein und bleibe dein, selbst wenn du es nicht mehr willst, selbst wenn ich selbst es nicht mehr wollte ... Ich kann das nicht erklären. Unsere Wege haben sich nun einmal so gefunden. Bei den andern flößt mir das Furcht und Widerwillen ein, während du mir ein entzückendes Vergnügen bereitet hast, ein wahres himmlisches Glück ... Oh, ich liebe nur dich, ich kann niemand anders lieben, nur dich!«

Sie öffnete die Arme, um ihn zu umarmen, um ihren Kopf an seine Schultern, ihre Lippen auf seine zu legen. Er ergriff aber ihre Hände und hielt sie sich kopflos, erschreckt vom Leibe, denn er fühlte den einstigen Schauder durch seine Glieder zucken, sein Blut im Gehirn toben. Da war es wieder, dieses Brausen in den Ohren, diese Hammerschläge, dieser wahnsinnige Tumult seiner einstigen großen Krisen. Seit einiger Zeit durfte er sie weder am lichten Tage besitzen, noch beim Schimmer einer Kerze, aus Furcht verrückt zu werden, wenn er sie sähe. In diesem Augenblick aber befanden sich beide im Scheine einer Lampe. Er zitterte und begann sich aufzuregen, weil er im Licht dieser Lampe die weiße Rundung ihrer Brüste aus dem offenen Ausschnitt ihres Hauskleides blicken sah.

Brennend vor Verlangen und flehend fuhr sie fort:

»Unser Leben ist allerdings aussichtslos geworden. Aber ob ich von dir noch etwas anderes zu erwarten habe, ob der morgige Tag uns dieselbe Langeweile und dieselben Verdrießlichkeiten bringen wird, mir soll es gleichgültig sein, ich habe keine andere Bestimmung mehr als mein Leben hinzuschleppen und mit dir zu leiden. Wir fahren nach Havre zurück, komme es, wie es wolle, wenn du nur von Zeit zu Zeit auf eine Stunde mir gehörst ... Ich schlafe schon drei Nächte nicht mehr dort in meinem Zimmer auf der anderen Seite des Flures, weil mich nach dir verlangt. Du warst so leidend und sahst so verdüstert aus, dass ich mich nicht traute ... Aber heute Abend musst du mich bei dir behalten. Du sollst sehen, wie lieb ich sein werde, ich will mich auch ganz klein machen, um dich nicht zu stören. Und dann, es ist die letzte Nacht ... In diesem Hause befindet man sich wie am Ende der Erde. Nichts regt sich, kein Hauch, keine Seele. Niemand kann kommen, wir sind allein, so allein, dass niemand es wissen könnte, ob wir in unseren Armen sterben wollen.«

Jacques stachelte ein wütendes Verlangen nach ihrem Besitz. Ihre Schmeicheleien regten ihn fürchterlich auf, schon streckte er die Finger aus, um Séverine zu würgen, als diese dem Zuge der Gewohnheit folgend, sich umwandte und die Lampe auslöschte. Nun umarmte er sie, sie gingen zu Bett. Diese Nacht wurde zur glühendsten Liebesnacht, zur schönsten, zur einzigen, in der sie völlig ineinander aufgingen und verschwanden. Vom Glück wie gebrochen, so ohnmächtig, dass sie ihre Körper nicht mehr fühlten, blieben sie schlaflos in enger Umschlingung liegen. Und wie in jener Nacht des Geständnisses im Zimmer der Mutter Victoire, hörte er ihr wieder schweigend zu, während sie, den Mund an seinem Ohr, ihm leise endlose Dinge zuflüsterte. Vielleicht hatte sie, ehe sie die Lampe auslöschte, den Tod über ihren Nacken streifen gefühlt. Bisher hatte sie, trotzdem der Mord drohend über ihr hing, lächelnd und ohne Argwohn in den Armen des Geliebten geruht. Jetzt aber war ein leiser, kalter Schauder zurückgeblieben und diese unerklärliche Furcht drängte sie eng an die Brust des Mannes, als suchte sie dort Schutz. Ihr leiser Atem war wie ein Geschenk ihrer ganzen Person selbst.

»Oh mein Schatz, wenn du gewollt hättest, so wären wir dort drüben so glücklich geworden! ... Nein, nein, ich bitte dich nicht mehr jetzt das zu tun, was du nicht tun konntest; ich bedaure nur um unsern schönen Traum! ... Ich habe mich eben so gefürchtet. Ich weiß nicht, mir scheint irgendetwas zu drohen. Das ist zweifellos kindisch, jeden Augenblick vermute ich jemand hinter mir, der mich niederstechen will ... Ich habe niemand weiter als dich, mein Schatz, zu meiner Verteidigung. All meine Freude hängt von dir ab, du allein fesselst mich nur noch ans Leben.«

Ohne zu antworten, drückte er sie noch mehr an sich und durch diesen Druck wollte er seine Rührung, sein Verlangen aussprechen, gut zu ihr zu sein, die heiße Liebe, die noch nicht in ihm erstorben war. Und dabei hatte er sie an demselben Abend töten wollen! Wenn sie sich nicht umgedreht hätte, um die Lampe auszulöschen, so würde er sie unfehlbar erwürgt haben. Er zweifelte daran, noch jemals zu gesunden, die Krisen würden je nach den zufälligen Umständen immer wiederkommen, ohne dass er sich davon würde befreien und die Ursachen ergründen können. Warum nur dieses Verlangen gerade an diesem Abend, wo er sie so treu und vertrauend gefunden hatte und ihre Leidenschaft so gewachsen sah? Trat dieses Verlangen immer stärker hervor, je heißer sie ihn liebte und er sie begehrte? Verlangte der Egoismus des Mannes in seinem schrecklichen finsteren Walten ihre Zerstörung? Wollte er sie tot sehen wie die Erde?

»Oh mein Schatz«, fuhr sie mit einschmeichelndem Atem fort, »oh noch viele solche Nächte wie diese, endlose Nächte, in denen wir wie heute nur ein einziges Wesen sind ... Wir wollen dieses Haus verkaufen, das Geld nehmen und nach Amerika zu deinem Freunde reisen, der uns noch immer erwartet ... Jeden Abend, ehe ich einschlafe, male ich mir unser künftiges Leben dort drüben aus ... Dann wird jeder Abend dem heutigen gleichen, wir werden stets Arm in Arm schlafen ... Aber du kannst nicht, ich weiß es. Ich spreche davon, nicht um dich zu ärgern, sondern weil es mir, ganz gegen meinen Willen, so aus dem Herzen kommt.«

Der jähe Entschluss, der schon so oft in ihm gereift war, bemächtigte sich wieder Jacques': Er wollte Roubaud töten, um sie nicht töten zu müssen. Diesmal glaubte er, genau, so wie früher, dass sein Wille nicht wanke.

»Ich habe es nicht gekonnt«, sagte er leise, »aber ich werde es können. Habe ich es dir nicht versprochen?«

Sie protestierte schwach.

»Nein, verspreche nichts, ich bitte dich darum ... Wir sind nachher wieder krank, wenn uns der Mut gefehlt hat ... Und dann, es ist zu grässlich, nein, nein, es soll nicht sein.«

»Und doch muss es sein, wenn du es schon wissen willst. Ich werde schon die Kraft finden ... Ich wollte schon längst mit dir darüber sprechen und jetzt können wir es, da wir hier allein und ruhig liegen, sodass wir nicht einmal die Farbe unserer Worte sehen können.«

Sie atmete tief auf und ließ ihm den Willen, ihr Herz schlug so heftig, dass er es an das seine schlagen zu fühlen glaubte.

»Oh mein Gott, wie sehr wünschte ich, dass es nicht zu geschehen brauchte ... Jetzt, nun es Ernst wird, möchte ich am liebsten nicht mehr leben.«

Sie schwiegen beide unter dem schweren Gewicht ihrer Entschließung. Sie fühlten um sich die trostlose Öde dieser wilden Gegend. Es war ihnen sehr heiß, ihre feuchten Glieder ruhten wie ineinandergeflochten.

Er küsste sie wie suchend auf die Brust, unter das Kinn und sie begann von Neuem zu flüstern:

»Er muss hierher kommen ... Ich könnte ihn unter irgendeinem Vorwande hierher rufen. Ich weiß noch keinen. Doch er wird sich später finden. Du würdest ihn dann erwarten und dich verstecken. Alles andere würde sich von selbst machen, denn hier würden wir gewiss nicht gestört werden ... So müssen wir es machen.«

Während seine Lippen vom Kinn auf die Kehle herunterwanderten, begnügte er sich, gelehrig mit »Ja« zu antworten. Sie dagegen erwog nachdenklich jede Kleinigkeit. Je mehr sich der Plan in ihrem Kopf entwickelte, desto mehr besprach und verbesserte sie ihn.

»Es wäre zu dumm, Schatz, wenn wir nicht jedenfalls unsere Vorsichtsmaßregeln treffen sollten. Wenn ich wüsste, dass wir einen Tag darauf doch verhaftet würden, dann könnte es besser so bleiben, wie es ist ... Ich habe es irgendwo gelesen, wahrscheinlich in einem Roman: Es wäre das Beste, an einen Selbstmord glauben zu machen ... Er ist seit einiger Zeit so merkwürdig, so nachdenklich und verdüstert, dass es niemand überraschen würde, zu hören, er sei hierhergekommen, um einen Selbstmord zu begehen ... Es handelt sich also lediglich darum, die Sache so zu drehen, dass der Gedanke eines Selbstmordes von selbst einleuchtet ... Nicht wahr?«

»Ja, zweifellos.«

Sie suchte, etwas außer Atem, weil er ihre ganze Kehle zwischen die Lippen genommen hatte, um sie zu küssen.

»Etwas, um jede Spur zu verwischen ... Halt, das ist ein Gedanke! Wenn er zum Beispiel das Messer in der Gurgel hat, brauchten wir beide nur ihn herunterzutragen und so mit dem Kopf auf die Schienen zu legen, dass der nächste Zug ihn enthaupten müsste. Dann könnte man schön suchen, denn es würde alles zerfetzt und kein Loch mehr zu sehen sein ... Geht das, was meinst du?«

»Oh ja, das ginge sehr gut.«

Beide belebten sich, sie freute sich fast, nicht wenig stolz, dieser Entdeckung. Als er ihr lebhafter schmeichelte, überlief sie wieder ein leiser Schänder.

»Nein, lasse mich, warte noch ein wenig ... Ich denke eben daran, dass das noch nicht so geht. Wenn du hier bleibst, wird der Selbstmord immer noch verdächtig erscheinen. Du musst also erst fort. Morgen reisest du also ab, ganz offen vor aller Welt, sodass Cabuche und Misard dich sehen. Du besteigst den Zug nach Barentin und steigst in Rouen unter irgendeinem Vorwande aus. Wenn die Nacht angebrochen ist, kommst du zurück und ich lasse dich durch die Hintertür ein. Es sind nur vier Meilen, in drei Stunden kannst du also bequem zurück sein ... So ist alles in bester Ordnung, wenn du also willst, kann es geschehen.«

»Ja, ich will es, es ist abgemacht.«

Er überlegte jetzt ebenfalls und war des Küssens überdrüssig geworden. Abermals trat Stille ein, während sie ohne zu atmen in ihren Armen ruhten, als hätte die jetzt gesicherte Tat sie schon im Voraus fast ohnmächtig gemacht. Allmählich aber stellte sich das Gefühl in ihren Körpern wieder ein, sie umschlangen sich noch leidenschaftlicher als zuvor. Plötzlich lösten sich ihre Arme.

»Und was für einen Vorwand werden wir gebrauchen müssen? Er kann nicht früher als um acht Uhr abends fahren, wenn sein Dienst vorüber ist. Er kann also vor zehn Uhr nicht hier sein: Das ist viel wert ... Halt, da hat mir Misard gerade von einem Käufer gesprochen, der das Haus übermorgen früh besichtigen will. Ich telegrafiere also an meinen Mann, sobald ich aufgestanden bin, dass seine Anwesenheit hier durchaus notwendig ist. Er wird morgen Abend hier eintreffen. Du reist morgen Nachmittag von hier ab und kannst noch vor ihm wieder hier sein. Es ist Nacht, kein Mondschein, nichts stört uns. Alles geht glatt.«

»Ja, alles.«

Und nun liebten sie sich nach Herzenslust. Als sie endlich Arm in Arm einschliefen, in dem mächtigen Schweigen, war es noch nicht Tag; der erste Schimmer der Dämmerung begann die Finsternis zu erhellen, in der sie wie in einen schwarzen Mantel eingehüllt lagen. Er schlief bis gegen zehn Uhr fest und traumlos. Als er die Augen öffnete, befand er sich allein, Séverine kleidete sich in ihrem Zimmer auf der anderen Seite des Treppenflurs an. Ein breiter Strahl der Sonne drang durch das Fenster, entzündete die roten Bettvorhänge, die roten Tapeten an den Wänden und das Gemach flammte auf von diesem Rot, während das ganze Haus vom Donner eines gerade vorüberfahrenden Zuges erzitterte. Dieser Zug hatte ihn wahrscheinlich aufgeweckt. Geblendet starrte er in das Sonnenlicht und in dieses rote Geriesel, dann erinnerte er sich an alles: Es war in der verflossenen Nacht beschlossen worden, dass er morden sollte, sobald diese helle Sonne wieder verschwunden war.

Es verlief alles so, wie Séverine und Jacques verabredet hatten. Sie bat nach dem Frühstück Misard, die Depesche für ihren Mann nach Doinville zu tragen. Und als gegen drei Uhr Cabuche sich einfand, traf Jacques ganz offen seine Vorbereitungen zur Abreise. Als er ging, um in Barentin den Zug um 4 Uhr 14 zu besteigen, begleitete ihn der Kärrner, der nichts weiter zu tun hatte, vielleicht in dem dunklen Gefühl, bei dem glücklicheren Lokomotivführer einen Teil der geliebten Frau wiederzufinden. In Rouen kam Jacques zwanzig Minuten vor fünf an; er stieg neben dem Bahnhofe in einer Herberge ab, die eine Landsmännin von ihm dort hielt. Er sprach davon, dass er am nächsten Tage erst seine Freunde besuchen wollte, ehe er den Dienst wieder antrat. Er sagte gleichzeitig, dass er sich sehr müde fühle, weil er noch nicht wieder im Besitz aller seiner Kräfte sei. Daher zog er sich schon um sechs Uhr zurück, um sich in einem Zimmer im Erdgeschoss, das er sich hatte geben lassen, zu Bett zu legen. Das Fenster dieses Zimmers ging auf eine öde Straße. Zehn Minuten später war er aus dem Fenster gesprungen, ohne gesehen worden zu sein, und auf dem Wege nach la Croix-de-Maufras. Den Fensterladen hatte er wieder angelegt, sodass er ihn später nur aufzustoßen brauchte.

Es war erst ein Viertel nach neun Uhr, als Jacques wieder vor dem einsamen Hause stand, das sich in seiner öden Verlassenheit so dicht neben dem Gleis erhob. Die Nacht war düster, kein Lichtschimmer erhellte auf dieser Seite die hermetisch verschlossene Fassade. Er spürte noch immer im Herzen dieses beängstigende Vorgefühl eines ihn dort erwartenden Unglücks. Wie mit Séverine verabredet, warf er kleine Kieselsteine gegen die Fensterläden des Zimmers. Dann ging er um das Haus herum, wo sich leise eine Tür öffnete. Er schloss sie hinter sich und tappte den leichten Schritten nach, die Treppe hinauf. Oben beim Scheine der großen Lampe aber, die auf dem Tische brannte, sah er das Bett in Unordnung, die Kleider der jungen Frau auf einem Stuhl liegen und sie selbst im Hemde mit nackten Beinen und zur Nacht zurechtgemachten Haaren, die hochgewunden den Nacken freiließen, vor sich stehen. Er war starr vor Überraschung.

»Wie, du hast dich hingelegt?«

»Ja, es wird so besser sein ... Mir fiel es ein, dass, wenn ich ihm in diesem Aufzug öffne, er noch weniger misstrauisch sein wird. Ich will ihm erzählen, dass ich starke Migräne habe. Misard glaubt ebenfalls, dass ich leidend bin. Dadurch gewinnt auch die Ausrede, dass ich die ganze Nacht das Zimmer nicht verlassen habe, wenn man ihn morgen früh dort unten auf den Gleisen finden wird, an Wahrscheinlichkeit.«

Aber Jacques zitterte und fuhr sie heftig an.

»Nein, nein, kleide dich an ... Du musst auf sein. Du kannst nicht so bleiben.«

Sie lächelte erstaunt.

»Warum, Schatz? Beunruhige dich nicht, ich werde mich nicht erkälten ... Fühle nur, wie warm mir ist.«

Sie näherte sich schelmisch, um ihre nackten Arme um seinen Hals zu legen, ihr Hemd glitt dabei auf die eine Schulter herunter und ließ die runden Brüste sehen. Als er in wachsender Verwirrung vor ihr zurückwich, ließ sie sich belehren.

»Ärgere dich nicht, ich werde mich ganz in mein Bett verkriechen. Du brauchst nicht mehr zu fürchten, dass ich mich krankmache.«

Als sie wieder im Bett lag und die Decke bis an das Kinn heraufgezogen hatte, schien er sich ein wenig zu beruhigen. Sie sprach gelassen weiter und erzählte ihm, wie sie sich alles ausgedacht hatte.

»Sobald er klopft, gehe ich hinunter. Erst wollte ich ihn bis nach oben kommen lassen, hier solltest du ihn erwarten. Aber das Heruntertragen wäre zu umständlich. Hier oben ist der Fußboden auch parkettiert, unten aber nur gedielt, sodass ich die Blutflecke leichter abwaschen kann, falls es welche abgibt. Als ich mich vorhin auszog, dachte ich gerade an einen Roman, in welchem der Verfasser von einem Mann erzählte, der sich nackt auszog, um einen andern zu töten. Verstehst du, warum? Nun, man wäscht sich nachher und hat keinen einzigen Fleck auf den Kleidern ... Wie wäre es, wenn du dich ebenfalls auszögest und ich auch?«

Er sah sie erschrocken an. Aber sie sah so sanft wie sonst aus und ihre Kinderaugen blickten so klar wie früher, sie war augenscheinlich nur um den guten Verlauf der Angelegenheit besorgt. Alles das flog ihr durch den Kopf. Er dagegen wurde bis auf die Knochen von dem abscheulichen Schauder geschüttelt, als sie von zwei Nacktheiten und der Besudelung durch den Mord sprach.

»Nein ... Wie zwei Wilde also? Warum nicht gleich sein Herz braten? Du verabscheust ihn also genügend?«

Das Gesicht Séverines verdüsterte sich plötzlich. Diese Frage rief sie aus den Vorbereitungen einer umsichtigen Wirtschafterin zur Abscheulichkeit des Verbrechens selbst hinüber. Tränen netzten ihre Augen.

»Ich habe seit einigen Monaten zu viel gelitten, ich kann ihn nicht lieben. Hundertmal habe ich gesagt: Lieber alles andere, nur nicht noch eine Woche mit diesem Mann zusammenleben. Aber du hast recht, es ist grässlich, schon darauf kommen zu müssen, wir haben ja keinen anderen Wunsch, als glücklich zu sein ... Wir steigen also ohne Licht herunter. Du stellst dich hinter die Tür, und wenn er herein ist, tust du, wie du willst ... Ich stehe dir bei, damit du nicht die ganze Sorge allein hast. Ich arrangiere das, so gut ich kann.«

Er war vor dem Tisch stehen geblieben und hatte dort das Messer erblickt, das bereits einmal dem Gatten gedient und das sie jedenfalls zu seiner Benutzung dorthin gelegt hatte. Die Klinge leuchtete im Scheine der Lampe. Er nahm das Messer und prüfte es. Sie sah ihm schweigend zu. Da er es schon in der Hand hatte, brauchte nicht weiter davon gesprochen zu werden. Sie fuhr erst fort, als er das Messer wieder hingelegt hatte.

»Ich will dich durchaus nicht treiben, mein Schatz. Ich will mich lieber allem fügen, als dein Leben zerstören. Noch ist es Zeit, gehe fort, wenn du es nicht vermagst.«

Mit einer heftigen Bewegung wies er ihr Ansinnen zurück.

»Hältst du mich für einen Feigling? Diesmal ist es geschworen!«

In diesem Augenblick wurde das Haus durch den Donner eines vorüberfahrenden Zuges so erschüttert, dass es schien, als dränge der so dicht vorübersausende Zug in das Zimmer selbst ein.

»Das ist sein Zug«, setzte er hinzu, »der direkte von Paris. Er ist in Barentin ausgestiegen und wird in einer halben Stunde hier sein.«

Jacques und Séverine sprachen nicht mehr, tiefes Schweigen herrschte. Sie sahen den Mann dort unten durch die düstere Nacht auf schmalen Pfaden herannahen. Jacques hatte mechanisch seinen Gang durch das Zimmer aufgenommen, als wollte er die Schritte des anderen an seinen zählen, der bei jedem Ausschreiten sich ein wenig mehr näherte. Noch einer und wieder einer und nach dem letzten musste er in die Vorhalle treten und dort durch Jacques das Messer in die Gurgel bekommen. Séverine hatte noch immer das Oberbett bis an das Kinn emporgezogen und lag auf dem Rücken; mit ihren großen, starren Augen sah sie seinem Auf- und Abwandern zu; ihr Geist wurde gewiegt von dem regelmäßigen Tonfall seiner Schritte, die auch ihr wie ein Echo der fernen Schritte jenes anderen klangen. Einer nach dem andern, ohne Unterbrechung, nichts konnte sie mehr aufhalten. Wenn er genug Schritte gemacht hatte, wollte sie aus dem Bett springen, mit nackten Füßen und ohne Licht nach unten gehen. »Du bist es, mein Freund, nur herein, ich hatte mich schon hingelegt.« Er würde nichts antworten können, denn er würde im Dunkeln mit klaffender Gurgel zu Boden sinken.

Wieder fuhr ein Zug vorüber, diesmal nach der andern Richtung. Es war der Bummelzug, der sich mit dem direkten Eilzuge von Paris in einer Entfernung von fünf Minuten von la Croix-de-Maufras kreuzte. Jacques blieb überrascht stehen. Erst fünf Minuten vorüber! Die halbe Stunde würde eine Ewigkeit dauern. Ein Trieb nach Bewegung ließ ihn wieder von einer Seite des Zimmers zur andren schreiten. Er fragte sich besorgt, wie die von einem Schlaganfalle im späteren Alter betroffenen Männer zu fragen pflegen: Würde er können? Er kannte ganz genau den Gang des Phänomens in seinem Innern, denn er hatte ihn schon mehr als zehnmal beobachtet: Zuerst war es eine Gewissheit, ein absoluter Entschluss zu morden, dann ein Druck in der Brusthöhle, ein Erkalten der Füße und Hände und vor allem die Ohnmacht seines Willens gegenüber den träge gewordenen Muskeln. Um sich durch die Begründung dieses Mordes in Stimmung zu versetzen, wiederholte er wieder, was er sich schon so oft vorgehalten hatte: es war sein Interesse, diesen Mann aus der Welt zu schaffen, dann erwartete ihn der Reichtum in Amerika und der Besitz der geliebten Frau. Das Schlimme war, dass er Séverine vorhin halb nackt gesehen hatte, dadurch konnte die Sache noch schief gehen, denn er war nicht mehr Herr seiner selbst, sobald der einstige Schauder ihn wieder beherrschte. Er zitterte sogar vor der zu starken Versuchung, die sich ihm bot, denn das Messer lag da. Aber er blieb jetzt gewappnet gegen jede Schwäche. Ja er würde können. Und in der Erwartung des Mannes durchmaß er das Zimmer von der Tür zum Fenster; er ging jedes Mal dicht am Bett vorüber, doch vermied er, dorthin zu blicken.

Séverine rührte sich nicht im dem Bett, in welchem sie in der vergangenen Nacht so viele Stunden heißen Verlangens zugebracht hatten. Ihr Kopf ruhte unbeweglich auf dem Kissen, nur ihr ängstlicher Blick folgte ihm, denn sie fürchtete, er würde es abermals nicht wagen. Sie wollte es ja nur aus dem Bewusstsein heraus, dem geliebten Mann gefällig zu sein, um ihm, für den ihr Herz schlug, ganz anzugehören und ohne den Andern los zu sein. Man schob ihn eben auf die Seite, weil er sie genierte, nichts natürlicher als dieses. Sie musste erst nachdenken, um an dem Morde etwas Abscheuliches zu entdecken: Sobald die Vorstellung des Blutes und der schrecklichen Zuckungen erlosch, zeigte sie wieder ihre lächelnde Ruhe und ihr unschuldiges, sanftes und gelehriges Gesicht.

Nur wunderte sie sich, dass sie Jacques, den sie zu kennen glaubte, so ganz verändert fand. Er hatte noch den runden Kopf eines schönen Mannes, seine gelockten Haare, seinen tiefschwarzen Schnurrbart und seine braunen, mit Gold getupften Augen, aber seine untere Kinnbacke trat so hervor, dass sich ein tiefer Schlund auf seiner Backe gebildet zu haben schien, was ihn sehr entstellte. Als er bei ihr vorüberkam und sie gegen seinen Willen ansah, schien sich ein roter Schleier über seine Augen zu senken und sein ganzer Körper schnellte förmlich zurück. Warum wich er ihr aus? Verließ ihn sein Mut auch diesmal? Sie wusste nicht, in welcher Todesgefahr sie seit einiger Zeit sich befand, sie erklärte sich diese Furcht als eine instinktive, grundlose, vielleicht durch das Vorgefühl eines bevorstehenden Bruches verursacht. Jetzt plötzlich hatte sie die Überzeugung, dass er, wenn er diesmal nicht zustieß, sie auf Nimmerwiedersehen fliehen würde. Er musste also jenen töten; sollte es nötig sein, so wollte sie ihm nach Kräften helfen. In diesem Augenblick fuhr ein Güterzug vorüber, dessen endlos langer Wagenschwanz gar nicht aufhören wollte, das Zimmer zu erschüttern. Sie stützte sich auf einen Ellbogen und wartete, bis das orkanartige Dröhnen in der Ferne verhallt war.

»Noch eine Viertelstunde«, sagte Jacques laut. »Er hat jetzt das Gehölz von Bécourt erreicht, also noch den halben Weg vor sich. Oh, dauert das lange!«

Als er vom Fenster zurückkehrte, sah er Séverine im Hemde vor dem Bett auf ihn warten.

»Wir wollen mit der Lampe heruntergehen«, erklärte sie ihm. »Du kannst dann sehen, wohin du dich stellen willst und ich zeige dir, wie ich die Tür öffnen werde und welche Bewegung du ausführen musst.«

Er wich zitternd zurück.

»Fort mit der Lampe!«

»So höre doch, wir verbergen sie sofort. Man muss doch alles genau überlegen.«

»Nein, nein, lege dich wieder hin.«

Diesmal gehorchte sie nicht, sie schritt mit dem überlegenen, despotischen Lächeln der sich durch ihr Verlangen allmächtig glaubenden Frau auf ihn zu. Wenn sie ihn erst in ihren Armen hielt, würde er auch tun, was sie wollte. Sie sprach schmeichelnd weiter, um ihn zu überzeugen.

»Was ist dir nur, mein Schatz? Man könnte meinen, du hättest Furcht vor mir? Sobald ich dir nahe komme, weichst du zurück. Wenn du wüsstest, wie nötig du mir in diesem Augenblicke bist, wie ich mich glücklich fühle, dass du da bist und wir einig sind, für jetzt und für immer!«

Sie hatte ihn gegen den Tisch gedrängt und er konnte nicht weiter fliehen. Der helle Schein der Lampe fiel jetzt auf sie. Noch nie hatte er sie so im offenen Hemde mit nach oben geknotetem Haar gesehen, sodass der Hals und die Brüste ihm nackt entgegenleuchteten. Er kämpfte mit sich und war schon wie betäubt von dem Blutstrom in seinem Gehirn und dem abscheulichen Schauder. Er erinnerte sich daran, dass hinter ihm das Messer auf dem Tisch lag: Er fühlte es, er brauchte nur die Hand danach auszustrecken.

»Lege dich hin, ich beschwöre dich«, bat er, stotternd vor Anstrengung, sich zu beherrschen.

Aber sie täuschte sich nicht: Das zu große Verlangen nach ihr ließ ihn so erbeben. Warum sollte sie ihm gehorchen, sie wollte ja von ihm an diesem Abend geliebt sein, so wie nur er lieben konnte, bis zur Raserei. Schmeichelnd näherte sie sich ihm noch mehr und stand nun dicht vor ihm.

»So umarme mich doch ... Umarme mich so stark, wie deine Liebe ist, das wird uns Mut machen ... Oh ja, Mut, wir können ihn gebrauchen! Wir müssen uns anders und stärker als alle anderen lieben können, um tun zu können, was wir vorhaben ... Umarme mich also von ganzem Herzen, aus voller Seele.«

Halb erwürgt atmete er kaum noch. Ein wüstes Brausen in seinem Gehirn hinderte ihn, sie zu verstehen. Feurige Bisse hinter den Ohren durchlöcherten seinen Kopf, eroberten seine Arme, seine Füße, der Galopp des anderen, der ihn vergewaltigenden Bestie jagte ihn aus seinem eigenen Körper. Seine Hände gehörten nicht mehr ihm, die durch die Nacktheit dieser Frau ihm eingeflößte Trunkenheit war zu stark. Die nackten Brüste drückten sich an seinen Kleidern platt, der bloße, weiße und so zarte Hals bildete eine zu unwiderstehliche Versuchung; der warme, brünstige, alles beherrschende Atem jagte ihn vollends in den Schwindel der Wut hinein, in das Schwanken, das seinen Willen umdüsterte, ausriss und vernichtete.

»Umarme mich, Schatz, solange uns noch eine Minute bleibt ... Du weißt, er wird bald hier sein. Wenn er schnell gegangen ist, kann er von einer Minute zur andern an die Tür klopfen ... Da du jetzt nicht herunterkommen willst, so denke daran, dass ich öffnen werde und dass du hinter der Tür stehst: und warte nicht, stoße sofort zu, um zu Ende zu kommen ... Ich liebe dich so sehr, wir werden glücklich sein! Er, der schlechte Mensch, hat mich so sehr leiden lassen, er ist das einzige Hindernis unseres Glückes ... Umarme mich, so stark, o so stark, als wenn du mich verschlingen wolltest, damit ich ganz in dich aufgehe!«

Jacques tappte, ohne sich umzublicken, mit der rechten Hand nach dem Messer. Einen Augenblick blieb sein Arm mit dem Messer in der Faust in dieser Lage. War jetzt der Durst wieder da nach Rache für uralte Beleidigungen, deren genaue Kenntnis ihm abging, für diese von Geschlecht zu Geschlecht aufgehäufte Gemeinheit seit dem ersten Betrug im Dunkel der Höhlen? Er richtete auf Séverine seine wirren Blicke, er empfand nur noch das Gelüste, sie tot zu Boden zu strecken wie eine anderen abgejagte Beute. Das Schreckenstor tat sich über dem schwarzen Abgrund des geschlechtlichen Triebes im Menschen auf, der selbst im Tode nach Liebe wühlt und zerstören will, um noch mehr zu besitzen.

»Umarme mich ... umarme mich ...«

Sie bog ihr unterwürfiges, zärtlich flehendes Gesicht zurück und wollüstig drängte sich ihr nackter Busen hervor. Als er dieses weiße Fleisch wie in einem Widerschein von Feuer getaucht sah, hob er die mit dem Messer bewaffnete Faust. Sie sah die Klinge im Lichte blitzen und wich vor Schrecken und Grauen bebend zurück.

»Jacques, Jacques ... Ich, mein Gott! Warum, warum?«

Seine Zähne waren aufeinander gebissen, er sprach kein Wort, sondern drängte ihr nach. Ein kurzer Kampf brachte sie bis an das Bett. Sie wich noch weiter zurück, ohne sich zu verteidigen, das Hemd zerriss.

»Warum, mein Gott, warum?«

Er senkte die Faust und das Messer schnitt ihr die Frage ab. Er hatte beim Zustoßen die Klinge gewendet, in dem fürchterlichen Bedürfnis der voll befriedigt sein wollenden Hand: Es war derselbe Stoß, der den Präsidenten Grandmorin getroffen hatte, an derselben Stelle, mit derselben Wut geführt. Hatte sie geschrien? Es ist ihm nie klar geworden. In demselben Augenblick kam der Pariser Eilzug so schnell und wuchtig vorüber, dass selbst die Diele zu schwanken schien. Sie war gestorben als hätte sie der Blitz inmitten dieses Donners erschlagen.

Hingestreckt zu seinen Füßen lag sie vor dem Bett. Er sah sie an. Der Zug verlor sich in der Ferne. In dem dumpfen Schweigen des roten Zimmers betrachtete er sie. Inmitten der roten Vorhänge, der roten Tapeten lag sie auf der Diele und blutete stark, eine rote Flut rieselte zwischen den Brüsten hindurch, breitete sich auf dem Unterleibe aus und floss von dem einen Schenkel aus in dicken Tropfen auf das Parkett. Das halb zerrissene Hemd wurde davon durchtränkt. Er hätte nie geglaubt, dass sie so viel Blut besaß. Und was ihn besonders bannte, war die Maske fürchterlicher Angst, die das Gesicht dieser niedlichen, sanften, folgsamen Frau angenommen hatte. Die schwarzen Haare hatten sich gesträubt und bildeten einen Helm des Schreckens, düster wie die Nacht. Die übernatürlich weit geöffneten Nixenaugen suchten noch immer, stumm und starr das schreckliche Geheimnis zu ergründen. Warum, warum hatte er sie ermordet? Unwissend, dass das Leben Kot in das Blut mischt, hingebend und unschuldig, sodass sie es nie begriffen hätte, hatte sie ihr Unstern in die Hände des Mörders geführt.

Jacques fuhr zusammen. Er hörte das Röcheln einer Bestie, das Grunzen eines Wildschweines, das Brüllen des Löwen in seiner Nähe. Doch schnell beruhigte er sich wieder, er selbst atmete so heftig. Endlich hatte er es also gewagt, er hatte getötet! Ja, er hatte das da getan. Eine zügellose Freude, ein mächtiges Vergnügtsein durchwogte ihn angesichts der endlichen Erfüllung seines ewigen Wunsches. Er verspürte eine ehrgeizige Überraschung, die vergrößerte Souveränität seines männlichen Geschlechts. Er hatte diese Frau getötet, er besaß sie nun so, wie er sie schon immer zu besitzen gewünscht hatte, ganz, allmächtig. Sie war nicht mehr, sie konnte also niemandem mehr angehören. Die Erinnerung an einen anderen Ermordeten, den Präsidenten Grandmorin, dessen Leichnam er in jener Nacht, keine fünfhundert Meter von hier gesehen hatte, trat lebhaft vor seine Erinnerung. Dieser zarte, weiße, vom rötlichen Licht bestrahlte Körper, er war derselbe menschliche Fetzen, derselbe zerbrochene Hampelmann und schwammige Lappen, den ein Stoß mit dem Messer aus dem Menschen macht. Ja, so war es. Er hatte getötet und das da zu Boden gestreckt. Wie der andere war auch sie hingeschlagen, nur mit dem Unterschied, dass sie auf dem Rücken lag mit gespreizten Beinen, den linken Arm unter der Hüfte, den rechten gekrümmt, fast losgelöst von der Schulter. Hatte nicht in jener Nacht sein Herz mächtig pulsiert und er sich unter dem Kitzel seiner Haut beim Anblick des ermordeten Mannes geschworen, es auch zu wagen? Oh, nur nicht feige sein, sein Gelüst befriedigen und das Messer eintauchen! Dieser Trieb hatte sich in ihm entwickelt, nicht in einer Stunde, seit einem Jahre, ohne dass er es gewusst, dass er auf das Unvermeidliche losmarschierte. Aber am Halse dieser Frau, unter ihren Küssen war die schwere Arbeit vollbracht worden. Die beiden Mordtaten vereinigten sich, war die eine nicht die logische Folge der anderen?

Ein Poltern und Krachen der Dielen zog Jacques von den Betrachtungen ab, die ihm beim Anblick der Toten durch den Kopf flogen. Sprangen schon die Türen auf? Kamen Leute, um ihn zu verhaften? Er sah umher, nichts störte das düstre Schweigen des Hauses. Da kam wieder ein Zug vorüber und jetzt fiel ihm auch der Mann ein, der bald unten klopfen musste und den er töten sollte! An ihn hatte er gar nicht mehr gedacht. Er bedauerte nichts und doch schalt er sich einen Dummkopf. Was war geschehen? Die von ihm leidenschaftlich geliebte Frau lag mit offener Wunde auf dem Boden, während der Mann, das Hemmnis ihres Glückes, noch immer lebte und Schritt für Schritt durch die Finsternis näherkam. Er hatte diesen Mann, der lediglich durch die Skrupel der Erziehung, durch die langsam erworbenen und überlieferten Ideen der Humanität von ihm geschont worden war, nicht ermorden können. Unter Missachtung seiner eigenen Interessen hatte ihn die Erbschaft der Grausamkeit, des Mordinstinktes, der in vorzeitigen Forsten ein Tier auf das andere jagte, blind gemacht. Tötet man auch mit Überlegung? Man tötet unter dem Stachel des Blutes und der Nerven, einem Rest der einstigen Kämpfe, der Lust am Leben und der Freude, der Stärkere zu sein. Er verspürte mehr als nur eine gesättigte Mattigkeit, er erschrak bereits, er suchte zu begreifen, ohne etwas anderes zu finden als inmitten seiner befriedigten Leidenschaft das bittere Erstaunen und die Trauer über das nicht gut zu machende. Der Anblick der Unglücklichen, die ihn noch immer mit ihren tragischen, erschrockenen Augen ansah, wurde ihm peinlich. Er wollte seine Augen abwenden und hatte plötzlich die unangenehme Empfindung, als ob am Fußende des Bettes sich noch eine andere weiße Gestalt drohend aufrichtete. Hatte sich die Tote verdoppelt? Nein, es war Flore. Sie war also schon wieder da, wie in seinen Fieberträumen nach jenem Unglück. Sie triumphierte, denn jetzt war sie gerächt. Der Schreck ließ sein Blut gefrieren, er fragte sich, warum er eigentlich noch immer hier sei. Er hatte gemordet, erwürgt und war trunken von dem fürchterlichen Weine des Verbrechens. Er zitterte vor dem auf der Erde liegenden Messer, er floh, stürzte fast die Treppe herunter, öffnete die große Tür der Veranda, als ob ihm die kleine Hintertür nicht Raum geboten hätte, sprang über die Brüstung und stürmte wild in die Nacht hinaus. Er sah sich nicht um, das düstere Haus neben dem Eisenbahndamm blieb offen und trostlos in seiner todesähnlichen Verlassenheit weit hinter ihm zurück.

Cabuche streifte in dieser Nacht wie immer unter dem Fenster Séverines umher. Er wusste, dass Roubaud erwartet wurde, und wunderte sich daher nicht, dass ein schwacher Lichtstrahl durch die Fensterläden sich stahl. Aber dieser über die Brüstung springende und wie eine wütende Bestie in das Land hinaus galoppierende Mensch überraschte ihn nicht wenig. Es war zu spät, um sich noch an die Verfolgung des Flüchtigen zu machen, der Kärrner blieb deshalb erschrocken und von Unruhe und Angst gefoltert vor der offenen Tür stehen, die das große schwarze Loch der Vorhalle sehen ließ. Was war geschehen? Sollte er eintreten? Das tiefe Schweigen, keine einzige Bewegung im Hause, während doch die Lampe oben hell brannte, schnürten ihm das ängstlich schlagende Herz ein.

Endlich entschloss sich Cabuche, nach oben zu steigen. Vor der ebenfalls weit offen stehenden Tür des Zimmers stand er abermals still. In dem ruhigen Schimmer des Lichts schien es ihm, als läge vor dem Bett ein Häuflein Kleidungsstücke. Séverine war jedenfalls entkleidet. Er rief sie leise, während sein Herz zum Springen klopfte. Mit einem Male sah er das Blut, er begriff und stürzte mit einem fürchterlichen Aufschrei, wie er aus einem zerrissenen Herzen dringt, in das Zimmer. Da sah er sie nun in ihrer bedauernswerten Nacktheit ermordet auf dem Fußboden liegen. Er glaubte, dass sie noch röchelte, er empfand eine so fürchterliche Verzweiflung und eine so schmerzliche Scham darüber, sie ganz nackt im Todeskampf auf der Erde liegen zu sehen, dass er sie in einer Anwandlung brüderlichen Gefühls in seine Arme nahm, sie aufhob, auf das Bett legte und mit dem zurückgeschlagenen Oberbett zudeckte. Bei dieser Umarmung aber, der einzigen Zärtlichkeit, die sie ausgetauscht, hatte er sich beide Hände und die Brust mit Blut besudelt. Er triefte von Blut.

In diesem Augenblick traten Roubaud und Misard in das Zimmer. Sie hatten sich ebenfalls entschlossen hinauf zu steigen, als sie alle Türen offen sahen. Der Gatte hatte sich verspätet, er hatte sich mit Misard in ein längeres Gespräch eingelassen und dieser war beim Erzählen mitgegangen. Beide starrten schreckensbleich Cabuche an, dessen Hände voller Blut klebten wie die eines Schlächters.

»Derselbe Stich wie bei dem Präsidenten«, sagte Misard, nachdem er die Wunde geprüft.

327

Roubaud zuckte mit dem Kopf, ohne zu antworten. Er konnte seine Blicke nicht von Séverine wenden, dieser Schreckensmaske mit den schwarzen aus der Stirn gestrichenen Haaren und den weit aufgerissenen blauen Augen, die noch immer zu fragen schienen: warum?

# Zwölftes Kapitel

Drei Monate später führte Jacques in einer lauen Juninacht den Eilzug nach Havre, der Paris um 6 Uhr 30 verlassen hatte. Seine neue Lokomotive, Nummer 608, eine ganz neue Maschine, der er, wie er sich ausdrückte, die Jungfernschaft genommen hatte und die er nach und nach kennenlernte, war nicht gefällig; sie war unberechenbar, fantastisch wie ein junges Roß, das man auch erst müde machen muss, ehe es sich bequemt, im Geschirr zu gehen. Er fluchte oft auf sie und beklagte die Lison. Er durfte sie keinen Augenblick außer Augen lassen und musste die Hand stets an der Kurbel des Fahrtregulators haben. Aber in dieser milden Juninacht war er nachsichtig gestimmt, er ließ sie nach Gefallen galoppieren, glücklich, ein wenig aufatmen zu können. Nie zuvor hatte er sich wohler gefunden, das Herz erleichtert von Gewissensbissen in dem mächtigen, Glück verheißenden Frieden der Nacht.

Er, der sonst niemals unterwegs sprach, neckte Pecqueux, den man ihm wieder als Heizer überlassen hatte.

»Nanu, Ihr reißt ja die Augen auf wie ein Mensch, der nur Wasser trinkt?«

Pecqueux sah in der Tat gegen seine sonstige Gewohnheit nüchtern und verdüstert aus.

»Ja, man muss die Augen offen halten, wenn man sehen will«, antwortete er ziemlich barsch.

Jacques sah ihn missmutig an, er glaubte, jener sei nicht recht bei Verstand. In der vergangenen Woche war er der Geliebten des Genossen, der schrecklichen Philomène, richtig in die Arme geraten, die schon seit langer Zeit sich an ihm wie eine magere, liebesdurstige Katze rieb. Es war keine geschlechtliche Neugierde, die ihn zu ihr trieb, er wollte nur etwas erfahren, nämlich, ob er gänzlich geheilt und ob jetzt sein schändlicher Trieb befriedigt war. Konnte er diese für sich haben, ohne ihr ein Messer in den Hals zu jagen? Schon zweimal hatte er sie gehabt und kein Schauder, keine Übelkeit sich eingestellt. Daher seine große Freude, seine ruhige, lächelnde Miene, das Gefühl des Glücks, jetzt wieder ein Mann wie alle andern Männer zu sein.

Pecqueux wollte neue Feuerung auflegen.

»Nein, treibt sie nicht zu sehr an, sie geht gerade gut so.«

Der Heizer brummte etwas in den Bart.

»Ja wohl, geht gut ... Eine Faxenmacherin, eine Schlampe ist sie! ... Wenn ich daran denke, dass man an die andere, die alte, die so gut war, Hand angelegt hat! ... Dieses Frauenzimmer von der Straße verdient einen Tritt in den Hintern.«

Jacques wollte sich nicht ärgern und gab keine Antwort. Aber er fühlte wohl, dass ihr einstiges eheliches Leben zu dreien für immer zerstört war; denn die gute Freundschaft, die zwischen ihm, jenem und der guten Lison immer geherrscht hatte, war seit dem Tode der Letzteren verschwunden. Jetzt stritt man sich um ein Nichts, um eine zu sehr angezogene Schraubenmutter, um eine zu viel aufgelegte Schaufel Kohlen. Er nahm sich vor, vorsichtig im Verkehr mit Philomène zu sein, denn er wollte es nicht zu einem offenen Kriege kommen lassen auf dieser schmalen, schwankenden Brücke, die ihn und den Heizer trug. So lange Pecqueux aus Erkenntlichkeit dafür, dass er nicht fortgejagt wurde, kleine Summen ausgezahlt erhielt und die Vorräte seines Vorgesetzten verzehren konnte, war er ihm ein gehorsamer und ergebener Hund gewesen, der für ihn die ganze Welt erwürgt hätte, wenn er es befohlen. Der täglichen Gefahr hatten beide wie Brüder ins Auge gesehen und es hatte keiner Worte bedurft, um sich zu verständigen. Aber dieses Leben wurde zur Hölle, wenn man sich unbequem wurde und man Seite an Seite durchrüttelt wurde, während man sich am liebsten gegenseitig aufgefressen hätte. Erst in der verflossenen Woche hatte die Gesellschaft den Lokomotivführer und den Heizer des Eilzuges nach Cherbourg trennen müssen, weil sie wegen einer Frau in Uneinigkeit geraten waren, der Erstere misshandelte den Letzteren, weil er ihm nicht gehorchte: Es gab unterwegs Schläge und wirkliche Kämpfe, wobei man gänzlich des Schwanzes von Reisenden vergaß, der mit voller Schnelligkeit hinter ihnen herrollte.

Noch zweimal öffnete Pecqueux die Tür und legte trotz des Verbotes Kohle auf; er suchte augenscheinlich einen Streit vom Zaune zu brechen. Jacques tat so, als bemerkte er nichts, als sähe sein Auge weiter nichts als die Strecke, er gebrauchte indessen die Vorsicht, jedes Mal den Injektionshebel zu stellen, damit der Druck sich verminderte. Die Luft war so sanft und der schwache, erfrischende, durch die Geschwindigkeit des Zuges hervorgebrachte Wind tat in der warmen Juninacht so wohl. Als man um 11 Uhr 5 in Havre einlief, besorgten die beiden Männer die Toilette der Lokomotive so einträchtig wie früher.

Als sie gerade das Depot verließen, um sich in die Rue François-Mazeline zur Ruhe zu begeben, rief sie jemand an:

»Habt Ihr es so eilig? Tretet doch einen Augenblick näher!«

Es war Philomène, die von der Schwelle ihres brüderlichen Hauses aus auf Jacques gelauert hatte. Sie konnte eine Bewegung der Enttäuschung nicht unterdrücken, als sie Pecqueux bemerkte. Sie hatte sich daher wohl oder übel entschließen müssen, beide anzurufen; um das Vergnügen zu genießen mit ihrem neuen Freunde plaudern zu können, musste sie die Gegenwart des alten erdulden.

»Lass uns in Ruhe«, brummte Pecqueux, »Du langweilst uns, wir sind müde.«

»Bist du liebenswürdig!«, antwortete Philomène aufgeräumt, »da ist Herr Jacques ganz anders, er nimmt gewiss gerne noch ein Gläschen zu sich ... Nicht wahr, Herr Jacques?«

Der Maschinenführer dankte klugerweise, der Heizer jedoch nahm die Einladung mit einem Male an. Es war ihm eingefallen, dass er sich durch Beobachtung der Beiden am besten Gewissheit verschaffen konnte. Sie gingen in die Küche und setzten sich an den Tisch, während sie Gläser und eine Flasche Branntwein vor sie hinstellte. Dann sagte sie etwas leiser als gewöhnlich:

»Wir dürfen keinen Lärm machen, mein Bruder schläft über uns. Er hat es nicht gern, dass jemand bei mir ist.«

Während sie ihnen einschenkte, setzte sie hinzu:

»Wisst Ihr schon, dass Frau Lebleu heute Morgen gestorben ist? ... Oh, ich habe es immer gesagt, dass sie krepieren wird, wenn man sie in die Hinterwohnung, ein wahres Gefängnis, sperrt. Vier Wochen hat sie trotzdem den Anblick des Zinkdaches ertragen ... Dass sie sich aus ihrem Sessel nicht mehr erheben konnte, hat ihr sicher den Rest gegeben, denn nun konnte sie Fräulein Guichon und Herrn Dabadie nicht mehr belauschen, was ihr nachgerade zur zweiten Natur geworden war. Sie ist vor Wut, jene nie abgefasst zu haben, jedenfalls geborsten.«

Philomène unterbrach sich, um einen großen Schluck Branntwein zu sich zu nehmen, dann sagte sie lachend:

»Sie schlafen jedenfalls zusammen, aber sie verstehen die Sache! ... Ich glaube, die kleine Frau Moulin weiß etwas, sie hat sie eines Abends gesehen. Aber die spricht nicht: Die ist zu dämlich und ihr Mann erst, der Unter-Inspektor ...«

Von Neuem unterbrach sie sich, um auszurufen:

»In der nächsten Woche kommt ja auch die Sache Roubaud in Rouen vor.«

Bisher hatten Jacques und Pecqueux schweigend zugehört. Der Letztere fand Philomène heute äußerst geschwätzig. Wenn sie beide allein waren, trug sie weit weniger die Kosten der Unterhaltung. Seine Augen verließen sie keinen Augenblick, er schwitzte vor Eifersucht, denn es war klar, dass sie nur seines Vorgesetzten wegen so aufgeräumt war.

»Ja«, antwortete der Lokomotivführer völlig gefasst, »ich habe ebenfalls die Vorladung erhalten.«

Philomène näherte sich ihm und freute sich, ihn mit dem Ellbogen streifen zu können.

»Ich auch, ich bin Zeugin ... Als man mich über Sie ausfragte, Herr Jacques, denn man wollte die volle Wahrheit über Ihre Beziehungen zu der unglücklichen Frau wissen, ja als man mich über Sie ausfragte, sagte ich zum Richter: »Er betete sie an, Herr Richter, es ist ganz unmöglich, dass er ihr etwas angetan hat!« Tat ich nicht recht so? Ich habe Sie beide oft genug beieinander gesehen, ich war also berechtigt, so zu sprechen.«

»Oh, ich bin nicht besorgt«, erwiderte der junge Mann gelassen, »ich kann Stunde für Stunde nachweisen, wie ich meine Zeit zugebracht habe ... Die Gesellschaft hat mich doch jedenfalls behalten, weil mir nicht der leiseste Vorwurf zu machen ist.«

Es trat Schweigen ein, alle drei tranken langsam.

»Ich zittre noch vor diesem Cabuche«, begann Philomène von Neuem, den man ja noch mit dem Blut der armen Dame bedeckt verhaftet hat! Was für dumme Männer gibt es doch! Eine Frau zu töten, wenn man ihr nachstellt! Wenn die Frau nicht mehr lebt, ist doch überhaupt alles zu Ende! ... Ich werde auch mein Leben lang nicht vergessen, wie Herr Cauche Herrn Roubaud auf dem Perron verhaftete. Ich war gerade dabei. Ihr wisst, dass es nur drei Tage später geschah. Als Herr Roubaud am Tage nach der Beeidigung seiner Frau ganz unschuldig den Dienst wieder antreten wollte, klopfte ihm Herr Cauche auf die Schulter und sagte zu ihm, er hätte den Befehl, ihn ins Gefängnis zu bringen. Ihr könnt Euch denken, gerade ihn, der mit ihm Nacht für Nacht gespielt hatte! Aber wenn man Polizeikommissar ist, muss man selbst seinen Vater und seine Mutter unter die Guillotine schleppen, wenn es der Dienst verlangt. Er machte sich auch nichts daraus, dieser Herr Cauche, denn ich sah ihn nachher im Café du Commerce die Karten mischen, als wäre ihm sein Freund genau so viel gewesen, wie der Großtürke!«

Pecqueux hatte sich in die Lippen gebissen und schlug jetzt mit der Faust auf den Tisch.

»Zum Donnerwetter, ich hätte an dieses Schmachtlappens Stelle sein müssen! ... Sie schliefen bei seiner Frau, ein andrer tötete sie ihm und er lässt sich geduldig einsperren ... Die Wut könnte man bekommen!«

»Du Schafskopf«, eiferte sich Philomène, »man beschuldigt ihn ja, jemand zum Mord an seiner Frau angestiftet zu haben, er wollte sie Geldinteressen halber los sein; was weiß ich! Ich glaube, man hat bei diesem Cabuche die Uhr des Präsidenten Grandmorin gefunden, der, wie Ihr wisst, vor ungefähr achtzehn Monaten im Coupé ermordet wurde. Man hat nun jenen Mord mit diesem in Verbindung gebracht und es ist eine ganz unglaubliche Geschichte daraus geworden, das reine Tintenfass. Ich kann Euch das nicht so erklären, in der Zeitung stehen zwei volle Spalten darüber.«

Jacques schien zerstreut kaum hingehört zu haben.

»Wozu sich darüber den Kopf zerbrechen«, sagte er vor sich hin, »was geht das uns an? ... Wenn das Gericht nicht weiß, was es zu tun hat, wir wissen es ganz gewiss nicht.«

Dann schienen seine Augen in die Ferne zu schweifen und sein Gesicht entfärbte sich:

»Mich dauert bei alledem nur die arme Frau ... Oh die arme, arme Frau!«

»Ich habe eine Frau«, setzte Pecqueux auffahrend hinzu, »wenn aber jemand wagen sollte, sie zu berühren, dann erwürge ich mit diesen Fingern alle beide. Nachher kann man mir ebenfalls den Hals abschneiden, es soll mir dann ganz gleichgültig sein.«

Abermals herrschte Stille. Philomène füllte die Gläser noch einmal und zuckte lächelnd mit den Schultern. Im Innern aber war ihr durchaus nicht besonders gut zumute und sie streifte Pecqueux mit einem schnellen Seitenblick. Seit Mutter Victoire infolge ihres Bruches nicht mehr tätig sein konnte, ihre Stellung als Wärterin im Bahnhofe aufgegeben hatte und ins Hospital gegangen war, vernachlässigte er sich vollständig, er ging immer in schmutzigen Lumpen umher. Sie sorgte nicht mehr duldsam und mütterlich für ihn, indem sie ihm frische Wäsche zurechtlegte, damit die andere in Havre ihr nicht vorwerfen konnte, dass sie ihren Mann umkommen lasse. Philomène war durch das eigene, niedliche Aussehen Jacques verführt worden und verabscheute jetzt natürlich den anderen.

»Meinst du deine Frau in Paris, die du erwürgen willst?«, fragte sie vorwitzig. »Du brauchst nicht zu befürchten, dass man sie dir nimmt!«

»Die oder eine andere!«, brummte Pecqueux.

Sie trank ihm zu und stichelte dabei: »Auf dein Wohl, Pecqueux. Und vergiss nicht, mir deine Hemden zu bringen, damit ich sie waschen und zurecht machen kann, denn wir machen keinen Staat mehr mit dir, weder sie noch ich ... Auf Ihr Wohl, Herr Jacques!«

Jacques fuhr zusammen, als erwachte er eben aus einem Traume. Trotzdem er keine Gewissensbisse fühlte, seit dem Mord sich wie erleichtert vorkam und sich eines körperlichen Wohlbefindens erfreute, erschien ihm Séverine häufig und dann rührte sie den mitleidigen Menschen, der in ihm wohnte, zu Tränen. Er trank und sagte hastig, um seine Verlegenheit zu verbergen:

»Wissen Sie schon, dass wir Krieg bekommen werden?«

»Nicht möglich«, rief Philomène. »Mit wem denn?«

»Nun mit den Preußen ... Wegen eines deutschen Fürsten, der König von Spanien werden will. Gestern ist in der Kammer ausschließlich davon gesprochen worden.«

Sie schimpfte nun darauf los.

»Das kann ja recht nett werden! Mit ihren Wahlen, ihrem Plebiszit und ihrer Angst haben sie uns schon genug zugesetzt! – Wenn es losgeht, müssen alle Männer mit?«

»Oh, wir brauchen nichts zu fürchten, denn man kann die Eisenbahnen nicht entbehren ... Natürlich hätten wir mit dem Transport der Truppen und dem Verproviantieren alle Hände voll zu tun! Wenn es also so kommen sollte, müssen wir ebenfalls unsere Schuldigkeit tun.«

Er erhob sich, denn er merkte, dass sie eines ihrer Beine unter das seine geschoben hatte und dass Pecqueux, der es gesehen und rot geworden war, darob die Zähne aufeinander presste und die Fäuste ballte.

»Wir wollen zu Bett gehen, es ist höchste Zeit.«

»Ja, das wird uns besser bekommen«, sagte der Heizer bebend.

Er hatte den Arm Philomènes gepackt und drückte ihn, als wollte er ihn kurz und klein brechen. Sie unterdrückte einen Schmerzensschrei und beeilte sich, dem Lokomotivführer ins Ohr zu flüstern, während jener sein Glas leerte:

»Nimm dich in acht, er ist zu allem fähig, wenn er getrunken hat.«
Man hörte jetzt schwere Schritte die Treppe herunterkommen. Sie
entfärbte sich.

»Mein Bruder! ... Macht, dass Ihr fortkommt.«

Die beiden Männer waren noch keine zwanzig Schritte vom Hause
entfernt, als sie schon einige Ohrfeigen fallen hörten, auf die lautes Geheul folgte. Philomène erhielt wieder einmal ihre Prügel wie ein kleines
Mädchen, das die Nase in den Kompotttopf gesteckt hat. Der Lokomotivführer war stehen geblieben und schien geneigt, ihr zu Hilfe zu eilen.
Doch der Heizer hielt ihn zurück.

»Was geht das uns an? ... Töten sollte er sie gleich, diese Dirne!«

In der Rue François-Mazeline legten sich Jacques und Pecqueux nieder, ohne ein Wort miteinander zu wechseln. Die beiden Betten in dem
engen Zimmer berührten sich fast. Lange lagen sie noch mit offenen
Augen wach und jeder lauschte auf die Atemzüge des Andern.

Am Montag sollte in Rouen die Verhandlung in Sachen Roubaud
ihren Anfang nehmen. Es war das ein Triumph für den Untersuchungsrichter, Herr Denizet, denn man zögerte in der juristischen Welt nicht
mit Lobspenden über die Art und Weise, wie er diese verwickelte, dunkle Sache geleitet hatte: es wäre ein Meisterwerk seiner Analyse, so sagte
man, eine logische Rekonstruierung der Wahrheit, mit einem Worte eine
wahrhaftige Schöpfung.

Einige Stunden nach der Ermordung Séverines traf Herr Denizet in la
Croix-de-Maufras ein und ließ Cabuche verhaften. Alles lenkte den un-
zweifelhaften Verdacht auf ihn, seine Besudelung mit dem Blute, die
erdrückenden Aussagen Roubauds und Misards, die erzählten, wie sie
ihn allein mit dem Leichnam in höchster Verwirrung angetroffen hatten.
Befragt und gedrängt zu sagen, wie er in dieses Zimmer gelangt sei,
stotterte der Kärrner eine Geschichte zurecht, die der Richter achselzu-
ckend anhörte, ihm schien es eine Ausflucht, ein klassisches Märchen. Er
erwartete diese immer gleiche Geschichte von dem sagenhaften Mörder,
von dem erdachten Schuldigen, den der wirkliche Schuldige durch die
dunkle Landschaft davongaloppieren gehört haben wollte. Dieser Werwolf war gewiss schon weit, wenn er noch immer lief. Als man ihn fragte, was er in so später Stunde vor dem Hause zu suchen hatte, zögerte
Cabuche und gab schließlich zur Antwort, er sei noch ein wenig spazieren gegangen. Das war geradezu kindlich. Wie sollte man an diesen
Geheimnisvollen Unbekannten glauben, der erst mordete, dann auskniff,

alle Türen offen ließ und nicht einmal irgendeinen Gegenstand, nicht einmal ein Taschentuch entwendet hatte. Von wo sollte er gekommen sein? Warum sollte er gemordet haben? Der Richter wusste schon von Anbeginn der Untersuchung von der Liebschaft zwischen Séverine und Jacques und war sich darüber nicht recht klar, womit Letzterer seine Zeit ausgefüllt hatte. Aber sowohl der Beschuldigte selbst sagte, dass er Jacques nach Barentin zum Zug um 4 Uhr 14 begleitet hätte, als auch die Wirtin in Rouen schwor bei allen Göttern, dass der junge Mann nach dem Essen sich sofort auf sein Zimmer begeben und dass er dasselbe erst am folgenden Morgen gegen sieben Uhr verlassen habe. Und dann schlachtete ein Liebhaber nicht die von ihm angebetete Frau, mit der er nie einen Streit gehabt, ohne Weiteres ab. Das wäre geradezu absurd. Nein, es gab nur einen einzigen vermutlichen Mörder, einen eigentümlichen Mörder und das war der dort vorgefundene einfältige Verbrecher mit den roten Händen, dem Messer zu seinen Füßen, dieses brutale Tier, das dem Gericht Geschichten einreden wollte, bei denen man im Stehen einschlafen konnte.

Aber an diesem Punkte angelangt, fühlte sich Herr Denizet trotz seiner Überzeugung und seiner feinen Nase, die er wie er sagte, ihn besser bediente, als jeder Beweis, doch noch etwas unsicher. Bei einer ersten Haussuchung in dem zerfallenen Gemäuer des Verhafteten im Walde von Bécourt hatte man nichts Auffälliges gefunden. Ein Diebstahl konnte also nicht die Veranlassung zum Mord gewesen sein, es musste nach einem anderen Beweggrund geforscht werden. Plötzlich führte ihn Misard zufällig während des Verhörs auf den richtigen Weg, indem erzählte, dass er gesehen hätte, wie Cabuche eines Nachts über die Mauer geklettert sei, um durch das Fenster ihres Zimmers Frau Roubaud beim Entkleiden zu beobachten. Jacques wurde ebenfalls gefragt und sagte ohne Zaudern, was er von der stummen Anbetung des Kärrners, von dem glühenden Verlangen, mit dem er sie verfolgte, von seinen Handreichungen wusste. Ein Zweifel war also nicht mehr möglich: Eine bestialische Leidenschaft hatte Cabuche zu dem Verbrechen gedrängt. Alles andere ergab sich von selbst: Der Mann war durch die Tür zurückgekehrt, zu der er wahrscheinlich einen Schlüssel besaß, hatte dieselbe in seiner Verwirrung offen gelassen, dann folgte der Kampf, der mit Mord endete, schließlich die Notzüchtigung, die durch die Ankunft des Gatten gestört wurde. Nur eines war auffallend. Warum hatte der Mensch, der doch von der bevorstehenden Ankunft des Mannes wusste, gerade diese

Zeit gewählt, in der er jeden Augenblick von diesem überrascht werden konnte? Aber bei reiflicher Überlegung wirkte auch dieser Umstand belastend für den Angeklagten; man konnte annehmen, dass er in der Krisis brennenden Verlangens gehandelt habe, in dem Wahn, dass er Séverine, die am folgenden Tage abreisen wollte, nie wieder allein in diesem einsamen Hause begegnen würde, wenn er nicht diese Minute benutzte. Von diesem Augenblick an stand die Überzeugung des Richters unerschütterlich fest.

Mit Verhören vielfach gequält, ein- und ausgespannt in die Folter spitzfindiger Fragen, blieb Cabuche hartnäckig bei seiner ersten Behauptung. Er habe sich in der frischen Nachtluft auf der Landstraße ergangen, als ein Individuum in solcher Hast an ihm vorbeigestürmt sei, dass er nicht einmal zu sagen wusste, in welcher Richtung er in die Finsternis hineingelaufen wäre. Es habe ihn eine Unruhe gepackt, er habe nach dem Hause geblickt und gesehen, dass die Tür weit offen stand. Er habe sich endlich entschlossen hinaufzusteigen und die Tote noch warm auf dem Fußboden liegend gefunden; sie hätte ihn mit ihren großen Augen so fragend angeblickt, dass er noch Leben in ihr vermutete und sie auf das Bett trug, dabei hatte er sich mit Blut befleckt. Etwas anderes wusste er nicht, er wiederholte immer nur dieses eine und änderte nichts daran, sodass es wirklich aussah, als hätte er sich schon vorher diese Geschichte zurechtgereimt. Wenn man ihn herauszulocken versuchte, verwirrte er sich und schwieg wie ein beschränkter Mensch, der darüber hinaus nichts versteht. Als Herr Denizet ihn zum ersten Male über seine Liebe zu dem Opfer ausfragen wollte, wurde er sehr rot, wie ein junger Mensch, den man bei seiner ersten Liebschaft ertappt. Er leugnete alles und bestritt je von dem Besitz dieser Dame geträumt zu haben, denn dieses zärtliche, heimliche Gefühl, über welches er niemandem Rechenschaft schuldig war, schlummerte tief in seinem Herzen. Er hätte sie nie geliebt, sie nie begehrt, man sollte ihm nie damit kommen. Jetzt, da sie tot war, schien es ihm wie eine Entheiligung. Aber dieses Ableugnen einer Tatsache, für welche mehrere Zeugen eintraten, machte ihn noch verdächtiger. Nach dem Sinne der Anklage hatte er natürlich ein Interesse daran, das wilde Verlangen nach der Unglücklichen zu verheimlichen, die er getötet hatte, um sich an ihrem Besitz zu berauschen. Als der Richter alle Beweise beisammenhatte und den Hauptschlag gegen ihn führte, als er ihm die Anklage, gemordet und genotzüchtigt zu haben, direkt ins Gesicht schleuderte, kannte seine Wut keine Grenzen. Er sollte sie getötet haben, um sie zu besitzen, er, der sie wie eine Heilige verehrte? Die herbeigerufenen Gendarmen mussten ihn halten, denn er sprach davon, dieses verfluchte Loch in Grund und Boden schlagen zu wollen. Er war ein heimtückischer Schurke schlimmster Sorte, aber gerade seine Heftigkeit dokumentierte an seiner statt das von ihm geleugnete Verbrechen.

So weit war die Untersuchung gediehen, der Verhaftete war in Wut geraten und hatte jedes Mal, wenn man auf den Mord zu sprechen kam, behauptet, dass es der andere, der geheimnisvolle Flüchtling gewesen sei, als Herr Denizet einen Fund machte, der die Sache ganz auf den Kopf stellte und ihre Wichtigkeit verzehnfachte. Wie Herr Denizet sagte, witterte er die Wahrheiten. So bewog ihn auch eine Art Vorgefühl, persönlich eine zweite Haussuchung in Cabuches Höhle vorzunehmen. Und dort entdeckte er hinter einem Balken ein Versteck, in welchem sich zwischen Taschentüchern und Handschuhen von Damen eine goldene Uhr vorfand, die er zu seiner größten Freude sofort erkannte: Es war die einstmals so viel gesuchte Uhr des Präsidenten Grandmorin, eine starke Uhr mit zwei eingravierten Buchstaben und der Fabrikationsziffer 2516 auf der Innenseite der Kapsel. Wie ein Blitzstrahl schoss es ihm durch den Kopf, alles erhellte sich, das Einst verband sich mit dem Jetzt, die Tatsachen, wie er sie aneinanderreihte, entzückten ihn durch ihre Logik. Aber die Folgen konnten sehr weitgehende werden, deshalb erwähnte er von der Uhr noch nichts und er fragte Cabuche nur nach der Herkunft der Taschentücher und Handschuhe. Diesem schwebte einen Augenblick das Geständnis auf den Lippen: Ja er hatte sie angebetet und ein so heißes Verlangen nach ihr verspürt, dass er den Saum ihres Kleides hätte küssen mögen und alles stehlen, was sie liegen ließ, Schnürsenkel, Agraffen, Nadeln. Aber eine unüberwindliche Scham hieß ihn schweigen. Und als ihm der Richter doch die Uhr vorhielt, sah er sie stumpfsinnig an. Er erinnerte sich ihrer sehr wohl, es war die Uhr, die er in ein Taschentuch geknüpft gefunden hatte, welches er unter einem Kopfkissen hervorzog und mit nach Hause nahm. Dort war sie geblieben, weil er nicht wusste, wie er es anstellen sollte, um ihr die Uhr zurückzugeben. Aber wozu alles das erzählen? Er hätte auch die anderen Diebstähle eingestehen müssen, das Fortstehlen dieses Leinens, das so schön roch und dessen er sich schämte. Man glaubte ihm ja doch nichts. Er selbst verstand schon fast nichts mehr, in seinem beschränkten Schädel ging schon sowieso alles drunter und drüber, es kam ihm alles wie ein böser

Traum vor. Selbst der Anklage, der Mörder zu sein, begegnete er schon ruhiger. Er wiederholte auf jede Frage, dass er von nichts wisse. Er wisse nicht, wie die Handschuhe und Taschentücher, nicht wie die Uhr dorthin gekommen sei. Man mache ihn mit Gewalt dumm. Nun gut, so solle man ihn in Ruhe lassen und ihm lieber gleich den Kopf abhauen.

Am nächsten Tage ließ Herr Denizet Roubaud verhaften. Kraft seiner Allmacht hatte er in einer Minute der Erleuchtung den Haftbefehl erlassen. Er vertraute nur dem Genius seiner Weitsichtigkeit, denn er hatte noch kein genügendes Material gegen den Unter-Inspektor beisammen. Trotzdem verschiedene Punkte noch sehr dunkel waren, witterte er in diesem Manne die Hauptursache, die Quelle beider Verbrechen. Und er triumphierte gleich darauf, als ihm die vor dem Notar Colin in Havre acht Tage nach der Besitzergreifung von la Croix-de-Maufras abgeschlossene Testierung zugunsten des überlebenden Teiles in die Hände fiel. Nun ergänzte sich die ganze Geschichte in seinem Gehirn in so folgerichtiger Gewissheit und so packender Überzeugung, dass die nackte Wahrheit selbst fantastischer und unbegründeter ausgeschaut hätte, als dieses unzerstörbare Gebäude seiner Anklage. Roubaud war ein Feigling, der zu wiederholten Malen nicht selbst zu morden gewagt und sich des Armes dieses Cabuche, dieser tückischen Bestie bedient hatte. Das erste Mal konnte er es nicht erwarten, den Präsidenten Grandmorin zu beerben, dessen Testament er kannte. Er wusste auch, welchen Hass der Kärrner gegen diesen hegte, deshalb hatte er diesen in Rouen in das Coupé gedrängt und ihm das Messer in die Hand gedrückt. Beide Genossen würden sich nach Teilung der zehntausend Franken gewiss nie wieder gesehen haben, wenn nicht der eine Mord einen zweiten erzeugt hätte. Das war der so viel bewunderte Trick krimineller Psychologie des Richters. Er behauptete jetzt, er hätte nie aufgehört Cabuche zu überwachen, denn es sei von je seine Überzeugung gewesen, dass der erste Mord mathematisch genau einen zweiten herbeiführen würde. Nach achtzehn Monaten war dieser Fall eingetreten. Das eheliche Leben der Roubaud ging in die Brüche, der Mann hatte die fünftausend Franken verspielt, die Frau sich einen Geliebten genommen, um sich zu zerstreuen. Wahrscheinlich hatte sie sich geweigert, la Croix-de-Maufras zu verkaufen, aus Furcht, dass er auch dieses Geld klein machen würde, vielleicht hatte sie ihm auch bei ihren ewigen Zänkereien damit gedroht, ihn dem Gericht anzuzeigen. Jedenfalls waren zahlreiche Zeugnisse für die völlige Uneinigkeit der beiden Gatten vorhanden. Und da endlich vollzog sich die Konsequenz des ersten Verbrechens: Cabuche tauchte mit seinen brutalen Gelüsten wieder auf, der Mann drückte ihm abermals im Dunkel das Messer in die Hand, um in den ungeschmälerten Besitz dieses verwünschten Hauses zu gelangen, dem schon ein Menschenleben zum Opfer gefallen war. Zu dieser Wahrheit stimmte alles: die bei dem Kärrner entdeckte Uhr und vor allem der bei beiden Opfern gleichmäßig, von derselben Hand, mit derselben Waffe, diesem in dem Zimmer gefundenen Messer, geführte Stoß. Über letzteren Punkt konnte sich die Anklage noch nicht ganz bestimmt äußern, weil die Wunde des Präsidenten von einer kleineren, schärfer schneidenden Klinge herbeigeführt zu sein schien.

Roubaud antwortete in seiner jetzt üblichen schläfrigen Manier mit ja und nein. Er schien von seiner Verhaftung gar nicht überrascht zu sein, in der langsamen Auflösung seines ganzen Wesens war ihm alles gleichgültig. Um ihn zum Sprechen zu bewegen, hatte man ihm einen beständigen Wärter gegeben, mit welchem er von morgens bis abends Karten spielte. Er befand sich im Übrigen wohlauf. Er war von der Schuld Cabuches fest überzeugt, nur dieser konnte der Täter sein. Als man ihn über Jacques ausfragte, zuckte er lachend die Schultern, er machte also aus seiner Kenntnis der Beziehungen Séverines zu diesem kein Hehl. Nachdem ihm Herr Denizet zuerst allerlei Kreuz- und Querfragen gestellt, entwickelte er schließlich sein System, er drängte ihn geradezu in die Mitschuld an dem Morde hinein; er bemühte sich, ihm ein Geständnis zu entreißen. Roubaud aber war in der Angst, sich entdeckt zu sehen, sehr umsichtig geworden. Was erzählte man ihm da? Nicht er, sondern der Kärrner sollte den Präsidenten getötet haben, ebenso wie Séverine und beide Male sollte er doch der eigentliche Schuldige sein, da der andere nur in seinem Auftrage und an seiner statt gemordet hätte? Diese verwickelte, abenteuerliche Geschichte machte ihn misstrauisch: Man stellte ihm ohne Frage eine Falle, man log ihm etwas vor, um ihm ein Geständnis betreffs der Teilnahme an dem ersten Mord zu entreißen. Bei seiner Verhaftung war es ihm sofort klar, dass auch diese alte Geschichte wieder vorgesucht werden würde. Mit Cabuche konfrontiert erklärte er, diesen Menschen nicht gekannt zu haben, er hätte ihn zum ersten Male gesehen, als dieser mit blutigen Händen gerade sein Opfer notzüchtigen wollte. Der Kärrner war außer sich und raste, sodass man aus der ganzen Geschichte überhaupt nicht mehr klug werden konnte. Drei Tage verflossen, der Richter ließ Verhör auf Verhör folgen, er war nämlich überzeugt, dass beide Verbrecher ihm eine Komödie vorspielten. Roubaud war schließlich so schlaff, dass er überhaupt nicht mehr antwortete. Mit einem Male aber, in einem Augenblick höchster Ungeduld, wollte er überhaupt mit allem zurande kommen. Er gab damit dem dumpfen Verlangen nach, das ihn schon seit Monaten quälte: Er sagte alles, die reine, die volle Wahrheit.

An diesem Tage gerade kämpfte Herr Denizet in seinem Bureau mit allen ihm eigenen Finessen, seine schweren Lider verhüllten seine Augen, seine beweglichen Lippen spitzten sich bei der Anstrengung, ganz besonders geistreiche Einfälle zutage zu fördern, scharf zu. Seit einer Stunde schon klügelte er gegen diesen aufgeschwemmten, fahlgesichtigen Verhafteten, hinter dessen behäbigem Äußeren nach seiner Meinung eine große Verschlagenheit wohnte, allerlei gelehrte Listen aus, und er glaubte bereits, ihn Schritt für Schritt verlockt, auf allen Seiten eingeengt und schon in der Falle zu haben, als der andere plötzlich mit den Mienen eines bis zum Äußersten getriebenen Mannes ausrief, er hätte jetzt genug und wollte lieber alles gestehen, als noch ferner so gequält werden. Da man ihn ohnehin für den Schuldigen hielt, so wollte er, dass die Dinge wenigstens so zur Aburteilung kämen, wie sie wirklich geschehen waren. Und je weiter er mit seiner Erzählung kam von der Verführung seiner Frau im jugendlichen Alter durch den Präsidenten, von seiner Eifersuchtswut, als er diese Schweinereien vernommen, von seinem Morde, von seiner Entwendung der zehntausend Franken, um so weiter hoben sich die Augenlider des Richters. Er zweifelte und sein Mund verzog sich spöttisch, er drückte die Ungläubigkeit, die unbezweifelbare, berufsmäßige Ungläubigkeit des Richters aus. Er lächelte über das ganze Gesicht, als der Angeklagte schwieg. Dieser Kerl war doch noch schlauer als er gedacht hatte: den ersten Mord ganz für sich in Anspruch zu nehmen, daraus ein rein aus Leidenschaft herbeigeführtes Verbrechen zu bilden, sich also damit von jedem Verdacht des Raubmordes reinzuwaschen und namentlich von der Teilnahme an der Ermordung Séverines, war ein kühnes Manöver, es sprach von Intelligenz, von einer wenigen gegebenen Willensstärke. Aber er konnte das Gesagte schwerlich aufrechterhalten.

»Sie müssen uns nicht als Kinder betrachten, Roubaud«, sagte der Richter. »Sie behaupten, dass Sie eifersüchtig waren und den Mord aus Eifersucht begangen haben?«

»So ist es.«

»Gut, zugegeben, es verhält sich alles so, wie Sie erzählen, dann hätten Sie also Ihre Frau ohne Kenntnis ihrer Beziehungen zu dem Präsidenten geheiratet. Ist das anzunehmen? Ihr Fall beweist gerade das Gegenteil, es hat sich Ihnen eine Spekulation angeboten. Sie haben sie erwogen und zugegriffen. Man gibt Ihnen ein wie ein Fräulein erzogenes, junges Mädchen, man stattet sie aus, ihr Beschützer wird der Ihrige, Sie wissen genau, dass man ihr ein Landhaus testamentarisch vermachen wird und Sie wollen behaupten, dass Sie keinen Argwohn hatten? Nein, Sie müssen alles gewusst haben, anders kann ich mir Ihre Heirat nicht erklären. – Übrigens genügt die Feststellung einer ganz einfachen Tatsache, Sie zu widerlegen. Sie sind nicht eifersüchtig, wagen Sie es doch zu behaupten, dass Sie eifersüchtig sind.«

»Ich sage die Wahrheit, ich habe in einem Wutanfalle von Eifersucht den Mord verübt.«

»Nachdem Sie also den Präsidenten ehemaliger, angeblich ungewisser Beziehungen wegen ermordet haben – ich glaube nicht daran – müssen Sie mir ja auch erklären können, aus welchem Grunde Sie es litten, dass dieser Jacques Lantier, ein solider Mensch, eine Liebschaft mit Ihrer Frau unterhielt. Jedermann wusste von diesem Verhältnis und auch Sie selbst haben aus Ihrer Kenntnis desselben kein Hehl gemacht ... Sie ließen ihn unbehelligt ein- und ausgehen, warum?«

Mit gesenktem Kopf starrte Roubaud in die Leere, er fand keine Ausrede und meinte schließlich:

»Ich weiß es nicht ... Den Ersten tötete ich, diesen nicht.«

»Sie können also nicht behaupten, dass Sie rachsüchtig aus Eifersucht sind und ich rate Ihnen, diesen Roman den Geschworenen nicht aufzutischen, denn sie würden nur mitleidig darüber lächeln ... Folgen Sie mir, ändern Sie Ihr System, die reine Wahrheit nur kann Sie retten.«

Von diesem Augenblick an bemühte sich Roubaud, diese Wahrheit zu sagen, die im Grunde genommen eine große Lüge war. Alles wendete sich so wie so gegen ihn. Das frühere Verhör bei der ersten Untersuchung unterstützte ebenfalls die neue Version, denn er selbst hatte damals Cabuche beschuldigt. Damit war also der Beweis einer außerordentlich geschickt gemachten Verbindung beider erbracht. Der Richter durchhechelte die Psychologie dieses Falles mit einer wahrhaften Liebe zu seinem Berufe. Noch nie, so erzählte er, sei er so tief in die menschliche Natur eingedrungen. In ihm siegte das Ahnungsvermögen über die Beobachtungsgabe. Er gehörte zu der Schule der sehnenden und faszinierenden Richter, die durch einen einzigen Augenaufschlag den ganzen Menschen bloßlegen. Die Beweise waren übrigens ebenfalls in erdrückender Menge zur Stelle. Noch nie hatte eine Untersuchung eine solidere Basis ergeben, die Gewissheit blendete geradezu wie das Licht der Sonne selbst.

Es vermehrte den Ruhm des Herrn Denizet, dass er beide Sachen in einen Topf werfen konnte, nachdem er die erste geduldig und in aller Stille rekonstruiert hatte. Nach dem lärmenden Erfolg des Plebiszits hörte das Fieber im ganzen Lande nicht auf, es glich dem Schwindel, der großen Katastrophen vorausgeht. In der Gesellschaft, in der Politik, in der Presse namentlich des sich seinem Ende zuneigenden zweiten Kaiserreichs herrschte eine beständige Unruhe und Aufregung, sodass selbst die Freude eine krankhafte Überschwänglichkeit annahm. Als man nach der Ermordung einer Frau in dem abseits gelegenen Landhause von la Croix-de-Maufras hörte, dass durch einen geschickten Schachzug des Untersuchungsrichters in Rouen die alte Sache Grandmorin ebenfalls ausgegraben und mit dem neuen Verbrechen in Verbindung gebracht worden sei, brach ein Freudengeschrei in der offiziellen Presse aus. Von Zeit zu Zeit nämlich hatten die oppositionellen Blätter noch einige Sticheleien betreffs des unauffindbaren, sagenhaften Mörders, dieser Erfindung der Polizei, vom Stapel gelassen, welch Letztere den Auftrag hätte, die schmutzigen Händel einiger kompromittierter hochgestellter Persönlichkeiten zu verdecken. Die Antwort wirkte wie ein Keulenschlag: Der Mörder und sein Mitschuldiger waren verhaftet, das Gedächtnis des Präsidenten Grandmorin ging unbefleckt aus dieser Geschichte hervor. Die Polemik begann von Neuem, die Aufregung zwischen Paris und Rouen wuchs von Tag zu Tag. Abgesehen von diesem spannenden, die Einbildung beschäftigenden Roman selbst, ereiferte man sich bereits darüber, ob die endlich entdeckte, unbestreitbare Wahrheit dem Staat wieder ein festes Gefüge geben würde. Eine ganze Woche hindurch brachten die Zeitungen spaltenweise Einzelheiten über diese Affaire.

Herr Denizet wurde nach Paris berufen und fand sich in der Privatwohnung des Generalsekretärs, Herrn Camy-Lamotte in der Rue du Rocher ein. Er fand ihn stehend in seinem ernsten Arbeitskabinett, sein noch müder blickendes Gesicht hatte etwas gemagert. Er schien auch etwas gebeugt, jedenfalls sah er im Widerschein dieser Apotheose den bevorstehenden Verfall des alten Regime ahnenden Geistes kommen.

Seit zwei Tagen war er eine Beute innerer Kämpfe; er wusste noch immer nicht, welchen Gebrauch er von dem aufbewahrten Briefe Séverines machen sollte. Dieser Brief hätte das ganze Anklagesystem über den Haufen geworfen, weil er ein unverwerflicher Beweis für die Aussage Roubauds war. Niemand wusste von ihm, er konnte ihn vernichten. Aber am Abend vorher hatte der Kaiser zu ihm gesagt, er wünsche, dass diesmal die Gerechtigkeit unbeeinflusst ihren Lauf nähme, sollte selbst seine Regierung darunter leiden müssen; es war das ein vereinzelter Aufschrei von Rechtschaffenheit, vielleicht aus Aberglauben, dass ein einzelner ungerechter Act, trotz der Akklamation durch das Land, das Schicksal umstimmen könnte. Der Generalsekretär fühlte keine Gewissensbisse, denn er pflegte alle Geschäfte dieser Gesellschaft als eine einfache mechanische Frage zu behandeln, und doch fühlte er sich verlegen werden, als er diesen Befehl erhielt. Er fragte sich, ob die Liebe zu seinem Herrn selbst einen Ungehorsam verzeihen würde.

Herr Denizet konnte seinen Triumph nicht zügeln.

»Meine feine Nase hat mich also nicht irregeführt, dieser Cabuche hat auch den Präsidenten ermordet ... Allerdings auch die zweite Fährte enthielt etwas Wahrheit und ich muss gestehen, dass der Fall Roubaud ebenfalls etwas nebelhaft erscheint ... Je nun, jedenfalls haben wir jetzt beide.«

Herr Camy-Lamotte sah ihn mit seinen blassen Augen starr an.

»Es sind also alle in den Akten verzeichneten Tatsachen beglaubigt und Ihre Überzeugung ist unerschütterlich?«

»Unerschütterlich ... Eines reiht sich an das andere, ich erinnere mich keines Falles, der trotz der augenscheinlichen Verwicklungen logischer sich entwickelt hätte und schon im Voraus leichter zu entscheiden gewesen wäre, als dieser.«

»Aber Roubaud streitet, er nimmt den ersten Mord ganz auf sich, er erzählt eine Geschichte von seiner entehrten Frau, von seiner Eifersucht, dass er in einem Anfalle blinder Wut gemordet habe. Die Oppositionsblätter erzählen alles das.«

»Ja, sie erzählen es als einen Klatsch, an den sie selbst nicht glauben. Dieser Roubaud eifersüchtig, der die Stelldicheins seiner Frau mit dem Geliebten sogar förderte! Er möge diese Fabel nur vor dem Gerichtshofe wiederholen, der gesuchte Skandal wird nicht ausbrechen! ... Ja, wenn er noch einen Beweis beibrächte, aber das kann er eben nicht. Er spricht wohl von einem Brief, den er seine Frau habe schreiben lassen, ein solcher aber ist unter den Papieren des Opfers nicht gefunden worden ... Sie selbst, Herr Generalsekretär, haben ja die Papiere des Verstorbenen gesichtet, haben Sie etwas gefunden?«

Herr Camy-Lamotte antwortete nicht. Nach dem System des Richters allerdings wurde jedem Skandal die Spitze abgebrochen: Roubaud würde niemand Glauben schenken, das Gedächtnis des Präsidenten wäre reingewaschen von den abscheulichen Verdächtigungen, das Kaiserreich würde Nutzen ziehen können aus dieser lärmenden Rehabilitierung einer seiner Kreaturen. Und da sich Roubaud so wie so schuldig bekannte, war es einerlei, nach welcher Version des Gerichts er verurteilt werden würde. Es blieb also nur Cabuche zu berücksichtigen. Hatte dieser auch nicht an dem ersten Verbrechen teilgenommen, so war er doch zweifellos der Urheber des zweiten. Gerechtigkeit, du lieber Gott, wohin war diese Illusion! Wenn die Wahrheit so im Argen lag, war da die Gerechtigkeit nicht das reine Federballspiel? Man hatte einzig und allein vernünftig zu sein, man musste sich diese ihrem Ende zuneigende, dem Ruin nahe Gesellschaft von den Schultern zu schütteln wissen.

»Nicht wahr«, wiederholte Herr Denizet, »Sie haben einen solchen Brief nicht gefunden?«

Herr Camy-Lamotte richtete abermals seinen Blick auf ihn. Gelassen, als Herr der Situation, nahm er die Gewissensbisse, die den Kaiser gequält, auf sich und erwiderte:

»Ich habe nichts gefunden.«

Darauf überhäufte er lächelnd den Richter mit Belobigungen. Nur ein ganz, ganz schwaches Kräuseln der Lippen ließ so etwas wie bittere Ironie hindurchblicken. Noch nie sei eine Untersuchung mit so hoher Einsicht geführt worden. Es wäre jetzt an höchster Stelle beschlossen worden, dass er sofort nach den Ferien als Rat nach Paris versetzt werden sollte. Er begleitete ihn sogar bis auf den Hausflur. »Sie allein haben klar gesehen, Sie sind wirklich zu bewundern ... Wenn erst die Wahrheit ihren Mund auftut, darf nichts sie aufhalten, weder eine Rücksicht auf gewisse Persönlichkeiten noch auf die Interessen des Staates ... Sehen Sie zu, dass die Sache vorwärtskommt, gleichviel welche Folgen sie nach sich zieht.«

»Die Beamten tun ihre volle Pflicht«, sagte Herr Denizet. Er grüßte und ging strahlend von dannen.

Als sich Herr Camy-Lamotte allein befand, zündete er zunächst eine Kerze an, dann entnahm er einem Schubfache den Brief Séverines. Das

Licht brannte hell, er entfaltete den Brief, um ihn nochmals zu lesen. Er erinnerte sich dabei wieder dieser niedlichen Verbrecherin mit ihren Nixenaugen, die ihm einstmals eine so große Sympathie eingeflößt hatte. Sie war jetzt tot, unter traurigen Umständen gestorben. Wer kannte das Geheimnis, das sie mit ins Grab genommen? Ja, wahrhaftig, die Wahrheit, die Gerechtigkeit alles war nur ein Schein! Ihm blieb von dieser reizenden, unbekannten Frau nur das Verlangen eines Augenblicks, das sie, wenn er gewollt, gewiss befriedigt hätte. Er näherte den Brief dem Lichte, und als er aufflammte, wurde ihm so traurig zumute, als ahnte er ein Unheil: War es denn noch nötig, diesen Beweis zu zerstören und sein Gewissen durch diese Tat zu belasten, nun da das Schicksal es ohnehin wollte, dass das Kaiserreich ebenso in alle Winde zerstreut würde wie das kleine Häuflein Asche, das seinen Fingerspitzen entschwebte?

In weniger als einer Woche hatte Herr Denizet die Untersuchung beendet. Er fand bei der Westbahn-Gesellschaft ein aufmerksames Entgegenkommen. Die gewünschten Dokumente und Zeugen wurden ihm unverweilt zur Verfügung gestellt. Wünschte sie doch selbst lebhaft, dass diese missliche Geschichte eines ihrer Beamten ein Ende nähme, die die vielfach verknüpften Zweige der Administration, selbst die oberste Aufsichtsbehörde beinahe ins Wanken gebracht hatte. Das kranke Glied musste so schnell als möglich abgehauen werden. Abermals defilierte an dem Kabinett des Untersuchungsrichters das ganze Bahnhofspersonal von Havre vorüber, Herr Dabadie, Herr Moulin und alle Andern, welche vernichtende Aussagen über Roubauds schlechte Führung abgaben; dann kam Herr Bassière, der Bahnhofsvorsteher von Barentin an die Reihe, dessen Aussagen namentlich in Hinsicht auf den ersten Mord von entscheidender Wichtigkeit waren; dann folgten Herr Vandorpe, der Bahnhofsvorsteher von Paris, der Bahnwärter Misard und der Zugführer Henri Dauvergne; die beiden Letzteren äußerten sich sehr bestimmt über die ehelichen Gefälligkeiten des Verhafteten. Selbst Henri, den Séverine in la Croix-de-Maufras gepflegt hatte, erzählte, dass er eines Abends, während er sich noch schwach fühlte, vor dem Fenster die Stimmen Roubauds und Cabuches gehört zu haben glaubte. Diese Aussage erklärte vieles und machte das System der beiden Beschuldigten, die sich nicht zu kennen vorgaben, noch hinfälliger. Durch das ganze Personal der Gesellschaft ging ein Schrei der Entrüstung, man beklagte die unglücklichen Opfer, die arme junge Frau, deren Schwächen gern entschuldigt wurden, diesen rechtschaffenen Greis, der nun reingewaschen war von den Schmutzgeschichten, die über ihn im Umlauf waren. Die Leidenschaften ganz besonders angefacht aber hatte der Prozess in der Familie Grandmorin selbst. Nach dieser Seite musste Herr Denizet noch ganz besondere Anstrengungen machen, wollte er die Unbeflecktheit seiner Untersuchung retten. Die Lachesnaye jubelten, hatten sie doch immer Roubaud im Verdacht gehabt, weil ihr Geiz durch dieses Vermächtnis von la Croix-de-Maufras eine blutende Wunde erhalten hatte. In der Wiederaufnahme des Verfahrens erblickten sie natürlich eine günstige Gelegenheit zur Umstürzung des Testaments. Da es nur ein einziges Mittel zur Aufhebung des Testaments gab, nämlich auch Séverine eines undankbaren Vergehens zu zeihen, so stimmten sie der Aussage Roubauds, dass die Frau an dem Verbrechen teilgenommen habe, bei, nur mit dem Unterschied, dass diese Tat nicht aus Rache für eine eingebildete Schande, sondern aus Habsucht begangen sei. So kam es, dass der Richter im Streit mit ihnen lag, namentlich mit Berthe, welche gegen die Ermordete, ihre einstige Freundin, giftig eiferte und sie mit abscheulichen Verdächtigungen überhäufte. Herr Denizet hatte alle Mühe, sein so gut aufgeführtes Gebäude der Logik vor jedem Angriff zu bewahren, erklärte er doch selbst voller Stolz, dass, wenn man nur einen Stein aus seinem Meisterwerk nähme, das ganze Haus zusammenbrechen müsste. Es kam in seinem Kabinett zu einem sehr heftigen Auftritt zwischen den Lachesnaye und Frau Bonnehon. Diese war einst den Roubaud günstig gestimmt gewesen, hatte aber jetzt den Mann fallen lassen müssen. Aber auf die Frau wollte sie nichts kommen lassen, war sie doch mit ihrer Toleranz den Reizen der Liebe gegenüber so etwas wie eine Mitschuldige, und diese romanhafte, von Blut triefende Tragödie hatte bei ihr ein teilnahmsvolles Verständnis gefunden. Sie verachtete jede materielle Neigung. Schämte sich ihre Nichte gar nicht, auf die Erbschaftsfrage zurückzukommen? Wenn man Séverine für schuldig hielt, dann könnte man auch gleich Roubauds ganzes Geständnis gutheißen und das Andenken des Präsidenten wäre von Neuem besudelt. Ja, diese Wahrheit hatte der Ehre der Familie halber erfunden werden müssen, wenn die Untersuchung sie nicht schon in so geistreicher Weise herbeigeführt haben würde. Sie sprach mit Bitterkeit von der Gesellschaft Rouens, die so viel Aufhebens von der Sache machte, derselben Gesellschaft, über die sie, nun sie alterte, nicht mehr herrschte wie einst, trotzdem ihre üppige blonde Schönheit einer gealterten Göttin noch nicht entschwunden war.

Am Abend vorher erst hatte man sich bei der Frau des Rates Leboucq, der stattlichen brünetten Frau, die sie entthront hatte, allerlei Schreckgeschichten in die Ohren getuschelt, zum Beispiel das Abenteuer von Louisette und noch mehreres, was die Bosheit der Menschen erfunden hatte. Hier unterbrach sie Herr Denizet, um zu bemerken, dass Herr Leboucq als Beisitzer bei dem Prozess fungieren würde. Die Lachesnaye schwiegen und schienen, von Unruhe befallen, nachgeben zu wollen. Aber Frau Bonnehon beruhigte sie, der Gerichtshof würde seine Schuldigkeit tun: Der Präsident würde ihr alter Freund, Herr Desbazailles sein, dessen Rheumatismus ihm nur noch die Erinnerung an einstige schöne Stunden ließ und der zweite Beisitzer Herr Chaumette, der Vater des jungen Substituts, ihres Schützlings. Sie war also unbesorgt, obwohl ein melancholisches Lächeln auf ihren Lippen schwebte, als sie den Namen des Letzteren aussprach, denn man sah seinen Sohn seit einiger Zeit häufig bei Frau Leboucq, wohin sie selbst ihn schickte, um seiner Zukunft nicht zu schaden.

Als der famose Prozess endlich begann, tat das Gerücht von dem bevorstehenden Kriege, die fieberhafte Aufregung, von der ganz Frankreich befallen, dem Widerhall der Verhandlungen großen Abbruch. Nichtsdestoweniger war ganz Rouen drei Tage hindurch in fürchterlicher Aufregung. Man drängte sich vor den Türen zum Verhandlungssaal und die reservierten Plätze waren von den Damen der vornehmen Gesellschaft Rouens in Beschlag genommen. Noch nie hatte der alte Palast der Normannenherzöge seit seiner Umwandlung in ein Gerichtsgebäude einen solchen Andrang erlebt. Es war in den letzten Tagen des Juni, die Nachmittage waren warm und von der Sonne durchflutet, ein helles Licht machte die Scheiben der zehn Fenster erglänzen und überflutete die Holzschnitzereien, den steinernen Altar, der sich scharf von dem roten, mit Bienen besäten Vorhang abhob, dem berühmten Plafond aus der Zeit Ludwigs XII. mit seinen matt vergoldeten kostbaren Holzschnitzereien. Die Frauen streckten ihre Hälse, um die auf dem Tische liegenden Beweisstücke zu sehen: die Uhr Grandmorins, das blutbefleckte Hemde Séverines und das von beiden Mördern benutzte Messer. Auch der Verteidiger Cabuches, ein Pariser Advokat, wurde vielfach bemerkt. Auf der Geschworenenbank saßen in ihre dunklen Überröcke gehüllt ernst und würdig zwölf Bürger Rouens. Als der Gerichtshof eintrat, stieß und drängte sich das stehende Publikum so gewaltig, dass der Präsident sofort mit Räumung des Saales drohen musste.

Die Verhandlungen nahmen ihren Anfang, die Geschworenen wurden vereidigt und der Aufruf der Zeugen machte die Zuschauer von Neuem aufrührerisch. Bei Nennung der Frau Bonnehon und der Lachesnaye wogten die Köpfe wie ein Meer, aber Jacques lenkte ganz besonders die Aufmerksamkeit der Damen auf sich, deren Blicke nicht von ihm wichen. Als aber die beiden Angeklagten zwischen ihren Gendarmen erschienen, fesselten sie das ganze Interesse und hin und her flogen die Bemerkungen. Man fand, dass sie gemeine, trotzige Gesichter hatten wie zwei richtige Banditen. Roubaud in seinem dunkelfarbenen Überrock und mit der nachlässig geknüpften Krawatte eines vornehmen Herrn überraschte durch sein gealtertes schwammiges Aussehen. Cabuche sah genau so aus, wie man ihn sich vorgestellt hatte; er trug eine lange blaue Bluse und war der richtige Typus eines Mörders mit seinen mächtigen Fäusten, raubtierartigen Kinnbacken, einer jener Burschen, denen man nicht gern allein im Gehölz begegnet. Das Verhör bestätigte den schlechten Eindruck, denn auf manche Antworten folgte ein Gemurmel der Entrüstung. Auf alle Fragen des Präsidenten antwortete Cabuche, dass er von nichts wisse: Er wisse nicht, wie die Uhr in seine Hütte gekommen sei, warum er den wirklichen Schuldigen habe entwischen lassen. Er blieb bei seiner Geschichte von dem Geheimnisvollen Unbekannten, dessen Galopp durch die Finsternis er gehört haben wollte. Als man ihn wegen seiner bestialischen Leidenschaft für das unglückliche Opfer befragte, brach sein Zorn mit einem Male so fürchterlich aus, dass die beiden Gendarmen ihn am Arm packen mussten: nein, er hatte sie nie geliebt, sie nie begehrt, es seien Lügen, die jene beschmutzten, von der er nichts begehrt habe, in der er stets die Dame respektiert hätte, während er schon einmal das Gefängnis kennengelernt hätte und wie ein Wilder lebte! Als er sich beruhigt hatte, verfiel er in dumpfes Brüten und gab nur einzelne Laute von sich, gleichgültig gegen die Strafe, die ihn treffen könnte. Roubaud hielt sich an das, was die Anklage sein System nannte: Er erzählte, wie und warum er den Präsidenten Grandmorin getötet hätte und leugnete jede Teilnahme an der Ermordung seiner Frau. Er sprach in unzusammenhängenden Sätzen, stellenweise ging ihm das Gedächtnis aus, seine Augen irrten umher, die Stimme versagte ihm manchmal, mitunter schien er nach Kleinigkeiten zu suchen, um sie als Ausreden zu benutzen. Als der Präsident ihm das Törichte seiner

Erzählung vorhielt, begnügte er sich damit, mit den Achseln zu zucken, er weigerte sich, weiterzusprechen: wozu noch länger die Wahrheit sagen, wenn die Lüge als Logik galt? Diese verächtliche Haltung gegenüber der Justiz spielte ihm den größten Tort. Es fiel auch die vollständige Interessenlosigkeit der beiden Angeklagten aneinander auf, es schien dies ein Beweis einer vorausgegangenen Verständigung, eines geschickt ausgearbeiteten und mit außerordentlicher Willensstärke ausgeführten Planes. Sie behaupteten sich nicht zu kennen, sie belasteten sich sogar, nur um den Gerichtshof irrezuführen. Als das Verhör geschlossen wurde, war die Sache als solche schon entschieden; der Präsident hatte die Verhandlungen so geschickt in Form einer wirklichen Befragung geleitet, dass Roubaud und Cabuche richtig in die Falle gegangen und sich selbst ausgeliefert zu haben schienen. An diesem Tage wurden nur noch einige, wenig belangreiche Zeugen vernommen. Die Hitze wurde gegen fünf Uhr so unerträglich, dass zwei Damen ohnmächtig wurden.

Am folgenden Tage erregten die Aussagen gewisser Zeugen das Hauptinteresse. Frau Bonnehon hatte einen großen Erfolg durch ihren vornehmen Takt. Man lauschte aufmerksam den Aussagen der Angestellten der Gesellschaft zu, der Herren Vandorpe, Bessières, Dabadie und des Herrn Cauche, welch Letzterer sehr weitschweifig erzählte, wie genau er Roubaud bei seiner Partie im Café du Commerce kennengelernt hätte. Henri Dauvergne wiederholte seine belastende Aussage, dass er trotz des Fiebers, in welchem er noch gelegen, seiner Sache ziemlich sicher sei, die sich streitenden Stimmen der beiden Angeklagten vor dem Fenster gehört zu haben. Über Séverine befragt, tat er sehr diskret, er ließ durchblicken, dass er selbst sie geliebt, aber sich freiwillig zurückgezogen hätte, als er sie einen anderen bevorzugen sah. Als dieser andere, Jacques Lantier nämlich, hereingeführt wurde, summte es in der Menge, man stand auf, um besser sehen zu können, selbst durch die Reihe der Geschworenen lief eine erwartungsvolle Bewegung. Jacques stützte sich durchaus gefasst mit beiden Händen auf die Zeugenschranke, eine Bewegung, die seiner Gewohnheit beim Führen der Lokomotive entstammte. Sein Erscheinen vor dem Tribunal, das ihn im Grunde genommen hätte sehr bestürzt machen müssen, trübte seinen Geist nicht im Geringsten, als stände er der dort verhandelten Sache völlig fern. Er sagte aus wie ein Fremder, ein Unschuldiger. Seit dem Mord hatte ihn kein Schauder wieder heimgesucht, er dachte nicht einmal mehr an diese Dinge, das Gedächtnis dafür war ihm entschwunden, seine Organe schienen in völlig gesundem, gleichmäßigen Zustande sich zu befinden. Selbst vor dieser Schranke fühlte er keine Reue, keine Gewissensbisse. Er hatte klaren Blickes sofort Roubaud und Cabuche ins Auge gefasst. Er wusste den Ersten schuldig, er nickte ihm leise zu, einen verstohlenen Gruß, ohne zu bedenken, dass er bereits offenkundig als der Geliebte von dessen Frau galt. Den Zweiten lächelte er ebenfalls ganz unschuldig an, obwohl dessen Platz auf jener Bank eigentlich ihm gehörte: ein dummes, gutmütiges Tier, trotz seines Banditengesichts, hatte er ihn doch arbeiten gesehen wie keinen und ihm dafür die Hand gedrückt. Ohne zu stocken tat er seine Aussage; in kurzen, abgeschlossenen Sätzen antwortete er auf die Fragen des Präsidenten, der ihn unverhältnismäßig eingehend über seine Beziehungen zu dem Opfer fragte und ihn über seine einige Stunden vor dem Mord erfolgte Abreise von la Croix-de-Maufras ausfragte, wann er den Zug in Barentin bestiegen und wo er in Rouen geschlafen hätte. Cabuche und Roubaud hörten aufmerksam zu und bestätigten seine Aussagen durch ihre zustimmende Haltung. Und es stieg so etwas wie eine unsägliche Trauer zwischen diesen drei Männern auf. Ein Todesschweigen herrschte im Saale, eine man weiß nicht woher gekommene Hand packte die Geschworenen an der Kehle: Es war die Wahrheit, die stumm in der Luft lag. Auf die Frage des Präsidenten, was er von dem in das nächtliche Dunkel hineingeflohenen Unbekannten hielte, von welchem Cabuche sprach, warf Jacques nur den Kopf zurück, als wollte er den Angeklagten nicht noch mehr durch eine Aussage belasten. Und nun geschah etwas Merkwürdiges, was das ganze Auditorium bestürzt machte. Jacques' Augen füllten sich plötzlich mit Tränen, die ihm in Strömen über die Wangen liefen. Soeben schwebte das Bild Séverines, der unglücklichen Ermordeten ihm vor Augen, wie er es zuletzt gesehen hatte, mit den riesig vergrößerten Augen, den auf dem Kopfe sich wie eine Krone des Schreckens sträubenden Haaren. Er betete sie noch immer an, ein maßloses Mitleid hatte sich seiner bemächtigt, und unbewusst des eigenen Verbrechens, nicht wissend, wo er sich befand, beweinte er sie mit heißen Tränen. Teilnahmsvolle Damen schluchzten ebenfalls. Man fand diesen Schmerz des Liebenden äußerst rührend, während des Gatten Augen trocken blieben. Der Präsident fragte, ob die Verteidigung noch eine Frage an den Zeugen zu richten hätte, die Advokaten dankten und die Angeklagten starrten blöde Jacques nach, der von der allgemeinen Teilnahme begleitet, sich auf seinen Platz zurückbegab.

351

Die dritte Sitzung wurde vollständig von der Rede des Staatsanwalts und dem Plädoyer Verteidiger ausgefüllt. Der Präsident ging zunächst noch einmal völlig unparteiisch den vorliegenden Fall von Anfang bis Ende durch. Der Staatsanwalt schien nicht im Vollbesitz aller seiner Mittel zu sein, er sprach mehr durch die Macht der Gewohnheit als durch seine Überzeugung geleitet, seine Beredsamkeit war ein hohles Phrasengebimmel. Man schob die Schuld auf die wahrhaft betäubende Hitze, der Verteidiger von Cabuche dagegen, der Pariser Advokat, sprach sehr unterhaltend, ohne zu überzeugen. Der Verteidiger Roubauds, ein ausgezeichnetes Mitglied des Advokatenstandes von Rouen, zog sich so gut es ging aus der anrüchigen Sache. Der Staatsanwalt erwiderte nicht einmal, so abgespannt war er. Als sich die Jury in das Beratungszimmer zurückzog, war es erst sechs Uhr, das volle Tageslicht drang noch durch die zehn Fenster, ein letzter Sonnenstrahl vergoldete die Wappen der Städte der Normandie, welche die Kapitäle schmückten. Ein lautes Gemurmel stieg zu dem antiken Plafond empor, man drängte ungeduldig gegen die eisernen Stäbe, welche die reservierten Plätze von der öffentlichen Tribüne schieden. Dann aber trat ein fast ehrfürchtiges Schweigen ein, als der Gerichtshof und die Jury wieder erschienen. Der Spruch lautete unter Zulassung mildernder Umstände auf lebenslängliche Zuchthausstrafe für beide Männer. Die Überraschung war grenzenlos, die Menge drängte tumultuarisch ins Freie und man hörte sogar wie im Theater einige Pfiffe.

Am Abend sprach man in Rouen nur von dieser Verurteilung mit allen möglichen Kommentaren. Nach der allgemeinen Ansicht hatten Frau Bonnehon und die Lachesnaye eine Niederlage erlitten. Nur eine Verurteilung zum Tode hätte die Ehre der Familie wiederherzustellen vermocht. Zweifellos hatten Gegenströmungen gearbeitet. Man nannte sich auch verstohlen schon Frau Leboucq, die drei oder vier ihrer Getreuen unter den Geschworenen gehabt hatte. Das Verhalten ihres Gatten als Beisitzers war zweifellos tadellos gewesen. Man glaubte aber bemerkt zu haben, dass weder Herr Chaumette noch der Präsident, Herr Desbazeilles selbst, wie sie es beabsichtigt, den Gang des Verhörs hatten meistern können. Vielleicht hatte die Jury, von Zweifeln heimgesucht, deshalb mildernde Umstände bewilligt, weil sie noch unter dem Eindruck des schweigsamen Fluges der melancholischen Wahrheit durch den Verhandlungssaal stand. Jedenfalls wurde der Prozess zum Triumph für den Untersuchungsrichter, Herrn Denizet, dessen Meisterwerk nicht aus den Fugen gebracht worden war; denn die Familie selbst ging vieler Sympathien verlustig, als gerüchtweise verlautete, Herr von Lachesnaye habe, um la Croix-de-Maufras für sich zurückerobern zu können, der Jurisprudenz zum Trotz einen Act des Widerrufs trotz des Todes des Erblassers zu veranlassen versucht, ein Versuch, der vonseiten eines Justizbeamten unternommen doppelt überraschte.

Als Jacques das Gerichtsgebäude verließ, holte ihn Philomène ein, die ebenfalls als Zeugin vorgeladen gewesen war. Sie wich nicht von seiner Seite und versuchte ihn dazu zu bewegen, die Nacht mit ihr in Rouen zu verbringen. Er brauchte seinen Dienst erst am folgenden Tage wieder anzutreten, er wollte also zunächst mit ihr in der Herberge neben dem Bahnhof speisen, in der er angeblich die Nacht nach dem Verbrechen zugebracht hatte. Aber schlafen wollte er dort nicht, denn er musste unbedingt mit dem Zug um 12 Uhr 50 nachts nach Paris zurückkehren.

»Ich möchte darauf schwören«, sagte sie, als sie an seinem Arm der Herberge zuschritt, »dass soeben jemand aus unserer Bekanntschaft hinter uns war ... Pecqueux hat mir erst neulich gesagt, dass er mit keinem Fuß dieses Prozesses wegen nach Rouen kommen würde ... Als ich mich vorhin umdrehte, schlüpfte dieser Mann, dessen Rücken ich nur sehen konnte, schnell durch die Menge.«

Der Lokomotivführer zuckte die Schulter und meinte:

»Pecqueux befindet sich in Paris und besäuft sich dort. Er ist höchst vergnügt über die Ferien, die er durch meinen Urlaub erhalten hat.«

»Möglich ... Doch wollen wir ihm auch ferner misstrauen, denn er ist ein gemeiner Schuft, wenn er in Wut ist.«

Sie drängte sich fester an ihn und sagte, nachdem sie einen Blick nach hinten geworfen:

»Kennst du den Menschen, der uns verfolgt?«

»Ja, beunruhige dich nicht ... Er will mich vielleicht etwas fragen.«

Es war Misard, der ihnen von der Rue des Juifs aus auf dem Fuße folgte. Er war ebenfalls als Zeuge geladen gewesen und streifte nun um Jacques herum, ohne sich entschließen zu können, eine Frage an Jacques zu richten, die ihm ersichtlich auf den Lippen schwebte. Als das Paar in der Herberge verschwunden war, trat er ebenfalls ein und ließ sich ein Glas Wein geben.

»Ah, Ihr seid es, Misard«, rief Jacques. »Nun, wie seid Ihr mit Eurer neuen Frau zufrieden?«

»Man so«, brummte der Bahnwärter. »Das Frauenzimmer hat mich gut reingelegt. Ich habe es Euch ja erzählt, als wir das letzte Mal zusammen hierher fuhren.«

Jacques hatte die Geschichte vielen Spaß gemacht. Die Ducloux, jene ehemalige zweifelhafte Aufwärterin, die Misard zum Dienst an der Barriere herangezogen, hatte es bald weg, dass er allerorten nach einem von seiner Seligen verborgenen Schatz suchte. Sie fasste nun den genialen Plan, sich Heiraten zu lassen, indem sie ihm durch verstohlenes Lachen, durch Ausflüchte zu verstehen gab, dass sie das Geld gefunden hätte. Zuerst hatte er sie umbringen wollen. Dann aber befürchtete er, die tausend Franken würden ihm abermals entgehen, wenn er auch diese ebenso wie jene auf die Seite brächte, noch ehe er das Geld in den Fingern hatte. Er hatte also den liebenswürdigen Schlaumeier gespielt. Aber sie wies ihn ab, sie wollte von ihm nicht einmal angefasst sein: Wenn er sie erst geheiratet hätte, sollte er sie haben und das Geld dazu. Er hatte sie also richtig geheiratet und jetzt lachte sie ihn aus und behandelte ihn wie einen richtigen Trottel, der alles glaubt, was man ihm erzählt. Das Schönste aber war, dass sein Fieber nun auch sie angesteckt hatte und sie jetzt ebenso wild auf das Finden des Schatzes war, wie er selbst. Jetzt, nun sie zu zweien waren, meinten sie die verteufelten tausend Franken doch einmal zu finden! Und so suchten und suchten sie.

»Noch immer nichts gefunden?«, fragte Jacques spöttisch. »Hilft Ihnen die Ducloux nicht?«

Misard sah ihn starr an, dann sagte er:

»Ihr wisst, wo sie sind. Sagt es mir.«

Der Lokomotivführer ärgerte sich.

»Ich weiß gar nichts. Tante Phasie hat mir nichts gegeben, Ihr werdet mich doch hoffentlich nicht des Diebstahls beschuldigen?«

»Sie hat Euch nichts gegeben, das glaube ich auch. Aber Ihr seht, wie krank ich davon bin. Wenn Ihr wisst, wo sie sind, sagt es mir.«

»Lasst mich in Ruhe. Nehmt Euch in acht, sonst schweige ich nicht länger ... Seht doch mal in der Salzkufe nach, vielleicht sind sie dort.«

Mit brennenden Blicken starrte Misard noch immer wie blöde Jacques an. Es kam wie eine Erleuchtung über ihn.

»In der Salzkufe, das kann sein! In der Schublade steht eine Schachtel, dort habe ich wahrhaftig noch nicht nachgesehen.«

Er bezahlte schleunigst seinen Wein und lief zum Bahnhof, um noch den Zug um 7 Uhr 10 zu erreichen. Dort unten in dem kleinen niedrigen Häuschen sucht er vielleicht noch immer.

Am Abend, nachdem sie gegessen hatten und auf den Zug um 12 Uhr 50 warteten, wollte Philomène Jacques durch einsame Gassen auf das benachbarte Feld führen. Es war eine schwüle, heiße, dunkle Juninacht, die ihr schwere Seufzer entlockte; sie hing fast an seinem Halse. Sie hatte sich schon zweimal umgesehen, denn sie glaubte Schritte hinter sich zu hören, doch war in der Dunkelheit niemand zu erblicken. Er litt wieder stark unter dieser Schwüle der Luft. Seit dem Mord hatte er sich eines ruhigen Gleichgewichts, einer vollkommenen Gesundheit zu erfreuen gehabt. Vorhin bei Tisch aber fühlte er jedes Mal, wenn dieses Weib ihn mit ihren zitternden Händen streifte, wieder eine leise Übelkeit. Wahrscheinlich bewirkte die durch die Schwüle der Luft verursachte Abspannung diese nervöse Störung. Jetzt, als er ihren Körper so dicht an dem seinen fühlte, machte sich diese angsterfüllte Begierde, diese dumpfe Furcht deutlicher bemerkbar. Er hatte dabei bereits die Erfahrung gemacht, dass er genesen war, denn er war ihr, um über diese Heilung Gewissheit zu erlangen, bereits ohne jede Spur von Aufregung gefällig gewesen. Seine Aufregung wurde so stark, dass er zweifellos ihren Arm hätte fahren lassen, wenn ihn nicht das sie einhüllende Dunkel andererseits beruhigt haben würde. Als sie auf einer öden Landstraße an einem bebuschten Hügel vorübergingen, zog sie ihn dorthin. Doch als sie sich lagerten, bemächtigte sich seiner wieder das fürchterliche Verlangen, er suchte im Grase nach einer Waffe, einem Stein, um ihr den Kopf zu zerschmettern. Mit einem Sprunge stand er dann auf den Füßen und entfloh wie wahnsinnig. Hinter ihm wurde in demselben Augenblick eine fürchterlich fluchende Männerstimme laut.

»Oh du Dirne, ich habe absichtlich bis jetzt gewartet, ich wollte erst Gewissheit haben!«

»Es ist nicht wahr, lasse mich los!«

»So, es ist nicht wahr? Er hat gut laufen, ich weiß doch, wer er ist und werde ihn mir schon kaufen! ... Warte, du Dirne, sage noch einmal, dass es nicht wahr ist!«

Jacques floh in die Nacht hinein, nicht um Pecqueux zu entgehen, den er sofort erkannt hatte, sondern um, wahnsinnig vor Schmerz, vor sich selbst zu fliehen.

Ein Mord hatte also richtig nicht genügt, von dem Blute Séverines allein war er also nicht befriedigt worden, wie er es noch an demselben Morgen geglaubt hatte. Er sollte also dasselbe Spiel nochmals beginnen. Noch eine andere und wieder eine andere und so fort mit diesen anderen! Also immer wieder sollte sich nach einigen Wochen der Ruhe der schreckliche Heißhunger in ihm einstellen, immer wieder verlangte ihm nach Weiberfleisch, um seine Gier zu befriedigen! Jetzt brauchte er dieses verführerische Fleisch nicht einmal mehr zu sehen, er brauchte nur etwas Warmes in seinem Arm zu fühlen, um dem verbrecherischen Triebe zu folgen, um als bestialischer Mann das Weib auszuweiden. Jetzt war alle Freude am Leben aus; vor sich sah er nur eine einzige düstere Nacht, eine grenzenlose Verzweiflung und vor dieser floh er.

Einige Tage verstrichen. Jacques hatte seinen Dienst wieder angetreten, er ging den Kameraden aus dem Wege und verfiel wieder in seine einstige ängstliche Scheu. Nach den stürmischen Kammersitzungen war soeben der Krieg erklärt worden. Wie man sich erzählte, hatte man sich bereits ein kleineres, glücklich verlaufenes Vorpostengefecht geliefert. Seit einer Woche ließen die Truppentransporte das Personal der Eisenbahnen nicht zur Ruhe kommen. Der regelmäßige Dienst wurde nicht mehr innegehalten, plötzlich eingeschobene Züge veranlassten beträchtliche Verspätungen; die besten Lokomotivführer waren mobilgemacht worden, um die Konzentrierung der Armeekorps beschleunigen zu helfen. So kam es, dass eines Abends Jacques von Havre aus statt seines gewöhnlichen Eilzuges einen mächtigen, achtzehn Waggons starken und mit Soldaten vollgepfropften Zug zu führen hatte.

Pecqueux kam an diesem Abend vollständig betrunken in das Depot. Am Tage nach dem Vorfall in Rouen hatte er wieder als Heizer die Lokomotive 608 mit Jacques bestiegen. Er machte keinerlei Anspielung, schien aber seinen Vorgesetzten gar nicht zu bemerken. Dieser fühlte seine Widerspenstigkeit und seinen Ungehorsam wohl heraus, denn sobald er ihm einen Befehl erteilte, handelte er brummig nach seinem eigenen Kopf. Schließlich sprachen sie gar nicht mehr miteinander. Diese bewegliche Brücke aus Eisenblech, die sie früher so brüderlich geteilt hatten, war jetzt für sie die schmale, gefährliche Planke, auf der sich ihre Nebenbuhlerschaft rieb. Der Hass wuchs, sie waren auf dem besten Wege, sich auf diesen wenigen schnell dahinfliegenden Quadratfuß, von denen sie bei der geringsten Erschütterung herabstürzen konnten, gegenseitig aufzufressen. Als Jacques Pecqueux an diesem Abend betrunken sah, war er ganz besonders auf seiner Hut. Er wusste, dass er nüchtern nichts wagte, dass aber der Wein alle brutalen Triebe in ihm entfachen konnte.

Der Zug, der um 6 Uhr abgehen sollte, verspätete sich. Es dunkelte schon, als man die Soldaten wie die Hammel in die Viehwagen trieb. Man hatte Bretter anstelle von Bänken aufgelegt und Abteilungsweise pferchte man sie dazwischen hinein, so viele, wie hineingingen. Schließlich saß fast einer auf dem Andern und die stehen mussten, konnten keinen Arm rühren. In Paris sollte sie ein anderer Zug erwarten, der sie direkt an den Rhein führte. Der Trubel des Aufbruchs hatte sie schon müde gemacht. Doch als man Branntwein unter sie ausgeteilt und viele sich bei den Kaufleuten in der Nachbarschaft verproviantiert hatten, gaben sie sich einer brutalen, unnatürlichen Heiterkeit hin und die Augen traten aus ihren roten Köpfen. Als der Zug aus dem Bahnhofe rasselte, stimmten sie Lieder an.

Jacques sah nach dem Himmel, woselbst eine gewitterartige Wolke die Sterne verhüllte. Die Nacht war düster, kein Lüftchen kühlte die glühende Luft ab. Am dunklen Horizont sah man kein anderes Licht, als die lebhaft schimmernden Fünkchen der Signallaternen. Um die große Steigung von Harfleur nach Saint-Romain zu nehmen, vermehrte er den Druck. Trotzdem er die Lokomotive 608 schon seit Wochen studierte, fühlte er sich noch immer nicht Herr über sie; sie war noch zu neu und überraschte durch allerlei Launen und Jugendtorheiten. In dieser Nacht fand er sie ganz besonders widerspenstig und unberechenbar; einige Bissen Kohle zu viel und er war gefasst, sie vor lauter Übermut in die Luft gehen zu sehen. Er ließ daher den Fahrtregulator nicht aus der Hand und überwachte gleichzeitig das Feuer, denn das Benehmen seines Heizers machte ihn stutzig. Die kleine, das Wasserniveau beleuchtende Lampe tauchte die Plattform in ein Halbdunkel, in welchem man nur die violet glühende Tür der Feuerung erkannte. Er konnte Pecqueux nur ganz undeutlich bemerken und hatte schon wiederholt an seinen Beinen das Gefühl gehabt, als versuchten dessen Finger, ihn dort zu packen. Es rührte diese Empfindung aber zweifellos nur von einer Ungeschicklichkeit des Trunkenboldes her, denn er hörte ihn trotz des Lärms höhnisch lachend die Kohlen mit außergewöhnlich derb geführten Hammerschlägen zerkleinern und mit der Schaufel hantieren. Alle Minuten öffnete er die Tür und warf unvernünftige Mengen Brennstoff auf die Roste.

»Genug!«, rief Jacques.

Der andere tat, als verstehe er nicht, und fuhr fort mit dem Feuern. Als ihn der Lokomotivführer darauf am Arme packte, richtete er sich drohend auf. Jetzt endlich hatte er den gesuchten Streit gefunden. Seine durch die Trunkenheit genährte Wut schien zu wachsen.

»Nicht anrühren oder ich haue ... Es macht mir Spaß, so schnell zu fahren!«

Der Zug sauste gerade mit voller Geschwindigkeit über das von Bolbec nach Motteville führende Plateau. Er sollte ohne Aufenthalt direkt nach Paris gehen und nur an einigen, vorher bestimmten Stellen Wasser einnehmen. Die riesige Masse, diese mit menschlichem Viehzeug vollgestopften achtzehn Waggons rasselten mit fürchterlichem Lärm durch das dunkle Land. Und diese Menschen, die man zum Gemetzel, zur Schlachtbank führte, sangen aus allen Kräften, dass ihre Stimmen sogar den Lärm der Räder übertönten.

Jacques schloss mit dem Fuß die Tür. Er manövrierte gleichzeitig mit dem Injektor und sagte ganz ruhig:

»Das Feuer ist zu stark ... Schlaft Euch aus, wenn Ihr betrunken seid.«

Pecqueux aber öffnete wieder und warf abermals Kohlen auf, als wollte er die Lokomotive in die Luft sprengen. Das war also die reine Revolte, kein Befehl wurde mehr befolgt, in seiner aufgestachelten Leidenschaft ging ihm jeder Begriff menschlicher Pflichten verloren. Als Jacques sich bückte, um den Schaft des Aschkastens zu senken, damit sich der Luftzug wenigstens vermindere, umschlang Pecqueux mit den Armen seinen Körper und versuchte ihn mit einem Ruck auf das Gleis zu schleudern.

»Das also willst du, du Schuft! ... Damit du sagen könntest, ich sei gestürzt, du Saufbold!«

Mit einer Hand hielt er sich an der Brüstung des Tenders. Beide glitten dabei aus, der Kampf setzte sich nun auf der heftig schwankenden Brücke aus Eisenblech fort. Sie bissen die Zähne aufeinander und sprachen kein Wort weiter. Einer nach dem andern versuchte den Gegner durch die schmale Öffnung zu stoßen, welche nur durch eine Eisenstange versperrt war. Doch das ging nicht so leicht. Gefräßig rollte die Lokomotive weiter und weiter. Barentin war passiert, der Zug stürzte sich jetzt in den Tunnel von Malaunay und noch immer hielten sie sich gepackt, sie wälzten sich jetzt auf den Kohlen umher und stießen die Köpfe gegen den Wasserbehälter, sie vermieden die vom Feuer gerötete Tür der Heizung, an der ihre Beine sengten, so oft sie diese ausstreckten.

Jacques glaubte einen Augenblick aufspringen, den Regulator schließen und um Hilfe rufen zu können, damit man ihn von diesem wütenden, vom Trunke und von der Eifersucht entflammten Menschen erlöste. Er fühlte sich schon schwächer werden, er zweifelte bereits noch die Kraft zu haben, jenen hinauszustoßen, er sah sich schon besiegt und fühlte bereits seine Haare sich vor Schreck über den Sturz sträuben. Als er den letzten Versuch machte und mit der Hand umhertastete, begriff der andere, was er vorhatte, er richtete sich ebenfalls auf und hob Jacques wie ein Kind empor.

»Ach, du willst anhalten ... Du hast mir meine Frau genommen ... Es ist Zeit, dass du gehst!«

Die Lokomotive rollte und rollte dahin, der Zug kam mit betäubendem Lärm aus dem Tunnel heraus und setzte seine Fahrt durch die düstre, öde Landschaft fort. Die Station Malaunay wurde mit solcher Geschwindigkeit passiert, dass der auf dem Perron stehende Unter-Inspektor nicht einmal die beiden um ihr Leben kämpfenden Männer bemerkte, denn wie der Blitz waren sie vorüber.

Pecqueux machte abermals eine Anstrengung und stürzte Jacques hinab. Dieser aber klammerte sich, als er den Boden unter den Füßen verlor, so fest an dessen Hals, dass er ihn mit hinabzog. Zwei fürchterliche Schreie, die in einen ausklangen und verhallten. Die beiden, gemeinsam hinabgefallenen Männer wurden durch die Rückwirkung der Schnelligkeit unter die Räder gezogen und sie, die so lange wie zwei Brüder gelebt hatten, in dieser schrecklichen Umarmung geköpft und zerrissen. Man fand sie ohne Köpfe, ohne Füße, als zwei blutige Stümpfe auf, die sich noch umschlungen hielten, als wollten sie sich gegenseitig die Brust eindrücken.

Und die Lokomotive, von jeder leitenden Hand befreit, sauste dahin. Jetzt konnte die Widerspenstige, fantastisch Veranlagte dem Triebe ihrer Jugend nach Gefallen Folge leisten, wie ein noch ungezähmtes Pferd, das den Händen des Meisters entschlüpft, über den flachen Rasen davongaloppiert. Der Kessel hatte noch genügend Wasser, die Kohle, mit welcher der Ofen bis oben gefüllt war, entzündete sich von selbst. Während der ersten halben Stunde stieg der Druck zu unheimlicher Höhe, die Schnelligkeit wurde schwindelerregend. Der Zugführer schlief jedenfalls, von der Müdigkeit übermannt. Die Soldaten, die das viele Trinken ebenfalls müde gemacht hatte, wurden durch diese rasende Fahrt wieder munter gemacht und sangen noch lauter als zuvor. Wie ein Blitz durchfuhr man

Maromme. Kein Pfiff ertönte bei der Annäherung an die Signale, beim Passieren der Bahnhöfe. Mitten durch die Hindernisse führte der Galopp der Bestie mit ihrem tief gesenkten, störrischen Kopf. Wie toll gemacht durch das Zischen ihres heißen Atems rollte sie dahin, dahin.

In Rouen sollte Wasser eingenommen werden. Eisiger Schrecken lähmte den Bahnhof, als man diesen tollen Zug in einem Wirbel von Rauch und Flammen, diese Lokomotive ohne Führer und Heizer, diese mit patriotische Lieder heulenden Soldaten vollgefüllten Viehwagen vorübersausen sah. Sie zogen in den Krieg an die Ufer des Rheines, es schien, als könnten sie die Zeit nicht erwarten, dort zu sein. Mit offenen Mäulern standen die Beamten da und reckten die Arme empor. Ein allgemeiner Aufschrei erfolgte: Unmöglich konnte dieser zügellose, sich selbst überlassene Zug den stets durch Rangiermanöver gesperrten, mit Waggons und Lokomotiven gespickten Bahnhof von Sotteville passieren, ohne Unheil anzurichten. Man eilte zum Telegrafen und benachrichtigte dort die Leute. Es war die höchste Zeit, denn gerade versperrte ein Güterzug das Gleis; er konnte noch auf einen Seitenstrang gebracht werden. Schon hörte man das Dröhnen des entflohenen Ungeheuers in der Ferne. Der Zug hatte sich in die beiden Tunnels in der Nähe von Rouen gestürzt und kam in seinem wütenden Galopp, wie eine unaufhaltsame, riesige Masse herbeigestürzt, der nichts zu widerstehen vermag. Der Bahnhof von Sotteville wurde im Sturm genommen, mitten durch die Hindernisse sauste er, ohne irgendwie zu kollidieren, und verschwand wieder in der Dunkelheit, in der nach und nach sein Dröhnen erstarb.

Jetzt schlugen alle telegrafischen Apparate längs der ganzen Strecke an. Aller Herzen schlugen bei der Nachricht von dem gespenstischen Zug, der Rouen und Sotteville passiert hätte. Man zitterte vor Furcht, dass ein vor ihm befindlicher Zug erreicht werden könnte. Er aber setzte seine Fahrt wie ein Wildschwein im Forst seinen Weg fort, ohne sich nach den roten Signalen zu richten. In Oissel zerschellte er beinahe an einer Rangiermaschine; er setzte Pont-del'Arche in Schrecken, denn seine Schnelligkeit schien sich nicht zu vermindern. Von Neuem verschwand er, immer weiter rollte er durch die schwarze Nacht, niemand wusste, wohin.

Was kümmerte die Lokomotive die Opfer, die sie auf ihrem Wege zermalmte? Nicht achtend des vergossenen Blutes sauste sie der Zukunft entgegen. Ohne Führer im Dunkel der Nacht, wie eine blinde, taube, vom Tod selbst losgelassene Bestie rollte und rollte sie dahin, bepackt mit diesem Kanonenfutter, diesen von der Müdigkeit schon dumm gewordenen, trunkenen, singenden Soldaten.